W0463390

btb

Aus Freude am Lesen

btb

Buch

1587, die Spanische Armada ist entschlossen, gegen England zu ziehen. David Becket, Ordonnanz von Königin Elizabeth, und manchmal auch ihr Spion, hat Befehl herauszufinden, was sich hinter dem Komplott der Spanier verbirgt, das den Decknamen »Das Geheimnis der Schönheit« trägt und das England endgültig in die Hände der Spanier zwingen soll. Becket hat festgestellt, dass große Mengen an Schießpulver abhanden gekommen sind. Jemand aus dem Herzen der englischen Regierung muss es an die Spanier verkauft haben. Nur wer? Doch damit nicht genug: Außerdem will Becket seinen Freund retten, einen englischen Spion, der von den Spaniern gefangen genommen wurde und jetzt in der Armada sein Dasein als Galeerensklave fristet. Dessen Frau Rebecca will ihn begleiten, als er sich weigert, entwendet sie mit Hilfe eines erbitterten Konkurrenten Beckets dessen Schiff und macht sich selbst auf die Suche nach ihrem Mann.
Also muss David einen anderen Weg finden, den Freund zu retten. Er bittet Merula, eine Schwarze, die über schamanische Kräfte verfügt und auf der Suche nach ihrem Sohn ist, der ebenfalls in die Sklaverei geraten ist, ihn zu begleiten. Merula tröstet und heilt unterwegs den lebensmüden David.
Es müssen schwere Seeschlachten geschlagen werden, und viel Blut fließt, bis Becket seinen Auftrag erfüllen kann.

Autorin

Patricia Finney war erst achtzehn Jahre alt, als sie ihren ersten, viel beachteten Roman veröffentlichte. Als der zweite erschien, studierte sie noch Geschichte in Oxford. Danach arbeitete sie als Journalistin und recherchierte nebenbei für ihre historischen Romane, mit denen sie sich mittlerweile einen Namen gemacht hat. Die Autorin hat drei Kinder, sie hat mehrere Kinderbücher veröffentlicht.
www.patricia-finney.co.uk

Patricia Finney

Glorianas Fackel

Roman

Übersetzt von Hans Pfitzinger

btb

Die Originalausgabe erschien 2003 unter dem Titel
»Gloriana's Torch« bei Orion, an imprint of the Orion Publishing
Group Ltd.

Umwelthinweis:
Alle bedruckten Materialien dieses Taschenbuches
sind chlorfrei und umweltschonend.

Der btb-Verlag ist ein Unternehmen der Verlagsgruppe
Random House.

1. Auflage
Deutsche Erstausgabe November 2004

Umschlaggestaltung: Design Team München
Umschlagfoto: CORBIS
Satz: IBV Satz- und Datentechnik GmbH, Berlin
SR · Herstellung: Augustin Wiesbeck
Made in Germany
ISBN 3-442-73242-5
www.btb-verlag.de

Zum Andenken
an meinen besten Freund,
Geliebten und Ehemann

CHRIS PERRY

Dramatis Personae

(weist auf eine geschichtliche Person hin)*

DAVID BECKET – einst Soldat und Abenteurer in den Niederlanden. Mit Simon Ames (siehe dort) vereitelte er einen schweren Anschlag auf das Leben der Königin (*Das Auge des Feuerdrachens).* Später war er Schwertmeister von Sir Philip Sidney, nach dem Tod des Dichters war er an der Unterdrückung einer bösartigen Verleumdungskampagne gegen die Königin beteiligt, bekannt als Buch des Einhorns (*Das Blut des Einhorns).* Unglücklicherweise wurde er dabei für einen katholischen Priester gehalten und im Londoner Tower mit Hilfe von Handfesseln gefoltert, wovon er sich immer noch nicht vollständig erholt hat.

SIMON AMES – jetzt bekannt unter dem Namen Simon Anriques, ein Jude. Früher Ermittler und Inquisitor für Walsingham, war er Partner von Becket bei der Verhinderung des Attentats auf die Königin und auch bei den Angelegenheiten, die mit dem Buch des Einhorns zu tun hatten. Aus Gründen der Staatssicherheit änderte er seinen Namen, als er sich aus den Diensten der Königin zurückzog, und heiratete Rebecca Anriques (siehe dort).

*DR. HECTOR NUNEZ – Simons Onkel, Arzt des Earl of Leicester, wohlhabender Kaufmann und Tabakhändler, wichtiger unabhängiger Zuträger zu Walsinghams Informationsnetzwerk. Anführer der jüdischen *Marranos,* der konvertierten Flüchtlinge, in London.

*SIR FRANCIS WALSINGHAM – Leiter von Elisabeths Spionageabteilung und energischer Verfolger der Katholiken.

*SIR FRANCIS DRAKE – bei den Spaniern als »El Draco« bekannt. Elisabethanischer Seemann, Weltumsegler, Pirat und Vizeadmiral der englischen Flotte unter Lord Charles Howard of Effingham.

*ELISABETH TUDOR, KÖNIGIN VON ENGLAND

MERULA – Prinzessin und umgedrehte Frau aus einem Sklavenland in der Nähe der Westküste von Afrika.

ANTHONY FANT – früherer Freund von Becket, jetzt sein entschiedener Feind. Ein wohlhabender Gentleman und Händler, der seinen Arm bei der Belagerung von Haarlem und seine Frau im Tower verlor.

*ANTHONY MUNDAY – Ermittler, Inquisitor und zukünftiger (mittelmäßiger) Stückeschreiber.

REBECCA ANRIQUES – Simons Ehefrau, eine Jüdin aus Bristol.

JOSEF PASQUALE – war einmal Inquisitor beim Heiligen Amt, dann Sekretär beim spanischen Feldzeugamt, Abkömmling Neuer Christen.

MICHAEL – ein Seemann.

PHILIP BECKET – Davids älterer Bruder, ein Gentleman von gewissem Wohlstand, lebt im Becket House in Middleton.

GOODWIFE (ODER GOODY) BROWNLOW – die älteste Frau in Middleton.

ELEANOR BECKET (GEBORENE FANT) – jüngere Schwester von Anthony Fant, verheiratet mit Mr Philip Becket, eine Dame.

ELISABETH UND DAVID BECKET – ihre Kinder.

*BEN JONSON – Lehrling eines Maurers.

*JOHN DONNE – ein junger Herr.

PIERS LAMMETT – ein katholischer Engländer in den Diensten von Parma, der Sohn eines Freundes von David Beckets Vater und immer noch loyaler Untertan der Königin.

*ROBERT CAREY – ein Höfling, ausschweifender jüngster Sohn von Lord Hunsdon und, neben anderen Dingen, zukünftiger Vizegouverneur der West March (siehe dazu meine Bücher unter dem Namen P. F. Chisholm).

*THOMASINA DE PARIS – Hofnärrin der Königin, eine *Muliercula* oder Zwergin und die am engsten vertraute Berichterstatterin der Königin.

EDWARD DORMER – Möchtegernpriester, Mörder und Soldat.

*PATER PERSONS – Oberhaupt der englischen Jesuiten in Reims.

*ALEXANDER FARNESE, HERZOG VON PARMA – der beste General Philips II. in den Niederlanden.

*DON JUAN DE ACUNA VELA – verantwortlich für das königlich-spanische Feldzeugamt der Armada.

SCHLANGE – der vermisste Sohn von Merula, Freund von Simon und Mitsklave.

*ROBERT CECIL – zweiter Sohn von Lord Burghley, bereits in Diensten der Königin, ein Buckliger.

Buch I

Prolog

Werden Sie mit mir ein Gott, jetzt. Hier dreht sich alles um Götter.

Kommen Sie hierher, schauen Sie sich das an. Erinnern Sie sich daran? Lange vor den Computern und den kleinen Scheiben, die in Regenbogenfarben blitzen? Das ist ein Buch. Ursprünglich wurde es Codex genannt, eine späte römisch-christliche Erfindung, eine Papierrolle, in Teile zerschnitten, auf einer Seite zusammengenäht, mit einem Deckel versehen, der etwas stärker war als Papier: Holz, Leder, Stoff. Ein wenig schwer, ließ sich aber durchaus transportieren, *low-tech*, praktisch. Die Technologie für die Herstellung hat sich verändert, die Sache ist im Wesentlichen gleich geblieben.

Schlagen Sie es auf. Sie sollten es erkennen, trotz multikultureller Erziehung. Es ist eine Bibel. Groß, schwer, dickes Papier, stark, mit hohem Leinengehalt, der Druck ganz gut lesbar, obwohl durchsetzt mit diesen ungewöhnlichen langen »s«, die das geistige Gehör verwirren. Jemand hat einen Tintenfingerabdruck auf der Seite gegenüber von Genesis, Kapitel eins, hinterlassen.

Vor einem Jahrhundert, vor zwei Jahrhunderten, vor drei Jahrhunderten – wenn man da überhaupt ein Buch besessen hat, dann dieses. Vielleicht hat man jeden Abend seinem Haushalt ein Kapitel laut vorgelesen, wenn man lesen konnte. Die Kinder haben mit Spielzeug gespielt, das direkt aus dem Buch in den Handel kam: Noahs Archen, Weihnachtskrippen. Und jetzt? Na ja, nur sehr wenige unter uns haben tatsächlich diese seltsame Mischung aus semitischen Legenden der Bronzezeit, jüdischen Erfolgsmeldungen aus dem siebten Jahrhundert vor Christus, mündlicher aramäischer Überlieferung des ersten Jahrhunderts, griechischer Philosophie, Briefen, Geschichten, Berichten von (möglicherweise prophetischen) Delirien gelesen. Nur lesefreundlich gekürzte Höhepunkte, wenn überhaupt. Ich habe mal um ein paar Ecken von einem Mädchen gehört, das in einem Laden Schmuck verkauft und einer Kundin ein einfaches Kreuz oder eines mit einem kleinen Mann drauf anbot.

Diese Bibel hier ist auf Englisch. Das war zu ihrer Zeit sehr radikal. Vor vierhundert Jahren starben Männer und Frauen wegen der Frage, ob sie die Bibel in ihrer eigenen Sprache lesen durften oder ob sie sich den Inhalt von einem Priester aus dem ungenauen Vulgärlatein des Heiligen Hieronymus interpretieren lassen mussten.

Vor vierhundert Jahren setzten Männer die Segel, um andere Männer wegen Auslegungen dieses Buches zu bekämpfen und zu töten – obwohl es darin zumindest teilweise um universelle Brüderlichkeit und Liebe zu deinen Feinden geht. Aber auch teilweise darum, deine Feinde zu betrügen und zu zerstören, sie im Kampf zu schlagen und bis hin zu ihren Babys und kleinen Mädchen auszurotten (siehe das Buch Josua für weitere Einzelheiten). Die Männer, die deswegen kämpften, waren selbstverständlich nach empirischen genetischen Tatsachen viel enger miteinander verwandt als ein Schimpanse mit einem anderen aus derselben Rotte, und dennoch … Blut floss, Menschen schrien und starben, Holz verbrannte.

Hier entlang, Mitgott. Ja, seien Sie vorsichtig beim Hinlegen. Dieses Buch ist älter als die USA. Es wurde gedruckt, bevor auch nur die Jamestown-Kolonien gegründet wurden, vom viel späteren Zeitpunkt, an dem die *Mayflower* segelte, ganz zu schweigen. Ich weiß, es ist gespenstisch, etwas in der Hand zu halten, das älter ist als ein ganzes Land. Es kommt einem wirklich unanständig vor. Wie kann ein einfaches Ding durch die Jahrhunderte fliegen, wenn richtige Menschen es nicht können?

Das vorliegende Buch dagegen wurde erst vor kurzem veröffentlicht. Es erzählt die Geschichte der Spanischen Armada, mit mundgerechten Kurzfassungen der Politik zu jener Zeit und einigen Anmerkungen zur Religion. Hier ist ein Mann, der eine Kappe und eine Soutane trägt. Sieht nicht sehr gesund aus, oder? Nun, er ist ein Neuer Christ, ein spanischer Jude, ein *Marrano* (oder Schwein), der gefoltert wurde, bis er bekannte, dass er wieder das Judentum praktiziert. Er wird bald wegen Ketzerei auf dem Scheiterhaufen verbrannt. Das hier hat er getragen, als er zum Autodafé durch die Stadt geführt wurde, um verbrannt zu werden.

Ja, die Schiffe schauen schon seltsam aus, nicht wahr, mit diesen kleinen Rauchwolken vor den Kanonenrohren, wie Watte, und ihren gestärkten, herausgeputzten Segeln. Man muss vorsichtig sein und kann sich nicht auf die Gemälde aus jener Zeit verlassen: Von den Malern wurde erwartet, dass sie möglichst umfassende Informationen über die Schlacht lieferten, und sie legten darauf viel mehr Wert als auf eine genaue Wiedergabe der Wirklichkeit. Der Maler dieses Bildes war sowieso nicht irgendwo in der Nähe der Schlacht, und das Bild wurde Monate, wenn nicht Jahre später gemalt. Deshalb schauen die Schiffe aus wie Spielzeug – vielleicht hat er Modelle verwendet –, und die Perspektive wird eher von ihrem Status als von der Mathematik bestimmt. Die englischen Schiffe sind zum Beispiel größer als die spanischen, obwohl es tatsächlich umgekehrt war, so wie der König in einem mittelalterlichen Gemälde immer größer ist als sein Rat. Die Takelage ergibt überhaupt keinen Sinn, obwohl sich interessante Hinweise auf lang vergessene technische Details finden lassen, wenn man genau genug hinschaut. Aber so nah man auch mit der Nase ans Papier geht, man kann nicht hineinklettern, das Geschrei hören, das Salz riechen.

Also müssen Sie ein Gott werden, so wie ich. Sie müssen hier entlang mitkommen, ins Dunkle. Setzen Sie Ihren Fuß hierher, den anderen dorthin, nehmen Sie meine Hand. Wir sind nicht sehr weit von der Vergangenheit entfernt, wissen Sie. Schauen Sie über die Straßenlampe hinweg, betrachten Sie die Sterne: da, diesen! Sein Licht begann vor vierhundert Jahren auf uns zuzurasen.

Schauen Sie nach unten, ist schon recht, Sie haben keine Masse und sind deshalb für die Schwerkraft nicht wahrnehmbar. Sie werden nicht fallen. London hat rote und braune Farbtöne, kein Grau. Ein verschachteltes Gewirr von Ziegelsteinen und Holz und Lehmgeflecht und Strohdächern, wie Abfall verteilt im Tal der Themse, an dem strategischen Platz, wo die Römer ihre Brücke gebaut haben – wo der Fluss noch genug von den Gezeiten mitbekommt, um die Schiffe von der See heraufzubringen, aber schmal genug ist, um mit Rundbögen überspannt zu werden. Es ist eine enge und voll gestopfte, halb mittelalterliche Stadt mit auffälligen Dachspitzen und Kirchtürmen, die den Himmel mit ihren Gebeten durchdringen. Wir folgen dem Fluss wie die deutschen Bomber, dieser charakteristischen Schleife und dem Bogen – vielleicht hören Sie unterbewusst die Fanfare einer Nachrichtensendung?

Die Themse ist kein leeres, silbernes Band zu dieser Zeit, sondern verstopft von unzähligen wuselnden Schiffen, ganze Wälder wurden auf die Wasseroberfläche verpflanzt, es wimmelte von Menschen. Ja, die Silhouette ist schon zu sehen, während wir über die Kräne gleiten, die von Menschen wie von Hamstern im Innern der großen Räder bewegt werden, und uns der ausgedehnten, mächtigen Steinschöpfung des Palastes von Whitehall nähern.

Gerstenzuckerschlote stoßen weißen Holzrauch in die Luft. Die Königin erlaubt keine Kohle, weil sie den Geruch hasst und der Rauch schmutzig ist. Wir erblicken Grün beim Weitergehen: überraschende Mengen davon. Der St. James Park erstreckt sich nach Norden ins Ackerland hinaus, mit dem kürzlich aufgelassenen Lazar-Haus in der Mitte. Niemand weiß, weshalb die Lepra in Europa ausstirbt und die Schwindsucht sie als Geißel ersetzt. Zukünftige Bakteriologen werden herausfinden, dass die auslösenden Bakterien verwandt sind, was immer das heißen mag.

Sausen wir ins kultivierte Zentrum hinab, in die King Street, wo das Holbein-Tor für die Macht und Gerechtigkeit von Heinrich VIII. wirbt (der mit den sechs Frauen, zwei geschieden, zwei hingerichtet, eine tot im Kindbett, eine nach kurzer Zeit verwitwet). Da gibt es gewundene Schlangen von fein herausgeputzten Leuten, die darauf warten, eine kleine Pforte zu erreichen, wo ein gelangweilter bärtiger Mann in rotem Samt, in der Hand seine Hellebarde – ein Ding wie ein altmodischer Dosenöffner mit einem Stock dran – die Schillinge der gewöhnlichen Leute nimmt und sie in den Hof der Königin durchwinkt.

Folgen Sie der unterwürfigen Menge, glotzen Sie die bemalten Wände an, die hohen Decken, die gekachelten Böden. Es entsteht Unruhe, und eine kleine Gruppe junger Männer in außerordentlich aufgeplustertem Damast und Samt läuft beschwingt vorbei. Sie tragen silberne und goldene Teller. Weil wir Götter sind, können wir vielleicht an ihrer atomaren Zusammensetzung sehen, dass die Seide für den Damast und den Samt ganz Eurasien durchquert haben muss, von weit her aus dem fernöstlichen Reich, um in Flandern von fabelhaft geschickten Webern aufgetrennt und neu gewebt zu werden. Wir wissen, dass das Gold aus böhmischen Minen stammt, das Silber aber wurde von kranken und hungernden Sklaven in der großen Mine von Potosi ausgegraben und kam nach England als Teil eines spektakulären Beutezugs, gestohlen vom obersten bewaffneten Räuber des Königreichs, Sir Francis Drake.

Achten Sie auf diesen jungen Mann da, Robert Carey. Er lacht höflich, kastanienfarbenes Haar unter seiner Mütze mit den vielen Federn, außerordentlich elegant in grünem Samt und schwarzem Damast, sein Schwert an der Seite und einen Dolch im Gürtel am Rücken. Sie haben so etwas wie ihn zweifellos im Fernsehen oder im Theater gesehen, aber er ist anders. Zunächst mal riecht er ziemlich streng nach Mann. Nicht schmutzig, wie ein Penner (so wie seine späteren Nachkommen im Bakterienparadies des siebzehnten und achtzehnten Jahrhunderts). Er riecht nur sehr stark nach sich selbst, dem (verhältnismäßig ungewaschenen) männlichen Menschen. Er hat erst kürzlich ein Bad genommen, vor zwei Wochen, unten in den Bordellen von Southwark, aber das Deodorant ist noch nicht erfunden, und seine Königin verabscheut den Geruch von Moschus. Lavendel, Nelken und Zitrone wabern um seine Kleidung, sind ihrer Aufgabe aber kaum gewachsen. Er wechselt sein extrem feines Leinenhemd jeden zweiten Tag, öfter, wenn er seine heikle Königin als Kammerherr im Schlafzimmer bedient, aber …

Tatsächlich hängt ein deutlicher Gestank von ihnen allen in der Luft. Rosenwasser, etwas Sevilla-Orange, eine Menge Bier und Wein. Und der gut aussehende junge Mann, der die ziselierte Silberschüssel samt Deckel mit solch anmutiger Gebärde trägt, hat einen abweisenden, harten Ausdruck im Gesicht. Er ist kein Schauspieler, auch wenn er es heutzutage wahrscheinlich wäre. Er ist athletisch wie ein Sportler, er ist sehr charmant, ein wenig wie ein Politiker. Auf seine Art ist er berühmt. So wie ein moderner Prominenter danach trachtet, seiner Herrin, der wimmelnden demokratischen Masse, zu schmeicheln und freundlich zu ihr zu sein, trachtet Carey danach, seiner Herrin, die genauso fordernd ist, zu schmeicheln und freundlich zu ihr zu sein und seinen Lebensunterhalt bei ihr zu verdienen. Außer dass man ihn Höfling nennt und seine Herrin eine höchst gebildete, intelligente und temperamentvolle Königin ist.

Es ist vollkommen in Ordnung, Robert Carey schöne Augen zu machen, wenn Sie wollen, obwohl er in dieser Geschichte hier nur eine Nebenrolle spielt. Er ist ein Vetter der Königin. Er wird Sie nicht bemerken, denn da Sie ohne Masse sind, reflektieren Sie nicht das Licht dieser Welt. Auf jeden Fall drängen sich die gewöhnlichen Leute überall um ihn herum und starren ihn an, wenn er auf seinem täglichen Weg zum kunstvollen Mummenschanz des Queen's Dinner an ihnen vorbeigeht. Er findet die Zeremonie langweilig, aber nicht lächerlich, obwohl sie Elemente einer katholischen Messe aufweist. Er und seine Freunde werden einen leeren Stuhl unter einem prachtvollen Standestuch bedienen, werden eine außerordentlich feine (wenn auch kalte) Mahlzeit servieren, mit gefülltem Rebhuhn und Wildbretpasteten und gewürztem Fisch und Röstbrot.

Ihre Untertanen und die vielen ausländischen Besucher zahlen gutes Geld, um in die öffentlichen Räume der Königin zu kommen, die glänzenden Farben anzuglotzen und missbilligend auf die silberdurchwirkten Wandbehänge zu deuten. Jeder Wandteppich kostet so viel wie ein voll ausgerüstetes Kriegsschiff, trägt aber entschieden mehr zum Zusammenhalt des Königreichs bei – vereint im lustvollen Schock über die Kosten. Die Königin ist jedoch viel zu beschäftigt, um sich tatsächlich wie eine Löwin in die Menagerie des Towers zu setzen und vor ihnen zu essen. Zu Ostern und Weihnachten könnte man das Privileg genießen, sie zu sehen (nachdem man das Dreifache dafür bezahlt hat), wobei vielleicht Robert Carey an ihrer Seite kniet, um ihr einen Trinkbecher mit Wein zu reichen. Den Rest des Jahres, wenn die Reihe an ihm ist, kniet Robert Carey mit geradem Rücken und unbewegtem Gesicht vor einem samtbezogenen Holzthron und seinem mit Löwen übersäten Baldachin.

Vierhundert Jahre vor dem National Trust erlaubt die Königin dem gemeinen Volk, schnatternd in ihren Palast zu kommen, teilweise, damit es die königliche Prachtentfaltung sehen kann, aber auch, weil sie selbst mit ihrer körperlichen Anwesenheit nicht mehr so frei umgehen kann wie vorher. Ein paar Jahre zuvor wurde der holländische Regent Wilhelm von Oranien von einem jungen belgischen Priester ermordet, der mit einer Pistole auf ihn zugegangen war und ihn erschossen hatte. Die Königin war selbst das Ziel einer Anzahl von Attentatsplänen und hat ein oder zwei nur um Haaresbreite überlebt. Sie will ihrem Volk vertraulich begegnen können, ohne dabei ihr Leben aufs Spiel zu setzen, deshalb der dämliche Mummenschanz des Queen's Dinner. Ihre Hofherren essen danach das delikate Mahl und haben den Geschmack von heißem Essen ganz vergessen, was gut ist, weil viele von ihnen vom unmäßigen Zuckergenuss schlechte Zähne haben. Aber dies wird für eine Weile die letzte derartige Gelegenheit sein, es gibt Wichtigeres zu tun.

An diesem Tag kommen mehr Schaulustige als je zuvor, denn jeder weiß, dass die Armada unterwegs ist.

Niemand weiß jedoch genau, wann sie eintreffen wird, weil Radar und Satellitenüberwachung noch vierhundert Jahre auf ihre Erfindung warten. So liegt Spannung in der Luft. Die Engländer sehen dem Zusammentreffen mit den dreckigen Spaniern und dem Sieg über sie eher erwartungsvoll entgegen, denn sie sind ein kriegerisches Volk und haben grenzenloses (wenn auch oft unberechtigtes) Vertrauen in ihre kämpfenden Männer. Sie haben sogar noch größeres Vertrauen in ihre Marine, was vernünftiger ist, da sie von John Hawkins umgestaltet wurde, dem seit Generationen ersten vollkommen ehrlichen und erfahrenen Seemann, der für die Admiralität verantwortlich war. So ehrlich ist er, dass er zwei Neger in Ketten auf seinen Waffenrock sticken ließ, um sich stolz zu rühmen, dass er sein Vermögen im Sklavenhandel verdient und es deshalb nicht nötig hat, sich bestechen zu lassen.

In London schwirren Gerüchte umher, die ausgebildeten

Truppen üben jeden Morgen in Smithfield, Gewehre, Schwerter, Rüstung und Schießpulver kosten alle das Dreifache, und nicht wenige Leute kaufen heimlich Gold und vergraben es im Garten.

Hinter Türen, welche von Männern bewacht werden, die jedes Gesicht kennen, das dort etwas verloren haben könnte, ist die Königin die Spitze des Reiches. Sie muss zugänglich erscheinen, darf es aber nicht tatsächlich sein. Kein Gemeiner wird sich ihr wahrscheinlich ohne einen teuren Termin nähern können, es sei denn, sie ist auf einer Sommerreise.

Also müssen Sie wieder ein Gott werden, um durch die Wände zu kommen. Die sind geschmückt und prachtvoll an den Orten, die öffentlich zugänglich sind, und weiß gestrichen und roh verputzt in den Korridorlabyrinthen hinter den öffentlichen Räumen, so ähnlich wie der Bereich hinter einer Theaterbühne. In den Ecken Urinflecken, da junge Männer, denen die Ration von einer Gallone Bier am Tag zugestanden wird, ihren natürlichen Neigungen folgen. Achten Sie nicht auf die vorbeieilenden Diener, die Essen, Kleidung, Bücher, einen Habicht tragen. Einen Stock höher, und man trifft auf eine lange, holzgetäfelte Empore mit Blick auf einen Garten.

Biegen Sie ab, gehen Sie durch eine Tür, hier steht noch ein junger Mann in butterblumengelbem Taft, verkatert und gelangweilt. Der Audienzraum der Königin hat weiße Satintapeten an den Wänden, wo Käfige mit eifrig singenden Vögeln hängen. Auf Samtkissen an einer Wand sitzen ein Dutzend Damen und erwartungsvolle Mädchen, meist mit Sticken oder Wollewickeln beschäftigt, und unterhalten sich leise. Sie sind keine Bediensteten, sie sind die Gefährtinnen der Königin und gewöhnlich mit den wichtigen Männern des Königreichs verwandt, obwohl ihr Leben in legendärer Langeweile vergeht, belebt von Klatsch, Kleidungswettstreit und heimlichem Geschäker mit den vielen jungen Männern, die hinter ihnen her sind. Drei Schoßhunde namens Francis, Eric und Felipe, benannt nach verstoßenen Verehrern der Königin, schnarchen als haariger Haufen auf einem Kissen. Noch zwei junge Männer in karmesinroten Seidenwämsern mit Hellebarden in der Hand stehen hinter dem Thron, ebenfalls gelangweilt, verkatert und ziemlich angespannt. Noch mehr Männer stehen an den Wänden herum und tun so, als hätten sie dort etwas zu schaffen, darunter Diener der französischen, schottischen und venezianischen Botschaften.

Über dem Thron der Königin, der erhöht auf einem Podest steht, schwebt ein Baldachin aus rotem Brokat, mit Löwen geschmückt. Endlich schmettert eine Fanfare. Die Königin tritt ein, Mädchen in weißem Damast richten ihre Schleppe, sie besteigt den Thron und nimmt Platz. Sie hat den Blick der Tudors für angemessene Zeremonien und weiß, dass wichtige Nachrichten unterwegs sind. Die Leuchttürme brennen seit vorgestern, und der Mann, der von Drake als Bote aus Plymouth geschickt wurde, soll jeden Moment eintreffen.

Deshalb ist sie in sorgfältig gewähltes, steifes Schwarz und Weiß gekleidet, mit türkisfarbenen Bändern und am Ärmel dem Juwel der Weisheitsschlange. Normalerweise würde auch eine Zwergin zu ihren Diensten stehen, Thomasina de Paris, eine *Muliercula* in einem auffallend kunstvoll gearbeiteten Gewand in Karmesinrot und Gold, die hinter den hübschen Mädchen herläuft und wartet, bis die ihre Dienste für die Königin erledigt haben, bevor sie still herannaht und sich zu Füßen der Königin wie eine auffällige bunte Katze niederlässt. Im Moment jedoch ist Thomasinas Kissen auf dem Podest nicht besetzt.

Was weiß die Königin, jetzt, da die Armada ihrer Feinde (mit den einhundertneunundzwanzig Schiffen, die ihnen nach den Stürmen in der Biskaya geblieben sind) in Halbmondformation den englischen Kanal hinauffährt und sich endlich einmal günstiger Winde erfreut? Was denkt sie gerade?

Da wir Götter sind, keine Historiker, können wir ihre geschwungenen Brauen teilen und direkt in das wimmelnde, zehndimensionale Labyrinth ihres Bewusstseins blicken.

Thomasina ist dort vertreten und verursacht große Sorge, weil sie immer noch in höchst gefährlicher Mission abwesend ist, denn die Königin liebt sie sehr. Zwei Männer, die der Königin in der Vergangenheit erhebliche Dienste erwiesen haben, David Becket und Simon Ames, nehmen großen Raum in ihrem Denken ein, denn sie würde gerne wissen, wo sie sind und wie es ihnen ergeht. Simon, glaubt sie, wird wohl tot sein, aber Becket … Wer kann das sagen?

Die getreue Ehefrau von Ames, Rebecca, ist ein weiterer Hauptquell ihrer Sorgen, im Gegensatz zu ihrer großen schwarzen Dienerin Merula. Die Königin teilt die geistige Blindheit der meisten Europäer ihrer Zeit und noch danach und kann sich nicht dazu durchringen, die Definition des Menschlichen auf jemanden mit ebenholzfarbener Haut anzuwenden.

Was beschäftigt die Königin noch, während sie auf Nachrichten wartet, während die Geschichte unentschlossen an einem Kreuzweg schwankt? Wird sie von der Geschichte beobachtet, wie von Gott?

Historiker schwimmen glücklich in den warmen, trüben Wassern der Geschichte, während an ihren Nasen Dokumente vorbeiziehen, die vom Index der Karteien oder von Datenbanken in höhere Ränge befördert werden. Die Geschichte ist eine Erzählung, die Historiker von oben verfolgen. Aber wenn sie passiert, besteht die Geschichte nur aus laufenden Ereignissen. Und was Elisabeth Monat für Monat zu sehen bekam, während sie mit Philip II. von Spanien ihr tödliches Fernschachspiel bestritt, war die Aussicht aus ihren Schlafkammerfenstern, ob in Whitehall oder Greenwich oder Nonsuch oder Hampton Court, auf welchen der königlichen Gärten auch immer, der dann zufällig vor ihr lag. Was sie nicht beobachten konnte, waren die umfassenden Aktivitäten eines Reiches, das praktisch all seine Güter, seine Lebensmittel- und Munitionsvorräte, sein Geld und seine verfügbaren Männer abzweigte, um seine ursprünglich hundertfünfzig bunt zusammengewürfelten Schiffe gegen sie auszurüsten. Wenn von irgendjemandem gesagt werden kann, dass er es gesehen hat, dann war es der mönchische Philip selbst, verschanzt hinter Papieren in seinem kleinen Arbeitszimmer in San Lorenzo, das wir jetzt als Escorial kennen.

Was bei Elisabeth ankam, war hinter Zeichen und Symptomen verborgen. Sie muss ihre Lage beurteilen nach Briefen von Männern, die auf Geld hoffen, aus dem Geleier eines Mannes, der über etwas berichtet, das ein anderer Mann ihm erzählt und in Antwerpen, in Den Haag, in Lissabon gesehen hat.

Der Gedanke an die Armada, an einen möglichen Versuch Philips, England mit Gewalt zu nehmen, nachdem er die Demütigung einstecken musste, es nicht durch Heirat zu bekommen, hatte seit mehr als zehn Jahren wie ein Damoklesschwert über ihr gehangen (wie sie selbst es beschrieb). Stimmte es? Gab es die Armada wirklich? Würde es tatsächlich so einen Versuch geben, oder war alles ein Bluff? Lord Burghley, der Schatzmeister, sagte jedenfalls, dass Philip nur tat, was spätere Generationen als Säbelrasseln bezeichnen würden.

Wichtige Informationen tauchten oft durch Zufall auf. Ein Fischerboot hatte Schiffe im Dunst gesehen ... Kaufleuten wurde das Schiff beschlagnahmt ... Der berühmte Überfall von Sir Francis Drake auf Cadiz im Jahr 1587 war ebenso eine gewaltsame Spionageaktion wie ein Brandschatzungskommando. Was er gesehen hatte, überzeugte die meisten im Königlichen Rat, nicht aber Burghley, der offenbar nicht verstehen konnte, weshalb der König von Spanien etwas so Törichtes tun sollte. Briefe kamen von Sir Horatio Palavicino, ihrem Bankier und Drahtzieher und Vermittler unter den Kaufleuten in Den Haag, wo die Geldmärkte waren: Der Kredit Ihrer Majestät wurde halbiert, weil die Geldleute fürchteten, dass sie ihr Königreich verliert. Der Papst wird dem König von Spanien eine Million Dukaten geben, wenn spanische Truppen in England landen. Die Ernte ist dürftig.

Einige ihrer Handlungen sind immer noch ein Rätsel. Warum hat sie zum Beispiel die Friedensverhandlungen in Dünkirchen die ganze Zeit weitergeführt, während die Armada ausgerüstet wurde, und tatsächlich sogar noch dann, nachdem sie losgesegelt war? Es ist wahr, ihr alter Freund und »Auge«, der Schatzmeister Lord Burghley, ein kühler und rationaler Politiker, war ganz beruhigt und sicher und hielt die ganze Armada für ein Schreckgespenst, das sich in ein Rauchwölkchen auflösen würde, wenn man nett mit ihm redete und verhandelte. Er hatte sogar seinen zweitältesten Sohn, Robert Cecil, als Delegationsleiter ausgesandt. Warum hat Elisabeth ihn so lange mit der Entsendung von Friedensunterhändlern bei Laune gehalten? Hat sie es selbst geglaubt?

Noch mehr Papiere, noch mehr Wörter, die wie Schmetterlinge in den Spinnennetzen aus Papier gefangen waren. Und die Königin liest, hört zu, befragt persönlich, hört sich Aussagen an, die von anderen gesammelt wurden, auf merkwürdige Weise gezwungen, Historikerin ihrer eigenen laufenden Ereignisse zu werden, und sie versucht spät und wenig genau herauszufinden, was tatsächlich passiert, schon passiert ist. Man muss sich vergegenwärtigen, dass die Welt damals groß war: Es konnte zwei Tage dauern, bis man eine Nachricht aus York bekam. Und man muss sich vorstellen, was in zwei Tagen alles passieren konnte.

Die Königin und ihre Berater hatten die bestmöglichen Vorbereitungen getroffen, hatten die ausgebildeten Truppen des Landes zur Musterung einberufen, Munition und Pulver angesammelt, Geld in die schwimmenden Planken des Landes gesteckt. Sie waren eine kleine, arme Nation, verglichen mit Spanien, aber … Es gibt im Krieg keine Garantien. Zunächst einmal waren Elisabeth und ihr Volk – notorisch unfähige, betrunkene, ungehorsame und unerfahrene Soldaten auf dem Land – berühmt für kleine Überfälle, verrückte Pläne und die Kunst der Seefahrt.

Aber alles musste warten, bis die Armada kam. Es gab Nachrichten, dass die Armada Lissabon verlassen hatte – zuerst erfuhr es Dr. Nunez, vielleicht per Brieftauben, und Dr. Nunez stand vom Abendessen auf und ging um die Ecke zum Haus von Sir Francis Walsingham in der Seething Lane, um es ihm zu sagen. Und dann kam die Nachricht, dass die Armada in einem Sturm zerstreut worden war und in La Coruña lag, um repariert zu werden. Und dann …

Die Anspannung erreichte den Siedepunkt, als sich die Gerüchte zu Fakten erhärteten, als die Papiere in die Sortierstelle von Seething Lane und Whitehall galoppiert kamen … Immer noch sah Elisabeth nur den unablässigen Wirbel von Höflingen und Moden, den allmählichen Sieg des Frühlings über den Winter in ihrem Garten, dann den des Frühsommers über den Frühling. Das Wetter war schrecklich, kalt, stürmisch, regnerisch, und dennoch hielten die Rosen mit ihren Knospen dagegen.

Endlich! Die Armada wurde vor der Küste von Cornwall gesichtet, und die Leuchttürme wurden angezündet, das Land an seinen höchsten Stellen von Richtpunkt zu Richtpunkt vom Feuer erfasst, am Tag stieg der Rauch auf, und bei Nacht loderten die Flammen. An jedem Ort gab es Verzögerungen, weil die

Beobachter debattierten, was sie gesehen hatten, bis Bestätigung von anderen im Netzwerk aufleuchtete, und sie nahmen das brennende Holz aus dem Feuertopf, um ihren eigenen Metallkorb mit Treibholz und Stämmen anzuzünden. Glücklicherweise regnete es nicht an jenem Tag. Bis zum Abend erreichte die Nachricht London, und die Hauptstadt war in Aufruhr, und der Hof der Königin war der sehr langsame Zentralprozessor, von dem die Befehle über das ganze Königreich ausstrahlten.

Und jetzt galoppiert ein Mann auf einem schaumbedeckten Pferd in das Hoftor. Er wird von Sir Walter Ralegh in leuchtend rotem Seidenbrokat persönlich begrüßt und direkt durch den Hof geleitet. Alle Leute sehen die Erschöpfung des jungen Mannes, seine schlammdurchtränkten Stiefel und Hosen, sein Haar schweißnass, sie drehen sich um, flüstern, sie wissen, weshalb er hier ist. Er ist der Melder und zweihundert weite Meilen geritten, den ganzen Weg von Plymouth herauf, um Ihrer Majestät die Wahrheit über die Armada zu überbringen. Das war eine athletische Leistung wie der Marathonlauf und erforderte außerordentliche Fitness, Reitkunst und Organisationskraft. Meldereiter zu sein bedeutete, dass man alle zehn bis fünfzehn Meilen die Pferde wechselte, so dass man das Tempo im Trab oder sogar im Galopp auf lange Entfernungen durchhalten konnte. Von Brieftauben abgesehen war das die schnellste Art, den rasch verderblichen Fisch militärischer Information weiterzugeben.

Andere junge Männer folgen bereits mit weiteren Botschaften, in kleinen, schnellen Pinassen, die ebenso ostwärts eilen, die Südküste hinauf, und die Land- und Meeresbrisen nützen, um ihre kostbare Information so rasch wie möglich an den vorgesehenen Ort zu bringen. Mit Glück, Reaktionsvermögen, körperlicher Ausdauer und ohne Zwischenfälle konnte man an die hundert Meilen am Tag zurücklegen.

Überwältigt, vom Hauptmann der königlichen Garde geleitet zu werden, eilt der junge Mann mit ausgetrocknetem Mund durch die flüsternden Gänge, durch den schwer bewachten engen Flur, der zu den Privatgemächern der Königin führt, die Stufen zur Empore hinauf. An der Tür des Empfangssaals hält Ralegh an, greift in die Ärmeltasche seines Wamses und reicht ihm einen silbernen Flakon.

»Trinkt«, sagt er mit einem Nicken, und der junge Mann nimmt dankbar an, stürzt den ausgezeichneten Branntwein hinunter.

Ralegh führt ihn hinein, kündigt ihn an, und der junge Mann fällt vor der Königin auf beide Knie, ehe er eilig das versiegelte Paket des Admirals von England, Lord Charles Howard of Effingham (nicht Drake, der war nicht aristokratisch genug) hervornestelt. Die Königin greift danach, reißt es auf, überfliegt es rasch.

Es erzählt die Geschichte eines knapp vermiedenen Unglücks, da die englische Flotte gerade in Plymouth neue Vorräte lud, als die Armada vor Cornwall gesichtet wurde.

Der Wind stand gegen sie und das Risiko war groß, im Hafen eingekesselt zu werden. Wenn Drake die Spanier befehligt hätte und nicht der Herzog von Medina Sidonia, hätte er den entscheidenden Vorteil an Zeit und Ort genutzt, hätte in einem verwegenen Angriff auf das Hafenbecken von Plymouth alles riskiert und die Schiffe der Königin angegriffen, während sie hilflos waren.

Glücklicherweise hatte Medina Sidonia Befehl, so etwas nicht zu riskieren. Die spanische Armada drehte nicht weit vor Plymouth bei und hielt Kriegsrat und eine Danksagungsmesse.

Die Königin befragt ihren Zeugen ausführlich, während der Bote mit ausgedörrten Lippen vor ihr kniet. Ja, der junge Mann hat die spanischen Schiffe selbst gesehen, mit eigenen Augen, höchst zahlreich, ein dunkler, fremdartiger Wald zog sich übers Meer, fremdartige Fahnen wehten dort.

Die Königin nickt, ihre Augen verdüstern sich, und sie entlässt ihn dankend, dann lehnt sie sich auf dem Thron zurück und liest noch einmal die Nachricht ihres Admirals.

Da wir Götter sind, können wir zurücktreten, uns über den Holz- und Steinkomplex von Whitehall erheben, hoch in den Orbit hinauf, wo wir die Zeit umkehren können und uns zurückwühlen durch die Tage, Wochen, Monate, ehe wir wieder hinabgleiten zur sonnengetränkten, baumbestandenen Westküste von Afrika.

Aber wir müssen vorsichtig sein. Hier verstehen sie die Götter und haben Männer und Frauen, die mit dem Unsichtbaren vertraut sind. Hier ist eine, die uns sehr wohl sehen könnte und wissen, wer wir sind, fähig, direkt mit uns zu reden.

Merula

Die Sklavenküste von Afrika, Herbst 1587

Wenn ich so mondweiß wäre wie ihr, würdet ihr mich eine Hexe nennen. Ihr würdet mich mit Gewichten und Wasser foltern und mit Feuer verbrennen. Aber in meiner Heimat, wo wir alle dunkel und schön sind, achten wir die Menschen, die umgedreht sind.

Ich bin nicht klein und schwach und dünn wie eure Frauen mit dem Perlengesicht. Ich bin groß und stark; meine Arme sind wie die schwarze Eiche eurer Moore; mein Körper ist so stark wie irgendeiner der Körper von euch seltsamen rosafarbenen Männern mit eurem kleinen rosafarbenen Mannstück. Meine Brüste sind Türme von Ebenholz, mein Gesicht ist eine Skulptur aus Onyx, mein Haar ein Wunder an schwarzem Samt.

Warum bin ich unter die seltsamen haarigen Gespenster des kalten Nordens gekommen? Es gibt dort keine richtigen Menschen, nur euch Gespenstermenschen mit eurer fauligen Milchhaut, und euren haarigen Gesichtern, borstig wie Wildschweine, Menschen, die große Zelte aus schwerem und gefärbtem und feinem Stoff tragen. Wisst ihr, wie scheußlich ihr riecht?

Ich bin umgedreht, also mache ich das Gegenteil von allen anderen. Ich bin zum Lager meines Königs gegangen, meines Bruders, und bin dabei auf den Händen gelaufen, damit seine Krieger Angst haben, mich aufzuhalten.

Ich sagte: »Die Portingalen und die Araber verhexen uns. Sie bieten uns Dinge wie Kleider und Gewehre für unsere starken, guten Männer, die in Ketten zu den Häfen stolpern und nie zurückkehren. Solch ein Übel ist sicher Hexerei?«

Mein König zwinkerte und verschob seinen goldenen Kragen. Hinter ihm flüsterte ein Berater hinter der Schnauze seines fürstlichen Leopardenfells.

(Ich habe auch ein Leopardenfell).

»Diese Männer in Ketten sind nicht meine Leute«, sagte der König und schlug mit seinem Wedel nach einer Fliege. »Ich habe nie jemanden von meinen Leuten verkauft. Ich verkaufe nur Fremde und Kriminelle. Warum sollte ich den haarigen Gespenstern keine Fremden und Kriminellen verkaufen?«

»War mein Sohn – dein Neffe – ein Fremder und Krimineller?«, fragte ich kalt, und er zuckte zusammen, begann zu schwitzen. Er dachte, ich wüsste nicht, was mit dem Jungen passiert ist, oder es würde mir nichts ausmachen. Falsch.

»Warum glaubst du, ich hätte ihn verkauft?«, fragte mein König vorsichtig. »Warum sollte ich das tun?«

Nun gab es an dieser Stelle ein großes Loch in seiner Rede, wo die Worte »Ich habe es nicht getan« hätten sein sollen. Aber er hatte auch Angst, mich anzulügen. Ich ging vor ihm auf meinen Händen auf und ab, die Brüste, die meinen Jungen gesäugt hatten, hingen nach unten. Dann sprang ich und brachte wieder die richtige Seite nach oben, mein Kopf rauschte von dem Wechsel, ich lächelte, um meine gespitzten Zähne zu zeigen.

»Die Geister haben es mir gesagt.«

Das war genau genommen eine Lüge, denn ich habe es von einem seiner Berater erfahren, den ich mit Zaubertränken betrunken und zutraulich gemacht hatte.

Der andere Berater, der, den die Araber bestochen hatten, schlug an sein Pulverhorn und richtete sein Gewehr nach vorne. Es war eines der wenigen im Königreich, ein Ding mit großer Macht und Hexerei. Aber wenn es sein Zauberpulver nicht zu fressen bekommt, ist es tot. Ich hatte von diesem Pulver eine Menge gehört, ich hatte sogar daran gerochen und etwas davon probiert. Es hat einen Geschmack, dass einem schlecht wird, aber niemand weiß, wie man es herstellt, nur die haarigen Gespenster.

Also verbeugte ich mich und berührte die Erde mit meiner Stirn, nur verbeugte ich mich nicht vor meinem König, sondern vor seinem Gewehr, seinem Gott.

Mein Bruder wollte mehr von dem Zauberpulver, das die Gewehre fressen. Jeder Unruhestifter unter den jungen Männern ist ein willkommenes Tauschmittel für mehr Zauberpulver. Deshalb gibt es für meine Schwestern keine Männer zum Heiraten, deshalb müssen sie zu alten Männern und Krüppeln gehen, um Kinder zu haben, deshalb werden die Felder kleiner und die Ernten gehen zurück. Und sicherlich wird jeder törichte junge Mann, der wütend gegen den König spricht, mehr wert sein in Zauberpulver. Ganz bestimmt. Ohne Zweifel kam sich mein Bruder, der König, gnädig vor, dass er meinen Jungen nicht getötet hat.

»Die haarigen Gespenster sind meine Freunde«, sagte der König. »Die Engländer, die Portugiesen, die Spanier. Sogar die Araber. Wir haben Verträge, wir treiben Handel, und Handel ist immer gut.« Er machte eine Pause, holte tief Atem. »Ich weiß nichts über deinen Sohn.«

Ich lächelte ihn an. Es war selbstverständlich richtig, dass er nichts von meinem Sohn wusste, weil niemand etwas von denen weiß, die von den Arabern mitgenommen und gebunden wurden und die zur Küste marschieren mussten.

Einmal, vor langer Zeit, hatte ich einen Ehemann, und deshalb hatte ich einen Sohn, gepriesen sei die Mondkönigin, die ihn mir gab. Aber ich war nach der Geburt umgedreht. Als mein Ehemann mich deswegen schlug und ich ihn umbrachte, gab ich meinen Sohn meiner Schwester, deren Baby gestorben war. Sie kam und nahm ihn zu sich und liebte ihn. Dann ging ich in den Wald, um Geister und Gesänge zu jagen. Geisterzeit, Zeit der Gesänge, ist nicht dasselbe wie unsere Zeit. Als ich wieder aus dem Wald kam, war mein Sohn gewachsen und hatte seine Initiationen durchlaufen, seine geheimen Gesänge gelernt, die Narben eines jungen Mannes erhalten, die Schlange, die am rechten Arm der Männer hochklettert. Es war meine Schwester, die ihm danach das Bier gereicht hatte. Sie war die Mutter, die ihn ins Erwachsenenleben gebracht hatte; ich war nur die Mutter, die ihn aus dem Schoß gespuckt hat. Sie weinte um ihn, als sie zu mir kam. Aber ich habe nicht geweint. Der König war dumm, ihn zu verkaufen; noch dümmer, als er mich halb angelogen hat.

Er schaute von meinem Lächeln weg. »Vielleicht könnte ich meine Freunde, die Araber, nach deinem Sohn fragen?«

Oh sicher, das könnte er tun und ihnen sagen, sie sollten dafür sorgen, dass der Junge vor Sonnenaufgang tot ist. Aber weshalb mit der Dummheit streiten? »Lass mich hinunter zum Hafen gehen«, sagte ich. »Ich werde singen, und mein Sohn wird zu mir zurücktanzen.«

Mein König und seine Berater schauten einander an. Ich bin schon eine Plage. Mit Sicherheit wird mich ein Gewehr totschießen, aber wer weiß dann schon, wohin meine Seele geht oder wessen Herz ich fresse? Über ihren Köpfen sah ich ihre Gedanken: Die Araber könnten den Fluch auf sich laden, wenn sie es wären, die mich töten, weil sie nach meiner Gefangennahme herausfinden, was für eine schlechte Sklavin ich abgebe. Der röhrenartige, bleispuckende Gott meines Königs saß auf dem heiligen Stuhl und lächelte mit seinem Abzug unter der langen, röhrenförmigen Schnauze.

»Du wirst die Portugiesen nicht angreifen?«, fragte der Berater. »Du wirst sie nicht in Angst versetzen, damit sie weggehen und mit unseren Feinden handeln?«

»Ich bin eine Frau«, gab ich zurück. »Was weiß ich vom Kämpfen?«

»Sie werden dich nicht als Geschenk nehmen, du Närrin«, grinste der andere Berater, der zu vergessen schien, was er mir gesagt hatte. »Die Portugiesen wollen keine Frauen kaufen, sie sagen, sie haben so schon genug Ärger.«

»Trotzdem«, sagte ich, immer noch lächelnd.

Der König stieß seinen schönen, federgeschmückten und messingbeschlagenen Speer auf den Boden, dann griff er nach dem Gewehr, das er über seine Knie gelegt hatte. Ein Messer aus Licht drang durch die Blätter seines Baldachins und durchschnitt weich das Gewehrschloss.

»Du kannst zum Hafen gehen«, sagte mein König. »Du bist die umgedrehteste Frau, die wir je gesehen haben, aber es gibt noch andere in den Wäldern, die fast genauso umgedreht sind und die wir besuchen können, wenn wir Heilung brauchen oder wissen wollen, was die Götter sagen. Du kannst in den Ländern der haarigen Gespenster jagen gehen.«

Selbstverständlich waren sie alle froh, mich los zu sein, da ich ja mit den meisten von ihnen verwandt bin. Die Macht kommt direkt von der Schlangengöttin zu mir herab, welche in unserem Land einen großen, vielstämmigen Baum erklettert und sich mit dem Vogel, der goldene Eier legt, vermählt hat; dann legte sie ein Ei in sein Nest, und aus dem Ei schlüpfte der Erste aus unserer Linie, allein, schuppig, ohne Schnabel, mit gestohlenen Federn, Mann und Frau zusammen, umgedreht und richtig herum. Alle von uns, Männer und Frauen, haben so eine Schlange, die an ihrem Arm hochklettert und unter Blut und Schmerzen entstand, als wir erwachsen wurden, sehr schön. So sind wir also seltsame Leute, und einige unter uns sehen alle Götter und Geister und werden ihre Freunde.

Ich verbeugte mich wieder vor dem König und seinen Beratern und ihrem Gott, dem Gewehr, und dann verließ ich sie. Im eingefriedeten Lager meines Königs, wo er immer bleiben muss, außer, um in den Kampf zu ziehen, lugten seine großen, drallen Frauen, dick wie Flusspferde, durch die Fensterritzen, um mich weggehen zu sehen, flüsterten.

Ich lachte. Ich bin eine Elefantin – sie sind dummes Rindvieh. Ich bin ein Rhinozeros – sie sind verängstigte Antilopen. Ich bin die Schlange – sie sind fette, kleine Vögel.

Umgedreht zu sein ist nicht immer bequem.

Also ging ich den Pfad hinunter, mit meinem besten Umhang aus vornehm schwarzgelbem Pelz, der mir höchst unwillig von einem Leoparden gegeben wurde, mit meinem Lederrock, mit meinem Stock und meiner Flöte, meinen Göttergeschenken, die in einem kleinen Froschlederbeutel an meinem Hals hingen, und einem Ledernetz mit getrocknetem Fleisch über der Schulter, hinunter, hinunter, den Pfad zum Meer, den die Gefangenen gehen müssen, ein Strom von ihnen, gebeugt in der Sonne.

Früher einmal, in der Zeit unserer Urgroßeltern, gingen die Sklaven immer nach Norden durch den brennenden Sand, über die felsigen Einöden des Nordens. Sie liefen in der Nacht und am Morgen und ruhten sich in der unverschämt grässlichen Hitze aus, wenn die Löwensonne über den Wüstenhimmel schleicht und die Welt wie eine Gazelle nach Luft ringt. Die Hälfte von ihnen starb auf dem Weg zu den Märkten in den Araberländern am Mittleren Meer.

Jetzt gibt es keine Folter mehr durch Sand und Durst. Der Pfad ist breiter geworden und wird Tag für Tag benutzt, und er führt hinunter zum Meer. Jetzt gibt es eine Folter durch Wasser und Durst. Damals wusste ich nichts davon. Alles, was ich wusste, sah ich in dem dünnen Menschenstrom: gute junge Männer und ein paar weinende Frauen, alle laufen, laufen, laufen sie den Pfad hinab. Viele der Krieger waren noch verwundet und benommen von der Gefangennahme. Sie taumelten unter Baumstämmen, die jeweils zwei von ihnen wie Ketten am Hals zusammenhielten, und die Baumrinde grub große Fleischlöcher in ihre Schultern und Hälse. Es ist für Sklaven nicht gut, gesund zu sein, besonders nicht für junge, starke Krieger, die wertvollsten, wenn sie gebrochen worden sind.

Ich stand auf einem Baumstumpf und holte meine Flöte hervor und spielte für sie. Ich spielte ihnen traurige und hoffnungsvolle Lieder. Sie waren tatsächlich alle Fremde, Feinde, wie mein König gesagt hatte. Ihre Sprache war verbogen und seltsam, schwer zu verstehen für mich. Sie waren Abkömmlinge einer anderen Baumschlange. Doch es schien, dass sie manche von den Liedern kannten, die ich spielte. Einer der Krieger antwortete meiner Flöte, indem er pfiff, ein Lied übers Erwachsenwerden. Er hatte seine Mannbarkeitsschlange auf die Wange geritzt, nicht auf den Arm.

Einer ihrer vielen Wächter war ein Cousin von mir, aus meiner Jahrgangsgruppe, und er erklärte seinem arabischen Herrn, wer ich war. Er sollte es wissen, denn ich hatte seinen kleinen Bruder sicher aus der Höhle seiner Mutter geholt, als sie bei der Geburt gestorben war. Er sah an meinem Stock und meiner Flöte, dass ich Götter jagte, aber er lächelte und erklärte dem Araber, dass ich nur eine arme, verrückte Heilerin sei. Der Araber nickte, und ich wusste, er dachte, die haarigen Gespenster könnten für mich etwas bezahlen, weil ich zwar sicher nicht hübsch war in dem Sinn, wie die Gespenster die Dinge sahen, aber so stark bin wie ein Mann.

Das ist gut, sagte die Lady Leopard, die in ihrer anderen Erscheinung als Zebra neben mir herlief. Da ihr beschränkte haarige Gespenster seid, wisst ihr vielleicht nicht, dass wir von den Seelen derjenigen verfolgt werden, die wir getötet haben. Mir folgen ein Leopard, ein Zebra, viele Impalas und kleinere Tiere und einige Männer. Aber es sind freundliche Geister, weil ich sie auf faire Weise getötet und danach geehrt habe. Sie helfen mir.

Mein Traumgesicht überkam mich flutartig, als ich den Araber sah. Da war sein Gott: ein goldenes Wort, das hell über seinem Kopf leuchtete. Er betete das Schreiben an, verbeugte sich fünf Mal am Tag vor ihm, und ich war entzückt, fasziniert, das erste Mal, dass ich so einen Gott gesehen hatte. Die Araber gaben uns ihre Schrift, und manche von ihnen erzählen ihrem Papier mit Feder und Tinte unsere Königsgeschichten. Zu schreiben ist ein besonders großer Zauber, und eines Tages werde ich es vielleicht lernen.

Als die erste Nacht anbrach, schlüpfte ich zum Schlafen zwischen die freundlichen Bäume und legte eine kleine Schlinge aus für den Mann, den der Araber, wenn die Krieger meines Königs eingeschlafen sein würden, schicken würde, um mich zu holen, mich niederzuschlagen und mitzunehmen.

Ich habe ihn nicht umgebracht, nur seinen Knöchel gebrochen. Der arme Mann. Ich habe ihn mit seinen Schmerzen liegen lassen, um ihn besseres Anpirschen zu lehren, und sein Stöhnen war ein Stier, der in meinem Schlaf brüllte.

Bei Tagesanbruch schickte der Araber meinen Cousin, um sich vor mir zu verbeugen und höflich zu fragen, was ich wollte.

»Ich suche nach meinem Sohn, der aus Versehen verkauft wurde«, sagte ich. »Hast du ihn gesehen?«

Mein Cousin kannte den Jungen. Er war schockiert, und doch war es interessant, dass er nie fragte, wie so etwas passieren konnte. Die Sklavenhändler und ihre Gewehre lassen normal erscheinen, was einmal schrecklich war. »Nein, selbstverständlich nicht«, sagte mein Cousin. »Glaubst du, ich hätte ihn sehen können, ohne ihn zu befreien? Der König hat mich im letzten Monat nach Süden geschickt.«

Er hatte Angst vor mir, zu Recht, aber ich nickte, um ihm zu zeigen, dass ich ihm glaubte. In der folgenden Nacht schlief ich auf einem Baum, während gewichtige Männer unten herumstolperten, um mich zu suchen. Einer von ihnen wurde von einer Schlange gebissen. Mein schwarzgelber Pelz hielt mich warm.

Am dritten Tag kam mein Cousin zu mir, als ich durch die Bäume bei der Sklaventreiberstraße schlüpfte.

»Morgen«, sagte er und schwitzte vor Angst, »morgen ... werden wir in der Nähe der Festung der Ungläubigen sein, und wenn du versuchst, dich in den Bäumen oder den Feldern zu bewegen, werden ihre Soldaten dich festnehmen oder umbringen, weil sie nicht wissen, was du bist. Deshalb ist es übermorgen wohl besser, wenn du bei uns bleibst, ob du willst oder nicht.«

Nie wurde ich höflicher gefangen genommen.

»Ich werde zu dir zurückkommen, weil du die Absicht hast, mir zu helfen. Aber heute Nacht werde ich alleine schlafen.«

Keiner der Männer des Arabers befolgte seinen Befehl, mich zu finden; sie stapften im Wald herum, redeten so laut sie konnten und gingen dann ins Lager zurück.

In dieser Nacht machte ich ein Feuer mit dem heiligen roten Holz, das beim Brennen spuckt und heult; ich zerbrach meinen Stock der Macht, weinte, als ich es tat, und verbrannte ihn zu Asche. Ich zerbrach meine Flöte und begrub sie. Ich aß mein letztes Fleisch, trank das letzte Bier und verbrannte den Beutel und die Kalebasse. Ich nahm sie alle vollständig und rein in mein Herz auf, wo sie nicht gestohlen werden konnten.

Jetzt musst du in das Maul des Löwen gehen, sagte meine Mondkönigin, und ich sah, dass sie sich von einem Zebra in einen Leoparden verwandelt hatte. Ich hatte Angst und war traurig.

Ich lag still neben meinem Feuer und tat so, als ob ich schlafen würde, tat so, als würde ich nichts merken, als die haarigen Gespenster, die der Araber geschickt hatte, wie Elefanten im Dunkeln durch das Laub krochen und ein Netz über mich warfen, mich in der Waldstreu herumrollten, mir die Hände und Arme banden wie einem Rehbock.

»Warum habt ihr solche Angst vor mir?«, fragte ich und vergaß, dass sie meine Sprache nicht sprechen konnten, und die Mondkönigin, meine Lady Leopard, legte ihre Pfote auf meine Lippen. Ich sollte still sein und zuhören und beobachten. Sie waren es wirklich wert, dass man ihnen zusah, schon weil sie so seltsam waren.

Sie rochen sauer nach Milch und Schweiß, und ihre blasse

Haut glänzte wie eine Nacktschnecke, außer wo sie rot gekocht waren von der Sonne oder wo ihre Bärte sprossen wie bei den Affen. Ich hatte immer gedacht, ihre Körper seien nicht so wie unsere, wegen der merkwürdigen Form, die ihre Kleidung ihnen gibt, aber ich habe dazugelernt. Sie sprachen abscheulich in der Küstensprache, als sie mich ermahnten, keine Tricks zu versuchen und ihnen zu folgen.

Unter dem lächelnden dicken Gesicht der Mondkönigin liefen wir zum Hafen hinunter, wo die Stadt überbordete von Händlern, Frauen, Verschlägen mit sturzbesoffenen Männern, die wie betäubt waren vor Erschöpfung und Elend, manchmal im Schlaf weinten. Einige wiegten sich gemeinsam im Takt und sangen sehr leise davon, wie sie gestorben waren und mit den Liedern ihrer Väter weitergelebt hatten, sangen ihre eigenen Totenlieder, waren selbst bereit zu sterben. Vielleicht würden sie sterben, es klappt nicht immer.

Der Teil meines Herzens, der nicht von den Göttern entführt und gefressen worden war, wurde mit einem Schlag taub und blind vor Angst vor dem steinernen Viereck des Platzes. Um mich herum fiel wie Wasser das Licht der Königin, und die Luft war erfüllt von Mücken, die stechen.

Bald trafen wir auf den Araber und seinen Gefangenenzug, der von noch mehr haarigen Gespenstern eskortiert wurde, nicht mehr von meinem Cousin, der zurück zu meinem König gegangen war.

Hier kam jetzt ein großer Steinverschlag voller Leute, die von Arabern mit Gewehren bewacht wurden und von haarigen Gespenstern mit Gewehren und Schwertern. So viele Menschen, Männer und Frauen, aber zum größten Teil Männer. Die haarigen Gespenster bevorzugen sie, weil sie härter arbeiten können, auch wenn sie schneller sterben.

Sie hatten eiserne Armreife um meine Handgelenke gelegt und eine Kette dazwischen, dasselbe um meine Knöchel, um das Laufen zu erschweren, und einen Ring um meinen Hals, um mich zu führen. Es war schwer, lästig, aber nicht so schlimm. Ich bin umgedreht, eine Frau, die Gesänge aus der Traumzeit zurückbringt, um die Herzen der Menschen zu erheben, und so sang ich für sie, leise, unter den schweren Sternen.

Der Tag verging. Junge Männer wurden in Viererbündeln gekauft. Während ich im Staub hockte und wartete, tätschelte die Löwensonne meinen Kopf mit ihren goldenen Pfoten, und mein Mund schwoll an vor Durst. Niemand wollte mich kaufen, denn ich war nicht hübsch genug fürs Bett, und sie glaubten nicht, dass ich so stark war wie einer ihrer Männer. Der Araber schaute mich finster an, als wäre es mein Fehler, und dann schlug er sich mit der Hand vor den Kopf und schickte einen Jungen mit einer Botschaft los.

Als schließlich die Löwensonne hinabfiel, um vom Nachtpanther und seiner Schwester, dem Leopardenmond, getötet zu werden, kam ein neues haariges Gespenst. Es war ein mageres Geschöpf, es schwitzte in seinen dicken Kleidern und unter der Mütze auf dem schütteren Haar, blinzelte mit schwachen, blassen Augen hinter Glasfenstern hervor.

Der Mann sprach schnell, in einer Sprache mit reichen Braun- und Goldtönen, der Sprache der Portingalen. Der Araber winkte mich heran, und ich schlurfte hin.

»Er will wissen, ob du Rote Ruhr heilen kannst?«

Es kommt darauf an, welche Art und wie schlimm es ist und welche Dämonen beteiligt sind.

»Ja«, sagte ich.

Sie redeten weiter miteinander. »Er will wissen, ob du dich um eine kranke Frau kümmern kannst?«

»Ja.« Ich lächelte. Weshalb sonst, glaubst du, toleriert irgendjemand Leute, die umgedreht sind?

Der Araber schwenkte begeistert die Arme, Wörter flossen aus ihm heraus. Das kleine, dürre haarige Gespenst schaute mich mit zusammengekniffenen Augen an, und ich schaute zurück. Der Araber dachte, ich sollte mehr Respekt zeigen, und wollte mich schlagen, aber das kleine haarige Gespenst hielt ihn zurück und legte mir kurz seine Hand auf die Schulter. Mehr Wörter wurden ausgetauscht, und der Araber dachte ganz klar, dass der Mann verrückt war.

»Er will, dass ich dich frage, ob du in seine Dienste treten willst?«, sagte der Araber und rollte die Augen ob solchen Unsinns.

Ich lächelte und verbeugte mich tief vor dem haarigen Gespenst, während die Leopardin an meiner Seite vergnügt mit dem Schwanz peitschte. Das haarige Gespenst gab dem Araber eine kleine Börse. Der hockte sich neben seinen Emailtisch, um es nachzuzählen, und malte dann mit seiner Feder Muster auf ein Stück Papier.

Das haarige Gespenst nahm das Papier, steckte es in seine Kleiderfestung, sprach wieder mit dem Araber.

»Er sagt, du sollst ihn Mr Anriques nennen. Er will deinen Namen wissen.«

Namen haben große Macht. »Ich habe keinen, weil die Mondkönigin ihn aufgegessen hat.«

Der Araber gab das weiter, und Mr Anriques nickte, als er sprach.

»Er sagt, wenn das so ist, wird er dich Merula nennen, was Amsel bedeutet, und du musst jetzt mit ihm gehen.«

Wir kamen zu einem großen Steinsee, der gebaut worden war, um das ruhelose Wasser einzupferchen. Hier war das Meer, und gepriesen sei die Mondkönigin, die es gemacht hat, denn es ist ihr Ehemann. Sie wendet sich ihm zu, und er steht auf, sie zu begrüßen, sie dreht sich weg, und er flieht.

Das Meer war neu für mich, obwohl mir oft davon erzählt worden war. Hier sang es wie ein Wald im Sturm, es glitzerte und drehte sich wie die Flügel ausschwärmender Käfer, und die Mondkönigin legte eine Straße ihres Lichts darauf, damit ich den Pfad begehen konnte.

Und im Steinsee schwammen die wunderschönen, großen Holzgeschöpfe, wie sie die haarigen Gespenster besitzen.

Was kann ich euch über sie erzählen? Jetzt, nachdem ich in ihnen gewohnt habe und zwischen ihren Bäumen und Flügeln herumgeklettert bin, habe ich mich zu einem Teil von ihnen gemacht, indem ich den oder jenen Faden aus den Tauen der Spinnennetze, die sie tragen, gezogen habe. Ich war zu ihnen wie ein Vogel, der den Weißschwanzgnus die Zecken herauspickt.

Zuerst war es für meine Augen zu ungewohnt, sie zu sehen: Ich sah einen Wald, der sich in einer Brise bewegt, hörte das Schnalzen und Saugen vieler kleiner Babys, dachte, der Stein, der den See umgab, sei selbst der See, vernahm das Klappern der Bäume und ihrer eingerollten Flügel als kleinen Kampf zwischen winzigen Wesen, die ich nicht sehen konnte.

Dann hat sich mein Blick verändert, und ich wusste, es sind Meereswesen, denn ich sah und erkannte das Wasser unter ihnen. Ich hatte Schiffe auf Flüssen gesehen; hier waren sie in vergrößerter Form.

An diesem Abend waren drei davon im Steinsee, die Flügel eingerollt – jedes von ihnen hatte zwei Bäume, um die Flügel zu tragen, obwohl ich manche dieser hölzernen Meereswesen gesehen habe, die jedes bis zu vier Bäume hatten, besonders bei dem wunderbar seltsamen nördlichen Stamm der Engländer.

Ich war still vor Staunen. Ich stand und schaute, starrte, pflanzte meine bloßen Füße fest in den Stein. Das kleine haarige Gespenst, das mich gekauft hatte, wartete geduldig, obwohl es eine Kette in der Hand hielt, die zu dem Ring um meinen Hals führte.

Lampen leuchteten dort oben, ich sah Männer herumlaufen. So wusste ich, dass sie wirklich existierten, nicht nur in meinem Traumgesicht. Es waren wunderbare Zauber der haarigen Gespenster, Zauber wie bei den Arabern die Räder, die Wasser nach oben holen, oder der Saft eines Frosches an einem tödlichen Pfeil.

Einer der haarigen Gefolgsleute von Mr Anriques rollte, als er mich sah, die Augen in seinem pickelübersäten Gesicht. Sie wollten, dass ich weitergehe, und nachdem ich zu meiner Lady, der Mondkönigin, gesungen hatte, ließ ich mich über den Staub und die Pflastersteine führen, vorbei an Kupferhaufen und Kleiderballen und Fässern mit ihrem Feuerwasser und mit dem Zauberpulver, um die Gewehre zu füttern, vorbei an Gewehrstapeln und Luntenrollen. All das wurde von schwitzenden Soldaten der haarigen Gespenster bewacht.

Und wie gerissen sie sind. Verkaufen uns Gewehre im Austausch für ein paar junge Männer. Aber die Gewehre sind nicht wie Speere oder Schwerter, die man für immer und vollständig kauft. Sie sind auch nicht wie Pfeil und Bogen, denn jeder Bogenschütze kann seine eigenen Pfeile machen und abschießen. Sie sind auch nicht wie Pferde, die immer fressen müssen, aber überall Gras und Getreide fressen können. Nein, die Gewehre aus dem Norden kann man ganz billig kaufen, wenn man bedenkt, was sie sind, aber dann muss Zauberpulver gekauft werden und Streichhölzer für den Verschluss und Kugeln, um aus der Röhre zu fliegen – und diese Sachen werden verbraucht, sind selbst nach einem nur kurzen Kampf weg. Sie sind nicht mal billig. Also ist jedes Gewehr wie die Vorhut einer Armee, sein Futter kostet mehr und mehr Männer, denn alles, was die haarigen Gespenster von uns wollen, sind wir. Auch sind wir nicht mehr so reich, wie wir es waren, denn in letzter Zeit gab es viel Dürre, und wir sind schon ohne Krieg alle ärmer geworden.

Unsere Könige und Fürsten sind scharf auf Gewehre und Pulver, um ihre Macht zu füttern: Sie verwenden sie, um sich wechselseitig mehr und immer mehr von den jungen Männern abzunehmen, so dass mit dem Töten der Feinde mit Kugeln und mit dem Wegschicken der Feinde übers Meer die Feinde des Königs vernichtet werden. Lieber sie als wir, sagen die Könige, und wähnen sich glücklich, so reich und wohlhabend und sicher zu sein.

Aber ich bin umgedreht. Ich habe die Gewehre wie einen Waldbrand gesehen, der die Bäume ansaugt und die Luft darüber frisst. Und das Metallfeuer aus dem Norden hat mein Kind aufgesaugt. Vielleicht ist es schon tot, aber selbst wenn es so wäre – würde ich seinen Geist in den kalten Ländern finden, könnte ich ihn mit nach Hause nehmen. Jede Mutter würde das tun wollen.

Wir kamen ans Steinufer des Steinsees, wo die haarigen Gespenster mich hinuntersteigen und in einem breiten Kanu niedersitzen ließen, das zwei junge Männer für sie paddelten. Sie binden bei Nacht ihre geflügelten Meereswesen ein Stück vom Ufer entfernt an.

Selbstverständlich wusste ich da schon, dass sie nur große Boote sind, wie wir sie auch haben. Aber warum nicht beides? Große Boote, geflügelte Meereswesen, warum eine Wahl treffen?

Wir schaukelten und plantschten vom Stein weg und kamen unter die hölzerne Flanke eines der Schiffe, wo es eine Leiter gab. Mr Anriques gab die Halskette einem jüngeren seiner Diener und kletterte rasch hinauf, ein bisschen wie ein Affe.

Rufe zwischen den haarigen Gespenstern im Boot und denen

hoch oben. Ein älteres haariges Gespenst, das von der Sonne fast eine normale Farbe hatte, nahm mir die Ketten von den Armen. Er deutete die Leiter hinauf und schrie mich an, während der Junge mit den Pickeln ein kleines Handgewehr auf mich richtete und damit herumfuchtelte und das matte Licht auf dem Metall mal heller, mal dunkler schimmern ließ.

Ich zuckte die Schulter, raffte meinen Rock, kletterte die Leiter hoch. Es war schwerer, als ich dachte, und ich kratzte mir das Bein auf.

Oben musste ich über ein hölzernes Geländer springen, und dann breitete sich ein ebener Holzboden aus, wie das Dach eines Tempels, ganz sauber und mit Seilen geschmückt. Schlingpflanzen aus Seilen hingen herunter oder waren wie Lianen zwischen die zwei großen Bäume gespannt, die in der Mitte und am hinteren Ende des Bodens wuchsen. Hier und da gab es große, schwarze Kalebassen oder Eisentöpfe, sehr lang und schmal, von denen ich damals nicht wusste, dass es die älteren Brüder, die Väter und Mütter der Gewehre waren, die unsere Könige in Versuchung führen. Die weißen Flügel des Schiffs waren auf den geraden Ästen ihrer Bäume zusammengefaltet.

Mein Traumgesicht war schwach, aber ich konnte mehrere Götter über diesem seltsamen Meeresgeschöpf spüren.

Einer war der Leidende Jesus. Dann war da noch sein Bruder, ein Seegott, der Donnernde Jehova, der von diesen verrückten, nördlichen haarigen Gespenstern, Engländer genannt, verehrt wurde. Das große Boot selbst war natürlich für manche aus der Mannschaft ein kleiner Gott. Unterhalb der Götter gab es einen Kampf. Seelen, die im Boot lebten, bekämpften einen Dämon, einen hässlichen Rote-Ruhr-Dämon, der aus Dung Wasser macht und aus Fleisch Feuer, bis es verdorrt und die Seele entweicht. Ich konnte ihn deutlich riechen, denn die haarigen Gespenster sind schmutzig, und wie Narren tragen sie ihren Dung im Bauch ihrer Schiffe mit sich. Einmal gerochen, wird man ihn immer erkennen.

Das alte haarige Gespenst packte mich bei den Händen und schloss wieder die eisernen Armreife darum. Sie führten mich zu einer kleinen Holzhütte, die unter dem Boden des Boots gebaut war. Da war der Mann, der sich für meinen Herrn hielt, Mr

Anriques. Er saß an einer Bettstelle und wischte die Stirn von einer Frau ab, die darin lag. Sie war ausgedörrt, ihre Lippen hatten sich von den Zähnen zurückgezogen, das Zahnfleisch war schwarz, sie atmete kaum noch, und ihre Haut war trocken.

Er schaute mich ohne jede Hoffnung an, als mich der alte Mann auf das Deck hinunterschob. Ich kniete mich hin. Warum nicht? Ich bin umgedreht, es wäre respektvoller gewesen zu stehen, aber woher sollte er das wissen?

Seitdem habe ich herausgefunden, wie über alle Maßen dumm die haarigen Gespenster sind, was Dämonen betrifft. Sie wissen nichts. Sie wissen nicht, dass Rote-Ruhr-Dämonen und Malariadämonen in altem Wasser leben, sie wissen nicht, dass ein Rote-Ruhr-Dämon mit süßem Wasser bekämpft werden muss, sie sind wie Kinder in ihrer Unwissenheit.

Aus der Art, wie das dürre Gespenst ihren Kopf tätschelte, nahm ich an, er musste ihr Ehemann oder Sohn sein – unmöglich, da sicher zu sein, weil sie so ausgetrocknet war.

Arme Frau. Jetzt gab mir das alte Gespenst einen Eimer mit Wasser und ein Tuch; das dürre Gespenst deutete auf seine Frau, sagte etwas. Was wollten sie? Sicherlich sollte sie trinken – aber war das Wasser süß? Ich probierte es mit meinem Finger. Wie ich es vom Meer gehört hatte, war es salzig.

Also nicht zum Trinken. Um sie zu waschen? Ah, das war die Antwort. Ich nahm das Tuch, drückte es aus, machte Bewegungen, als würde ich die Frau waschen. Beide nickten mit dem Kopf.

Ich muss es ihnen sagen, obwohl die arme Frau wahrscheinlich sterben wird. Ich schaute auf das kleine Regal neben der Bettstatt. Eine leere Tasse. Ich nahm sie, hielt sie an ihre Lippen. Streckte sie ihnen entgegen. Der alte Mann brachte eine Flasche, schenkte eine Flüssigkeit ein. Ich roch daran – Feuerwasser. Gift für eine Frau, die so krank ist. Ich schüttete es auf den Boden, und der alte Mann schlug mich.

Also stellte ich den Eimer und die Tasse hin und hockte mich daneben. Ich bin umgedreht, und man behandelt mich respektvoll. Mein Gesicht war versteinert, als der alte Mann schrie und mich schlug, meinen Rücken mit den Fäusten bearbeitete, und ich wartete, bis er damit aufhörte, starrte Mr Anriques an.

Anriques kam näher. Er nahm die Tasse, tauchte sie in den Eimer, hielt sie, zog die Brauen hoch. Ich drehte mein Gesicht weg, verzog es wegen des Salzes. Jetzt schrie er den alten Mann an, der brabbelnd wegging. Wir warteten, Anriques und ich, starrten einander an. Schließlich kam er zurück, mit süßem Wasser in einem Lederschlauch, und goss es in die Tasse. Ich roch daran. Zu süß. Ich tröpfelte etwas Salzwasser hinein, um es zu reinigen, dann gab ich es dem dürren Mann und deutete auf die Lippen der Frau, machte eine Trinkbewegung.

Sie sind so langsam, diese Gespenster. Endlich hellte sich sein Gesicht auf. Er sprach laut mit dem alten Mann, er setzte sich zu seiner Frau und begann, ihr Wasser einzuflößen.

Ich konnte es der Frau nicht selbst geben – wenn sie sterben würde, hieße es, ich hätte sie vergiftet.

Also nahm ich den Eimer und das Tuch und schlug die Decke zurück. Es würgte mich bei dem Gestank des Rote-Ruhr-Dämons. Sie hatten Lappen um ihre Beine gewickelt, um aufzusaugen, was aus ihr herauskam, aber nicht genug. Man muss wissen, dass die haarigen Gespenster schmutzige Wesen sind, die nie baden, weil ihre Länder so kalt und ihre Flüsse so kalt und dreckig sind. Außerdem entsetzen sie sich über die weiße Hässlichkeit ihrer Haut und verstecken sich unter ihren Kleidern. Ihre Gewänder sind schön, aber darunter ist Gestank und Fäulnis.

Ich säuberte die Frau wie ein Baby, und ich sang für sie, um ihre Kraft zu erhalten, um ihrer Seele zu sagen, dass sie kämpfen soll. Sie trug ein Hemd, starr von Schweiß und Schmutz, aber mit einem sehr feinen, von einem Faden durchzogenen Saum, und es war dreckig. Ich wollte es ihr ausziehen, damit sie nackt war und ihre Haut atmen konnte, um sie richtig sauber zu machen, denn sie hatte wunde Stellen. Vorsichtig hob ich sie auf, um sie auszuziehen, und Mr Anriques wendete sich ab, als ich das Ding hochschob und von ihren Schultern nahm. Sie war eine Mutter, hatte gesäugt, aber wo waren ihre Kinder? Dann schob er mir ein anderes Kleiderbündel hin, genauso schön. Wenigstens war es etwas sauberer. Wie konnte ich ihm sagen, dass sie es nicht brauchte? Aber es hätte für den Glauben der haarigen Gespenster keinen Unterschied gemacht, sie müssen immer verborgen sein, damit ihr weißes Aussehen den Mond und die anderen nicht beleidigt.

Ich zuckte die Schultern und zog ihr das neue Hemd an, und dann, als sie stöhnte und sich in einem weiteren Anfall von Ruhr zusammenkrümmte, hob ich sie hoch und setzte sie auf den niedrigen Hocker in der Ecke, hielt sie, während sie stöhnte, wischte sie wieder ab und legte sie ins Bett zurück. Ich gab Anriques ein Zeichen, ihr mehr Wasser zu geben. Er schien überrascht, tat es aber, während ich sang, zur Stärkung und zum Sieg über den Rote-Ruhr-Dämon.

So arbeiteten wir zusammen, in der Stille und im Lied. Anriques war mir ein Rätsel. Er trug eine kleine Mütze auf dem Kopf, um seine Kahlheit zu verbergen und vielleicht sein Haar, das die Farbe von verdorrtem Steppengras hatte. Seine vielen Kleidungsstücke waren aus dem Stoffpelz, den sie Samt nennen, sattes Braun und Purpur, gesäumt mit Schwarz und Gold, und darunter konnte ich sein weißes Hemd herausspitzen sehen. Seine Finger waren lang und dünn. Ich sah keine harten Stellen an ihnen und fragte mich, was er war: vielleicht ein König? Sicher, in gewisser Weise war er König des Schiffes, denn die haarigen Gespenster, die darauf arbeiteten, kamen oft, um mit ihm zu reden, und ich hörte ihn Befehle erteilen.

Er gab seiner Frau Wasser, und gab ihr wieder Wasser, und immer wieder, wie ich es ihm zeigte. Ich hob sie hoch und wusch sie und hob sie wieder hoch und wusch sie.

Am Morgen wimmerte der Rote-Ruhr-Dämon um Gnade. Ich pfiff ihn an und wünschte mir Feuer und wünschte mir meine Flöte, die ich verbrannt hatte, und wartete, dass er sich davonscherte.

Manchmal sprach der dürre König, Mr Anriques, zu mir in vielfarbigen Worten. Er benutzte Wörter, die von tiefem Karmesinrot und tiefem Indigoblau waren, er benützte auch blassblaue und blassgrüne Wörter, und ich lächelte und schüttelte den Kopf. Er ging aus der Hütte. Es wäre interessant, seine Sprachen zu lernen. Ich hoffte, ich könnte jemanden finden, der sie mir beibrachte.

Es gab ein Getrampel und Gejammer, viele Füße gingen oben vorbei, manche sangen ihre Todeslieder. Obwohl ich ihre Gesänge oder die Worte nicht kannte, obwohl sie fremde Gefangene waren, aus dem Krieg eines Königs, den ich nicht kannte, kauerte ich mich zusammen, zitterte. Meine Haare standen zu Berge, und die Welt wirbelte um mich herum, und mein Traumgesicht kam durch die Wände meines Bewusstseins gestürzt, so dass ich überall um mich herum die Götter der Menschen sah, plappernd, drängelnd, die Form verändernd und dahinschwindend.

Die Mondkönigin war ein Zebra neben mir. *Hab keine Angst, ich scheine in allen Ländern, die du besuchen wirst*, sagte sie.

Natürlich hatte ich immer noch Angst, aber ihre Stimme richtete mich auf und ich stellte mich hin. Neben mir hörte ich ein Ächzen. Die Frau, um die ich die ganze Nacht besorgt gewesen war, hatte die Augen geöffnet: Weil ihr die Hitze des Rote-Ruhr-Dämons in ihrem Fleisch das Traumgesicht gab, wie es oft geschieht, sah sie die Mondkönigin, und ihre Augen weiteten sich.

»Pssst«, sagte ich zu ihr und streichelte die gestreifte Schnauze meiner Lady neben mir. Sie schreckte trotzdem furchtsam zurück. Damit ich ihr weniger Angst einjagte, hockte ich mich wieder neben ihre Bettstatt und sang ein Babylied, wie ich es für ein Mädchen singen würde, dem ich gerade aus der Höhle seiner Mutter geholfen hatte. Die Frau beruhigte sich und sah meiner Königin zu, wie sie mit ihren glänzenden, unsichtbaren Hufen über den Boden trappelte, sich umdrehte, wie ein Albtraum auf die Hinterbeine stieg, um sie zu unterhalten und mit ihrer Schönheit zu prahlen.

Große Erschöpfung erfasst mich, wenn mich das Traumgesicht überkommt, und ich wollte nicht hören, wie die Füße auf die Bohlen traten und die Ketten rasselten, als die jungen Männer in den Bauch des Schiffes hinuntergingen und dort festgemacht wurden.

Ich richtete die Decken der Frau. Sie sah meinen Eisenschmuck und runzelte die Stirn, und ich tätschelte ihre Hand, sich nichts draus zu machen, so wie ich. Meine Lady Zebra stupste mich an. Also zog ich mein Leopardenfell aus und breitete es über ihr Bett, der mächtigste Schutz, den sie haben konnte. Dann legte ich mich neben ihrer Bettstatt auf die Strohmatte, kühl und bequem, mit dem Kopf auf dem Arm, und ich wurde gewiegt und gewiegt von den Armen des Meeres, die den Schoß meiner Gefangenschaft trugen. So schlief ich.

Ich wachte von einer Bewegung auf, und der Boden neigte sich erst auf die eine Seite, dann auf die andere, und dann wieder auf eine andere. Das Licht war anders, die ganze Hütte schwankte wie ein Baum. Jetzt kam Anriques und sprach in scharfen Worten zu mir und deutete auf seine Frau. Hinter ihm kam der alte Mann mit seinem Eimer und schaute missbilligend.

Ich gab ihm als Antwort zu verstehen, dass er ihr zu trinken geben sollte, und dann, als ich damit fertig war, die Frau zu versorgen, ging ich durch die kleine Tür an der Seite der Hütte gucken. Das Schiff öffnete seine Flügel, seine Seeleute krabbelten wie Käfer die Spinnweben zu beiden Seiten der Bäume hinauf, und die Seeleute hievten und sangen, während auf einer Seite des Himmels blass und schläfrig der Leopardenmond ritt und sich auf der anderen Seite die Löwensonne streckte und ihre Mähne ausschüttelte.

Jetzt hob und senkte sich das Meereswesen, das in dem See mit den Steinufern geschlafen hatte, wie ein Kamel aus dem Norden, stand auf und setzte sich und stand auf und setzte sich. Boote voller Männer, die einander den Rhythmus gaben, zogen das spitze Ende an Seilen herum, so dass es auf die große Meereswüste zufuhr. Und unter uns heulten die fremden Gefangenen und stöhnten und schrien.

Ich stand da und starrte hinaus, und Freude stieg zwischen meinen Brüsten auf, ich hielt mich fest wie ein Kind, als ich sah, wie es die Flügel ausbreitete, als ich fühlte, wie es sich bewegte, als ich in ihm das Geschöpf von Wind und Wasser erkannte, das es war, auf seine Art ein kleiner Gott. Ich sang und heulte vor Freude. Die Seeleute zogen die Stirn in Falten und machten Zeichen gegen das Unglück. Einer von ihnen schrie etwas in irgendeiner Sprache, und der alte Mann hinter mir schlug mich auf den Rücken.

Warum sollte ich beleidigt sein? Ich hörte die Angst in ihren Stimmen. Ich hockte mich wieder hin, machte mich klein, was die Art ist, wie man mit den haarigen Halbmenschen im Wald Freundschaft schließt. Soweit ich konnte, machte ich die Bewegungen eines Dankgebetes an die Mondkönigin und bat um eine sichere Reise. Sie vergaßen mich in ihrer Geschäftigkeit. Weich und leise schlüpfte ich aus der Tür.

Das Land blieb zurück, der Wind ließ meinen Lederrock flattern und machte mir Gänsehaut. Die Seeleute arbeiteten an dem großen Dreieckstuch am spitzen Ende, falteten es immer weiter zusammen, schnürten es fest, drehten seinen langen Ast herum, damit er in die andere Richtung zeigte, dann falteten sie es wieder auseinander, als wären sie eine Frau, die auf einem Markt schönen Stoff vorführt. Das Schiff neigte sich plötzlich auf die Seite, und ich fiel wieder hin.

Große Lust überkam mich, ein letztes Mal mein Land zu sehen. Ich dachte, vielleicht werde ich nie mehr die Zebras sehen und in der Nacht den Löwen husten hören. Überall um mich sind haarige Gespenster, abgesehen von den fremden Gefangenen im Laderaum, und ich konnte nicht mit ihnen reden, außer im Lied. Kummer stieg in meinem Herzen auf und drückte mir die Kehle zu. Die Flüsse meines Gehirns stiegen über die Ufer. Ich werde auf diesen Baum da steigen und auf Wiedersehen sagen, dachte ich.

So schlug ich leise meinen Rock hoch, ging auf die Seite des Schiffs, während alle irgendetwas anderes beobachteten, hüpfte auf das Geländer, wo die Füße der Seeleute es glatt gemacht hatten, und fing an, die Spinnweben aus Seilen hinaufzuklettern, wie es die Seeleute taten. Es war leichter als ein Baum, obwohl mich der Eisenschmuck behinderte. Außerdem kam Lady Leopard und saß auf meiner Schulter mit ihrem schelmischen Gesicht und den Schnurrhaaren und verlieh mir Anmut und Gleichgewicht.

Immer höher hinauf stieg ich, den mittleren Baum hoch, den mit den viereckigen Flügeln. Das Schiff ließ den Baum rauf und runter und seitwärts schwanken, aber es kam mir leicht vor, verglichen mit einigen der Bäume, auf die ich geklettert war, um zu den Fröschen zu gelangen, die sich hoch oben in ihren Ästen verstecken, oder an die Moose und Flechten, die an der Rinde wachsen. Die Seile verdichteten sich unter einer Plattform, wo man stehen und Ausschau halten kann. Ich hatte beobachtet, wie sie das machten: Ich kletterte hinauf und dann zurück an den Seilen, die zu ihrem Rand führten, hing mit Händen und Füßen daran wie ein Affe, dann krabbelte ich über den Rand, vorbei an den großen Seilen und Blöcken für den nächsten Abschnitt, und stand auf der Plattform. Einige von den Seeleuten drehten sich nach mir um, sperrten Mund und Augen auf bei solch einem Anblick. Rufe kamen von unten, aber sie hatten zu tun. Sie müssen die Segel bewegen, um den Wind zu fangen, mich würden sie später fangen.

Weitere Strickleitern führten hoch, und schon war ich auf dem Weg nach oben. So weit konnte man sehen, solch eine weite Welt. Keine anderen Bäume, nur der gebügelte Taft vom blauen Meer, ein grüner Saum, wo das weit entfernte Land den Sand traf.

Ich kam zu dem zweiten und höchsten Ast, wo es einen Platz zum Sitzen gab, ein angenageltes Fass, und ich stand darauf und hielt mich am obersten Ast fest, der einen Wimpel zu seinem Ruhm trug und ihn im Wind an mich heranflattern ließ. Ich hielt mich mit den Zehen fest. Die Mondkönigin sah mich missbilligend und faul von ihrer Wolkenschlafstätte aus an. Ich pries sie auf die rechte Art, in der mich niemand schlagen konnte. Vielleicht war ich laut, ich sah die Ameisen verängstigt hin und her laufen.

Würde ich fallen? Vielleicht. Aber es war sehr schön, das Eintauchen und Schwanken des großen Baums im Wind zu spüren, und ich lachte, als das Fass mich auf und ab warf und von einer Seite zur anderen, wie ein wildes Zebra, das sich dagegen wehrte, geritten zu werden. Nicht schlimmer, und dieser Baum würde nicht beißen.

Hinter uns lag das Grün meines Landes. Wenn ich sterbe, soll meine Seele dorthin fliegen, ein Pfeil vom Bogen des Mondes, weg von den kalten Ländern der haarigen Gespenster, wo sie zu blutigen Kämpfen aufbrechen und ihre Götter vor ihnen herziehen. Sie sagen, sie würden nur einen Gott anbeten, aber sie lügen.

Unter mir konnte ich die Gesichter sehen, einige rot, einige weiß, einige braun, als die Mannschaft mich anstarrte. Kleine Pilze, fein säuberlich von Raupen angefressen, in jeden weißen Pilz drei Löcher genagt. Sie schauten so komisch aus, dass ich lachen musste. Das Anriques-Gespenst legte die Hände an den Mund und rief ein paar Worte, die ich nicht hören konnte.

Ich hatte meine Lobpreisung beendet. Ich kletterte in das Fass und winkte, dann kletterte ich vorsichtig den Rest des Weges hinunter. Sobald ich auf das Deck sprang, hielt die Mannschaft ein Netz bereit und fing mich, als wäre ich ein wildes Tier, und ich lachte und lachte, als ich ihre Angst vor mir roch. Ein großer Streit entbrannte um mich, aber ich war müde, wie immer vom Götterritt, und so schlief ich ein.

Später hörte ich, dass sie mich um Haaresbreite über Bord geworfen hätten, weil ich verrückt und wahnsinnig und unberechenbar sei, und sie hatten Angst, dass ich krank bin im Kopf. Aber die Mondkönigin beschützte mich, denn Anriques brauchte eine Frau, die sich um seine Ehefrau kümmerte, und hatte im Laderaum nur Mädchen gefunden, die von den Vergewaltigungen halb verrückt waren. Jetzt hatte er unser Land verlassen und konnte keine neuen kaufen.

Sie beluden mich mit Eisenballast, um mich schwerfälliger zu machen und vom Klettern abzuhalten, und sie ketteten mich an einen Ring an der Wand in der Hütte der Frau. Sie wussten, dass ich ein Dämon war, weil meine Haut so schwarz und mein Haar so wollig ist. Dass ich eine Frau war, spielte nur eine Rolle, weil sie von meinen Brüsten so durcheinander gebracht wurden. Es war ihnen verboten, die fremden Frauen aus dem Laderaum zu holen und zu gebrauchen, und sie hatten Angst hinunterzugehen, wo einer der jungen Männer willens sein könnte, sein Leben für die Gelegenheit herzugeben, einem Gespenst den Schädel zu spalten. Aber hier war ich sicher mit Fußfesseln versehen, dachten sie, während ich im Dienst der kranken Gespensterfrau Essen und Wasser holte. Sie hatte mich anstandshalber eines ihrer Hemden anziehen lassen, als es ihr gut genug ging, um mich klar zu erkennen. Ich empfand es als sehr beengend. Meine Brüste sehnten sich nach der Berührung der Luft, und für die Seeleute, die mich genauso gierig anstarrten wie vorher, machte es keinen Unterschied.

Schließlich verabredeten sich zwei der Männer und bestachen ihre Kameraden, damit sie am Vordeck eine kleine Weile Zeit hatten, wenn ich Eimer ausleerte. Sie hatten vor, mich zu fangen und den Mannfrautanz mit mir zu machen, ob ich wollte oder nicht.

Es war eine traurige und seltsame Angelegenheit: Ich versuchte, sie zu warnen, dass die Lady Leopard mir zu Hilfe kommen würde, als sie mich in die Enge trieben, aber sie verstanden mich nicht. Sogar als ich die wenigen englischen Wörter versuchte, die mir die Frau, die dachte, meine Herrin zu sein, beigebracht hatte, glaubten sie mir immer noch nicht. Sie glaubten, sie wüssten, was ich bin.

Nun, einer der Männer hatte seinen Kiefer an so vielen Stellen gebrochen, dass er nie wieder würde deutlich sprechen können. Und der andere wurde schreiend ins Meer geschleudert und ließ sein Mannstück zurück.

So sind die Wege der Götter, sie kennen gewöhnlich kein Erbarmen. Ich wäre freundlicher zu den Männern gewesen, da sie mich ja noch nicht kannten.

Anriques kam zu mir, als ich verwundet an der Holzwand in der Kabine seiner Frau lag, und fragte mich, was passiert sei, und ich erzählte ihm, so gut ich konnte, dass ich zu der Zeit nicht dort war und sie gestürzt sein müssten.

Anriques sprach leise zu den Kameraden des Mannes, der gestorben war und auch des Mannes, der unter Deck lag und dahinschwand, weil sein Kiefer Gelee war und er nichts essen konnte. Die Seeleute murrten gegen mich, sahen mich von der Seite an, machten Gebärden gegen den bösen Blick.

Die Seeleute hatten Zeit, böse Dinge auszuhecken, weil wir eine Flaute erlebten, in der Hitze mitten im Ozean, wo meilenweit kein Land ist, und all die Windgötter aus allen Ländern unaufhörlich zusammen spielen und tanzen. Außer dass im Zentrum ihres Tanzes ein leerer Raum ist, wo niemand tanzt und Seetang vorbeischwimmt, und da saßen wir Tag für Tag, während unser Süßwasser immer knapper wurde und immer grüner.

Zwei Tage später wusste ich, dass die Männer etwas planten, denn sie hatten sich in kleinen Gruppen zusammengetan und geredet und waren immer dann auseinander gegangen, wenn einer der Schiffsführer näher kam. Einige waren gute Männer von der Küste, und sie wussten, was für eine Person ich war und hatten es den anderen gesagt. Die armen Fremden im Laderaum heulten und schrien. Sie bekamen jeder nur noch einen Viertelliter Wasser am Tag. Selbst die haarigen Gespenster tranken nur noch einen halben. Jeden Morgen platschten Leichen ins Meer, und einige lösten sich von ihrem Ballast, kamen wieder hoch und folgten uns, während sie versanken.

»Stimmt es, dass du eine Hexe bist?«, sagte ein Seemann zu mir, als ich dahockte und in einem Eimer Salzwasser Hemden wusch. Es war der hässliche Mann mit dem gewölbten Brustkorb und dem langen Pferdeschwanz, der in Teer getaucht war, das Gesicht fast menschlich gebräunt von der Sonne, der alte Mann, der Anriques diente.

Ich zuckte die Schultern.

»Kannst du einen Wind rufen, wie sie sagen?«, verlangte er zu wissen. »Wir brauchen Wind, der uns aus der Flaute bringt. Kannst du einen rufen?«

»Wenn ich Hexe bin, bringt ihr mich um«, sagte ich, denn ich hatte gehört, wie sie redeten, und ich verstand sogar etwas von dem, was der Schiffspriester gesagt hatte in einem seiner kurzen nüchternen Momente, als er Anriques düster geraten hatte, mich über Bord zu werfen, ehe mein teuflisches Böses, das man an meiner Haut erkennen könne, sein Schiff und ihn selbst vergiftet. Mr Anriques hatte respektvoll zugehört, hatte darauf hingewiesen, dass seine Frau sich sehr vom Ausfluss erholt habe, und dem Priester eigenhändig mehr Schnaps eingeschenkt.

Der Seemann schüttelte den Kopf. »Heh? Nein, wir werden dich nicht umbringen«, sagte er und log.

»Mich verbrennen, heh?«, lachte ich.

»Nein.«

Ich schaute den Himmel an, leer, sog die Luft ein, leblos. Macht war da, ich konnte sie spüren.

Nun, auch ich wollte nicht einen Viertelliter Wasser am Tag trinken. »Wenn Herr sagt, ich gehe rauf.« Ich nickte mit dem Kopf zum Krähennest, dann hob ich die Hände und Füße und ließ sie klirren.

Der Mann ging zu seinem Anführer, und der Anführer ging zu Anriques, der kam und den Eisenschmuck abnahm.

»Ich selbst glaube nicht, dass du so etwas kannst wie den

Wind rufen«, sagte er zu mir, langsam, damit ich ihn verstehen konnte, in der karmesinroten und indigofarbenen Sprache der Portingalen. »Es wird keine Strafe geben, wenn es dir nicht gelingt. Aber einige aus der Mannschaft von deinem Land sagen, du könntest es vielleicht tun, und wir sind in einer Lage, die schlimm genug ist, um es auf einen Versuch ankommen zu lassen. Nimm sie mit rauf, Michael, aber behalt sie gut im Auge«, fügte er zu dem Mann mit der gewölbten Brust hinzu. »Und du tust, was er dir sagt, Merula.«

Ich verbeugte mich vor ihm, dann schürzte ich meinen Rock, trat auf das Geländer hinauf und kletterte hoch, die Seilspinnweben klirrten unter meinen Füßen und Händen, die Handgelenke und die Fußknöchel juckten, wo das Metall mir Schrammen zugefügt hatte, aber ich fühlte mich jetzt wunderbar leicht und frei. Die weiche Luft streichelte meine Haut nur, die Mähne der Löwensonne war vom Himmel bedeckt. Michael folgte mir, der Priester, mein Feind, war bewusstlos, angefüllt mit Branntwein, in seinem Gottraum war nichts als Schlaf.

Ich stand auf den oberen Baumkreuzen und schaute mich um, und das ganze Meer lag da wie ein Tisch, der ganze Himmel wie eine umgedrehte Tasse, die Löwensonne beherrschte alles. Durstig zu sein ist nicht schlecht für das Traumgesicht. Wo sind denn die Geister, fragte ich mich, wo tanzen sie? Ich hatte seit Tagen kein Traumgesicht mehr.

»Binde mich hier fest«, sagte ich zu Michael. »Ich warte.«

»Was?«, fragte Michael mit finsterem Gesicht.

Manchmal bestrafen sie Männer aus der Mannschaft, indem sie einen Tag lang an den Baumkreuzen angebunden werden, bis sie durstig und heiß genug sind, dass das Traumgesicht sie fast verrückt macht. Das hatte mich auf die Idee gebracht.

»Mach einfach den Zauber«, knurrte Michael.

Ich seufzte, schüttelte den Kopf. »Binde mich hier an«, sagte ich zu ihm. Ich wollte ihn fragen, ob er glaubte, dass Götter umsonst gerufen werden können wie ein Hund zum Fressen? Ich hatte keine Bitterkräuter genommen, ich hatte an diesem Tag gegessen und etwas getrunken. Dazu kommt, dass das Bier, das sie ständig trinken und besonders das Feuerwasser, das sie Branntwein nennen, der Tod der Traumzeit sind. Deshalb hatte ich sehr wenige Götter gesehen, fast keine, nur kurze Schimmer.

Schließlich, nachdem ich müde wurde, es zu sagen, tat er, was ich wollte, und band mich am Mast fest, und ich stand am Aussichtsplatz, aber meine Hände waren frei und mein Kopf unbedeckt. Ich stand mit ausgebreiteten Armen und wartete, lud die Löwensonne ein, meinen Kopf mit den Pfoten zu tätscheln, wartete geduldig, dass es kommen würde.

Bald legte sich die Löwensonne zum Schlafen hin, und der Leopardenmond kam hervor und lächelte mir und all der großen Herrlichkeit seiner Kinder zu und beschien die Nacht. Ich wartete und wartete, die Löwensonne erwachte und wurde größer und tyrannisch auf ihrem Weg über den Wüstenhimmel und legte sich in ihrem blutigen Bett schlafen. Wieder kam der Leopardenmond mit seinen vielen hellen Kindern. Sie sangen und spendeten mir Trost bei den Schmerzen in meinem Körper, in den Armen, im Mund, der salzig angeschwollen war und sich nach Wasser sehnte, mein Kopf dröhnte wie ein Gong von der Sonne, meine Übelkeit kreischte wie eine Seele. Wenn du die Götter suchst, ist Schmerz der kürzeste Weg.

Und schließlich kam es, endlich, als die Löwensonne zurückkehrte und über den leeren Himmel tobte, brach ich aus meinem Körper aus und ging in die Traumzeit und suchte nach den Göttern, die uns verlassen hatten …

Tief im Innern eines Tempels, der auch eine Festung und ein Palast ist, beugt sich ein hohläugiger Sekretär über gigantische Papierstapel, ein Gefangener seiner Macht und seines Gottes. Seine Robe ist aus dunklem Samt, seine Kerzen flackern wie Bienen in der Luft, und von jenseits der Mauern hört man den tröstenden eisernen Gesang seiner Priester, die seinen Gott loben. Sie singen wunderschön, die Männer in ihren schwarzen Roben mit den rasierten Köpfen, singen vom Blut und der Gnade in einer anderen Sprache, dem Vater ihrer eigenen, eine rostrote und purpurne Sprache.

Hier und da schreibt der königliche Sekretär in festen, runden, winzigen Strichen einen Befehl, eine Anordnung, eine scharfe Bemerkung auf die Papiere, die er methodisch von einem Stapel auf den nächsten sortiert. Immer wieder kommt ein respektvoller Bediensteter und trägt Kisten mit Papier herein und geht weg mit anderen. Die Papiere fließen heraus, Blasen auf dem Strom der Macht, und überall in den kalten nördlichen Ländern der haarigen Gespenster marschieren Armeen oder bleiben stehen, segeln Schiffe oder machen im Hafen fest, leben und sterben Männer nach den Worten des königlichen Sekretärs. Jedenfalls glaubt er das in aller Demut. Es ist eine verzweifelte Verantwortung, eine die ihn auszehrt und sein Gesicht und seinen Körper zu einer Ansammlung luxuriös verkleideter Stöcke verdorrt.

An seiner Wand hängt ein Götzenbild seines Gottes, die Gestalt eines Mannes, der zu Tode gefoltert wurde, höchst geschickt verarbeitet, das Kreuz aus Silber, das Fleisch aus Gold, die Marter fein gefasst in Rubinen, die das Blut bedeuten, ein grauenvolles Ding zum Anbeten. Kein Wunder, dass die haarigen Gespenster aus dem Norden so wild sind. Der König schaut es an, ohne das Gesicht zu verziehen, er ist an einen solchen Anblick gewöhnt, er zollt alle Ehre diesem schrecklichen Preis für seine Errettung und die Errettung all seiner Leute aus der Hölle. Es ist eine Errettung, die jeden Tag weitergehen muss, das spürt er, und er kann nie nachlassen. In seinem Kopf hört er das Echo der unnachgiebigen Anordnungen, die, wie er glaubt, von seinem Leidenden-Jesus-Gott kommen: »Du musst die ketzerischen Engländer zurückbringen zur rechtmäßigen Anbetung Meiner einzigen Wahren Kirche. (Dabei werden wir auch ein bevölkerungsreiches Königreich gewinnen und die schwärende Wunde in unserem Königreich heilen, die von den aufständischen Niederländern verursacht wurde.) Deine Sache ist heilig, denn sie ist Meine. Die Engländer wurden von ihrer Hexenkönigin und ihren Lakaien zur Verehrung des Satans verführt, und du bist der Einzige, der sie retten kann, indem du diese Königin zerstörst und ihr wolkenverhangenes, nasses Land eroberst. Es ist ein Kreuzzug gegen das Böse, nicht geringer als die Zerstörung der Türken bei Lepanto, nicht geringer als die Zerstörung der Mauren und die Vertreibung der dreckigen Juden durch deine Großeltern Ferdinand und Isabella. Warum zögerst du angesichts Meines Leidens? Die Engländer kreuzigen mich immer wieder mit ihren Sünden. Wann wirst du die Engländer vor sich selbst retten?«

Natürlich hat er nie die Traumzeit besucht, nie die rechtmäßige Stimme seines Gottes gehört: Alles, was er hört, ist die Dringlichkeit seiner eigenen Angst. Unter den bohrenden Worten ist eine Stille, ein Atem des Herzens, der sagt: *Sei sanftmütiger, mein Sohn.*

Selbstverständlich glaubt er, dies sei die Stimme eines Dämons, und er beachtet sie nicht.

Alle Träume des Königs Philip von Spanien haben mit Verbrennung zu tun, *Autodafés,* wo er selbst brennt und in alle Ewigkeit in den Feuern seiner furchtbaren Sünden der Unterlassung, der Vorsicht, des mangelnden Eifers schreit. Armes Geschöpf, wo hat er nur einen solch schrecklichen Gott her?

Die Rubine in seinem gefolterten Mann an der Wand wölbten sich plötzlich auf und liefen wie richtiges Blut am Gold herab. Dann kam, um mich zu suchen, meine Mondkönigin in einer neuen Verkleidung, keine Leopardin, kein Zebra, sondern eine Frau in Weiß und Blau, die auf der Schlange der Weisheit stand und den Mond und die Sterne auf ihrer Stirn trug, um zu zeigen, wer sie ist. Sie kam im Duft der Rosen und nahm eine ihrer perlweißen Brüste und goss Milch über das arme Schreckensding, und die weiße Milch glänzte und wusch das rostrote Blut ab.

Der königliche Sekretär hob den Kopf und zwinkerte einen Augenblick das Kruzifix an. Er hatte etwas gesehen: Blut und Milch? Er zwinkerte noch mal, schüttelte den Kopf, rieb sich die Augen, kehrte zu seinen Zeichen auf dem Papier zurück. Ich sang ein kleines Mitleidslied für ihn und pries die neue Gestalt der Mondkönigin.

Sie lächelte mich an und küsste mich auf die Wange und bedeutete mir, ihr zu folgen, und das tat ich, ging durch die Wand wie durch Dunst, denn die Traumzeit hat keine Räume, in ein anderes, nebligeres Land, wo ein anderer Sekretär in einer anderen Studierstube saß, umgeben von Papieren, nur trug dieser Schwarz und Weiß, in höchstem Maße kostbar und sauber, sein schwarzes Haar wurde grau, sein geradliniges, intelligentes Gesicht war gelblich geworden im Kampf mit den Nierensteinen, die ihn martern. Er kritzelte und plante, der Diener einer großen Königin. Dieser gespiegelte Sekretär hatte kein schönes Schreckensschmuckstück an der Wand, er hatte überhaupt keine Bilder seines Gottes; seine Sprache stammt auch nicht von der rostroten und purpurnen ab, dies ist das Blassblau und das Grün, in dem Mr Anriques auch mit mir geredet hatte. Über einem kleinen Regal an seinem Ellbogen leuchtete sein Gott: ein strenges, schwarzes Buch, mit einem einfachen Kreuz darauf, viel gebraucht.

Und da in seinem Gottesraum dehnte sich ein großer, höchst mächtiger Donnergott aus, ein wütender alter Mann, gespensterweiß wie seine Anbeter, sein grauweißer Bart war vom Sturm gepeitscht und zerzaust, voller Zorn und Tücke, um seine Schulter leuchtete überall das hellorangefarbene Licht des Sturms, das silberblaue Krachen des Blitzes. Er erhob sich wie Rauch aus dem schwarz gebundenen Buch und in seiner Hand hielt er dasselbe Buch, und daraus kamen große Strahlen seiner Blitze. Na, hier war einmal ein nützlicher Gott, der Donnernde Jehova, der Gott der blaugrünen Engländer.

Ich schaute mich nach der Mondkönigin um, und sie lächelte. Dann schmolz sie dahin und wurde wieder mein Liebling Lady Leopard, die mit ihrem Schwanz peitschte und mit den Zähnen ihren finsteren Mitgott anklapperte.

Ja, so mein Gedanke, ich kann einen Sturmgott brauchen. Also sang ich leise für den Donnernden Jehova, und schließlich nahm er meinen Geruch auf und folgte ihm, um nachzusehen, wo ich war. Und als wir uns zurückschwangen über das Meer, wurde das Meer grau und der Himmel wurde zu tiefblauem Samt, und die Wellen klatschten aneinander, um die weißen Schaumfedern zwischen ihnen zu erhaschen.

Da jeder Zentimeter Segeltuch ausgebreitet war, um die Brise einzufangen, rannten die Seeleute herum, um die Segel einzuholen. Mir war schlecht von der Intensität dieses Traumgesichts, vor Durst und Hunger und Hitze. Ich konnte nicht einmal meinen Kopf heben, und keiner von ihnen kam so hoch, wie ich es war. Die Seeleute hingen über den Rahen, so dass ich ihre bleichen Rücken zwischen ihren Hemden und ihren Hosen sehen konnte. Mit hektischer Eile rollten sie die Segel ein und schnürten sie zusammen und drehten die Rahen und gurteten sie fest an den Mast, während das Meer das Schiff nahm und es auf und ab warf, und ich blieb dem Sturm zur Beute überlassen, hoch über dem Deck, alles an mir zitterte und vibrierte an diesem harten Ende der Gottjagd, meine Zunge war vom Wassermangel geschwollen, und die Blitze zuckten um die Mastspitze.

Es war in der Tat grandios. Ihr grimmiger Donnernder Jehova war nicht zornig, er spielte nur und stampfte in seinem Meer herum wie ein Junge in einem Teich. Aber das Schiff tanzte über die Wellen, der Wind ließ mein Hemd über die Schultern flattern. Ich öffnete den Mund, um Regentropfen einzufangen, und saugte am Stoff und jubelte, weil ich einem Gott beim Spielen zusah.

Größtenteils sind sie einfache Wesen, die Götter, einfach und leicht zufrieden zu stellen, nur gefährlich, weil die Menschen sie so wichtig nehmen.

Einmal als der Wind heulte und die Blitze zu nahe kamen und nach den scharfen Spitzen der Masten suchten, kam meine eigene Mondkönigin als Zebra über den Himmel galoppiert, um die Gefahr für mich wegzujagen, und sie bleib, um mit den Wolken zu tanzen.

Der Morgen kam wieder, und der Sturm wurde zu einem frischen Ostwind. Endlich erinnerten sie sich an mich, während ich ganz friedlich schlief, an die Seile gelehnt, und sie kamen herauf, um mich zu holen und mich auf einem Bootsmannsstuhl herunterzulassen, denn ich schlief wie die Toten.

Meine Herrin hat mir später erzählt, dass der Priester wieder riet, mich über Bord zu werfen, da ich klarerweise eine Hexe sei, wenn ich einen solchen Sturm herbeirufen könne. Anriques sah ihn finster an und sprach ein paar scharfe Worte. Er hielt ihm vor, abergläubisch zu sein, wenn er annahm, irgendein Geschöpf, Frau, Hexe oder sogar Satan, könne das Wetter kontrollieren, das schließlich das Königreich des Allmächtigen sei. Ein Sturm sei gekommen, während ich an den Mast gebunden war, und habe uns alle aus der Flaute geweht. Reiner Zufall, die Würfel waren so gefallen, das war alles.

Ich hatte sie nie so ängstigen wollen. Arme haarige Gespenster, sie haben solche Angst vor richtigen Menschen.

Aus gutem Grund, selbstverständlich.

David Becket

Essex, zu Beginn des Frühlings, 1588

Springen Sie weg von dem zerbrechlichen Holzschiff, das auf der Dünung auf und ab tanzt, bewegen wir uns jetzt vorwärts in der Zeit, denn wir werden einen alten Freund besuchen.

David Becket geht verbissen seinen Aufgaben als Untersekretär für Feldzeug im Dienste von Sir Francis Walsingham nach. Es ist ein Abstieg für ihn. Er war Sir Philip Sidneys Schwertmeister, aber auf Grund eines höchst unglücklichen Irrtums wurde er im Tower mit Handfesseln gefoltert, und er glaubt, dass er nicht länger Schwertmeister sein kann. Der Schlag auf seinen Kopf, der ihn damals zeitweise das Gedächtnis verlieren ließ, hat zu etwas geführt, das wir schwache, zeitweilige Hirnepilepsie nennen würden und was er Fallsucht nennt, oder Anfälle von Prophetie.

Und wer würde schon sagen, dass so ein leichter Schaden an der wunderbar komplexen Geleemasse des menschlichen Gehirns seinen Besitzer nicht dazu befähigen könnte, über die Beschränkungen von Zeit und Raum hinauszudenken und in eine mögliche Zukunft zu sehen?

Oder vielleicht ist es nichts als eine Fantasievorstellung in der Folge eines Übergewichts der phlegmatischen Körpersäfte.

Fallen Sie durch die Wolken in die durchnässten östlichen Ränder von London, wo alles, was nach Arbeit stinkt, angesiedelt werden muss, wo die Gerbereien und Seifensieder darum kämpfen, Luft und Wasser zu verschmutzen. Am Rande eines noch schlimmeren Ortes liegt ein Postgasthaus, wo sie Pferde für die Bediensteten der Königin bereithalten, mit einem Schlafsaal im Erdgeschoss und kleinen, muffigen Kammern darüber, jede voll gestellt mit alten Betten und klumpigen Matratzen.

Auf einer liegt Becket, das Hemd an, die Decke zurückgeworfen, und Mondlichtfinger dringen durch die Fensterläden und berühren sein Gesicht, während er im Schlaf wimmert wie ein Hund.

Ein Traum peitscht wie ein Wirbelsturm durch seinen Kopf und schüttelt ihn. In seinem Traum ist es bereits Herbst im Jahre 1588, und er ist, durch irgendwelche unbekannten Umstände, zu Sir David Becket geworden, kommandierender General des hart geprüften Westlandheers, und er sucht nach dem Herzog von Parma und seinen spanischen Tercios, um ihn in eine Schlacht zu verwickeln und ihn aufzuhalten, ehe er Bristol erreicht …

Sie befanden sich ein Stück südlich von Dorchester, als sie am späten Nachmittag unmissverständliche Zeichen von Parmas Heer entdeckten, das sich langsam wie eine riesige, blutdürstige Nacktschnecke durchs Land fraß. Zertrampelte Felder, zerstörte Hecken, verwüstete Wege, und die kleinen, üppigen, unbefestigten Dörfer geplündert und abgebrannt.

Es sah aus wie die schlimmsten Teile der Niederlande in seiner Jugend. Schlimmer, denn das war ein Land, das er kannte. Er war hier oft durchgeritten.

Sir David schickte Kundschafter aus, um sicher zu sein, dass sie nicht in irgendwelche von Parmas Tercios hineinlaufen würden, und weil er sich fragte … Er konnte nichts dagegen tun. Er war nicht mehr zu Hause gewesen, seit sein Vater ihm die Nase gebrochen, ihn rausgeschmissen und enterbt hatte, aus Gründen, die Becket vollkommen lächerlich vorgekommen waren, als er noch ein zwanzigjähriger Junge war, die jetzt aber dem Fünfunddreißigjährigen mit Verantwortung triftig und verständlich erschienen.

Einer der Kundschafter galoppierte am späten Nachmittag mit klappernden Hufen heran, sein Gesicht war käsebleich, und er stammelte widerwillig etwas vor sich hin. Sir David schaute ihn an und schüttelte den Kopf. Er musste selbst nachsehen.

Aus den Berichten der anderen Kundschafter schloss er, dass es unwahrscheinlich sein würde, irgendwo hier in der Nähe auf

Parma zu treffen. Vielleicht hatten sich die Spanier für den Winter nach London zurückgezogen. Becket betete um einen guten, harten Winter, und bisher war der Herbst vielversprechend gewesen, hatte mit nassen und bitterkalten Nächten angefangen. Er hatte einige Ideen, was man mit einer zugefrorenen Themse anstellen konnte.

Aber erst einmal musste er selbst nachsehen, was mit seiner Familie passiert war.

Er rieb sich mit der Hand den unteren Rücken, der ihm wehtat, sagte seinem Stellvertreter, wohin er ging, hörte sich seine Einwände an und wiederholte dann, wohin er ging. Sein Stellvertreter war nicht glücklich damit und sagte es; Becket fluchte und erlaubte dem Mann dann, eine Leibgarde von vierzig Reitern abzuordnen, die er, wie er meinte, überhaupt nicht bräuchte. Der Rest der Einheit würde das Lager aufschlagen, wo sie waren. Am Morgen würden sie sich nach Norden wenden, um sicherzugehen, dass Parma nicht in einer Finte nördlich nach Bristol ziehen würde und, zufällig vielleicht, einige von Medina Sidonias Belagerern von Oxford nach Südwesten ablenken könnte. Das würde es dann für Sir Robert Carey leichter machen, der Königin dort zu Hilfe zu eilen, vorausgesetzt, er käme mit den bunten Grenzruppen seines Vaters rechtzeitig durch.

Becket war seit zwei Stunden vor Sonnenaufgang im Sattel und hatte beim Reiten gegessen. Sein Magen knurrte wie gewöhnlich, aber wenigstens hatte er nicht Hämorrhoiden oder Durchfall wie viele seiner Leute. Und ständige Müdigkeit war nun mal ein normaler Zustand im Krieg.

Die vierzig Burschen seiner Garde fanden sich schließlich zusammen, drängelten sich, um dem kommandierenden General der Königin so nahe wie möglich zu sein, versuchten ihn mit ihrer Schläue und Härte zu beeindrucken. Er seufzte. Er war jetzt von einer Bande zappelnder junger Männer ohne Sinn und Verstand umgeben, auf nervösen jungen Pferden ohne Gehirn. Bei Gott, er wusste, dass seine Chancen allein mit einem Vorreiter besser stünden.

Beckets Schultern und Handgelenke schmerzten, seine Hände kribbelten, wie es oft geschah, wenn er müde oder die Witte-

rung nass war. Die hässlichen weißen Vernarbungen an seinen Handgelenken schienen seine Hände kälter zu machen. Er rieb sie, versuchte, die Blutzirkulation anzuregen, und sein schlafender Körper tat es ebenso, eine gewohnte Geste, ob er wach war oder nicht.

Dann wandte er in der Welt seiner Wahrnehmung den Kopf seines Pferdes nach Süden, schlug den Weg ein, an den er sich trotz seines aufgewühlten Zustands erinnerte, und trieb das Tier an geeigneten Stellen zum Trab an.

Sie brauchten zwei Stunden, um Middleton zu erreichen, und kamen dabei durch zwei weitere gebrandschatzte Dörfer. Jemand, der sich für witzig hielt, hatte einem Schaf einen gestohlenen Hut aufgesetzt und einen Umhang übergeworfen und sich dann dabei amüsiert, es abzuschießen, während es wegrannte. Das hielt Becket für ein gutes Zeichen, was Parmas Kommandogewalt über seine chronisch unbezahlten Truppen betraf, und für ein schlechtes Zeichen für sich selbst und sein Haus.

Das Dorf war natürlich niedergebrannt worden, das überdachte Friedhofstor zerstört, die Hütten ausgeplündert. Da und dort lagen Leichen; Goody Brownlow hatte sich anscheinend dem Kampf gestellt, da sie an ihrer Hüttentür, in der Faust noch eine Holzaxt, mit einer Pike aufgespießt war. Über einem Feuer, das mit dem Gestühl der Kirche gemacht worden war, deren Bleidach jetzt fehlte, hingen die verkohlten Reste eines Schweines.

Die vierzig Burschen seiner Garde schauten einander an und warfen ihm Seitenblicke zu. Sie wussten, wo sie waren, weshalb sie gekommen waren.

»Die Hälfte von euch hält Wache«, sagte er erschöpft. »Die andere Hälfte schaut, ob sie etwas finden kann, das es wert ist, aufgehoben zu werden.«

Becket wendete sein Pferd, das schnaubend protestierte, und ritt weiter auf dem Trampelpfad zum Haus seines Vaters, das auf den Ruinen der örtlichen Priorei gebaut worden war. Sein fachmännisches Auge erblickte einige kleine und unzureichende Gräben, die in dem verwüsteten Obstgarten und im Kräutergarten ausgehoben worden waren, dann groteske Versuche, Zäune und Fallen zu errichten. Oh Herr im Himmel, hatte sein Bruder versucht, eine Belagerung zu erzwingen?

Becket House war abgebrannt und roch immer noch nach Rauch, knisterte immer noch gelegentlich, wenn wieder ein Balken herabfiel. Becket ging langsam durch die Tür, aus der ihn vor fünfzehn Jahren sein Vater mit Fußtritten gejagt hatte. Sie hing jetzt trunken in ihren Angeln und war von Äxten zerhackt. Er ging durch den Vorraum in die kleine Halle hinein, die einmal stolz mit Stichbalken geschmückt und jetzt zum Himmel hin offen war.

Er konnte jemanden singen hören, eine Frau oder einen Jungen. Er zog seine Pistole aus dem Gürtel, stellte sich in eine Ecke, um sie zu laden und zu spannen, ging dann vorwärts ins Wohnzimmer hinter der Halle, das immer noch den größten Teil seiner Decke zu haben schien.

Da war ein Platz, wo jemand aus den Überresten eines Bettes eine kleine Höhle gebaut und mit der zerbrochenen Täfelung und den Deckenbalken ein Feuer gemacht hatte.

Er ging vorsichtig weiter, denn der Gesang hatte jetzt aufgehört, und er versuchte zu sehen, was da war im Staub und im flackernden Licht. In der Höhle lagen zwei Kinder und ein Baby, dachte er, sorgfältig in eine Decke eingepackt. Waren das seine Neffen, seine Nichten? Er wusste es nicht. Er nahm seine Sturmhaube ab, denn ihm war klar, dass er mit dem Federbusch und den ziselierten Seiten wie ein Monster aussah.

»Habt keine Angst«, sagte er mit leiser Stimme zu den Kindern. »Ich bin kein Spanier. Wo ist euer Vater hingegangen?«

Keine der kleinen Gestalten bewegte sich. Er beugte sich weiter vor, zog die Decke beiseite und erstarrte. Was er wegen des feinen Haars für ein Mädchen hielt, zeigte eine klaffende Wunde anstelle des Gesichts. Der Junge hatte noch das abgebrochene Ende einer Pike im Leib stecken. Und das Baby … es war in zwei Teile gespalten und wieder zusammengesetzt worden. Sorgfältig.

Er legte die Decke zurück und drehte sich weg, um sich zu übergeben. Dann hörte er das Zischen einer Lunte.

Die Frau kam auf ihn zu, hinkend und barfuß, etwas Dunkles und Klebriges verschmutzte ihre Füße und die Fetzen ihres Rocks. Ihr angeschlagenes Gesicht war von der Anstrengung verzerrt, die Kalverine war sehr schwer für sie, und ihre Hände zitterten. Die helle Lunte im Schloss flackerte. Vielleicht hatte sie daran gedacht zu laden, vielleicht auch nicht. Höchstwahrscheinlich würde sie vorbeischießen. Aber vielleicht auch nicht.

Becket stand still, hob die Hand, die nicht den Helm hielt.

»Gnädige Frau«, sagte er heiser, »gnädige Frau, wo ist Mr Philip Becket?«

»Mein Mann hat zu tun und kann keine Besucher empfangen. Bitte lasst meine Kinder schlafen, Herr, ich habe sie gerade erst hingelegt.«

Becket holte zitternd Luft. »Würdet Ihr ihn rufen, gnädige Frau Becket? Ich habe einige wichtige Nachrichten für ihn.«

Die Frau lächelte ganz bezaubernd, legte den Kopf in den Nacken und rief: »Philip! Mann! Hier ist ein englischer Spanier, der dich sehen will.«

Becket wusste, was er sehen würde, wenn er hinaufschaute, denn er hatte es oft zuvor gesehen, nicht nur in England, auch in den Niederlanden.

Sein Bruder hing an einem Deckenbalken und schwang hin und her, sein violettes Gesicht eine neckische Fratze mit der hervorquellenden Zunge.

Der kommandierende General der Königin schloss die Augen und schluckte, bemerkte, dass Tränen in seinen Bart sickerten. »Gnädige Frau«, flüsterte er mit zugeschnürter Kehle, »würdet Ihr bitte Eure Waffe weglegen, vielleicht kann ich Euch irgendwo hinbringen … wo es besser ist.«

»Nein«, sagte sie und lächelte immer noch, »Ihr seht doch, dass ich die Kinder nicht verlassen kann, bis … bis alles geregelt ist.«

»Aber gnädige Frau, die Kinder sind –«

Ihr Gesicht verzog sich, sie hob die Kalverine, und Becket warf sich zur Seite, als sie losging. Vielleicht beschädigt, vielleicht doppelt geladen, explodierte sie in ihren Armen. Sie schaute ernst auf die Fetzen ihrer Hände und ihres Brustkorbs und sank dann zusammen.

Becket rollte sich auf die Füße, sah an sich herab, fand ein paar Kratzer, wo Stücke der Kalverine ihn getroffen hatten, aber sein Ledermantel und der Harnisch hatten ihn geschützt. Er nahm seinen Helm, setzte ihn auf und schaute weiter auf seine

Schwägerin, deren Gedärme hervorquollen, während sie sich im Todeskampf krümmte.

Das Geräusch von Hufen auf dem Weg. Gut. Er hatte eine Aufgabe für sie. Becket holte seine Pistole hervor, legte sie seiner Schwägerin an den Kopf und feuerte.

Weinend ging er hinaus, wo ihm seine Burschen im Galopp zu Hilfe eilten, und sagte ihnen, sie sollten fünf Gräber für seine Familie ausheben. Sie würden das Todesdatum auf den 5. September 1588 festlegen.

Becket wachte auf, immer noch weinend, sein Herz pochte wie ein Gefangener, der in seiner Brust an die Wände schlägt. Er saß eine Weile da, die Arme um die Knie geschlungen, und versuchte, mit dem Keuchen aufzuhören und sich zu erinnern, was in seinem Traum vorgegangen war und ihn so verängstigt hatte. Es war nicht dasselbe wie die gewöhnlichen Albträume, in denen er wieder im Tower lag und nicht wusste, wer er war. Diesmal war es anders gewesen. Er hatte Männer angeführt, so wie in den Jahren, bevor er dreißig war, da war der Brandgeruch gewesen, eine Frau …

Es war weg. Unten im Hof des Gasthauses schrien die Burschen schon herum und führten die Postpferde zum Ausreiten, das Tageslicht glitt langsam über den östlichen Horizont. Und er war nicht im Westland, er war in Essex, wo die Themse fett und sauer ins Meer tröpfelte. Und jetzt sollte er aufstehen und sich für den Besuch von Englands größtem Misthaufen fertig machen.

Becket ächzte und kratzte sich, schwang seine Beine über den Bettrand und suchte nach dem Nachttopf. Gott sei Dank war er Untersekretär für Feldzeug und konnte sich jetzt ein Zimmer für sich allein leisten, musste nicht mehr die Betten mit schnarchenden, stinkenden, furzenden Fremden teilen. Er nahm einen Schluck aus dem Flachmann unter seinem Kissen, um seine Kopfschmerzen zu lindern, und machte sich dann auf die Suche nach seiner Hose.

Es sieht aus, als sei es mein Schicksal, immer durch die Scheiße zu waten, dachte Becket ein paar Stunden später. Er hustete und versuchte, nicht durch die Nase zu atmen. Vor ihm erstreckte sich eine stinkende Ebene hinunter zu den Themsemooren, übersät mit kleinen Hügeln. Der nächstgelegene dampfte sachte vor ihm: ein Dunghaufen von grandioser Monumentalität. Gestank nach viele Wochen alter Pisse und Scheiße färbte die Luft blau über den Hügeln, und über die Anzahl verschiedener giftiger und seuchenauslösender Gerüche lohnte es gar nicht nachzudenken.

Becket steckte die Nase tief in ein kleines Kräuterbündel, das man ihm gegeben hatte, und atmete. Es half nichts.

»Dieser Haufen ist selbstverständlich noch nicht reif«, sagte der sorgfältig gekleidete kleine Mann neben ihm, den Beckets Übelkeit unberührt ließ. Er trug eine silberne Ambrakugel gegen Seuchen um den Hals, seine Nase aber schien immun zu sein.

Ein Wagen fuhr, von einem schäbigen Esel gezogen, durch den Morast an ihnen vorbei und hinüber zum nächsten Haufen mit dem schärfsten Geruch. Eine Gestalt wie ein Troll saß vornübergebeugt auf der Bank, zog an einem Strick, die Bordwand glitt mit einem schlürfenden Geräusch nach oben und die letzte Ladung der Londoner Nachtkloaken rutschte herunter.

Ein Schrei ertönte von den Hütten am Ufer. Drei dürre Kinder, in Lumpen eingewickelt, kamen herausgerannt und fingen an, zwischen dem Unrat herumzustochern. Der Kleinste fand etwas Wertvolles, ein Stück hellblauen Stoff, kaum verschmutzt, und band es sich triumphierend um den Kopf, nur um es vom Größten weggerissen zu bekommen.

»Wann wird es ... ääh, ausgereift sein, Mr Jarvis?«, fragte Becket und versuchte die schrillen Schreie und das Geräusch des Faustkampfes zu übertönen.

»Erst in ein paar Jahren. Der andere da drüben, der sieht aus, als wäre er bereit für die Ernte. Würdet Ihr vielleicht ...« Mr Jarvis hustete, zögerte, machte Bewegungen wie beim Händewaschen. Nie hatte Becket einen Menschen gesehen, der so penibel sauber war: seine kleine Manschette war schneeweiß, seine Nägel hatte er so kurz geschnitten, bis sie bluteten. Nur seine Stiefel waren dreckverkrustet. »Würde es Euch etwas ausmachen ... ääh ... Wasser auf den Haufen zu lassen?«

»Was?« Becket versuchte gerade, seinen Magen mit einem Schluck aus seinem abgegriffenen Flachmann zu beruhigen. Das half auch nichts gegen den Gestank. Er wischte sich ein paar Tropfen vom Bart und seufzte.

Mr Jarvis zitterte. Mr Becket roch nach Alkohol, seine grauen Augen waren stumpf und blutunterlaufen, sein Bauch ließ fast die Zinnknöpfe an seinem abgetragenen Samtwams abplatzen. Nur der Hut auf den fettigen schwarzen Locken war neu und annehmbar elegant. Er sah aus wie ein abgehalfterter Soldat, der sich die Stellung eines Untersekretärs für Feldzeug durch einen reichen Gönner erkauft hatte, denn das war er tatsächlich. Sein Gönner jedenfalls war Sir Francis Walsingham, und seine Aufgabe anscheinend, die Nase in alle netten kleinen Machenschaften von Jarvis zu stecken, statt sich wie ein vernünftiger Mensch zurückzulehnen und sein Gehalt einzustreichen.

»Euer ... ääh ... Vorgänger hat auf den Haufen immer gern ... ääh ... Wasser gelassen.« Der arme alte Staveling, an einer mysteriösen Gelbsucht gestorben. Das war mal ein friedlicher Bursche, der keine verrückten Fragen stellte und einem die Ruhe raubte.

»Was?« Becket hatte seinen mächtigen Rumpf gedreht, um Jarvis anzustarren. Er stand da wie ein Radaubruder aus Smithfield, hatte ein abgegriffenes und offensichtlich viel benütztes Schwert am Gürtel, war fast zwei Meter groß und mindestens neunzig Zentimeter breit, und es war etwas von der drohenden Unberechenbarkeit einer Gewitterwolke an ihm.

»Na ja, auf den Haufen ... pissen, Herr.« Jarvis schwitzte und wünschte, er hätte den Mund gehalten. »Es ... ääh ... hilft dem Salpeter, sich zu entwickeln, Herr. Urin oder auch Blut aus den Schlachthöfen auf die Oberfläche gesprüht und danach mit einer Staubschicht aus Erde überzogen, Herr.« Gelegentlich kam das Blut auch nicht aus den Schlachthöfen, sondern wurde noch im toten Körper von Männern gebracht, die für Pickering, den König der Londoner Diebe, arbeiteten, während Jarvis darauf achtete, woanders zu sein. »Es ist tatsächlich eine sehr schöne Mischung und beschleunigt das Wachstum unseres Schatzes.«

Becket brummte und steckte seinen Flachmann absichtlich ein, ohne etwas anzubieten. »Klingt wie Trüffel.«

»In gewisser Hinsicht, Herr, in gewisser Hinsicht. In diesen Haufen von … ääh … Londoner Abfall ist mit Sicherheit eine seltsame Alchemie am Werke. Bedecke die … ääh … Scheißhaufen von London, besprühe sie mit Pisse oder Blut, lass sie ein paar Jahre liegen, komm zurück und grabe, und da haben Sie's, Herr, alchemistische Magie, der Schatz im Dunghaufen, das wahre *aquila albus*. Wie es da entsteht, ist ein philosophisches Mysterium, aber es entsteht.«

Becket rülpste und lachte dann. Niemals hatte Mr Jarvis ein humorloseres Lachen gehört. »Jawoll, alles, damit es schneller wächst.« Er schnürte die Hosen auf und ließ das Wasser laufen wie ein Junge. »Asperges me Dominum cum hyssopo und so fort. Genug?«

»In der Tat, Herr«, sagte Jarvis und lächelte verkniffen, als er zur Seite trat, um der Pfütze auszuweichen, die in seine Richtung floss. »Seid Ihr zufrieden mit Eurer Inspektion?«

»Nein, bei Gott, bin ich nicht. Wer gräbt es aus? Wohin geht es von da?«

Sie verließen den Weg und gingen auf einem matschigen Pfad zu einigen finsteren Männern, die schwer mit ihren Schaufeln daran arbeiteten, Gräben durch einen anderen Haufen zu ziehen, der etwas flacher war als der erste. Die hellbraunen Klumpen, die sie fanden, wurden auf Handkarren geworfen und von Jungen, die älter waren als die Bengel von vorhin, in ein langes, niedriges Gebäude mit vielen Schornsteinen gerollt.

Unglücklich, und auch erst nachdem Becket drei Mal darauf bestanden hatte, führte ihn Jarvis in den Bau, der infernalisch heiß war und so stank, dass einem der Schädel platzte. Dort hantierten elende Frauen an einer langen Reihe von Pelikanen, bauchigen Alchemistentöpfen mit einer schnabelartigen Röhre am oberen Ende, die zu einem kleineren Topf führte, der auf einem lodernden Feuer stand. Der Gestank kam von den akkurat viereckigen Scheißefladen, die zum Feuern benutzt wurden.

»Hier können wir das alchemistische Wunder von *aquila albus* sehen, dem weißen Adler, Salpeter. Wenn es erhitzt wird, schmilzt es nicht, sondern steigt direkt in weißem Rauch auf, der in einen anderen Topf geleitet und gekühlt und dabei sofort von Sandkörnern oder anderen Verschmutzungen gereinigt, dann gesammelt und in Fässer gefüllt wird.«

Becket blinzelte beim Anblick der braun gekleideten Frauen, die herumschlurften, und fragte sich benommen, ob der verstorbene Sir Philip Sidney, ehemals Rüstungsminister der Königin, jemals hierher gekommen war. Vermutlich nicht, denn wäre er hier gewesen, gäbe es bestimmt einen eleganten lateinischen oder englischen Vers, um die Tatsache zu feiern. Der Mann war unverbesserlich gewesen.

»Und hier verpacken wir die reinen Salpeterkristalle in Fässer, die mit dem Fallgitter des Towers gekennzeichnet werden, wie Sie sehen, und dann wird es in die Mühlen Ihrer Majestät in Wilmington geschickt.«

Bei der Erklärung der vertrauten Routine hatte Jarvis sich allmählich wieder entspannt, und sein Herz setzte fast aus, als Becket herumfuhr und ihn finster ansah.

»Ach ja, wird es das, bei Gott?«

Jarvis betupfte seinen Mund mit einem Taschentuch und schluckte. »Herr?«

Keine der Frauen war einen Blick wert, gelbhäutig und ausgezehrt waren sie alle, obwohl sie ihn anschauten. Becket hakte die Daumen in seinen Gürtel und legte den Kopf zurück, um sich den schwarzen Balken über ihm zuzuwenden, während sich seine Lider mit dichten Wimpern über die Augen senkten.

»Mr Jarvis«, hob er an wie ein Schullehrer, »ich weiß aus vorzüglichen Quellen, dass mehr Schießpulver in Den Haag und, damit zusammenhängend, in Lissabon ankommt, als wir je im Tower zu sehen kriegen. Ich weiß von Wilmington, dass sie ständig unter einem Mangel an Salpeter leiden. Wie Ihr vielleicht wisst, besteht Schießpulver aus einem Teil Holzkohle, zwei Teilen Schwefel und sieben Teilen Salpeter.« Es war eine gezielte Beleidigung, Jarvis die Zusammensetzung von Schießpulver zu erklären, als wäre er ein Kind. »Weder Schwarzpulver noch gemahlenes Pulver kann deshalb ohne Salpeter hergestellt werden. Da könnte man genauso ein Schwert ohne Eisen machen. Was wir im Tower bekommen, ist Schwarzpulver, das ungefähr so stark ist wie ein Mäusefurz, so alt und unrein ist es, und es riecht auch nicht besser. Man sagte mir, dass Schwarzpulver weniger Salpeter zur Herstellung benötigt, was – und Ihr wisst das so gut wie ich – eine glatte Lüge ist.«

Jarvis, der gerade zugeben wollte, dass dem sicherlich so sei, schluckte wieder. »Herr?«

»Nun hätte das vor kurzer Zeit, im letzten Herbst etwa, keine besonderen Auswirkungen gehabt, aber, Mr Jarvis, Ihr habt vielleicht auch hier in der Wildnis von Essex davon reden hören, dass Seine Höchst Katholische Majestät, der König von Spanien, eine große Flotte ausrüstet, um seine Tercios in England an Land zu bringen, London einzukassieren, die Königin zu erschießen und jeden Jungen südlich des Flusses Humber von seinen Jesuiten vergewaltigen zu lassen.«

Da die Balladensänger in den letzten sechs Monaten von wenig anderem gesungen hatten, wusste Jarvis tatsächlich davon und er verabscheute Beckets Sarkasmus. Er hatte nicht den Eindruck, dass er damit etwas zu tun hatte. Man konnte von ihm kaum erwarten, dass er die alten Verfahren änderte, die von seinem Vater verwendet wurden, der das Amt gekauft hatte, und vom Schatzmeister, der es ihm verkauft hatte.

»Nun, Mr Jarvis«, fuhr Becket energisch fort, und die Frauen hörten beim Arbeiten zu, froh über die Abwechslung und darüber, Jarvis in Verlegenheit zu sehen, »ich habe Tercios in Aktion gesehen, und Ihr, so nehme ich an, nicht. Es ist nur der Liebe Gottes und dem Angriff Drakes auf Cadiz diesen Sommer zu verdanken, dass die Spanier nicht durch Kent marschieren, während wir uns hier unterhalten. Ich würde es vorziehen, dass Drake und seine Schiffe alle Tercios zur Hölle jagen, bevor sie je den Fuß auf England setzen.«

»Amen«, sagte Jarvis fromm und fragte sich, wo das hinführen sollte und wie lange es noch dauern würde.

Becket trat näher und beugte sich über Jarvis. Manche der Frauen unterbrachen ihre Beschäftigung am Feuer, um zuzuschauen. Jarvis war irgendwie in die Enge getrieben, in seinem eigenen Königreich, und er fing an zu schwitzen.

»Amen, sagt Ihr.« Beckets Poltern war genau berechnet. »Amen? Und dennoch, womit soll Drake sie zur Hölle jagen, häh? Könnt Ihr mir das beantworten? Für jede Achtzehnpfundkugel, die seine Halbkalverinen abfeuern, braucht er neun Pfund gemahlenes oder achtzehn Pfund Schwarzpulver, um einen Schuss abzugeben. Er hat mir gesagt, dass er das Pulver nicht bekommen kann, das er braucht, weder gemahlenes noch Schwarzpulver, wie sehr er auch darum bittet. Und ich komme und frage hier und dort und frage und frage, und von allen Seiten wird mir versichert, dass das Pulver hergestellt wird, aber wo es sich verstecken könnte, Mr Jarvis, wirklich, das weiß niemand.«

Beckets Atem stank ebenso nach Branntwein wie nach Schweiß, dachte Jarvis, ihm war schlecht, und der Mann war viel zu nahe und viel zu groß. Das war unfair. Jarvis hatte nie etwas Schlimmeres gemacht als alle anderen.

Ein breiter Finger und ein Daumen griffen nach dem sorgfältig geschlitzten und geschnittenen gelbbraunen Samtwams.

»Ich mag Eure Klamotten, Jarvis«, sagte Becket mit lauter Stimme. »Was habt Ihr dafür bezahlt? Und woher habt Ihr es genommen, hm? Wenn wir schon mal dabei sind? Mit fünfzig Pfund im Jahr könnt Ihr Euch von Eurem Gehalt nicht mal einen Ärmel kaufen, von einem Anzug ganz zu schweigen.«

»M … meine Frau hat Geld.«

Becket starrte ihn an, ohne zu blinzeln. Jarvis entzog sich ihm und stakste aus dem Bau, mit hoch erhobener Nase.

Becket wollte gerade hinter ihm her, als er seinen Weg von zwei der dicksten Frauen verstellt fand, die ihre kräftigen Arme über ihren Schürzen verschränkten. Er hatte Recht gehabt; sie stanken, stechend scharf.

»Herr«, sagte eine, »wenn wir etwas gegen Mr Jarvis sagen, würde er dann seinen Posten verlieren?«

»Das könnte sein«, bestätigte Becket. »Aber ich kann euch jetzt bezahlen, wenn ihr wollt.«

Die zwei Frauen tauschten Blicke aus. »Wie viel?«

»Was wisst ihr?«

»Wo Euer Salpeter hinkommt.«

Als Antwort griff Becket unter sein Wams und holte seine Börse heraus, nahm ein paar Schillinge und gab jeder Frau zwei. Sie lächelten ihn mit ihren Zahnlücken an, als die Schillinge unter ihren Korsetts verschwanden, nahmen ihn mit an die Tür und deuteten hinunter auf das trübe Meer, das in einer schmalen Bucht plätscherte.

»Kleine Boote. Sie bringen es zu den holländischen Fleuten, die so schön nah rankommen, wissen Sie, Herr, denen macht es nichts aus, ob die Flut hoch ist oder nicht. Und sie zahlen dafür, aber wir kriegen nie nichts davon.«

Becket nickte. Das meiste von dem fehlenden Salpeter ging nach Holland, wo es gegen die Spanier eingesetzt wurde, oder vielleicht verkauften sie es auch an die Spanier weiter. Er hat die Geschichte in den letzten zwei Monaten immer wieder gehört, die bedauernswerte, gewinnsüchtige, hirnlose Geschichte. Engländer, die nur Geld im Kopf hatten, verkauften Kanonen, Munition und Pulver an Männer, die nur Macht im Kopf hatten. Schlimmer, an Papisten, an Spanier. Er hatte nie zu den Leuten gehört, die von jedem Menschen das Beste denken, aber diese schiere blinde Dummheit überall weckte mörderische Gelüste in ihm. Wenn er herausfinden würde, wessen Korruptheit, wessen Nachsichtigkeit die stille Plünderung des Feldzeugs der Königin erlaubte, dann könnte er vielleicht zuschauen, wie der Mann gehängt, gestreckt und gevierteilt würde. Das würde er genießen, dachte er wild, all seiner neuen Empfindlichkeit zum Trotz.

»Wann kommen sie?«

»Wenn es ihnen passt, Herr. Mr Jarvis nimmt das ganze Geld, gibt uns nie was. Glaubt Ihr, das ist recht?«

Ihre Empörung ließ sie rot und selbstgerecht werden. Becket fühlte sich plötzlich erschöpft. Würde es ihnen etwas ausmachen, wenn die Spanier landeten? Wäre ihnen klar, was das bedeutete, bevor die Tercios kamen und ihre Hütten abbrannten und ihre widerliche Brut auf lange Lanzen spießten? Selbstverständlich nicht.

»Danke, gute Frauen«, sagte er und schob sich an ihnen vorbei in leidlich frischere Luft. Jarvis wartete bei den Pferden.

Becket band sein Pferd los, stieg in den Sattel und fand seine Steigbügel. »Mr Jarvis«, sagte er. »Engländer sterben für Eure Klamotten, und Ihr auch. Glaubt Ihr, die Spanier nehmen darauf Rücksicht, dass Ihr ihnen geholfen habt, wenn sie kommen, um Euch aufzuhängen?«

Jarvis öffnete den Mund zu irgendeiner Ausrede, aber Becket stoppte ihn mit erhobener Hand.

»Mr Jarvis, meiner Einschätzung nach seid Ihr imstande, hier zweimal so viel Salpeter herzustellen, als es nach Euren Abrechnungen der Fall zu sein scheint. Ich erwarte von Euch, dass es nach Wilmington hinaufkommt. Falls nicht, werde ich mit einem Haftbefehl wegen Hochverrats zurückkommen, und Ihr werdet Mr Norton übergeben, damit er herausfindet, ob Ihr nicht heimlich so ein Papistenbastard seid. Verstanden?«

Jarvis schaute ihn an und schluckte hilflos. »Aber … aber … wir können das unmöglich schaffen, das Salpeter wächst nur langsam, und –«

»Und Ihr habt vier unberührte Haufen reif und fertig. Wofür hebt Ihr die auf, Ihr Narr? Grabt sie um und schickt uns das Salpeter!«

Kopfschüttelnd drückte Becket seinem Pferd die Fersen in die Flanken, und der Klepper trottete den Pfad entlang und ließ im Laufen seinen eigenen Beitrag zur militärischen Ausrüstung fallen.

Nach einer Nacht im Haus von Walsingham in der Seething Lane, wo er eine Unterkunft hatte, war Becket wieder unterwegs, nach Westen, nach Bristol, Gloucester und dem Wald von Dean, um dort die Kanonenherstellung zu inspizieren. Mit der Leichtigkeit, die sich langer Übung verdankt, döste er beim Reiten vor sich hin, denn sein Schlaf zog ihn immer wieder in grässliche Träume, aus denen er schreiend und im Kampf mit dem Bettzeug erwachte. Sogar Walsingham hatte die dunklen Ringe unter seinen Augen bemerkt und sich nach seiner Gesundheit erkundigt, als er seinen Bericht beendet hatte. Lady Walsingham hatte darauf bestanden, ihm eine kleine Flasche mit Johanniskrauttinktur mitzugeben, Allheilmittel gegen Melancholie und Schlaflosigkeit, und nachdem er einmal davon probiert hatte, war es auf der Straße gelandet, und er hatte das Fläschchen mit Branntwein aufgefüllt, der eine viel bessere Medizin war.

Doch er hatte ihn nicht vor einem weiteren Traum bewahrt, der ihn an diesem Morgen aufgeweckt hatte. Das war doppelt verwirrend, denn in seinem Traum war er von einem Höfling geweckt worden, der weiß im Gesicht war und schlotterte …

»Herr, Herr, Mr Becket, Herr. Die Königin will mit Euch sprechen!«

Im Traum hatte Becket sich aufgerichtet, hatte sich die Augen gerieben, die völlig verkatert waren, und den jungen Mann verständnislos angeblinzelt. »Was? Weshalb?«

»Die Spanier sind gelandet. Sie haben vergangene Nacht Gravesend eingenommen.«

Und im Traum hatte sich ihm der Magen umgedreht und zusammengezogen, und er hatte sein Hemd gewechselt, das Haar gekämmt, die Lederjacke über das Wams gezogen, sein Schwert umgegürtet und war vor dem Höfling hergerannt in Walsinghams Ställe, wo es von verängstigten Menschen und erschreckten Pferden wimmelte. Er musste einen Stallburschen schlagen, um an ein Pferd zu kommen, und er galoppierte nach Westminster, durch Straßen voller Leute, die bereits zusammengelaufen waren, die einander fragten, was passiert war, was sie tun sollten.

Er wusste, dass etwas nicht stimmte, sogar in seinem Traum, denn der St. James Park war belaubt und üppig grün, nicht blass und mit Frühlingsknospen. Der Spätsommer des Jahres 1588, das Jahr, in dem nach der Prophezeiung ein Königreich zu Ende gehen würde.

Zwei Männer aus Raleghs Garde warteten am Hoftor auf ihn. In größter Eile wurde er an Gruppen von grimmigen, schreienden Männern und weinenden Frauen vorbei und geradewegs ins Audienzzimmer der Königin geführt, die von Ralegh und seinen großen, rot gekleideten Männern flankiert wurde. Sie hatte ein Gesicht wie Elfenbein, war aber höchst prächtig in schwarzen Samt gekleidet, mit verstreuten Perlen darauf, und sie trug die Krone auf dem Kopf.

Becket fiel auf beide Knie und senkte den Kopf, spürte, wie sein Herz pochte, und irgendwie war ihm der Druck der Binsenmatten unter seinen Kniescheiben gegenwärtiger als das Schluchzen der Mädchen hinter ihm. Die Königin fegte von ihrem Podest herunter und stand vor ihm, und er sah, dass sie in ihrem Sinn fürs Dramatische am Gürtel einen Dolch trug, der besonders prächtig mit Rubinen besetzt war.

»Mr Becket«, sagte sie, »Wir danken Euch, dass Ihr in Unserer Stunde der Not zu Uns kommt. Würdet Ihr Uns einen großen Dienst erweisen?«

»Ich bin der Vasall Eurer Majestät«, sagte Becket und fragte sich, welch selbstmörderischen Wahnsinn sie jetzt von ihm verlangen würde.

»Mr David Becket«, sagte sie, und ihre Stimme tönte durch den Raum, »Wir ernennen Euch hiermit zum Befehlshaber der Nachhut, mit uneingeschränkter Machtbefugnis in der Verteidigung Unserer königlichen Stadt London.«

Becket blinzelte einen Augenblick lang. Ah, dieser selbstmörderische Wahnsinn also. Etwas in ihm fragte sich zynisch, was wohl mit dem Bürgermeister und seinen Ratsherrn geschehen war. In der letzten Woche hatte es Gerüchte gegeben, dass sie in den Tower gesperrt worden waren, weil sie Feldzeug an die Spanier verkauft hatten.

»In meinem Namen werdet Ihr die Spanier hinhalten, so lange Ihr nur irgend könnt,werdet sie ärgern, plagen und umbringen und dabei jeden Vorteil und jeden Verbündeten nützen, die London zu bieten hat. Ihr werdet den Spaniern nach Kräften jedes Entgegenkommen verweigern. Die Stadt darf sich unter keinen Umständen ergeben.«

Einerseits war es sehr unwahrscheinlich, dass Parma ihn dazu auffordern würde, bedachte man, dass London keine Mauern hatte und einer Belagerung gar nicht standhalten konnte. Andererseits war es ein verstecktes Kompliment für ihn, dass die Möglichkeit überhaupt in Betracht gezogen wurde, typisch für den Korkenzieherverstand der Königin.

»Des Weiteren, Mr Becket, wünsche ich, dass Ihr es Euch nicht erlaubt, getötet oder gefangen genommen zu werden, und wenn es an der Zeit ist, werdet Ihr in Oxford wieder mit Uns zusammentreffen.«

Dass sie ihm überhaupt ein Kommando übertrug, egal, wie sich die Lage darstellte, war ein Gedanke, der sein schnapsgeschädigtes Gehirn zum Kreisen brachte. Gravesend. Sie hatten Gravesend in der Nacht genommen. Das passte, wenn man es sich überlegte, denn Tilbury war zu gut bewehrt, und Gravesend, am anderen Ufer der Themse gelegen, beherrschte den Fluss genauso. Sein Mund fühlte sich staubig an.

»Mr Becket?«

Etwas in ihrer Stimme ließ ihn aufblicken. Sie lächelte ihn an.

»Wenn Wir in einem Monat immer noch am Leben sind, werden Wir Euch zweifellos große Ehren zuteil werden lassen«, und der trockene Humor in ihrer Stimme verriet, dass sie genau wusste, was man von ihren Versprechungen sagte, und dass es ihr nichts ausmachte. Dann legte sie ihm eine schwere Goldkette um den Hals.

Ihr Geruch nach Jasmin und Rosenwasser hatte ihn aufgeweckt, und er griff nach seiner Brust, wo vermeintlich die Kette gebrannt hatte.

Und jetzt, im Wald von Dean, schaute er sich um und war verblüfft, den Frühlingsanfang zu sehen und nicht den Spätsommer. Ein paar grüne Sprossen spitzten schon aus den Hecken hervor, obwohl die Landschaft um ihn herum verödet war, als wäre irgendein walisischer Drache im Bündnis mit den Spaniern vorbeigekommen und hätte sie verbrannt. Zäune machten ein Flickwerk aus den Wäldern, wo sie frisch aufgeforstet waren und vor Rehwild und Hasen geschützt werden mussten. In den Teilen, die noch der Wiederaufforstung harrten, wuchsen dicke Triebe. Köhler liefen dazwischen hin und her und schnitten sie umsichtig heraus, schichteten die Stöcke aufeinander und bedeckten die Haufen geschickt mit Torf, steckten sie dann an und beobachteten sie die Nacht über, während das Holz teilweise zu Holzkohle verbrannte. In allen Richtungen stieg träge der Rauch aus den Torfhaufen auf.

Es hatte volle zwei Tage gedauert, bis er den Gestank von Essex aus seiner Nase bekommen hatte, und jetzt kam er wieder an einen Platz, der vulkanisch stank, nur diesmal nach Feuer und Metall, nicht nach Mist.

Er hatte eine Menge zu tun und wollte so bald wie möglich nach London zurück. Als er sein Pferd auf einem etwas weniger holprigen Wegstück zum Traben gebracht hatte, bog er um eine

Ecke und musste das arme Tier auf die Hinterbeine hochreißen, damit er nicht in eine Reihe von Köhlerfuhrwerken ritt, die langsam einen Hügel hinauf- und scheinbar in die Hölle hineinfuhren.

Alle Bäume waren kahl und in Gerüste umgewandelt worden, die Gewichte hielten. Oben auf dem Hügel spuckte ein großer Backsteinofen Feuer und Funken in die Luft, das Wasserrad dahinter gab ein stetiges *Wumm-platsch* von sich, während es einen riesigen Blasebalg zu stetigem Auf- und Abpumpen antrieb. Mit jedem Luftzug loderte das Feuer im Ofen heißer.

Becket versuchte, einen Weg vorbei an den dahintrottenden Eseln und ihren Fuhrwerken zu finden, aber keiner machte Platz, alle gaben stur vor, ihn nicht wahrzunehmen.

Er brummte ungeduldig vor sich hin, als er plötzlich einen, wie es schien, freien Weg sah, und er trieb sein Pferd darauf zu. Er erreichte etwas, das aussah wie ein langes, gerades, leeres Flussbett aus verbrannter Erde. Es war wie ein Lebensbaum angelegt und führte den Hügel auf eine Weise hinab, dass jeder Ast in einen Krater mit Kiesrand mündete. An jeder Abzweigung war ein Feldstein aufgerichtet, um den Hauptkanal zu dämmen. Und seltsam obszön, wie der Fantasie eines Riesen entsprungen, baumelte in jeder Grube und ohne ihre Seiten und den Boden zu berühren, ein langer Stab, der oben an einem der Baumgerippe befestigt war.

»Verdammt«, sagte Becket, und ihm ging plötzlich auf, worin er herumritt. Sehr vorsichtig drehte er sein Pferd wieder um, trieb es zwischen den verkohlten Bäumen nach oben, von wo aus ihm bereits Männer zuwinkten, um ihn zu warnen. Die Hitze und der Rauch wurden unerträglich dort, aber er glitt aus dem Sattel, stakste eine Weile auf und ab und führte dann den unwilligen Klepper zu einem Platz am Fuß des riesigen Kamins, wo der Gießereimeister stand und ihn anstarrte, als wäre er verrückt.

»Jawohl«, sagte der Gießereimeister ernst, und las Beckets Vollmacht verkehrt herum, bevor er sie zurückreichte. »Ihr seid zum richtigen Zeitpunkt gekommen, Herr. Nur wäre ich Euch sehr verbunden, wenn Ihr Euer Pferd nicht wieder in den Gießkanal lenken würdet, weil es die Kanonen verderben könnte, wenn da Pferdefleisch im Metall drin ist.«

»Mein Fehler, Mr Arlott«, sagte Becket kläglich. »Ich hoffe, ich habe keinen Schaden verursacht.«

»Ein Mann sieht gerade nach. Nun denn, zweifellos seid Ihr wegen dem Guss hier.«

»Selbstverständlich«, sagte Becket, obwohl er gerade zum ersten Mal davon hörte.

»Schon der zweite Guss in diesem Jahr, und der größte, den wir jemals versucht haben. Zwei Kanonen, zwei Halbkanonen, vier Kalverinen, zwei Saker, zwei Falken, eine Falkonette und ein Gießmörder. Hinterladermörder. Wir sägen die Kammer auf und schauen, ob wir passende Magazine machen können. Ein kleines Experiment, um die Wahrheit zu sagen, Herr. Sie sagen, dass Holzhammer es im letzten Herbst geschafft hat, aber ich hab' die Kanone als Beweis nicht gesehen ...«

Der Gießereimeister sprach eigentlich gar nicht mit Becket, sondern zu seinem Brustkorb, während er genauestens die Flammen und den Schmelztiegel im Ofen beobachtete. Hinter dem Ganzen knarrte das Rad, und die Blasebälge pumpten. Arlott fiel nichts mehr ein, er schien Becket vergessen zu haben und fing an, nasse Lederschutzkleidung anzulegen und einen ebenfalls ledernen Helm, der sein Gesicht bedeckte. Als die Funken in dem Höllenschlund höher stiegen und die Farbe blasser wurde, zog ein Bursche Becket am Ellbogen zurück.

Arlott wartete und beobachtete aufmerksam das Feuer, stellte sich auf die Zehenspitzen. Plötzlich stürzte er mit einem langen Stab in der Hand vor. Er riss eine Tür auf, die vor dem Höllenschlund angebracht war. Becket hörte, wie sein Pferd verzweifelt wieherte und rückwärts vor dem Entsetzlichen zurückwich. Er band das Tier an einen Baum und kam zurück, um zuzuschauen.

Eine schwarze Silhouette vor dem goldenen Schein, beugte sich Arlott mit seiner Stange vor und kippte den Schmelztiegel mit einem kräftigen Stoß um. Weiß glühendes Metall floss heraus und den Kanal hinunter, der dafür angelegt war.

»Die ersten Stopper!«, brüllte Arlott. Zwei Männer in Leder sprangen vor und stellten sich neben die Steindämme. Das Metall schoss in die Kanonenformen. Als die weiße Masse bis zum Rand gestiegen war und über die Ränder trat, hoben sie mit Hilfe von Ketten die Begrenzungssteine, und das Metall raste weiter, verfestigte sich leicht, als es an der zweiten Abzweigung hielt. »Die zweiten Stopper!«

Zwei Halbkanonen wurden in Rauch und Flammen und sprudelndem Metall geboren, und ein weiterer Satz Begrenzungssteine ging zwischen den kahlen, verkohlten Ästen hoch. Eine Form nach der anderen wurde aus dem fließenden Schmelztiegel gefüllt, ein breiter Strom von Erdenblut aus einem Vulkan von Menschenhand, bis die letzten Rinnsale in die kleinen Mörderformen sickerten, die am Ende des Kanals auf sie warteten. Der ganze Abhang rauchte jetzt, brannte und roch durchdringend nach Eisen, die Kanäle dazwischen klärten sich langsam, während das Metall sich zusammenzog. Anmutig wie ein Reh über Pfützen hüpfte Arlott zwischen den Becken aus geschmolzenem Metall herum, das seinen Fuß trotz der schweren Lederstiefel rösten würde, wenn er ausrutschte. Er ging zu jeder still vor sich hin rauchenden Form, klopfte mit dem Hammer, beobachtete, klopfte wieder. Einmal schüttelte er den Kopf, als eine große Blase aus einem Loch kam, machte bei einer Halbkanonenform ein Kreuz auf die Erde.

Einer von Arlotts Helfern stellte den leeren Schmelztiegel wieder aufrecht, stieß ihn auf seine Halterung in den Ofen zurück und schloss die Ofentür. Andere Männer unterbrachen die Verbindung des Rads mit den Blasebälgen, standen da und schnappten nach Luft, während die Backsteine wieder stumpf rot wurden.

Arlott kam zurückgestapft und schaute überrascht, dass Becket immer noch da war.

»Bei Gott, Mr Arlott«, polterte Becket los, »das war ein denkwürdiger Anblick. Ich wusste gar nicht, dass Kanonengießen wie der Zorn Jehovas ist.«

Arlott schaute drein, als hätte er das nie so gesehen. »Beinahe genauso gefährlich, Herr, und Euer Bart schwelt.«

Becket schlug das Feuer aus und dachte, er sollte seinen Bart kürzer schneiden. Alle Männer, die sich um den Ofen kümmerten und Arlott selbst waren glatt rasiert und deutlich von Brandnarben gezeichnet.

»Was könnt Ihr mir noch von Eurem Handwerk zeigen, Mr Arlott, bevor Ihr Euch zur wohlverdienten Ruhe begebt?«

»Heute Nacht gibt es kein Ausruhen, Herr. Der letzte Abstich ist bald so weit und muss überprüft werden.«

Der Gießereimeister zog sein Leder wieder aus und übergab es dem Burschen, der Becket aus der Gefahrenzone geführt hatte. Unter dem Helm war Arlotts faltiges Gesicht mit Schweiß bedeckt. Er gab Becket mit dem Kopf ein Zeichen, und sie stiegen einen kleinen Abhang hinunter und dann auf einen anderen Hügel.

Becket hörte das Kratzen und Kreischen lange, bevor sie ankamen. Da standen große, hohe Gerüste, die aus den höchsten Bäumen gebaut worden waren, weit genug entfernt vom Ofen, dass sie nicht durch Funkenflug in Brand gesetzt werden konnten. An der Spitze des nächstgelegenen Gerüsts hing eine Halbkanone mit der Mündung nach unten, in welche die lange Stange eines Bohreisens weit hineinreichte. Unterhalb der Bohrstange, im Schacht eines umgebauten Mühlrads, trottete mit verbundenen Augen ein geduldiges Pferd dahin, drehte die Klingen im Kreis, geschützt vor Spänen und Sand durch ein kleines Zelt über ihm, während das Bohreisen mahlte und in seiner Höhlung stöhnte, sie ausbohrte und glatt polierte, damit die Halbkanone schließlich abgefeuert werden konnte.

Arlott trat auf das Pferd zu, brummte etwas, tätschelte seinen Hals, während es gleichmütig weiter im Kreis lief und den Karotten folgte, die es roch, ohne jemals zu lernen, dass es sie erst bei Sonnenuntergang bekommen würde. Arlott kletterte auf ein Rad, schlug eine Ecke des Zelts beiseite und blinzelte in die Höhlung hinein, dann sprang er hinunter.

»Nicht schlecht«, grunzte er. »Der neue Sand schlägt gut an.«

Becket konnte keine Zeit mehr mit Besichtigungen vergeuden. »Meister Arlott«, sagte er, »wie viele Kanonen aus einem Abstich halten Eurer Überprüfung stand, einschließlich Gießen, Bohren, Polieren und dem ganzen Rest?«

»Kann ich nicht sagen, Herr. Etwa sechs oder acht. Kommt aufs Wetter an, die Holzkohle, die Rohlinge.«

»Wie oft macht Ihr einen vollständigen Guss?«

»Wir gießen etwa alle zwei Wochen und arbeiten dazwischen die ganze Zeit daran, die Formen wiederherzustellen. Dann dauert es etwa eine Woche, um die Füllköpfe abzusägen.«

»Und danach noch einmal … zehn Tage, um die Kanonen auszubohren?«

»Kommt auf die Kanone an, Herr. Eine kleine Falkonette kann auch nur zwei Tage dauern, wenn sie gut gegossen ist.«

»Also ließe sich sagen, dass Ihr, grob gerechnet, erwarten könnt, zehn bis fünfzehn neue Kanonen im Monat herzustellen?«

»Mit Glück. Wenn's nicht regnet.«

»Im Winter weniger, zweifellos.«

»Überhaupt keine, Herr. Wir machen im Winter die Rohlinge, lagern den Ton ein, entwerfen die Modelle. Winter bringt nichts beim Kanonengießen. Wir gießen nur in diesem Jahr so früh wegen der Nachfrage.«

»Also dann läuft Eure Herstellung sechs Monate im Jahr?«

»So in etwa, Herr.«

Sie entfernten sich vom zerstörten Teil des Waldes, und in der Ferne konnte Becket das Fauchen anderer Öfen hören, das Pumpen anderer Blasebälge, das Kreischen anderer Bohrer.

»Und das ist nur eine von vielen Gießereien im Wald von Dean.«

»Die beste, Herr«, sagte Arlott mit Nachdruck. »Wir arbeiten am besten, wir machen die besten Kanonen und die meisten.«

»Das hat man mir gesagt, Mr Arlott, deshalb bin ich hergekommen.«

Arlott grunzte, etwas besänftigt. Sie gingen weiter, endlich wuchs etwas Unterholz, erstaunlicherweise auch ein paar kranke, dürre Glockenblumen.

»Unfälle eingerechnet, könnte man bescheiden geschätzt sagen, dass Ihr erwarten könnt, vierzig Kanonen verschiedener Größen im Jahr herzustellen.«

Arlott saugte an seinen Zähnen, kratzte sich hinterm Ohr, befragte den Himmel. »Jawohl, Herr. Obwohl Sir Francis Drake dauernd hinter uns her ist, wir sollen Kalverinen machen, keine Saker und Falken, die länger brauchen zum Gießen. Aber das wäre eine gute Ausbeute.«

»Keine anderen Probleme? Kein Holländer, der kommt und sie beschlagnahmt?«

»Heh?«

Becket seufzte. »Ich kam her, um zu fragen, wer sie stiehlt, Mr Arlott.«

Eigensinnige schiere Unwissenheit überflog Mr Arlotts vernarbtes, ausgetrocknetes Gesicht.

»Wollen wir einen trinken, Mr Arlott?«

»Ich bin ein beschäftigter Mann. Ich muss den Polierer inspizieren und dann –«

»Das bin ich auch, Mr Arlott. Aber das kann alles warten. Ist das ein Ale-Haus da drüben? Ihr müsst bestimmt durstig sein nach all Eurer Mühe, Herr.«

Blankes Misstrauen folgte auf die Ahnungslosigkeit, und der Mann war offensichtlich drauf und dran zu verschwinden. Becket hakte die Daumen in seinen Schwertgurt, beugte sich leicht vor und starrte ihn an. Arlott mochte um Pfützen aus weißglühendem Metall herumspringen wie ein Reh in den Uferwiesen, aber es hatte den Anschein, als könnte Becket immer noch Eindruck erwecken, wenn er wollte. Sie gingen weiter auf das sehr kleine, strohgedeckte Ale-Haus zu, das die durstigen Männer der Gießerei versorgte.

Drinnen starrte ein hässliches altes Weib Becket an, servierte ihm unfreundlich saures Bier und gab Arlott das beste Gebräu aus einem anderen Fass. Becket seufzte und bezahlte den unverschämten Preis, weil er nicht die Energie hatte, sich anzulegen.

»Ich habe hier ein Rätsel, Mr Arlott, und hoffe sehr, dass Ihr zur Lösung beitragen könnt.« Becket setzte sich schwer auf die Bank und spürte, wie sie unter ihm knarrte und nachgab. Er nestelte ein abgegriffenes Notizheft hervor, öffnete es, deutete hinein mit einem breiten Finger, dessen Nagel bis aufs Fleisch abgebissen war. Arlott blinzelte weise auf die unverständlichen Schriftzeichen.

»Vierzig Kanonen im Jahr allein aus dieser Gießerei. Dreißig weitere aus Currers Gießerei. Holzhammer, zehn bis dreißig, je nachdem, ob er betrunken ist oder nicht. Und es gibt etwa vierzig Gießereien nur im Wald von Dean. Ich habe meine Stellung erst im vergangenen Sommer angetreten, Mr Arlott, aber in dieser Zeit wurden, soweit ich das gesehen habe, insgesamt zweihundert Kanonen aller Typen an die Rüstkammer Ihrer Majestät geliefert.«

»Weiß nicht recht, wovon Ihr eigentlich redet.«

»Bestimmt mein Fehler, Mr Arlott. Ich habe nie so getan, als hätte ich als Sekretär irgendwelche Fähigkeiten, aber ich habe zu meiner Zeit als Quartiermeister einen Trupp Soldaten versorgt und ich kann zusammenzählen und abziehen. Drücken wir es anders aus. Sagen wir, ich bin Bäcker und aus meinem Ofen erwarte ich … oh … sagen wir achthundert Semmeln … Sagen wir sechshundert, um fair zu sein und die nicht zu rechnen, die verbrennen oder fallen gelassen werden und die, die nicht aufgehen. Sechshundert, um fair zu sein. Und in meinem Laden stelle ich fest, ich habe nur zweihundert Semmeln. Was würdet Ihr sagen, Mr Arlott?«

»Ich würde sagen, da ist ein Fehler beim Zusammenzählen.«

Becket rieb den versengten Fleck an seinem Kinn und lächelte süßlich.

»Könnte sein, könnte gut sein. Zeigt mir, wo ich mich verrechnet habe, macht aus zweihundert Kanonen sechshundert.«

Arlott hustete. »Nun, da ist Bristol und die Schiffe dort. Wir schicken etwa fünfzig im Jahr dahin. Und Southampton und Plymouth.«

»Die habe ich eingerechnet.«

»Ich weiß wirklich nicht, wonach Ihr fragt, Mr Becket.«

»Jedes Jahr gehen so an die drei- bis vierhundert Stück erstklassigen englischen Feldzeugs verloren. Es verschwindet. Manches davon verlässt Bristol, angeblich, um nach Plymouth verschifft zu werden, aber es kommt nie an. Manches verlässt Southampton, offenbar auf dem Weg nach Bristol. Kommt nie dort an. Plymouth nach Southampton. Dasselbe. Der ganze Papierkram ist in Ordnung, man kann die Sekretäre nicht hinters Licht führen. Die Papiere sagen, die Kanonen gingen da hin, kamen dort an, wurden dahin geschickt … Es ist wunderbar, was die sagen. Ich habe Monate damit verbracht, ihnen nachzuspüren. Und was finde ich am Ende des Weges, Mr Arlott?«

Arlott trank sein Bier und hielt den Mund.

Beckets Faust sauste auf die Tischplatte. »Nichts«, sagte er ganz leise. »Keine Kanonen, kein Messing, kein Eisen. Nichts.«

Arlott nahm noch einen Schluck Bier.

»Was haltet Ihr davon, dass all Eure harte Arbeit am Meeresgrund oder im Elfenreich landet? Denn das muss ja wohl passieren. Es wäre doch bei Gott niemand dumm genug, an Spanien Kanonen zu verkaufen, die gegen England verwendet werden könnten?«

Arlott hustete und starrte zu Boden. »Nun«, sagte er, »ich weiß es nicht bestimmt. Es gibt da einen Sonderauftrag. Die sind stärker verziert, sehr hübsch, speziell modellierte Delfine und alles, aber wir prägen unser Zeichen nicht drauf, nur das Datum. Gehen auf besonderem Weg nach Plymouth, gewöhnlich werden sie von flämischen Schiffen mitgenommen. Wir bekommen dafür ein großes, aufwändiges Papier, und das wird mit den restlichen Kanonen nach London hinaufgeschickt.«

»Was steht auf dem Papier?«

»Weiß ich nicht bestimmt, Herr. Ich kann natürlich meinen Namen und die Zahlen erkennen, aber all das ausgefallene Sekretärsgeschreibe kann ich nicht entziffern. Oder manchmal werden sie auf portugiesische Karracken verladen, und auf den Zertifikaten steht Bristol, das kann ich schon sehen.«

Becket seufzte und rieb sich das Gesicht.

»Denkt nur daran, dass ich nie etwas erwähnt habe. Setzt mich auf den Zeugenstuhl, Mr Becket, und ich werde vor lauter Angst stumm.«

»Nichts könnte meinen Absichten ferner liegen, Mr Arlott. Nur, Ihr könntet natürlich die Kanonen auch selbst für Gold verkaufen.«

Arlott trank sein Bier aus, holte Atem, um etwas zu sagen, und hielt inne. Er nickte. »Das ist nur recht und billig. Kommt, schaut es Euch an.«

In der Ecke des großen Hofes, wo Eisenrohlinge, Holzkohle, Fichtenbäume und Ton lagerten, stand ein sauberer Holzschuppen. Hinten fand sich unter Seilrollen und Wachsplatten eine verschlossene Truhe, und darin lagen die verzierten und in Schönschrift ausgefertigten Bankanweisungen. Die meisten waren auf die Bank der Medici ausgestellt, einige auf die Fugger. Manche waren von Don Juan de Acuna Vela unterzeichnet, dem Generalkapitän der spanischen Feldzeugmeisterei. Alle lauteten auf den Namen von Elisabeths treuem Freund, dem Schatzmeister Lord Burghley.

Becket ging vor der Truhe in die Hocke und starrte ins Leere, schließlich auf diese kalten, harten Beweise von noch größerer, außergewöhnlicherer Selbstgerechtigkeit, als sogar er es erwartet hatte. Dann fiel sein Blick auf das Datum.

»Lieber Himmel, er verkauft sie ja *immer noch*?«

»Jawohl, Herr. Ich habe mit Sir Robert Cecil, seinem Sohn, gesprochen, der sagte, sein ehrwürdiger Vater sei ganz sicher, dass wir Frieden haben werden. Er schätzt, dass Parma nur versucht, der Königin Angst zu machen, um Zugeständnisse für die Friedensunterhändler in Dünkirchen zu erreichen.«

Becket blinzelte Arlott bedächtig an und ihm fiel keine Erwiderung ein, so sprach dann Arlott in die Stille.

»Sir Robert ist ein anständiger Mann, Herr, auch wenn sein Körper so verdreht ist, und er behandelt einen gut, wenn man ihm folgt. Er sagte zu mir, wenn es irgendwelche Kanonen gibt, bei denen ich mir nicht vollkommen sicher bin, alle, bei denen ich ein schlechtes Gefühl habe, weil sie undicht sind oder Blasen schlagen oder so was, die soll ich zu den Speziallieferungen geben.«

Becket nickte. »Und was schreibt Ihr in die Bücher über diese Kanonen?«

»Einige gingen nach Bristol, andere nach Southampton ...«

»In Ordnung.« Becket sammelte die Bankanweisungen ein. »Ich werde die meinem Schatzmeister persönlich aushändigen, glaube ich.«

»Ich nehme an, ich kann Euch nicht daran hindern, Herr, nicht mit der Vollmacht der Königin.« Arlotts Stimme klang abwesend, er starrte eine Katze an, die auf einem Stapel von Wachsblöcken schlief. Er konnte Becket aufhalten, selbstverständlich konnte er das, seine Männer waren in Hörweite. »Das wäre nicht nach dem Gesetz, nicht wahr?«

»Nein, Mr Arlott, wäre es nicht. Ihr könnt sagen, dass Ihr versucht habt, mich zu hindern, wenn Ihr mögt.«

Becket faltete den Stapel Papiere zusammen und steckte sie in die Innentasche seines Wamses. »Wann ist die nächste Speziallieferung?«

»Wir haben eine große Speziallieferung für Halbkanonen

und Kalverinen. Sollte bis Ende des Monats fertig sein, wenn das Wetter hält.«

»Ich glaube, das Wetter könnte schlecht sein, Mr Arlott. Ich glaube, die Lieferung könnte sich verzögern.«

»Beim Wetter weiß man nie, Herr.«

»Genau. War verdammt feucht, nicht wahr?«

»Jawohl, Herr.«

Seufzend und kopfschüttelnd ritt Becket Richtung Osten, weg vom Höllenschlund, wo die großen Kanonen langsam in ihren Gruben abkühlten und darauf warteten, dass die Füllköpfe abgesägt und die Bohrungen glatt geschliffen, die Seiten poliert und die Pulverlöcher ausgebohrt würden, um dann bereit zu sein, nach Spanien verschifft zu werden.

Weinend erwachte er aus seinem Albtraum, der Geruch von Brand, von Blut und Tod, die schreckliche Verzweiflung des Todes. Er war wieder in Middleton gewesen, dem Dorf, wo er geboren worden war ... Dort war etwas fürchterlich falsch gelaufen. Er hatte den Traum jetzt so oft gehabt, dass er sich an viele Einzelheiten erinnern konnte, obwohl sein Bewusstsein immer noch davor zurückschreckte, sich zu erinnern, was er in dem zerstörten Wohnzimmer gesehen hatte. Er begrub jede Hoffnung auf mehr Schlaf, obwohl er müde war, stand auf, trank Branntwein, zog sich an und polterte die Stufen in den Gemeinschaftsraum hinunter, wo ein Bursche mit hölzernen Tranchierbrettern herumlief, die mit frischem, warmem Brot und Käse und großen Krügen mit mildem Ale beladen waren.

Er ritt weiter, niedergeschmettert von Erschöpfung und Depression, bis er zu einem Marktflecken kam, wo er das Pferd wechseln konnte, und er zog plötzlich die Zügel an, bis ins Herz getroffen, weil ihm alles so bekannt vorkam.

Er fragte den Stallknecht, der seinen Gaul brachte, nach dem Namen des Ortes, und war völlig verblüfft und erschrocken zu hören, dass er zum ersten Mal seit zehn Jahren nur zehn Meilen von dem Ort entfernt war, an dem er geboren worden war.

Er stieg in den Sattel und ritt die Straße zur Marktkreuzung hinunter, wo er anhielt und, uneins mit sich selbst, nachzudenken versuchte. Sein Pferd trottete ruhig auf eine Eibe am Straßenrand zu, die ihm vielleicht schmecken würde. Das weckte ihn aus seinen Träumen; er trieb das Pferd von den giftigen Blättern weg und band es vor einem Ale-Haus an, damit er reingehen und nachdenken konnte.

Er war 1572 oder 1573, er konnte das jetzt nicht mehr so genau sagen, von seinem Vater geschlagen, rausgeworfen und enterbt worden. Vor langer Zeit, vor fünfzehn oder sechzehn Jahren. Als der jüngere Sohn hatte er sowieso kein großes Erbe zu erwarten, etwas Besitz von der Familie seiner Mutter, dachte er. Aber es nagte an ihm, dass sein Vater ihn verstoßen hatte. Die Jahre waren vergangen, und er hatte keinen Brief geschickt und auch keinen erhalten, teils durch den schieren Überlebensdruck, teils aus Stolz.

Becket House zu besuchen, würde kein großer Umweg für ihn sein, und ihn auch nicht groß aufhalten. Er hatte die Bankanweisungen, die vorne in seinem Wams knisterten und Burghleys Verrat bewiesen, und vielleicht hatte es keine Eile, sie nach London zu bringen. Es wäre vielleicht besser, wenn er sich überlegte, wie er sie der Königin am besten zukommen lassen konnte. Becket war kein Höfling, hatte Elisabeth Tudor nicht ein einziges Mal getroffen, diese Frau, in deren Diensten er beinahe gestorben wäre und die ihn so viel gekostet hatte.

Andererseits … Was sollte er mit dem alten Becket? Was wäre, wenn sein Vater sich weigerte, ihn zu sehen, ihn wieder davonschicken würde? Was, wenn …?

Wie so oft begannen Beckets Hände zu jucken und zu kribbeln, und er rieb sie sorgfältig, wie Dr. Nunez es ihm geraten hatte, kreisende Bewegungen, und die knotigen Narbengewebe an seinen Handgelenken nicht vergessen.

Was sollte er tun? Er saß eine Stunde herum, nippte an seinem Schoppen Ale, bis die Wirtin ihn jedes Mal finster anschaute, wenn sie vorbeiging. Schließlich holte er einen neuen Penny heraus, hielt ihn hoch und wirbelte ihn durch die Luft. Sollte die Glücksgöttin für ihn entscheiden. Kopf – ich gehe nach Hause, Zahl – ich reite weiter, sagte er feierlich und beobachtete sich selbst aus der Ferne, als er den Penny in der Luft fing und auf sein Handgelenk klatschte. Kopf.

Wie ein Schlafwandler stieg er in den Sattel und drehte den

Kopf seines Gauls nach Südwesten statt nach Osten, während Zwillingsstimmen in seinem Kopf immer weiter dafür und dagegen stritten. Das war so gegen elf Uhr. Er ritt langsam, immer langsamer, als würde er durch einen Sumpf des Widerstrebens waten. Das Pferd spürte seine schlechte Laune und klapperte missmutig die Wege hinab.

Kurz nach ein Uhr nachmittags trottete er den matschigen Weg Richtung Dorfanger, wo jemand einen neuen Schuppen neben die Kirche gebaut und das alte, mit geschnitzten Heiligenfiguren verzierte papistische Friedhofstor abgerissen und durch ein respektables neues ersetzt hatte. Als wäre die Erinnerung ein Tier, das beißt, dachte er an sein hysterisches Gekicher, als er und Anthony Fant die geschnitzte Möse einer Frau in einer Ecke des Tors entdeckt hatten. Sein großer Bruder Philip war so erschrocken, als sie ihn hinbrachten, um sie anzuschauen, dass er rot wie eine Himbeere wurde.

Er lächelte bei dem Gedanken, dann zog er die Stirn in Falten. An Anthony Fant zu denken riss alte Wunden auf, es tat immer noch weh, dass der Mann jetzt einer seiner erbittertsten Feinde war. Und wie oft hatten sie über den Klingen ihrer stumpfen Kinderschwerter geschworen, dass sie Blutsbrüder sein würden? Er schaute sich blinzelnd um.

Es schien, als wäre er ein Geist. Niemand kannte ihn. Natürlich wunderten sie sich, was ein Gentleman in Londoner Kleidung in ihrem Dorf machte, und während er sein Pferd am Ententeich tränkte, schaute er sich um, einsamer als je zuvor in seinem Leben. Es gab Leute, die er überhaupt nicht kannte, in dem Dorf, durch das er tausend Mal gerannt war und mit Fant und seinem Bruder und den Strangway-Brüdern Krieg gespielt und gegen die Feinde gekämpft hatte, die von Henry Smith, dem Jungen des Schmieds, angeführt wurden.

Ein paar schmuddelige Kinder versteckten sich hinter der Eiche, um einen Blick auf ihn zu werfen, und er grüßte sie, indem er ernsthaft an seinen Hut tippte. Nun, in einer Minute würde er wieder aufsteigen und davonreiten, und das war's dann …

»Schönen Nachmittag, Herr. Kann ich Euch behilflich sein?«

Es war Philip Becket, sein Bruder, Erbe der väterlichen Besitzungen, dem eines der Kinder Bescheid gegeben hatte, und er war ohne Zweifel von seinem Vater geschickt worden, nachdem er nach seinem Schwertgurt gerannt und gemessenen Schritts vom Haus heruntergelaufen war, um seinen Atem zu beruhigen. Er musste draußen gewesen sein, um nach den Abwassergräben zu sehen, dem Matsch an seinen jämmerlich alten Stiefeln nach zu urteilen.

Becket drehte sich um, verbeugte sich, öffnete den Mund, um zu sprechen und stellte fest, dass ihm die Worte im Hals stecken blieben. Was in Gottes Namen konnte er sagen?

»Herr?«, fragte Philip, nervös wie immer, und selbstverständlich verstand er Davids Schweigen nicht, seine Hand legte sich ungeschickt auf das Schwert, das er wahrscheinlich nie im Streit gezogen hatte, leicht kurzsichtige Augen zwinkerten verwirrt. »Ich glaube, ich sollte Euch kennen, Herr, aber ich fürchte, ich –«

»Bruder.« Es kam heiser, unerwartet.

Häufig erkennt man uns eher an unseren Stimmen, als an unseren Körpern. Philips Kinnlade fiel herunter, er starrte, blinzelte, starrte wieder.

»Allmächtiger Herr Jesus, ist das *David*?«

Becket nickte und fand sich in den Armen seines Bruders wieder.

»David! Bist du's wirklich? Bei Gott, bei Gott …« Philip trat einen Schritt zurück, hielt ihn an den Schultern, blickte ihm fest in die Augen, musterte von oben bis unten seinen Körper, Tränen standen ihm in den Augen, so dass in Beckets Augen wiederum mehr davon erschienen und er husten musste. Sein Bruder umarmte ihn erneut, fluchte furchtbar für seine Verhältnisse, schlug ihm immer wieder auf den Rücken.

Es sah aus, als würde das Dorf, das leer gewirkt hatte, plötzlich vor Menschen platzen. Er wurde geschüttelt und mit Fäusten traktiert und der Hut wurde ihm vom Kopf genommen und der Schmied starrte ihn an, der sie als Kinder hinter seiner Esse mit verbogenen Nägeln hatte spielen lassen, und der Schreiner und der Obstgärtner und Goody Brownlow, die sagte, er müsse David sein, weil er aussehe wie sein Vater als junger Mann, möge er in Frieden ruhen …

Und so erfuhr er, dass der Mann, der ihm die Nase gebrochen hatte, tot war. Das war zu viel für ihn. Danach wusste er nicht, was er tun sollte, hatte er doch insgeheim gehofft, als verlorener Sohn willkommen geheißen zu werden, vielleicht nicht so ausgefallen wie mit einem fetten Kalb, aber ein Schwein …

Und sie waren alle weit entfernt, die Rufe der freundlichen Menge, wie die Meereswellen, weit, weit weg, während er daran dachte, dass er jederzeit hätte zurückkommen können. Er hätte ein Pferd mieten können, als er Schwertmeister bei Sir Philip Sidney gewesen war und verhältnismäßig angesehen oder als er zum ersten Mal mit Beute in den Taschen aus den Niederlanden zurückgekehrt war, er hätte jederzeit kommen können, und sie hätten ihn freudig empfangen …

Er wischte sich das Gesicht ab und stammelte und fragte sich, wo der Regen herkam, als Philip ihn plötzlich am Arm nahm und ihn von der schreienden Menge wegführte, durch die überdachte Pforte in den Friedhof. Erst als sie da waren, fing es wieder an zu regnen, und da wusste er, dass er sich die Augen abwischen und die Nase schnäuzen musste.

Das Grab war schon alt genug, um einen Grabstein zu haben, obwohl der Marmor natürlich frisch geschnitten war und immer noch wie die Innenseite eines Zuckerhuts aussah, der vom Regen glänzte. Der Grabstein seiner Mutter daneben war stärker verwittert.

»Wann ist er gestorben?«, hörte er sich aus der Ferne sagen, so tief und so rau wie einer der Bären vom Südufer.

»Kurz nach dem vorletzten Weihnachtsfest.« Philip hatte sich auch wieder beruhigt und lehnte sich an eine Eibe, die Daumen im Gürtel lächelte er David dümmlich an. »Wir haben jemanden nach London geschickt, um dich zu suchen, aber niemand konnte uns sagen, wo du warst.«

Becket zog den Kopf ein und schloss die Augen. Unter seinem feuchten, schmierigen Umhang versuchten seine Hände, sich zu Fäusten zu ballen, aber sie hatten noch immer keine Kraft. Er sprach erst, als er sicher sein konnte, dass seine Stimme fest war.

»Ich war … hm …« Er musste lügen. Er konnte seinem Bruder kaum erklären, dass er im Tower war und halb verrückt und sich langsam von der Folter erholte, nicht wahr? Philip war nicht mehr der dünne, nervöse, ältliche junge Mann von früher. Jetzt war er ein dünner, nervöser, ältlicher Mann in mittleren Jahren. Philip hatte ihrem Vater nicht fünf Minuten Ärger gemacht, und ihr Vater hatte ihn dafür rundheraus verachtet. Er wäre womöglich auf der Stelle in Ohnmacht gefallen, wenn er gehört hätte, dass sein entehrter und enterbter jüngerer Bruder jemals Gefangener im Tower war, egal, ob zu Unrecht oder nicht. »Ich war in Flandern.« Die Lüge kam glatt, weil er sie schon vorher gebraucht hatte. »Ich habe mich von Verwundungen erholt, die ich in ... ääh ... Zutphen erlitten habe.«

Sein Bruder bekam einen roten Kopf und nickte. »Ich habe gehört, dass du mit Sir Philip Sidney persönlich zusammen warst.«

»Ja«, seufzte Becket. »Ich war sein Schwertmeister. Ich war bei ihm, als er verwundet wurde, und ich habe ihn kurz vor seinem Tod gesehen.«

»Ein ruhmreicher Tod«, sagte Philip voller Inbrunst, seine hellen Augen leuchteten, die knochige Hand packte das Heft seines Luxusschwerts, das sicher zu prunkvoll und wahrscheinlich zu schwer für ihn war. Na ja, es passte natürlich zu seinem Vater. Das Gewicht war eher etwas für David Becket. Natürlich bevor die Folter seine Hände ruiniert hatte.

»Eigentlich nicht«, sagte Becket, ohne zu erwarten, dass man ihn ernst nahm. Die Balladensänger hatten ihre Arbeit zu gut gemacht. »Seine Wunde hat sich entzündet, und er ist verfault, weil er sein Bein nicht abnehmen lassen wollte, nachdem eine Kugel aus einer Hakenbüchse den Knochen zerschmettert hatte.«

»Ich habe die Schlacht von Zutphen gemeint.«

Becket schüttelte den Kopf. Sag ihm, dass die Schlacht beinahe zu einer blutigen Niederlage geführt hätte, die gerade noch als Sieg hingestellt werden konnte, weil der Earl of Leicester der Meinung war, Kundschafter seien Zeitverschwendung. Gegen die vereinte Macht der Balladen und der Kanzelreden ankämpfen? Wohl kaum.

»Ja«, sagte Becket. »Ich nehme an, dass es so war.«

»Und du warst dabei?« Philip glühte, hellauf begeistert, während der Regen auf sein schütteres Haar platschte. »Ich habe Vater gesagt, dass du schließlich noch Gutes tun würdest.«

Was konnte er sagen? Er hätte nie zurückkommen sollen. Ein dummer Einfall. »Danke.«

»Er hat dir vergeben, bevor er gestorben ist.«

Wahrscheinlich eine Lüge, aber gut gemeint. Becket hob den Kopf und dachte darüber nach, der Regen drang wie ein kalter Schnabel durch seine Locken, denn er hielt immer noch respektvoll den Hut an die Brust gedrückt.

»Das hat er wirklich«, wiederholte Philip ernst und beugte sich zu ihm. »Ich glaube, er hat schon ein paar Wochen danach bereut, dich vertrieben zu haben, aber selbstverständlich hat er das nie gesagt.«

»Selbstverständlich.« Worüber waren sie vor all den Jahren in Streit geraten? Oh ja. Hauptsächlich Beckets Schulden. Die Spielerei, Fechtschulen und Frauen waren überraschend teuer gewesen. Mit zwanzig hatte er seine Schulden als vernünftig und angemessen und ziemlich gering angesehen, obwohl er jetzt älter und weiser und nicht mehr so sicher war.

Während die Jahre seine scharfen Kanten abschliffen, hatte er sich immer mehr die Ansicht seines Vaters zu Eigen gemacht. Aber damals hatten ihn die Anschuldigungen seines Vaters verletzt, hauptsächlich weil sie stimmten. Er hatte geschmollt, war wütend geworden und frech. Sein Vater hatte die Geduld verloren und ihn wie einen kleinen Jungen an den Ohren gezogen. Ohne Zweifel hatte er schwer gesündigt, als er versucht hatte, seinen Vater zu schlagen. Und es gab noch weniger Zweifel daran, dass sein Vater der bessere Mann und mit Sicherheit der bessere Kämpfer gewesen war.

Unbewusst fasste sich Becket an seine leicht verbogene Nase: War es, bevor er mir in den Arsch trat oder danach, dass er mir die Nase brach und mich aus dem Haus warf? Die Erinnerung, wie er im Graben landete, aus der Welt verschwand und dann mit Schmerzen und einem blutigen Gesicht in sie zurückkehrte, ließ ihn sich furchtbar elend fühlen. Er hatte nie wirklich geglaubt, dass er zu diesem Zeitpunkt den alten Habicht zum letzten Mal gesehen haben würde.

Becket schaute wieder auf das Grab hinab und hätte gern eine Pfeife gehabt.

»Ich habe ihm versprochen, dass ich mit dir rede, wenn ich dich sehe«, sagte Philip. »Ich werde dir erzählen, was er gesagt und getan hat, David. Aber sollten wir nicht reingehen und uns aufwärmen?«

»Ah, das sollten wir tun«, meinte Becket, und es war ihm mehr als recht, auch wenn es sich nicht so anhörte. Er schüttelte den Regen aus den Haaren und setzte den Hut wieder auf. Er sehnte sich nach etwas zu trinken.

Sie gingen durchs schlammige Dorf – der Friedhof war genau am anderen Ende. Zweimal blieb Philip stehen: einmal, um mit gerunzelter Stirn ein kaputtes Strohdach anzuschauen, und ein anderes Mal, um eine große Sau, die offensichtlich trächtig war und die er mit ihrem Namen, nämlich Butterblume, anredete, sacht aus dem Weg zu schieben. Sie gehörte Goodwife Brownlow, die eine schlimme Hüfte hatte, deshalb scheuchte Philip Butterblume so unauffällig wie möglich (damit keiner seiner Pächter Anstoß nehmen konnte, wenn sie ihren Herrn beim Schweinehüten sahen) in ihren kleinen Stall und schaute nach, ob sie Wasser hatte. Dann klopfte er an das Hornfenster der Hütte und rief, wenn die gute Frau ihr Schwein noch mal abends frei herumlaufen ließe, dürfe sie sich nicht wundern, wenn irgendein böswilliger Papist ihren Schinken zu seinem Abendessen verspeisen würde.

»Habt Ihr da den kleinen David dabei?«, wollte Goody Brownlow wissen und riss die Hornscheibe auf, um herauszugucken. »Ich möchte mal sagen, dass er sehr gut aussieht in seinem Londoner Anzug und allem. Hast du irgendwelche Beute aus Antwerpen mitgebracht, hah? Du schuldest mir immer noch was für die Hühner, die du gestohlen hast.«

»Das war ich nicht, Goody«, sagte Becket, obwohl er es gewesen war.

»Hah! Hast bestimmt deine ganze Beute für Spielkarten und lose Weiber ausgegeben. So ein nichtsnutziger Junge, wissen Sie, Mr Becket, Herr, der hat jeden Augenblick Ärger gemacht, seit er aus den Windeln raus war ...«

Philip lächelte. »Pass auf, dass Butterblume am Abend drinbleibt, Goody.«

Sie gingen weiter. »Das Schwein scheint dich gut zu kennen.«

»Kein Wunder«, sagte Philip trübselig, »ich bringe sie fast jeden Abend ins Bett.«

Becket musste grinsen.

Becket House hieß ihn mit aufwändigem Glanz willkommen, denn Philips Frau hatte zu Ehren ihres Gastes die kostbaren Wachskerzen hervorgeholt und zweifellos all die Talgschnipsel und ihre Halter weggeräumt. Und sie war offensichtlich nicht davor zurückgescheut, zwei Hühner und eine Ente zu schlachten, um den verlorenen Bruder zu ehren, und der Geruch des Geflügels, das vor dem Küchenfeuer briet, erfüllte das Haus.

Becket verbeugte sich vor Eleanor Fant, die jetzt Eleanor Becket war. Erstaunlich, dass Philip sich keine Geringere als die jüngste Schwester von Anthony Fant geangelt hatte, die, ausgestattet von ihrem Bruder, in den Haushalt der Beckets eine Mitgift von drei Dörfern, zwei Anwesen in London und einem gemeinsamen Unternehmen im Wert von zweihundert Pfund eingebracht hatte. Jedenfalls hatte Philip auf dem Heimmarsch damit geprahlt.

Mistress Becket war eine kleine, pummelige, geschäftige Person mit rundem Gesicht und rundem Bauch, wo noch eine Nichte oder ein Neffe für David im Hinterhalt lag. Zwei weitere waren mit ihrer Kinderschwester oben, wo ihnen zweifellos die Haare gekämmt, die Gesichter wund gescheuert und mit roher Gewalt Kragen umgelegt wurden. Becket unterdrückte den seltsamen Schauer beim Anblick der Frau, als wäre sie ein Geist, den er wiedererkannte, ein Schatten aus seinem Albtraum. Er schüttelte sich wie ein Pferd.

Die Kinder kamen heruntergepoltert, um ihren Onkel höflich zu begrüßen, ein liebliches kleines Mädchen, das wie die meisten Mädchen Elisabeth hieß, und ein stämmiger, ernsthafter, schwarzhaariger Junge, der gerade in die Kniebundhosen gewachsen war, sein Knie beugte und Becket erklärte, dass sein Name auch David sei.

Becket wusste, was von ihm erwartet wurde, deshalb gab er

jedem einen Schilling und versprach dem Jungen Fechtstunden, wenn er alt genug wäre.

Zwei Burschen und ein hinreißendes Dorfmädchen deckten einen Tisch im Wohnzimmer, und als sie Platz nahmen, fand sich Becket dem Kreuzverhör von Eleanor Becket ausgesetzt, die wissen wollte, ob er geheiratet hatte, ob er es vorhatte und wann es so weit wäre. Er machte ihr Komplimente zu ihrer Nachkommenschaft, und sie erzählte ihm, dass ein erstes Baby zu früh geboren worden sei und im Grab von Beckets Mutter liege, die sich bestimmt bis zum Jüngsten Tag darum kümmern würde.

»Das tut mir Leid …«, sagte Becket verlegen, als der Sturzbach der Worte seiner Schwägerin abriss, weil sie kauen und schlucken wollte, und die Ente war etwas zäh.

»Ach was«, sagte Eleanor scharf. »Es war meine eigene Schuld, weil ich noch am Tag, bevor die Wehen einsetzten, mit den Hunden zur Hetzjagd geritten bin. Und Gott hat uns Lizzy und dann David gegeben und jetzt noch das hier, was es auch sein mag.«

Wieder spürte Becket, dass seine Augäpfel verräterisch kitzelten. Da lag zweifellos etwas in der Landluft, obwohl es ihn erstaunte, dass sie ihren ältesten Sohn nach ihm benannt hatten, und es berührte ihn stärker, als er es je für möglich gehalten hätte.

»Das ist bestimmt das Einzige, was ich an der Schwangerschaft nicht mag: nicht reiten zu können.«

»Du solltest sie sehen«, sagte Philip. »Sie treibt mich in den Wahnsinn und reitet in jeder Hinsicht besser als ich. Sie nimmt jeden Zaun und scheint zu glauben, ihr Genick sei aus Stahl.«

»Puuuh.« Eleanor grinste ihren Gebieter an. »Du solltest mal einen Damensattel probieren, es ist unmöglich, da herunterzufallen. Ach was, Bruder«, fügte sie hinzu, als Becket stammelte, was für eine Ehre es sei, dass sie ihren Sohn nach ihm benannt hatten, »wir haben gehofft, er würde plötzlich mit einem Onkel dastehen, der im Krieg reich geworden ist, und könnte sich eine gute Erbschaft schnappen.« Und sie grinste ihn an und runzelte zynisch die Nase. Becket fing an, seinen älteren Bruder noch stärker zu beneiden als vorher.

Er sagte es, und ihr schien es so zu gefallen, dass sie lachen musste. Und ihm verriet, was für ein Glück es gewesen sei, dass er das Grab seines ehrwürdigen Vaters habe besuchen wollen, denn sie sei in ihrer Speisekammer gewesen und habe in ihrem unvorteilhaftesten englischen Kleid wie eine Vogelscheuche ausgesehen, als der Junge aus dem Dorf gerannt kam, um ihr zu sagen, wer da war, und es sei sehr unhöflich von ihm gewesen, keinen Mann vorzuschicken, um ihnen seine Ankunft anzukündigen, damit sie nicht über ihren schmutzigsten und übel riechendsten Fleischtöpfen gehangen hätte bei seiner Ankunft. Da sie ein vollkommen respektables Kleid aus samtenem Purpurtuch und eine französische Kapuze über ihrer Haube trug und nicht einen Hauch von Essig absonderte, nahm er an, dass sie sich ziemlich beeilt hatte, was sehr schmeichelhaft war. Wenn er ihre Rundungen und ihr Glück besah, fand er sie fabelhaft, wie eine Butterblume im Schneefeld.

»David!«

»Äh, was?« Philip hatte ihn etwas gefragt, und er hatte es nicht gehört. »Ich bitte um Verzeihung, Philip, ich habe mich in Bewunderung für deine Frau verloren.« Wenigstens stimmte es, wenn es vielleicht auch übertrieben galant war.

Philip lächelte nur, während Eleanor erfreulich rot wurde. »Ich bin sehr sicher, dass es in London tausende von Frauen gibt, die viel hübscher sind als ich«, sagte sie selbstgefällig.

»Das stimmt«, sagte Becket und wurde mit einem Stirnrunzeln belohnt. »Aber nur aus der Ferne. Wenn man nah genug herankommt, um die Farbe abzukratzen …« Er schüttelte den Kopf und seufzte. »So viele Enttäuschungen.« Eleanor kicherte wie ein kleines Mädchen.

Philip schob die letzte seiner kandierten Karotten von sich und ging zum Regal, wo seine abgeschlossene Tabakkiste stand, die er in Bristol gekauft hatte und mit einem guten Besteck stolz zur Schau stellte. Becket füllte anmutig seine Pfeife, und Eleanor raschelte davon, um die Bediensteten beim Abräumen und die Küchenjungen beim Spülen zu überwachen und dann in die Ställe hinauszugehen, um ihrem Lieblingswallach Gute Nacht zu sagen.

Eingehüllt in Rauchwolken von sehr miserablem Tabak, stellte Philip seine Frage noch einmal. »Was denkst du über die Spanier, David? Du hast doch gegen sie gekämpft?«

»Die Spanier«, sagte Becket und wusste nicht, wo er anfangen sollte.

»Falls ich eingezogen werde, wenn die Spanier kommen, was sollte ich mitnehmen?«

Becket paffte seine Pfeife und hustete. Da saß sein Bruder, der nie aus Wut mit einem Gewehr geschossen, der nie auch nur gekämpft hatte, seit er ein Junge war, und lächelte in freudiger Erwartung eines Vergnügens, das besser war als jede einfache Reh- oder Hasen- oder Fuchsjagd. Er holte weit aus, erzählte lange davon, wer kommen und wer bleiben würde, welche Waffen sie hatten und welche Schwierigkeiten es gebe, Pistolen aufzutreiben – nicht, dass die meisten Männer in der Gegend auch nur die geringste Ahnung hätten, wie man sie bedient oder welche Seite vorn ist –, aber was Langbögen angehe – schließlich wisse David, dass John Denton immer ein guter Schütze war, und Henry Smith ebenso und …

Becket hörte zu und fragte sich, was er sagen sollte. Er versuchte sich vorzustellen, wie sein Bruder und seine Pächter der schmallippigen Disziplin eines Tercios gegenüberstehen würden, aber er konnte es nicht, weil ihm das Blut in den Adern gefror.

»David?« Philips Stimme war unsicher. »Was ist los?«

Becket zitterte, holte tief Luft und setzte zu einer heldenhaften Lüge an. »Die Tercios aus Spanien sind sehr große Kämpfer«, sagte er, »aber sie können erschossen und umgebracht werden wie andere Menschen auch … Nur ist es besser, das aus einem Graben heraus zu tun, wenn sie dich nicht erwarten. Und noch besser ist es, sie nicht landen zu lassen.«

Plötzliche Traumerinnerung, wie die Königin ihm eine goldene Kette um den Hals legt. »Bruder, ich werde ein großer Hauptmann mit eigener Kompanie sein, so wie ich es in Flandern eine Weile war, und ich werde kommen und Becket House befestigen und daraus das größte Grab der Spanier seit dem Hafen von Cadiz machen.«

Ich werde tot sein, dachte er für sich, tot beim Versuch, London zu verteidigen, mit dem verdorbenen und ausgesonderten

Schwarzpulver im Tower und mit den alten Gewehren, die zu verrottet sind zum Feuern. Weiß Gott, wenn ich jemals Schwert an Schwert einem Spanier gegenüberstehe, wird er mich niederstechen wie ein Buttermännchen beim Bankett.

Eleanor kam zurückgeraschelt, roch etwas nach Pferden und wedelte mit einer Lederflasche und einem Löffel. Sie bestand darauf, sie alle mit einer scheußlichen grünen Flüssigkeit zu verarzten, die sie bestimmt vor Skorbut schützen und dafür sorgen würde, dass sie die Zähne im Mund behielten. Philip sagte, das sei weibliche Torheit, und er habe nie unter Skorbut gelitten. Eleanor gab zurück, das sei bestimmt ihrer Arznei zu verdanken, und es sei sinnlos, ein Risiko einzugehen. Es klang wie ein Streit, den sie jedes Jahr austrugen und der so bequem war wie ein altes Hemd. Dann setzte sie sich mit ihrem Stickrahmen ans Feuer.

Stolz erging sich Philip in einigen unsinnigen Vorschlägen, wie sich Becket House befestigen ließe, ohne den Obstgarten zu beschädigen, dem er offenbar viel Zeit und Nachdenken gewidmet hatte. Becket beobachtete ihn und wünschte sich, so wenig über den Krieg zu wissen wie sein Bruder.

»Oh ja, Bruder, ein feiner Plan«, stimmte er zu, und Eleanor schaute ihn fest an, während ihre Nadel blitzte. Er schaute weg, nicht willens, entlarvt zu werden.

»Und was hat dich endlich hierher gebracht?«, fragte sie ihn. Erleichtert erzählte er ihr von seiner Arbeit für Herrn Sekretär Walsingham und dem Geheimnis des fehlenden Feldzeugs. Etwas in ihrem Gesicht veränderte sich irgendwie, ging von Verständnis zu Vorsicht und dann wieder zu angemessener weiblicher Bewunderung über. Es geschah so rasch, dass er sich entschied, er hätte sich den Wechsel eingebildet.

» … aber wir machen doch bestimmt die besten Kanonen in Europa«, sagte Philip. »Der Reverend Poyning hat das in seiner letzten Predigt gesagt.«

»Nein, die machen die Deutschen«, sagte Becket pedantisch und erschreckte seinen Bruder noch mal. »Wir stellen mehr her. Nicht die besten in Europa, aber die meisten. Viel mehr als Frankreich oder Spanien. Also sollte es keine Knappheit bei den Kanonen geben, und dennoch …«

»Dennoch?«

»Dennoch, wo sind sie? Die Schiffe der Königin wollen mehr, die Händler wollen mehr, es gibt nicht genug, um London zu verteidigen, ganz zu schweigen vom Pulver und den Kugeln. Wo sind die alle hin?«

»Weißt du es?«

»Ich nehme mal an, die Spanier habe eine gute Anzahl unserer Kanonen, und die Waffenhändler in Den Haag haben den Rest.«

»Bestimmt nicht«, sagte Philip zuversichtlich. »Es kann doch unmöglich jemand dumm genug sein, Kriegswaffen an die Spanier zu verkaufen?«

Es lag Becket auf der Zunge zu sagen: »Mein Schatzmeister Burghley«, um zu sehen, wie er schaute und protestierte und nach Atem rang, um den unerschütterlichen Panzer des brüderlichen Vertrauens in seine Oberen zu durchstoßen. Stattdessen riss er Witze, gab Hofklatsch weiter, erzählte von seinen Erlebnissen in den Niederlanden, sorgfältig bereinigte Geschichten, von denen manche anderen Leuten passiert waren.

Schließlich nahm Eleanor eine Kerze und sagte, sie würde nachschauen, ob Davids Bett richtig angewärmt worden sei und ließ ihn mit seinem Bruder allein.

»Vater hat von dir gesprochen, bevor er gestorben ist.« Philip saugte nachdenklich an seinem langen Pfeifenstiel und stieß Rauchkringel aus, eine Fähigkeit, auf die er offensichtlich stolz war.

Becket zog den Rauch tief in die Lungen und hustete. »Wenn er mich mit seinem letzten Atemzug verflucht hat, will ich es lieber nicht wissen«, sagte er, und das war nur zur Hälfte ein derber Scherz.

Philip schüttelte den Kopf und lächelte rätselhaft. »Hast du ihn so wenig gekannt?«, fragte er. »Wer ist ihm denn wie aus dem Gesicht geschnitten? Vater und du, ihr habt beide … hattet … schreckliche Launen, habt immer gestritten, aber, Gott im Himmel, er hat dich immer am meisten geliebt.«

Becket murmelte etwas Kindisches.

»Wie anders hätte er es denn zeigen sollen, als dadurch, dass er dich von Schnapsbuden fern hielt und verhindern wollte, dass du dir die Syphilis holst? Im Übrigen will ich nicht mit dir streiten, Bruder. Ich bin nicht so wie du. Ich bin ein Mann fürs Geschäft, und unsere Ländereien und die Pächter gedeihen, seit ich die Leitung übernommen habe. Ich mag es, wenn die Dinge sauber sind und am richtigen Ort, weißt du. Und ich habe versucht, dich zu finden, seit er gestorben ist. Ich habe mich sogar an den Kronrat gewandt, um festzustellen, ob sie etwas von dir wissen, denn Vater hat dir in seinem Testament Besitz hinterlassen, und wir müssen die Urkunden übertragen.«

»*Vater* hat mir Besitz hinterlassen?« Wenn Philip verkündet hätte, dass Edward VI. sein wirklicher Erzeuger sei, hätte Becket nicht verblüffter sein können.

»Selbstverständlich. Wenn er es nicht gemacht hätte, hätte ich ihm gesagt, dass er es tun soll. Aber das war nicht nötig.«

»Nun ... aber was hat er mir hinterlassen?«

»Einige Häuser, die einmal einem alten Kloster in London gehört haben – ich glaube, er hat sie im Jahr 47 billig gekauft, wie heißt der Platz noch mal? Blackfriars? Nein, Whitefriars. Geht auf einen Hinterhof. Hanging Sword Court, glaube ich, nicht weit entfernt von Salisbury Place.«

Becket konnte nichts dagegen tun, er musste über den grotesken Zufall lachen.

Philip fürchtete fast um die geistige Gesundheit seines Bruders, als er sah, wie er seinen Kopf in die Hände nahm und lachte und lachte. Er hatte David mit seiner Eröffnung eine Freude machen wollen, und das schien gelungen, aber da war etwas an David, das ihm einen kalten Schauer über den Rücken jagte. Weniger als die Hälfte von dem, was sein Bruder beim Abendessen erzählt hatte, war die Wahrheit gewesen, dachte er, und was in Christi Namen hatte die grässlichen Narben verursacht, die unter seinen Manschetten an beiden Handgelenken hervorlugten? War er Galeerensklave gewesen? Philip hätte zu gerne gefragt, aber er traute sich nicht.

Später, als sie das Geschäftliche erledigt hatten und die Dokumente übertragen worden waren, nachdem Becket den letzten Rest ihres selbst gebrannten, doppelt destillierten Branntweins aus eigenem Apfelmost hinuntergeschüttet hatte, führte

Eleanor ihn persönlich zu dem Gästezimmer über der Eingangshalle, das man irgendwann nach seinem Weggang angebaut hatte.

»Wirst du ein paar Tage bei uns bleiben, Bruder?«, fragte sie.

Beckets Finger versuchten seltsam ungeschickt, die Knöpfe an seinem Wams zu öffnen. Eleanor achtete nicht darauf.

»Soll ich Philips Bedienten holen, damit er dir beim Ausziehen hilft?«

»Nein danke.« Becket gab die Knöpfe für den Moment auf und machte sich auf die Suche nach Alkohol, den er in Form eines Krugs mit gewürztem Ale neben dem Gästebett fand. »Ich muss um Vergebung bitten, Schwester, aber ich kann nicht bleiben. Ich fürchte, ich muss so schnell wie möglich zurück nach London. Ich muss ...« Er hielt inne, schaute düster. »Ich muss meine Entdeckungen dem Herrn Sekretär Walsingham mitteilen.«

»Mm.« Eleanor traf ihre Entscheidung. Es gab keine andere Möglichkeit, wenn er nicht bleiben würde, musste sie es jetzt tun. Obwohl sie es vorgezogen hätte, ihm eine Nacht Schlaf zu gönnen, bevor sie ihn mit einem Rätsel konfrontierte. Er schaute erschöpft und verhärmt aus, der arme Mann, überhaupt nicht wie der wagemutige Fechter, den Philip ihr beschrieben hatte.

Sie kam herein, stellte ihre Kerze auf den Deckel der Kommode, stocherte im Feuer herum und setzte sich daneben. Becket blinzelte sie unglücklich an. Er bemerkte ihre Absicht, länger zu bleiben.

»Eleanor?«, fragte er vorsichtig. »Wie geht's deinem Bruder Anthony?«

Sie lächelte ihn an, mochte es, dass er den Stier bei den Hörnern packte. Ganz der alte Mr Becket. Philip, Gott segne ihn, hätte das Thema erst mal ein Stunde lang umkreist. »Ganz gut. Er hat letztes Jahr endlich wieder geheiratet, weißt du.« Becket nickte. »Ein reicher Witwer mit fünf Kindern, ich bin erstaunt, dass er so lange davonkam«, fügte sie hinzu. »Obwohl er weiß Gott miesepetrig genug ist. Wollte mir letztes Jahr nicht mal ein Fohlen für seinen ältesten Jungen abkaufen. Seine neue Frau ist eine Freundin von mir und –«

»Was sagt er über mich, was du Philip vorsorglich nicht erzählt hast und worüber du mir die Wahrheit sagen willst?« Becket tat offensichtlich sein Bestes, nicht streitlustig zu klingen, was ihn seinem Vater nur noch ähnlicher werden ließ.

Sie lächelte wieder. »Na ja, dass du wieder nach alter Gewohnheit die Waffenröcke gewechselt hast. Dass du des Verrats beschuldigt wurdest und vorvorige Weihnachten im Tower warst, aber es irgendwie rausgeschafft hast und Walsingham überzeugen konntest, dass du ein loyaler Engländer bist, wohingegen Anthony weiß, dass du in deinem schwarzen, hässlichen Herzen ein Spanier und Papist bist. Das schrieb er in seinem Brief.«

Becket seufzte. »Mir tun die anderen Feinde deines Bruders Leid.«

»Es ist, als wäre die ganze Gutherzigkeit und Freundlichkeit in seinem Herzen mit seinem Arm in Haarlem geblieben«, sagte Eleanor nachdenklich. »Ich soll ihm übrigens sofort Bescheid sagen, wenn du auftauchst. Ist denn irgendetwas davon wahr?«

»Es stimmt, ich war im Tower.« Becket sprach langsam und ohne jede Gefühlsregung, woraus Eleanor schloss, wie schwer es ihm fiel. »Es war ein Missverständnis. Ich habe für Sidney in einer Sache ermittelt und wurde von Walsinghams Anhängern bei einer Messe hochgenommen und auf den Kopf geschlagen. Sie hielten mich irrtümlich für einen Priester, und weil der Schlag mein Gehirn etwas umgerührt hatte, dauerte es eine Weile, sie zu ... zu überzeugen, dass es anders war. Warum hast du Fants Brief nicht an Philip weitergegeben?«

Eleanor lächelte freundlich. »Es würde ihn furchtbar erschüttern. Er hat sich um dich Sorgen gemacht, als ihr noch Kinder wart, das weiß ich, und er tut es immer noch. Und er mag nicht über den Hass und das Böse nachdenken.«

»Dann helfe ihm Gott, wenn die Spanier landen.«

»Amen«, sagte Eleanor und beschloss, den Bullen – oder vielleicht den Bären – selbst bei den Hörnern zu packen. »Hältst du von Philips sorgfältigen Verteidigungsplänen so viel wie ich?«

Der Ausdruck auf Davids Gesicht war so verzweifelt, dass er für sich genommen schon Furcht auslöste. Er sagte nichts.

»Meine Meinung ist die«, sagte sie, um ihm zu helfen. »Wenn

wir eine Verteidigung von Becket House aufbauen, ganz ohne Mauern und mit dem Dorf, so wie es ist, dann wird das Haus niedergebrannt und wir werden alle unausweichlich umgebracht. Aber selbstverständlich bin ich nur eine schwache, dumme Frau und –«

»Völlig richtig.« Beckets Stimme klang barsch, aber amüsiert. »Für mich, Schwester, sieht es so aus, wenn ich offen sein darf, dass England wie eine Jungfrau mit einem Berg Gold am Busen in eine Gasse voller Wegelagerer hineinblinzelt.«

»Was sollten wir also tun, Bruder? Wenn sie landen? Was machen sie in den Niederlanden, um die Spanier zu bekämpfen? Nicht romantischen Unsinn, sondern die Wahrheit!«

Er trank einen Becher Ale, und sie wartete auf die Antwort.

»Es kommt darauf an, wo sie landen«, sagte er schließlich. »Wenn sie im Westland oder auf der Isle of Wight landen, dann packst du dir in derselben Minute, in der du verlässlich davon hörst, die Kinder, jeden im Dorf, der nicht kämpfen kann, nimmst Essen, Decken und Pferde und all eure Rinder und Herden und gehst nach Norden. Nimm das Blei vom Kirchendach, verbrenne dein Haus und die Felder und die Obstgärten und die Kornspeicher hinter dir und sorg dafür, dass alle anderen es genauso machen. Begib dich in die Berge von Wales und bleib da, bis alle Spanier tot sind oder König Philip von der Kanzel als rechtmäßiger Herrscher ausgerufen wird.«

Sie schluckte. »Das Haus anzünden?«

Er hatte sie nicht erschrecken wollen, das war klar, er hatte die Blase aus Glauben und Sicherheit, in der sie seiner Vermutung nach lebte, nicht zerstören wollen, aber nachdem er einmal mit der Wahrheit angefangen hatte, konnte er nicht aufhören. Allerdings hatte sie ihren Bruder Anthony, als er aus den Niederlanden zurückgekommen war, bei zwei Fieberanfällen gepflegt und hatte aus seinen Delirien mehr über den Krieg erfahren, als er angenommen hatte.

»Verbrenne alles, was du nicht tragen kannst und was nicht davonlaufen kann. Gib den Bastarden nichts, womit sie sich ernähren können, und geh ihnen aus dem Weg. Wenn es gut läuft, legen sie zehn Meilen am Tag zurück, wobei die Kundschafter zehn Meilen davor umherstreifen. Wenn du sofort losziehst, wenn du zum ersten Mal zuverlässig von ihnen hörst, musst du nie einen Tercio zu Gesicht bekommen. Und das wäre das Beste, glaub mir, Schwester.«

Plötzlich ein Bild, das sein Blut gefrieren lässt, der Rock voll Blut, zielt sie mit einer Pistole auf ihn …

»Und da hab ich gedacht, ich stelle mein eigenes Amazonenkavallerieregiment zusammen und reite Parma mit Schwert und Pistole nieder.«

»Wenn es irgendetwas gibt, was diesem Mann Angst einjagen könnte, das wäre es bestimmt.« Becket gelang eine Galanterie. »Wenn sie an der Themsemündung landen – mach, was ich dir gesagt habe, aber geh nach Westen. Wenn ich es irgendwie schaffen kann, werde ich dir selbst eine Nachricht schicken, aber warte nicht auf sie, geh, sobald du etwas erfährst.«

»Stimmen Anthonys Erzählungen über das, was die Spanier in den Niederlanden machen?«

»Ja«, sagte Becket, ohne wissen zu müssen, was für Erzählungen das waren. »Beide Seiten tun Böses. Ich habe selbst an Wetten teilgenommen, wie viele brennende Pfeile man auf die Scheune eines Butterfressers schießen muss, um sie anzuzünden, während der Mann nackt und mit dem Kopf nach unten neben mir hing und schrie, das sei sein einziger Lebensunterhalt. Zu der Zeit hielt ich das für witzig. Es gehört zur Natur des Krieges, dass die Menschen Böses tun. Und die Antwort ist, entweder zuerst zu töten, oder nicht da zu sein, wenn sie es tun.«

Er schenkte sich noch mehr Ale ein und trank, und sie dachte, dass er traurige dunkle Augen hatte und ihr nicht die Hälfte von dem Bösen, das er gesehen oder getan hatte, erzählen würde.

Sie nickte mit dem Kopf. »David«, sagte sie zögernd, »ich muss dir berichten … in diesem Sommer kam ein seltsamer Mann zu Besuch in unser Haus, ein dünner Mann im Lederanzug eines Soldaten, so wie deiner. Er sagte, er sei Mr Piers Lammett, der Sohn eines alten Freundes von deinem Vater, eines Papisten, der mit Hilfe deines Vaters auf den Kontinent ging, als die Königin auf den Thron kam. Er hatte große Angst vor Ermittlern, und Philip war gar nicht glücklich darüber, ihm Unterkunft zu gewähren, aber ich bestand darauf. Er blieb über

Nacht und war dann morgens vor Sonnenaufgang wieder weg. Als Philip nicht mit ihm reden wollte, hat er stattdessen mit mir geredet. Er war auf der Suche nach dir, hatte heimlich das Meer überquert und war unter Lebensgefahr von Southampton an den Ort geritten, wo nach Auskunft seines Vaters dein Zuhause war. Er sagte, er hätte dich unter dem Namen Smith in Arnheim kennen gelernt, wo er dir von einer Schmähschrift gegen die Königin mit dem Titel *Buch des Einhorns* berichtet habe.«

Das hatte jetzt aber gesessen. Becket wurde weiß wie ein Laken, verschlang die Hände ineinander, damit sie nicht sah, wie sehr sie zitterten.

»Er sagte, er habe Informationen, die er dir bringen wolle, aber als er dich hier nicht finden konnte, ließ er heimlich ein Paket bei mir und ging zurück aufs Schiff. Soweit ich weiß, konnte er wieder entkommen.«

Sie nahm ein Päckchen aus ihrer Rocktasche und gab es ihm.

»Ah«, blinzelte Becket auf das Päckchen in seiner Hand, als enthielte es eine Viper.

Sie hoffte sehr, er würde es aufmachen, solange sie noch da war, damit sie den Inhalt sehen und das neugierige Jucken loswerden würde, das sie seit dem Sommer schlimmer quälte als ein Flohbiss. Aber ach, er legte es für später auf den Tisch.

Sie seufzte. »Bist du einer von Walsinghams Ermittlern?«, fragte sie.

»Wenigstens fragst du mich nicht, ob ich ein Verräter bin, so wie Fant mich hinstellt.«

Sie rümpfte die Nase. »Herr im Himmel, was für eine dumme Frage. Was immer du wirklich bist, du wirst bestimmt mit Nein antworten. Bist du ein Ermittler?«

David verbeugte sich mit gespielter Förmlichkeit. »In gewisser Hinsicht, sehr zaudernd, ja.«

»Wie das? Philip sagte, du seist Schwertmeister, ein Söldner.«

»Jetzt nicht mehr. Ich werde zu alt für dieses Spiel.«

Das stimmte nicht, trotz des Silbers in seinen Haaren. Er war erst in den Dreißigern. Da war etwas anderes.

»Ich werde zweifellos den Dienst bei Walsingham aufgeben, wenn der Spanier zurück in seinen Bau getrieben wurde. Jetzt habe ich ja die Mieteinnahmen aus dem Besitz in Whitefair, ich werde ein reicher Mann sein. Was soll ich nur mit mir anfangen?«

»Endlich heiraten?« Sie grinste ihn unverschämt an. »Statt Brände legen.«

»Hab Erbarmen, Schwester«, sagte Becket, »verkuppel mich noch nicht.«

»Ich? Verkuppeln? Niemals!«

Er lächelte sie halbherzig an, blinzelte wieder nach dem geheimnisvollen Päckchen. Es wurde Zeit, dass sie ihn einen Blick reinwerfen ließ. Sie stand auf, er stand auf, starrte sie an, als wäre ihm das Herz zu schwer, um zu sprechen. Er verbeugte sich, sie knickste, ließ Feder und Tinte neben der Kerze auf dem Kästchen und raschelte aus dem Zimmer.

Becket hatte gelernt, mit geheimnisvollen Sendungen besser umzugehen als früher. Nach ein paar weiteren Bechern Ale zur Stärkung roch er an dem Päckchen, untersuchte die gewachste Seide, in die es eingenäht war, studierte die Ränder des Siegellacks, der einen Stempel trug, an den er sich dunkel erinnerte, überprüfte die Säume auf ebenmäßige Nadelstiche. Dann zog er seine Reithandschuhe an und benützte die Spitze seines Dolchs, um es aufzuschlitzen.

Ein einziges leeres Blatt Papier fiel heraus, begleitet vom Geruch nach Sevilla-Orangen. Sein Mund war trocken. Seine Hände zitterten, als er das Papier nahm und nahe an die Hitze der Kerzenflamme hielt, zusah, wie die Schrift klar und braun hervortrat. Er überlegte, ob er es aufschreiben sollte, für den Fall, dass es verschlüsselt war, aber es war ein normaler Text, und er zeichnete die Buchstaben nach.

Die Handschrift war sicher, ein wenig blumig, und auf den Punkt.

> Grüße
> Parma hat einen dreiteiligen Plan gegen England. Zuerst die Armada. Zweitens sein Heer in Flandern, das übergesetzt werden soll, wenn die Armada die Kontrolle über den Kanal errungen hat. So viel wissen alle. Aber der dritte Teil entscheidet über Sieg und Nie-

derlage. Es ist der Angelpunkt des ganzen Unternehmens. Ich bin nicht an Einzelheiten herangekommen, aus Angst, Parma könnte Verdacht gegen mich schöpfen. Ich weiß nur, sie nennen es »Das Wunder der Schönheit«.
Dein alter Freund aus Arnheim
Smith

Nicht sein Freund. Unter keinen Umständen sein Freund. Er konnte sich dunkel an Henry Lammett erinnern, den katholischen Freund seines protestantischen Vaters aus der Zeit, als er selbst ein kleiner Junge war, noch mit Röckchen und unter der Obhut eines Kindermädchens. Henry Lammett hatte sie in den Furcht erregenden Tagen der Blutigen Königin Maria beschützt und war dann 1560 mit der stillschweigenden Hilfe seines Vaters übers Meer gegangen. Es hatte einen Sohn gegeben, einen Jungen, der etwas älter war als er. Das passte, obwohl er den Mann überhaupt nicht erkannt hatte, als er ihm 1586 in Arnheim begegnet war.

Becket seufzte und lehnte sich zurück, Erschöpfung und Verzweiflung überfielen ihn wie eine Flutwelle.

Schluss. Er konnte in den Diensten der Königin nichts mehr tun. Er war vollkommen ausgebrannt, durch den Kampf im Innern ebenso wie durch die Welt da draußen. Er hatte keine Vorstellung, wie er der Königin diese Bankanweisungen bringen sollte, die Burghleys dummen Verrat bewiesen. Was würde Walsingham mit der Information anfangen? Würde er sie an Ihre Majestät weitergeben? Becket vermutete, er würde es nicht tun. Für Walsingham war es ein unumstößlicher Glaubensartikel, dass Frauen desto weniger Ärger verursachten, je weniger man ihnen erzählte. Die Tatsache, dass sich das zumindest in Hinblick auf die Königin immer wieder als falsch erwiesen hatte, beunruhigte den Mann nicht im Geringsten. Und darüber hinaus würde er so eine erstklassige Waffe zur Erpressung seines alten Feindes aus dem Hofrat nicht verschwenden wollen. Unter keinen Umständen konnte Becket zu Walsingham gehen.

Und jetzt das. Er hatte keine Lust auf irgendetwas davon, überhaupt keine. Er musste nur einen Mann erblicken, der einfach schwarzweiß gekleidet war, um zusammenzuzucken; jede angenehme Erinnerung an Weihnachten war mit Narben verunstaltet, in Fetzen gerissen von unerbetenen Erinnerungen an seinen Aufenthalt im Tower.

Weihnachten 1587 hatte er im Bett verbracht, überwältigt von einer derart tiefen Melancholie, dass Lady Walsingham nach Dr. Nunez geschickt hatte, der ihn untersuchte, und nach einem Arzt, der ihn zur Ader ließ. Wenn er nur seine Erinnerungen ausbluten könnte. Manchmal kam die Erinnerung, die im Tower so schwach und flüchtig gewesen war, wie ein Herkules und erhob sich und packte ihn an der Kehle und an den Händen, so dass er starr vor sich hin sah und nicht atmen konnte und ihn die Leute seltsam anschauten. Er hatte ständig schreckliche Angst vor der Fallsucht, und doch wünschte er sich ebenso sehr, sie würde über ihn kommen, wenn er im Sattel saß, damit er stürzte, sich den Kopf aufschlug und allem ein unschuldiges Ende bereitet wurde. Er war noch nicht so alt, war in den Jahren, die manche die besten nennen, aber er fühlte sich ausgebrannt wie ein alter Mann. Er brauchte all seine Zeit, um am Morgen aus dem Bett zu kommen und sein Pferd zu satteln und dorthin zu reiten, wo ihn gerade mal wieder gebieterische Botschaften von Walsingham oder von Phelippes, seinem Sekretär, oder von Phelippes' Sohn hinschickten. Oft überstand er den Tag allein durch das Versprechen von Alkohol und das Vergessen an seinem Ende.

Er rieb seine müden Augen, tastete nach seinem Flachmann und trank ein paar gierige Schlucke. Nicht viel Wirkung, also trank er aus. Als er langsam und unter Schmerzen seine Kleider aufknöpfte, um ins Bett zu gehen, dachte er, er könnte vielleicht Dr. Nunez in London die unerwünschte Information von Piers Lammett, seinem ungewollten Kontakt an Parmas Hof, zukommen lassen. Nunez sollte entscheiden, was damit zu tun war, sollte sie an Simon Ames – oder Anriques, wie er jetzt hieß –, der von seiner Sklavenreise zurück sein müsste, weitergeben. Ames würde wissen, was man mit einem solch gefährlichen Stück Information anfangen sollte und wie wichtig es sein könnte. Nunez verstand solche Sachen ebenfalls gut, er war erfahren und weise in Spionageangelegenheiten, genau wie sein

Neffe Simon Ames/Anriques. Er nicht. Die Königin hatte schon alles von ihm bekommen. Er war ein zusammengebrochener Exschwertmeister mit schwachen Händen, mehr nicht. Christus erbarme dich. Nichts mehr.

Merula

Südamerika, Herbst 1587
(Portugal, Frühling 1588)

Jetzt will ich über die Tage tanzen, wie ein Geschichtenerzähler es tun muss. Wir segelten über ein Meer, das sich von Grau nach Grün nach Blau verfärbte, jeden Tag, während sie den Sturmschaden reparierten.

Meine Herrin redete mit mir in dem rotvioletten Ton des Portugiesischen, mit den blaugrünen Wörtern der Engländer, sprach mit mir, als wäre ich ein Kind, so dass ich es leicht lernen konnte. Sie hieß Rebecca Anriques, sie war die Ehefrau meines Herrn, und sie redete traurig über ihre Kinder, die sie im fernen Norden mit ihrer Kinderschwester zurückgelassen hatte, und von der Familie ihres Vaters. Sie stand oft zwischen mir und dem Tod, denn sie stritt mit dem Priester, der mein Feind war – zweifellos, weil ich den Gott gerufen hatte und er es nicht konnte –, und sie redete heftig auf ihren Ehemann ein, als Anriques sagte, um des Friedens mit dem Priester und der Mannschaft willen, würde er mich in Neuspanien an Land verkaufen.

Wir kamen in einen Hafen an einem Ort, wo es heiß und schwül war, voller Bäume, mit einer derben Festung und neu erbauten Sklavenhütten. Alle sprachen die Sprache aus Karmesinrot und Indigo. Dort wurden die armen Sklaven im Frachtraum losgemacht und die Gangway hinuntergeführt, stolpernd, abgemagert, sogar die edlen jungen Männer nur noch Haut und Knochen und Trostlosigkeit. Mein Herr sah ihnen zu und legte die Stirn in Falten. Er sagte zum Schiffskapitän: »Warum sind nur so wenige übrig?« Und der Kapitän grunzte und erzählte ihm, dass man auf jeder Reise mindestens ein Drittel der Schwarzen verliert, manchmal die Hälfte, und das hier sei gar nicht so schlimm.

Sie nennen uns Schwarze, Neger, als wären wir nichts als unsere Haut.

Mr Anriques nickte, immer noch die Stirn in Falten gezogen, sagte nichts mehr.

Ein bisschen später ließ er mir von Michael wieder den Eisenschmuck an meine Arme und Beine legen. Michael blickte finster und tat es so langsam wie möglich. Mr Anriques verbarg sich hinter kalter, hochmütiger Abneigung. Michael drückte meine Hand, als wollte er sagen, es tut ihm Leid.

Dann forderte Mr Anriques mich auf, ihm die Strickleiter hinunter ins Beiboot zu folgen, und wir wurden schweigend zum Kai gerudert. Es stimmte, seine Frau hatte sich von ihrer Ruhr erholt, und jetzt half ich ihr nur noch, am Morgen den engen Brustkäfig anzulegen, den die haarigen Gespenster ihre Frauen tragen lassen, um sie einzusperren und kurzatmig zu machen. Sie schlief. Ich glaube, er hatte ihr Mohnsaft gegeben, damit sie nicht mit ihm streiten konnte.

Tief in meinen Eingeweiden spürte ich eine Schwere. Ich muss bei ihnen bleiben, ich muss mit den haarigen Gespenstern zusammen sein, nicht das tun, was auch immer ihre Gefangenen in Neuspanien tun. Das war der falsche Weg für mich und für Anriques und für meinen Sohn – er war nicht in Neuspanien, da war ich mir sicher. Ich hatte seinen Geist gespürt, als ich auf der Mastspitze die Götter gejagt hatte, und er war in einer anderen Richtung, im Norden, auch wenn es so etwas wie Richtungen in der Traumzeit nicht gibt.

Hilf mir, Lady, hilf mir, murmelte ich und summte ein Lied, in dem ich um Führung bat. Es gibt Orte, an denen die Welt aufreißt, und das war einer davon: Lady, Lady des glänzenden Gesichts, der glänzenden Hufe, schwarzweiße Zebrafrau, gefleckte goldene Leopardenlady, hilf mir, den rechten Weg zu finden …

Anriques ging voraus, zog mich mit einer Kette an den Handgelenken hinter sich her. Er ging ruhig, schwankte nicht. Wenn du ihn nicht kennen würdest, du könntest ihn übersehen. Seine Kleider waren dick und zu schwer für diese Hitze; er schwitzte ausgiebig in sein Hemd, das schon schlecht roch. Ich wusste es, denn ich hatte die Hemden von Anriques gewaschen, und Salzwasser lässt den Stoff verrotten.

Im Sonnenschein redete er mit ein paar Händlern, stellte Fragen. Er spricht portugiesisch schnell und leicht, aber ich habe mehr verstanden, als er glaubte. Er fragte, wo ich einen guten Preis bringen würde. Ja, er wolle mich verkaufen. Ein paar Männer lachten und deuteten in die Richtung eines Bordells. Also das konnte ich nicht zulassen.

»Mr Ames«, sagte ich und verwendete seinen richtigen Namen, was er kaum jemals tat, »verkauft mich nicht dort.«

Er blinzelte mich an, ohne etwas zu sehen. »Die Seeleute haben Angst vor dir, der Priester sagt, du bist eine Hexe. Ich kriege es mit Meuterei zu tun, wenn ich dich nach Lissabon mitnehme. Warum hast du mich Ames genannt?«

»Das ist der Name, unter dem Euch Eure Hexenkönigin kennt.«

Ein Schauder flog über sein Gesicht, er hatte Angst vor mir. Jetzt glaubte auch er, dass ich eine Hexe war, obwohl ich natürlich seinen Namen von seiner Frau erfahren haben könnte, während sie im Fieber lag. Aber wenn du einmal den Namen Hexe bekommen hast, gilt alles, was du tust, als weiterer Beweis, besonders bei den abergläubischen Wilden aus dem Norden.

»Was wird meine Herrin, Eure Frau, sagen, wenn Ihr ohne mich zurückkommt?«, fragte ich, und er runzelte die Stirn.

»Sie ist meine Frau. Sie muss tun, was ich ihr sage.« Wie viele Männer in meinem Land glaubte auch er, dass sie das gewöhnlich tat. »Und sie hätte dir meinen richtigen Namen nicht sagen dürfen. Das ist gefährlich.«

Er war auch verärgert. Mondkönigin, Lady Leopard, komm zu mir, hilf mir, zeig mir den richtigen Weg.

Sie kam zu mir, Lady Leopard, scharfe Zähne, Schnurrhaare, weiches, weiches Fell. Ihr Fell zu streicheln ist köstlich, ihr Maul beißt und zerreißt. *Glaube nicht, dass du einen Gott verstehst.*

Wollte sie, dass ich Anriques schlage, ihn mit meinem Eisenschmuck umhaue? Nein, schien nicht so. Sie saß neben mir, wartete, die Schnurrhaare hell, Augen offen, Ohren aufgestellt, mit peitschendem Schwanz. Oh, sie war in guter Stimmung, das bedeutete, es könnte Blut fließen. Und hier war sie stark: Sie verehrten sie hier unter einem anderen Namen, in einer anderen Sprache, aber in einer sehr ähnlichen Gestalt. Ich spürte, wie mein Herz sich bewegte, mein Magen sich zusammenzog, meine Arme und Beine waren voller goldener Leuchtkäfer.

Anriques führte mich eine enge, helle Gasse hinunter, wo das Sonnenlicht einfiel und die Markisen es zurückhielten, wo die Schatten dunkelschwarz und hellweiß waren wie das Fell eines Zebras. Am Ende war ein Platz voller Schatten, wo Frauen warteten, um Männer beim Spiel des Tiers mit den zwei Rücken zu bedienen. Und auf halbem Weg warteten in der Gasse zwei hungrige Männer, die glaubten, Anriques könnte wegen seiner Geldbörse eine Rauferei lohnen.

Nur ein Narr tritt aus dem hellen Licht in den Schatten und geht weiter. Hätte Anriques etwas Verstand gehabt, wäre er einen Augenblick stehen geblieben, um seinen Augen Zeit zur Veränderung zu lassen. Aber das tat er nicht, weil er gereizt und ungeduldig war und gegen seine eigene innere Weisheit verfolgte, was wie eine sichere Sache aussah. Das gehört zu den Dingen, womit sich die Götter amüsieren: Sie zeigen uns einen scheinbar sicheren Pfad und einen, der Furcht erregend aussieht. Wenn wir den sicheren wählen, treten sie zurück und geben die Krokodile und die Löwen frei, die daneben versteckt sind, und sehen zu, wie wir bluten.

Also lief mein Herr genau in den Hinterhalt. Ein Mann zog ihm eine Kapuze über den Kopf, erwischte ihn am Hals, der andere klopfte ihn auf versteckte Geldbörsen ab, nachdem er den kleinen Lederbeutel an seinem Gürtel abgeschnitten hatte.

Kein Wunder, dass Lady Leopard glücklich war: Ich lächelte sie an, sie sprang in mich hinein. Ich kreuzte die Handgelenke, trat hinter den Mann, der mit dem Messer die Börse abgeschnitten hatte, legte ihm die Schlinge meiner Eisenkette über den Kopf, zog dann ruckartig an, und sein Genick brach. Ich hielt meine Handgelenke nebeneinander, legte die Kette auf den Kopf des anderen, der ließ Anriques in einen Dunghaufen fallen und drehte sich mit einem Messer in der Hand um. Meine Füße waren gefesselt, also sprang ich hoch und über Anriques hinweg und schlug mit beiden Beinen aus wie bei einem Tanz und traf den Mann in die Rippen. Er fiel um, ich landete auf ihm, er krabbelte von mir weg, als ich noch verwirrt und in die Ketten verwickelt dalag, ließ seine Kapuze fallen und rannte los.

Ich hätte ebenfalls losrennen können. Ich hätte in die Schatten verschwinden können, während Anriques mit der Kapuze kämpfte, die ihn erstickte. Zuerst wollte ich es tun, ich, die Person, die ich einmal war, bevor ich umgedreht wurde, ja, ich wollte wirklich wegrennen. Aber Lady Leopard ritt mich noch immer und sie sagte: »*Bleib bei ihm.*«

Das tat ich also. Ich wickelte Anriques aus der Kapuze, half ihm aus dem Matsch hoch, fand seinen Hut für ihn.

Ich lächelte, lachte, klingelte mit den Ketten. »Ihr verkauft mich nicht, Simon Anriques, Mr Anriques. Ihr haltet mich nicht auf. Ich komme, um meinen Sohn zu finden, nehme ihn mit nach Hause oder singe seinen Geist zur Ruhe. Jetzt werdet Ihr ... hier!«

Das Messer des Mannes, den ich getötet hatte, lag im Staub. Ich packte es, sah, wie Anriques erschrocken den Atem einzog, bevor ich es in den Dreck schleuderte.

»Wählt. Tötet mich oder nehmt mich mit.« Seine Nasenflügel bebten, er kniff die Lippen zusammen. »Eines Tages seid Ihr froh.«

Er wollte nicht tun, was ich sagte, eine Frau, eine Sklavin, aber er war auch nur ein Mensch, auch wenn er mit Menschenfleisch Handel trieb. Und ich war nicht weggelaufen, ich hatte ihm geholfen, als er angegriffen wurde.

Schließlich nickte er, hob das Messer aus dem Schmutz auf und steckte es in seinen Gürtel, ging voraus auf dem Weg zum Kai. Aus meinem Herzen sprang Lady Leopard, peitschte mit dem Schwanz, in ihren Zähnen die Seele eines Räubers.

Von Neuspanien segelten wir zwei Monate später weg, nach dem großen Fest der haarigen Gespenster zur Geburt des Leidenden Jesus. Das ist ein sehr gutes Fest, mit gutem Essen und Gesängen und süßlichen Räucherstäbchen, die Erzählung der Gottgeschichte mit schönen, geheimnisvollen Zeremonien, mit Kerzenlicht im Dunkeln, aber keine Opfer. Es ist rührend, dass die wilden Nordländer einen Babygott verehren, das ist bestimmt der am wenigsten verrückte unter den Aberglauben der haarigen Gespenster.

Als wir Segel setzten, war es gefährlich, denn über das Meer herrschten immer noch die Stürme. Ich redete freundlich mit ihnen, und sie ließen uns in Ruhe. Mr Anriques war in Eile, um sein Geschäft zu Ende zu bringen. Als wir nach Norden und Osten segelten, begann Rebecca, meine Herrin, zu ihrem eigenen Gott zu beten. Ein seltsamer Gott für eine Frau, hinter Buchstaben versteckt, wie der arabische, aber mit viel vom englischen Donnernden Jehova in sich. Sie wollte nicht nach Portugal gehen, nach Lissabon, das wusste ich, aber ihr Ehemann war hartnäckig. Da war etwas Lebenswichtiges, das er dort tun musste, und er würde es tun, egal was sie sagte.

Dabei waren die Götter wieder rastlos, alle lagen miteinander im Widerstreit.

Rebecca hatte Gespensterhaut, aber sie hatte dunkles, glattes Haar und sehr dunkle Augen. Sie trug viele Kleider, und sie brachte mir bei, wie sie angelegt werden, so viele, so eine verwirrende Fülle, niemand konnte damit rennen oder sich bücken oder arbeiten. Sie trug auf dem Meer nur, was sie englische Kleidung nannte, aber jetzt musste sie für Spanien ihre Reifröcke finden und tragen – das bedeutete, die Vorräte im Laderaum beiseite zu räumen, um einen Segeltuchsack zu finden, mit einem großen Knochenrad und einem mit Ruten vernähten Segeltuch, damit es wie eine Glocke aussah. Ganz wundervoll.

Über die Rippen und Säulen ihrer Unterwäsche zog sie karmesinroten Samt und schwarzen Satin, sehr teuer und schön anzuschauen. Ihr Ehemann kleidete sich auch in Samt und Satin. Als wir mit der Flut in den Hafen von Lissabon einliefen, nahm sie als letzte Ergänzung aus ihrer Schatulle ein kleines, einfaches Goldkreuz für ihn und ein juwelenbesetztes für sich, das sogar im schwachen Licht der Kabine glitzerte. Anriques hielt sie auf, als sie ihm die Kette über den Kopf legen wollte.

»Nein.«

»Warum nicht?«, fragte sie.

Er antwortete nicht. Sie legte ihr eigenes Kreuz auf den Tisch neben seines.

»Du trägst deines, Rebecca.«

»Mein Gatte, wir tragen entweder beide ein Kreuz oder keiner von uns.«

»Es macht bei dir keinen Unterschied, bei mir schon.«

»Was mein Gatte tut, werde auch ich tun«, sagte sie mit der abschätzigen Unterwerfung, die ich gelegentlich bei den Ehefrauen von Königen gesehen habe. Anriques seufzte und zog die Kette über den Kopf.

»Nimm Merula mit.«

»Was? Warum?«

Sie lächelte. »Du hast immer einen Leibwächter gebraucht, und sie wird dir eine gute Bedienstete sein.«

Er seufzte. »Na ja, aber in diesem Aufzug kann sie nicht mitkommen.«

Sie konnten keine Frauenkleider für mich finden. Die von Rebecca passten mir bestimmt nicht besser als Kinderkleider. Und so fanden sie einen Anzug von Männerkleidern, ein Wams und eine Hose und zwei Hemden, die dem Mann gehört hatten, dem meine Lady Leopard den Kiefer gebrochen hatte und der kurz danach gestorben war, vor vielen Monaten mittlerweile. Er war so groß und so breit wie ich, aber sie waren schrecklich unbequem, und der Stoff zwischen den Beinen zog sich in meine Frauenstelle, und die Schultern waren zu weit und die Brust zu eng. Rebecca machte sich mit Nadel und Faden und Schere an die Arbeit, und am Ende befanden sie es für anständig, oder beinahe zumindest, denn sie sahen es als große Sünde an, wenn eine Frau Männerkleidung trug. Ich stimmte mit ihnen überein – weshalb sollte ich mich hässlich machen wie ein Mann, wenn ich doch in der heiligen Gestalt der Mondkönigin erschaffen bin? Aber was sollte ich sonst tun, denn die haarigen Gespenster fürchten sich vor Haut, und deshalb muss meine so verhüllt werden wie ihre.

Ames redete langsam und deutlich mit mir, als wäre ich eine Närrin, erst auf Portugiesisch, dann auf Englisch, was mir zu jener Zeit schon ganz vertraut war. Er erklärte die Lage.

Während sein Zucker ausgeladen wurde, müsse er in die Stadt Lissabon gehen und aus geschäftlichen Gründen verschiedene Männer treffen. Meine Arbeit bestehe darin, bei ihm zu bleiben, ihm stets zu Diensten zu sein und wenn ihn jemand angreifen würde, so zu handeln wie in Neuspanien. Ich hätte auch verschwiegen zu sein, denn manches, was er zu tun habe, müsse geheim bleiben.

Hier sollte ich euch erzählen, dass im Lande des königlichen Sekretärs, Philips II. von Spanien und Portugal, der Leidende-Jesus-Gott sehr stark ist, und seine Priester sind so mächtig wie Fürsten. Er hat bestimmte Priester, Inquisitoren des Heiligen Amtes genannt, die suchen jeden heraus, der nicht an den Leidenden Jesus glaubt und ihm nicht dient. So einer wird festgenommen, gefoltert und dann verbrannt. Ja, das stimmt. Es ist nicht einmal als Brandopfer gedacht, das würde ja noch Sinn ergeben, denn sie glauben nicht, dass der Leidende Jesus die Seelen der Verbrannten oder überhaupt irgendwelche Seelen frisst. Es kommt nicht darauf an, welchen anderen Göttern die Opfer dienen; alle müssen dem Leidenden Jesus dienen oder sterben, sogar die Araber oder die Engländer, die dem Donnernden Jehova dienen, oder diejenigen wie Anriques und seine Frau, die den Gott mit dem geheimen Namen anbeten. Für den königlichen Sekretär darf es im ganzen Land keinen geben, der irgendeinen anderen Gott anbetet, oder ... Diese Priester sagen, der Leidende Jesus wird wütend, und eine Katastrophe bricht über sie alle herein.

In ihrer Ignoranz haben diese Gespenster aus ihrem freundlichen Gott ein höchst schreckliches Ungeheuer gemacht.

»Muss ich ihn anbeten?«, fragte ich Rebecca, als sie mir das alles erklärte, während Anriques an Deck gegangen war, um die bummelnden Männer an ihren Kränen und den Lademeister anzuschreien. Ich fragte mich, was die Mondkönigin davon halten würde. Bestimmt würde sie es witzig finden. »Was für Geschenke mag dieser Gott denn? Gibt es Lieder, die ich lernen sollte?«

Rebecca hustete und schüttelte den Kopf. »Ich fürchte, es ist nicht erlaubt, ihn einfach den anderen Göttern hinzuzufügen. Du musst deine anderen Götter aufgeben und nur ihm dienen.«

»Aber warum? Meine anderen Götter werden bestimmt wütend?«

Sie schüttelte wieder den Kopf. »Tatsächlich glaube ich nicht, dass es für dich etwas ausmacht, Merula. Du bist schwarz, und sie wissen, Schwarze sind Heiden. Solange du respektvoll bist, werden sie sich wohl nicht genug für dich interessieren, um sich wegen deiner Seele Sorgen zu machen. Manche von ihnen sagen, dass du als Schwarze überhaupt keine Seele hast.«

Na, das passt ja gut. Ich grinste sie an. »Dasselbe sagen wir von euch«, erklärte ich, aber ich muss sagen, ich bin froh, dass ich es in meiner eigenen Sprache gesagt habe.

»Aber was hält denn der Leidende Jesus von all diesen Verbrennungen?«, fragte ich. »Findet er das richtig, was seine Priester tun?«

»Es sieht so aus«, sagte Rebecca knapp.

»Aber hat irgendjemand gefragt? Ist jemand in die Traumzeit gegangen, um mit ihm zu reden?«

Rebecca blinzelte mich an. »Was? Natürlich nicht. Man kann mit dem Allmächtigen nicht reden, nicht so, und bestimmt nicht mit einem Mann, der ohne Zweifel ein großer Prophet war, aber vor tausendfünfhundert Jahren gestorben ist.«

Ah. Wieder einmal sehr passend. Und so habe ich die Wurzel dieser ständigen Stammeskämpfe zwischen den Wilden im Norden entdeckt: Keiner von ihnen hat richtig ausgebildete, umgedrehte Leute, die zu den Geistern gehen können. Sie können niemanden in die Traumzeit schicken, um herauszufinden, was ihre Götter wirklich wollen. Wir bekämpfen einander für vernünftige, zivilisierte Dinge wie Gold und Land und Gefangene und Essen und Wasserläufe; sie kämpfen auch um solche Sachen, aber auch für ihre Götter, die immer stärker und raffgieriger werden, als Folge von all dem Blut, das für sie vergossen wird.

»Ihr habt einen anderen Gott als den Leidenden Jesus«, sagte ich zu ihr.

»Nein.« Sie machte eine Pause, dachte nach und sagte: »Nun, ja. Aber das verstehen die nicht. Sag nichts, rede überhaupt nicht von Gott, solange wir hier sind.«

Ich verbeugte mich vor ihr. Männerkleider zu tragen gab mir sehr stark das Gefühl, ein Mann zu sein, besonders, weil ich so viel größer war als die meisten von ihnen. Ich dachte an die Krieger in ihren Leopardenfellen, die meinen König bewachten und vor ihm in den Krieg zogen, und ich musste lächeln. Das war für mich eine Möglichkeit.

Als ich mit Anriques auf dem Deck zusammentraf, erwähnte er nichts von seinem Problem mit den Göttern, weil er keinen Grund dafür sah. Warum sollte er mir Dinge erklären? Ich war seine Sklavin. Das Einzige, was er aus dem Mundwinkel heraus sagte, war, wenn er jemals beim Namen von Jesus Christus schwören sollte, müsste ich sofort fliehen, dürfte nicht einmal versuchen, für ihn zu kämpfen, sondern müsste sofort zum Schiff zurückkehren und Rebecca bewachen.

Na, das fand ich witzig und lachte. Anriques mochte das nicht, er dachte, mir mangele es an Respekt ihm gegenüber. Ich konnte die Angst an ihm riechen.

Deshalb ging ich auf ein Knie und berührte seinen Fuß, wie ein Krieger seinen Respekt zeigen würde.

»Wenn die Priester so gefährlich sind, warum bleibt Ihr dann nicht hier auf dem Schiff, mein Herr?«

»Ich muss meine Geschäfte erledigen.«

»Schickt jemanden los. Ihr seid der König dieses Schiffes, Ihr könnt Euren Sekretär schicken. Oder den Priester.«

»Niemand sonst kann tun, was ich tun muss.« Anriques richtete sich auf, nahm die Schultern zurück, legte sein Schwert an, überlegte es sich dann anders und schnallte es wieder ab. Er hüllte sich in einen wunderschönen dunkelgrünen Brokatmantel aus Wurmseide, wie sie auch die Araber lieben und aus dem Osten kommen lassen. Er setzte eine Samtmütze auf. Nun ist Spanien nicht so heiß wie mein eigenes Land, aber immer noch heiß genug. Er fing umgehend an zu schwitzen, stank vor Angst, und ich dachte düster daran, wie ich sein Hemd waschen würde.

Wir kletterten die Leiter zum Kai hinunter, und er ging los, bleich wie Milch, glitzernd vor Angst, mit festem Schritt. Hinter ihm ging ich und summte zu seinen Ehren leise ein Lied über Krieger, die in den Kampf ziehen.

Den ganzen Morgen liefen wir in der prallen Sonne von kleinen weißen Häusern zu großen weißen Häusern. Die Gebäude der haarigen Geister aus dem Norden sind wunderbare Werke, glatter Stein, so hoch gebaut, dass er aus Hütten und Schweineställen herausragt, und kleine Gärten mit Zitronenbäumen, und Marmor, wie Spitze gemeißelt.

Einmal gingen wir in einen Tempel, wo an einem Ende das Götzenbild des Leidenden Jesus hing und still in die angenehme

Kühle blutete. Anriques nahm den Hut ab, als wir eintraten, beugte die Knie vor dem Altar, wo eine Lampe brannte. Ich machte es ihm nach und hoffte, dass der Gott heute gute Laune hatte. Ich schob mein Traumgesicht so weit weg wie möglich, damit es mich nicht überwältigen konnte. Anriques saß auf einer der Seitenbänke an der Wand und wartete. Ein anderer Mann kam in einem schwarzen Gewand herein und beschnitt die Kerzen. Anriques folgte ihm, und ich schritt hinter den beiden her zu einem kleinen Raum hinter dem Altar, wo alles geschmückt war mit vielen schönen Silber- und Goldtassen und feinem Leinen, und Priestergewänder hingen da, die in der schönen Stickerei des Nordens mit Opfern und Tieren und magischen Zeichen bedeckt waren. Sie haben die wundervolle Fähigkeit, Bilder von Dingen zu machen, als ob sie wirklich und nicht aus Farbe und Schatten gemacht wären. Da sie von schlichterem Verstand sind als richtige Menschen, verstehen die haarigen Gespenster nicht, dass man etwas zeigen kann durch das, was es bedeutet, sondern glauben in ihrer Unwissenheit, es muss so aussehen, wie es ist.

Ich stand an der Tür des Raums, während Anriques und der Mann in Schwarz in einer kehligen Sprache redeten, die ich nie zuvor gehört hatte. Keiner schaute mich an. Ich schnüffelte und konnte Weihrauch, Wein, ein bisschen Öl riechen. Ein seltsamer Tempel, aber trotzdem so schön. Es gab kein altes Blut.

Sicher, altes Blut war überall hingemalt, verspritzt wie auf einem Schlachtfeld, aber es gab nirgends richtiges Blut, weder menschliches noch tierisches. Nicht einmal am Altar, wo das kleine goldene Schränkchen stand und das Licht gleich daneben.

An der einen Seite des Altars war eines ihrer nördlichen Bilder, sehr schön, als ob man durch ein Fenster schaut, mit der Mondkönigin in ihrer primitiven Gestalt, mit Geisterhaut: blass und jung, sie stand da wie immer, auf dem Vollmond, um ihre Füße gewickelt ihre Dienerin, die Schlange der Weisheit, und sie hatte Sterne im Haar und die Mondsichel krönte sie. Ein wunderschönes Bild. Lady Leopard schritt vor dem Bild auf und ab, peitschte ihren Schwanz, stimmte zu, dass es gut war.

Anriques kam heraus und er schaute enttäuscht aus. Er beugte die Knie, und ich tat es auch, dann verließ er den Tempel und ging über den viereckigen gepflasterten Platz, um sich bei einem Weinladen unter die Markise zu setzen und in kleinen Schlucken Wein zu trinken. Ich stand neben ihm, wie es die Krieger des Königs machen, die Arme mit ernster Miene verschränkt. Nach einer kurzen Weile kam ein Mann in roter und gelber Wolle vorbei, und Anriques folgte ihm zu einem anderen Weinladen. Ich war unglücklich. Da war etwas, das ich nicht sah, und Lady Leopard wurde ungeduldig, weil ich nicht dahinter kam. Sie schritt neben mir her, peitschte den Schwanz nach vorne und nach hinten und setzte ihre Pfote auf die glitzernden Lichter der Pflastersteine. Ich drehte mich um und drehte mich noch mal um, schnüffelte die Luft.

»Herr«, sagte ich zu ihm, als er sich wieder zum Trinken hingesetzt hatte und ich neben ihm stand, »etwas stimmt nicht.«

»Was?«

Ich schüttelte den Kopf.

»Hab keine Angst, Merula«, sagte er von oben herab, »ich bin mit meinem Geschäft fast fertig. Das nächste Treffen wird dir gefallen.«

Weiter gingen wir, zum Haus eines Mannes, wo seine kleinen Mädchen auf einer Schaukel spielten, die von einem alten Olivenbaum herabhing. Sie trugen kleine Kleider aus Seide und wunderten sich über meine Haut, während Anriques mit ihrem Vater sprach. Ich hörte ihn nach Galeassen fragen. Was hatte der Mann von diesen vier seltsamen, neuen, hybriden Galeerengaleonen gehört, die für Admiral Santa Cruz in Neapel gebaut werden? Sicher war etwas Wichtiges dran, sie müssen einen bestimmten Zweck haben, wenn die unbezwingliche Armada lossegelt, um England einzunehmen? Nein, sagte der Mann, er wusste nur, dass sie gebaut wurden, um schwere Kanonen zu tragen.

Ich saß im Staub zwischen den beiden kleinen Mädchen und sie stellten hunderte von Fragen. Sie hatten auf dem Markt schon Afrikaner gesehen – stimmt es, dass wir von dem Ort kommen, wo Löwen wohnen? Ja, sagte ich, ich habe selbst das Löwenfreundlied gesungen, damit sie aufhören, mich in den Ebenen zu jagen. Tauchte unsere Mutter uns in Farbe, wenn wir geboren wurden? Nein, sagte ich, wir wachsen so. Geht die Farbe ab? Nein, sagte ich und hielt meinen Arm hoch, schaut – reibt daran oder wascht ihn, sie bleibt dran. »Was ist nur mit deiner Haut passiert«, fragte ich das kleine Mädchen und lachte. »Armes Kind, warum bist du so blass und rosa?«

»Wie ist das gekommen, dass wir so verschieden sind?«, fragte die Kleinere.

»Vielleicht hat Gott zuerst alle Leute wie mich gemacht«, sagte ich zu ihr, »aber als euer Stamm in die Länder weit im Norden gegangen ist, hat die Kälte eure Haut zu Eis gefrieren lassen.«

Das ältere Mädchen schüttelte entschieden den Kopf. Sie erzählte eine schöne Gottgeschichte von den ersten Menschen, die von den haarigen Gespenstern Adam und Eva genannt werden, und wie sie zwei Söhne hatten, einer hieß Kain und brachte den anderen, Abel, um. Gott verbannte Kain und gab als Zeichen für das Verbrechen ihm und all seinen Kindern eine schwarze Haut.

Ich lachte, als ich das hörte. Nur haarige Gespenster können so einen Unsinn glauben: Sind sie nicht die Einzigen, die so aussehen wie sie? Also dann. Wer ist gezeichnet worden?

Als Anriques diesen Platz verließ, schaute er besorgt aus. Wir gingen zu den Läden am reichsten Marktplatz, der voller Leute war, die redeten und lachten und die Bettler wegscheuchten. Er kaufte an einem Ort ein Buch und ließ es an einem anderen liegen.

Endlich entspannte er sich. Als wir in einem weiteren Weinladen saßen, kaufte er mir Zitronenlimonade, als er selbst eine trank, denn inzwischen war ich durstig geworden. Sie war erfüllt von der Säure der Zitronen und Zucker und Wasser, ganz köstlich.

»Ich bin fast fertig, Merula«, sagte er. »Ich muss nur noch den Hafenmeister aufsuchen, um die Formalitäten fürs Weitersegeln zu erledigen, und dann können wir den Anker lichten und mit der nächsten Flut auslaufen.«

Sein Gesicht war immer noch angespannt, Feuchtigkeit perlte auf seiner Stirn, aber er schien weniger Angst zu haben. Er war enttäuscht, denn er hatte nicht gefunden, was er hier gesucht hatte, aber der Rückweg zeichnete sich ab. Ich dachte, er täuscht sich, und meine Füße stampften in einem kleinen Kriegstanz auf und ab, Lady Leopard floss um mich herum, ihre Schnurrhaare verdrehten sich vor Aufregung. Ich schaute über den Marktplatz auf die Bettler, und ich wusste, was mir nicht gefallen hatte.

»Herr«, sagte ich zu ihm, »schaut die an. Was sind das für welche?«

Er blickte in die Richtung, wo ich hindeutete, zog die Stirn in Falten, nannte mir das richtige Wort.

»Warum haben uns keine Bettler angebettelt?«, fragte ich. »Sie haben uns in Ruhe gelassen, als hätten wir die Pest. Schaut!«

Er zuckte mit den Schultern, wollte sich nicht wieder Angst einjagen lassen. »Vielleicht mochten sie deinen Anblick nicht, Merula.«

»Nein, nein«, sagte ich ungeduldig, »Sie wissen, dass es gefährlich ist, sich uns zu nähern.« Ich starrte wütend um mich, versuchte zu sehen, wer uns folgte, aber da waren so viele Leute, alle so hell gekleidet und im Gespräch, und haarige Gespenster schauen ja sowieso alle gleich aus.

»Es kommt nicht drauf an, wir werden bald weg sein«, sagte er in blindem Starrsinn, und ich spuckte ungeduldig aus.

»Herr«, fauchte ich ihn an, »geht aufs Schiff zurück und segelt weg.«

Er schüttelte nur den Kopf. »Ich muss den Hafenmeister wegen meiner Papiere aufsuchen, und noch ein Treffen. Komm.«

So gingen wir los, völlig unbehelligt von Bettlern oder Straßenhändlern, zu einem anderen Ort aus weißem Stein, direkt am Wasser. Der Hafenmeister in seinem Büro roch nach Angst, und er sah mich von der Seite an.

»Was ist das?«, wollte er von Anriques wissen.

»Meine Sklavin«, sagte Anriques, »sie ist meine Bedienstete.«

»Lasst es draußen.«

Ich verbeugte mich mit zwei geballten Fäusten in seine Richtung, wie es ein Krieger seinem Feind gegenüber tun würde, und ging hinaus. In dem Moment sah ich, nur noch aus den Augenwinkeln, den letzten einer Reihe von Männern, die mit ihren geschwungenen spitzen Helmen und den glatten metallenen

Brustplatten, die langen Speeräxte des Nordens in der Hand, leise eine kleine Gasse neben dem großen weißen Haus des Hafenmeisters hinunter zu einem Seiteneingang liefen.

Lady Leopard schaute mich an, peitschte ihren Schwanz, kletterte ganz wie eine Katze auf meine Schulter. Sie wog nichts.

Ich folgte dem Weg, den die Männer gegangen waren, und sah, wie sich die Tür hinter dem letzten schloss. Ich sah ein Fenster, das offen stand, aber mit einem geschmiedeten und schönen Gitter aus Metallpfauen versehen war, um die Sonne abzuhalten, und ich kletterte auf ein paar Körbe bis zum Fenstersims und schaute hinein.

Und da war Anriques und stand dem Hafenmeister gegenüber. Hinter Anriques in der Ecke lehnte an einem hohen Pult ein Schreiber, der ungeduldig seine Feder eintauchte, eine weiße Möwenfeder schmückte hinten seine Mütze. Etwas am Gesicht des Schreibers kam mir bekannt vor.

So wie Anriques dastand, wusste ich, dass er Angst hatte, und das, wovor er Angst hatte, war ein weiterer Mann, der mit dem Rücken zu meinem Fenster am Tisch saß, in einem schwarzen Stoffanzug, sehr feiner Seidenbrokat, aber schwarz, schwarz, schwarz, stumpf wie Tinte vom Tintenfisch, mit einem großen, merkwürdigen weißen Rad aus Leinen um den Hals und mit einem schwarzen Hut auf dem Kopf.

Anriques verbeugte sich vor ihm, und als er sich aufrichtete, fiel sein Blick auf mich, meine Gestalt vor dem Sonnenlicht, hinter dem Metallpfau, an dem ich mich festhielt.

Nichts in seinem Gesicht veränderte sich, aber er entgegnete laut. »Ich schwöre bei dem Herrn Jesus Christus, dass ich nur ein Kaufmann bin, der mit Zucker handelt«, sagte er sehr deutlich und sehr langsam. »Euer Informant lügt, Christus erbarme sich seiner, weil Ihr vom Heiligen Amt ihn sicher sterben lassen werdet, Señor Inquisitor Pasquale.«

Der Mann in Schwarz war elegant, mit einem blassen, schlanken, sanften Gesicht. Er schaute Anriques traurig an. »Nein, Mr Anriques, ich glaube nicht. Ich glaube, dass Ihr Euch hier mit einem Verräter namens Francis Ames getroffen und lebenswichtige Informationen über die Armada Seiner Majestät erhalten habt.«

Anriques stand still. Die Welt hielt an. Wie interessant, dachte ich. Jetzt ist er wie ein Krieger, während er es bei dem Überfall in der Gasse in Neuspanien nicht gewesen war. Jetzt war er gelassen und ruhig. Ja, sein Gesicht war besorgt, verängstigt, wie es natürlich sein sollte. Aber sein Körper, ruhig.

»Wer ist dieser Francis Ames, der schlecht von mir redet?«, fragte er.

Der Schreiber des Hafenmeisters sah aufmerksam zu, die Feder schrieb ungerührt weiter.

»Euer Freund«, sagte der Inquisitor. »Das hat er gesagt, als wir ihn verhaftet haben. Ihr habt ihn mit gestohlenem englischen Gold gekauft.«

Der Schreiber lächelte kurz, beugte sich wieder vor, um weiterzuschreiben. Mr Anriques/Ames entspannte sich auch etwas. Die Soldaten, die ich gesehen hatte, kamen nacheinander aus dem Vorzimmer, wo sie gewartet hatten.

»Bitte macht keine Schwierigkeiten, Mr Anriques«, sagte der Inquisitor. »Wir ziehen es vor, diese Dinge leise zu erledigen.«

»Beim Herrn Jesus Christus, Herr, ich bin unschuldig.«

Ich kletterte höher, stieg von einem Gitter aufs nächste, lugte um die Ecke. Dann umstellten bewaffnete Männer Anriques dünnen Körper und marschierten mit ihm davon, angeführt von Señor Pasquale. Ich schaute noch einmal zum Schreiber hin, der immer noch weiterschrieb und auf die Seite starrte. Er spürte meinen Blick, schaute mich kurz an – dann schaute er wieder nach unten.

Anriques hatte beim Leidenden Jesus geschworen, der nicht sein Gott war, also war das, was er gesagt hatte, eine Lüge, und er gab mir das Signal, zum Schiff zurückzukehren. Und ich hatte das sichere Gefühl, dass an dem Schreiber des Hafenmeisters mehr war, als man auf den ersten Blick sehen konnte.

Ich sprang vom Fenstersims herunter und schaute mich nach all den dicht gedrängten, eiligen Menschen um. Würde der Hafenmeister den Bewaffneten sagen, dass Mr Anriques eine Bedienstete hatte? Würde er daran denken? Würde er annehmen, ich sei einfach entkommen?

Hah! Das könnte sein. Ich bückte mich, nahm einen kaputten

Korb voller Knochen und stellte ihn mir auf den Kopf, dann ging ich auf den Platz hinaus. Was soll ich tun, Mondkönigin, fragte ich. Soll ich jetzt zum Schiff gehen?

Oh ja, zuerst das Schiff, kam die leise, kitzelnde Stimme der Lady Leopard an mein Ohr, du musst da etwas erledigen.

Also sang ich ihr Lieder, während ich meinen Korb mit Abfall trug, und als ich zum Schiff kam, das an der Kaimauer festgemacht war, verstreute ich die Abfälle über die Steine, und die Möwen kamen herabgestürzt und stritten darum, sie aufzupicken. Die Männer in den Seilen an den Rahen holten die letzten großen Säcke mit Zuckerhüten hervor und schwenkten sie auf den Kai. Jeder Sack Zucker war das Leben eines Sklaven – das Rohr in der heißen Sonne schneiden, es kochen und seihen –, und in meinem Traumgesicht tropfte Blut. Aber ich hatte keine Zeit für ein Traumgesicht.

Ich lief über die Gangway aufs Schiff, sah Michael hoch oben in den Rahen und ging direkt zu Rebecca, die in der Kabine wartete und Papiere anstarrte. Als sie mich allein sah, schluckte sie wie ein Frosch.

»Wo ist er?«

Ängstige sie nicht, sagte Lady Leopard. *Sei sanft, aber schnell.*

Ich hätte meiner Herrin ein Kriegerinnenlied vorsingen wollen, aber das war bei ihren Leuten nicht üblich, und die fremdartige Musik könnte sie verwirren. So ließ ich mich zu ihren Füßen auf ein Knie nieder, wo ihr weicher, karmesinroter Mantel auf das Holz floss wie Blut, wie Blut.

»Meine Herrin«, flüsterte ich, und obwohl ich umgedreht war, war ich jetzt diejenige, die das Kommando übernahm, als ihre Welt umkippte, »kommen Sie jetzt mit mir, nehmen Sie Gold und einen Umhang mit und kommen Sie.«

Auf der Hafenseite hörte ich das Krächzen und die Warnrufe, als etwas die Möwen verjagte, die den Abfall auffraßen. Ich ging zum Bett, nahm mein Leopardenfell und schüttete den Schmuck aus ihrer Schatulle hinein und nahm es wie eine Tragetasche. Man hörte das Geräusch marschierender Füße, man hörte Rufe.

Rebecca wurde weißer, und ihre Augen waren wie Gazellenaugen. Sie saß still da, atmete nicht, wahrlich eine Gazelle im starren Blick eines Löwen.

Los, los, flüsterte Lady Leopard.

Ich schaute auf, und da gab es ein Fenster, das die Luft hereinließ, am flachen Ende des Schiffes, am Heck, über dem Ruder. Als Besitzer hatten sie die beste Kabine auf dem Schiff gehabt.

Ich nahm Rebeccas Hand und führte sie zum Fenster, während sie starrte und blass wurde und blass wurde und starrte. Durch das kleine Fenster konnte ich das Meer sehen, nur ein kleines Stück unter uns, dreckig, sicher, aber Wasser ist ganz weich, wenn es nicht zu weit weg ist.

Mehr Schreie. Sie war klein, und ich war groß, und ich hatte sie wie ein Kind hochgehoben, als sie krank war. So hob ich sie auch jetzt hoch und schob sie durchs Fenster, Kopf nach vorn, schob sie über ihren runden Hintern so hinaus, dass sie vor Schreck ein bisschen kreischte. Sie tauchte mit einem erstickten Schrei ins Wasser ein, ihre Röcke bauschten sich um sie herum auf, und dann, während meine Lady Leopard mit Abscheu vom Ruder auf mich herunterblinzelte, zwängte ich mich hinterher, verknotete noch mein Leopardenfell, ließ es fallen und folgte ihr mit einem lauten Platschen, lachend.

Nun, sie ertrank gerade in einem voll gesogenen Bündel aus Seide und Segeltuch, und ich war über die faulige Salzigkeit des Wassers erstaunt, aber ich fand ihren Kopf und brachte ihn über Wasser, und als sie nach mir grabschte, erwischte ich ihr Haar und schleppte sie bis an die Seite des nächsten Schiffes, wo wir uns festhielten und nach Luft schnappten und zusahen, wie die Männer mit ihren hellen Helmen und Brustpanzern, die dunklen Gewehre in der Hand, an Bord des Schiffes von Anriques marschierten und es zusammen mit seiner Fracht für das Heilige Amt beschlagnahmten.

Hoch oben war Michael, der immer noch über der Rah lehnte und auf die Soldaten hinunterstarrte, die über das Deck trampelten. Hatte er uns gesehen? Einige riefen zu ihm hinauf, einer zielte mit einer Pistole nach ihm, und er schwang sich auf die Rah und ritt jetzt wie auf einem Pferd bis zur äußersten Spitze, wo sie über dem Wasser hing. Ein Schuss knallte, ein Loch im Segel ... Er stand auf der Rah und sprang kopfüber ins Meer.

Wasser ist sehr hart, wenn es weit weg ist. Ich hoffte, der Sturz würde ihn nicht umbringen.

Rebecca hielt sich an der Ankerkette neben mir fest, ihre kleinen Hände rutschten ab und leuchteten hell, und sie weinte, schnappte verzweifelt durch ihren viereckigen Mund nach Luft, als brächte sie ein Kind zur Welt. Arme Frau. Ich klopfte ihr auf die Schulter und zog sie mit mir zum nächsten Schiff, wo sie plötzlich anfing zu stöhnen und an ihrem leinenen Brustwickel zerrte. Plötzlich wurde mir klar, dass der Stoff einlief und sie umbrachte. Ich fand das kleine Messer in ihrem Gürtel und schnitt die Bänder ihres Mieders auf und dann ihr Korsett, wo ich sie heute Morgen wie ein Baby in all ihre Kleider geschnürt hatte, und sie konnte besser atmen. Dann fand ich die Halter für ihren großen Seidenrock und den Reifrock und schnitt alles ab und schleppte sie weiter bis zum nächsten vertäuten Schiff, das da schwankte und schaukelte.

Michael war nirgends zu sehen. Er war zweifellos ertrunken.

Wir tasteten uns am Schiff entlang und fanden eine Stelle, wo die Treppen vom Meer hochgehen, da krochen wir heraus und versteckten uns am Fuß der Treppe, triefend von fauligem, kaltem Wasser, mein Männeranzug hing bleischwer an mir. Ich konnte nicht länger schwimmen oder mich noch weiter an der Oberfläche halten. Rebecca saß auf den Stufen, packte ihr Haar mit den Fäusten und weinte so leise sie konnte, ach, ach, betete sie zu ihrem seltsamen Wortgott, und heulte und stöhnte, während die Männer mit den Brustpanzern begannen, das Schiff zu durchsuchen. Aber dann schaute sie mich an.

»Wie wurde er festgenommen?«

»Beim Hafenmeister«, sagte ich, »sie haben auf ihn gewartet.«

»Hat er ... hat er Francis Ames, seinen Bruder, getroffen?«

»Der Mann, der ihn festnahm, sagte, dass Francis Ames sein Freund war, für Geld gekauft.«

»Nein, nein, sein älterer Bruder. Sie müssen den Namen haben, aber sonst nichts. Haben sie sich getroffen?«

Ich schüttelte den Kopf. »Er hat heute Morgen viele Leute getroffen.«

»An seinem Hut ... eine Möwenfeder?«

Da lachte ich und dachte an den Schreiber des Hafenmeisters mit dem vertrauten Gesicht. Was für eine Kaltblütigkeit dazustehen und zuzusehen, wie dein Bruder festgenommen wird. Ich mochte ihn bereits und erzählte Rebecca davon.

»Und es war mit Sicherheit das Heilige Amt?«

»Als er bei Jesus schwor, um mir das Signal zu geben, hat er sie so genannt.«

Sie schluckte schwer. »Oh, möge er einen schnellen Tod finden.«

Ich lächelte sie an. »Ihr Mann hat ihnen wie ein Krieger gegenübergestanden.«

Sie starrte mich an, als wäre sie nicht sicher, ob ich mich über sie lustig machte, aber weil ich umgedreht bin, tu ich das nicht. Dann schlang sie die Arme um den Körper, als müsste sie sich gewaltsam zusammenhalten. Sie schauderte.

»Danke, Merula«, sagte sie traurig. »Ich nehme an, du gehst jetzt lieber.«

»Gehen?«

»Renn weg. Flieh. Du kannst jetzt frei sein.«

Nun fing ein großer Gesang an in meinem Kopf, und ein Lachen von meinen Göttern, denn das war schön. Meine Freiheit wiederzuhaben, war eine feine Sache, wenn ich sie je verloren hätte, und das habe ich nicht. Aber ich war gekommen, um meinen Sohn zu finden, und ich hatte immer noch keine Ahnung, wo ich anfangen sollte.

»Ich bin nicht Eure Gefangene«, sagte ich ihr. »Alles, was passiert ist, war Gottes Wille. Ich bin hier, um meinen Sohn zu finden, oder seinen Geist, und ihn mit nach Hause zu nehmen.«

Sie blinzelte mich erstaunt an, als könnte ich kein anderes Ziel haben als Freiheit, als hätte ich nicht meine eigene Aufgabe zu erfüllen.

Ich legte alle meine Kleider ab und wrang sie aus, stand auf und streckte mich. Es war ein schönes Gefühl, die Sonne wieder auf meinen Brüsten zu spüren, nicht in Kleider eingesperrt zu sein. Nun, ich mochte das ölige Aussehen des Wassers nicht, aber ich musste mein Leopardenfell finden. Die Sonne ging gerade unter, vielleicht würden sie mich nicht sehen.

Da platschte und keuchte ein Flusspferd, und um die Ecke

des Kais herum kam Michael und schob eine Planke Treibholz vor sich her. Er sah mich und paddelte ran, und ich half ihm auf die Treppe.

Die Flut ging gerade zurück, als die Sonne verschwand, und während meine Herrin Michael half und mit ihm redete, glitt ich ins Wasser zurück und paddelte von einem Schiff zum anderen, bis ich zum Schiff von Anriques kam, auf dem jetzt die Fahne des Heiligen Amts wehte.

An seinem hinteren Ende tauchte ich unter und schaute im Trüben und im Schlamm zwischen versunkenen Holmen und abgerissenen Ankern nach meinem Leopardenfell. Meine Lady Leopard wollte davon nichts wissen, aber schließlich strichen meine Finger über weichen, voll gesogenen Pelz, und ich holte ihn, immer noch zusammengebunden, herauf und paddelte zurück zur Treppe unter dem Überhang, wo ich meine Herrin zurückgelassen hatte, und ich fand sie immer noch da, immer noch durchweicht und durchnässt, obwohl sie fast hätte trocken sein können, hätte sie nur Verstand genug gehabt, ihre Kleider auszuziehen. Ihr Unterrock war von der Farbe ihres Rocks verfärbt, das Mieder hing an ihr, wie ich es aufgeschnitten hatte, und sie hatte Schnitte in der Haut, wo ich zu eilig war. Sie zitterte immer noch und rang ihre Hände und versuchte, die Tränen, die ihr aus den Augen liefen, mit den Fäusten zurückzudrängen. Ich berührte ihren Arm, zitterte selbst und zeigte ihr die Juwelen, die ich gerettet hatte.

Da lächelte sie, und Michael auch. Michael nahm eine Perlenkette mit und ging in die Läden und Spelunken, die um die Docks lagen.

Während die Dunkelheit rasch hereinbrach, kletterte ich auf die Kaimauer und ging darauf entlang, leise, auf bloßen Füßen, und wartete. Es gab Wachen auf unserem Schiff und Soldaten des Heiligen Amts an den Toren. Einmal gab es Krach und Geschrei, als einer vorbeikam, den sie kannten.

Ich ging zurück zu Rebeccas Versteck, und wie ich so lief, wusste ich, dass noch jemand leise den gleichen Weg nahm. Ich blieb stehen und schlich dann hinter ihm her. Er ging an der Kaimauer entlang, schaute aufs Wasser. Er fragte die Ankerwachen der anderen Schiffe nach etwas.

Er drehte sein Gesicht um, ich sah es, erkannte den Schreiber, der eine Möwenfeder an seinem Hut gehabt hatte. Also ging ich von hinten auf ihn zu und flüsterte: »Sucht Ihr nach Rebecca?«

Er bewegte sich schnell für ein haariges Gespenst. Er hatte einen Arm an meiner Kehle und ein Messer kitzelte meinen Hals unterm Ohr, ehe ich ihm auch nur ausweichen konnte – er war ein Krieger, er hatte, was seinem Bruder fehlte. Ich lächelte, weil er es so gut gemacht hatte, meine Muskeln entspannten sich. Lady Leopard saß auf einem Anlegepfosten am Kai und schaute zu.

»Pssst«, sagte ich. »Mr Ames, wenn Ihr eine Möwenfeder als Zeichen dabeihabt, zeigt sie mir, und ich hole Rebecca her.«

Langsam ließ er los.

»Ihr habt mich heute gesehen, als Euer Bruder verhaftet wurde«, sagte ich zu ihm und benutzte die blaugrüne Engländersprache. »Gebt mir jetzt Euer Zeichen.«

Er gab es mir, und ich ging zu der Stelle, wo Rebecca immer noch saß und wartete. Jetzt wusste ich, worauf sie gewartet hatte, abgesehen davon, dass sie nicht wusste wohin und dass sie keine Kleider hatte, um die Hässlichkeit ihrer Haut zu verbergen.

Sie sagte mir, ich solle ihn zu ihr bringen, und das tat ich, und er eilte die Treppe hinunter, um sie in die Arme zu nehmen, und sie weinte an seiner Schulter.

»Ich habe so eine Angst vorm Verbrennen«, sagte sie. »Simon ist so tapfer, er sagte, er müsse kommen, aber ich habe solche Angst ...«

Verbrannt zu werden ist sehr schlimm, dachte ich, während ich oben an der Treppe Wache stand, die Arme verschränkt wie ein Krieger. Der Leidende Jesus muss gierig sein.

»Es tut mir Leid, Rebecca, aber ich konnte nichts tun. Nicht ohne selbst verhaftet zu werden ...«

»Das weiß ich doch. Das wäre sinnlos gewesen. Was für Informationen hast du ihm mitteilen müssen?«

»Dies.« Er flüsterte in Rebeccas Ohr.

Sie runzelte die Stirn und starrte ihn an. »Ist das alles?«

»Es hat meinem besten Spion das Leben gekostet, da ranzukommen. Nimm es mit zur Königin, es könnte ihr helfen.«

»*Die Galeassen sind für das Geheimnis der Schönheit.* Das ist alles?«

»Das ist alles. Es ist das größte Geheimnis der spanischen Unternehmung. Admiral Santa Cruz hat es niemandem gesagt, seit er es in Gang gesetzt hat. Ich habe es von einem seiner Schreiber im Rechnungsamt. Der Herzog von Parma weiß es, aber das ist auch schon alles.«

»Aber gibt es da nicht –«

»Rebecca, wenn es um Informationen geht, kennst du oft nur einen kleinen Teil des Ganzen, aber manchmal ist der kleine Teil, den du hast, der Schlüssel. Sorg dafür, dass es die Königin erreicht.«

Sie schüttelte den Kopf. »Ich werde es Walsingham bringen.«

»Nein. Der Königin. Er erzählt ihr nicht alles, und Burghley nimmt Geld von Spanien. Das kannst du ihr auch sagen. Aber erzähle es nur der Königin. Ich habe gesehen, dass Michael Jungenkleidung für dich gekauft hat. Wenn er zurückkommt, musst du auf den Zweimaster, die *San Antonio.* Der Kapitän ist einer von uns.« Er küsste sie noch einmal. »Es tut mir Leid«, sagte er. »Ich hatte gehofft, Simon würde dich nicht mitbringen.«

»Ich habe ihn dazu gebracht. Stimmt es, dass die Lungen verdorren und man schneller stirbt, wenn man die Flammen mit voller Absicht einatmet?«

Er tätschelte ihren Arm. Am Ende ist kein Tod einfach.

Dann war er weg, schlüpfte wieder in die Schatten und ging direkt vom Schiff aus mit der Fahne des Heiligen Amts weg, gähnte und rieb sich die Augen, ein verärgerter Schreiber, der aufbleiben musste, um für den Hafenmeister eine Nachricht zu überbringen, und er beschwerte sich darüber so lange bei den Soldaten am Tor, bis sie ihn vor lauter Langeweile durchließen.

David Becket

West Country, Frühling 1588

Im bequemen Bett im besten Gästezimmer von Becket House, wo die Vorhänge aus Crewel-Garn herabhingen, um schlechte Luft abzuhalten, träumte Becket, er wäre nur ein Junge, ein kleiner Junge, erfüllt von den unterschiedlichsten Ängsten und entzückt vom erschütternden Geschehen und der Aufregung, die in sein Leben getreten sind …

Sein Pony lief mit klappernden Hufen an Männern vorbei, die schwitzend Wagenladungen von Farbe und Terpentin aus den Werften am Südufer der Themse ausluden. Er trottete weiter, unter den Verräterköpfen hindurch, die wie der Wintervorrat eines Igels über dem Tor der London Bridge aufgespießt waren, und stellte sich vor, Pater Campions Schädel priese mit leeren Augenhöhlen den Himmel für die Landung der Papisten. Die kleinen Hufe des Ponys trabten weiter unter dem hohen Brückenbogen durch.

Die Brückenhäuser waren alle leer, bis auf zwei Katzen auf dem Dach einer Hintertreppe, die wie ein Schwalbennest über der Themse hing.

Das Pony ging langsamer und schlich dahin, es konnte die Leere und die Dunkelheit nicht ausstehen, da half dem Jungen das ganze Trommelfeuer seiner Fersen nichts. Und, um fair zu sein, Smudge war müde von dem langen Galopp auf der Straße von Greenwich herauf.

Sie kamen auf eine lange, enge Straße, die vollkommen von großen Häusern mit geschlossenen Fensterläden umstellt war, und das Licht fiel nur von einem schmalen Rechteck Himmel ganz oben herein. Der Junge trat gnadenlos zu, er hörte noch mehr Stimmen, und das Pony trabte unwillig weiter. Unter dem nächsten Bogen hindurch und auf einen weiten Platz, wo man im Westen und im Osten den Fluss sehen konnte, auf unheimliche Weise vom Verkehr leer gefegt. Im Osten verdunkelten Rauchwolken den Himmel. Im Westen gab es noch mehr Rauch, wahrscheinlich aus den Brennöfen im alten Hof von Scotland Yard, dachte er, neben dem Whitehall Palace. Warum machten sie in den Brennöfen Feuer?

Es schien, dass jeder, der ein Schiff hatte, mit der steigenden Flut flussaufwärts vor Parma geflohen war. Viele der Schiffe, die im Hafenbecken von London lagen, hatten ihre Anker gelichtet und sind mit der Ebbe geflohen, in der Hoffnung, an Tilbury vorbeizukommen, ohne dass Parma es merkte. Noch ein Bogen, diesmal niedriger. Wo war der Captain der Königin für die Nachhut?

Noch ein weiter Platz mit einem Geländer auf beiden Seiten, wo theoretisch eine Zugbrücke stehen müsste, die, soweit er sich erinnern konnte, nie hochgezogen war. Direkt unter sich konnte er das Geräusch von Axthieben hören, und auf der anderen Seite geschah anscheinend etwas Kompliziertes mit Seilen und Fässern. Ein Wagen versperrte die Straße, Männer wuchteten Fässer, die nach faulen Eiern stanken, Rufe wie »Fertig! Zu – gleich!«

Hier unter dem Bogen fand er schließlich den Mann, nach dem er ausgesandt worden war. Der Captain der Königin für die Nachhut. Ein Bär von einem Mann, sehr eindrucksvoll, steht da breitbeinig auf dem Wagen und gibt Befehle, sein Sturmhelm glänzt matt über schwarzen Locken, eine abgetragene Lederjacke, bedeckt mit einem Brustpanzer aus blauem Stahl, und über der Brust hing die Goldkette mit den zwei S, die nur von hohen Staatsbeamten getragen wurde.

»Herr!«, rief der Junge schwitzend und betete, dass ihm die Stimme nicht versagte. »Herr, Captain Becket, Herr!«

Der Mann drehte sich um, sah das schweißbedeckte Pony und das verängstigte Gesicht. »Donne«, sagte er zu einem jungen Mann vor sich, »geh zurück über die Brücke und stelle sicher, dass jedes Fenster geschlossen ist, jeder Laden festgehakt, aber in jedem Haus muss die Tür offen sein. Verstanden?«

»Jawohl, Herr. Fenster zu, Läden festgehakt, Tür offen.«

Becket sprang überraschend leichtfüßig von dem Wagen herunter, während Donne seinen Hut aufsetzte und im Laufschritt über die Brücke hinuntereilte. Er kam herüber, nahm das Pony am Zügel und führte sie beide zur Seite.

»Wo sind sie?«

»In Greenwich, Herr. Und sie haben einige Schiffe genommen, die mit der Ebbe ausgelaufen sind.«

»Den Palast?«

»Ja, Herr, die Fahne von Parma weht darüber.«

»Wie viele Tercios?«

»Weiß nicht genau, Herr. Eine Menge. Mehr Männer, als ich zählen konnte.«

»Ich meine, wie viele Banner?«

»Mindestens zwanzig. Mehr. Ich habe gehört, sie setzen sie über, so schnell sie können, seit sie Gravesend genommen haben. Ich habe gehört, Drake ist tot, an einem Fieber gestorben. Ich habe gehört, dass er in der Kapelle der Königin eine Messe lesen ließ. Nicht Drake, der ist ja tot, wisst Ihr. Messe im Palast der Königin!«

Captain Becket schien nicht überrascht zu sein, er grunzte nur. »Pferde?«

»Oh, viele Pferde, Herr, er hat einige Männer auf Pferden vorausgeschickt, um zu schauen, was da los ist. Der arme alte Smudge musste laufen, so schnell er konnte, um ihnen zuvorzukommen.«

»Was hat er für Kriegsgerät? Hast du irgendwelche Kanonen gesehen?«

»Hab keine gesehen, Herr. Was macht Ihr, Herr? Stimmt es, dass die Königin nach Norden gegangen ist, Herr?«

»Ich werde die Spanier gut unterhalten. Und wie heißt du?«

»Ben Jonson, Herr.«

»Nun, Ben, du kannst weiter nach Norden gehen, wenn du willst, denn ich beschlagnahme dein Pony im Namen der Königin. Die Große Nordstraße wird mit Fuhrwerken und Leuten verstopft sein, aber du bist klein, du könntest durchkommen. Oder du kannst hier bleiben und Nachrichten für mich über-

bringen, in dem Fall geben wir dir dein Pony zurück, aber wenn du hier bleibst, kann es sein, dass du stirbst.«

»Ich will nach Greenwich zurück, Herr, mich um meine Mutter kümmern.«

»Na ja, wenn du das versuchst, wirst du bestimmt sterben.«

»Ich werde hier bleiben, Herr.«

»Guter Mann!«

Smudge protestierte schon und biss um sich, als er mit Säcken voller Sägemehl beladen wurde, wo er doch ganz offensichtlich eine Pause und einen vollen Futtersack vor der Nase verdiente. Zwei Männer wuchteten noch mehr Fässer in das nächstgelegene Haus. Captain Becket drehte sich um und sprach mit jemand anderem.

Neugierig, weil er nichts verpassen wollte, folgte Ben den Männern mit den Fässern und sah, wie sie mitten in einem schönen Ausstellungsraum, mit Stoffballen und aufgemalten Nymphen und Liebesgöttern an den Wänden, aufeinander gestapelt waren. Ben half, das Sägemehl aus einem Sack zu schütteln und um die Fässer herum auf die schönen schwarzweißen Bodenfliesen zu verteilen.

»Warum Sägemehl?«, fragte er und musste husten. Der Mann zuckte die Achseln. »Befehl vom Captain. Und Farbe auch dazu.«

»Und was ist mit dem Kaufmann, dem dieser Laden hier gehört?«

Der Mann grinste. »Captain Becket kam heute früh mit der Vollmacht der Königin und einigen von der Leibgarde und hat sie alle mit vorgehaltener Pistole rausgeschmissen. So ein Gezeter hast du noch nicht gehört. Wenn Parma nicht kommt, wird Captain Becket nächste Woche in der Hall of Westminster zwanzig Klagen am Hals haben.«

Ben grinste zurück. »Das muss ein Anblick gewesen sein.«

»War's fast wert. Fast.« Der Mann seufzte. »Es ist so schade, dass sie gesprengt wird.«

Zwei Stunden arbeiteten sie weiter und füllten die London Bridge mit Pulver, während im Norden von London der Schrecken die Herrschaft übernommen hatte. Im Süden richteten sich die ärmeren Huren und die Bärenführer und die Akrobaten auf neue Kundschaft ein. Die Reicheren waren schon weg, und sie zahlten eine Menge Gold für eine Flussüberquerung, die normalerweise zwei Penny kostete.

Ben fand eine kleine Brosche aus Korallen und Perlen, die auf den Boden gefallen war, und steckte sie ein, ohne etwas zu sagen. Er trug dann die kleineren Säcke mit Sägemehl und stellte fest, dass er für sein Alter ganz schön kräftig war. Er blieb aber in Sichtweite des Captains. Alle Augenblicke kam jemand mit einem neuen Gerücht und Kleinkram über Parma zu Becket gerannt. Gerüchte verbreiteten sich unter den Soldaten auf der Brücke wie Falschmünzen. Die Königin war tot, in die Brust geschossen. Die Königin war schon in Oxford, sie ist mit ihrer Barke flussaufwärts gefahren. Die Königin stand in Tyburn und kassierte ein Wegegeld von allen Fuhrwerken, die auf der Edgeware Road vorbeikamen. Die Königin war noch in Whitehall, wo die Feuer immer weiterbrannten, weil so viel Papier dort gelagert wurde.

Unter der Zugbrücke schwitzten bei Niedrigwasser die Bootsleute von der Themse, um ein ganzes Frachtboot voll Pulver und Kettenzünder unter die alten Eichenbalken zu ziehen.

»Wann werdet Ihr es anzünden, Herr?«, fragte Ben verschmitzt, als Captain Becket wieder vorbeikam.

»Wenn ich es will.«

In den Häusern südlich der Brücke, an der Southwark Road, stellte Becket Männer mit Pistolen und Hellebarden, Granaten und Bogen auf. Viele von ihnen waren Flussschiffer, die ihre Frachtboote hinter den Häusern mit Treppen zum Wasser festgemacht hatten. Ben wollte bei ihnen bleiben, denn es schien, als würden sie die Spanier zuerst bekämpfen. Sie sagten Nein. Er jammerte und protestierte und wurde dann von einem eindrucksvollen Riesen von Mann, der ihm die Tracht seines Lebens versprach, wenn er noch einmal einen Fuß aufs Südufer stellte, bis zur Brückenmitte zurückgebracht. Ben verstand das nicht. Warum sollte er nicht auch etwas vom Ruhm abkriegen?

Der Nachmittag verging. Zog Parma die Straße herauf? Noch ein junger Mann kam auf einem schwitzenden Pferd an und sprach eindringlich auf den Captain ein, und plötzlich erhielten alle den Befehl, in Richtung Norden von der Brücke wegzugehen und in Cheapside zu warten, das nach der Flucht seiner Bewohner verschlossen und leer stand. Ben beschloss, in der Nähe von Captain Becket zu bleiben, für den Fall, dass er den armen Smudge wiederbekommen könnte. Und außerdem wollte er zurück zu seiner Mutter, wenn die Schlacht vorbei war und die Spanier geschlagen.

Becket hatte jetzt ein Pferd, ein großes, kräftiges Jagdpferd, und auf dem saß er und schaute grimmig. Smudge stand mit hängendem Kopf bei den anderen Pferden. Becket hatte Zündschnur um seinen Körper gewickelt und hielt das Ende fachmännisch in der Hand. Geistesabwesend lud er eine Pistole aus dem Kasten vor sich.

Ein klein gewachsener, runder Mann in einem sehr gut geschnittenen Wollanzug kam an seinen Steigbügel: »Es ist alles bereit, Captain.«

Becket schaute zu ihm hinunter. »Vielen Dank, Mr Pickering.«

Der Mann nickte, ging auf eine Gasse zu, wo ein abgerissener, beulenbedeckter Bettler auf ihn wartete. Becket winkte Ben zu sich heran.

»Nun, Ben, ich habe eine wichtige Botschaft für dich. Du kannst dein Pony zurückhaben, hier ist Geld für die Reise und eine Vollmacht, die dich zum Boten der Königin ernennt. Ich befehle dir hiermit, reite im Namen der Königin zum Dorf Middleton, zehn Meilen südlich von Dorchester, und geh zum Becket House. Wenn es bei deiner Ankunft noch steht, sage der Dame des Hauses, Mistress Eleanor Becket, dass die Zeit gekommen ist zu tun, was die Leute in den Niederlanden tun. Hier ist ein Ring für sie, den du wie dein Leben verteidigen musst, denn er sagt ihr, von wem du kommst. Dann machst du, was sie dir sagt, denn sie wird sich um dich kümmern, bis du zurückkehrst zu deiner Mutter. Kannst du das tun?«

Bens Herz weitete sich vor Stolz. Er riss seinen Hut herunter, duckte sich zu einer Verbeugung und nahm den Ring, der ganz gut an seinen Zeigefinger passte. Es war ein hübscher Ring, mehr für eine Frau als für einen Mann, besetzt mit Diamantsplittern und Türkisen und Perlen wie eine Blume.

»Jawohl, Herr, ich werde es tun, mein Wort darauf. Ich werde es ihr sagen.«

Er legte den Kopf zur Seite. In weiter Ferne sangen Männer etwas Lateinisches. Er hörte einen Augenblick zu, fragte sich, was sie wohl sangen. Er konnte Latein, war eine Zeit lang zur Schule gegangen, bevor er Lehrling bei einem Maurer wurde und sich dort bewährte. Es tat ihm Leid, dass er gehen musste.

»Gut.« Captain Becket hörte auch hin. Er lächelte Ben an. »Ich verlass mich auf Euch, Mr Jonson. Geht jetzt. Nehmt die Große Straße nach Westen.«

Ben sprang in den Sattel von Smudge, der ihn bestrafte, indem er sich aufbäumte. Er hämmerte dem Pony die Fersen in die Seite, bis das Tier sehr unglücklich in einen holpernden Galopp gen Westen verfiel.

Wie es in Träumen manchmal geschieht, wechselte das Auge des Träumers die Perspektive und tauchte in das Ich dessen ein, den es beobachtet hatte …

Becket band sein Pferd an ein Geländer, lief rasch die verlassene Brücke hinunter und blieb stehen, sah sich um wie ein Ladenbesitzer in seiner Tür unter den Schädeln toter Papisten. Er hörte sie jetzt deutlicher, die Trommelschläge und den Gesang. Die Tercios marschierten zu einer lateinischen Hymne, ein tiefes bedrohliches Grollen.

»Te Deum laudamus, te Dominum confitemur, te aeternum Patrem omnis terra veneratur …«

Er hatte es selbst gesungen, als er sich im Englischen Seminar in Reims als Priester ausgegeben hatte. Wir preisen dich, Herr, wir vertrauen auf dich, Herr, ewiger Vater, den alle Welt anbetet … So ähnlich.

Becket wusste, dass es Parmas Gewohnheit war, seine Männer die Hymne singen zu lassen, wenn sie eine Stadt besetzten. Ein bisschen voreilig, nicht wahr, Euer Gnaden? Er wartete, bis seine Ohren von den Trommelschlägen widerhallten und vom Geräusch der vielen tausend Pferdehufe und Menschenfüße und dem Quietschen der Fuhrwerke dahinter … jede Minute konnten sie jetzt in Sicht kommen.

Er kauerte sich mit der brennenden Lunte ins Brückentorhaus, nahm sie und zündete die erste und längste Zündschnur an. Er hatte die Zündschnüre selbst verlegt, hatte alle Lunten gebraucht, die er in den Tiefen des Tower finden konnte, egal wie alt und verrottet sie waren.

Er musste sich über das Geländer legen, musste sich fast kopfüber herablassen, um die Zündschnüre unter der sorgfältig destabilisierten Zugbrücke anzuzünden. Es erinnerte ihn an seinen alten Freund Simon, und ihm zog sich die Kehle zusammen, wenn er an den Mann dachte, auch wenn er ein Tölpel war und wahrscheinlich verloren in den Verließen der Spanischen Inquisition.

Er rannte weiter, beobachtet von den Bootsleuten und Soldaten in der Nähe, ein schwerer, äußerlich unbeholfener Mann, der sich aber sehr leichtfüßig bewegte und seine brennende Lunte an eine Zündschnur nach der anderen legte, als würde er das Feuerwerk für den Tag der Thronbesteigung abbrennen. Was es ja in gewisser Hinsicht auch war. Wer brauchte schon Höllenbrenner, diese mit Schießpulver beladenen Feuerschiffe des aufgeregten Signor Giambelli, um eine Brücke zu sprengen? Er würde es allein mit Schießpulver schaffen, so wie er es vor Jahren in den Niederlanden getan hatte.

Ein Gebrüll erhob sich aus vielen tausend spanischen Kehlen. Hatten sie ihn gesehen? Nein, sie hatten die Köpfe der Verräter über dem Brückenhaus gesehen.

Befehlsrufe, die Kolonne hielt an. Bitte, Gott, lass Parma an der Spitze in London einreiten, lass niemanden sie aufhalten, lass sie glauben, sie müssten keine Kundschafter vorausschicken.

Er hatte für diese außergewöhnliche Falle gestritten bis er heiser war, und nur Ralegh hatte ihn unterstützt. Die Königin hatte zugehört und schließlich ihre Zustimmung gegeben. Mach, dass es klappt, Gott … Sie könnten Kundschafter vorausschicken, und die würden verstehen, was das Zischen und der Geruch bedeuten, und würden die anderen warnen. Es wäre alles vergebens …

Nein. Sie marschierten weiter, sie würden nicht warten, sie drängten vorwärts, Fahnen wehen, Trommeln schlagen … Ah, jetzt hatten sie ihr heiliges, vom Papst gesegnetes Banner an die Spitze gebracht, getragen von vier jungen Männern in Schwarz.

Die Offiziere hatten zu Ehren der Märtyrer über dem Tor die Helme abgenommen. Wie rührend.

Die Spanier betraten die Brücke, und sie dröhnte vom Getrampel der Füße, während Becket leise herumrannte und vor ihnen die Zündschnüre anbrannte. Kommt schon, kommt nur, bringt eure Standarten über die Zugbrücke.

Er war immer noch dabei, auf der Stadtseite zu zünden, als das erste Schießpulverfass mit einem lauten, dröhnenden WUUUMMM! in die Luft flog und die Wände des Hauses, in dem es gestanden hatte, nach außen krachten. Die oberen drei Stockwerke verharrten in der Luft, während die Wände unter ihnen einfielen, ein weiteres, tiefes Wumm, als das nächste Fass explodierte.

Er hatte die Zündschnüre so verlegt, dass sie nacheinander von jedem Ende aus losgingen; bei einem Fass gab es eine Fehlzündung, aber das nächste explodierte, also war das Pulver schlecht und nicht die Zündschnur.

Plötzlich drang unverkennbar Babygeschrei aus dem vierten Stock eines Hauses. Eine dumme Kinderschwester musste es zurückgelassen haben. Da war nichts zu machen, es war nicht mal Zeit, bis zum ersten Stock zu steigen, ganz zu schweigen von vieren … In den Sekunden vor der nächsten Explosion und danach schrie das Baby seine Wut auf die brutale Welt hinaus, die es aufgeweckt hatte.

Becket konnte sich den Schrecken und das Chaos der Vorhut auf der Straße in der Brückenmitte ausmalen, als man die Explosionen von jedem Ende nach innen auf die Zugbrücke zurasen sah. Man würde hin und her rennen, um den Mauerteilen und dem Feuer zu entkommen, sich aneinander drängen, die Pferde würden scheuen, ja, da standen zwei Männer auf dem Geländer und schauten hinunter aufs Wasser, das durch die engen Bögen strömte. Einer sprang, dann noch einer, alte Soldaten, die ganz genau wussten, was passiert war, und was als Nächstes kam, und die gewillt waren, den sicheren Tod gegen den nur wahrscheinlichen in den tobenden Wassern da unten einzutauschen. Noch ein paar sprangen, und dann …

WUUM! WUUM! Als würde die aus Schlamm gebaute Brücke eines Kindes von einem unsichtbaren Fuß zertreten, flog ein

Haus nach dem anderen in die Luft, brach zusammen und kippte nach innen, die Brücke zerfiel zu Staub, das Holz verwandelte sich in einen struppigen Strohhaufen, bis das Sägemehl und die Farben und das Terpentin endlich ihre Arbeit taten und die Flammen Nahrung fanden. Das arme Baby schrie nicht mehr.

Der Mittelteil der Brücke zerbarst in einer Wolke von Licht und Rauch, und Holzstücke und Gliedmaßen und Schrotkugeln wurden hoch in die Luft geschleudert.

Er flehte Gott um mehr Männer an, hörte die Gewehre und Musketen der Schiffer, die aus den Fenstern von Southwark auf die Kolonne der Spanier schossen. Er sehnte sich nach richtigen Truppen, die zum jetzigen Zeitpunkt in Reserve liegen würden. In einem Jahr, das wusste Becket, würde er die Männer haben. Aber jetzt noch nicht.

Der vordere Teil von Parmas Triumphzug war zusammen mit ihren kunstvollen Bannern abgetrennt worden. Der mittlere Teil der Kolonne wand sich jetzt unter dem Feuer aus den umliegenden Häusern. Aber das hier waren die besten Truppen Europas, die unbesiegten Tercios aus Spanien. Sie taumelten, wichen aus, zogen sich geordnet von der Brücke zurück, formierten sich unter Feuer neu, brachten Musketen und die Wagen mit den kleinen Mörderkanonen in Stellung und fingen an, eins nach dem anderen die Häuser von Southwark zu säubern. Die Bootsleute liefen davon, wenn es sein musste und sie noch konnten, und ruderten ihre Boote zum anderen Themseufer, wurden meist erschossen, bevor sie sehr weit gekommen waren, ihre Boote taumelten flussabwärts.

Auf der Brücke hallten immer noch Schreie, keine Babys mehr, Gott sei Dank, hauptsächlich Pferde, während die Gebäude in der Abenddämmerung weiterbrannten. Becket glaubte nicht, dass es ihm gelungen war, Parma selbst zu töten, aber es war immerhin ein guter Schlag gegen ihn. Der Herzog würde nächstes Mal vorsichtiger sein, wenn er eine Brücke überquerte, und allein das hielt ihn länger auf.

Becket stieg auf sein Pferd, das bei den schrecklichen Geräuschen von der Brücke stampfte und wieherte. Da war Lawrence Pickering, der König der Londoner Diebe, der jetzt auf einem Pony saß. Seine Hände waren zusammengeballt.

»Ich hab nie geglaubt, dass ich den Tag erleben würde«, murmelte er mit Tränen in den Augen, als er auf das brennende, eingestürzte Wunder von London starrte. »Hab ich nie geglaubt. Wir sorgen dafür, dass diese Hurensöhne jeden Backstein bereuen.«

Becket hatte fast kein Pulver mehr und eine Stadt im Aufruhr vor sich. Er wandte den Kopf nach Norden und nach Westen, mit großer Befriedigung ...

Und wachte auf, starrte auf den bestickten Betthimmel, hörte die Singvögel und die Krähen sich zanken und war erstaunt, dass er kein Pferd zwischen den Beinen hatte, keinen prickelnden Geruch von Schießpulver in der Nase. Der Traum entfloh, als er ihn festhalten wollte, lebendiger als ein Theaterstück, beängstigender als ein Hinterhalt.

Er war erschöpft, abgekämpft, als hätte er tatsächlich die London Bridge in die Luft gejagt und nicht die Frühlingsnacht im Gästezimmer von Becket House durchgeschnarcht. An so viel konnte er sich erinnern. Parma marschierte in die Stadt ein, und er jagte die Brücke in die Luft. Nun, das würde er tun, wenn es sein musste. Der Plan kam ihm ganz vernünftig vor, durchaus machbar, wenn man das Pulver und das Kommando hatte.

Das Kommando. Angenommen ... War das der Grund, weshalb er verschont worden war, weshalb so viele Dinge, die ihn hätten umbringen können, ihn nicht umgebracht hatten? War es Gottes Absicht, ihn zum Oberbefehlshaber der Königin gegen den Spanier zu machen, wenn er landete?

Kopfschüttelnd schlüpfte er unter den Decken hervor und brachte den letzten Überrest seines Traums mit einem tiefen Schluck Branntwein aus dem Flachmann zum Schweigen.

Philip wollte nichts davon hören, dass sein Bruder allein nach London hinaufritt, eine Reise, die er viel ernster nahm als Becket, der so sehr an die Tage im Sattel und die Mühen auf den schlechten Straßen gewöhnt war, dass er sich gelegentlich fragte, ob sein Hintern mal so hart sein würde wie seine Lederjacke. Er sagte das auch, mit kräftiger Unterstützung von Eleanor, aber Philip schob die Unterlippe vor und schaute störrisch vor sich hin und sagte, er habe vor mitzukommen, um sich auf jeden Fall Davids Besitz in London anzuschauen, und wenn David nicht mit ihm reiten wolle, würde er eben allein reiten.

Unwillig gab Becket nach. Hektik brach aus, als Philips Bediensteter eine Reisetasche für ihn packte und Eleanor ihre Schatulle aufschloss, um ihm Reisegeld mitzugeben. Sie hielt inne, dann nahm sie etwas heraus und überreichte es Becket, der auf den Ring hinunterblinzelte, während es ihm plötzlich eiskalt über den Rücken lief.

»Wenn du mir eine Botschaft zukommen lässt, wie wir es besprochen haben«, sagte sie ruhig, »dann schicke den Ring als Beweis.«

Becket nickte wortlos, hingerissen von der hübschen Blume aus Diamantsplittern und Türkisen und Perlen. Er schob ihn auf den linken kleinen Finger.

Da Becket entschlossen war, seinen Bruder so bald wie möglich zu entmutigen und zur Heimkehr zu verleiten, wechselte er in den zwei Tagen, die sie brauchten, kaum ein Wort mit ihm. Sie reisten mit der königlichen Post, für die Becket einen Berechtigungsschein hatte, und immer am Morgen und am Nachmittag wechselten sie die Pferde und übernachteten im Postgasthof – ein Verfahren, das Philip beeindruckte.

Sie hätten es bis zum Abend in die Stadt geschafft, wenn sie sich beeilt hätten, aber Becket nahm ein Zimmer in einem Landgasthaus in Kensington, um Briefe zu schreiben und die Botschaft von Piers Lammett zu kopieren. Philip drängte darauf, zur Seething Lane mitzukommen, vielleicht um dem großen Herrn Sekretär Walsingham persönlich vorgestellt zu werden …

»Warum? Willst du Ermittler werden?«, fragte Becket grob, schüttete noch mehr Branntwein in sich hinein und bereute den zusätzlichen Aufenthalt. Sie waren gerade an einem Ende des Gastzimmers, nahe am Feuer, mit dem Abendessen fertig.

»Nein, natürlich nicht, aber es muss höchst interessant sein, der Königin zu dienen, indem man spanische Spione und Priester jagt.«

Interessant. Jesus Christus. *Interessant!* Beckets Mund verzog sich. »Ich sag dir was, Bruder. Ich tausche mit dir, nehme dein Haus, deine Frau, deine Kinder und lebe ruhig auf dem Land, und du kannst Ermittler sein. Hmm? Du musst es nur sagen, ich mache das.«

Philip blinzelte ihn an, eher von seinem Ton erschreckt, als von dem, was er gesagt hatte.

»Es ist nicht von Nachteil, einen guten Geschäftssinn zu haben, man kann gut verdienen, wenn man sich erfolgreich Grundbesitz von den verhafteten Papisten unter den Nagel reißt. Anthony Munday hat inzwischen ganz schön was angesammelt, möge er sich mit Pocken anstecken und sterben.«

Philip hatte sich zurückgelehnt, schaute ihn über den schartigen Wirtshaustisch an und kümmerte sich nicht um seinen Silberbecher mit Schnaps. Becket goss seinen hinunter und schüttete sich neu ein.

»Warum so bitter, David?«, fragte Philip leise. »Was ist mit dir geschehen?«

Becket schüttelte den Kopf. Jesus, wo sollte man anfangen? Es war einfacher, nichts zu sagen.

Nein, Philip ließ sich nicht abhalten. Er beugte sich über den Tisch, ergriff die linke Hand des Bruders und schob die schmutzige Spitzenmanschette zurück. Dann zog er angesichts der abstoßenden knotigen Narben, die wie ein Armreif um Davids dicke Handgelenke lagen, pfeifend die Luft ein. Becket bekämpfte den Drang, ihm einen Schlag zu versetzen.

»Warst du Galeerensklave, David?«

Becket schüttelte den Kopf.

»Was war es dann?«

Immer tobten die Erinnerungen in seinem Kopf und in seinem Herzen: die erschöpfende, kalte, beengte Verzweiflung in einer winzig kleinen, dumpfigen Zelle, die Kleine Erholung genannt wurde, der verdreckte Keller des Weißen Tower, der Herr Sekretär Davison verhörte ihn in seinem Nebel des Vergessens. Er hatte geweint, er erinnerte sich daran, dass er wegen der Schmerzen in den Armen und den Schultern und im Rücken geweint hatte, obwohl Gott eine kleine Gnade gewährt und niemandem erlaubt, sich an den Schmerz selbst zu erinnern. Nur seine Hände kribbelten mit den Geistern der Todesangst.

Philip schaute ihn immer noch an, sah die Seilspuren, als Becket die Hand wegdrehte und sie nicht sehr gelungen zur Faust ballte. »Wer hat dir das angetan, Bruder?«, fragte er heiser. »Können wir Rache dafür nehmen?«

Becket schlug mit der anderen Faust auf den Tisch, entzog sein Handgelenk Philips Griff und bedeckte es wieder mit der Manschette, trank seinen Branntwein. Verdammt noch mal, der Becher klapperte an seinen Zähnen, so sehr zitterte er.

»Walsingham vor Gericht bringen, warum nicht?«, knurrte er wütend. »Verklage Anthony Munday, Ermittler, und Herrn Sekretär Davison in meinem Namen von einem Ende der Westminster Hall zum anderen, für tätlichen Angriff, Körperverletzung ...«

Philip runzelte die Stirn. »Keine Spanier? Nicht die Inquisition?«

Oh Gott, wie naiv er war. »Beim ersten Mal waren es Spanier, ja. In Haarlem. Aber am vorletzten Weihnachten waren es richtige Engländer, Anthony Munday und sein Schläger James Ramme, unter dem Kommando von Herrn Sekretär Davison und William Norton, Engländer mit gut protestantischer Religion, und sie hängten mich im Weißen Tower an den Handgelenken an eine Säule, zwei Mal, und peitschten mich obendrein aus.«

»*Peitschten dich aus?*«

Der arme Philip war so schockiert, dass seinem eigenen Bruder so etwas passieren konnte, einem Gentleman.

»Jesus, Philip, das war ja nicht das Schlimme. Den ganzen Tag an den Handgelenken aufgehängt zu sein war es. Vom Auspeitschen erholt man sich wieder, man kriegt nicht mal einen steifen Rücken, wenn man daran denkt, einmal in der Stunde die Zehen zu berühren, während es heilt. Mein eigenes Gewicht an den Gelenken in den Handschellen war es ...«

Philips Gesicht war weiß. Becket wollte aufhören, wollte die gemütliche Welt seines Bruders schützen, in der nur die Spanier Böses tun, aber wenn er einmal anfing, überkam ihn seine Qual wie eine Flutwelle, und er konnte nicht aufhören.

»Sie dachten, ich sei ein Priester. Sie nahmen mich fest, als sie eine Messe stürmten, wo ich als Papist verkleidet spionierte, und die Ermittler schlugen mir bei der Festnahme so gut den Kopf ein, dass ich beim Aufwachen nichts mehr von mir wusste.

Und bis ich sie als Papisten beschimpfte, dachten sie, ich sei Jesuit und behandelten mich so, wie sie im Allgemeinen Jesuiten behandeln, Gnade ihnen Gott.«

Philip legte die Hand auf den Mund, holte zitternd Luft, um etwas zu sagen, überlegte es sich anders und schüttete sich etwas Branntwein ein. Becket kippte seinen hinunter und konnte gleich besser reden.

»Reg dich nicht auf«, brummte er, und hoffte, Philip möge zuhören. »Es war wirklich ein Fehler, und sie haben ihn korrigiert, nachdem sie begriffen hatten, wer ich bin. Walsingham ließ mir eine Entschädigung zukommen. Aber du siehst ja … meine Handgelenke … da ist etwas passiert. Meine Hände gehorchen meinem Willen nicht mehr, sie kribbeln und brennen manchmal, sind ungeschickt und schwach. Schau, ich kann sie nicht mal zu einer richtigen Faust schließen, um dir eine reinzuhauen. Wenn wir ein Armdrücken veranstalten würden, wärst du zum ersten Mal Sieger. Also bin ich kein Schwertmeister mehr, ich muss mich als Ermittler durchschlagen, denn ich kann nicht mal mehr einen einfachen Stock schwingen.«

Allmächtiger Jesus, das waren wieder Tränen. Er heulte wie ein Baby um sein verlorenes Schwertspiel, was, in Gottes Namen, wurde jetzt aus ihm? Becket legte die kalten Hände aufs Gesicht und kämpfte um seine Fassung.

Er spürte, wie die Bank nachgab, als Philip sich neben ihn setzte, spürte das Gewicht des Armes über dem Rücken und merkte, wie er sich der Umarmung des Bruders zuwandte, damit er das Gesicht an seiner Schulter verstecken konnte. Philip sagte nichts, er saß nur neben ihm auf der Bank, bis David husten musste und seine Nase putzen und sich im Allgemeinen wieder wie ein erwachsener Mann benehmen konnte. Schließlich gab ihm Philip noch einen Becher Branntwein. Aber Becket war jetzt schlecht, und er nippte nur daran. Es half tatsächlich. Weiß Gott, es war oft das Einzige, das half.

Als er schließlich in Philips Gesicht schaute, fand er weder Verachtung, wie er gefürchtet hatte, noch Mitleid, das er verabscheute. Nur so eine freundliche Verwunderung.

»Oh Gott, Bruder, Eleanor hatte Recht, als sie dich mit einem verwundeten Bären verglich.«

Becket hustete. »Gehst du also auf den Handel ein, Philip?«, fragte er, nicht mehr so heiser. »Du bekommst mein ›interessantes‹ Leben, und ich nehme ... na ja, du kannst das Haus behalten und die Brut, und ich gebe mich mit deiner Frau in ihrem Kittel zufrieden.«

»Langsam«, sagte Philip trocken, »ich glaube, ich könnte mich dazu durchringen, um sie zu kämpfen.«

»Und mich jetzt schlagen, das ist sicher«, sagte Becket traurig. »Aber du siehst schon, weshalb ich nicht darauf dränge, dich Walsingham vorzustellen. Der wird dich, ehe du dich versiehst, dazu bringen, ihm Informationen zu beschaffen.«

»Mehr denn je bin ich froh, dass Vater dich in seinem Testament bedacht hat. Wenigstens musst du kein Geld mehr zusammenkratzen.«

Das war ein angenehmer Gedanke. Und es ging ihm besser mit dem Wissen, Philip an seiner Seite zu haben, das stimmte schon. Obwohl der arme Mann immer noch älter aussah.

Er tätschelte zustimmend Philips Knie, rief den Schankkellner herüber und bat um die Rechnung und eine Quittung, denn manchmal und mit geeigneten schriftlichen Beweisen bekam er von Walsinghams Schreiber Phelippes das Geld zurück.

»Ich schau mal, was ich tun kann«, sagte er. »Halte dich nur aus allen Angelegenheiten von Walsingham heraus, denn was sollte ich Eleanor sagen, wenn du Ermittler wirst?«

Am Morgen nahmen sie ein Boot flussabwärts, so dass Philip die Aussicht auf die Ufersilhouette genießen konnte, mit dem Westminster-Palast und den Gärten der reichen Leute und dann den schönen Schiffen im Hafenbecken. Sie legten bei den Temple-Treppen an, damit Philip die Gasse zu seinem Rechtsanwalt und Geschäftsführer Peregrine Howard hinaufgehen konnte, während Becket Ludgate Hill hinauflief bis in die Innenstadt. Er hatte lange und intensiv überlegt, was er mit seiner Entdeckung tun sollte, dass Burghley immer noch Waffen übers Meer verkaufte, auch wenn das seiner Meinung nach von Piers Lammetts Botschaft über das Wunder der Schönheit in den Schatten gestellt wurde.

Schließlich hinterließ er im Haus von Dr. Nunez in Poor Jewry ein Paket mit all seinen Informationen, adressiert an Thomasina de Paris und laut Aufschrift ausschließlich bestimmt für die Augen der Königin. Dann brachte er denselben Bericht mit derselben Aufschrift zu Walsingham, ohne seinen anderen Zugang zur Königin zu erwähnen. Er dachte, dieses Experiment gefällt der Königin sicherlich, egal wie es ausgeht.

Er wollte gerade das Haus verlassen, um sich mit seinem Bruder zum Mittagessen zu treffen, als ihn Phelippes der Jüngere mit großer Erleichterung anhielt und ihn bat, im Belle Sauvage in Ludgate einen Holländer namens Van Groenig zu treffen, weil er doch holländisch sprach.

»Schickt Munday«, brummte Becket.

»Spricht kein Holländisch«, sagte Phelippes. »Sonst würde ich ihn schicken, glaubt mir, Mr Becket.«

»Weshalb ist es denn so dringend?«

Phelippes blinzelte auf ein Blatt Papier. »Gibt an, Parmas Kartenzeichner zu sein. Sagt, er hätte lebenswichtige Informationen über eine Verschwörung gegen die Königin und das Reich. Das Übliche.«

Becket seufzte und verdrehte die Augen. »Nicht schon wieder?«

Phelippes lächelte auf seine trockene, dünnlippige Art. »Ich fürchte doch.«

»Wie viel waren es in diesem Monat?«

»Zweiundzwanzig.«

»Ist das sein Brief?«

Phelippes gab ihn Becket, der ihn mit einem Interesse untersuchte, das ihm selbst gar nicht bewusst war. Die Handschrift war gut, das Holländisch gebildet, keine dick aufgetragenen Übertreibungen, wie überaus gefährlich und wichtig und einzigartig die Information war. Es war nicht mit Blut geschrieben und auch nicht von Engeln diktiert worden, was schon mal eine Erleichterung war.

»Man muss sich mit jedem wenigstens treffen«, sagte Phelippes unnötigerweise. »Und mein Vater hat ganz besonders darum gebeten, dass Ihr hingeht. Van Groenig nimmt sein Mittagessen jeden Tag um zwölf im Belle Sauvage ein ...«

»Vernünftig von ihm. Ich mag die Wildpasteten dort.«

»Ihre sämige Soße mit Sherry und Butter ist ebenfalls ausgezeichnet«, murmelte Phelippes. »Ich empfehle sie mit der Mandelpastete. Und ich werde mich natürlich persönlich um Eure Ausgaben kümmern.«

Becket seufzte.

Das Erste, was Philip von dem Unternehmen mitbekam, war sein Bruder, der durch die Tür des Cheshire Cheese gepoltert kam und ihn zu sich herüberwinkte.

»Wenn du Ermittler werden willst, dann kannst du jetzt erleben, wie ich meine Tage verbringe«, sagte Becket und lief die Gasse Richtung Fleet Street hoch. »Meine Tage verschwenden, wenn du willst. Jeder Verrückte in Europa, dem flüsternde Engel auf der Schulter sitzen, jeder Einzelne von denen kommt mit göttlichem Wissen über Parmas Pläne nach London. Und Walsingham sagt, wir müssen mit jedem reden, für den Fall, dass was dran sein könnte.«

»Nun, kann das nicht sein?«

»Du hast offensichtlich nicht so viel mit protestantischen Verrückten gesprochen wie ich«, sagte sein Bruder heftig.

Philip hatte den Eindruck, sein Bruder sei als Ermittler schlecht geeignet. Soweit er das beurteilen konnte, stellte sich Becket beim Gespräch mit Van Groenig im Belle Sauvage vollkommen falsch an. Gleich zu Anfang marschierte er direkt auf den rundlichen Mann zu, der in seinem unverkennbar deutschen Wams in einer Ecke saß, an einem Fenster auf den großen Innenhof, wo die Wagen der Fuhrleute wie jeden Morgen für ihre Reise auf der Großen Straße nach Norden fertig gemacht wurden.

Becket pflanzte sich in gezieltem Imponiergehabe vor ihm auf und sagte gelangweilt: »Mijnheer Van Groenig?«

»Habt Ihr das Geld dabei?«, fragte der Mann mit schwerem niederländischem Akzent und kaute weiter an seiner Pastete.

Becket sagte etwas auf Holländisch. Groenig warf ihm einen bösen Blick zu, schnarrte etwas in derselben Sprache und fuhr dann auf Englisch fort. »Ich habe es Euch gesagt. Zuerst das Geld, dann die Geschichte. Parma mich sucht. Um verstecken, ich muss Geld haben. Ich will Ihr Valsinam mich beschützt.«

Becket legte die Hände auf den Tisch und beugte sich vor.

»Ich kaufe keine Katze im Sack, nichts, was ich nicht gesehen habe. Damit bin ich schon mal reingelegt worden.«

Van Groenig zuckte die Schultern und aß gelassen sein Steak und seine Leberpastete weiter.

»Soll ich mit Mr Munday über Euch reden?«, fauchte Becket. »Ich bin überrascht, dass Ihr nicht verhaftet und dem Herrn Foltermeister Norton übergeben worden seid.«

»Ich auch.« Van Groenig verzog den Mundwinkel. »Also, warum nicht? Das würde ich auch tun.« Er schaute sich theatralisch im Raum um. »Oh, Ihr habt keine Männer. Also, setzt Euch doch, Mijnheer Priesterjäger.«

Becket setzte sich, während Philip drüben in der Ecke stehen blieb und versuchte, alles mitzukriegen, ohne hinzustarren oder als Lauscher zu erscheinen. Er dachte, er hätte lieber versucht, erst mal freundlich zu sein.

»Hört«, sagte Van Groenig und verzog das Gesicht, als er vom Bier trank. »Nicht drohen. Was ich verkaufe, ist das Königreich wert, verstehen? Das Königreich.«

»Parmas geheime Pläne für die Invasion?«, fragte Becket mit halb geschlossenen Augen, seine Stimme klang sehr ungläubig.

Van Groenig wurde vor Ärger rot. »Zufällig ja.«

Becket seufzte. »Und dafür wollt Ihr ...?«

»Fünfzig Pfund. Gold.«

»Oh, ist das alles?«

»Ist ein Niedrigangebot für ein Königreich, sogar für Eures. Es ist, wie sagt man, gut billig?«

»Wer hat Euch von dem Plan erzählt?«

»Niemand. Ich habe ihn bei meiner Arbeit gefunden.«

Becket verdrehte die Augen.

»Ihr mir nicht glaubt?«

»Mijnheer, versetzt Euch an meine Stelle. Warum sollte ich Euch glauben? Seit dem vergangenen Sommer hat ein Verrückter nach dem anderen versucht, mir Parmas geheime Pläne für die Invasion dieses Reichs zu verkaufen. Mein Herr würde für so eine Information bestimmt fünfzig Pfund bezahlen, aber nicht für die fantastischen Hirngespinste eines Verrückten.«

Van Groenigs Lippen pressten sich aufeinander. »Ich kein Verrückter.«

»Da ich einmal sehr gut mit einem Verrückten befreundet war, kann ich Euch versichern, dass sie nie zugeben, was sie sind. Vielleicht wisst Ihr es nicht einmal. Also bitte, Mr Van Groenig, überzeugt mich. Helft mir. Was seid Ihr zum Beispiel von Beruf?«

»Ich bin Forscher, Geograf und Kartograf.«

»Ein Kartenzeichner? Na und?«

»Ich mache Karten. Ich gehe an einen Ort, in eine Stadt, laufe herum, ich zähle Schritte, sitze auf einem Berg und skizziere. Später mache ich eine Karte. Ich bin eine sehr guter Kartenzeichner.«

»Für wen?«

Van Groenig lächelte. »Für den, der gut Geld bezahlt. Für Prinz Wilhelm den Berechnenden, bevor der Priester ihn erschossen hat. Für den Herzog von Anjou. Für Parma.«

»Wer bezahlt Euch jetzt?«

»Niemand. Ich suche nach einem Kunden.«

»Warum sprecht Ihr mit mir?«

»Mijnheer Priesterjäger, für Spanien zu arbeiten ist Hungergeschäft. Er verspricht viel, aber er zahlt nicht. Gebt mir Gold, und ich bin der Kartenzeichner Ihrer Königin.«

»Wir brauchen keine Karte von London. Wir kennen uns aus.«

Van Groenig lächelte wieder. »Ich habe für Parma gemacht eine Karte, eine sehr geheime Karte. So geheim, statt mich zu zahlen, er versucht, mich festzunehmen.«

»Eine Karte wovon?«

»Eine Stadt, natürlich. Aber von wo? A-ha. Erst Geld.«

Becket seufzte. »Ich habe nicht das Recht, Euch zu bezahlen, Mr Van Groenig. Noch habe ich kein Pfund Gold bei mir, ganz zu schweigen von fünfzig davon.«

Van Groenig schlug voller Abscheu die Hand auf den Tisch. »Warum sollte ich sprechen mit dem Jungen, wenn ich habe Informationen für Herrn? Geht und sagt das Eurem Herrn«, ein dicker, tintenbefleckter Finger bohrte sich in Beckets Wams, »Ihr sagen Valsinam, wenn er nicht auf mich zuhört, Parma isst seine Leber nächsten Sommer.«

Und Van Groenig wendete sich ab und füllte demonstrativ den Mund mit Nieren und Pastetenkruste.

Becket stapfte vom Tisch weg und setzte sich zu Philip, bestellte Ale. Philip hatte philosophisch weise schon mal eine Pastete für beide bestellt, die Becket mit hoher Geschwindigkeit verputzte.

Philip dachte, sie wollten wieder in die Seething Lane und Bericht erstatten, aber Becket dachte nicht daran. Stattdessen aßen sie zu Ende und verließen dann den Raum, warteten aber an der großen Eingangstür des Gasthauses auf den Aufbruch des Holländers.

Kurze Zeit später stapfte er aus der Tür des Gastzimmers, und sie folgten ihm unauffällig. Das war nicht schwer. Van Groenig war offenbar zu wütend, um viel auf das zu achten, was hinter ihm passierte, obwohl er die Straße auf und ab geblickt hatte, bevor er losgegangen war. Das bereitete Philip Sorge. Enttäuschung ergab Sinn, wenn der Mann ein falsches Spiel spielte, aber nicht Wut. Becket grunzte nur, als er darauf hinwies.

Van Groenig war in der kleinen Pension nördlich vom Strand abgestiegen. Sie warteten vor der Tür, während der Holländer von einem Verkaufsstand eine Apfel- und Rosinenpastete mitnahm, anschreiben ließ und nach oben ging. Sie hörten, wie er seine Tür zuschlug.

Becket rieb sich erschöpft das Gesicht, kratzte an den Rändern seines Bartes, der mal gestutzt werden sollte. Er hätte heute Morgen auch sein Hemd wechseln sollen. Eleanor hatte ihm drei mitgegeben, die einmal seinem Vater gehört hatten und weit genug waren. Philip wechselte sein Hemd jeden zweiten Tag.

»Vielleicht sollte man ihn festnehmen«, sagte Becket nachdenklich. »Ich will nicht, dass er frei herumläuft, wenn Parma hinter ihm her ist, und Anthony Munday wäre vielleicht besser als ich, um ihn zum Reden zu bringen.«

»Ist Munday ein Freund von dir?«

»Nein, ich habe dir doch erzählt, dass er Untersuchungsrichter ist.« Beckets Kinn fiel auf sein erbärmliches Halstuch, und seine Stimme brummte. »Nicht mein Freund.«

Philip erinnerte sich jetzt, in welchem Zusammenhang er den Namen schon gehört hatte, und hätte sich treten können. Hast du irgendwelche Freunde, David, wollte er fragen, aber er tat es nicht.

Becket rieb sich wieder übers Gesicht. Seufzte. »Gottverflucht, der Butterfresser hat mich halb überzeugt. Weißt du, wo Seething Lane ist, Philip?«

Philip schaute mit wildem Blick auf die verstopften, verwinkelten Straßen. »Wenn du es mir sagen könntest …«

Becket schaute finster. »Ich renne zu Walsingham und sage ihm, dass er verhaftet werden soll. Du bleibst hier.«

»Was soll ich machen, wenn er weggeht?«

»Ich bezweifle, dass er das tun wird, aber wenn er es tut, versuch nicht, ihm zu folgen, du verlierst ihn nur, und dich auch. Achte darauf, in welche Richtung er geht, aber dann bleib hier und sag es mir, wenn ich zurückkomme.«

Philip nickte unsicher, und Becket eilte durch die Menge davon, die Hand am Schwertknauf, und allein seine Körpergröße verschaffte ihm ein Durchkommen. Philip sah zu, wie er weglief, besorgt, dass er nicht wusste, was er tun sollte, wenn irgendetwas passierte.

Er setzte sich, bestellte Ale, versuchte, so zu tun, als würde er das Haus gegenüber nicht beobachten. Vom Holländer war nichts zu sehen, aber ein anderer kam zur Tür heraus, ein junger Mann mit braunem Haar und einem offenen, hübschen Gesicht. Er trug einen gut geschnittenen grauen Anzug aus feiner Wolle, abgesetzt mit schwarzem Zopfmuster. Er hatte etwas an sich, das Philip zutiefst beunruhigte, aber was nur? Nicht, dass er pfiff, nicht der beschwingte Gang, auch nicht die Blässe auf seinem Gesicht, nicht die Art, wie er kurz anhielt und den schon etwas ältlichen Fisch an einem Verkaufsstand betrachtete und dann weitereilte. Er schaute über die Schulter, und ihre Augen trafen sich kurz. Was war los mit ihm? Seine Hände bewegten sich merkwürdig unter dem Umhang, steckten etwas weg.

Ein rätselhafter Instinkt ließ Philip von der Bank aufstehen und zu der schmalen Straßentür hinübergehen. Die Stufen waren eng und wandten sich nach oben.

»Guten Tag?«, rief er. »Ähm … jemand da?«

Keine Antwort. Und was war das für ein dunkler Tropfen auf der schmutzigen Stufe vor ihm?

Philip nahm zwei Treppen auf einmal, ging durch die offene Tür in das kleine Zimmer mit seinen rohen Putzwänden, dem voll gestopften Bett mit den schmutzigen Vorhängen, dem Tisch, der Truhe, die offen stand, der Inhalt verstreut, der stämmige Körper eines Mannes, ausgestreckt auf den Binsen …

Van Groenig lag mit offenem Mund da, er grunzte wie ein Schwein. Philip beugte sich über ihn und fragte sich, was nicht stimmte. Er sah keine offensichtliche Wunde, kein Blut …

Ein Auge drehte sich und sah ihn an, das andere … oh Jesus, das andere Auge war voll Blut und etwas Graues, Schmieriges … Oh Gott …

Philip schlug die Hand vor den Mund, schluckte etwas Saures. Das andere Auge rollte, jenes, das nicht ein tiefer Teich aus Blut und Gehirn war, fixierte ihn und kämpfte ums Sehen.

»*Ka … Het is kaaa …*«, sagte Van Groenig verzweifelt, griff nach Philip, packte fest zu. »*Ka.*«

Sein Kopf fiel zurück, das unbeschädigte Auge wurde dunkel, wurde zu Gelee, sein Rückgrat zog sich zusammen, zuckte, seine Beine strampelten, als versuchte er, vor dem Tod davonzurennen.

Philip trat taumelnd zurück. Das war es, was er gesehen hatte. Der Mann hatte unter seinem kurzen Umhang sorgfältig ein Messer abgeputzt …

Er stolperte die Treppe hinunter, sein Kopf platzte fast, sein Bauch rumorte. Es war wie ein Traum. Was konnte er tun? Er zog die Augen zusammen und blickte verzweifelt die Straße hinunter, sah keine Spur von dem jungen Mann in irgendeiner Richtung, keine Spur, die irgendjemand bemerkt hätte. Er stolperte in die eine Richtung, in die andere. Nichts. Aber er musste etwas tun, um seinen Magen zu beruhigen, und Becket hatte ihm gesagt, er solle warten. Also ging er zurück zum Ale-Haus gegenüber, bestellte einen Branntwein, stürzte die schmierige Flüssigkeit auf einmal hinunter und musste fast wieder kotzen, weil er so schlecht war.

Er saß da und starrte sich die Augen aus dem Kopf und schwitzte, jeden zweiten Moment sah er unwillkürlich das Bild Van Groenigs vor sich, überlegte, was zur Hölle er tun könnte, bis sein Bruder schwer atmend angelaufen kam und ihn an der Schulter packte.

»Munday wird in einer Viertelstunde mit Ermittlern hier sein, wir können … Philip, was ist los?«

Philip schaute stumm zu seinem Bruder auf. Tut mir Leid, David, wollte er sagen, ich bin's nicht gewöhnt, so was zu sehen, aber sein Mund war zu trocken.

Becket drehte sich auf dem Absatz um, überquerte die Straße wie ein Bär, der sich im Gehege auf einen Hund stürzt, war die Treppe hoch und im Zimmer, gefolgt von Philip, der aus unklaren Gründen seinen jüngeren Bruder davor bewahren wollte, etwas so Grässliches zu sehen … Dumm von ihm.

Er prallte seinem Bruder in den Rücken, als Becket gleich hinter der Tür stehen blieb.

»Gott verflucht«, sagte Becket und nahm es erschöpft zur Kenntnis. »Gott verflucht bis in Hölle und Verdammnis.«

Nach fünf Minuten hatte er den erkaltenden Körper und das Zimmer abgesucht, die Säume der Matratze und der Kissen aufgerissen, die Truhe auf doppelte Böden überprüft, Van Groenigs Hemden und Unterhose, die verstreut auf den dünnen alten Binsen lagen, mit den Stiefelspitzen abgetastet. Er setzte sich aufs Bett, es quietschte und er entdeckte etwas, das an die Wand gerollt war. Er bückte sich und hob es auf, hielt es ans Licht. »Französische Münze«, sagte er. »Eine Pistole, glaube ich.«

»Er muss also –«

»Jawohl«, brummte Becket und schloss die Augen. »Vielleicht hat er die Wahrheit erzählt. Jemand dachte das. Hast du gesehen, wer es getan hat?«

»Ein junger Mann kam aus dem Haus, er trug dunkelgrauen Wollstoff … hmmm … Hut. Braunes Haar. Halskrause. Äh … kurzer Umhang. Langes, blasses Gesicht.«

»Würdest du ihn wiedererkennen? Ein Bild von ihm zeichnen können? Du bist ein guter Zeichner.«

Philip zog die Stirn in Falten. »Vielleicht. Ja, könnte ich.«

»Halt nach ihm Ausschau. Hat er dich gesehen?«

»Ich nehme es an, obwohl ich zu dem Zeitpunkt nicht wusste … Ich hab mich nur gefragt, wer das ist.«

»Hat Van Groenig vor seinem Tod etwas zu dir gesagt?«

»Nein«, sagte Philip und wollte alles vergessen, was er gesehen hatte, das eine Auge, das ihn anstarrte, das andere, zerstörte. »Er hat es versucht, aber es war Holländisch … Klang wie ›Katz‹ oder ›kann‹, aber er bekam es nicht heraus. Tut mir Leid, David.«

»Und du hast den jungen Mann nicht reingehen sehen?«

»Nein.«

»Muss auf ihn gewartet haben. Ja. Kartenzeichner. Vielleicht war er vor kurzem in Frankreich, wenn die Pistole nicht von jemand anderem kommt, dem Mörder zum Beispiel. Verdammt.«

»Walsingham hätte die fünfzig Pfund bezahlen sollen.«

»Oh, das hätte er, Philip. Ich wollte es vorschlagen. Komm. Hier sind keine Karten.«

Er drängte sich an Philip vorbei, war die Treppe bis zur Hälfte hinuntergetrampelt.

»Sollten wir nicht auf deinen … auf Mr Munday warten? Wache halten, die Richter und die Untersuchung und –«

»Zum Teufel mit allen«, sagte Becket, schockierend in seinem Mangel an Verantwortungsbewusstsein. »Der Leichenbeschauer, Mr Fleetwood, kann das mit Munday übernehmen. Abgesehen davon könnten sie dich für das Verbrechen rankriegen. Du warst schließlich die ganze Zeit hier.«

Philip schnappte nach Luft, aber gegen diese Logik kam er nicht an. Er lief hinter Becket die Stufen hinab.

Es war dann doch nicht so schockierend, denn nachdem er eine Weile im Laufschritt hinter seinem Bruder durch London geeilt war, wurde Philip klar, dass Becket genauso seine Bekannten aufsuchte, wie er selbst es in Middleton gemacht hätte, wenn eine Bande hartnäckiger Bettler in der Gegend oder ein geheimnisvoller Mord passiert wäre. Nur dass die Bekanntschaften seines Bruders hauptsächlich aus der Sorte Leute bestanden, *gegen* die er sich mit seinen Bekannten verbündet hätte. Zuerst suchte Becket die Temple Bar auf und schnappte sich einen der schwärenbedeckten Bettler, die vorbeieilenden Rechtsanwälten ihre Schüssel hinhielten. Er flüsterte dem Mann etwas ins Ohr und verließ ihn dann. Sie gingen Ludgate Hill hinauf bis zum St. Paul's Churchyard und erwischten einen Jungen in einem abgetragenen Wollanzug, der einige Bauern davon zu überzeugen versuchte, dass Herzog Humphreys Grab mit Gold und Juwelen gefüllt war, und er, wenn jeder von ihnen einen Penny bezahlte, seinen Einfluss geltend machen und sie zum Anschauen reinlassen würde. Becket murmelte etwas in sein Ohr und gab ihm einen Penny. Der Junge nickte nervös.

Sie nahmen an der Temple-Treppe ein Boot und besuchten einen Ort am Südufer, bei dem es sich, da war Philip sicher, um ein Bordell handelte, und Becket schien mit der Madame beunruhigend gut befreundet zu sein, und dann gingen sie beim berühmten Bärengehege vorbei, wo Philip sowohl Harry Hunks als auch Tom of Lincoln vorgestellt wurde, die beide ganz höfliche Gentlemen zu sein schienen, auch wenn sie ungewöhnlich behaart waren und stanken. Harry Hunks brummte, als er Becket sah, und Becket nahm das zuckrige Orangeat, das er bei der Pastetenfrau an der Ecke gekauft hatte und schob es in Harry Hunks Käfig. Der Bär schnappte sich das Orangeat und saß da und hielt es in den Tatzen und leckte und schleckte. Philip musste lächeln, als er das sah.

»Ich bring ihm immer etwas mit«, erklärte Becket mit leicht verschämtem Gesicht. »Er ist ein alter Freund von mir. Vor zwei Jahren hat er mir das Leben gerettet, aber jetzt ist er alt geworden und hätte lange Zähne, wenn er noch welche hätte.« Er unterhielt sich angeregt mit dem Bärenpfleger und dem Kartenverkäufer.

Sie gingen über die Brücke zurück, und Philip versuchte, nicht wie der Bauer zu wirken, der er war, als er all die prachtvollen Stoffe in den klaren Glasschaufenstern bewunderte, den gemusterten und bedruckten Samt, die Seidenstoffe, den Brokat aus dem Fernen Osten, bei dem Eleanor seufzen würde und den zu kaufen er niemals hoffen konnte. Sie kehrten auf ein Bier in einer kleinen Schnapsbude ein, mit den gewohnten roten Gittern und ohne etwas Interessantes oder Ungewöhnliches, außer dem hervorragenden Bier und einer Treppe mit polierten Stufen, die zu einer geschnitzten und verschlossenen Tür führte. Becket hatte an allen vorherigen Orten den Mann beschrieben, den er suchte, und überall hatte man ihn ängstlich angeschaut und Gehorsam gelobt. Außer an diesem letzten Ort, dem Seven

Stars, wo ein kurzer, runder Mann mit einem glücklichen, runden Gesicht und einem außergewöhnlich teuren Brokatwams Becket wie einen alten Freund begrüßte und umarmte.

»Nun, Mr Pickering, darf ich Euch meinen Bruder vorstellen, Mr Philip Becket von Becket House in Middleton. Bruder, dies ist Mr Lawrence Pickering ... von manchen der König von London genannt.«

»Davon habe ich nichts gehört, Mr Becket«, sagte Pickering mit einem warnenden Lächeln. »Der Herr Sekretär Walsingham mag das nicht.«

»Entschuldigt, Mr Pickering. Ich habe nur die übliche Meinung weitergegeben.«

Obwohl seine raue Londoner Aussprache irgendwie nicht zu dem Seidenwams passte, grüßte Philip mit einer leichten Verbeugung, die Pickering erwiderte.

»Noch mehr Ärger mit die Priester, Mr Becket?« Mr Pickering trug auch einige bemerkenswert große juwelenbesetzte Ringe an den Fingern.

»Keine Priester, aber sicherlich so eine Art Papisten.« Pickering brummte missbilligend. Becket erzählte noch einmal die Geschichte des Mordes, und Pickering war völlig unbeeindruckt, aber irgendwie verärgert, dass es, wie er sich ausdrückte, »auf seinem Gebiet« passiert war. Über die Methode der Beseitigung redeten sie wie zwei Zimmerleute über die Vorzüge einer Breitaxt.

»Keine schlechte Möglichkeit, aber man muss sich schon was zutrauen«, sagte Pickering nachdenklich. »Ich ziehe einen Stich in die Nieren mit dem Dolch vor, weil sie dich nicht kommen sehen und vor Schmerzen nicht schreien können.«

Philip starrte erst ihn an, dann seinen Bruder, der weise nickte. »Muss hinter der Tür auf ihn gewartet haben, hat sein Haar gepackt und ...« Er tat, als würde er mit der Faust zustechen. »Man kann es jedoch mit einem kurzen, dünnen Messer machen, zum Beispiel eines, das man am Handgelenk befestigt. Muss nur ein paar Zentimeter ins Auge rein. In welches Auge ist Van Groenig gestochen worden, Bruder, kannst du dich erinnern?«

»Äh .. das rechte«, sagte Philip, und versuchte beim Gedanken daran das saure Gefühl in seiner Kehle zu unterdrücken.

»Bringt uns nicht weiter. Rechtshändig«, sagte Pickering und rieb sich mit dem Daumen die Unterlippe. »Nun, Mr Becket, ich werde die Nachricht verbreiten lassen, im Namen seiner Ehren des Herrn Sekretär und selbstverständlich in Eurem. Glaubt Ihr, es könnte wichtig sein?«

»Vielleicht, Mr Pickering, vielleicht. Zumindest will ich wissen, wo ein Mann herkommt, der so tötet, wie er herkam, wo er abgestiegen ist. Es kann übrigens sein, dass er mit Pistolen zahlt.«

Pickering nickte. »Und die gewohnte Regelung für Euren Bruder?«

»Das würde ich als sehr zuvorkommend ansehen, Mr Pickering, sehr zuvorkommend.«

»Betrachtet es als bereits geschehen, Mr Becket. Kann ich Euch zu einem sehr feinen Aprikosenwasser einladen?«

»Nein danke, ich muss noch mal in die Seething Lane zurück. Ein andermal.«

Und mit großer gegenseitiger Höflichkeit gingen sie weg, und Philip fragte sich, welche Teile der Unterhaltung er nicht mitbekommen hatte.

»Regelung?«, fragte er.

Becket war tief in Gedanken. »Hmm? Oh, das heißt, dass keiner von seinen Spitzbuben und Huren dich belästigt oder dich übers Ohr haut, während du in London bist. Oder wenn es passiert, kriegst du am nächsten Morgen dein Geld zurück, und der, der es dir abgenommen hat, liegt in der Themse.«

»Wer ist das?«

»Hab ich dir doch gesagt. Das war der König von London, der Anführer der Diebe von London.«

»Ah. Hm ... wie weißt du ... äh ...?«

»Hab für ihn gearbeitet. Jetzt arbeite ich für viel schlimmere Männer. Pickering ist wenigstens ein ehrlicher Dieb und Zuhälter, und er wird sehr reich. Sein Schwager ist der Henker von London. Wenn alles gut geht, kann sein Enkelsohn ein Lord sein.«

Philip nickte, wusste nicht recht, was er davon halten sollte.

Sie aßen in der kleinen, voll besetzten Halle in der Seething Lane und zahlten für ihre Mahlzeit mit unangemessen langen

Gebeten davor und danach, wie Becket sich beklagte. Ein untersetzter, offenbar ziemlich selbstgefälliger Mann in einem gut geschnittenen schwarzen Anzug kam auf Becket zugestürzt und begann, auf ihn einzuschimpfen, weil er ihn mit Van Groenigs Leiche allein gelassen hatte. Becket starrte auf den Mann hinunter wie auf einen Wurm und wartete, bis er aufhörte, sich zu beschweren, und stellte ihm Philip dann als Anthony Munday vor.

Philip lief es kalt über den Rücken, als er dachte: Dieser Mann hat meinen Bruder gefoltert, und ich kann ihn aus Rücksichtnahme nicht töten oder auch nur schlagen.

»Bitte seid so gut und verhaftet meinen Bruder nicht aus Versehen, Mr Munday«, sagte Becket säuerlich, und Munday wurde rot.

Philip hatte wie üblich seine Unterkunft im Gray's Inn, und so gingen sie dorthin. Er beobachtete seinen Bruder, während sie am Feuer saßen und Malvasier tranken. Becket war schweigsam und schlecht gelaunt und flößte sich zielstrebig mindestens, wie es Philip schien, einen Liter Malvasier ein, ohne viel Wirkung zu zeigen. Alle Versuche, eine Unterhaltung zu beginnen, führten zu nichts, und Philip wurde bewusst, wie sehr er es bedauerte, was für ein runtergekommener Fremder David für ihn war und wie wenig von dem stolzen, offenherzigen, kampfbesessenen jungen Mann von einst übrig geblieben war.

Er dachte den ganzen Abend sehnsüchtig an Eleanor, denn sie hätte gewusst, wie man mit David redet, hätte seinen starren Blick ins Feuer brechen können. Was würde sie gesagt haben?, fragte er sich. Wie hätte sie den verwundeten Bären, der sein Bruder geworden war, besänftigt? Schließlich spürte er eine solche Sehnsucht nach ihr, dass er die Kosten nicht scheute und einen Penny für ein Blatt Papier und Tinte und Feder ausgab und ihr einen Brief schrieb und ihr alles über den Kartenzeichner erzählte, und wie er versuchte, etwas zu sagen, und über den jungen Mann, der ihn getötet hatte, und Beckets Schweigen und seinen Durst auf Schnaps. An den Rand zeichnete er Bilder: von St. Paul, von einem Bettler, von dem jungen Mann, und sei es nur, um sich selbst das Gesicht des Mörders einzuprägen. Am Ende erklärte er ihr seine Liebe und fügte ein Postscriptum an, dass er Gott für das Glück danke, eine solche Frau zu haben, der er so schreiben konnte.

Er überreichte ihn dem Wirt, damit der ihn der Post nach Bristol mitgeben konnte, die ihn in Middleton einwerfen würde. Kurz danach ging Philip in sein Zimmer, nach ländlicher Sitte früh müde, und er ließ Becket noch sitzen, weitertrinken, weiter ins Feuer starren. Trotz der Kosten hatten sie getrennte Zimmer, weil Philip auf dem Weg nach London gemerkt hatte, dass sein Bruder noch lauter schnarchte als seine Frau.

Becket stöhnte, er war im Sessel eingeschlafen.

Er war die Königin. Irgendwo unter dem Geheimnis des Traums wusste er, dass er es nicht war, aber auf träumerische Weise glaubte er es. Er war die Königin von England, sie sah im dreißigsten Jahr ihrer Regentschaft dem Tod und der Vernichtung ins Auge.

Vor Morgengrauen war der weißgesichtige, schlammbespritzte Mann mit klappernden Hufen unter das Hoftor geritten, hatte unzusammenhängend geschrien, und ihre Frauen waren weinend angekommen und hatten ihn direkt in ihre Kammer gebracht, wo sie in dem Morgenmantel aus Zobel saß, den ihr der Zar von Moskau geschenkt hatte.

Der Reiter roch so stark nach männlichem Schweiß, nach Angst und Pferden und Schlamm und Blut und Schießpulver, dass sie beinahe gekotzt hätte, aber das war nicht der Zeitpunkt, an dem man von einem Mann süße Düfte verlangen konnte. Er plumpste vor ihr auf die Knie und schnappte nach Luft, und sie ergriff die Armlehnen ihres Stuhls und wartete, bis er sich gesammelt hatte.

»Euer Majestät«, hatte er mit Tränen in den Augen gesagt, »Euer Majestät, die Spanier haben Gravesend eingenommen.«

»Gravesend«, wiederholte sie.

Der Earl of Essex hatte ihn geschickt. Während der Lord Admiral Charles Howard of Effingham und Sir Francis Drake und ihre abgetakelten, leeren, stinkenden Schiffe schließlich gezwungen waren, in Portsmouth überholt und neu ausgerüstet zu werden, war die Themsemündung dem Herzog von Medina

Sidonia zugefallen. Seine Galeassen waren gegen den Wind gerudert, ihre schweren Kanonen hatten die Verteidigungsanlagen von Gravesend zusammengeschossen, und eine hatte mit ihrem scharfen Bronzebug die aufwändige Kette von Booten durchschnitten. Die spanischen Soldaten waren in Ruderbooten an Land gegangen, und innerhalb von zwei Stunden war die Stadt eingenommen. Auf dem anderen Themseufer, in Tilbury Fort, das mit Soldaten und militärischer Ausrüstung voll gestopft war, hatte man ohnmächtig zugesehen, wie der Kampf tobte und die Stadt brannte, denn die Bootsbrücke war weg, und sie konnten gegen die mächtige Ausrüstung der vier Galeassen nicht hinüberrudern.

Es war gut gemacht. Drake wäre, obwohl er krank war, stolz auf den Überfall gewesen.

Sie hatte vor dem Frühstück den Thronrat einberufen, in der Schlachtenwelt der Männer benötigte sie den Rat von Männern.

Aber nach Männerart war ihr Rat uneins. Einige, wie Burghley, hatten zu weiteren Verhandlungen mit Spanien geraten, zu einem Waffenstillstand. Das war sicher nur eine Finte. Sie fragte ihn mitten ins Gesicht, was Philip von Spanien ihm zahle, und ob er nicht genug verdient habe, indem er ihre Kanonen und ihr Pulver verkauft hatte? Geräusche waren aus seiner Kehle aufgestiegen, zu antworten war er nicht fähig.

Walsingham hatte, das war vorauszusehen, den sofortigen Mord an allen Papisten vorgeschlagen, die man finden konnte. Der Earl of Leicester … er war rot im Gesicht vor Wut und Wichtigkeit, er hatte gebettelt, nein, gefordert, mit den ausgebildeten Truppen von London und jedem Mann, den er aufspüren könne, ausgeschickt zu werden und Parma zu bekämpfen, bevor er London erreichte.

Sir Walter Ralegh hatte geschwiegen, bis jeder andere seinen Spruch mindestens dreimal aufgesagt hatte. Sie hatte ihn übergangsweise und gegen die Warnungen von Burghley in den Thronrat berufen, als das Desaster begann. Ralegh hatte sie wenigstens nicht enttäuscht. Als sie schließlich seine Meinung hören wollte, hatte er würdevoll gewartet, bis die zweitrangigen Streitpunkte und fuchtelnden Fäuste zwischen den gebildeten und edlen Räten zur Ruhe kamen.

»Euer Majestät«, sagte er ruhig und gelassen, der einzige Mann unter ihnen, der nicht schrie, »ich rate Euch zum sofortigen Aufbruch. Seid sicher, dass Parma, während wir hier reden, seine besten Truppen herüberbringt, mit jedem Schiff, das segelt. Spätestens übermorgen werden sie unterwegs nach London sein. London hat keine Mauer und keine Munition. Es kann nicht verteidigt werden. Die ausgebildeten Truppen sind Kinder und Grünschnäbel und schlechter bewaffnet als Parmas einfachster Koch. Egal, wie brillant sie geführt werden«, mit einer Verbeugung Richtung Leicester, die ein Kompliment, aber auch eine kaum greifbare Beleidigung sein konnte, »sie können gegen einen gut geführten Tercio nicht bestehen. Sie werden überrannt werden, noch wahrscheinlicher werden sie ausbrechen und davonrennen –«

»Wie könnt Ihr es wagen, Herr!«, dröhnte Leicester. »Wie könnt Ihr es wagen, die Männer von London Feiglinge zu nennen?«

»Mein Rat an Euch, Erhabenste Majestät«, fuhr Ralegh unbeirrt fort, »ist, London jetzt zu verlassen und kein Leben und keine Schätze bei seiner Verteidigung zu vergeuden.«

Sie hob die Hand, um Ruhe zu verlangen, wusste, dass er Recht hatte, und doch konnte sie seinem Rat nicht folgen. Aus politischen Gründen, aus Gründen der Zweckdienlichkeit, mussten die jungen Männer von London ihr Leben hingeben. Während ihr Herz bei dieser schrecklichen Vergeudung an den Brustknochen klopfte, wusste ihr Magen, von dem sie erst vor ein paar Wochen gesagt hatte, er sei der eines Königs, um die Notwendigkeit.

»Mein Lord Earl of Leicester«, sagte sie sanft zu ihrem alten Freund, »mein Lord, werdet Ihr Parma in meinem Namen gegenübertreten?«

Spontanität ist selten in der förmlichen Welt des Hofs. Leicester stand auf und stemmte die Fäuste auf den Tisch. Unter der Hülle von Fett und Schwulst stand stolz der junge Mann, den sie geliebt hatte. Er lächelte sie direkt an. Sie glaubte, er würde jetzt irgendeine Rede halten, wie er sein ganzes Leben darauf gewartet hatte, ihr auf dem Schlachtfeld dienen zu können.

»Selbstverständlich«, sagte er und kam um den Tisch herum

und fiel vor ihr auf die Knie. »Was auch immer getan werden kann, werde ich tun. Und froh sein.« Zum ersten Mal seit Jahren redete er ohne Bombast.

Er wusste es selbst, damals. Er verstand.

»Gebt mir Euer Schwert.«

Er zog es, und Burghley sog missbilligend die Luft ein: Eine nackte Klinge in der Gegenwart eines Herrschers war strikt verboten, beim Tod des Verräters. Babbington war für viel weniger gestorben. Aber sie hatte Leicester befohlen zu ziehen. Sie wollte offenbar ein Zeichen setzen.

Sie nahm die reich verzierte Waffe und hielt sie in den Händen, spürte ihr Gewicht. Leider war sie jetzt zu alt, um die Kunst der Verteidigung zu lernen, selbst wenn David Becket verfügbar gewesen wäre, um sie zu unterrichten. Dann hielt sie es wie ein Kreuz vor sich, achtete an der öligen Klinge auf ihre Finger. Sie zog es an sich und küsste die Klinge, bevor sie es Leicester zurückgab. Er küsste das Band, das sie ihm hinhielt, stand auf und schritt aus dem Zimmer, sein Schwert immer noch unbedeckt.

Der ganze Hof verstand den dramatischen Auftritt.

Ich habe meine Cousine umgebracht, Maria, die Königin von Schottland, und jetzt schicke ich meinen besten Freund in den Tod, dachte sie verzweifelt.

Mit einer Handbewegung entließ sie ihre Räte, und sie gingen hintereinander hinaus, alle, bis auf Walsingham. Er kam zu ihr, ganz Feuer und Flamme. »Euer Majestät«, sagte er eindringlich, »Die Papisten müssen verhaftet und –«

»Die Papisten werden die erste Woche schockiert im Gebet verharren und uns danach zu Hilfe eilen und die dreckigen Ausländer bekämpfen.«

»Die, die nicht für sie kämpfen.«

Ihre Geduld war am Ende. Sie stand auf. »Herr Sekretär«, rief sie, und sie war seine misstrauische Art zutiefst leid. »Im vergangenen Jahr bin ich Eurem Rat gefolgt, meine Cousine, die Königin von Schottland, hinrichten zu lassen, eine Dummheit, die jetzt zu dieser Invasion geführt hat und zu unserer Zerstörung führen kann. Dies ist nicht Armageddon, in dem Jesus uns zu Hilfe kommt und den Angriff gegen Parma führt, die gerüste-

ten Engel in dicht geschlossenen Reihen hinter ihm.« Walsingham verzog den Mund bei so viel Sarkasmus. Ja, das hatte er tatsächlich fest geglaubt. »Dies hier, Herr Sekretär, ist Krieg zwischen Fürsten, das ist die Engländer gegen die Welt, und wenn Ihr glaubt, dass mehr als hundert meiner katholischen Untertanen sich entschließen, auf Parmas Seite zu kämpfen, dann wisst Ihr sehr wenig über Euer eigenes Volk. Jetzt schickt Eure Informanten aus und besorgt mir Angaben über Parma und seine Stärke und seine Bewegungen, und später werden wir ausführlich darüber reden, weshalb wir von diesem Angriff keine Kenntnis hatten. Was ist mit Mr Anriques und seiner Frau geschehen? Warum hatte Howard nach dem zweiten Tag kein Pulver und keine Kugeln mehr? Und schickt mir Mr David Becket, wenn er irgendwo in London ist. Geht!«

Schließlich bekam sich Walsingham, der vor Schreck blinzelte, so weit in den Griff, dass er sich verbeugte und wegging. Sie blieb allein, was so selten der Fall war, und starrte die Goldschnitzereien an den Eichenwänden an. Endlich konnte sie den Tränen freien Lauf lassen. Zum ersten und zum letzten Mal fielen sie ungehemmt. Sie würde sich einen solch weiblichen Luxus nicht mehr erlauben, bis der letzte Spanier auf ihrem Boden tot war.

Oder, natürlich, bis sie tot war.

Herr erbarme dich, er hatte Tränen in den Augen und den Geruch von Rosenwasser in der Nase. Becket hatte zusammengekrümmt vor dem Feuer im Gastraum geschlafen, der Vorhang hing vor den Kohlen, sein Hals war verrenkt und sein Rücken tat weh. Was zum Teufel war mit ihm los? Er hatte keine Attacken von Fallsucht mehr, aber warum plagten ihn diese Träume? Sie hatten mehr Sinn als die meisten Träume, sie glänzten in seiner Erinnerung, manche Teile ließen sein Herz schlagen wie eine Trommel. Die Königin. Er hatte geträumt, dass er die Königin sei. War so ein Traum nicht bereits halber Verrat? Oder Wahnsinn?

Er stand auf, streckte sich und ließ die Schultern knacken, machte Gebrauch vom Nachttopf, fand seinen Flachmann und leerte aus, was drin war, wünschte sich, mehr zu haben, denn das war bei weitem nicht genug, um ihm den Schlaf zu bringen. Wenn er nicht an einem so angesehenen Ort wie dem Inn of Court gewesen wäre, hätte er sich vielleicht eine Hure gesucht, um in ihrer Weichheit etwas Schlaf zu finden.

So stolperte er mit schweren Schritten die Treppe hinauf und in das Zimmer, das Philip für ihn gemietet hatte, zog seine Kleider aus und kletterte hinter den Vorhang und zwischen die Laken, unter dem quietschenden Protest der Bettgurte. Der Traum wartete, lag hinter seinen Augenlidern, bereit loszuspringen, sobald er es zuließ.

Er war wieder die Königin, saß im Damensattel auf dem Pferd, als sie auf den Kamm von Hampstead Hill kam. Damensattel! Bei Gott, er hatte nie im Leben im Damensattel gesessen, er war keine schwache Frau ... und für kurze Zeit kämpfte er mit dem Traum, aber der war zu mächtig.

Die Königin zog die Zügel an und blieb stehen, schnüffelte wie ein Hund in der Luft herum. Dann wendete sie und ritt unter Einsatz der Sporen am Teich vorbei zum Aussichtspunkt, wo der Bunkerofen noch schwelte, um ohne jede Regung auf ihre Stadt London zu schauen.

Nicht ihre. Jetzt gehörte sie dem Herzog von Parma und Spanien.

Eine Art Grollen, ganz schwach, kam mit dem Wind, der auch Parma und seine Armee aus Flandern herbeigeweht hatte. Im Westen verschmutzten schwarze Rauchwolken den Himmel, im Osten genauso. Der Wind trug den Geruch mit sich.

Sie holte tief Luft, hielt sie an, ließ sie zitternd wieder ausströmen. Neben ihr bewegte sich der Captain ihrer Garde, makellos in rotem Samt und Ledermantel, saß wie ein Zentaur auf seinem Pferd, sein schlankes Gesicht angespannt. Bei Gott, er sah gut aus, dieser Ralegh.

Die wichtigste Stadt ihres Königreichs stöhnte wie ein waidwundes Tier. Sie konnte es nicht sehen, sie fragte sich, ob sie sich die Straßenkämpfe nur einbildete. Tränen drohten wieder. Sie hob ihr Kinn und befahl ihnen, sich zurückzuhalten, wässrige Truppen, die sie nicht brauchen konnte. Da war ein Blitz in der Mitte des Häusergewirrs und dann, nach einem seltsam lang gezogenen Herzschlag, ein dumpfer, krachender Knall, der ihr Pferd hochsteigen und schnauben ließ.

»Was war das?«

Ralegh lächelte. »Mr Becket sprengt die London Bridge, nehme ich an. Lasst uns beten, das Parma zu der Zeit auf der Brücke war.«

»Fürwahr.«

Noch ein Blitz, eine Reihe von Explosionen, als schlage ein Riese die Trommel. Aus der Mitte der Häuser stieg Rauch auf.

»Kein schlechtes Feuerwerk.«

»So was in der Art. Ich hoffe, Mr Becket hat das ganze Pulver verbraucht, das im Tower war.«

»Warum?«

»Um die Spanier in Angst zu versetzen, sie vorsichtig zu machen, ihnen nichts zum Gebrauch zu lassen. Mr Becket hatte ein paar ausgezeichnete Pläne. Ich glaube, Parma wird länger brauchen, um London einzunehmen, als er gedacht hat.«

»Was für eine Zerstörung. Was für eine Vergeudung von Leben.« Bevor sie die Sätze beendet hatte, bereute sie es schon, obwohl sie ihr schwer auf der Seele lagen.

Ralegh wandte sich ihr zu. »Madam«, sagte er, »darf ich sagen, was ich davon halte?«

Und sie hätten auf einem Jagdausflug sein können, so schön war das Wetter: Die Bäume flüsterten in dem kleinen Wäldchen, obwohl die Heide selbst von zu vielen Schafen abgeweidet war.

Sie erteilte ihm mit einem Kopfnicken die Erlaubnis.

»Euer Majestät war eine sehr weise, zärtliche und gnädige Fürstin in unserem glücklichen Friedensreich. Aber jetzt haben wir die Grenze überquert und sind im Land des Krieges, wie in Irland, wo die Gesetze anders sind. Weisheit ist immer noch von Nöten, aber keine Zärtlichkeit und keine Gnade.«

»Was ist Ihnen in Irland zugestoßen, als Ihr jung wart, Water?«

»Ich habe die Gesetze des Krieges gelernt.«

»Und?«

»Nun, mit sechzehn habe ich zum ersten Mal einen Mann getötet, bei einem kleinen Scharmützel in den Hügeln von Wick-

low, und ich habe mich danach eine halbe Stunde lang leer gekotzt. Als ich nach Hause kam, hatte ich den Überblick verloren, wie viele Männer ich getötet hatte, obwohl ich mich an jedes ihrer Gesichter erinnern kann, besonders an die sechshundert spanischen Gefangenen, die ich zu massakrieren half.«

Sie wimmerte. Sein tiefer, dröhnender Devondialekt klang ganz leidenschaftslos, als er redete. »Warum habt Ihr sie umgebracht, wenn sie sich ergeben hatten?«

Er zeigte die Zähne. »Weil wir sie weder ernähren noch sicher bewachen konnten. Ich würde es morgen wieder tun.«

Sie wartete.

»Euer Majestät, es gibt keine Halbheiten im Krieg. Wenn wir gegen den Spanier kämpfen, müssen wir kämpfen, bis wir gewinnen, egal, was es kostet und was dabei zerstört wird. Wenn Whitehall brennt, können wir es wieder aufbauen. Wenn Menschen sterben, werden andere bereit sein zum Kampf. Aber nur, wenn wir kämpfen, um zu gewinnen.«

»Water, antwortet mir aufrichtig. Können wir gegen Parma und seine Tercios gewinnen, jetzt?«

»Ja, Euer Majestät, das können wir. Er ist ein Mensch wie jeder andere. Aber nur, wenn Ihr uns führt, wenn Ihr das tut, was Ihr in Tilbury gesagt habt und gestern noch einmal in St. Paul, und unsere Kriegerkönigin seid. Wenn Ihr dazu nicht gewillt seid, Madam, dann lasst uns Zeit und viel Blut sparen und uns ergeben. Ich werde persönlich zu Parma hinunterreiten und ihm Eure Bedingungen überbringen, wenn Ihr es befehlt. Ich bin Euer Lehensmann, und ich werde es tun.«

Er starrte sie an, nicht tapfer, mehr als das. Als wäre sie ein Mann, und er hätte sie gerade zum Duell herausgefordert. Abgesehen davon, es hatte ihr gefallen, Kriegerkönigin genannt zu werden. Weshalb er, das wusste sie, den Satz gesagt hatte. Er verstand sie, und sie verstand ihn.

Gestern oder vorgestern hatte sie gedacht, sie sei es tatsächlich, hatte sie wie Ralegh geredet. Sie hatte sich aufs Pferd gesetzt und den weißen Samt und die silberne Halskette von Tilbury getragen, den juwelenbesetzten Dolch ihres Vaters am Gürtel, umringt von ihren jungen Männern in Rot. Die Ausrufer hatten sie angekündigt, die Menschen von London waren in großer Menge auf den Platz gekommen, entsetzt von den Gerüchten, von der Panik an der Königlichen Börse. Denn der König von Spanien hatte jetzt das Geschenk von einer Million Golddukaten ausgelöst, das der Papst für den Fall versprochen hatte, dass spanische Truppen in England Fuß fassen. Elisabeths Kredit war nichts mehr wert. Die reichen Händler von London waren mit so viel Reichtum, wie sie tragen konnten, zu ihren Schiffen geflohen.

Sie hatte auf der Kanzel im Predigtstuhl von St. Paul gestanden, wo nie zuvor eine Frau gestanden hatte, und sie hatte aus dem Stegreif zu ihrem Volk gesprochen, ihrer Stimme waren aus reiner Wut Flügel gewachsen. Sie hatte ihnen die ungeschminkte Wahrheit gesagt: Parma war gelandet, die ausgebildeten Truppen unter ihrem geliebten Earl würden ausziehen, um sie aufzuhalten und, wenn es Gottes Wille sei, würden sie das auch tun. Aber wenn er die Schlacht verlor, würde London fallen.

Nie würde sie die Atemlosigkeit vergessen, das tiefe innere Stöhnen. Nur die Tatsache, dass die Menschen sie kannten und wussten, dass sie die Menschen liebte, hatte die Masse schweigen und dableiben lassen.

Sie konnte sich nicht richtig erinnern, was sie gesagt hatte: Sie hatte dazu aufgerufen, ihr alles zu geben, was sie hatten, ihr Tafelbesteck, ihre Juwelen, ihr Geld. Behaltet eure Waffen, sagte sie, ihr werdet sie brauchen. Ich habe Mr David Becket das Kommando über die Nachhut gegeben, und wenn ihr mich liebt, folgt ihr seinen Befehlen. Diejenigen unter euch, die weggehen wollen und einen Ort haben, wo sie hingehen können, sammelt jedes Pferd, jeden Wagen, jeden Heuballen, jeden Scheffel Mehl, jede Herde auf den Feldern, nehmt alles mit nach Norden oder Westen. Sie hatte einen Moment Pause gemacht, von irgendwoher kamen Worte zu ihr.

»Seid sicher, Gott schaut auf uns und wird bei uns sein. Seid sicher, dass wir gegen den Spanier kämpfen werden, ich, Elisabeth, werde euer Anführer sein und ich werde selbst gegen ihn kämpfen. Wir werden ihn bekämpfen, wo er auch hingeht. Wir werden ihn am Mittag und um Mitternacht bekämpfen. Wenn er sich schlafen legt, werden wir ihn bekämpfen, und wenn er

aufwacht, um zu marschieren, werden wir ihn bekämpfen. Niemals werden wir aufgeben.«

Sie hatten gemurmelt, und aus dem Gemurmel wurde ein Jubelruf. Sie wartete, da es noch mehr zu sagen gab, und sie wurden still. Sie hatte gesagt: »Ich weiß, ich habe den Körper einer schwachen, anfälligen Frau, aber ich habe das Herz und den Magen eines Königs, und dazu eines englischen Königs …« Sie hatten sie mit einem weiteren Jubelruf unterbrochen, und sie hatte die Hand erhoben, um weiterreden zu können, die Wut schob ihr die Worte in den Mund. »Der stolze Parma soll den Tag bitterlichst bereuen, an dem er dieses, mein Reich von England betreten hat. Es soll sein Grab sein und das all seiner Soldaten. Denn ich bin Königin von Gottes Gnaden eines mächtigen und tapferen Volkes und wir werden siegen*!«*

Bei Gott, wie hatten sie gebrüllt und ihr zugejubelt, sie war geschüttelt worden von der Kraft der Liebe und der Wut, die sie von ihnen spürte, sie wäre fast davon hochgehoben worden. Die einfachen Menschen brachten ihr Wagenladungen mit Silber und Gold, Fässer voll Schmuck, ihre Söhne zum Kämpfen. Und zum Sterben.

Aber das war vorgestern, und jetzt schaute sie den Hügel hinab auf Ruin und Untergang. Parma vergewaltigte ihr Land.

Die rot gekleideten Männer ihrer Garde drängten sich um sie, so wenige, und sie schienen immer nervöser zu werden. Letztlich war ihr klar, dass sie vielleicht zu spät weggegangen war, dass Parma bei allen soldatischen Fähigkeiten von Mr Becket die schnellsten Reiter, die er finden konnte, hinter ihr herschicken würde, um sie gefangen zu nehmen. In den vergangenen drei Tagen hatte sie ihre Frauen und die älteren Höflinge mit dem Schiff nach Oxford geschickt, dazu alle verbliebenen Schätze und, Gott steh ihr bei, den Schatzmeister Lord Burghley, um in ihrer Abwesenheit das Kommando zu übernehmen. Wobei sie sicher wusste, dass er überhaupt nichts tun würde. Er schien ein gebrochener Mann zu sein, blinzelte und starrte vor sich hin, vollkommen geistesabwesend. Sollte er auch sein, der verräterische Bastard.

Ralegh starrte sie immer noch an. »Was sagt Ihr also, Euer Majestät?«, fragte er leise. »Sollen wir uns ergeben?«

»Ich hätte nie geglaubt, das von Euch zu hören.«

Ralegh machte etwas Außerordentliches. Er bewegte sein Pferd nahe genug an sie heran, um die Hand auf ihren Arm zu legen. Sie spürte das Gewicht, schwer, intimer, als sie es gewöhnt war, und sie erinnerte sich an ihre Jugend.

»Ich wünschte bei Gott, ich wäre zwanzig Jahre früher geboren worden«, flüsterte Ralegh, »denn dann hätte ich Euer König sein können und Parma wäre nie gelandet.«

Sie lächelte über diese unfassbare Anmaßung. »Seid Ihr so sicher, dass Ihr mein König geworden wärt?«

»Oh ja. Sehr sicher.« Ralegh hatte ihre Hofdamen umgekegelt wie zu aufwendig angezogene Puppen, vielleicht war er zu Recht so sicher. Er lächelte eher wie ein Wolf denn wie ein Liebhaber. »Was Leicester betrifft, hätte ich ihn wegen dir herausgefordert und, wenn es nötig gewesen wäre, auch getötet. Dich aber, Elisabeth, dich hätte ich in mein Bett mitgenommen.«

Er ging zu weit, viel, viel zu weit, wie so oft. Früher hätte sie ihn für weniger in den Tower schaffen lassen.

Aber die beiden anderen Männer, die sie je Elisabeth genannt hatten, waren tot: Einer wurde exekutiert, als sie fünfzehn war; der andere, Leicester, lag jetzt auf einem Feld in der Nähe von Dartford, vielleicht machten sich die Krähen schon über seine Augen her. Es sei denn, Parma hätte seinen Kopf auf einen Pfahl gesteckt, um sie damit zu erschrecken. Sie sagten, er sei gut gestorben, nach einem verheerenden militärischen Schachzug, der seine Männer zwischen den Spaniern und dem Fluss Dart in die Falle gehen ließ. Sie hatte gehört, dass die ausgebildeten Truppen von London vor den Musketen und der Ausrüstung der lombardischen Tercios davongelaufen waren und er gebrüllt hatte und mit seinem Schwert um sich geschlagen, um sie aufzuhalten, bis ihn eine gezielte Kugel vom Pferd geworfen und die wilde Flucht komplett gemacht hatte.

Leicester war im Gegensatz zu Ralegh ein dummer Mann gewesen.

Elisabeth lächelte den Captain ihrer Garde an. »Ich bin fünfundfünfzig und werde nie ein Kind haben. »Water«, sagte sie, immer noch leise, »warum glauben Sie denn, dass ich meinen

Lord of Leicester ausgeschickt habe, um gegen Parma zu kämpfen?«

»Ich dachte, Ihnen hat mein Rat nicht gefallen.«

»Euer militärischer Rat war der beste. Aber ich weiß mehr als das. Ich habe Leicester zum Sterben geschickt, damit er sicher zum Märtyrer wird, und um die Engländer aufzuwecken. Und er hat einen Tag für uns rausgeschlagen. Habt Ihr geglaubt, ich hätte ihn zu meinem kommandierenden General auserkoren? Guter Gott, Mann, da hätte ich noch eher Will Kemp genommen. Nun, wollt Ihr mein General sein?«

Seine Augen verdunkelten sich, und seine Hand auf ihrem Arm packte so fest zu, dass es wehtat. »Ja, Elisabeth.«

»Auch ich verstehe die Gesetze im Kriegsland«, sagte sie, als sie sich losmachte und ihr Pferd von der verlorenen Welt Londons abwendete. Dann zog sie die Zügel an und drehte sich noch mal um, warf einen letzten Blick dorthin.

Weiß Gott, ich werde Parmas Eingeweide kriegen. Er soll von einer einfachen Ketzerfrau besiegt werden, und jeder Spanier in diesem meinem gesegneten Land soll sterben.

Ralegh sah hin, besorgt. Die Männer ihrer Garde schauten auch, die Augen aufgerissen vor Furcht, die keiner von ihnen zugeben konnte. Ah, sie waren ängstlich, ihre Lippen hatten sich zu einem unbeherrschten und entstellenden Fletschen von den Zähnen zurückgezogen.

Elisabeth streifte den linken Handschuh ab und hielt ihn hoch, so dass sie ihn sehen konnten, dann warf sie ihn den Abhang hinab Richtung London. Die Herausforderung ließ sie alle blinzeln.

Am Morgen saß Becket am Fenster, hielt sich den Kopf und starrte auf die vielen Menschen, die in der Gray Inn's Lane unterwegs waren zu den Höfen, Feldern und Marktgärten, wo sie arbeiteten. Es war ganz sicher, er war verrückt. Solche Träume zu haben, im Schlaf zu glauben, er sei die Königin – na ja, vielleicht fanden manche das komisch, er aber nicht. Er hätte gern mit seinem Freund Simon darüber geredet, der hätte vielleicht eine einleuchtende Erklärung für ihn, aus Kabbala und Euklid abgeleitet ohne Zweifel und mit einem kleinen Anteil Lukrez.

Gott sei Dank verblasste jetzt einiges davon. Er konzentrierte sich jetzt wieder auf seine alten Sorgen wegen der Wirkung der verschiedenen Berichte, die er überbracht hatte: Burghleys Idiotie und Verschlagenheit, immer noch Feldzeug über den Kanal zu verkaufen; die Botschaft von Piers Lammett; der Tod von Van Groenig, dem Kartenzeichner. Angst hockte in seiner Magengrube wie eine fette hässliche Kröte, die sich weigerte, zu verschwinden. Alles, was er tat, erforderte doppelte Anstrengung, nicht nur wegen der Müdigkeit und des Branntweins, sondern wegen des Gefühls, dass alles völlig hoffnungslos ist. Ein Prophet zu werden, die Welt zu sehen, wie sie sein könnte, in Feuer und Blut, wenn Parma gelandet war ... Warum? Warum hatte er solche Träume und nicht die Königin selbst, um Christi willen, warum konnte nicht sie an seiner Stelle diesen Mist haben? Er musste sich schon mit genug Dingen herumschlagen, um einfach zu leben. Das Letzte, was er wollte, war nachts ein Leben als Königin von England zu führen oder das ihres beschissenen Captains. Obwohl er schon glaubte, dass er in so einem Amt gut was bewegen könnte, aber trotzdem ...

Er rieb sich die Augen, stöhnte und schüttete sich den ersten Branntwein des Tages in die Kehle. Eine halbe Stunde später saß er mit seinem Bruder am Tisch, kaute fades Fladenbrot und Käse zum Frühstück. Ein Junge brachte einen Brief für ihn. Philip versuchte, sich locker darüber zu unterhalten, ob man an der Südwand des Hauses Aprikosenbäume anpflanzen könne, und dass Eleanor dazu entschlossen sei, wenn er nur die Pflanzen bekäme, und er habe gehört, dass Lord Burghley ...

Dr. Nunez hatte sie zum Mittagessen eingeladen. Wie die meisten Dinge erfüllte ihn die Einladung mit Vorahnungen, aber Philip war erfreut und fühlte sich geehrt, zum Tisch des Leibarztes vom Earl of Leicester gebeten zu werden. Den Morgen verbrachten sie mit einer Besichtigung von Beckets Besitz in Hanging Sword Court, und Philips Rechtsanwalt Peregrine Howard murmelte, er habe von einem der höchsten Höflinge Elisabeths gehört, dass er interessiert sei, den Besitz zu erwerben, wenn man sich auf den Preis einigen könne ... Dann schlenderten sie durch Cheapside, an den Schaufenstern der Goldschmiede vorbei, und Becket kämpfte gegen seine gespenstischen Vorstellungen von spanischen Truppen, die triumphierend mitten auf der Straße marschieren. Philip war von allem entzückt, wie immer.

Sobald sie das Haus von Nunez in Poor Jewry betraten, wussten sie beide, dass sich irgendeine Katastrophe ereignet hatte. Leonora Nunez hatte offensichtlich geweint, die Bediensteten liefen mit betretenen Gesichtern herum, und als Dr. Nunez sie begrüßen kam, war sein Gesicht so verhärmt, als hätte er seit einer Woche nicht mehr richtig geschlafen.

Becket nahm seine Hand. »Was ist passiert, Doktor?«, fragte er leise und eindringlich.

»Es geht um Simon«, sagte Nunez einfach. »Wir haben endlich Nachricht von ihm.«

»Nicht schiffbrüchig?«

Nunez schüttelte den Kopf. »Schlimmer als Schiffbruch«, sagte er.

Was war schlimmer als das? Becket wollte gerade fragen, als Nunez Philip bemerkte und sich zusammennahm, vorgestellt wurde, sie verbeugten sich voreinander, und Philip schaute sich weiter um, wunderte sich über den Reichtum des Hauses und seine kaum greifbare fremdländische Atmosphäre. Das kam nicht nur von den kompliziert gemusterten türkischen Wandteppichen und dem goldenen und silbernen Gerät überall und den fein gekachelten Böden ohne jedes Stäubchen drauf, sogar der Geruch war irgendwie fremdartig. Er versuchte, seine Verwunderung so gut wie möglich zu verbergen, und war beinahe genauso beeindruckt, wie vertraut Becket mit dem ehrwürdigen Doktor zu sein schien.

Nunez führte sie in ein Wohnzimmer, wo eine ganz in Schwarz gekleidete Frau saß, das Gesicht von einem schwarzen Schleier bedeckt, und neben ihr stand eine außergewöhnlich große Negerin, aufgerichtet so groß wie Becket selbst, in einem gelbbraunen Männeranzug, dessen Wams unter dem Druck ihrer fantastischen Brüste offen stand, einen Männerhut mit einer Feder auf ihrem Wollkopf und ein durchaus einsatzbereites Kurzschwert im Gürtel. Sie hatte die Arme verschränkt und erwiderte ihre starren Blicke, als fände sie das amüsant. Philip fiel die Kinnlade herab, und es war ihm etwas weniger peinlich, weil Becket ebenfalls glotzte.

»Gentlemen, darf ich Ihnen Mrs Rebecca Anriques vorstellen, die Frau meines Neffen.«

Becket machte den Mund wieder zu und setzte sich schwerfällig an den Wohnzimmertisch, stützte die Arme auf die fein verzierte, rosagraue Seidendecke, verschränkte die Finger. Simons Frau war offensichtlich in Trauer. Nunez seufzte und setzte sich gegenüber, Philip zog einen Stuhl heran.

»Mr Becket … ich möchte am Anfang beginnen«, sagte Dr. Nunez traurig. »Ende des vergangenen Sommers fuhr mein Neffe Simon an die Sklavenküste, mit Eisen, Stoffen und einigen Kanonen, und kaufte dort Sklaven.«

Überhaupt keine Bewegung bei der Negerin, obwohl sie höchstwahrscheinlich von dort stammte. Philip hatte die größten Schwierigkeiten, seine Augen von einer Frau zu lassen, die Hosen trug wie ein Mann, aber Becket widmete seine Aufmerksamkeit dem Doktor.

»Von dort fuhr er nach Cartagena in Neuspanien und lud Zucker. Daraufhin, nach Weihnachten, fuhr er nach Lissabon. Und in Lissabon –«

»Hat ihn die Inquisition verhaftet?«, unterbrach Becket tonlos. Der Doktor nickte.

Eine kurze, müde Stille entstand, in der Philip von einem zum anderen schaute und so ernst wie sie zu sein versuchte und die ganze Zeit dachte, wie seltsam, nur ein paar Tage von Middleton weg zu sein und über die Inquisition zu reden, über Neuspanien, die Negerin in Männerhosen anzuschauen …

»Können wir etwas tun?«, fragte Becket. »Kann er ausgelöst werden?«

»Unter normalen Umständen, ja«, sagte Nunez, »mit Hilfe der Königin, zu der sie selbstverständlich bereit wäre.«

»Selbstverständlich.«

»Es ist möglich, dass sie ihn nach dem Verhör dem säkularen Arm übergeben, und jetzt in Kriegszeiten könnte er zu Zwangsarbeit verurteilt werden, und da könnte er vielleicht …«

Becket lehnte sich zurück, zutiefst entsetzt. Unbewusst rieb er die Narben an seinen Handgelenken. Simon, mit seinen Armen wie Schilfrohr und seinen Beinen wie Weidenzweige, gefoltert, zu Schwerarbeit verurteilt? Unmöglich. Das würde ihn mit Sicherheit umbringen. Wahrscheinlich schon passiert.

»Oh Doktor. Mrs Ames … ääh .. Anriques.« Er wusste nicht, was er sagen sollte, wie er dem Schmerz in seinem Herzen Ausdruck verleihen konnte. Der arme Simon. Er war tapfer, viel zäher, als es den Anschein hatte, Jesus, das würde so hart für ihn sein. Er wandte sich an die verschleierte Frau. »Gnädige Frau, wenn es irgendetwas gibt, was ich … wenn ich Euch dienen kann …« Er hielt inne, schluckte schwer, sprach fester. »Wenn Euer Ehemann nicht gewesen wäre, Mrs Anriques, wäre ich letztes Jahr gestorben. Ich bin sicher, Dr. Nunez weiß in solchen Angelegenheiten viel besser Bescheid als ich, aber wenn es irgendeinen Dienst gibt, den ich Euch erweisen kann, sagt es bitte.«

Mrs Anriques nickte anmutig mit dem Kopf. »Danke, Mr Becket«, sagte sie und ihre Stimme war ganz ruhig. »Mein Ehemann hat oft von Euch gesprochen, von seiner Achtung für Euren Mut und Eure Fähigkeiten und seiner Freude an Eurer Freundschaft. Ich bin sicher, dass Ihr mir helfen könnt.«

»Wie?«

»Vielleicht sollten wir warten«, sagte Nunez mit warnendem Unterton.

»Was habt Ihr vor, Doktor?«

»Nicht ich, ich habe mir nichts davon ausgedacht, tatsächlich halte ich sehr wenig von dem Plan, aber … nein. Ich möchte warten, bis ich Eure Entscheidung gehört habe. Die gnädige Frau de Paris wird hierher kommen, um Euch zu einem Treffen zu bringen.«

»Thomasina?« Becket lächelte. »Und wie geht es ihr?«

»Wie gewöhnlich. Sie scheint überhaupt nicht älter zu werden. Ich würde was drum geben, wenn ich wüsste, ob sie je ihre Menstruation hatte, aber …«

Das war entschieden ein Themenwechsel, und Becket folgte ihm. Philip wollte seinen Ohren nicht trauen bei so einer Unterhaltung. Das Ganze war unvorstellbar seltsam. Er würde heute Abend zwei Penny für Papier ausgeben und einen sehr langen Brief an Eleanor schreiben. Grundgütiger Gott, er hatte niemals zuvor auch nur einen Neger gesehen, und jetzt stand hier einer so nah, dass er ihn berühren könnte, und dazu noch eine Frau, die sich wie ein Mann kleidete. Waren die Schwarzen anders herum? Vielleicht waren bei ihnen die Männer die Schwachen und Zarten, und ihre Frauen kämpften? Mit Sicherheit wollte Philip, wenn er sie so anschaute, lieber nicht mit der Negerin kämpfen. Sprach sie englisch? Konnte sie reden? Hatte sie einen Schwanz? Was dachte sie, während sie da unbeweglich mit verschränkten Armen neben ihrer Herrin stand?

Er starrte so ungeniert wie ein kleiner Junge, der nicht weiß, was er tut, bis die Negerin seinen Blick auffing und ihm zuzwinkerte.

Er lief an wie Rote Beete und schaute weg. Mistress Nunez kam und setzte sich zu ihnen, gefolgt von Dienern, die Silbergeschirr mit köstlich riechenden Speisen trugen, Lamm in Safran, gepökeltes Rindfleisch mit Senfsoße, Eintopf und kleine Pasteten mit Frischkäse. Auch der Wein war exzellent. Philip konzentrierte sich so gut es ging aufs Essen und Trinken, während die Unterhaltung auf mögliche Einzelheiten des spanischen Unternehmens gegen England kam und die Damen leise in einer fremden Sprache redeten, von der Philip annahm, dass es Portugiesisch war.

Nunez hatte ein neues Buch, das er Becket zeigen wollte, und als Philip es sich auch ansah, bemerkte er, dass es ausländisch war. Becket konnte es lesen und sagte, es sei vom König von Spanien veröffentlicht worden, um die Engländer einzuschüchtern. Es war ein Bericht über die Zusammensetzung der Unbezwingbaren Armada; Verzeichnisse von Schiffen und ihrer Tonnage, dazu Bewaffnung und Besatzung.

Becket blätterte die Seiten rasch um, grunzte in seinen Bart. »Einhundertundfünfzig Schiffe, die Galeeren mit einbezogen, denn die werden sinken. Die müssen jeden Bootsrumpf in Spanien und Portugal zusammengekratzt haben. Sie haben wie wir anscheinend zu wenig Feldzeug«, sagte er. »Und schaut Euch all die Soldaten an, mit denen sie prahlen. Die werden Schwierigkeiten haben, für so viele Leute Wasser zu finden.«

»Neulich haben wir erfahren, dass der Herzog von Parma die Rheinmündung eingenommen hat, und es ist wahr, Admiral Santa Cruz starb im letzten Monat.«

»Ist das wahr?« Becket stieß ein grimmiges Lachen aus. »Ach, das ist wunderbar. Die beste Nachricht, die ich seit langer Zeit gehört habe. Wer wird das Kommando übernehmen?«

»Ich könnte mir vorstellen, dass der Herzog von Medina Sidonia als einziger Grande das nötige Alter und die nötige Erfahrung hat, falls sie ihn überreden können, das Amt zu übernehmen. Er soll sehr schüchtern sein.«

»Medina Sidonia.« Becket schaute betroffen. »Verdammt.«

»Warum? Was habt Ihr von ihm gehört?«

Becket schüttelte den Kopf. »Es kann sein, dass er gar nicht so schüchtern ist. Und Parma hat Sluys.«

»Er hat Kanäle für die Schaluppen bauen lassen. Gleichzeitig erzählt mir mein Lord Burghley, er sei sich ganz sicher, dass all das einfach nur die Königin zur Räson bringen soll.«

Becket lachte grimmig. »Oh ja, kein Zweifel. Er hofft, dass er nicht die Wahl treffen muss, die Messe zu hören oder verbrannt zu werden.«

»Also seid Ihr ganz zuversichtlich, dass sie es ernst meinen?«

»Was? Dass der König von Spanien die Absicht hat zu landen? Oh ja. Bei den Kosten, den Männern, dem Prestige ... Parma wird dabei ein Jahr in seinem Kampf gegen die Niederländer verloren haben. Glaubt mir. Sie wollen uns einnehmen.«

»Das hatte ich auch gedacht, aber mein Lord Burghley hat eine große Überredungsgabe.«

»Hört nicht auf den alten Ziegenbock, hört auf Ralegh. Das ist ein Mann, der den Krieg kennt.«

Philip war schockiert, wie respektlos hier über die Räte der Königin geklatscht wurde.

Nunez fingerte an seinem gekräuselten Bart herum und nickte. »Ralegh ist heiß darauf, in See zu stechen.«

»Sie wird ihn nicht lassen.«

Philip bemerkte, dass ein wohlgekleidetes Kind in den Raum gekommen war, aber statt darauf zu warten, dass man sie bemerkte, oder vor den Erwachsenen zu knicksen, schritt sie direkt auf Nunez zu und klopfte ihm auf die Schulter.

Und Nunez machte eine Verbeugung vor ihr, die sie gelassen erwiderte, um dann Becket anzulächeln, der ihre Hand küsste, als wäre sie eine Lady.

Philip rieb sich die Augen und versuchte, nicht wieder zu starren. Becket grinste und stellte sie vor. »Mistress Thomasina de Paris, die Närrin der Königin.«

War sie …? Gütiger Gott, war sie eine *Muliercula,* eine Zwergenfrau? Philip hatte von so etwas gehört, aber nie eine gesehen. Ja, sie hatte leichte Krähenfüße an den Augen, Falten zwischen den Augenbrauen. Sie war höflich, weigerte sich aber, sich zu ihnen zu setzen und nahm stattdessen Becket, Mrs Ames und ihre Negerin mit und ließ Philip sehr allein mit all den seltsamen Ausländern, die Freunde seines Bruders waren, die durchaus entgegenkommend versuchten, mit ihm zu reden, aber sie waren ihm so außerordentlich fremd, dass er nicht wusste, was er sagen sollte.

Schließlich entschuldigte er sich, und da Becket nicht zurückgekehrt war, schickten sie einen Jungen mit, der ihm den Weg zurück zu den Inns of Court zeigen sollte. Und als er dort ankam, fand er eine Nachricht für einen Mr Becket, sehr dringend. Natürlich machte er sie auf und entnahm ihr nur die besten Wünsche von Mr Pickering, und der Mann, den Mr Becket suche, verlasse heute Abend mit der Ebbe den Hafen von London, er reise mit der *Fortune of Lubeck.*

Der Marstall der Königin war ein allein stehendes, solides Steingebäude am hinteren Ende der belebten Ställe in Charing Cross, die dem Hof dienten und alle Boten der Königin mit Pferden versorgten. Thomasina hatte sie über eine Seitenstraße hergebracht, die an den rauchenden Brennöfen im alten Hof von Scotland Yard vorbeiführte, und sich mit Mrs Anriques eine Sänfte geteilt und sich immer wieder herausgelehnt, um den schwitzenden Trägern Anweisungen zu geben. Die Negerin schritt leichtfüßig und leise hinter der Sänfte her.

An der Hintertür öffnete ein schweigender Mann in Grün, Thomasina sprang heraus und Mrs Ames erhielt Hilfe von ihrer Frau. Dann gingen sie durch die inneren Höfe, stiegen eine Treppe hinauf und warteten in einem Raum, der wie ein Hühnerstall roch, blind beobachtet von Reihen von Jagdvögeln, die mit und ohne Hauben auf ihren Stangen saßen und mit den Glöckchen an ihren Krallen klingelten.

Man hörte Schritte, Unterhaltung und Gelächter, und Becket spürte plötzlich die schwarze, hässliche Kröte in seinem Bauch, die ihn drängte zu gehen, sofort zu gehen, das war die letzte Gelegenheit.

»Wen treffen wir, Thomasina?«, fragte er noch einmal.

»Pssst!«, sagte sie schelmisch und zu Scherzen aufgelegt. »Was glaubt Ihr?«

Eine schreckliche Vermutung stieg in ihm auf. »Was? Warum zum Teufel habt Ihr mir das nicht gesagt? Ich hätte wenigstens das Hemd wechseln können.«

»Ach was«, sagte Thomasina grinsend. »Warum glaubt Ihr, dass ich den Marstall vorgeschlagen habe, Becket? Ich kenne Euch doch.«

Becket warf ihr einen Blick zu, der um so abschätziger war, weil sie vollkommen Recht hatte.

Er war der Frau nie zuvor begegnet, die jetzt locker durch die Tür geschlendert kam, in einem waldgrünen Jagdkleid mit einem Wamsmieder und Jagdszenen auf der angetäuschten Vorderseite eines Petticoats, ein kleines Geflecht aus Perlen, Smaragden und Brillanten leuchtete aus ihrer rot gelockten Perücke und sorgte dafür, dass die Falken ohne Hauben in ihrer Nähe sie mit nachdenklicher Gier anschauten. Sie stützte sich auf den Arm eines jungen Mannes mit kastanienbraunem Haar, der ebenfalls grün gekleidet war und im Gesicht eine gewisse Ähnlichkeit mit ihr hatte, und der Königliche Falkner führte sie herum und sang das Loblied auf die neuen Hauben im französischen Stil.

Becket fiel auf die Knie, sein Herz donnerte, und er versuchte, nicht an all das zu denken, was er über diese Frau wusste, wofür sie ihn köpfen lassen würde, statt ihn weiteratmen zu lassen.

Christus! Ich habe immer noch den Hut auf, dachte er plötzlich und riss seinen Hut vom Kopf und wünschte sich inständig, er wäre in letzter Zeit mal zu einem Barbier gegangen, fragte sich, ob er aufstehen, näher treten, bleiben sollte, wo er war ... Er wollte nie die Königin treffen, verdammt! Was hatte sich Thomasina dabei gedacht? Er war kein duftender, aufgedonnerter Höfling wie der Wie-heißt-er-noch-gleich da drüben, der ihr galant den Arm hinhielt. Dabei fiel ihm ein, hatte er nicht dem Jungen das Fechten beigebracht? Ja genau. Tatsächlich war er gar nicht schlecht: Jähzornig, neigt dazu anzugreifen, ohne zu denken, aber schnellfüßig und umsichtig im Kampf. Robert irgendwas ... Robert Carey. Einer der vielen Söhne von Lord Chamberlain Hunsdon. Unangenehme Erinnerungen stiegen hoch. Careys Name war in seinen Träumen vorgekommen.

Und hatte er sein rechtes Knie gerade in Vogelscheiße getaucht?

Die Königin lächelte Carey an. »Nun, Robin«, sagte sie, »tut, was ich Euch gesagt habe.«

Eine Augenbraue hochgezogen, eskortierte der Höfling den Königlichen Falkner zur Tür und hinaus, bevor der Mann auch nur die Gelegenheit zum Protest hatte. Dann verbeugte er sich, verließ rückwärts den Raum und schloss die Tür hinter sich. Einer der Vögel flatterte heftig, blinzelte aufgeregt nach dem glänzenden Zeug auf dem Kopf der Königin. Sie waren allein mit der Königin von England.

Thomasina knickste. »Euer Majestät«, sagte sie, »darf ich Euch Mr David Becket vorstellen, in Diensten des Herrn Sekretärs Walsingham. Mrs Anriques kennt Ihr ja selbstverständlich schon.«

Die Königin kam raschelnd nach vorn, und Becket schaute auf das spitze Ende ihres Bauchgürtels, an dem ein Fächer hing und ein emailliertes Schmuckstück von einem weißen Hirschen. Wo war denn der juwelenbesetzte Dolch? Oh nein, das war ja kein Traum. Er schluckte schwer, die Kehle völlig ausgetrocknet, und der erstickende Gestank der Vögel half auch nicht. Eine lange, weiße Hand mit schweren Ringen daran erschien in seinem Blickfeld, und er besann sich gerade noch auf seine Manieren, nahm und küsste sie.

»Um Himmels willen, Mann, steht auf. Da unten kann kein Mensch denken. Kommt, steht auf.«

Er stellte sich auf die Füße und hätte verzweifelt gern das Knie abgeputzt, das weiß beschmiert war.

»Gebt mir Eure Hände.« Ein längeres Zögern, dieser Satz hatte immer noch die Macht, ihm den Magen zu verkrampfen, seinen Nacken zu vereisen. Schließlich tat er es, legte sie in ihre langen, weißen Finger, als würde er auf die alte Art Treue schwören. Sie hielt seine Pranken leicht fest, nur mit den Spitzen ihrer langen, kalten Finger, drehte sie um, wie eine Mutter, die nach dreckigen Nägeln schaut (die hatte er, wo sie nicht bis auf die Haut abgenagt waren), schob seine schmutzigen Spitzenmanschetten zurück. Sie hielt inne, sog beim Anblick der Narben auf seinen Handgelenken heftig die Luft ein. Ihm fiel ein, dass sie wahrscheinlich niemals die Ergebnisse der Arbeit ihrer Bediensteten gesehen hatte. Bei Gott, er würde sein Hemd lieber anbehalten, sie könnte sofort in Ohnmacht fallen. Wenigstens war das einer jungen Hure passiert, und die älteren hatten das sehr komisch gefunden.

»Habt Ihr Euch von Eurem Aufenthalt im Tower wieder erholt?«

»Ah ... ja, Euer Majestät.«

»Wirklich?«

»Lügt sie nicht an«, fauchte Thomasina an seinem Ellbogen und stellte sich auf die Zehenspitzen.

»Ääh ... nein, Euer Majestät.«

Sie wartete schweigend, dass er weiterredete, und hielt immer noch seine Hände in ihren. Er kämpfte mit einem dicken Kloß im Hals.

»Mein Rücken ist steif, und hin und wieder bekomme ich es in den Schultern, und meine linke Schulter wurde ausgerenkt, als ich vergangenen Monat vom Pferd fiel ...« Es hatte unglaublich wehgetan, und er war sicher davon ausgegangen, dass sie gebrochen war, bis er es zur nächsten Stadt geschafft und einen Pferdedoktor gefunden hatte, der mit Hilfe von ein paar Gurten und einem Knie sein Gelenk wieder eingerenkt hatte, und der Schmerz war stetig angeschwollen und hatte einer so plötzlichen Erleichterung Platz gemacht, dass er beinahe in Ohnmacht gefallen war.

Sie hörte ihm immer noch zu, den Kopf leicht zur Seite geneigt, und die hängenden Brillanten an ihrem Kopfschmuck zitterten. Er schluckte.

»... aber am schlimmsten ist es mit dem Zupacken. Das andere ist nur natürlich. Aber ich kann kein Schwert mehr halten, obwohl ich wenigstens wieder eine Faust machen kann ...«

Sie schaute plötzlich hinunter, und er bemerkte, dass er ohne jede Absicht genau das getan hatte.

»Mr Becket«, sagte die Königin leise, »das wurde Euch in Unserem Namen und im Namen Unserer Politik angetan, zu Unserem anhaltenden Bedauern und Kummer. Zu *meinem* Bedauern und Kummer. Wir haben, wie Ihr wisst, den Mann bestraft, der Euch so misshandelt hat, Davison, und wir haben dafür gesorgt, dass Ihr nicht noch mal Opfer eines solchen Fehlers werdet.«

Becket zog blinzelnd den Kopf ein, dachte, dass Entschuldigungen, sogar königliche Entschuldigungen, schön und gut waren. Sie heilten aber keine lädierte Hand.

»Seid versichert, dass wir tief in Eurer Schuld stehen, Mr Becket, und Fürsten sagen so etwas nicht leicht dahin.«

Zum ersten Mal hob Becket seinen struppigen Kopf und starrte ihr direkt in die Augen. Ja, bei Gott, Madam, dachte er, Ihr *seid* in meiner Schuld. Also, was für ein dramatisches Stück Heldentum habt Ihr im Kopf, mit dem Ihr mich sicher umbringen könnt?

»Schließlich«, sagte die Königin in leichterem Ton, »haben Wir Uns noch nicht persönlich für Eure Bemühungen um Uns im vergangenen Jahr bedankt.«

»Euer Majestät ...« Becket versuchte, etwas zu sagen und hatte sich gerade zu einer angemessen bescheidenen Bemerkung durchgerungen, als die Königin weiterredete.

»Wir sind auch sehr erfreut über Eure Diskretion in allen Staatsangelegenheiten.«

Ja, da war ein ganz kleiner Hinweis auf die Betonung des Wortes »allen«, weshalb Becket beschloss, jetzt nichts zu sagen, bis sie ihm eine direkte Frage stellen würde.

»Mr Becket, Wir haben keinen so großen Andrang von fähigen Bediensteten, dass wir es Uns erlauben könnten, Eure Fähigkeiten zu missachten. Wir haben deshalb ein Geschenk aus den Mitteln des Kronschatzes genehmigt, um Euch den Ernst unserer Dankbarkeit zu zeigen, von Ländereien im Wert von hundert Pfund im Jahr.«

Jetzt musste er etwas sagen. »Euer Majestät sind sehr freundlich und großzügig«, stammelte er, verblüfft, wie sich das Glück wenden konnte. Damit und mit den Mieten aus dem Besitz von Whitefriars würde er reich sein, und er konnte sich die Kartenspiele bei Pickering sparen. Und natürlich den Schnaps und die Frauen.

»Thomasina wird sich darum kümmern. Nun, das ist ein Geschenk für Leistungen, die bereits in Unserem Dienst erbracht worden sind. Nicht zu reden von dem, was Ihr für mich persönlich getan habt.« Sie machte eine bedeutungsvolle Pause. »Ich weiß, dass Ihr in meinem Dienst schmerzhaft verletzt worden seid, und deshalb will ich Euch nichts befehlen. Aber wenn Ihr Euch dazu imstande fühlt, haben wir einen weiteren Auftrag für Euch, Mr Becket.«

Hier kommt's, sagte die schwarze Kröte in Beckets Bauch, hier kommt die Sache, die dich umbringt. Und du hättest ein Lord werden können.

Sie ließ seine Hände los, trat etwas zurück. Er überragte sie weit, da sie auch für eine Frau nur mittelgroß war. Sie lächelte zu ihm auf, ein höchst charmantes Lächeln, obwohl sie bestimmt über fünfzig war und braune Zähne hatte.

Becket lächelte unwillkürlich zurück, gefangen vom schelmischen Glanz in ihren schönen Augen. Ungebeten kam ihm der Gedanke, dass jeder Mann im Königreich ein Feigling gewesen sein muss, sie in ihrer Jugend ungebettet und unverheiratet ziehen zu lassen. Nun, zumindest unverheiratet.

»Kommt«, sagte sie, und er stellte fest, dass sie seinen Arm genommen hatte und ihn an den aufgereihten Falken vorbei zum anderen Ende des Raums führte, und die beiden anderen Frauen folgten schweigend. Thomasina trottete mit, ihr ältlich junges Gesicht war unbewegt.

Am Ende des Raums konnten sich die Falken nicht einigen, wen sie beobachten sollten, die Frau mit dem interessanten glänzenden Zeug oder die Kleine mit dem glänzenden Zeug oder den großen Mann. Die beiden anderen Frauen waren uninteressant. Keine hatte Futter dabei, und so beschlossen die meisten Vögel, sorgfältig die Tür zu beobachten und Ausschau zu halten nach ihrem Freund und Futterknecht, dem Falkner.

In der Ecke, bei einem Regal, das mit fein gearbeiteten kleinen Lederhauben gefüllt war, die alle an einem Haken mit dem Namen des Vogels hingen, wandte sich die Königin an Becket. »Ich nehme an, Ihr seid zurzeit Sekretär beim Feldzeug.«

»Ja, Euer Majestät.«

»Ich habe Eure Nachricht über meinen Lord Burghley aus der einen Quelle erhalten, aber nicht aus der anderen, was ich interessant, wenn auch nicht überraschend finde.«

Becket nickte zynisch. »Jawohl«, sagte er, »ich dachte mir, dass Euch das amüsieren würde ... Majestät.«

»Nun, das hat es. Und mir gefällt Euer Hintergedanke. Die andere Nachricht ... Ich weiß nicht, wie viel Glauben ich ihr schenken soll. Dieser Mann namens ›Smith‹ – ist das ein Freund von Euch?«

»So könnte man sagen, Euer Majestät. Ich bin ihm einmal begegnet, als ich Sir Philip Sidney diente. Ich glaube, sein richtiger Name ist Lammett, der Sohn eines alten Freundes meines Vaters. Nur um es vorwegzunehmen, er ist katholisch, aber er ist vor allem Engländer. Er war der Erste, der mich vor einem ... vor dem hinterhältigen Anschlag auf Euch gewarnt hat.«

»Ah.« In dieser Silbe lag eine Welt kalter Erinnerung und ebenso eine Warnung.

Becket verlagerte das Gewicht seiner Füße und fragte sich, wie sie ihn nur durch ihren Blick zum Schwitzen bringen konnte. Und es lag nicht nur an ihrer königlichen Macht, es lag an ihren Augen. Er blickte zu Boden.

»Vielleicht sollten wir also auf ihn hören?«, sagte sie.

»Ich denke schon, von der Vagheit mal abgesehen. Der dritte Teil von Parmas Plan ein Wunder der Schönheit? Das bringt nicht viel.«

»Könnte es etwas mit den vier Galeassen zu tun haben, die Mr Ames für mich untersucht hat?«

»Selbstverständlich. Alles könnte damit zu tun haben.«

»Wofür würdet Ihr eine Galeasse benützen?«

»Ich weiß es nicht, Majestät, ich habe nie eine gesehen. Und Ames ist auf jeden Fall ... ist verloren.«

Ihre Lippen pressten sich zusammen. »Ich habe es gehört. Nun, Mr Becket, der Dienst, um den ich Euch bitte, ist nicht leichter und nicht sicherer als der von Ames, fürchte ich, obwohl es Euch Gelegenheit geben wird herauszufinden, was ihm zugestoßen ist.«

Indem ich selbst in die Klauen der Inquisition gelange, zweifellos, Madam, dachte Becket, sagte es aber nicht.

»Wir schlagen vor, noch mehr in Eure Schuld zu treten, in einer höchst dringlichen Angelegenheit, die an die Sicherheit des Königreichs rührt. Es könnte sein, dass Wir, wenn alles gut geht, Euch möglicherweise nicht nur das Leben verdanken, nicht nur Unseren Ruf, sondern auch den Thron.« Sie betonte genussvoll ihre förmlichen Worte, freute sich wie ein Dichter, dann beugte sie sich vor: »Um ganz offen zu sein, Mr Becket, Ihr könntet dabei sterben oder verhaftet werden, fürchte ich.«

Das fürchte ich auch, Madam, Ihr habt keine Ahnung, wie ich das fürchte. Die schwarze Kröte war zufrieden, sie hatte Recht gehabt, ihre düsteren Vorhersagen waren eingetreten.

Sie blickte schnell zu Rebecca rüber, die immer noch dastand, die Hände gefaltet, überragt von ihrer schwarzen Frau. »Soll ich Mr Becket Euren Plan erklären, Mrs Anriques?«

Simons Witwe knickste. »Würdet Ihr das bitte tun, Euer Majestät. Ich bin nicht gut im Erklären.«

Becket hörte zu und traute seinen Ohren nicht ganz, als die Königin den verrückten, hirnrissigen Plan vor ihm ausbreitete, den sie sich ausgedacht hatte.

Rebecca hatte vorgeschlagen, dass sie, um ihren Ehemann zu suchen, auf einem Frachtschiff nach Lissabon fahren würde, vielleicht mit Käse oder Leder oder Seilen beladen, wegen der Glaubwürdigkeit. Im Hafen angekommen, würde es zweifellos beschlagnahmt werden, aber sie wäre wenigstens in Spanien, dem Ort, an dem sie ihren Ehemann zuletzt gesehen hatte, und mit Hilfe wichtiger Namen und ihres Geldes würde sie ihn vielleicht finden.

Aber die Königin hatte diesen kleinen Plan genommen und ein richtiges Trojanisches Pferd daraus gemacht.

»Kanonen?«, fragte Becket mit großer Anstrengung, verletzte die Etikette, indem er die Königin unterbrach, aber er musste sicherstellen, dass er richtig gehört hatte. »Ihr wollt, dass ich den Spaniern Kanonen bringe und sie im Kanonenschießen unterweise?«

»Ja, Mr Becket«, sagte die Königin.

»Aber … werden sie fehlerhaft sein?«

»Manche vielleicht, die meisten nicht. Sie sind von den Spaniern bereits gekauft und bezahlt worden, wie Ihr wisst, also werden sie erwartet.«

»Aber –«

»Mr Becket, hört mich zu Ende an!«, fiel die Königin ein, und Becket schwieg wieder, starrte auf den Boden. »Ihr werdet das Schiff von Mrs Anriques nehmen, beladen mit den Kanonen aus der letzten Lieferung, aber selbstverständlich kein Pulver, denn davon haben wir sehr wenig. Kanonen sind nicht unser größtes Problem, Mr Becket. Auch wenn Drake immer jammert, stellen wir mehr her als die Spanier, die Franzmänner und die Butterfresser zusammen. Uns fehlen Pulver und Kugeln, hauptsächlich Pulver. Jedenfalls werdet Ihr die kleineren Waffen mit weniger Feuerkraft nehmen. Wenn Ihr die Kanonen an den Herzog von Medina Sidonia übergeben habt, sollt Ihr, Mr Becket, alles nur erdenklich Mögliche tun, um die Wahrheit über diesen dritten Teil des Plans herauszufinden, dieses so genannte Wunder der Schönheit.«

Becket fiel der Kinnladen herunter. Er versuchte, Luft zu holen. »Sie wollen, dass *ich* mich der Armada anschließe?«

»Ja, Mr Becket. Aus zwei ausgezeichneten Gründen. Erstens, um ihre Kanoniere und ihr Feldzeug durcheinander zu bringen, und zweitens, damit Ihr etwas über das Wunder der Schönheit herausfinden könnt, und wenn Ihr es entdeckt habt, müsst Ihr einen Weg finden, wie Ihr es meinem Lord Admiral Howard of Effingham mitteilen könnt.«

Becket stand da und wusste nichts mehr zu sagen.

»Ich habe mit meinem Schatzmeister Lord Burghley vertraulich darüber gesprochen und mit … anderen, die für die Sache nötig sein werden. Um es kurz zu machen, auch wenn Ihr nichts über den Plan herausfinden könnt, wünsche ich, dass Ihr meine Augen und Ohren in der Armada seid. Die Kanonen sind bereits von meinem Schatzmeister verkauft, also werden sie erwartet, und Ihr werdet zuerst nach Flandern fahren und dann nach Lissabon, um in die spanische Flotte einzutreten. Ihr werdet behaupten, aus Flandern zu kommen, und Ihr werdet Papiere haben, die das beweisen. Sie werden Euch mit offenen Armen empfangen, denn sie brauchen dringend Kanonen. Darüber hinaus haben sie einen noch größeren Mangel an Kanonieren als an Kanonen, und wenn Ihr Euch als Kanonier ausgebt, werdet Ihr bestimmt mitgenommen.«

Findet es heraus ... findet einen Weg ... Für wen hielt sie ihn eigentlich? Für Jesus den verdammten Christus, der übers Wasser laufen und einen Brief bei der *Königlichen Arche* aufgeben würde?

»Um das zu bewerkstelligen, werden Mrs Anriques und ihre Frau mit Euch gehen, da das Schiff Mrs Anriques gehört.«

»*Was?*«

»Mrs Anriques stellt mir für diese Angelegenheit ein Schiff zur Verfügung, und sie hat gesagt, da sie nach Lissabon gehen will, um so viel wie möglich über ihren Ehemann herauszufinden, beabsichtigt sie, mit Euch zu reisen.«

»Unmöglich. Nur daran zu denken ist Wahnsinn, die Armada ist kein Ort –«

»Ich habe nicht die Absicht, in die Armada einzutreten, Mr Becket«, sagte die Stimme von Rebecca hinter dem Schleier. »Meine Absicht ist es, meinen Ehemann zu finden. Dazu wünsche ich wie die Königin, ihn vor der Inquisition zu retten ...«

Becket schüttelte sich vor Schreck und Entsetzen. *Eine Frau?* In so einer Sache? Niemals!

» ... und wenn Ihr irgendetwas über dieses mysteriöse Wunder der Schönheit herausfindet, nun, dann kann ich es nach Hause übermitteln.«

Becket kam sich vor, als würde er, ohne Anfang und ohne Ende, über eine Brücke laufen, die nur an einem silbernen Spinnennetz weiblicher Einfälle hing. Die Königin schaute ihn genauso kalt an wie die Falken, ebenso Thomasina, Rebecca und die Negerin.

»Habe ich irgendeine Wahl?«, fragte er bitter.

»Selbstverständlich habt Ihr die, Mr Becket«, sagte die Königin schroff. »Ich habe doch gesagt, wenn Ihr Euch der Aufgabe nicht gewachsen fühlt, dann werden Mrs Anriques und Thomasina es allein ausführen.«

»Thomasina auch noch?«

»Sicherlich.«

»Aber … aber ich … aber es ist gefährlich. Die Inquisition …«

Die Königin lächelte ihn freundlich an. »Mr Becket, die Inquisition macht in diesen Dingen keinen Unterschied zwischen Mann und Frau, und ich auch nicht. Darüber hinaus, auch wenn ich glaube, dass Frauen in der hohen Politik keinen Platz haben sollten, weil er ausschließlich Fürsten gebührt, so ist diese Angelegenheit etwas sehr Lobenswertes, und einer jeden Ehefrau steht es zu Gesichte nachzuforschen und herauszufinden, ob ihr Mann tot ist oder nicht.«

»Es wird ihm nichts nützen, wenn seine Frau neben ihm aufgehängt und gefoltert wird.«

Sie schnappte nach Luft, als hätte er sie geschlagen, was er in gewisser Hinsicht auch getan hatte. Und beabsichtigt. Er hatte solch einen Wahnsinn noch nie gehört.

»Genug, Mr Becket«, sagte die Königin. »Ich weiß, dass Ihr nur Ritterliches im Sinn habt, aber tatsächlich könnt Ihr nur eine Entscheidung treffen – ob Ihr bei diesem Unternehmen mitmacht oder nicht. Ich nehme eine Sprotte, um eine Makrele zu fangen oder vielleicht einen Hai für den Leviathan. Und es mag keine Antwort auf das Rätsel des Wunders geben, oder es gelingt Euch nicht, es herauszufinden oder –«

»Oder ich werde erwischt und verhört.«

»Sicherlich könnte das sein, Mr Becket«, sagte die Königin mit sanfter Stimme, »weshalb Wir Euch auch nichts befehlen. Ich bitte Euch darum, nur eine Bitte.«

Ich habe geschwiegen, als sie mich im Tower aufgehängt haben, meine Erinnerung war verschwunden, *sie glaubt, ich sei folterfest.* Oh Christus.

»Warum ich?« Es klang wie die Beschwerde eines Kindes, es war ihm peinlich.

»Wer denn sonst? Und warum nicht Ihr, Mr Becket? Ihr seid ein mutiger und zuverlässiger Mann, entschieden und von schnellem Verstand.«

Ich bin nicht folterfest, dachte er, sagte es aber nicht. Niemand ist das. Glaubt mir!

»Ich habe viele Männer, die mir dienen wollen, Mr Becket,

aber sehr wenige, die für diese Aufgabe so geeignet sind wie Ihr. Keinen, glaube ich. Werdet Ihr es tun?«

Sie hatte nichts von einer Belohnung gesagt, nichtsdestotrotz hing die Frage zusammen mit dem erstickenden Vogelgestank in der Luft. Aber sicherlich würde niemand nur für das Geld seinen Kopf ins Maul des Löwen stecken. Da musste noch etwas dazukommen.

Er schaute langsam auf die kleine, aufrechte Gestalt von Simons tapferer Witwe. »Muss sie mitkommen?«

»Es ist ihr Schiff.«

Er seufzte. »Es wäre schon schwer genug, ohne auch noch die Frau meines Freundes beschützen zu müssen.«

Mrs Anriques stieß ein ungeduldiges »Tscha!« aus, für das Becket keinen Grund sah.

Die Königin lächelte und stampfte mit dem Fuß. »Aber werdet Ihr es tun?«

Sie warteten auf ihn, alle schauten ihn an, während sich seine Gedanken in alle Richtungen zerstreuten und er unwillkürlich und wirr überlegte, welcher griechische König von den Mänaden zerrissen worden war, und ob sie wie diese Frauen ausgesehen hatten.

Er machte den Mund zu und hustete vom Vogelgestank. Seine Hände klammerten und pressten sich aneinander, bis seine Finger weiß waren, und er schaute dem Schauspiel zu, als würden sie nicht zu ihm gehören. Er wollte fragen, ob sie nicht jemand anders finden könnten, und selbstverständlich wusste er, dass es nicht möglich war. Könnte Munday so etwas machen? Nie. Keiner von Walsinghams Leuten wusste so viel wie er oder verstand auch nur die Hälfte von dem, was er verstand.

Simon würde es für ihn tun, das wusste er. Und wie konnte er die Frau seines Freundes törichterweise in so eine Gefahr gehen lassen, ohne einen Mann, der sie führt? Und auch wenn der Plan verrückt war, es war die Art Verrücktheit, die manchmal tatsächlich Erfolg hat. Er verbeugte sich vor der Königin und den unnachgiebigen Furien neben ihr.

»Ja, Euer Majestät«, sagte er so schwungvoll wie möglich, »ich werde bei diesem Unternehmen mitmachen.«

Er kam spät ins Gasthaus zurück, die Gedanken wirbelten

immer noch in seinem Kopf herum, und er stellte fest, dass Philip nicht auf ihn wartete, nur zwei Nachrichten. Eine war von Pickering, sie war geöffnet worden, zweifellos von Philip, der auch Mr Becket hieß. Die andere war von Philip selbst:

> Bruder
> Ich habe eine Nachricht an Herrn Sekretär Walsingham in die Seething Lane und eine an Dr. Nunez geschickt, aber nachdem ich eine Stunde gewartet habe und die Gezeiten wechseln, bin ich zum Hafen hinuntergegangen, um den Mann zu finden.
> Dein Dich liebender Bruder
> Philip

Becket nahm sich ein Pferd und galoppierte wie ein Verrückter zur Seething Lane, um herauszufinden, was zum Teufel passiert war, und stellte fest, dass die Nachricht eben erst dort angekommen war, weil der Bote, der Junge des Gastwirts, unterwegs Fußball gespielt hatte. Er ging mit der Wache, Munday und einem Trupp von Männern zum Hafen hinunter und erfuhr, dass die *Fortune of Lubeck* eine Stunde, bevor er die Nachricht überhaupt zu Gesicht bekommen hatte, die Anker gelichtet und bei einsetzender Ebbe den Hafen verlassen hatte.

Philip war nirgends zu sehen.

Becket lief auf dem Dock auf und ab, fragte die Ankerwachen auf den beiden Schiffen neben dem Liegeplatz der *Fortune.* Ja, da hatte es eine Auseinandersetzung gegeben, aber niemand hatte sich sehr dafür interessiert, hier sei man ja im Hafen von London. Nein, niemand wurde weggeschleppt.

Krank vor Angst ging Becket zu einem Stapel von Ballen, schaute dahinter nach, ging um sie herum, lief zurück und fiel beinahe über etwas, das hart und weich zugleich war.

Munday kam angerannt, als er hörte, wie Becket qualvoll aufbrüllte, und fand ihn über der regungslosen Gestalt eines Mannes, dem man das Auge ausgestochen hatte.

Edward Dormer

Reims, zu Beginn des Frühjahrs 1588

Ziehen Sie sich heraus, immer höher hinauf, aus den Londoner Docks, in den rauchigen Himmel, treten Sie etwas zur Seite und ein wenig zurück auf der Landkarte der Zeit, so dass wir einen anderen Teil von ihr erkunden können, einen anderen Faden in unserem Gewebe.

Hier ist er, jung, grobknochig, kniet mit seinen Gefährten in der kleinen Kapelle des englischen Jesuitenseminars in Reims im Norden von Frankreich und hört wie jeden Tag die Messe. Heutzutage würden wir ihn schlicht und einfach einen Verräter nennen. In seinen eigenen Augen ist er nur der Diener einer höheren und edleren Sache, als es ein Land oder eine Königin sind. Er ist ein treuer Sohn der wahren einzigen Kirche, und der größte Dienst, den er seinem Land erweisen könnte, wäre mitzuhelfen, dass alle Menschen wieder zum Katholizismus bekehrt werden, um sie so vor der Hölle zu retten. Er glaubt, dass ohne die katholische Kirche alle Engländer zur Hölle verdammt sind. In diesem moralischen Universum gibt es keine Farben, nur Schwarz und Weiß.

Edward Dormer ist eine verschlossene Samenkapsel, ein junger Engländer, der von ganzem Herzen darum kämpft, Priester zu werden, aber tatsächlich ist er an diesem Wintermorgen, ohne jedes Anzeichen von Frühling, sündig weit entfernt vom Sakrament. Er träumt von Schlacht und Blut und Sieg.

Von den Riemen über die Wellen getrieben, fuhren die Beiboote auf den sandigen Strand von England zu. Sonnenlicht fing sich in den schäumenden Wellenkämmen und erzeugte kleine Regenbogen im Sprühnebel. Hinter ihnen dröhnte die Kanone übers Wasser und zielte auf die frechen kleinen englischen Schiffe, zertrümmerte ihre Rümpfe und tötete ihre Männer. Weil sie von ihrer Hexenkönigin kein Feldzeug bekamen, hatten die Engländer weder Kugeln noch Pulver zum Kämpfen übrig.

Die Männer in den Ruderbooten hielten ihre Köpfe unten, manche umklammerten Rosenkränze und murmelten ein »Gegrüßet seist du Maria« und »Vater unser« nach dem anderen vor sich hin. Andere tranken aus Flachmännern. Ein oder zwei leerten über den Bootsrand ihre Eingeweide. Musketenfeuer spuckte vom Strand her, und es gab sogar ein paar lächerlich altmodische Pfeile, die im Holz des Bootes stecken blieben.

Edward Dormer steckte mit dem Zünder seiner Pistole vorsichtig die Zündschnur einer Granate an, wartete, bis das Salpeter Funken schlug, dann stand er auf und warf sie in weitem Bogen fort. Sie explodierte perfekt in der Luft und verteilte Nägel und Steinsplitter unter den englischen Soldaten am Strand, sprengte auffällige Lücken in ihre Reihen. In dieser Sekunde lief ihr Boot auf den Strand.

Dormer sprang über den Bootsrand ins eiskalte Wasser, stolperte, als das Gewicht des Brustpanzers und des Kriegshelms ihn fast umwarfen, dann lief er keuchend und geduckt durch die roten Wellen an den Strand. Hinter ihm folgten seine Männer, riefen nach Jesus und der Heiligen Maria, der Schutzpatronin der Invasion. Dormers Stiefel knirschten im Sand und auf den Muschelschalen. Er fiel auf ein Knie, feuerte seine Pistole ab und sah die rote Blume in der Brust eines edlen englischen Lords. Kugeln und Pfeile flogen, ohne ihm gefährlich zu werden, an ihm vorbei, vielleicht einer oder zwei von seinen Leuten lagen am Boden – aber nur die Sünder, Spötter und Trunkenbolde, die Männer, die für Geld und Macht dabei waren. Gott beschützte die guten Soldaten, die wirklich an den Kreuzzug glaubten, so wie er.

Und dann führte Dormer den Angriff auf seine Heimaterde, das Schwert blitzte in der Sonne, stach die armseligen gemeinen Bogenschützen nieder, schnitt die Ketzer auf, die entsetzt erkennen mussten, dass England wieder einmal erobert wurde.

Noch mehr Truppen landeten, als sich die Beiboote auf den Strand warfen. Die Tercios, die besten Truppen von Europa, stellten sich in Reih und Glied hinter ihm auf und begannen mit einem furchtbaren, verheerenden Feuer gegen die Ketzer, die immer noch feige aus den Dünen schossen. Einer fiel, dann noch einer, und die Ketzer rannten wieder davon. Sie zogen sich vom Schlachtfeld zurück, ließen Edward Dormer atemlos auf dem Dünenkamm zurück, sein Kriegshelm glänzte in der Sonne, an seinem Schwert klebte Blut. Der Brückenkopf am Strand wurde für den König von Spanien eingenommen, für die Heilige Mutterkirche.

Wo er stand, fiel Edward Dormer ehrfürchtig auf die Knie, erhob seine Stimme deutlich und stark zu einem Te Deum, das seinen Widerhall im tönenden Gesang seiner Männer fand, die wie er zwischen dem Blut und den Gefallenen knieten …

»Vere dignum et … Snnnfff … justum est aequum et salutare … Snnnfff … nos tibi semper et ubique gratias agere … Snnnfff *karumm*!«

Edward Dormer wurde von seinem knurrenden Magen und einem Krampf unterm Brustbein in die Gegenwart zurückgeworfen. Er bemerkte düster, dass er gerade während des Messkanons einen Tagtraum gehabt hatte und seinem Beichtvater von einer weiteren Sünde berichten musste.

Er bemühte sich, seinen Kopf wieder zu Gott zurückzubringen und das Vaterunser richtig zu beten, die Worte, die der Heiland und Anführer ihrer Gesellschaft gestiftet hatte, dieselben Worte, die er gesprochen hatte, und die über fünfzehn Jahrhunderte hinweg mit Heiligkeit und Macht widerhallten …

Die Worte verdrehten sich und wurden zu Spott. Seine Langeweile war extrem, ein körperlicher Schmerz. Der Priester, der die Messe las, hatte eine Erkältung und schniefte ständig, die Säulenfüße, der Tabernakel und die Kanzel glitzerten, aber die kleine Kirche war eisig, Edwards schwarze Soutane war aus dritter Hand und sehr verschlissen, und der unvermeidliche Geruch von Kohlsuppe streckte bereits seine dreisten, öligen Alltagsfinger in die Weihrauchschwaden.

Dann hörte er eine Stimme in seinem Kopf, so laut, dass Edward sich umschaute, um zu sehen, wer das gesagt hatte. *Du bist nicht zum Priester geeignet, mein Sohn.*

Niemand hatte etwas gesagt, die Stimme war in Edwards Schädel. Wurde er verrückt? Hatte Gott gesprochen? Sicher nicht, Gott würde die Sache bestimmt unterstützen, für die er sein Leben lang so hart gearbeitet hatte. Schließlich sollte er an fadenscheinige Herrlichkeit und Kohlsuppe gewöhnt sein, die beide sein Familienleben vor dem Seminar bestimmt hatten. Und er war der Priester, der, dem es bestimmt war, ins Ausland zu gehen und ordiniert zu werden und ihr verarmtes Land in den fähigen Händen seines älteren Bruders zurückzulassen. Sein Lebenswerk sollte darin bestehen, für seine älteren Brüder und Schwestern zu beten, die von den Gesetzen der bösen Hexenkönigin gezwungen wurden, sich zum Schein auf den ketzerischen Mummenschanz einer Religion einzulassen. Darauf hatte er sich sein ganzes Leben lang vorbereitet …

Du langweilst dich, protestierte die Stimme wieder. *Du hasst das alles. Du willst eine Frau. Du willst mit jemandem kämpfen. Du hasst Disziplin. Du hasst härene Hemden. Du würdest für mich sterben, wenn es sein muss, aber nicht als Priester. Erbarme dich deiner selbst, mein Sohn. Geh nach Hause.*

Edward senkte den Kopf, kniff die Augen zu, zitterte. Er wurde verrückt. Was sollten die Leute denken? Er zog seinen Rosenkranz hervor, glattes Ebenholz, ein Kreuz in die Hauptperlen geschnitten, damit er sie in der Tasche unterscheiden konnte. Er presste seine gekreuzten Finger auf die Lippen, um sicher zu sein, dass er nicht halblaut sprechen würde.

Du wirst nie einen Priester abgeben, und ich will nicht, dass du einer wirst. Da war die Stimme in seinem Kopf wieder. *Ich will Priester, die jubelnd zur Priesterschaft stehen, keine armseligen, ergebenen Sklaven.*

Gewöhnlich konnte er seinen rebellischen Geist konzentrieren, wenn er spürte, wie die Perlen durch seine Finger glitten, die Monotonie der Worte Ave Maria, gratia plenum, Dominus tecum … immer wieder ausgesprochen, ließ ihn ruhig werden, besänftigte seine Nerven.

Sein Herz donnerte ungerührt weiter. Er konnte nicht atmen. Die Luft war zu dick, schwer von Kohlgeruch und Weihrauch, und die Stimme in seinem Kopf ließ ihn nicht in Ruhe.

Sag ihnen, dass du kein Jesuitenpriester werden willst. Dir fehlt die Berufung. Wenn es das Gegenteil von Berufung gibt, hier ist es. Ich rufe dich auf, kein *Jesuitenpriester zu werden. Geh nach Hause, mein Sohn. Deine Mutter ist krank und du fehlst ihr mehr, als sie zugibt, geh nach Hause zu ihr.*

Obwohl sie ganz freundlich war, eine feste, humorvolle, liebenswürdige Stimme, so wie er sich die Stimme Jesu während der Lesungen des Evangeliums manchmal vorgestellt hatte, war er entsetzt. Er schluckte schwer, immer wieder, schwitzte, sein Kopf drehte sich. Er lockerte seinen engen Kragen, versuchte, seinen Geist zu sammeln.

Lauter und lauter krachten die Kanonenschläge in seinem Herzen, der Inhalt seines Schädels drehte sich immer weiter, seine Brust hob und senkte sich unablässig, bis der innere Edward sich aus dem körperlich leidenden Edward zurückzog. Er schaute mit ernster Sympathie auf diesen Körper hinunter, bis die Krämpfe in seinen Gliedern und der Brust begannen und die Dunkelheit anbrach.

Sein Kopf blutete, wo er ihn auf den Boden geknallt hatte. Um ihn herum knieten seine Mitstudenten, eisern in ihrer Disziplin, während der Vikar aus der Kapelle zurückgeeilt kam und einigen der kräftigeren Männer zuwinkte, damit sie ihn hinaustrugen. Zwei von ihnen beobachteten ihn heimlich mit gesenkten Augenlidern und fragten sich, ob er mit einer Vision gesegnet war, wie es manchen gelegentlich geschah, besonders in der Hungerzeit zwischen Weihnachten und Ostern, wenn jedem die Gelenke wehtaten und das Zahnfleisch blutete.

Aber während sie ihn sanft hinaustrugen, wusste Edward, dass es nichts Richtiges war. Er hatte keine Vision, er war nur verrückt vor Angst, es war nur ein Anfall von Panik – weil er so gelangweilt war?

Nachdem er versorgt war, mit scharfem Branntwein gestärkt, den Kopf notdürftig verbunden, tappte Edward zu dem kleinen Zimmer, das dem Vorsteher des englischen Seminars in Reims gehörte.

Pater Persons lächelte freundlich und bot ihm einen Teller mit Gartenkräutern, die in Öl getunkt wurden. Sie schmeckten nach Pfeffer und füllten seinen Mund mit Speichel, so dass er kaum sprechen konnte.

»Was ist geschehen, mein Sohn?«

Edward schluckte die Kräuterblätter hinunter. Er konnte sich auf nichts konzentrieren. Sogar jetzt vor dem heiligen Vorsteher der englischen Jesuiten sah er ständig die Buchstaben, die er zu Beginn jeder Übung geschrieben hatte, jeden Buchstaben. AMDG, Ad Maiorem Dei Gloria – zur größeren Ehre Gottes.

»Mir ist schlecht geworden ... ich hatte Angst. Ich war ... es tut mir Leid, Vater, mein Kopf war nicht beim Gesegneten Sakrament.«

»Wo war er dann?«

»Sündige Selbstsucht«, sagte Edward traurig, dann sah er, wie das Gesicht von Pater Persons ernst wurde. »Nichts wie ... nichts ... äh ... Fleischliches.«

»Gut. Bist du in der Vergangenheit von Sukkuben bedrängt worden?«

»In letzter Zeit nicht, Vater.«

»Gut.«

»Das war ... anders. Ich habe daran gedacht, den ... den Angriff auf England zu führen, der Erste am Strand zu sein, um England für den wahren Glauben zurückzuerobern.«

»Hmm.« Persons Gesicht verzog sich in traurigem Verständnis. »Ich glaube, viele von uns haben solche Träume. Und ich glaube auch nicht, dass sie sündig sind, nur sollte man ihnen nicht in der Messe nachhängen.«

»Ja, Vater. Aber dann war da noch diese Stimme ... wie eine Stimme. In meinem Kopf – nicht draußen, niemand sprach in der Kapelle. Aber die Stimme sagte, dass mir das Zeug zum Priester fehlt.«

»Was hast du getan?«

»Ich habe versucht, meinen Rosenkranz zu beten, aber die Stimme redete weiter, wie ... wie ich das alles hasse, wie ich ... nur kämpfen will ... So eben, Vater. Selbstverständlich habe ich dann versucht, fester zu beten, und irgendwie wurde die Luft dick, ich konnte nicht atmen, und dann fiel ich um.« So ausgedrückt, klang es sogar noch kindischer. »Das war alles, Herr.«

»Hmm. Glaubst du, dass es eine heilige Vision war?«

»Nein, Herr, selbstverständlich nicht. Der heilige Hieronymus lehrt, uns nach einer solchen Heimsuchung zu fragen, wie wir uns fühlen, da eine wirkliche Vision von Gott oder von einem Engel dafür sorgt, dass wir uns besser fühlen, und eine falsche Vision vom Teufel macht es schlimmer.«

»Vielleicht. Obwohl unser edler Gründer mehr zur Unterscheidung der Geister zu sagen hat, nämlich, dass wir die Berührung Gottes als schmerzlich empfinden, wenn wir vom rechten Pfad Gottes für uns abgekommen sind. Hast du gespürt, dass es unheilig war?«

»Nun, Vater ... Jedenfalls fühle ich mich schlechter.« Edwards ständig knurrender Magen zog sich entsetzt zusammen. Oh nein, noch mehr fasten, noch mehr beten, vielleicht stärkerer Gebrauch der vorgeschriebenen Disziplin, um die Dämonen zu vertreiben. Oh Gott, nein, bitte. Ich glaube nicht, dass ich von einem bösen Geist besessen bin. Selbstverständlich würde ein böser Geist dafür sorgen, dass er so dachte. Vielleicht sollte er exorziert werden.

»Wenn Ihr die Wahl hättet, Mr Dormer«, sagte Pater Persons, »wenn Eure Mutter nicht die Gesellschaft Jesu für Euch gewollt hätte und Ihr, als gehorsamer Sohn gehorsam gewesen wärt, was würdet Ihr tun?«

»Ich würde zum Herzog von Parma gehen und ihm mein Schwert anbieten, meinen Verstand, meinen Körper, alles, was ich habe, damit er England zum wahren Glauben zurückbringen und ich nach Hause gehen kann.«

Die Worte waren aus ihm herausgesprudelt, er zitterte vor enttäuschter Leidenschaft. Edward senkte beschämt den Kopf.

»Ich bitte um Vergebung, Vater, ich werde härter arbeiten.«

Pater Persons griff über den kleinen Schreibtisch, wo ein Stück vertrocknetes Brot lag, das er lange vergessen und das sich jetzt mit blauem Schimmel bedeckt hatte, und er nahm ein stattliches Blatt Papier, das in den Räumen zwischen den Linien beschrieben war. Er schaute zu Dormer auf, der seine hungrigen Augen vom Brot wegziehen musste.

»All Eure Lehrer stimmen überein. Sie loben Euren Fleiß und Euer Bemühen, ein Priester zu werden, und Eure Hingabe an den Herrn und die Sakramente, aber sie sagen, sie hätten nur einen erlebt, der weniger für den Priesterberuf geeignet gewesen wäre, und der hatte sich als ketzerischer englischer Spion erwiesen. Eure Fechtkunst war ausgezeichnet, Euer Verständnis vom Schießen hervorragend, Eure Analyse von Josuas Eroberungszug im Heiligen Land meisterhaft. Aber in Theologie müht Ihr Euch ab, Ihr habt keinen der Grundsätze von Loyola beherrschen gelernt und Ihr wirkt ständig gelangweilt und gequält.« Edward senkte den Kopf bei dieser vernichtenden Feststellung seiner Fehler, die, wie er wusste, stimmte, und er spürte, wie ihm das Blut in den Kopf stieg und in seinen Wangen kribbelte. Pater Persons lächelte ihn an. »Mr Dormer, wir hätten diese Unterredung sowieso geführt, aber es sieht so aus, dass Christus, unser Heiland, ebenfalls zustimmt.«

»Es war Seine Stimme? Aber warum ich?«

»Nun, weshalb solltet Ihr das einzige seiner Geschöpfe sein, für das sich Unser Herr nicht interessiert? Was für eine Arroganz.« Persons lächelte immer noch freundlich. »Warum nicht Seine Stimme? In Zeiten der Qual und der harten Arbeit wird Er versuchen, zu uns zu sprechen. Wir müssen nur zuhören.«

Dormer rang die Hände, versuchte, seine Verzweiflung zu beherrschen. Sie würden ihn hinauswerfen. Er hatte bei der Sache, der er sein ganzes Leben gewidmet hatte, katastrophal versagt. Das war das Ende.

Fürchte dich nicht, sagte die Stimme in seinem Hinterkopf, *jetzt kannst du nach Hause gehen.*

Nun, das war ganz offensichtlich nicht möglich, seine Mutter würde ihm nie vergeben, und es gäbe keinen Platz für ihn in dem zugigen großen Haus mit den leeren Speisekammern.

»Ich bin kein Mitglied der Gesellschaft Jesu«, sagte er dumpf.

»Nein, Mr Dormer. Es wäre eine Grausamkeit, Euch aufzunehmen.«

Teilnahmslos bemerkte er, dass seine Fingerknöchel weiß geworden waren, genau wie das Fleisch an den abgebissenen Nägeln. Er war so jung, dass es ihn immer noch überraschte, wie groß und knochig seine Hände geworden waren.

»Mr Dormer.«

»Ja, Vater?«

»Ich benötige einen tatkräftigen, jungen Mann, der für mich einige Sendungen zu Seiner Gnaden dem Herzog von Parma bringt. Ich habe dem Herzog einen Empfehlungsbrief geschrieben, und ich bin sicher, er findet Arbeit für Euch beim großen Unternehmen England.«

Edward blinzelte. »Ich bin sicher, er hat viele Diener, die weit edler sind als ich –«

»Im Gegenteil«, sagte Pater Persons und lächelte auf seine trockene Art. »Gott, das habe ich oft bemerkt, arbeitet merkwürdig. Ihr findet es in Jesaja, Kapitel 55, seine Gedanken sind nicht unsere Gedanken, seine Wege nicht unsere Wege. Die schlimmste Ketzerei auf der Welt lässt Gott erkennen, was Er tun sollte. Was ihm die Protestanten stattdessen vorzuschreiben versuchen. Nun habe ich hier von Seiner Ehren dem Herzog von Parma einen Brief, der heute Morgen mit der Post aus Antwerpen gekommen ist. Er bittet um einen jungen Engländer für eine höchst wichtige Mission in England in Verbindung mit dem großen Unternehmen des spanischen Königs. Er würde jemanden vorziehen, der keine heiligen Weihen empfangen hat, denn es kann sehr gut zu Kämpfen kommen, und sicherlich wird ein Verhalten erforderlich sein, das einem Priester nicht ziemt. Es könnte zu Eurem Tod führen, und das ist sogar wahrscheinlich. Es könnte ausgehen wie für den jungen Pater Campion, und der öffentliche Henker wird Euch die Gedärme herausreißen und Euch im Beisein des Londoner Mobs kastrieren, bevor er Euch vierteilt. Seid Ihr dafür bereit, wenn es sein muss?«

»Selbstverständlich, Vater.« Edward hoffte, mit fester Stimme zu antworten. War das wahr? Machte sich Pater Persons über ihn lustig? *Geh nach Hause!*, rief die Stimme des kleinen Dämons in ihm.

»Hmm«, sagte Pater Persons. »Nun, wollen wir hoffen und beten, dass der ketzerische Mord der Bastardin an der heiligen Königin von Schottland das letzte Martyrium in England gewesen ist.«

»Das wird es sein, wenn ich es einrichten kann«, sagte Edward und musste den Drang zu lachen unterdrücken. »Ich kann zu Parma gehen?«

»Ja, mein Sohn. Geht und zieht Euch Eure alten Kleider wieder an – die Euch ein wenig weit sein werden –, nehmt Euer Schwert, mietet Euch ein Pferd von dem Geld, das ich Euch geben werde, und geht nach Flandern. Parma erwartet Eure Ankunft mit großer Spannung – oder würde es, wenn er Euch kennen würde.«

»Ich werde also kein Priester sein?« Edward wusste, dass er sich wiederholte, aber er wollte sichergehen.

»Nein, mein Sohn. Jetzt nicht. Vielleicht nicht für immer. Gott verlangt von Euch einen tatkräftigeren Dienst.«

Die Freude, die in ihm aufwallte, war für Dormer kaum zu ertragen. Er kniete nieder, um Pater Persons Ring zu küssen, der von Loyola persönlich gesegnet worden war, und ging dann in den schmalen, weiß getünchten Gang hinaus, der mit groben Bildern von der Opferung Isaaks bemalt war. Dort hüpfte er schweigend umher und stieß die Fäuste in die Luft vor Freude über seine Entlassung.

Er konnte jetzt noch nicht nach Hause gehen, was schade war. Aber er konnte in Ehren heimkehren, mit der Beute von London, um seine Familie aus Armut und Not und den unverschämten Strafen für die Abtrünnigen zu retten.

Später am selben Tag ritt er los, mit gerade genug Geld, um nach Flandern zu kommen, wenn er nicht ausgeraubt wurde. Sein Wams hing an ihm und warf Falten wie ein Sack, und in seinen Gürtel musste er ein neues Loch stechen. Sein Schwert fühlte sich schwer an, beinahe ließ er es fallen, als er es umhängte, und die knochige Mähre zwischen seinen Schenkeln stolperte und ächzte bei jedem Schritt über die schlecht gepflasterten Straßen von Reims, da sie genau merkte, dass er nicht die Kraft hatte, ihr Benehmen beizubringen.

Vielleicht, dachte Edward, werde ich eines Tages, wenn ich in London einreite, glücklicher sein. Er summte Laudate Deum omnes gentes vor sich hin, während die arme Mähre auf ihrem Weg durch die Landschaft stöhnend dahinstolperte.

Antwerpen war ein Labyrinth von Straßen, einige waren immer noch versengt oder trugen die Einschusslöcher vom großen Aufstand von Antwerpen, als die spanischen Truppen gemeutert hatten, nachdem Königin Elisabeth ihren Sold aus den genuesischen Schatzschiffen gestohlen hatte.

Edward war müde, ihm war das Geld ausgegangen, als er an dem Ort ankam, und er verlief sich. Erst spät am Abend kam er ins Lager von Parma geschlichen. Er überreichte sein Paket und den Empfehlungsbrief von Pater Persons ohne viel Hoffnung, damit einen Schlafplatz für die Nacht zu finden.

Zu seinem Erstaunen wurde er, nachdem er kurze Zeit beim Feuer in der Kammer des Torwächters gewartet hatte, von einem schneidigen Bediensteten in schwarzem Damast und steifer Halskrause durch eine Reihe von Vorzimmern geführt, in denen sich eine große Anzahl von unterschiedlichen Männern, Soldaten, Dienern, Schreibern und Priestern aufhielten, dann durch eine Reihe von Türen, die von unbewegten Soldaten mit hohen, polierten Kriegshelmen bewacht wurden, und schließlich stand er vor einem Vorhang, unter dem Kerzenlicht hervorschien.

»Zu wem bringt Ihr mich?«, fragte Edward auf Französisch und dann noch mal auf Latein.

Der Bedienstete blinzelte und antwortete ebenfalls auf Latein: »Zu Seiner Gnaden, selbstverständlich.«

Das hätte Edward nie erwartet. Ihm wurde ein bisschen schlecht. »Aber Herr, sollte ich mich nicht waschen, mich vorbereiten …?«

Essen?, fragte sein Magen und knurrte mächtig.

»Seine Gnaden sind ein sehr beschäftigter Mann, und er kann Euch nur jetzt empfangen«, sagte der Bedienstete kalt.

Bitte, Gott, gib, dass mein Magen aufhört zu knurren. Der Bedienstete machte eine Kopfbewegung, damit Edward ihm folgte, und sie gingen in das Amtszimmer mit der hohen Decke, wo ein Mann in schwarzem, purpurgesäumtem Samt unter flackernden Kerzen den Kopf über einen Schreibtisch beugte.

»Euer Gnaden, darf ich Mr Edward Dormer vorstellen, der früher im englischen Seminar von Reims war.«

Alexander Farnese, der Herzog von Parma, drehte sich um und nickte. Edward trat vor, sein Herz donnerte, die Eingeweide gluckerten verräterisch, und er schaffte es, ohne sich groß zu blamieren, auf ein Knie zu fallen. Der Herzog hielt ihm einen Ring hin, damit Edward ihn küsse, und das tat er.

»Mr Dormer«, sagte Parma, »ich glaube, ich kenne Eure Tante. Hat sie einmal Ihrer Majestät, der Königin von Parma, aufgewartet?«

»Ja, Euer Gnaden.« Edward fühlte seine Wangen kribbeln.

»Hmm.« Das dunkle, intelligente Gesicht schaute nachdenklich. »Ich habe einen lebenswichtigen und dringenden Auftrag für Euch, Mr Dormer.«

Edwards Magen gurgelte wieder. Er spannte die Bauchmuskeln an und schluckte. »Ja, Euer Gnaden?«

Es sei im Grunde eine einfache Mission, aber sehr schwierig durchzuführen, erklärte Parma langsam und sorgfältig in seinem wohlartikulierten Latein, während Edward vor ihm kniete und verzweifelt darum betete, dass er nicht furzen würde.

Es schien, als würde Parma keine neuen Schreiber oder Sekretäre und auch keine jungen Leutnants brauchen. Was er brauchte, war jemand, der fließend englisch sprach und den englischen Priesterverfolgern nicht bekannt war. Was er am dringendsten brauchte, war jemand, der verkleidet nach England reisen und rasch einen Verräter ausfindig machen konnte, der wahrscheinlich gerade dabei war, Walsingham, dem Leiter der königlichen Spionage, eine sehr wichtige Information zu verkaufen.

»Und dann, Euer Gnaden?«, fragte Edward nervös.

Das dunkle, kantige Kinn kratzte an der Halskrause, als Parma in die Kerzen schaute. »Ihn umbringen, selbstverständlich.«

Edward schluckte schwer. Er hatte in der Tat noch nie im Leben jemanden umgebracht, und er hoffte, dass Parma das nicht wusste.

»Euer Gnaden …« Er wollte gerade sagen, dass er sich für eine solch wichtige Mission äußerst ungeeignet hielt. Seine Eingeweide kamen ihm zuvor. Das abscheulichste Gurgeln und Knurren hallte durch das Amtszimmer. Parmas aristokratisches Gesicht blieb vollkommen ungerührt, obwohl Edward purpurrot anlief.

»Ihr müsst diese Mission nicht übernehmen, wenn Euer Herz es verbietet«, sagte Parma und schaute ihn schroff an. »Hier darf kein Platz für Zweifel sein.«

Geh nach Hause!

»Ich habe keine Zweifel«, sagte Edward fest. »Selbstverständlich werde ich diesen Verräter finden und … und ihn töten, Euer Gnaden.«

Parma übergab ihm zwei Blatt Papier. »Das ist alles, was wir an Informationen über den Mann haben, Van Groenig. Er ist übrigens Kartenzeichner. Wenn Ihr die Gelegenheit bekommt, müsst Ihr ihn und seinen Aufenthaltsort durchsuchen und jede gestohlene Karte, die er bei sich hat, sicherstellen. Das andere Papier ist ein Ablassbrief vom Heiligen Vater, so dass jede Todsünde, die Ihr auf dieser Mission begeht, bereits vergeben ist, da es im Dienst der Heiligen Kirche geschieht. Das bedeutet, im Fall der Gefangennahme könnt Ihr ohne Beichte und freudig im Wissen, dass alle Eure Sünden nichtig sind, in den Tod gehen. Selbstverständlich müsst Ihr aufpassen, solch ein Vertrauen nicht zu missbrauchen.«

Edward fand das Papier glitschig in seinen schwitzenden Fingern. Er schluckte wieder schwer. »Selbstverständlich, Euer Gnaden.«

»Wenn Ihr Euch die Information ins Gedächtnis eingeprägt habt, verbrennt bitte das Papier. Den Ablass könnt Ihr mitnehmen oder hier lassen, wie Ihr wollt.«

»Euer Gnaden, wie soll ich ... äh ... wie soll ich ihn umbringen?«

»Auf jede Art, die Euch richtig erscheint, Mr Dormer, ich mische mich in Fragen persönlicher Einschätzung nicht ein. Ihr werdet von unserem Mr Lammett Anweisungen erhalten, wenn wir Euch auf die Reise vorbereiten, aber ich ersuche Euch inständig, mit niemandem über die Mission zu reden, denn Walsingham scheint bemerkenswert gut über meine Entscheidungen Bescheid zu wissen.«

»Ja, Euer Gnaden.«

»Es ist nun mal leider so, dass sich viele von den Ketzern kaufen lassen. Wenn Ihr auf einen Engländer namens David Becket trefft und zufällig eine gute Gelegenheit habt, würdet Ihr ein gutes Werk für unsere gesegnete Mutter Kirche tun, wenn Ihr ihn auch umbringen könntet. Er ist jedoch nicht einfach zu töten, und er ist einer der gefährlichsten Diener Walsinghams, also muss Eure erste Aufgabe Van Groenig sein.«

»Euer Gnaden, Ihr erweist mir eine große Ehre mit solch –« Gurgelgluckgluck, sagte Edwards Magendämon, entschlossen, ihn zu zerstören.

Parma schaute kurz traurig drein, als gäbe es eine Menge Dinge, die er Edward nicht zu sagen beabsichtigte. »Bitte dankt mir nicht, Mr Dormer. Ich werde Euch persönlich danken, falls Ihr zurückkehren solltet. Jetzt geht und sagt meinem Mann, er soll Euch zu essen geben.«

Edward stellte sich ohne allzu großes Ungeschick wieder auf die Füße, verbeugte sich plump, weil sein Kopf so leer war, und schlüpfte durch den Vorhang hinaus. Er war gerade bis zum Korridor gekommen, wo der Bedienstete auf ihn wartete, als er einen fahren ließ. Laut. Er war aufgebracht: Das wichtigste Gespräch seines Lebens, und sein ärgerlicher Bruder Arsch von einem Körper musste eine Farce daraus machen.

Aber er vergaß seinen ganzen Ärger, als sie ihm einen Teller mit Brot und Wurst gaben und eine Erbsensuppe, was im Seminar für drei Mahlzeiten gereicht hätte. Er schlang es hinunter und trank dazu das ausgezeichnete flämische Bier. Dann brachten sie ihn in ein kleines Zimmer, wo zwei Männer auf einem Bett schnarchten, und gaben ihm einen Strohsack für den Boden und Laken und Decken. Edward zog sich aus, fast blind vor Müdigkeit, dann legte er sich hin und bekam Schuldgefühle bei all dem Luxus: keine blanken Bretter, kein härenes Hemd, kein Gebetbuch, durch das man sich quälen musste, bevor die Augen vor Müdigkeit zufielen. Und ihm war warm. Er versuchte, ein paar Dankgebete zu sprechen, kam aber nur durch die erste Hälfte des Vaterunser.

Am Morgen schlief er lange, bis um acht Uhr ein Botenjunge kam und ihn abholte. Zum Frühstück gab es frisches Brot und Käse und wieder flämisches Bier, und dann wurde er in einen anderen Teil des Palastes geführt, wo Maß genommen wurde, damit ein englischer Schneider für ihn neue Kleidung anfertigen konnte. Danach wurde er Piers Lammett vorgestellt, einem Engländer mit einem müden, verschlossenen Schildkrötengesicht und einem schlanken Körper in seiner abgetragenen Lederjacke.

»Mr Dormer«, sagte er auf Englisch, »ich habe gehört, Ihr werdet in einer lebenswichtigen Mission nach England reisen.«

»Ich gehe nach England, ja«, sagte Edward vorsichtig.

»Und was werdet Ihr dort tun?«

»Botschaften überbringen, nehme ich an.«

Lammett lächelte und nickte. Er nahm ein stumpfes Übungsschwert in die Hand und warf Edward ein anderes zu, das er auffing. »Greift mich an, Mr Dormer, wie auch immer Ihr wollt.«

Edward war voller Energie nach dem Essen, dem guten Schlaf und der Freude über das Vertrauen, das man in ihn setzte. Er griff mit solchem Ungestüm an, dass er irgendwie Lammetts Abwehr durchbrach und ihn mit einem seitlichen Schnitt an den Rippen erwischte.

Lammett stieß ein überraschtes »Uff!« aus, stolperte einen Augenblick zurück und hielt sich die Rippen. Edward wartete höflich, und Lammett stieß Edward die stumpfe Schwertspitze direkt in den Solarplexus. Edward setzte sich auf den Boden und schnappte nach Luft. Lammett beugte sich über ihn, packte sein Haar und legte ihm die Schwertklinge sanft an den Hals.

»Seid nicht so ein Gentleman, Mr Dormer«, sagte er trocken. »Wenn Ihr bei jemand so durch die Abwehr kommt, dürft Ihr die Chance nicht vergeben.«

»Ahhh … hahhh … ich habe schon … ahhh … seit Jahren nicht mehr mit einem Schwert geübt.«

»Tatsächlich? Nun, Mr Dormer, Ihr müsst eine natürliche Begabung sein, denn so einen hübschen Angriff habe ich noch nie gesehen. Kommt, hoch mit Euch.«

Lammett verbrachte den Morgen damit, Edward alle möglichen Arten der Verteidigung zu zeigen: Schwert und Schild, Kurzschwert, Schwert und Dolch, Dolch allein. Edwards Beine und Arme zitterten, und sein Hemd war schweißnass, als er sich zum Essen setzte, und wieder fand er zweimal so viel auf seinem Teller, als er es gewöhnt war. Er schlang alles hinunter, hielt Siesta und ging wieder zu Lammett.

Offensichtlich gab es eine Vielzahl von Möglichkeiten, einen Mann zu töten, und Lammett kannte die meisten. Der schlanke Engländer bevorzugte auf weite Entfernung die Armbrust, und für den Nahkampf die Garotte oder ein scharfes Stilett ins Auge. Keine dieser Methoden machte Lärm oder hinterließ viel Schmutz, wie er es ausdrückte, so gab es am ehesten die Möglichkeit zu entkommen.

»Möglichkeit?«, fragte Edward.

»Mehr kann ich nicht versprechen.« Lammett erwiderte seinen Blick kalt. »Legt auf jeden Fall die Beichte ab, bevor Ihr geht.«

»Was ist mit dem berühmten Gefolgsmann von Walsingham, David Becket? Kennt Ihr ihn?«

Lammett blinzelte ihn einen Augenblick an. »Seinen Ruf, ja. Obwohl ich gehört habe, dass er seine Klinge nicht mehr so geschickt führt.«

Nun, das war gut zu hören. Edward nickte und überlegte, ob er fragen sollte, wie er Van Groenig am besten töten könnte.

»Ich habe einem jungen Mann, der ein Attentat auf die Hexenkönigin von England geplant hatte, den Gebrauch der Armbrust beigebracht«, sagte Lammett nachdenklich, »und Becket hat die Verschwörung aufgedeckt. Sir Philip Sidney hat Becket zwei Jahre danach als falschen Priester nach Reims geschickt, um die Wahrheit über Verschwörungsgerüchte gegen die Hexenkönigin herauszufinden. Er ging mit dem armen Pater Tom Hart nach England, und das fand selbstverständlich auch ein schlimmes Ende.«

»Becket war in Reims?«

»Kurze Zeit. Walsingham gelingt es oft, Männer ins Seminar zu schmuggeln, hauptsächlich, weil Pater Persons ein guter und heiliger Mann ist, der im Allgemeinen glaubt, was man ihm sagt. Ich habe gehört, dass Becket verletzt ist und nicht mehr kämpfen kann, aber trotzdem bleibt er ein gefährlicher Mann.«

Lammett griff wieder mit dem Holzdolch an, und Edward gebrauchte einen Trick, den sein armer Vater ihm beigebracht hatte, nahm ihm den Dolch ab und näherte die Klinge langsam Lammetts Auge.

»Sehr gut, Mr Dormer, wirklich sehr gut.«

Edward nickte, versuchte, ernst und bescheiden dreinzuschauen und dachte, wie großartig es wäre, diesen üblen Gefolgsmann Walsinghams in einem Kampf zu besiegen und zu töten.

Eine Woche später reiste Edward als französischer Kaufmann, der mit Perlen handelte, in einem neuen, modisch grauen Wollanzug, gesäumt mit schwarzem Brokat, über den sturmgepeitschten, bösen, grauen Kanal nach Dover. Er hatte ein Schwert und ein Stilett und französische Geschäftsunterlagen dabei, und die Zoll- und Hafenbeamten waren so bestechlich wie Lammett es vorhergesagt hatte.

Er ruhte sich ein paar Tage aus, um sich von der Seekrankheit zu erholen, dann mietete er ein Pferd in Hobsons Ställen und ritt auf der holprigen Straße nach London, fühlte sich sehr komisch, weil er schon so früh zurück war, und sehr ausländisch. Schwer einzusehen, dass ein Kartenzeichner so wichtig sein konnte und umgebracht werden musste. Vielleicht wollte er Walsingham eine Karte von Antwerpen verkaufen oder eine Karte von den Kanälen, die Parma in der Scheldemündung für die Truppen bauen ließ, um die Schaluppen mit den Soldaten über die Meerenge zu schicken, wenn die Armada sie unter Kontrolle hatte. Es war unmöglich, dass Parma so etwas wie einen Mord ohne sehr guten Grund anordnete.

England war nicht so kalt wie Reims, oder vielleicht lag es nur daran, dass er so viel mehr aß: große, saftige Steaks und Nierenwurst, Schweinebraten mit Äpfeln und gerösteten Brotschnitten, große, üppige Pasteten mit Wildgeflügel und Kaninchen. Nachts erwischte ihn manchmal die neblige, feuchte Luft außerhalb der Bettvorhänge und brachte ihn zum Husten.

Das Papier, das Parma ihm gegeben hatte, enthielt eine vollständige Beschreibung von Van Groenig. Es war jetzt verkohlt, aber in sein Gedächtnis eingebrannt. Er überlegte oft, besonders nachts im Bett, wie er den Mord ausführen würde. Manchmal dachte er an seine Heimat im Grenzland von Wales und wünschte sich, seine Mutter und die Schwestern besuchen zu können, aber jetzt noch nicht. Erst würde er seine Mission durchführen. Er hatte große Angst vorm Töten. Sicher, er hatte von Lammett eine Menge gelernt, aber würde er imstande sein, es richtig zu machen, kaltblütig, so wie der junge belgische Priester, der den Ketzer Wilhelm den Schweiger erschossen hatte?

Er dachte nie daran, dass er festgenommen werden könnte. Auch wenn Lammett schwarz sah, erwartete er es nicht. Gott hatte ihn berufen, dieses Werk zu vollbringen, da war er sicher.

Gott hatte zu ihm persönlich gesprochen, hatte ihm gesagt, er solle kein Priester sein, sondern Parma dienen. Deshalb würde alles gut gehen. Theoretisch könnte Gott ihn als Märtyrer auserwählt haben, aber eine solche Ehre erwartete er nicht. Er wusste sicher, dass er an herausragender Stelle Gott und seiner heiligen Kirche diente, und das reichte ihm.

Er übernachtete im Haus einer guten katholischen Frau in London, die oft Priester versteckte. Sie nannte ihn bei dem Namen, den er ihr gesagt hatte, servierte ihm gutes, einfaches Essen und stellte nicht eine einzige Frage. Er war beeindruckt. Er wusste sehr wenig über Frauen, von seiner Mutter und seinen Schwestern mal abgesehen, aber er wusste, dass die Kirchenväter wahrheitsgemäß berichteten, dass sie schwache, dumme Schnatterliesen seien.

Am nächsten Tag machte er sich auf die Suche nach dem holländischen Kartenzeichner. Erst tauschte er etwas von seinem französischen Geld bei Gresham's Exchange in Schillinge und Pennys um. Dann begann er mit den großen Fuhrmannsgasthäusern und hatte sie alle abgeklappert, als ihm einfiel, dass Van Groenig zwar sicher in der Nähe von Walsingham sein wollte, aber nicht in der Innenstadt, damit er sich nachts freier bewegen könne. Er hatte einige Adressen von Leuten, die ausländischen Kaufleuten Zimmer vermieteten. Penibel besuchte er jeden Einzelnen und gab an, er sei ein Gefolgsmann Walsinghams. Einer hatte einen Holländer abgewiesen, der ein Zimmer wollte, aber nicht glaubhaft machen konnte, was er hier machte. Er hatte den Holländer zu den Pensionen am Ufer geschickt, wo ständig Zimmer frei waren, weil die meisten Leute sie ungern mit Ratten und Kakerlaken teilen wollten ...

Edward eilte dorthin, ging von einem zum andern und fragte nach einem Holländer namens Van Blauw, und als er zum vierten Mal an eine Tür geklopft hatte, sah er in das Gesicht des Mannes, den zu töten er gekommen war.

»Es tut mir Leid, Euch zu stören, Herr«, sagte er, »ich habe eine Nachricht für einen Niederländer.«

»Ja?«, sagte der Mann misstrauisch. Er hatte Hängebacken und große Pockennarben unterm Bart. »Ich bin Niederländer.«

»Mr Van Blauw?«

»Nein, mein Name ist Van Groenig.«

Edward merkte, wie ihm das Blut in den Kopf stieg, und hoffte, der Mann würde es der Verwirrung oder der Peinlichkeit zuschreiben. Er murmelte Entschuldigungen und eilte davon, erinnerte sich aber rechtzeitig, noch an weiteren Türen zu fragen.

Dann ließ er sich im Ale-Haus gegenüber mit einem Viertel leichtem Bier und etwas Brot und Käse nieder, hörte dem verzweifelten Lautenspiel eines dürren jungen Mannes zu und beobachtete, wie Groenig das Haus verließ, vermutlich, um essen zu gehen.

Dann lief er wieder in die Pension und die Treppe hinauf und holte die Nachschlüssel heraus, die Lammett ihm gegeben hatte. Es dauerte furchtbar lange, bis er das einfache Schloss und den Riegel geöffnet hatte. Er hatte noch nie im Leben so sehr geschwitzt und zitterte, als die Tür aufsprang. Er ging hinein und musste die Tür wieder absperren, was, so kam es ihm vor, noch mal eine Stunde dauerte, und er war gerade fertig, als er verärgerte, schwere Schritte auf der Treppe hörte.

Er trat hinter die Tür, wo der Holländer seinen Umhang aufgehängt hatte. Seine Knie zitterten. Das ist Wahnsinn. Ich sollte eigentlich Priester werden. Warum bin ich hier? Warum mache ich das? Was, wenn es schief geht?

Er holte tief Luft, zog sein Stilett aus der Scheide am Rücken, betete wirr um Kraft. *Warum tust du das, mein Sohn?*, fragte die kleine Stimme des Teufels in ihm, und er antwortete stolz: Ad Maiorem Dei Gloria – für die höhere Ehre Gottes.

Die Tür flog auf. Van Groenig stapfte herein, murmelte vor sich hin. Edward trat vor, packte sein fettiges, gelbes Haar, zog ihn zurück, die linke Hand über seinen Mund gelegt, wie Lammett es ihm gezeigt hatte, die Klinge hineingedrückt, er spürte, wie der dünne Knochen hinter der Augenhöhle Widerstand leistete und dann unter seiner Klinge wie eine Eierschale zerbrach …

Es war vorbei. Alles erledigt. Van Groenig schnappte nach Luft, röchelte, sein Rücken bäumte sich auf, und Edward ließ ihn sacht nach unten gleiten, damit es kein Gepolter gab. Er schloss die Tür, dann ging er in die hinterste Ecke des Zimmers und begann gezielt seine Suche. Er fand Geld, er fand ein paar ketzerische Bücher und dann … fand er zwei Karten. Er rollte sie zusammen, schob sie in sein Wams, schaute sich um und beschloss, dass er für den Umhang eine bessere Verwendung hatte als Van Groenig. Er nahm ihn herunter, warf ihn über die Schultern. Sein Stilett ragte noch immer aus Van Groenigs Auge, und ihm wurde schlecht bei dem Anblick, also zog er es heraus und sah, dass Van Groenig immer noch atmete. Traurig, dass er sterben musste, schließlich war er eines von Gottes Geschöpfen, wenn auch ein Ketzer. Noch trauriger war, dass seine unsterbliche Seele zur Hölle fahren würde.

Edward bekreuzigte sich, kniete neben dem Mann, den er getötet hatte, nieder, und betete für die Erlösung seiner Seele, dann wischte er das Stilett an Van Groenigs Wams ab. Ein Einfall ließ ihn innehalten. Sollte er? Wagte er es? Vielleicht wollte Parma einen Beweis, dass er den Kartenzeichner getötet hatte? Nicht ohne dass es ihm peinlich war, nahm er die Klinge des Stiletts und schnitt von dem schmutzig blonden Haar etwas ab, verknotete es sorgfältig, so wie die Locke aus dem Haar seiner Mutter, die sie ihm beim Abschied gegeben hatte, steckte es in seinen Beutel. Dann eilte er die Treppe hinunter. Beschäftigt damit, das verschmierte Blut von seinen Händen und dem Stilettgriff abzuwischen, war er schon ein Stück auf der Straße, als er aufsah und in die Augen eines großen, dünnen Mannes mit sandfarbenem Haar und grauen Augen blickte, der ihn aus demselben Ale-Haus beobachtete, in dem er zuvor gesessen hatte.

Edward eilte weiter, ihm war immer noch schlecht, aber er begann langsam zu glauben, dass er es getan hatte, es war ihm tatsächlich gelungen, seinen ersten Mann zu töten, er hatte den holländischen Kartenzeichner gestoppt, der den Herzog von Parma verraten wollte. Triumph durchdrang ihn wie Wein. Er hatte es getan. Wenn er jetzt noch an Bord des Schiffes gelangte und mit der nächsten Ebbe von der Küste wegkam, konnte er Parma die entwendeten Karten zurückgeben.

Es war ihm gelungen. Gelobt sei der Herr!

Er verbrachte den Nachmittag damit, von einem Ale-Haus zum andern zu ziehen, trank nur leichtes Ale. In einem Lokal fand er in einer Nische eine dunkle Ecke und rollte die Karten aus. Sie zeigten beide eine ummauerte Stadt mit einer Zitadelle, die um einen Hafen herum gebaut war. Sie kam ihm merkwürdig bekannt vor, aber es gab keine Aufschrift, keinen Schlüssel. Eine der Karten zeigte Schatten im Hafenbecken, das mochten Sandbänke oder Strömungen sein, dachte er. Etwas an der Art, wie der Hafen angelegt war, kitzelte sein Gedächtnis, und er blinzelte und versuchte, sich zu erinnern.

An der Durchreiche standen zwei Männer und fragten den Mann dahinter nach einer bestimmten Person. Edward warf ihnen einen Blick zu, sah einen großen, knorrigen, hässlichen Bär von einem Mann, und der andere war der dünnere mit dem sandfarbenen Haar, der gesehen hatte, wie er Van Groenig verlassen hatte. Sie fragten nach jemandem, auf den seine eigene Beschreibung passte. Edward rührte sich nicht vom Fleck, dann lehnte er sich in der Nische zurück, zog den Hut über die Nase herab, um den Anschein zu erwecken, dass er gerade einschlief. Unter der Hutkrempe sah er, wie die beiden Ermittler das Schnapslokal verließen, und er brauchte alle Selbstbeherrschung, die er in Reims entgegen seiner natürlichen Neigungen gelernt hatte, um genau da zu bleiben, wo er war, und nicht davonzurennen. Tatsächlich beschloss er, bis zum nächsten Tag zu bleiben, denn er wusste jetzt, dass es einer der Orte war, wo die Ermittler nicht wieder suchen würden. Und weil sie die Docks absuchen würden, beschloss er, über Nacht zu bleiben.

Am nächsten Abend nahm er ein Boot flussabwärts zum Dock, wo die *Fortune of Lubeck* vor Anker lag, ging an Bord und zeigte dem Bootsmann seinen Brief von Parma.

Der Bootsmann seufzte und hielt die Hand nach Gold auf, das Edward ihm gab.

Er begann, sich zu entspannen, saß in der Kapitänskajüte und trank Branntwein, um sich gegen die unvermeidliche Seekrankheit zu wappnen.

Während der Wartezeit kam ein einzelner Ermittler an Bord und fragte die Seeleute, ob ein Mann, der seiner Beschreibung entsprach, aufs Schiff gekommen war, was die Seeleute, bezahlt in Gold, alle leugneten. Der Ermittler, der dünne Mann mit dem sandfarbenen Haar, der Van Groenigs Absteige beobachtet hatte, sagte, sein Name sei Becket, und an diesem Punkt traf Edward seine Entscheidung.

Parma hatte gesagt, er könne ein großes Werk für die Sache des Guten und die Heilige Mutter Kirche tun, wenn er es schaffen würde, David Becket zu töten, und hier war genau der Mann, lief die Gangway hinunter und auf den schattigen Kai, der mit Kränen und Kistenstapeln und Seilrollen bepackt war.

Bevor er Zeit hatte, wieder Angst zu bekommen, stellte Edward seinen Becher hin, ging raschen Schrittes aus der Kabine, die Planke hinunter, holte den Mann ein, als er gerade an einem Stapel Flaschenzugketten und Seilen vorbeiging, packte ihn von hinten und stach ihm ins Auge. Es ging nicht so glatt dieses Mal. Der Mann schrie auf, versuchte zu kämpfen, sein Schwert zu ziehen, aber dann war er still. Edward blieb über ihn gebeugt, schwer atmend, entzückt von sich selbst. Mit Sicherheit stand Gott ihm bei, dass er den großartigen David Becket so leicht töten konnte. Zu seiner eigenen Befriedigung schnitt er eine Locke von Beckets Haar ab, wie er es bei Van Groenig gemacht hatte, verknotete sie und steckte sie in seinen Gürtelbeutel. Dann bekreuzigte er sich, sagte ein Vaterunser für den Frieden von Beckets Seele, ging rasch zum Schiff zurück und wies den Bootsmann an, sofort abzureisen. Die Seeleute schauten mit großem Respekt zu, wie er sein Stilett mit einem Tuch abputzte, es schärfte und einölte. Er beachtete sie nicht, fühlte sich leicht und sauber und von aller Verantwortung entbunden, im Wohlgefühl der Gewissheit, in der Gunst Gottes zu stehen.

Sie schoben sich vom Kai weg, dann ließ der Kapitän die Beiboote aussetzen, weil noch nicht Ebbe war, und so wurde die *Fortune of Lubeck* von den quietschenden und kreisenden Rudern der Beiboote die Themse hinunter Richtung Meer gezogen.

Am Abend litt Edward wieder unter quälender Seekrankheit und übergab sich in einen Eimer.

Merula

England, Frühjahr 1588

Schauen Sie über die große Straße Gottes, nehmen Sie wieder den wandernden Faden von Merula auf, treten Sie wieder in die Zeit ein, und da bleibt sie stehen und schaut uns an, spricht mit uns. Streitet sie mit uns?

Bei allem Respekt, haarige Gespenster, ihr täuscht euch gewaltig. Zeit ist keine Straße, wie ihr haarigen Gespenster es gerne hättet. Zeit ist auch kein Fluss oder ein Teppich. Zeit ist eine Spiegelung: Ist da, wenn man schaut, ist weg, wenn man nicht schaut. Zeit vergeht nur, weil wir hier sind, um sie vergehen zu sehen.

Rebecca und Michael fanden die zweimastige *San Antonio,* wie Francis Ames es ihnen gesagt hatte, und redeten mit dem Kapitän. Also lichtete die *San Antonio* den Anker und segelte früh am Morgen bei Ebbe los. In der Bucht von Biskaya, wo der Donnernde Jehova und der Leidende Jesus tanzen und spielen und wie die Brüder, die sie sind, miteinander ringen, kamen wir in einen Sturm, der uns schneller nach Norden trug, als wir jemals erhoffen konnten, und wir landeten in England, in Southampton.

Dann kam eine lange, anstrengende Zeit, die Reise hinauf nach London, denn Rebecca wollte nicht reiten – sie hasst Pferde, sie muss eine Sänfte haben –, und so gingen wir die belebte Straße von Southampton nach London zu Fuß, zehn oder fünfzehn Meilen am Tag, und zum ersten Mal sah ich das seltsame Land der blaugrünen Engländer.

Zunächst einmal ist es dunkel und kalt, obwohl die Sommertage so lang sind. Der Grund für die Sucht der haarigen Gespenster nach Bergen von Kleidung wurde mir klar, bevor wir auch nur den Hafen erreichten. Ich fröstelte, und es schüttelte mich von Wind und Regen, und in den Nächten erfror ich fast. Rebecca war besorgt. Sie gab mir eine Jacke, die ich unter dem Wams tragen konnte, und zwei Hemden und einen dicken, öligen Umhang für obendrüber, und immer noch wurde ich nicht warm. Wenn in England die Löwensonne scheint, ist sie nur ein kleines, neu geborenes Hündchen, sie kann kaum ihr Licht über den Himmel verströmen, weil die Wolken sie die meiste Zeit verdecken. Statt eine Regenzeit zu haben, in der es sich wie in zivilisierten Ländern ausregnet, fällt in England ständig Regen, sommers wie winters, weint tagelang der Himmel, und alles wird klamm und traurig und kälter denn je. Wenn die Hündchensonne versinkt, gibt es eine lange Zeit, in der weder Tag noch Nacht ist, und das Licht verlöscht langsam, als wäre es zu müde, die Welt zu verlassen und der Sonne in die Traumzeit zu folgen. Und genauso am Morgen, das Licht schleicht hoch, als schäme es sich, und das sollte es auch, weil es so schwach ist.

Und so wird alles im englischen Land von der Schwäche der Sonne und dem ständigen Regen regiert. In England arm zu sein, heißt nicht nur wie sonst überall, hungrig zu sein, es bedeutet auch, dass man ständig friert. Meine Herrin war nicht arm, tatsächlich war ihre Familie reich, aber als ich hinter ihrer langsamen Sänfte herging, schaute ich mich um und sah arme Leute unterwegs, abgemagert und in Lumpen eingewickelt. Einige Male kamen Männer auf Pferden angaloppiert, die uns zuriefen, wir sollten im Namen der Königin Platz machen, weil sie Nachrichten für die Königin hätten.

Ich freute mich darauf, diese Königin und ihr Lager zu sehen und ihre Ehemänner. Rebecca hatte darüber geredet, wie groß ihr Palast sei und wie grandios ihre Roben und wie scharf ihre Zunge. Ich fragte mich, ob sie mich bitten würde, für sie in die Traumzeit zu gehen, um ihren Gott um Hilfe anzurufen, aber als ich das fragte, sagte Rebecca nur, ich solle still sein.

Noch etwas Seltsames gibt es in England, nämlich dass die Tiere anders sind. Die Kühe sind fett und die Schafe sehr wollig, und die Schweine sind fett und die Pferde auch. Sie haben keine Löwen, keine Antilopen, keine Giraffen oder Zebras oder Leoparden. Sie haben Rehe und sie haben Wölfe, aber die Tiere sind meist nur für die Menschen da, und daher bilden sie sich viel auf ihre Bedeutung für die Mondfrau ein. Sie glauben, dass die ganze Welt gemacht wurde, um ihnen zu dienen.

Sie haben Wälder, das stimmt, aber die sind nicht sehr reich, und merkwürdige Pflanzen wachsen da. Sie haben auch gar keine Halbmenschen in den Wäldern, die ihnen den Gebrauch der Pflanzen beibringen könnten.

Ihre Häuser sind wie unsere, nur rechteckig und oft mit gebackenen Schlammsteinen gebaut, und ihre Tempel sind großartig aus Steinen errichtet, mit langen, spitzen Türmen. Die Engländer haben ihre Tempel meist einfach im Innern, aber sie haben eine Kunst, farbige Glasbilder zu machen, sehr schön, und ihr Gesang ist großartig, wenn auch merkwürdig tief und unrhythmisch. Ihre Musik fließt um sich selbst wie ein Schlangennest.

Wenn sie auf Reisen gehen, machen sie kein Feuer oder Lager, das Land ist zu nass und zu kalt. Sie haben große Karawansereien überall an den Straßen, alle zwanzig Meilen oder so, mit einem Hof, wo die Wagen festgemacht werden, und einem Gemeinschaftsraum, wo die haarigen Gespenstermänner mich dauernd anstarrten, wenn ich das Essen für meine Herrin bestellt habe, und schöne Zimmer darüber, mit Betten, die selbst Zelte aus Stoff sind, um die Feuchtigkeit und die Kälte abzuhalten. Ich schlief in Rebeccas Zimmer auf einem kleinen Bett, das unter dem großen Zeltbett hervorgezogen wurde, bis sie genug davon hatte, meine Zähne in der Nacht klappern zu hören, und mich in ihr Bett rief, damit wir uns beide wärmen konnten. So war es besser, mit meinen zwei Hemden und der Jacke und der Mütze, die sie mir gegeben hatte, aber ach, Lady Leopard, wie grässlich, im Morgengrauen aufzuwachen, um am kalten Tagesanfang den Kanonenofen anzuzünden. So kalt ist der Ort, kein Wunder, dass sie in unsere Länder kommen wollen.

Als wir uns der Stadt der Königin näherten, breiteten sich überall die Gärten aus, die Felder waren voll mit ihren fetten Rindern, die Straßen überfüllt mit Fuhrwerken, die Essen brachten, um so viele Leute zu ernähren. Southampton war der Ort mit dem Hafen, den wir vor so langer Zeit verlassen hatten, aber als wir nach London kamen, war ich erstaunt über die Leute und die Häuser aus Stein und Backstein, die in den Sümpfen am Ufer standen. Und dann kamen wir zur Brücke über den Fluss, und ich wurde still, denn was ich für London gehalten hatte, waren nur die Ränder, und vor uns lag ein großer Dschungel aus Holz und Stein, ein Dschungel voller haariger Gespenster, und eine Brücke aus Häusern, die den Fluss überquerte, der unten dahinrauschte.

Über dem Brückentor hatte die Königin die gefangenen Köpfe ihrer Feinde angebracht, so wie es bei uns zu Hause gemacht wurde, damit ihre Seelen helfen konnten, die Stadt zu bewachen. Wenigstens das ergab Sinn, und mit den stinkenden Schädeln und den Krähen dazu war mir etwas wohler mitten in der Großartigkeit und Fremdheit des Ortes.

Zu dieser Zeit war meine Nase betäubt vom Gestank der haarigen Gespenster, und ich hatte mich an die kleinen Biere und den Branntwein gewöhnt, die wir tranken, aber das ließ mein Gottgesicht schwächer werden, und ich konnte nur manchmal die wirbelnden Träume der Menschen sehen, wenn ich selbst träumte. Ich bekam Angst, dass ich wieder richtig herum werden könnte, denn was wäre dann, wenn mich die Königin bitten würde, für sie in die Traumzeit zu reisen? Und so trank ich nur einfaches Wasser an dem Abend, als wir nach London kamen und in das großartige Haus von Rebeccas Onkel Dr. Nunez, das mir sofort eine Rote Ruhr bescherte, um meinem Gesicht auf die Sprünge zu helfen. Lady Leopard ist immer schnell und direkt, wenn sie tut, was sie will. Mein Kopf wurde vom Fieber geschüttelt, und ich musste ein halbes Dutzend Mal am Tag zu den Klohütten im Hinterhof rennen, aber ich weigerte mich, ins Bett zu gehen oder Medizin zu nehmen, wie Rebecca es verlangte, weil ich die hilfreiche Hitze nicht verschwenden wollte. In einem so kalten Land hatte ich keine Löwensonne, um mir zu helfen, an den Ort zu steigen, wo die Götter leben.

Dr. Nunez sandte der Königin eine Nachricht, eine Nachricht kam von der Königin zurück, in einem Brief mit ihrem Siegel und ihrem Namen. Rebecca zeigte es mir: Sehr passend für eine Königin, verschnörkelt und ineinander verschlungen, ein großartiges Muster.

Wir fuhren mit dem Boot zum großen Palast von Whitehall, riesig, steinern, wimmelnd vor Menschen, mit gewebten Stoffen behängt und fast verwirrend fürs Auge, weil sie sich so viel Mühe geben, glatte Stoffe oder bemaltes Holz wie Wirklichkeit aussehen zu lassen. Ich sprang heraus, um Rebecca aus dem Boot zu helfen, und da standen auch die Wachen der Königin in ihren roten Jacken, und sie sahen mich erst an, wie sie einen Mann anschauen würden, und dann glotzten sie noch mal von der Seite, als sie merkten, dass ich eine Frau war, und sie murmelten untereinander, das sei unerhört und schockierend, und die Königin würde es entschieden ablehnen.

Zu dieser Zeit hätte ich Frauenkleidung anziehen können, und tatsächlich hatte mir Nunez welche gekauft, die mir solche Qualen verursachte und mich so hässlich machte, dass ich mir lieber vom Polster die Schenkel aufreißen ließ und wie das Mannsvolk herumstolzierte, als zu lernen, nur mit halber Lunge zu atmen, wie ihre Frauen es mussten.

Trotzdem war ihnen befohlen worden, uns zur Königin zu bringen, und das taten sie auch. Wir gingen durch viele schöne Zimmer, eines, wo der Sessel der Königin stand, mit einem Baldachin, genau wie bei meinem König, und schließlich hinaus in einen kleinen Garten voller adretter Pflanzen, die ich nicht kannte, und manche rochen süß und manche würzig, so dass es genauso ein Garten für die Nase wie fürs Auge war.

Ich war zu dieser Zeit noch krank, der Rote-Ruhr-Dämon wütete in meinem Bauch, und mein Herz machte Feuer, um mit ihm zu kämpfen. Ich war durstig, was den Rote-Ruhr-Dämon stark machte, deshalb drehte sich mein Kopf und schwoll an und zog sich zusammen, wie die Lungen einer sterbenden Antilope.

Wir standen mitten auf einem gewundenen Pfad, der von kleinen, abgeschnittenen Büschen begrenzt wurde, Rebecca und ich und ein junger Mann, der uns geführt hatte, und ich schwankte im Wind der Traumzeit, wartete gespannt darauf, die Königin zu sehen und vielleicht sogar ihre Ehemänner.

Schließlich kam sie eilig den Pfad entlang. Frauen gingen hinter ihr her, drei hechelnde Hunde an Leinen. Die Hunde sahen mich und rochen mich und fingen ein wildes Gebell an, sträubten die Nackenhaare, bis die älteste der Bediensteten den zwei jüngsten Mädchen sagte, sie sollten sie reinbringen. Die Mädchen waren schön angezogen, in Weiß und Schwarz und Rosa und Karmesinrot und Grün und Gold, und starrten mich ungeniert an, weil sie noch nie ein richtiges Menschenwesen gesehen hatten, und sie gingen ganz langsam weg und verdrehten den Hals, um noch mal zu gucken.

Rebecca und ich knieten vor der Königin nieder. In meinem benebelten Zustand erschrak ich sehr über ihren Anblick. Tief innerlich hatte ich erwartet, dass eine starke Frau mit der richtigen Farbe, so wie meine, über die haarigen Gespenster regiert, aber selbstverständlich war sie auch ein haariges Gespenst. Ihre Haut war weiß und perlenfarben und angemalt, damit sie noch weißer und auch rosa ausschaute. Ihr Haar war kupferrot. Ich habe von Frauenkönigen gehört, und hier war einer. Ich habe von Hexenköniginnen gehört, und hier war eine. Sie ging auf uns zu, Gespenstergesicht unter dünnem Haar, schwarzer Samt und weißer Damast bildete die Wände des weichen Hauses, das sie wie eine Schnecke auf dem Rücken trug. Ihre hohen roten Lederstiefel hinterließen Eindrücke in den Kieseln auf dem Pfad, während sie mit grollendem Gesicht im Labyrinth herumstampfte.

Kein Wunder, dass sie wütend war, so eingesperrt in ihre Kleider wie die Frauen meines eigenen Königs in ihr Fett. Es erstaunt mich immer noch, was die haarigen Gespenster auf ihren Körper legen. Sie haben natürlich keine Gold- und Kupferringe, die sie an ihren Hälsen und Armen tragen können, um ihren Reichtum zu zeigen. Also wird Samt auf Damast gehäuft, der wiederum auf Taft, und dann wird noch hoch oben am Hinterkopf ein Schleier darüber gehängt, als würde sie einen Nebel für ihre Krone herumtragen.

Sie sprach mit Rebecca, und mein Kopf hallte wie ein Gong von Worten wider, denen ich nicht recht folgen konnte. Hauptsächlich erzählte Rebecca der Königin wohl noch einmal, was ihrem Ehemann Simon zugestoßen war. Die Nachricht bekümmerte die Königin sehr. Sie schlang die Hände ineinander und molk ihre Finger, ihre dünnen Lippen pressten sich zusammen, bis sie verschwanden.

»Habt Ihr das ernst gemeint, was Ihr der Eingabe angefügt habt, die Dr. Nunez mir brachte?«, fragte die Königin. Rebecca sah zu ihr auf, und ich spürte ihre Schwingungen in der Luft, hörte, wie sie klebrig schluckte. Es wurde mir klar, dass Rebecca wirklich Angst hatte vor dieser Königin, was gut war und auch so sein sollte.

»Euer Majestät –«

»Kommt, meine Liebe«, sagte die Königin in einer Stimme, die sie zweifellos mit ihren Ehemännern gebrauchte, »Ihr habt ein sehr interessantes Postscriptum an Eure Eingabe gehängt. Habt Ihr das ernst gemeint?«

»Ja.«

»Gehört das Schiff, das Ihr ausleiht, Euch oder Eurem Vater?«

»Mir«, sagte Rebecca.

Die Königin hob Rebeccas Kinn hoch, damit sie zu ihr aufsah. »Ihr seid mit guter Mitgift ausgestattet und reich. Gibt es keinen anderen Mann, den Ihr heiraten könnt? Könnt Ihr nicht warten, bis die Nachricht kommt, dass Euer Ehemann tot ist, oder sieben Jahre warten, und dann wärt Ihr offiziell Witwe und frei zu heiraten, wen Ihr wollt?«

In dem Wirbel in meinem Kopf und dem Klopfen des Rote-Ruhr-Dämons konnte ich die Wut spüren, die in Rebeccas Seele aufleuchtete. Sie starrte geradewegs zur Königin hoch, mit wütendem Blick.

»Euer Majestät«, flüsterte sie, »es gibt keinen anderen Mann, den ich heiraten möchte. Ich habe meinen Mann bereits geliebt, als ich ihn zum ersten Mal sah und mich weigerte, ihn zu heiraten, weil er immer noch Euer Leibeigener war. Ich hätte ihn damals so wenig geteilt wie heute. Ich liebe ihn sogar jetzt, da er vielleicht nicht mehr am Leben ist. Bis ich seine Leiche oder seinen Körper sehe, werde ich ihn immer lieben.«

»Lobenswert«, sagte die Königin, immer noch kalt, und sie ging überhaupt nicht auf Rebeccas Ärger ein, den sie herausgehört haben musste. »Angemessen. Aber weshalb wollt Ihr Euch solcher Gefahr aussetzen, um ihn zu finden? Sicherlich, wenn Ihr Euer Schiff für dieses Unternehmen verleihen wollt, sind Wir Euch dankbar. Aber dass Ihr Euch selbst in die Klauen der Gefahr begeben wollt, mitten hinein in die Arme der Inquisition –«

»Euer Majestät«, unterbrach Rebecca, dann hielt sie ein und lächelte sie an. »Ich habe die ganze Zeit mit Schiffskapitänen und ihrer Mannschaft zu tun. Ihr ja auch. Dies ist eine wichtige Angelegenheit für mich, und ich möchte sicherstellen, dass meine Befehle befolgt werden und sie so handeln, wie ich es für erforderlich halte.«

»Ihr wollt sie überwachen?«

»Ich will sie daran erinnern, um was es geht.«

Die Königin lächelte, nein, sie grinste Rebecca an. »Bei Gott, wie ich mich danach gesehnt habe, selbst so etwas zu tun. Schiffskapitäne sind die launischsten Geschöpfe auf Erden, schlimmer als ein Rudel schwangerer Mägde. Immer auf dem Sprung zu den Azoren, in der Hoffnung auf ein Schatzschiff. Selbstverständlich werde ich Euch einen Mann mitschicken, der das Kommando übernimmt. Wenn er einwilligt.«

»Wen?«

»Den Freund Eures Ehemanns, David Becket.«

Rebecca zog die Stirn in Falten. Ich wusste, sie mochte den Mann nicht, obwohl sie ihn nie getroffen hatte. Aber seine Rettung aus dem Tower war der Grund dafür gewesen, dass Simon sie vor achtzehn Monaten verlassen hatte, in ein Stück aus dem Tollhaus hineingeraten und schließlich und endlich durch eine Hellebarde verwundet und von Hunden durch den Süden von London gejagt worden war.

Aber sie konnte keinen triftigen Einwand gegen ihn finden und begnügte sich deshalb mit einem unterwürfigen »Ja, Euer Majestät«.

Die Königin schaute ihr mit großem Ernst in die Augen. »Ihr habt möglicherweise keine Chance, Simon auf dieser Mission zu finden.«

Rebecca zuckte die Schultern. »Es liegt in jedem Fall in der Hand des Allmächtigen, Euer Majestät. Wenn es Sein Wille ist, werde ich Simon finden.«

Die Königin nickte. »Diese Liebe, die Ihr nach Eurer Aussage für Euren Ehemann empfindet. Wie ist sie?« Wie neugierig, was ging sie das an?

Zu meiner Überraschung antwortete Rebecca langsam. »Es ist wie Angst, nur dass man sich glücklich fühlt dabei«, sagte sie und setzte ihre Worte mit Bedacht. »Mein Ehemann ist kein starker Mann und er hat sicher so seine Fehler, viele sogar. Aber wenn in einem Zimmer voller Menschen kein Simon ist, dann ist es leer. Und wenn in einem leeren Zimmer Simon ist, dann ist es voll.«

Ich schaute sie von der Seite her an, überrascht von der Leidenschaft in ihrer dünnen, hohen Stimme. Und neidisch, denn so etwas hatte ich noch nie verspürt. Als ich die Königin anschaute, war ich noch mal überrascht, denn sie lächelte Rebecca nicht nur an, sie hatte Tränen in den Augen. In meinem Fiebergesicht wucherten die Tränen wie Kristalle von ihr zu Rebecca hinüber, eine Brücke aus Diamanten. Aha, dachte ich, sie hat einen Mann auf diese Weise gesehen und ihn mit all seinen Fehlern geliebt. Rebecca verstand es auch und lächelte zurück.

»Euer Majestät, ich bin eine glückliche Frau, ich weiß es«, sagte sie. »Viele Frauen müssen Männer heiraten, die sie langweilen, die sie unglücklich machen, die ihr Leben leeren statt füllen. Aber ich bin als Frau von Simon und in seinem Bett glücklich gewesen, und jetzt braucht er mich, ich werde die Welt vierteilen, um ihn zu finden.«

Rebecca streckte die Hand aus und ergriff die weiße Hand der Königin und küsste sie, ermutigt durch die Diamantenbrücke zwischen ihnen. »Ich weiß, Ihr als meine höchst gnädige und freundliche Fürstin werdet mir die Erlaubnis geben.«

»Ihr habt Kinder. Was ist, wenn Ihr sterbt, was ist, wenn die Inquisition Euch erwischt und verbrennt?«

»Was ist, wenn ich mir hier in London die Pest hole und daran sterbe? Sie haben meinen Vater und meine Mutter in Bristol und Kindermädchen, die sie lieben. Alles liegt in der Hand des Allmächtigen.«

Ich wartete und spürte die Feuchtigkeit aus den Kieselsteinen durch meine Hose zu meinen Knien hoch steigen, während mein Fieber zunahm und mein Kopf sich drehte, und schließlich krachte meine Gottsicht durch die Wand aus Bier und Branntwein und packte mich so stark, dass ich kaum aussprechen konnte, was ich sah.

Ich sah die Königin nackt in der Traumzeit, wie sie nachdenklich durch ihren Garten ging. Ich sah sie fast nackt in einem abgerissenen Hemd mit einem armseligen, verbeulten Schild und einem kleinen, aber scharfen Schwert in der Hand. Vor ihrem geistigen Auge hatte sich der königliche Sekretär, ihr Feind Philip von Spanien, gegen sie gestellt, er war ungeheuer groß und stark und schwang einen Hammer, der so groß war wie sie, um sie niederzuschlagen.

Und in ihrem Gottbereich war überhaupt kein Gott. Niemals habe ich ein Geschöpf gesehen, das so allein war. Um sie herum drängten sich ihre Gespenster – da war ein großer, mutiger, lachender Riese mit rotem Haar und Kleidern, die von Juwelen übersät waren; eine dunkle, schattenhafte Frau mit einer Schwertwunde am Hals; eine große Königincousine, die rot gekleidet war; ein lachender, unbesonnener junger Mann, tatsächlich viele junge Männer, da sie Königin war und oft den Tod von Männern anordnen musste.

Ich sah auch die Vielzahl ihrer Ehemänner, die um sie herum aufgestellt waren, wild angezogen, mit Pfauengetue, und sie kämpften, um ihre Macht und Stärke und Schönheit zu zeigen, und sie freute sich an allen, aber sie nahm keinen in ihr Bett, aus Angst, sie würden dann versuchen, sie zu beherrschen. Sie glaubte, dass Gott ihr die Bürde zu herrschen auferlegt hatte, und sie würde sie mit ihrem ganzen Herzen und trotz ihrer Einsamkeit tragen. Aber jetzt hatte sie Angst, dass es ihr Fehler war, wenn ihr Volk erobert wurde. Große Angst. Sie rief zu Gott, wenn sie im Tempel ihres Palastes betete, und bekam keine Antwort, und sie grübelte all die Zeit, wenn sie ihre Papiere las und ihre Berater befragte, und bekam keine Antwort, außer dem, was sie selbst schon wusste. Sie wartete darauf, dass sich ihre Handlungsmöglichkeiten reduzierten, dann wählte sie, und die ganze Zeit nagte an ihr der Zweifel, ob sie Recht hatte, und nie konnte er behoben werden.

Jetzt lagen die Verschlingungen ihres Gartenlabyrinths vor ihr, ein Labyrinth aus Zeit und Handlungen, mit vielen Pfaden, denen man folgen konnte. Doch so viele führten zu Blut und Feuer und zum Sieg ihres Feindes Philip von Spanien. Nur wenige führten zu ihrem eigenen Überleben und schließlich zum Frieden, und sie konnte von ihrem Standpunkt nicht klar sehen, welche das waren. Ihr dünner, dunkelgesichtiger Diener Walsingham drang ungeduldig auf den Kampf zwischen England und Spanien, das hässliche Spiel zwischen seinem Gott, dem Donnernden Jehova, und seinem Teufel, dem Leidenden Jesus. Seine Königin sah das Labyrinth um sich herum anwachsen, zu einem sich ändernden Fluss werden, mit Schachfiguren, die auf den Pfaden umherstreiften und kämpften, wenn sie sich trafen, während der Donnernde Jehova und der Leidende Jesus einander gegenübertraten und sich über die Meerenge hinweg anknurrten.

Wir standen an einer Stelle, wo in der Traumzeit ein Pfad auseinander ging, und ich konnte es sehen.

Ich sollte weiterhin schweigen, aber ich muss sprechen. Ich muss sie nach meinem Sohn fragen. Ich bin umgedreht, ich tue das Gegenteil.

»Euer Majestät«, sagte ich leise von der Stelle, wo ich kniete, um sie nicht zu ängstigen, »große Königin, darf ich Euch ansprechen?«

Sie blinzelte. Ich hatte meine Herrin unterbrochen, gerade als sie ihren Plan zu Ende erklärte. Die Königin und ebenso Rebecca empfanden meine Worte als eine Art Rebellion. Und, offen gesagt, erwartete sie auch nicht, dass ein so schwarzes Gesicht wie meines überhaupt auf Englisch zu ihr sprechen würde.

»Ja?«, sagte sie mit sehr kalter Stimme.

»Hier bin ich, Euer Majestät, ich bin eine mächtige Frau und umgedreht. Wenn Ihr mich bittet, kann ich für Euch die Traumzeit besuchen und Euren Gott nach seinem Willen fragen.«

»Eine Prophetin?«, fragte sie.

Ich kannte das Wort nicht. Rebecca sagte es mir, und ich schüttelte den Kopf. »Nein, Majestät, ich kenne die Zukunft nicht, es gibt so viele davon. Besonders eine, in der Ihr siegreich und allein, und eine, in der Ihr besiegt und glücklich seid. Ich weiß auch nicht, wie man von hier aus zu einer bestimmten anderen kommt. Aber ich kann den Willen Eures Donnergottes erfragen und herausfinden, welche Geschenke er vielleicht mag, damit er Eure Feinde für Euch vernichtet.«

»Eine Hexe?«, fragte sie, und ich hörte zweifelnde Furcht und Interesse in ihrer Stimme miteinander kämpfen.

Es ist schwer zu erklären, was ich bei den haarigen Gespenstern auslöse.

»Nein, große Majestät, ich mache keinen Zauberbann. Ich bin die größte umgedrehte Person, die es jemals gegeben hat, aber jetzt jage ich nach meinem Sohn in den Sümpfen der Welt. Er wurde letzten Sommer an der Sklavenküste verkauft. Wenn Ihr mir helfen würdet, meinen Sohn zu finden, werde ich für Euch mit den Göttern Eurer Majestät reden.«

Es war ein faires und großzügiges Angebot, aber ihre Antwort war kalt.

»Es gibt nur einen Gott«, sagte sie nüchtern und drehte sich um. Rebecca murmelte ihr zu, was ich ihr über meinen Sohn erzählt hatte.

»Nur einen, das stimmt, aber unsere Augen sind klein, also sehen wir viele Teile, wo es nur einen gibt«, sagte ich und dachte nicht, gehört zu werden. »Vielleicht würdet Ihr es vorziehen, sie Engel zu nennen.«

Stoff raschelte an Stoff, als die Königin sich zu mir umdrehte. »Mrs Anriques sagt, du hättest einen Sturm für das Schiff gerufen, als ihr eine Flaute hattet.«

Ich lächelte. »Um ehrlich zu sein, Majestät, habe ich Euren eigenen Sturmgott aufgesucht und ihn zu uns gebracht, weil ich es selbst satt hatte, so wenig grünes Wasser zu trinken.«

»Vielleicht solltest du mit Dr. Dee reden, wenn er aus Böhmen zurückkommt. Er behauptet auch, mit den Engeln zu reden.« Ihre Stimme zweifelte immer noch, ohne aber höhnisch zu klingen.

»Ich bin nicht so begierig darauf, Götter aufzusuchen, denn der Weg ist sehr beschwerlich«, sagte ich zu ihr. »Ich möchte nur Eurer Majestät einen Dienst erweisen, damit Ihr mir helft, meinen Sohn oder seine Leiche zu finden, und das ist der einzige Dienst, von dem ich etwas verstehe.«

»Ich habe mit afrikanischen Sklaven nichts zu tun«, sagte die Königin. Sie nahm Steuern von denen, die ihr Vermögen mit den Körpern von Menschen machten, aber das hatte nichts mit ihr zu tun. Oh nein. »Wie würden wir deinen Sohn erkennen, wenn wir ihn fänden?«

Ich löste Schnürbänder und schob den Ärmel meines Wamses hoch, um ihr die Schlangenfrau zu zeigen, die sich um meinen linken Arm wand. »Er hat auch eine Schlange, aber sie ist an seinem rechten Arm. Und seine Jahresgruppe hat ein Zickzackmuster.«

»Ich werde den Sekretär Mr Hawkins bitten, in seinen Waren für dich nachzusehen und seine Händlerkollegen zu fragen, aus Dank für den Dienst, den du mir schon erwiesen hast, indem du meine Dienerin Mrs Anriques gerettet hast. Und wenn du wieder zu diesem Sturmengel kommst, vielleicht kannst du ihn in meinem Namen bitten, dieses mein Land zu beschützen.«

Ich verbeugte mich vor ihr. Götter, Engel, wilde Geister, es gibt keinen Unterschied. Nenne sie, wie du willst, sie können eitle und habgierige Geschöpfe sein und sie genießen es, angebetet zu werden. Ich könnte sicherlich für sie bitten. Aber ich dachte, ich hätte hier versagt.

»Eure Träume sind weise«, sagte ich schließlich zu ihr, ein kostenloses Geschenk für sie. »Hört auf sie, große Majestät.«

Sie wurde weiß unter der Farbe, und ihre Augen waren ärgerlich. Sie sprach ein paar Worte mit Rebecca und entließ uns dann.

Als wir weggeführt wurden, fiel Rebecca wütend über mich her. »Wie konntest du all meine Pläne aufs Spiel setzen? Wie kannst du wagen, so mit der Königin zu reden?«

»Wie ich es wagen kann?« Ich lächelte. »Ich bin umgedreht und die Schwester eines Königs. Ich werde Euch helfen, Euren Mann zu finden, Rebecca Anriques, aber nur, wenn Ihr mir helft, meinen zu finden.«

»Das ist unmöglich«, sagte sie schnippisch.

Ich zuckte die Schultern und hielt meinen Mund. Sie verstand nicht, was ich getan hatte. Sie dachte, ich sei frech gewesen, sie hatte mich zurechtgewiesen, und jetzt war ich endlich still. Sie hatte keine Ahnung, wie gefährlich mein Schweigen sein kann. Lady Leopard ging hinter ihr und peitschte ihren Schwanz, als wir durch die weiß gestrichenen Korridore gingen und dann in eine andere Richtung zurück zum Wasser.

»Wenigstens mag die Königin meine Idee«, sagte Rebecca zu mir. »Wir werden Becket noch treffen, wenn er zurückkommt, und dann geht es los.«

Ich lächelte und sagte nichts.

Hier sehen Sie, die Zeit ist voller Flicken, denn ich hatte die Rote Ruhr, und es dauerte eine Weile, bis ich mich erholt hatte, und Rebecca bemerkte nicht, dass mein Mund gegen sie verschlossen war.

Dann kam David Becket, von dem ich in diesem Haushalt so viel gehört hatte. Er kam zum Abendessen ins Haus von Nunez und brachte seinen Bruder mit, der schlank und groß war, mit kleinen ängstlichen Falten über den Brauen. Becket selbst war größer als ich und ein gutes Stück breiter und stand die ganze Zeit wie ein Krieger, obwohl er irgendeine Verletzung an den Handgelenken hatte und sein Gesicht vom Trinken aufgeschwemmt und von Sorgen zerfurcht war. Nicht einmal das hungrigste haarige Gespenstermädchen würde den Mann als gut aussehend bezeichnen, er roch schlimmer als viele, und seine wolkenfarbigen Augen und seine langen Wimpern passten nicht zu seinem Gesicht. Und weil er eine gute Anzahl Menschen getötet hatte, folgten ihm Geister. Er sah mich nur als Rebeccas Dienerin, und nachdem er ausgiebig auf meine Brüste hinter dem zugeknöpften Wams und auf meine Beine in ihren Hosen und Stiefeln gestarrt hatte, beachtete er mich überhaupt nicht mehr. Sein Bruder konnte kaum seine Augen von mir wenden, weshalb ich ihn necken wollte, und das tat ich auch. Er fiel fast in Ohnmacht, als ich ihm zuzwinkerte.

Die kleine Thomasina de Paris, die Närrin der Königin, kam persönlich, um uns zur Königin zu bringen, und Becket kam unwillig mit und beklagte sich, dass er Geheimnisse nicht ausstehen könne, und weshalb solle er Falken und Habichte anschauen, und warum nahm man ein Boot, und weshalb mussten die Frauen mitkommen – das waren Rebecca und Thomasina in der Sänfte und ich als Bedienstete dahinter. Wenn ich mich konzentrierte, konnte ich seinen Gottbereich sehen, in dem tatsächlich ein sehr finsterer Gott brütete, und um den Mann herum hingen überall dunkle Wolken des Unglücks. Darüber hinaus hatte er eine Verletzung am Kopf gehabt, die ihn zumindest ein bisschen umgedreht hatte, denn ich konnte die Möglichkeiten eines Propheten um ihn herumtanzen sehen. Ich fragte mich, ob er wusste, was er war, und ob es ihm etwas ausmachte.

Als er die Königin im Marstall traf, fing sie damit an, ihn für irgendeinen Dienst zu belohnen, und leitete dann höchst geschickt auf das über, was sie und Rebecca schriftlich ausgeklügelt hatten in den Briefen, die Thomasina all die Tage überliefert hatte, in denen ich krank war. Er war entsetzt und abgestoßen und er beugte sich vor, als müsse er bei dem Gedanken weinen. Und dann stimmte er zu.

Nun kamen einige Tage der Vorbereitung. Thomasina kannte einen Waffenschmied, von dem sie zwei seltsame kleine Geräte anfertigen ließ, die ihrer Aussage nach alle Huren von London benutzten. Es war ein Messer, das sich am Heft auseinander nehmen ließ, und die Klinge konnte im Heft versteckt werden, das hohl und an einer Schnur befestigt war. Das, so sagte sie, kann von einer Frau leicht versteckt werden, und sogar ein Mann konnte das, wenn nötig. Ich schaute mir die Form an und lachte und nahm das für mich bestimmte und ging zum Klo und versteckte es in meinem Frauenplatz. Rebecca nahm ihr kleines Messer ebenfalls und wurde puterrot, als sie versprach, es genauso zu machen.

Wichtiger war ein Brief von Hawkins, den Rebecca mir vorlas. Darin stand, dass es zu der Zeit, als mein Sohn verkauft wurde, überhaupt keine englischen Sklavenreisen gegeben hatte, weder offiziell noch inoffiziell. Das half mir sehr, denn jetzt wusste ich, dass ich ihn in den blaugrünen Ländern meiner Herrin nicht finden würde. Und deshalb muss ich in die karmesinroten und purpurfarbenen Länder reisen, in die braungoldenen Länder, wo die Inquisition ihre Nichtopfer verbrennt. Wenn er nicht in Neuspanien und nicht in England war, dann war er dort, denn keine anderen Stämme im Norden handeln mit schwarzen Menschen, abgesehen von den Niederländern ein bisschen. Warten war schwer für mich, während Briefe hin und her gingen. Ich überbrachte Botschaften oder beschützte meine Herrin, wenn sie losging, um mit Schiffskapitänen zu sprechen. Ich trug verschiedene Briefe in Londoner Häuser. In einem großen, hellen Steinhaus mit dem Namen Fant Place war über der Tür ein Geschöpf in Stein gemeißelt, das mich an mein Zuhause erinnerte, denn es hätte ein Elefant sein können, bearbeitet von jemandem, der nie einen gesehen hatte, aber dem er beschrieben worden war. An der Eingangstür hingen die Stoßzähne des Tieres, großartig geschnitzt, und ich fragte mich, was für eine Geschichte der Elefant hatte, und wie er in die kalten Länder des Nordens gekommen war. Schließlich hatte meine Herrin nach einem mysteriösen und komplizierten Handel mit einem Kaufmann aus Bristol, der ein Schiff für seinen Irlandhandel brauchte und im Gegenzug eines zu verleihen hatte, ein neues Schiff erworben, die *Salamander of London.*

Becket tobte beim Tod seines Bruders. Er ritt mit der Leiche nach Hause zu seinen Ländereien, kam weiß und abgespannt und mit zusammengepressten Lippen wieder und fand mich in der Küche von Nunez, wo ich allein saß und trank. Denn es war leider so, dass ich sehr zum Ärger meiner Lady Leopard anfing, den Branntwein zu mögen, von dem sie so viel tranken, und während die Wälder meiner eigenen Länder nie einsam sind, weil sie von Göttern und Tieren und Geistern wimmeln, war der menschliche Dschungel von London leer, ohne irgendwelche Leute, mit denen ich wirklich reden konnte.

Ich erinnere mich jetzt, wie es zustande kam. Becket betrat lautstark die Küche, mit Schlamm an Stiefeln und Beinen, er roch nach Pferden und Müdigkeit und versuchte, sich einen Humpen Bier aus dem Fass in der Ecke der Getränkekammer zu zapfen. Der Koch war zum Markt gegangen und hatte beide Küchenjungen mitgenommen, weshalb ich dort meine Ruhe gesucht hatte. Aber die Verletzung an seinen Händen hatte sie geschwächt, und der Hahn war steif, und er konnte ihn nicht aufdrehen. Er fluchte und haute mit der Faust auf das Ding, und um meine Ruhe zu haben, stand ich auf, nahm ihm den Humpen ab und zapfte ihm ein Ale.

»Danke«, sagte er, was mehr war, als andere aus dem Haushalt sagten, wenn ich sie bediente.

Ich lächelte ihn an, und er füllte meinen Humpen noch mal und überreichte ihn mir. »Trink nie allein«, dröhnte er, »das ist schlecht für den Geist.«

Nun stimmte das sicher, und wenn ich ein passendes menschliches Wesen gehabt hätte, um mit ihm zu trinken, wäre ich nicht so einsam gewesen und hätte auch nicht so viel getrunken.

Das breite haarige Gespenst saß mir an dem gescheuerten Tisch gegenüber und hob seinen Humpen in meine Richtung.

»Dein Wohl«, sagte er. »Du bist eine gut aussehende Niggerfrau. Ich frage mich, ob es stimmt, was Mrs Anriques über dich erzählt, dass du nämlich einen Sturm gerufen hast.«

»Gewissermaßen«, sagte ich zu ihm. Meine Zunge war nicht bereit, weil sie wegen Rebecca verschlossen war.

Er sah erschrocken aus, als hätte er zu einem Pferd gesprochen und niemals eine Antwort erwartet. »Dann sprichst du also englisch?«

Ich lächelte und nickte und trank. Meine Lady Leopard schien zusammengerollt am Feuer zu schlafen. Oder vielleicht war es die verschwommene gescheckte Katze, die ich so mochte. Mit dem Alkohol, der seine Fangarme um die Pforten meines Geistes wand, waren sie schwer auseinander zu halten.

»Was ist denn eigentlich mit Simon Ames passiert? Wie konnte ihn die Inquisition lebend erwischen?«

Ich hielt inne, dann erzählte ich ihm die Geschichte, wie ich sie Ihnen erzählt habe, und machte es so gut ich konnte, und er hörte zu und fluchte erst am Schluss.

»Rebecca behauptet, du bist eine Wahrsagerin«, sagte er. »Kannst du mir also erklären, wie ich in meinen Träumen wissen konnte, dass die Inquisition ihn in ihren Verließen hat, bevor euer Schiff auch nur gelandet war?«

»In unseren Träumen können wir in die Traumzeit gehen«, sagte ich ihm. »Und manchmal können wir aus der Traumzeit in die Vergangenheit schauen und manchmal in die Zukunft, und manchmal können wir die Götter sehen oder die Engel, wie ihr sie nennt.«

»Heißt das, meine Träume werden wahr?«

»Das könnte sein.«

Er blinzelte mich an. »Was ist, wenn alle meine Träume eine schreckliche Zukunft gezeigt haben, die für mich aber gut war und in der ich ein mächtiger Mann von Rang und Namen war?«

Ich spürte ein Kitzeln im Nacken, wo mich die Schnurrhaare der Lady Leopard erwischten. *Sei vorsichtig,* sagte sie.

»Es kann einen anderen Weg geben«, sagte ich zu ihm, »aber der kann Euren Tod bedeuten. Oder es kann alles eine Fantasie sein, ausgelöst durch die Verletzung an Eurem Kopf, die Ihr letztes Jahr erlitten habt.«

»Wie kann ich herausfinden, was es ist?«

Ich beugte mich vor und legte meine Hand auf sein Handgelenk, wo die Narben waren. Er zuckte leicht zusammen, aber ich hielt ihn fest – um sicherzugehen, dass er nur Angst hatte, weil ich so anders aussah als alle seine Gespensterfrauen.

»Mr Becket«, sagte ich zu ihm, »das könnt Ihr nicht. Alles was Ihr könnt, ist das, was Euch gut vorkommt.«

Er grunzte, zog den Kopf ein, trank noch etwas.

»Ihr seid Schwertmeister?«, fragte ich ihn.

Er zuckte die Schultern, und sein Mund verzog sich traurig. »Ich war es.«

»Nun, Herr, bringt Ihr mir bei, wie man damit umgeht?« Ich zeigte ihm das kurze Schwert, das man mir gegeben hatte. »Und wie man Gewehre abschießt? Und wo das Pulver herkommt?«

»Frauen können mit Schwertern nicht umgehen. Sie sind zu schwach.«

»Manche Frauen schon, ich nicht. Ich bin stärker als Ihr, Mr Becket, glaube ich.«

Er spuckte aus, lachte grimmig. »Nein.«

»Bin ich doch. Und ich muss lernen, mit euren Waffen zu kämpfen. Ich weiß schon, wie man mit einem Speer umgeht und mit einem Knüppel, aber mit Schwert und Gewehr ... noch nicht. Also zeigt es mir.«

Er legte seinen rechten Arm mit angewinkeltem Ellbogen auf den Tisch und lächelte faul, die Augen halb geschlossen. »Beweise deine Stärke. Halt gegen beim Armdrücken. Ich wette eine Schwertlektion, dass du es nicht schaffst.«

Ich kannte das Spiel Armdrücken nicht, aber er erklärte es mir, und ich beugte meinen Arm und drückte meine Hand gegen seine.

Selbstverständlich habe ich gewonnen. Zuerst hielt ich ein Unentschieden, und dann, als ich spürte, wo seine Schwäche liegt, drehte ich und schlug ihn.

Er seufzte und füllte erneut seinen Humpen. »Sind alle afrikanischen Frauen so kräftig wie du?«

»Einige«, sagte ich. »Manche sind viel schwächer, manche sind fett wie das Flusspferd und kichern den ganzen Tag. Jetzt müsst Ihr Eure Wette begleichen.«

Als der Koch zurückkam, waren wir beide in Hemdsärmeln, und er ließ mich mit einem Stock vom Holzstoß neben dem Feuer in der Luft die Bewegungen vollführen, die man können musste. Der Koch war wütend, weil wir ein paar Teller zerbrochen hatten, und die Küchenjungen standen da und glotzten bei unserem Anblick. Becket war anfangs zurückhaltend, aber jetzt passte er auf und brachte es mir richtig bei, und ich habe die Lektion gemocht, obwohl die gescheckte Katze laut fauchend vom Feuer weggelaufen war.

Als wir vom Zorn des Kochs aus der Küche vertrieben wurden, klopfte mir Becket auf den Rücken und warf mir mein Wams zu. »Bei Gott, Merula, wenn die schwarzen Frauen sind wie du, wie sind dann die Männer?«

»Mächtige Krieger«, sagte ich, »größer als ich und stärker, aber leider nicht so schlau. Und auch nicht gefeit gegen Gewehrfeuer.«

»Na, Gott sei Dank, sonst würdet ihr euch nach England aufmachen und uns als Sklaven nehmen.«

Ich lächelte, sagte aber nicht, was ich dachte, und das war: Warum sollten wir haarige Gespenster als Sklaven wollen, wenn die so wild und primitiv sind, dass man ihnen von der Traumzeit erzählen muss?

Ich wusste, das war der Anfang meiner Vernichtung. Ich fing mit Bier und Branntwein an und damit, die Pforten in meinem Kopf zu schließen, mich richtig herum zu drehen, als wäre ich ein Mensch wie sie. Ich war auf der Suche nach meinem Sohn gekommen und ebenso auf der Suche nach dem Geheimnis des Schießpulvers, um beide mit nach Hause zu nehmen. Hier fing mein Weg an, sich zu verbiegen. Ich kann es jetzt sehen, selbstverständlich, aber ich konnte es auch damals schon sehen, denn wenn ich mich neben Rebecca zum Schlafen legte, wandte mir die Lady Leopard den Rücken zu und peitschte mit dem Schwanz. Aber ich dachte, es kann nicht schaden, den Schwertkampf von einem Mann zu lernen, der wusste, wie man ihn anderen beibringt. Und ich dachte, es kann nicht schaden, mich mit Becket anzufreunden, der so unglücklich war, außer wenn er mir das Kämpfen beibrachte. Auch machte es nichts aus, wie er mich anschaute, wenn ich den Holzstock schwang, denn ich war lange Zeit ohne Mann gewesen und ebenfalls einsam. Warum war die Lady Leopard böse auf mich, fragte ich mich halbherzig, aber ich wollte nicht in die Traumzeit gehen, um sie zu fragen, weil es so schwer und so qualvoll war. Eines Nachts, als es mir schlecht ging, versuchte ich zur Mondkönigin zu singen, die auf ihrer Wolkencouch lag, aber Rebecca sagte, ich solle schweigen, und die Nacht war still. Also trank ich noch mehr von dem Branntwein in dem Becher neben Rebeccas Bett und schlief ein zu einem traumlosen Schlaf.

Gehen Sie mit mir über die Tage hinweg wie ein Flamingo, tauchen Sie Ihren Schnabel verkehrt herum in die Stunden, um die Einzelheiten zu finden. Hier ist eine Erinnerung an mich und Becket, wie ich den Umgang mit dem Schwert im Hof von Nunez lernte: Wir waren dazu übergegangen, schwere, stumpfe Metallschwerter zu verwenden, und ich lachte, als ich meines in der Hand wog, denn ich spürte, dass da ein Gott war, dessen Sache ich lernte, ein neuer Gott interessierte sich für mich. Lady Leopard war wütend. Ich konnte nur ihren Rücken und den peitschenden Schwanz sehen. So, hier war ich, sorgte dafür, dass meine Hiebe Gewicht hatten, und hier war Becket, focht zurück. Er hatte das Schwert an seinen Arm gebunden, damit er es nicht fallen ließ. Er war langsam und passte auf, dass er mich nicht verletzte, wenn er mich schlug, wunderbar leichtfüßig für so einen großen Mann. Und er drehte sich und klemmte plötzlich meinen Arm unter seinen, drückte fest zu, und so ließ ich mein Schwert fallen und war gefangen.

»Was nun?«, sagte er außer Atem und zeigte seine Zähne.

Ich stand da und überlegte, denn ohne meine Lady Leopard, die mir Wildheit verleihen konnte, wusste ich wirklich nicht weiter. Außerdem wollte ich gegen Becket nicht wild werden, ich mochte ihn trotz all seiner Schimpferei und seiner schlechten Launen. Und wenn man mit einem Mann kämpft, lernt man ihn kennen, man lernt seinen Körper kennen, als würde man mit ihm tanzen, und so wird er einem vertraut. Das ist sogar so bei Männern, die man töten muss; noch stärker ist es bei einem Mann, der einem das Kämpfen beibringt.

»Nun, inzwischen habe ich deinen Arm gebrochen und dir das Messer reingestochen. Was wirst du tun?«

Ich riss mein Knie hoch, erwischte nur seinen Schenkel, denn er wich schnell aus, und hatte sein eigenes stumpfes Messer in meiner Magengrube.

»Du bist tot, Merula.«

»Was sollte ich tun?« Er war sehr nah, nur das Schwert war zwischen uns, und seine grauen Augen tanzten übermütig. Ich habe immer noch meinen Mannteil, genau wie meine Frauengrotte, den Teil, wo die Lust lebt und den die Araber in ihrer Angst abschneiden.

»Denk darüber nach. Wie viele Hände habe ich? Nur eine. Ich bin nicht besser dran als du, denn obwohl ich deinen Schwertarm festhalte, bin ich nah genug, damit du zuschlagen ...«

Ich brachte meine Faust hoch, schlug sanft auf seine Kinnlade.

»Jawohl, so, und wenn du einen Dolch in deiner linken Hand hast, umso besser. Noch mal.«

Und wir übten es, er hielt meinen Arm fest, und ich schlug ihn sanft mit der linken Hand, und jedes Mal kam er näher, bis er beim letzten Mal seine Stellung änderte und mich an die Klosettwand drückte und mich mit der stumpfen Klinge seines Schwerts dort aufspießte. Wenn es jemand anders gewesen wäre, einer der Seeleute, die den Mann-Frau-Tanz mit mir zu tanzen versuchten, hätte ich gewusst, was ich tun muss, und Lady Leopard wäre mir zu Hilfe gekommen, aber hier und jetzt, als das haarige Gespenst mich weniger mit seiner Kraft als mit seinen wolkenfarbenen Augen aufspießte ... Ich war verwirrt. Ich kam mir hilflos vor, als wäre ich das Mädchen, das ich war, als ich mit meinem Ehemann verheiratet wurde und nichts vom Umgedrehtsein wusste, nur Wasser trug, Getreide anpflanzte und Kinder aufzog.

»Nun«, keuchte er, »jetzt kannst du kämpfen wie ein Mann, Merula, aber jeder kann einen Kampf verlieren, und wenn dir das passiert ... wird es für dich schwerer, verstehst du?«

Ich verstand, was er sagte. Er wollte mich nehmen, aber er verbarg es vor sich selbst mit seiner Warnung. Ich wusste, wie die Männer sind, – glauben Sie, alle benachbarten Stämme hätten Angst vor den Göttern und den Geistern im Wald gehabt?

Es hatte in den frühen Tagen immer Männer gegeben, die mich gesucht haben und in meine Grotte eingedrungen sind.

Plötzlich dachte ich, nun, was wäre, wenn ich ihn in meine Grotte lasse? Ich bin schließlich nicht auf Jungfräulichkeit eingeschworen. Ich habe ein Menschenkind geboren, und wenn ich lange Zeit ohne Mann war, dann lag das eher daran, dass sie vor meinem umgedrehten Zustand Angst hatten. Und vor den Köpfen und den Männerteilen, die ich auf den Bäumen in der Nähe ihrer Dörfer ausgestellt hatte, und die jenen gehörten, die mich im Wald gefunden hatten.

So griff ich nach seinem Handgelenk, wo die Narben waren, und schob die Klinge beiseite, so dass nichts mehr zwischen uns war. »Glaubt Ihr, ich sei ein Mädchen?«, fragte ich ihn, weil ich das Wort für Jungfrau nicht kannte. »Glaubt Ihr, ich habe nie einen Mann gekannt? Ich habe einen Sohn, und es war kein Gott, der bei mir gelegen hat, um ihn zu machen. Was wollt Ihr?«

Für haarige Gespenster ist schwarz zu sein teuflisch, nicht menschlich. Für mich war er ein haariges Gespenst, nicht menschlich. Aber wir waren uns nahe, und ich bin eine Frau, und er ist ein Mann.

Er ließ sein Schwert fallen, hob sein Handgelenk, wo ich es festhielt, und küsste meinen Handrücken, sehr galant, so wie Männer bei den haarigen Gespenstern es gewöhnlich mit Frauen tun. Ich ließ los und streichelte seinen pelzigen Bart, weil ich wissen wollte, ob er rau oder weich war. Rau.

Er schüttelte den Kopf, lächelte nach unten, wie über einen geheimen Witz. »Ach Merula«, sagte er. Dann ließ er mich los, und ich bückte mich, um die Schwerter aufzuheben, die wir hatten fallen lassen. »Warum trägst du Männerkleidung?«, fragte er mich plötzlich.

»In diesem Land ist es zu kalt, um nur mit einem Lederrock zu gehen. Männerkleider sind unbequem«, sagte ich. »Aber ich habe in meinem ganzen Leben niemals Frauenkorsette getragen, sie nehmen mir den Atem, und wie kann ich Wärterin für meine Herrin sein mit Petticoats um meine Beine.«

»Es sieht ... seltsam aus«, sagte er. »In der einen Minute noch das, dann plötzlich was anderes.«

»Macht keinen Fehler«, sagte ich zu ihm. »Ich bin eine Frau, kein Mann.«

»Kämpft wie ein Mann, zieht sich an wie ein Mann, trinkt wie ein Mann, ist so stark wie ein Mann ...« Er lächelte, neckte mich. Aber es klang nervös.

Ich hatte genug von seinen Neckereien und seinen Zweifeln, also griff ich ihn an und erwischte ihn an seinem Hosenbeutel, wo er lebendig war, und er japste, wie sie es immer machen. Dann nahm ich seine Hand und schob sie unter meinen eigenen Schritt.

»Was spürt Ihr da?«

»Nichts?«

Ich hatte ihn, und er sagte nichts mehr, sein Gesicht wurde rot, wie das bei den haarigen Gespenstern so ist, und zeigte deutlich seine Gefühle.

»Mehr als nichts«, sagte ich zu ihm. »Weniger als etwas.« Ich schob seine Hand hoch und legte sie auf meine Brust unter dem Wams. »Und jetzt?«

»Ja«, knurrte er und begann wieder, schnell zu atmen. »Ja, sehr viel von etwas.«

Und er grinste plötzlich, denn ich hatte schließlich seinen Sack in der Hand und hätte drehen können, er grinste und machte eine hohle Hand und drückte meine Brust ganz zärtlich.

Ich bekam Antwort, also lächelte ich und ließ ihn los und trat zurück. Er blies den Atem durch die Lippen wie ein Pferd und richtete seine Kleidung, wir gingen ins Haus zurück, und er schaute mich von der Seite her an, auch wenn er glaubte, ich würde es nicht sehen, schaute und schaute weg, als zöge er etwas Neues in Betracht.

Ich war etwas glücklicher. Die Rüstung ihrer Kleider macht die haarigen Gespenster leicht konfus, und ich wollte, dass er wusste, was ich war. Da sie wild sind, wollen die haarigen Gespenster die Dinge gern einfach halten: Sie wollen, dass eine Frau nur das tut, was alle Frauen tun, und ein Mann nur das, was Männer tun. Aber wir sind nicht so einfach, und wenn sie für jemanden wie mich keinen Platz in ihren Mann- und Frauschachteln haben, dann verwirrt sich ihr Leben. Ich möchte als das gesehen werden, was ich bin, und ich wollte, dass Becket es sah.

Und das tat er. Ich glaube, das tat er.

Wenigstens ein Teil meiner Suche war erfolgreich. Ich erfuhr von ihm das Geheimnis des Schießpulvers. Es ist ganz einfach, etwas, das zuerst als Medizin hergestellt wurde, zweifellos gegen Verstopfung, von der die haarigen Gespenster geplagt werden. Dann hat es jemand gekocht und starb beinahe bei der Explosion. Sieben Teile Salpeter, zwei Teile Schwefel und ein Teil Holzkohle. Mische es fein gemahlen zusammen, und man hat das sandartige Schwarzpulver. Mach das Pulver nass, forme es zu Kuchen, trockne es und mahle es (sehr vorsichtig) klein, und dann hat man das Pulvermehl. *Dafür* haben unsere Könige unsere jungen Männer verkauft. Becket hat mir alles erklärt und mir die wenigen Fässer gezeigt, die auf der *Salamander of London* geladen waren, dem Schiff, das Rebeccas Pass für die Armada war. Er zeigte mir den Gebrauch und das Laden von Handfeuerwaffen: eine Hakenbüchse, ein Kaliver und eine Pistole. Er nahm mich nach Newington Butts mit, südlich vom Fluss, wo es Zielscheiben für Bogenschützen gibt und einen Platz zum Schießen inmitten eines Erdwalls. Sie hatten viel Streit mit dem Mann, dem der Schießplatz gehörte, und ein Bestechungsgeld war nötig, aber ich habe gelernt, wie man reinigt und lädt und zündet, bezwang meine Angst vor der brennenden Lunte neben meinem Auge, und der Rückstoß des Gewehrs ließ mich nicht mehr aufschreien und ich ließ auch nicht mehr die Waffe fallen, obwohl meine Schulter blau war und schmerzte.

Ich hätte dann weggehen können. Ich hätte mein Wissen nehmen, Geld stehlen und ein Schiff finden, zurück in mein Land fahren und zu meinem König gehen können. Ich hätte zu ihm sagen können: Gib mir die braunen Brocken, die in Dunghaufen wachsen, gib mir Schwefel aus dem Süden, gib mir Holzkohle und ein paar Männer zum Arbeiten, und ich gebe dir das Zauberpulver, mit dem du deine Gewehre füttern kannst, und du musst keine jungen Männer mehr an die Araber und die haarigen Gespenster verfüttern. Das hätte ich tun können, ja. Viele Dinge hätten sich verändert. Vielleicht hat mir meine Lady Leopard deshalb den Rücken zugewandt. Aber mich hat Schießpulver nicht so sehr interessiert wie mein Sohn. Oder Branntwein. Oder Becket.

Becket verbrachte die Tage, bevor wir lossegelten, hinter verschlossenen Türen mit Dr. Nunez, und er kam wieder heraus mit Augen, die trauriger waren als je zuvor, und sein Gesicht war voller Zweifel. Ich stand bei Tisch hinter Rebecca und bediente sie, während sie auf Portugiesisch mit ihrer Tante sprach und dann auf Englisch mit dem Kapitän ihres Schiffs, mit dem sie zuerst in die Niederlande segeln würden, um eine falsche Vergangenheit anzunehmen, die für die Spanier glaubhaft war.

Hinterher kam Becket zu mir und legte die Hand auf meine Schulter, als wäre ich ein Mann. »Komm mit, Merula, wir gehen uns besaufen, bevor wir lossegeln«, knurrte er.

Mir war kalt, und ich hatte Angst und war es Leid, Rebecca gegenüber meinen Mund halten zu müssen, die immer noch nichts mitzukriegen schien. Sie mochte es nicht, dass ich von Becket das Schwertfechten lernte, als wäre ich ein kleines Mädchen, auf das sie aufpassen muss. Als ich ihr dann geholfen hatte, ihr Gewand und ihren Rock auszuziehen und ihre Korsetthülle und all die Unterkleider, die sie in den Augen der haarigen Gespenster weiblich aussehen ließen, fragte ich, ob ich ein paar Stunden für mich haben könne. Unwillig sagte sie Ja.

Wir gingen zu einer kleinen Spelunke direkt vor den Mauern der Innenstadt, Becket und ich, in einer Straße, die High Holborn hieß, wo die hohen Fachwerkhäuser des Sergeants' Inn über der Straße aufragen. Dort spielten wir Karten mit anderen Männern, die Becket kannte, und ich machte etwas Geld mit dem Schilling, den Becket mir geliehen hatte, denn auch wenn sich mir die Traumzeit verschloss, konnte ich immer noch den Gottbereich und die Ängste der anderen Spieler ausmachen.

Als ich ihnen das Geld abgenommen hatte und sie wütend gegangen waren, nicht ohne damit zu drohen, dass sie dem Herrn Inspektor Fleetwood von der Heidenhexe erzählen würden, gegen die sie wegen Becket verloren hätten, sah mich Becket ernst an. »Du könntest dir mit dem Geld die Freiheit erkaufen, wenn du willst, Merula.«

Jetzt wusste ich, weshalb er es getan hatte, und ich war unendlich gerührt. Wie immer hatte er die Hände vor sich auf dem Tisch verschränkt, und jetzt fingen sie mit ihrer ruhelosen Bewegung an.

»Bei diesem Unternehmen ist es wahrscheinlich, dass wir von der Inquisition festgenommen werden«, sagte er schwerfällig. »Ich gehe davon aus, dass ich ihnen zuerst einigen Schaden zufügen werde, aber es ist die Wahrheit. Irgendwann werden sie uns erkennen und festnehmen. Ich mache mir keine Hoffnungen, das Rätsel der Königin über das Wunder der Schönheit zu lösen.«

Ich nickte, ich hörte seine Qual. Er hatte mir davon erzählt, was ihm im vorletzten Winter passiert war, und auch wenn sich sein Körper größtenteils erholt hatte, galt das für seinen Geist offenbar nicht. In einer anderen Zeit oder einem anderen Leben wäre ich für ihn in die Traumzeit gegangen, um herauszufinden, wo sein Geist sich versteckt, und hätte ihn vielleicht für ihn zurückgeholt. So konnte ich nichts für ihn tun, nur zuhören, wenn er redete. Jetzt schluckte er Feuerwasser, dann noch einmal, leckte sich die Lippen und fuhr fort.

»Wenn sie uns festnehmen, und falls es in den Händen der Inquisition überhaupt ein Besser oder Schlimmer gibt, werden sie dich am schlimmsten behandeln, Merula. Rebecca ist klein und schwach, und sie werden befürchten, sie mit ihren Misshandlungen zu töten, obwohl ... nun, es gibt genug, was sie trotzdem probieren können. Aber du ... du bist stark und tapfer, und sie werden dich gegen sie ausspielen.«

»Und was ist mit Euch, Becket?«, fragte ich ihn. »Was werden sie mit Euch machen?«

Seine rechte Hand packte die linke, und sie rangen miteinander wie zwei Männer, die einander hassen. »Zweifellos das, was sie vorher gemacht haben, und wenn ich Glück habe, wird es mich diesmal umbringen. Ich habe genug Informationen, die ich ihnen geben kann und die ihnen nichts bringen, also wird es mir vielleicht nicht so schlecht gehen ... aber du und Rebecca ...« Er trank wieder, leerte den Becher und rief den Jungen herüber, um noch mal nachzuschenken.

»Ich glaube, Ihr seht es zu düster«, sagte ich zu ihm und berührte seinen Daumen mit meiner Fingerspitze. »Ich sehe keinen Grund, weshalb sie uns erwischen, weshalb sie uns ins Verhör nehmen sollten. Zwischen so vielen Schiffen und so vielen Menschen, die übers Meer segeln, weshalb sollten sie uns bemerken?«

»Wegen Rebecca«, sagte Becket traurig. »Sie wird nach ihrem Ehemann fragen und nach dem Rätsel, und weil sie eine Frau ist, werden sie wissen wollen, weshalb. Sie wird uns zu Grunde richten.«

»Und?«

»Nimm das Geld, das du gewonnen hast. Geh zu deiner Herrin. Sag, dass du nicht mit ihr auf diese Reise gehst, und sie wird dich aus der Leibeigenschaft entlassen, so dass du nicht zu dieser Reise gezwungen bist, die dich umbringen könnte. Sie ist eine gerechte Frau, bei all ihrer dickköpfigen Narrheit.«

Ich nickte ihm zu. »Und Ihr? Warum werdet Ihr mitgehen?«

»Die Königin hat mich gebeten.«

»Nur deshalb?«

»Sie wird mich belohnen, wenn ich zurückkomme.«

»Was nützt Euch das, wenn Ihr tot seid?«

»Nun gut, ich habe das Gefühl, ich muss. Ich will nicht, aber ich muss.«

»Warum?«, drang ich in ihn. Er knurrte mich an, seine Augenbrauen trafen fast zusammen. »Sagt mir, wenn Ihr von der bösen Zukunft träumt, wo seid Ihr in Euren Träumen?«

»Ich bin ein großer Captain, führe Männer zum Sieg, während die Spanier quer durch England marschieren.«

Ich lächelte ihn an, hörte die Verlegenheit heraus. »Und?«

»Ich träume auch ... Dummheiten.«

»Es ist möglich zu träumen, dass wir ganz anders sind als in Wirklichkeit«, sagte ich, um es ihm leichter zu machen. »Ich habe geträumt, dass ich ein Leopard bin, und auch, dass ich ein Mann bin.«

Er hustete, schaute mich von der Seite an, weil er es nicht mochte, wenn ich seine Gedanken las. »Nun denn, ich träume, dass ich die Königin bin und auch gegen die Spanier kämpfe, und dass ich ... nun, glücklich bin.«

Und so wurde die Entscheidung getroffen. Ich hätte nicht mit ihnen auf ihre Reise gehen müssen und ich hätte nicht tun müssen, was ich in jener Nacht tat. Das Merkwürdige an Beckets wolkenfarbenen Augen hatte etwas damit zu tun, die Art, wie er mich anschaute, wenn wir übten, als würde er in der einen Minute meine Brüste sehen, und in der nächsten nur das Dunkel meiner Haut. Und die Mondkönigin war auch da, natürlich, so wie immer, obwohl ich sie nicht sehen oder hören konnte, und schon dachte, sie hätte mich verlassen.

Ich legte meine Hand vollständig auf seine, trank Branntwein, ließ meine Hand da. Die haarigen Gespenster sind immer in Kleider gehüllt, und deswegen reagieren sie empfindlich auf Berührung. Mit meiner anderen Hand knöpfte ich das Oberteil meines Wamses auf und löste die Schnürbänder meines Hemds und das Kragenband. Sie sehen selten die Brüste von Frauen, außer in den Bordellen, wo die Huren sitzen, die Brüste von der Oberkante der Korsette hochgeschoben, und so war er es nicht gewöhnt, irgendwelche Brüste zu sehen, die sich wie meine in ein Hemd pressten.

»Merula …«, sagte er heiser. »Mach das nicht.«

»Warum nicht?«

»Weil … ich … weil …«

»Glaubt Ihr, ich bin eine Jungfrau?«, fragte ich, nachdem ich das Wort herausgefunden hatte, das ich brauchte.

»Verheiratet?«

Ich spürte, wie sich meine Lippen zu einem Lächeln kräuselten. »Mein Ehemann ist tot. Wenn ich nur irgendeine andere Frau wäre, hättet Ihr längst versucht, mich zu küssen.«

Er wollte etwas sagen und hielt inne, starrte, blinzelte, starrte wieder, und seine Haut fing an, sich rot zu färben und dunkel zu werden, so wie es bei ihnen ist, wenn sie das denken, was sie für schlimme Gedanken halten.

»Glaubt Ihr, ich wäre beleidigt, wenn Ihr mich küsst?«, fragte ich. »Oder wärt Ihr bei einem Kuss von mir beleidigt?«

Er schluckte. »Ich habe bei dir nicht gedacht …« Er hielt inne, wusste, dass ich höchstwahrscheinlich beleidigt wäre, wenn er sagte, dass er mich als Mann ansah, obwohl ich genau wusste, dass er es tat. »Und du bist schwarz, und es ist seltsam …«

»Ist es zu seltsam für Euch?«, fragte ich, ohne überrascht zu sein, denn es hatte bei mir lange Zeit gebraucht, über seine Blässe hinwegsehen zu können.

Er senkte wieder den Blick, dann bewegte er sich und setzte sich neben mich auf die Bank, nicht gegenüber. Da war kaum

Platz für uns beide, denn wie ich schon sagte, er ist breit, und ich bin weder klein noch schlank.

»Es ist schon eine gewisse Fremdheit, sicher«, sagte er und bewegte seinen Finger an meiner Hand entlang bis zum Handgelenk und dann hinauf zu meinem Mundwinkel und dann hinunter zu der Rippe an meinem Hals. »Du bist sehr seltsam, Merula.«

Das Wort »aber« hing wie ein Vogel an der Stange meines Namens, und ich neigte meinen Kopf, so dass seine Augen seinen Fingern hinunter in die Dunkelheit folgen konnten, wo meine Brüste waren. Ich ließ ihn mich zuerst küssen, sein massiger Körper fühlte sich gut an, aber ich hielt mich zurück, bis er seine Lippen auf meine gelegt hatte, so dass er wusste, er hat mich verführt und nicht umgekehrt. Und so war es ja auch, selbstverständlich. Ohne Mann zu sein ist möglich, aber letztlich nie erfreulich. Und ohne Frau zu sein, außer solchen, die man kaufen kann, das mag ein Mann auch nicht.

Er nahm meine Hand, ging zum Wirt, sprach schnell auf ihn ein und fing dann den Schlüssel auf, der ihm zugeworfen wurde, und so gingen wir die knarrenden Stufen hinauf in eine Kammer, wo ein Bett mit gebrochenem Kopfteil und durchhängender Matratze und zerrissenen Vorhängen stand, und in der Ecke eine Schüssel. Es stank fischig von anderen zweirückigen Tieren, aber es machte mir nichts aus. Becket schloss die Tür hinter uns ab, dann stand er mir gegenüber, nahm meine Hände, schwang sie zur Seite und küsste meine Lippen richtig, so dass ich ihn schmecken konnte und den Schnaps, den er getrunken hatte, und er konnte mich schmecken und den Schnaps, den ich getrunken hatte. Dann knöpfte ich den Rest meines Wamses auf und öffnete mein Hemd, damit er auch meine Brüste schmecken konnte.

»Weißt du, ich habe keine Ahnung, wie ich dich ausziehen soll«, sagte er lachend und verstummte, als seine Hände mit den Schnürbändern meines Leibchens zu kämpfen begannen.

Ich brachte meine Lippen an sein Ohr. »Du kümmerst dich um deine Kleider und ich um meine.«

»Du siehst, wie falsch es ist, Hosen zu tragen? Wenn du Röcke tragen würdest, wäre es einfach«, knurrte er und drehte sich um, und ich machte es genauso. Nun, wir ließen unsere Hemden an, um das Vergnügen zu haben, sie uns gegenseitig auszuziehen, und schließlich standen wir da, er in Abstufungen von Rosa und Weiß und ganz bemerkenswert haarig, und ich ... Ich habe gesagt, dass ich schön bin, und das sagte er auch, freute sich mit seinen Händen an meinen spitzen Brüsten und den schlanken Hüften und dem flachen Bauch, vergrub sein Gesicht zwischen meinen Brüsten und bestieg mich und ritt mich, während ich mich zurücklegte und glücklich zu dem Ort ging, wo die Lust singt.

Danach lagen wir aneinander geschmiegt in der Kuhle des gebrochenen Bettes, das wegen uns noch ein paar Gurte verloren hatte, und während er döste, richtete ich mich auf, um zu sehen, was die ganze Zeit von seinen Kleidern verborgen worden war. Ich habe keine Sehnsucht nach Jungen, die von der Welt nicht gezeichnet wurden, aber mein Herz zog sich zusammen, als ich sah, wie sehr die Welt ihn gezeichnet hatte. Narben an haarigen Gespenstern sind ziemlich hässlich und rosa, wenn sie frisch sind, und silbrig weiß wie die Spur einer Schnecke, wenn sie alt sind. Sein Rücken war ein Streifentummelplatz für Schnecken, und seine Schultern, seine Beine trugen verheilte Schnitte, eine Stelle an seinem Brustkasten war erhöht, wo er von etwas Hartem getroffen worden war und ein oder zwei Rippen gebrochen hatte. Ganz abgesehen von den Narbenarmreifen, die er an den Handgelenken trug.

Seine Augen flackerten auf, und er sah mich an und schüttelte den Kopf, rollte auf seinen Rücken, griff nach mir, um mein Gesicht näher an seines zu bringen und hielt inne, als er meinen linken Arm sah.

»Guter Gott, was ist das denn?« Er starrte auf die Weltschlange, die sich meinen Arm hochwand, die gemacht wurde, als meine Frauengrotte zum ersten Mal Blut gab, um zu zeigen, dass ich Schmerz aushalten konnte. Es geschieht, indem man die Haut aufschneidet und saubere Steine hineinlegt, um Striemen aufzuwölben, und es tut sehr weh. Manche sterben daran, weil die Narben nicht heilen und Fliegen anlocken und Krankheit und Hitze: Wir sagen, die Weltschnecke hat sie früh verschlungen. Becket streckte die Hand aus und berührte sie zärtlich.

»Es ist meine eigene Weltschlange, die das Ei gelegt hat, aus dem die Welt ausgeschlüpft ist, und sie sitzt im Baum der Weisheit wie die Mondkönigin, um uns alles beizubringen, was sie weiß.«

»Oh.« Er zog die Stirn in Falten. »Für uns ist die Schlange das Böse.«

»Vielleicht sind eure Schlangen im Norden böse, aber unsere Schlangen sind sehr weise. All meine Leute tragen sie am Arm, die Frauen auf dem linken, um ihn stark zu machen zum Babytragen, die Männer auf dem rechten, um ihn stark zu machen und die Feinde zu bekämpfen.«

Seine Finger folgten der Spirale zu der Stelle an der Schulter, wo der Kopf sitzt. »Es sieht wie geschnitzt aus.«

»Es wurde geschnitzt.« Nachdrücklich schaute ich seine rosafarbene, behaarte Brust an und seinen Bauch und ließ meine Hand zu seinem unteren Haarnest gleiten. »Schau, du hast auch eine Schlange.«

Er lachte, und siehe da, seine Schlange stellte sich auf, um mir zu sagen, wie glücklich sie war. Nun, ich war auch glücklich, es zu sehen, und ich hielt eine warme Grotte bereit, die sie erkunden konnte.

Wir mussten vom Bett herabrollen, bevor die letzten Gurte rissen, weshalb ich lachen musste, und als wir beide wieder zu Atem kamen, sagte er mir, er hätte noch nie eine Frau gehabt, die ihn so geritten hätte. Ich fragte ihn, was denn die haarigen Gespensterfrauen für Närrinnen seien, wenn sie nicht wüssten, wie man für die Lust ihres Mannes den Frosch macht. Er sagte, einen Mann zu reiten sei Sünde für eine Frau, und ich musste wieder lachen.

Die Götter der haarigen Gespenster sind ganz außergewöhnlich, sie schreiben den Leuten nicht nur vor, mit wem sie sich paaren und wann, was für Götter normal ist, weil sie in dieser Hinsicht recht geschäftig sind, sie schreiben ihnen auch vor, wie sie sich paaren und in welchen Stellungen. Was sicherlich keinen Gott etwas angeht, aber Becket machte sich Sorgen, dass sein wütender Sturmgott beleidigt sein könnte.

Also erzählte ich ihm einige der Gottgeschichten meines Volkes, wie die gefiederte Schlange das Flusspferd austrickst und die Mondfrau am Anfang der Welt das Ei legt, und er erzählte mir ihre eigene Gottgeschichte von einem Garten, wo ein Gott die Menschen gemacht hat und ihnen befahl, die Frucht von einem bestimmten Baum nicht zu essen, und eine Schlange kam und sagte der Frau, sie solle sie essen, und sie tat es und gab sie ihrem Mann, und so wurden sie aus dem Garten gejagt und mussten arbeiten und leiden.

Es war wirklich eine seltsame Geschichte, besonders weil die haarigen Gespenster sagen, dass sie zeigt, wie schwach und dumm die Frauen sind, weil es eine Frau war, die zuerst die Frucht gegessen hat. Ich sage, sie war ganz klar die erste umgedrehte Frau, welche die Tricks des Gottes durchschaut und auf die weise Schlange gehört hat, damit sie das Wissen von Gut und Böse selbst erlangen konnte. Ich sage, sie war tapfer und mutig, es zu riskieren. Und auch freundlich, weil sie es mit ihrem unwissenden und undankbaren Mann teilte. Aber Becket sagte, ich solle still sein, weil ich nicht wüsste, was ich rede, und auf jeden Fall ketzerisch sprach.

Die Götter der haarigen Gespenster sind schnell beleidigt – leicht gekränkt, empfindlich und jähzornig. Das kommt bestimmt davon, dass sie nie in der Traumzeit besucht werden.

Wir legten uns zusammen zum Schlafen hin, Haut an Haut, was höchst entzückend war, besonders für mich, weil ich immer in Hemden eingewickelt neben Rebecca geschlafen hatte, die in hohen Tönen schnarchte, und ich mochte den salzigen, mächtigen Körper von David Becket lieber.

Und so kam es, dass ich mit ihm auf den Traumritt ging ...

Er ritt im Halbschlaf auf seinem Pferd, und das Pferd war selbst drauf und dran, vor Müdigkeit umzufallen. Er hatte seit drei Tagen nicht mehr geschlafen, abgesehen von gelegentlichem Schlummer für zehn Minuten, wenn sie darauf warteten, dass die Nachzügler aufschlossen. Den ganzen Tag hatte er nichts gegessen. Sie waren auf der Oxford-Straße unterwegs und nahe genug an Oxford, dass sie die Hügel der Umgebung sehen konnten, die leeren, aber noch unverbrannten Felder. Hinter ihnen, vielleicht einen oder zwei Tage entfernt, vielleicht weniger, kam die spanische Armee, Parmas beste Tercios drängten auf der

Straße nach Nordosten, um sie einzuholen und zu vernichten.

Es ging ihm gegen den Strich wegzulaufen, aber er wusste, dass es sein musste. Er hatte Parma zehn Tage lang aufgehalten, hatte die ganze labyrinthische Vielfalt Londons ausgenützt, um ihn zu stoppen, hatte der Königin kostbare Zeit verschafft, zur zweiten Stadt ihres Königreichs zu reiten, hatte den Schaluppen und Booten mit den Vorräten Zeit gegeben, die Themse hinaufzufahren, hatte Lord Hunsdon etwas Zeit erkauft, um im Grenzland Truppen zusammenzustellen. Er hatte die meisten seiner Leute verloren, und London hinter ihm war ein rauchender Trümmerhaufen, aber er hatte das gestohlen, wovon Parma sehr wenig hatte – Zeit.

Und jetzt, nachdem Parma sich zur Edgeware-Straße durchgeschlagen hatte, ritt Becket mit dem, was ihm geblieben war, im Höllentempo Richtung Oxford, mit zweihundert Pferden und einer Anzahl der in London ausgebildeten Kämpfer, die grimmig neben den Steigbügeln herliefen. Die meisten waren selbstverständlich auf der Straße vor ihm, und vor ihnen wiederum noch Kundschafter. Er war bei den Hakenbüchsenschützen der Nachhut, um Parma einen Hinterhalt zu legen, falls er es schaffen sollte, zu ihnen aufzuschließen.

Ihm schwindelte vor Müdigkeit, als die Abenddämmerung einsetzte. Dort schien die Straße blockiert – ach ja, das war einer der letzten beiden Wagen mit Kanonen und Waffen und ein paar Pulverfässern, ihm war natürlich ein paar Meilen vor ihrem Ziel eine Achse gebrochen. Die Männer, die ihn begleiteten, versuchten fieberhaft, ihn zu entladen.

»Lasst ihn hier«, befahl er, »legt Lunten an die Fässer und lasst den schnellsten Reiter hier, damit er sie hochjagt, wenn Parma kommt.«

Sie waren jung, hohläugig und erschöpft und sehr verängstigt. Sie sahen einander an und wussten nicht, wie sie jemanden auswählen sollten, der den fast sicheren Tod riskierte.

»Zieht Strohhalme, Gentlemen«, sagte Becket ruhig, als er und seine vier Vorreiter sie hinter sich ließen.

Etwas passierte vor ihnen, Unruhe kam auf unter den erschöpften Männern, die auf der holprigen, schlammigen Straße dahintrotteten, der Klang von Hufen, der leicht von dem ihrer eigenen Pferde zu unterscheiden war, denn er war hell, fest, ohne jedes Stolpern.

Eine Sekunde zog sich Beckets Magen zusammen, als er sich fragte, ob Parma ihn möglicherweise überholt hatte ... Nein. Das war nicht möglich. Es sei denn, er hätte seine Pferde mit Flügeln versehen.

Und da kamen sie, der königliche General und Oberbefehlshaber von England, der neu ernannte Herzog von Sherborne, Walter Ralegh persönlich ritt auf ihn zu, mit hell leuchtendem Brustharnisch unter seiner Doppelkette mit den beiden S und seiner sauberen Lederjacke und einem Frauenhandschuh an der Schulter, als wäre er ein Ritter bei einem Turnier.

Zu müde, um sich etwas anderes einfallen zu lassen, wandte Becket sein Pferd einfach dem von Ralegh zu und wünschte sich von ganzem Herzen, er hätte sich ausgeruht und umgezogen, bevor er den Favoriten der Königin traf. Ralegh würde zweifellos an seiner langen Höflingsnase vorbei in Beckets Gesicht schauen, das noch vom Ruß des Londoner Rauchs geschwärzt war und einen pochenden Riss auf der Wange hatte, von ein paar hektischen Augenblicken, in denen es so aussah, als hätten Parmas Leute ihn doch noch eingeholt.

Ralegh saß auf einem prächtigen kastanienbraunen Tier ... auch etwas, das sie ihm verdankten, die paar Tage, die sie gebraucht hatten, um die gesamten königlichen Stallungen nach Norden und Westen zu verlegen. Das Pferd hielt an, und Ralegh wartete, bis seine eigenen Vorreiter herangekommen waren.

Ralegh wusste, dass er beobachtet wurde, man konnte es daran sehen, wie er den Kopf schief hielt. Becket wartete dumpf auf Arroganz, und dann ...

Ralegh riss seinen Hut herunter und verbeugte sich vor ihm im Sattel. Becket merkte, dass sein Mund aufklappte, machte ihn wieder zu, griff nach seinem Helm, um ihn abzunehmen, dann gab er es auf und beantwortete einfach die Verbeugung. Was?

»Captain Becket«, sagte Ralegh laut und deutlich. »Ihre Majestät die Königin ersucht mich, Euch zu sagen, dass sie aufs Höchste von Eurer Tapferkeit und Weisheit entzückt ist, nach-

dem Ihr Parma doppelt so lange aufgehalten habt, als sie je zu hoffen gewagt hatte, und ihr so Zeit verschafft habt, Oxford zu erreichen und es zu befestigen. Aus diesem Grund, Captain, hat sie auf mein Ersuchen hin ihre gnädige Erlaubnis erteilt, dass ich Euch hier und jetzt im Feld zum Ritter schlage.«

Becket saß blinzelnd da, während seinem gemarterten Hirn die Ehre dämmerte. Um ihn herum murmelten die Männer, und Einzelne klatschten, dann ein paar Hochrufe und dann noch mehr. Der junge John Donne war an seiner Seite und grinste entzückt.

»Nun, mein Lord?«, fragte Becket etwas verwirrt.

»Nun, Herr, wenn es Euch beliebt«, sagte Ralegh ganz sanft. Er stieg ab, gab die Zügel seines Pferdes einem seiner Reiter, kam dann herübergeschritten und hielt Becket die Steigbügel.

Becket glitt vom Pferd, spürte seine Füße nicht richtig und fragte sich, ob er überhaupt stehen konnte. Glücklicherweise hielten ihn der Instinkt und ein geschickter Schubs von Raleghs Schulter aufrecht. Es stimmte, was sie sagten, Ralegh war unverschämt groß. Becket war es nicht gewöhnt, zu jemandem aufzuschauen.

»Ein paar Minuten, um Euch hier zum Ritter zu schlagen«, sagte Ralegh, sein schnarrender Devonshire-Tonfall war nur ein Atem in Beckets Ohr. »Dann haben wir in einer Stunde den Weg hinter uns, und Ihr liegt in Eurem Bett.«

»Aber ich –«

»Es wird zumindest Euren Männern gefallen. Und die Königin will es so.«

John Donne war wieder an seiner Seite und flüsterte ihm etwas zu … Oh, ihm wurde gesagt, er solle hier niederknien, etwas abseits vom größten Schlamm. Was machte es schon? Seine Beine waren bereits mit Schlamm überzogen.

Becket wiegte den Kopf wie ein Bär, kniete nieder, nestelte an den Riemen seines Kriegshelms, nahm ihn schließlich ab, schüttelte seine Locken und versuchte, einen klaren Kopf zu bekommen. Ralegh stand vor ihm, in sauberem Lederzeug, poliertem blauem Stahl … Nun, er hatte auch ein paar Schlammspritzer an den Stiefeln.

Es gab ein fauchendes und kratzendes Geräusch, als er das

lange Damaszenerrapier zog, und Becket spürte seine flache Seite auf der Schulter, rechts, links und noch mal rechts. Es folgte zustimmendes Gemurmel und erstaunlich lauter Jubel und wieder Klatschen.

Ralegh sah sich nach den Männern um. »Erhebt Euch, Sir David Becket, tapferster und ruhmreichster Ritter der Königin.«

Becket erhob sich, befürchtete ernsthaft, er könnte in Ohnmacht fallen, und bemerkte, wie Ralegh seine Hand ergriff.

»Wisst Ihr, dass Ihr mir geholfen habt, vierzig Pfund zu gewinnen, Sir David?«, fragte Ralegh im Plauderton.

Becket blinzelte und grinste dann leicht. »Ihr habt gewettet, wie lang wir es aushalten würden?«

»Selbstverständlich. Keiner der anderen wagte es, über fünf Tage hinauszugehen, aber ich habe zehn gesetzt. So bin ich, von der Königin abgesehen, auch noch persönlich in Eurer Schuld.«

»Wie geht es ihr?«

Ralegh schüttelte den Kopf und lächelte. »Außerordentlich. Besser, als ich sie seit Monaten erlebt habe. Und sehr wütend.«

»Gut. Ihr wisst, dass mir Parma auf den Fersen folgt.«

»Ach ja.« Wieder hielt Ralegh Beckets Steigbügel, er schwang sich in den Sattel, und jeder seiner Muskeln protestierte heftig gegen die Zumutung. »Erzählt es mir unterwegs.«

Als sie an den riesigen Schanzungen vorbeikamen, an denen immer noch fieberhaft gegraben wurde, von jungen Studenten in Hemdsärmeln, von alten Männern und Frauen, während die Kinder Körbe mit Erde zu den Steilufern am Fluss hinauftrugen, hatte Ralegh geschickt die ganze Geschichte von Beckets Taten aus seinen erschöpften, weitschweifigen Erzählungen herausgefiltert. Und Becket dachte irgendwo im Hinterkopf, er sei auf etwas Neues gestoßen. Er hatte vor vielen Jahren, als er in den Niederlanden gekämpft hatte, den Prinz von Oranien gesehen, und er hatte unter Sir John Neville gedient, tatsächlich unter vielen Kriegsherren. Aber mit Ralegh, der ihm aufmerksam sein schlankes Gesicht zuneigte, schien es ihm auf einmal, so wie die Königin in Cecil, Lord Burghley, den perfekten Bürokraten gefunden hatte, um in Friedenszeiten ihr Schatzmeister zu sein, und in Walsingham den perfekten Meisterspion für die angespannte Zeit der ständigen Kriegsdrohung in den vergangenen etwa zehn Jahren, hatte sie jetzt den perfekten Krieger zum Oberkommandierenden bestellt. Typisch für sie. Zum ersten Mal seit den ersten Frühlingstagen begann sich seine Panik ganz unpassend, ganz irrational zu verflüchtigen, es schien möglich, dass Parma bekämpft und vernichtet werden konnte.

Ich erwachte, und Becket träumte weiter, weniger kraftvoll, schwebende Frauen, Seeschlangen, Paarung mit merkwürdigen Geschöpfen.

Es war ein prophetischer Traum gewesen; es gab keinen Zweifel, wenn man die Klarheit sah, die Kraft, den Sinn, den er hatte. Kein Wunder, dass er gequält und erschöpft war. Nichts strengt den Geist mehr an als Prophetie.

Etwas später, als ich mich wieder angezogen hatte, weckte ich ihn, und als er höchst unwillig aufgestanden war und Ale getrunken und sich angezogen hatte, liefen wir rasch die Treppe hinab und hinaus nach High Holborn, und Becket konnte mich anscheinend nicht mehr direkt anschauen. Ich fragte mich, ob er Angst hatte, dass ich mehr von ihm verlangen könnte, also lächelte ich und klimperte mit meiner Geldbörse. Er sagte nichts von seinem neuen Traum, und ich sprach auch nicht davon, weil ich ihn nicht ängstigen wollte.

Rebecca behandelte mich kalt. Sie mochte es nicht, dass ich mit dem besten Freund ihres Ehemannes losging und verschwand, und sie mochte es auch nicht, dass ich mit glänzenden Augen und völlig beschwingt zu der Zeit zurückkam, die ich ihr gesagt hatte. Ich bot ihr das Geld für meine Entlassung aus der Leibeigenschaft an, und sie saß da und starrte eine lange Zeit vor sich hin.

»Wessen Idee war das?«

»Die von Becket«, sagte ich ihr. »Aber es sieht so aus, als wäre mein Sohn nicht hier an diesem kalten Ort, also muss ich wieder nach Portugal gehen.«

Ihre Lippen pressten sich aufeinander, und sie schaute in die Geldbörse. »Behalt es«, sagte sie zu mir und bat mich, Feder und Papier zu holen, was ich auch tat, und sie verfasste eine Freilassungserklärung, die ihre Tante und Dr. Nunez unterschrieben. Aber als ich das Papier an der Brust hatte, merkte ich keinen Unterschied.

»Was wirst du tun?«, fragte sie mich.

»Wieder eine Stellung suchen«, antwortete ich und wusste, was sie dachte. »Ich könnte losgehen und mich an die Bedienstetensäule in St. Paul stellen.«

»Ich brauche immer noch eine Bedienstete.«

Ich lächelte und verbeugte mich.

Die *Salamander of London*, ein Zweimaster, wurde in den unteren Hafen von London verlegt, um neu aufgetakelt zu werden. Aber mitten in der Nacht, bei Ebbe, lichtete sie den Anker und glitt hinaus, leise wie ein Geist, und ein freundlicher Wind schob ihr Lateinsegel die Themse hinunter, an Tilbury Fort und Gravesend vorbei und so in die Meerenge, mit Rebecca und mir und Becket und der kleinen Thomasina de Paris auf der Brücke.

Wir segelten so rasch wir konnten, aus Angst vor Piratenschiffen, die uns als hübsche Beute betrachten würden, und kamen nach zwei Tagen in Den Haag an, einer weiteren Stadt wie London, nur waren die Straßen dort aus Wasser, und die Leute schauten so aus wie in London und klangen ähnlich, wenn auch kehliger. Wir hatten die Überfahrt so schnell geschafft, dass Rebecca und Becket immer noch kotzten, als wir am Kai anlegten.

Rebecca stieg beim Verwalter ihres Vaters ab, einem ältlichen Mann mit verschlossenem Gesicht, der ein reich möbliertes Haus und großen Respekt vor ihr hatte und vor dem Rest von uns gar keinen.

Besonders vor mir. Er ließ mich in einem der Nebengebäude schlafen, das zu der Zeit leer stand, aber es hatte Eisenringe an den Steinwänden und eine Tür, die von außen abgeschlossen wurde. Ich lag auf dem Strohsack, der mir zugeteilt worden war, weil Rebecca darauf bestanden hatte, sog sorgenvoll die Luft ein und versuchte, nicht wütend zu sein. Früher hätte ich wahrscheinlich meine Lady Leopard aufgefordert, mich zu reiten und fürchterlich Rache zu nehmen, aber zu dem Zeitpunkt war ich schon gut an die Dummheit der haarigen Gespenster in Vernunftdingen gewohnt. Schließlich wollte sich Rebecca ja nach meinem Sohn erkundigen, wie sie es versprochen hatte.

Am nächsten Tag ging ich mit Rebecca einkaufen, um holländische Kleidung für uns alle zu erwerben. Sie hatte einen Geldgürtel und ging auf dem großen Markt mit Gebrauchtkleidern auf und ab und murmelte ihre Liste vor sich hin. Wir trafen David Becket in einem Schnapslokal, wo sie und er nur holländisch sprachen, und so wurde ich wieder von den Wörtern allein gelassen und verstand nicht, was gesagt wurde.

Alles an Becket roch nach Müdigkeit und Angst.

Schließlich passierte das, was er gefürchtet hatte, denn er führte es herbei. Ich bediente meine Herrin in ihrem Zimmer an diesem Abend und folgte ihr die Treppe hinauf. Thomasina hatte sie auf einen Botengang geschickt. Becket kam mir plötzlich nach.

»Merula, auf ein Wort«, sagte er und zog mich auf einen Treppenabsatz. »Es tut mir Leid …« fing er an, und während ich noch wartete, um zu hören, was ihm Leid tat und meine Lady Leopard mir den Rücken zuwandte, fuhr seine Faust hoch und schlug mich aufs Kinn.

Ich fiel um wie ein geschlagener Ochse, denn er traf mich genau auf den Punkt, und ich spürte nur den Aufprall seiner Faust und dann den Boden und ein schwarzes Loch, und dann seinen Fuß in meiner Magengrube, um sicherzugehen, dass ich da blieb. Die Luft wurde zu meinem Feind, als ich mit ihr um Atem kämpfte.

Rebecca wirbelte auf der Treppe herum und starrte.

»Mrs Anriques, Ihr werdet tun, was ich sage.«

Und dann hörte ich ihre kleinen Schritte hochrennen, sie raffte die Röcke, eine Tür knallte auf, als sie durcheilte, und dann war sie wieder draußen und hielt eine Radschlosspistole in beiden Händen.

Glühwürmchen flatterten um die beiden herum, während sie einander gegenüberstanden, denn mich überfiel wieder die Dunkelheit. Mir war es gelungen, auf Hände und Knie zu kommen, und ich wartete und schnappte nach Luft, aber Becket sah es und trat mich noch mal. Ich hielt die Bodenbretter des Treppenabsatzes für einen besseren Ruheplatz und brach zusammen.

»Ich bin angewiesen worden, darauf zu achten, dass Ihr nicht die Verließe der Inquisition riskiert. Wenn ich die Mission der Königin erfüllt habe, werde ich mich voll auf die Suche nach Simon konzentrieren …«

»Mr Becket«, sagte Rebecca kalt und wütend. »Was auch immer mein Onkel Euch bezahlt haben mag, damit mir kein Leid zustößt, das dürft Ihr nicht tun.«

Becket stieg eine Treppe höher. »Legt die Pistole weg«, sagte er schmeichelnd. »Bitte, Mrs Anriques, Eurem Mann zuliebe würde ich es vorziehen, keine Hand an seine Frau zu legen, aber wenn Ihr versucht, auf mich zu schießen, werdet Ihr sehen, dass sie Euch aus der Hand springt und Euch das Handgelenk bricht, und darüber hinaus werdet Ihr mich wahrscheinlich nicht treffen, auch auf diese Entfernung … Also hört auf mit den Dummheiten und erlaubt, dass ich Euch sicher in Eurem Zimmer einschließe, bis ich zum Schiff gegangen bin.«

»Er sagte, dass Ihr das tun werdet, er sagte, dass Ihr ein falsches Spiel mit mir spielen werdet.«

Becket ging noch eine Stufe höher, aber Rebecca stand fest auf ihrem Platz. Ich dachte, dass sie ihn wirklich erschießen oder es jedenfalls versuchen würde, denn er hatte Recht, es ist schwer, jemanden mit einer Handfeuerwaffe zu treffen.

»Wer hat das gesagt?«

Und an diesem Punkt teilte sich plötzlich die Zeitstraße, auf der wir gingen, denn aus dem Schatten unter der Treppe trat ein großer, grauhaariger Mann, den ich nicht kannte, gefolgt von anderen Männern, die zu ihm gehörten, und in seiner rechten Hand hielt er eine weitere Pistole. Er hatte seinen linken Arm längst verloren: Sein Ärmel war an der Schulter festgeheftet, und er sah grimmig zufrieden aus.

Und jetzt hatte Becket Angst, richtige Angst. »Bei Gott«, sagte er; »Ihr wusstet es.«

»Selbstverständlich wusste ich es«, sagte Rebecca schnippisch. »Glaubt Ihr, ich bin blind oder taub oder kenne meinen Onkel nicht? Er hat viel zu leicht nachgegeben. Geht die Treppe vor mir hinunter und nehmt Euer schwarzes Miststück mit.«

Becket hakte seinen Finger in meinen Kragen und zog mich hoch, bis ich auf die Füße getaumelt war, immer noch nach Luft schnappend, immer noch vornüber gebeugt, während mein

Kopf dröhnte wie ein Gong und die Angeln meiner Kinnladen schmerzten.

»Mr Fant, wir machen, was wir geplant haben.«

»Es wäre besser, ihn umzubringen«, sagte der einarmige Mann. »Er ist ein Verräter, der die Röcke wechselt, und er wird uns betrügen.«

»Nein«, sagte Rebecca. »Kein Lärm und keine Leichen. Da hinein, Mr Becket. Und du auch, Merula.«

Ich hatte nichts von der Sache gewusst, aber sie schien das Gegenteil zu glauben, und dass ich ihr nichts gesagt hatte. Dass Becket mir beinahe die Kinnlade gebrochen hatte, beeindruckte sie nicht.

Ich hätte es ja wirklich kommen sehen können, die Lady Leopard hätte mich warnen sollen, aber der Schnaps hatte mich eingelullt, bis ich mich nicht mehr von den haarigen Gespenstern unterschied. Ich mag zu den Göttern sprechen können, aber ich habe keine prophetischen Gaben.

Becket blinzelte den Mann an, der ihn hasste, dessen verbliebene Hand ruhig eine Pistole hielt und der von Schlägertypen unterstützt wurde, die vermutlich mit uns beiden fertig werden würden. »Sie verstehen das nicht, Fant«, sagte er, »Sie haben vollkommen missverstanden –«

»Ich sah Haarlem fallen, weil Ihr uns betrogen habt, ich sah, wie die ganze Garnison abgeschlachtet wurde, ich sah … Ihr bemäntelt Euren Verrat, und die meisten Leute lassen sich von Euch zum Narren halten, aber ich nicht, und Mrs Anriques jetzt auch nicht mehr.«

Becket schaute ihn an und überlegte, dann sprach er direkt zu Rebecca. »Wer wird Euer Kanonier sein, damit Ihr bei den Spaniern glaubwürdig auftreten könnt?«

»Ich«, sagte Fant. »Glaubt Ihr, ich hätte während der Belagerung nichts über Kanonen gelernt? Ich kann Holländisch so gut wie Ihr, wenn nicht besser. Und schließlich werde ich sie nicht an die Inquisition verkaufen, sobald wir sicher in Lissabon sind.«

»Und das andere? Die Mission der Königin?«

»Ich kann das besser herausfinden, wenn Ihr mich nicht behindert«, sagte Rebecca. »Der Wirt hat Anweisung, Euch und Eure schwarze Hure morgen früh herauszulassen, wenn wir sicher abgefahren sind. Dann könnt Ihr Euch um Euch selbst kümmern. Ich habe bereits an meinen Onkel geschrieben.«

Becket nickte. Das war alles. Früher hätte er versucht, etwas zu tun; jetzt protestierte er nicht einmal, denn sein Herz war von einer großen, dunklen Erschöpfung erfüllt. Was mich betrifft, konnte ich zwischen den Glühwürmchen von dem Schlag und den üblen Atembeschwerden gerade noch den Schatten der Lady Leopard ausmachen, die im Dämmerlicht des Zimmers voller Fässer und herabhängender Schinken, wohin wir gebracht worden waren, ihren Schwanz peitschte, eingeschlossen wie wir im düsteren Licht und dem durchdringenden Geruch von Gurken und Pökelfleisch und Salzheringen.

Becket ließ sich auf einem Fass nieder und legte das Gesicht in die Hände. Ich hockte mich im scharfen Gestank hin, lehnte meinen Rücken an die Rundung eines anderen Fasses und schaute zu dem kleinen Gitterfenster hinauf. Wenigstens würden wir an diesem Ort nicht verhungern, wenn sie uns vergessen würden, obwohl wir verdursten könnten, weil alles so salzig war. Mein Kopf drehte sich seltsam, mir war ganz schwindlig und die Gedanken hingen nicht zusammen. Es dauerte eine Weile, bis ich wieder mehr als zwei Gedanken hintereinander fassen konnte. Und mein Gesicht tat mir weh.

Rebecca hatte mich Beckets schwarze Hure genannt. Das ist ihr Wort für eine Frau, die für Geld bei den Männern liegt. Für sie ist jede Frau, die das unverheiratet macht, eine Hure, sie sind da so schlimm wie die Araber. Als ich mit Becket zusammen war, habe ich es zum Vergnügen gemacht – sogar als ich anfing, umgedreht zu sein, gab es Männer, die zu mir in den Wald kamen und die ich nicht kastriert oder getötet habe, obwohl es wenige waren, weil die Krieger mich fürchteten und es eine Menge anderer, weniger gefährliche, willigere und jüngere Mädchen gab. Sich einem Gott zu weihen, heißt für uns nicht unbedingt, enthaltsam zu sein, nur auf ihn zu hören. Nicht dass ich mit Becket zusammen war, hat mich für die Lady Leopard taub gemacht.

Aber ich hatte nie gedacht, Rebecca so eifersüchtig zu machen, dass sie mich hasst. Wie merkwürdig, dass sie glaubte, ich müsste ihr auch auf diese Weise treu sein.

Becket schwieg eine Stunde lang, bis er den Kopf hob und mir zuzwinkerte. Ich lächelte ihn an, aß etwas von dem Schinken, den ich von der nächstbesten Haxe abgeschnitten hatte, und bot ihm eine Scheibe mit dem Messer an. Er bot mir aus seinem Flachmann etwas Branntwein an, der meine Kehle erwärmte.

»Wer ist dieser alte Feind von dir?«

Seine grauen Augen erfroren, und er starrte geradeaus. »Anthony Fant. Wir waren einmal Freunde, als wir zum ersten Mal in die Niederlande gingen, um gegen die Spanier zu kämpfen.«

»Stimmt es, dass du eine Stadt verraten hast?«

»Ja.« Er sprach mit bleifarbener Stimme. »In gewisser Weise. Bei der Belagerung von Haarlem sollte ich eine Botschaft über die Entsatztruppen überbringen, und die Spanier nahmen mich gefangen, setzten mich ... verhörten mich. Ich ... wurde von einem zum Narren gehalten, den ich für einen Freund hielt. Ich war müde und dumm und ... geschwächt, und ich glaubte ihm, als er sagte, er würde die Botschaft in die Stadt bringen. Also ja, dass Haarlem fiel und die Spanier die Garnison massakrierten, war mein Fehler.«

Ich kniff die Augen zusammen, um zu sehen, was in seinem Gottbereich ablief. Folgte ihm eine Stadt voll Geister? Es schien nicht so, obwohl ich nicht sicher sein konnte mit den geschlossenen Pforten meines Geistes. Also trank ich noch mehr Branntwein und gab den Flachmann zurück.

»Und dieser Mann war in der Stadt?«

»Dort hat er seinen Arm verloren. Er hat jetzt eine größere Wut auf mich als je zuvor. Er glaubt sogar, ich hätte den Tod meines eigenen Bruders durch Verrat verschuldet. Seine Schwester Eleanor war meine Schwägerin, und er weiß, wie sie um den armen Philip trauert. Was auch immer passiert, weißt du, Merula, was immer ich mache, egal wie ich mich bemühe, es scheint, als müsste ich die Leute um mich herum zerstören.« Seine Stimme klang weich und matt.

Ich beugte mich hinüber und tätschelte seinen Arm. »Mich nicht«, sagte ich. »Ich bin sehr schwer zu zerstören. Es ist wahrscheinlicher, dass du von mir zerstört wirst, wirklich.«

Er schaute mich endlich direkt an und versuchte zu lächeln. »Na, das wäre wenigstens mal was anderes.«

Wir schliefen auf den unbequemen Steinfliesen der Speisekammer, aneinander geschmiegt wie Fische im Fass, sein Kopf auf meiner Hüfte und mein Kopf auf seiner.

Noch einmal ging ich mit ihm auf den Traumritt …

Dieses Mal war er die Königin. Ich sah, wie er sich in der Traumschale drehte und wendete, um sich dagegen zu wehren, doch der Traum trug ihn davon, das scharfe Messer der Prophetie drang in seinen Kopf ein, geschwungen von der Mondkönigin in der Verkleidung der haarigen Gespenster, blass und blau gekleidet, sternengekrönt, tanzte sie mit der Schlange zwischen ihren Füßen. Sie lächelte bei meinem Anblick, als hätte ich endlich etwas getan, das ihr sehr gefiel.

Ich war zusammen mit Becket die Königin der haarigen Gespenster.

Und die Königin saß im Turm eines Colleges von Oxford, blinzelte wie eine rotbraune Katze durchs Fenster und wartete darauf, dass Ralegh zurückkam.

Er hatte alle kampffähigen Männer zusammengekratzt, die er finden konnte, und Becket aus seinem erschöpften Schlaf geweckt, um die Nachhut zu kommandieren. Unter den Kämpfern mit den Hakenbüchsen waren einige der kräftigeren Frauen der Stadt, man suchte verzweifelt nach Männern, die eine halten konnten. Die Königin hatte versucht, es zu verbieten, sie hielt es für eine Ungeheuerlichkeit, dass Frauen versuchen sollten, im Dreck zu liegen, eine Waffe zu führen, nach Kampf zu riechen. Es sei Sache der Männer, Frauen zu beschützen, hatte sie gesagt. Die guten Frauen hatten ihr mit respektvoller Härte erzählt, dass sie gehört hätten, die Stadtfrauen in den Niederlanden hätten das auch gemacht und noch mehr, und Becket hatte es bestätigt. Sie hatten hinzugefügt, sie würden lieber ehrlich im Kampf sterben, als von spanischen Soldaten vergewaltigt zu werden. Elisabeth hatte gesagt, dies zeige, wie wenig sie von der Sache verstünden. Dann hatte Ralegh darauf hingewiesen, dass die meisten Männer nicht mehr vom Kämpfen verstünden als sie, und wenn die Frauen genauso lange wie die

Männer die Ruhe bewahren und ihre Hakenbüchsen wenigstens einmal abfeuern könnten, sei das alles, was er verlange.

Zögernd hatte sie ihre Einwilligung gegeben und die dickarmigen Stadtfrauen beobachtet, wie sie ihre Musketen schulterten und mit den Männern davonmarschierten, die Röcke geschürzt über dem Schlamm und mit schwingenden Petticoats.

Es waren immer noch traurig wenige. Vielleicht dreitausend Unerfahrene zu Fuß und tausend Pferde gegen Parmas Tercios, die frisch von der Plünderung Londons kamen.

Becket war es zu verdanken, dass sie noch Kriegsausrüstung und sogar etwas Pulver hatten, frisch aus Wales. Aber dennoch …

Das war am Vortag. Sie hatte den ganzen Nachmittag im Magdalenenturm gesessen, so wie jetzt, und als Philadelphia Carey erschien und sie drängte, nach unten zu kommen und etwas zu essen und sich auszuruhen, hatte sie geflucht und ihr einen Pantoffel nachgeworfen.

Heute Morgen hatte man Lärm von der Straße nach London gehört. Gewehrschüsse, das Geknatter der Hakenbüchsen, ein tiefes Dröhnen, alles abgeschwächt und unergründlich durch die Entfernung.

Sie starrte immer weiter, als könnte sie durch die Intensität ihrer Augen Löcher in die Meilen bohren. Bäume schwankten im Wind. Es war jetzt ruhig, doch sie glaubte, Jubelrufe gehört zu haben. Von wem? Den Spaniern?

Sie wartete, Angst strömte durch ihren Körper wie ein silberner Eisfaden und verstrickte ihr ganzes Gemüt zu einem Knoten, der in ihrem Bauch lag, als hätte sie einen Stein verschluckt. Eine Krähe kam herein, weil der Turm so still war, hüpfte über den Boden, und als sie sich bewegte, flatterte sie davon, krächzte ärgerlich über die Ungeheuerlichkeit, dass eine glitzernde Statue lebendig wurde. Immer noch saß sie da, keine Geräusche, keine Bewegung auf der Straße. Kein Zeichen einer siegreichen Armee, weder englisch noch spanisch. Nichts. Als der Nachmittag verging, wurden ihre Augen glasig. Sie wusste, dass sie sich schon einmal so gefühlt hatte, und erinnerte sich mit einiger Mühe. Als sie im Tower war, unter der Regentschaft ihrer Schwester. Da hatte sie sich so gefühlt.

Der Hauch einer Bewegung, jemand kommt die Straßen heraufgaloppiert. Ein Ergebnis.

Sie stand auf, sehr würdevoll, ein bisschen steif, glättete den schwarzen Damast ihres Rockes und machte sich daran, die Turmtreppe hinunterzusteigen, um hinauszugehen und sich auf die Brücke zu stellen, bereit für alles, was das Schicksal ihr senden würde. Sie war mit Ralegh übereingekommen, dass sie, wenn alles falsch gelaufen sein würde, die Magdalenenbrücke zerstören und Artillerie auf der Spitze des Turms zurücklassen, sich dann hinter der Festungsanlage verschanzen und mit Parma verhandeln würde, falls sie innerhalb von einer Woche nichts von Robert Carey und Lord Hunsdon gehört hätte.

Sie wusste, sie konnte das tun, aber Oh Gott, bitte, lass Ralegh nicht getötet werden, lass ihn überleben …

Sie wartete auf der Londoner Seite der Brücke.

Es war ein Junge, kein Mann, schlammbedeckt von Kopf bis Fuß. Die Herbstregen hatten 1588 früh begonnen, nahtlos hervorgegangen aus den bösen Stürmen des Spätsommers, die der englischen Flotte vor Calais solchen Schaden zugefügt hatten. Wie auch immer, Ralegh sagte, der Regen sei ausgezeichnet, denn er würde das spanische Feldzeug beschädigen und den Papisten Rote Ruhr und Fußpilz bescheren.

Der Junge taumelte aus dem Sattel wie eine Lawine, dann rannte er zu ihr hinüber und kniete sehr ungelenk nieder.

»Oh Königin«, keuchte er, »er hat gesiegt, er hat gesiegt, Ralegh hat gesiegt.«

Der ganze eisige Silberklumpen in ihrem Innern platzte auf wie ein Saatkorn und erfüllte ihren Kopf mit Sonnenschein. Sie lachte. »Ich danke dir, dass du geritten bist, um mir von Gottes reicher Gnade zu berichten, aber du solltest wirklich versuchen, mich mit Euer Majestät anzusprechen.«

Er wurde knallrot, zog die Mütze und sagte: »Ich hab's vergessen, seht. Es tut mir Leid. Euer Majestät. Nur, es war so ein großer Sieg … Wir warteten auf sie, seht, im Hinterhalt wohl, und als sie uns erreichten, Ralegh … ich meine, mein Lord, der Herzog von Sherborne, sagt, sehr leise, ›Halt Jungen, wartet.‹ Und dann kommt Kavallerie direkt die Straße heruntergaloppiert und trifft sie – KRACH!, genau so, gnädige Frau, und da gab es einen großen, tollen Kampf, und wir haben von den Hügeln aus auf sie geschossen. Er hat sie aufgerollt, Pferde, Fußtruppen und Kanonen, er hat sie geschlagen und mit den Pferden überrannt, er hat sie in Stücke geschossen und sie waren ganz blutig und kaputt, und als sie losrannten, konnten wir alle sie jagen und töten. Schaut, gnädige Frau! Schaut, was ich habe!«

Unverkennbar ein Ohr, das schon zu trocknen begann.

Elisabeth hörte auf zu lächeln und schluckte. »Glückwunsch vielmals«, sagte sie. »Und ist mein Lord, der Herzog von Sherborne, wohlauf?«

»Oh ja, Majestät, er schickt Euch diesen Brief und er sagt, ich soll Euch nichts von seinem Bein erzählen, es wird bald wieder gut sein, da ist er sicher.«

»Sein Bein?«

»Er hat eine Musketenkugel abbekommen, aber der Barbier hat sich drum gekümmert und sie gesucht, und es wird bald wieder goldrichtig sein …«

Ihr Herz hatte sich in graues Eis zurückverwandelt. Das klang viel zu sehr nach Sidney.

Sie öffnete den Brief, der diktiert worden war. Er erzählte die Geschichte des Sieges, in schöneren Worten, aber weniger lebhaft, und er teilte mit, dass Parma am Leben, aber völlig aufgerieben war und die großen Tercios aus der Lombardei völlig zersplittert. Die Spanier waren davongelaufen, und Sir David Becket hatte ihren ganzen Belagerungszug eingenommen, viele Pferde und unbegrenzte Mengen an Nahrung und Waffen. Ralegh hatte mit seinem alten Spitznamen Water unterzeichnet und einen Eimer daneben gemalt, um sie zu erheitern. Sie lächelte wieder. Seine Wunde wurde nicht erwähnt. Aber am Ende stand eine Notiz in einer so krakeligen Schrift, dass sie wohl kaum von einem Schreiber stammen konnte, und sie besagte: »Euer Majestät, befehlt in Gottes Namen meinem Lord von Sherborne, sein Bein abnehmen zu lassen, oder er wird wie Sidney enden, das habe ich gesehen. Euer treuer und ergebener Untertan, Sir David Becket.«

Und so zog die Königin ihren Umhang über, ließ das weißeste Pferd aus ihrem Stall bringen und ritt mit gespreizten Beinen, da die meisten Damensattel in Whitehall geblieben waren. Es war sehr unbequem und unsicher, aber sie ließ sich darauf ein.

Dann sammelte sie alle Fuhrwerke, die sie bekommen konnte, ließ Ochsen von den Feldern holen und einige der Studenten, um sie zu hüten, und sie machten sich auf, um den siegreichen Truppen auf der Straße entgegenzugehen.

Sie trafen nach einer Stunde zusammen. An der Spitze der glücklichen, zerlumpten Armee ritt der Herzog von Oxford, immer noch weiß vom Flecktyphus und fast körperlos dünn. Es waren wenige, sie waren vollkommen erschöpft und brachten die schweren Kanonen herein, bevor die Straße nach Oxford durch die Rückkehr der übrigen Armee noch schlimmer wurde.

Elisabeth gab ihnen die Ochsengespanne, die sie mitgebracht hatte, und ritt weiter zum Lager, das Ralegh errichtet hatte. Sie sagte den aufgeregten jungen Männern, sie sollten alle versammeln, die gekämpft hatten, und sie würde gleich zu ihnen sprechen.

In der Mitte war ein behelfsmäßiger Schuppen mit Segeltuchwänden, und nachdem sie die Männer ihrer Leibgarde beiseite geschoben hatte, die vor ihr niederknieten und ihren Samt noch mehr verschmutzten, fand sie Ralegh darin. Der schlief in einem Bett, gegen Kissen gelehnt, klamm und weiß vor Schmerzen. Sie schnüffelte vorsichtig, bemerkte den Geruch eines Jägers, aber keinen nach Misthaufen oder Mauseloch, der Wundbrand ankündigte. So setzte sie sich neben ihn auf den Lagerhocker und wartete geduldig. Ein lautes Platschen war zu hören, und Sir David verdeckte das Licht, als er hereinkam und vor ihr niederkniete.

»Aufstehen«, sagte sie. »Wie geht es ihm?«

»Er sagt, Euer Majestät würden niemals einen einbeinigen Mann als General gutheißen.«

»Was für dummes Zeug. Nach so einem Sieg ist er immer noch ein eitler und arroganter Mann. Denkt er vielleicht, ich bewerte die Schönheit seiner Beine höher als sein Leben?«

Becket lächelte. »Das tut er bestimmt, nehme ich an.«

»Geht und holt den Barbier.«

Becket verbeugte sich und ging hinaus. Die Königin nahm

die langen Finger in die Hand, die jetzt schlaff waren, und drückte sie.

Raleghs Augen waren offen, glänzten im Fieber und ruhten auf ihr. »Euer Majestät, Parma ist fürs Erste geschlagen.«

Sie lächelte und drückte seine Hand, die schwach antwortete. »Ich weiß aus zuverlässiger Quelle, dass Drake sich von seinem Fieber erholt hat und alle Schiffe in Southampton versammelt. Er wird mit Justin von Nassau Gravesend für uns zurückerobern. Euer Sieg hat uns den Herbst und den Winter zum Ausruhen und zur Erholung verschafft.«

Ralegh hob ihre Hand und küsste sie. »Elisabeth«, flüsterte er. »Heiratet mich.«

»Was?«

»Wenn Ihr mich heiratet, lasse ich den Arzt mein Bein abnehmen. Mehr verlange ich nicht. Ihr müsst mich nicht zum König machen, es sei denn, Ihr wünscht es, macht mich nur zu Eurem Gatten.«

»Das ist nicht die Zeit für Hofmachen und romantischen Unsinn, Water. Ich bin viel zu alt für Euch, und Ihr solltet Euch ein Mädchen mit einem hübschen Gesicht suchen, das Euch Babys schenkt.«

»Euer Majestät hat Männer verstümmeln lassen, weil sie so etwas gesagt haben.«

»Das war damals. Jetzt spreche ich, Elisabeth. Es wäre lächerlich, Euch zu heiraten. Ich bin eine alte Frau und unfruchtbar; Ihr seid ein junger Mann und habt nie gezögert, irgendein Mädchen, das Ihr anziehend fandet und das albern genug war, Euren betörenden Worten zu glauben, ins Bett zu nehmen. Das würde niemals gutgehen.«

»Dann lasst es uns politisch sehen. Wenn ich Euer Gatte bin, ist meine Autorität über all Eure Soldaten gesichert. Walsingham wird nicht imstande sein, sie herauszufordern, und auch der junge Essex wird nichts versuchen. Als Euer Gatte werde ich fähig sein, den Kampf zu Ende zu führen, wenn Euch irgendetwas passiert.«

»Ihr könntet mich an Spanien verraten oder beschließen, Euch selbst zum König zu machen«, fuhr ihn Elisabeth an.

»Aber Elisabeth, das könnte ich doch sowieso tun. Und als

Euer Gatte, nicht Euer König, als Euer Gatte steche ich Philips Thronanspruch aus.«

»Und wenn ich sterbe?«

»Werde ich Regent, bis ich Arabella Stuart finden und heiraten kann. Unsere Nachkommenschaft soll herrschen.«

»Ihr könntet bei der Amputation sterben.«

»Ja. Und ich würde lieber als Euer Ehemann sterben, denn als Euer Lehensmann, Elisabeth. Es stimmt, ich habe viele dumme Mädchen ins Bett genommen, aber nicht einer von ihnen ist es gelungen, mich nicht unendlich zu langweilen, wenn wir fertig waren, denn ein eitleres Pack hohlköpfiger Schlampen als Eure Hofdamen habe ich nie gefunden.«

Elisabeth schnaufte amüsiert.

»Aber Ihr ... Ihr Elisabeth ... Ja, ich bekannte Euch meine unsterbliche Liebe wie alle anderen, aus Schmeichelei und Berechnung, selbstverständlich habe ich das getan. Nur dass es dann wahr wurde.«

Elisabeth seufzte und starrte ins Leere. »Ihr habt einmal von den veränderten Gesetzen im Land des Krieges gesprochen.«

»Das habe ich. Eines davon lautet, carpe diem.«

»Wenn Ihr Euer Bein abgeschnitten bekommt ...«

Er hob den Kopf, bewegte sich unbehaglich unter der Decke, ergriff ihre Hand, bis ihre Fingerspitzen weiß wurden. »Nein, Elisabeth, ich kenne Euch. Eure Versprechungen sind so leer wie die Köpfe Eurer Frauen. Zuerst heiratet Ihr mich. Dann lasse ich mein Bein abschneiden.«

Am Hof hätte sie Schuhe geworfen und dröhnende Flüche ausgestoßen. Jetzt senkte Elisabeth den Blick und wurde rot.

David Becket wartete mit dem Arzt an der Schuppentür.

Sie wurden hereingerufen, um nach einem Kirchenmann zu schicken und Zeuge der außergewöhnlichsten Ereignisse zu werden, in deren Verlauf Elisabeth Tudor, ledige Frau aus der Kirchengemeinde von Whitehall, mit Walter Ralegh, Junggeselle aus derselben, verheiratet wurde.

Und dann krempelte der Arzt die Ärmel hoch und holte seine Binden und die Säge heraus, und Elisabeth saß neben ihrem neuen Gatten, während der Arzt sägte und das Blut floss.

Wieder wachte ich vor Becket auf, das Sonnenlicht schien in den Vorratsraum, und meine Hüfte tat weh vom Schlafen auf den Steinplatten.

Über mir hingen schweigend die Schinken und das Rindfleisch, erhoben sich die Türme der Gurkenfässer. Es roch sehr durchdringend, aber nicht unangenehm.

Rebecca würde inzwischen mit ihrem neuen Helfer Anthony Fant abgereist sein, weggesegelt und verschwunden. Und ich wurde hier in Flandern zurückgelassen, einem Land, dessen Sprache ich nicht kannte, mit Becket, den ich geritten hatte, dessen Prophezeiungen aber mir äußerst fremd waren. Außerdem, um ehrlich zu sein, interessierte es mich nicht allzu sehr, welcher Stamm der haarigen Gespenster die kalte, sumpfige Insel regierte, die seine Heimat war. Sollen ihre Götter miteinander streiten, denn an diesem kalten Morgen konnte ich nur daran denken, dass mein Sohn immer noch Sklave war und ich nichts für ihn tun konnte.

Ich hatte ihn kaum gesehen, als ich umgedreht war. Die Götter und Geister des Waldes waren meine Familie gewesen, und meine Schwester hatte ihn geliebt und zum Mannsein gebracht, hatte ihm Bier gegeben, als die frisch eingeritzte Schlange an seinem rechten Arm immer noch pochte und seine Hand so zitterte, dass er kaum trinken konnte. Sie war die Mutter seines Herzens, das stimmt, aber ich hatte ihn gesäugt, und er war ein dicker kleiner Junge von drei Jahren gewesen, war übermütig von der Pfütze zum Baum und zur Wand gerannt, um neue Möglichkeiten zu finden, mich in Schrecken zu versetzen, als die Mondkönigin in meinen Kopf herunterkam und mich dazu brachte, meinen Ehemann zu töten, der mich wieder schlug, weil ich mich in seinen Träumen herumtrieb. Umgedreht hatte ich in den schrecklichen Händen der haarigen Gespenster an meinen Sohn denken können, ohne dabei zu zittern, denn die Geisterwelt war wirklicher für mich als diese. Jetzt war ich wieder richtig herum, ohne jede Warnung, umgedreht von Bier und Branntwein. Ich konnte nur daran denken, dass die Ketten seinem dicken kleinen Hals fürchterlich wehtun würden. Er war ein erwachsener Mann, und ich hatte ihn als Mann gesehen, aber er war in meinem Herzen immer noch das Kind, und mein Herz weinte Blut um ihn.

Um damit fertig zu werden, trank ich die Hälfte von Beckets Branntwein und schnitt etwas Schinken für ihn ab. Als die Morgendämmerung kam, erschien der Wirt mit seinem Bruder. Sie trugen Knüppel und öffneten die Tür der Speisekammer und ließen uns heraus. Wenigstens war unsere Rechnung bezahlt, doch der Wirt wollte uns für den Schinken aufkommen lassen, den wir zum Frühstück gegessen hatten, bis Becket schließlich drohte, den Magistrat zu verständigen und Anklage zu erheben wegen unrechtmäßigen Freiheitsentzugs und Raubes.

Wir stolperten müde auf die Straße hinaus, und Becket bestand darauf, direkt zum Hafen zu gehen, wo die *Salamander of London* vertäut gewesen war. Selbstverständlich war sie weg. Mit dem Gezeitenwechsel am Morgen entwischt.

Wir zählten unser Geld – ein paar Schillinge und zwei Kronen. Das war nicht genug, um mehr als zwei Tage zu reichen.

Becket saß in einem Schnapslokal, trank einen Humpen Ale und blinzelte ins Leere, während ich ein anklagendes Lied gegen die Lady Leopard vor mich hin summte, deren Schatten in einer Ecke saß, mir den Rücken zudrehte und mit dem Schwanz peitschte. Ich hatte immer noch Kopfschmerzen, mein Gesicht war von Beckets Misshandlungen geschwollen, und ich konnte auch das harte Brot nicht kauen, das mit dem Ale serviert wurde, da meine Kinnladenscharniere genauso wehtaten. Ich schlürfte dafür Ale in mich rein, und das machte mich schwindlig.

Schließlich schlug Becket die Hand flach auf den Tisch und sagte: »Wir gehen nach Dünkirchen.«

Ich nickte ihm zu wie eine Eule.

»Da sind die Friedensunterhändler stationiert, und wir können Robert Cecil bitten, der Königin eine Botschaft zu schicken, dass ihr Plan fehlschlug, bevor er auch nur richtig in Gang kam. Vielleicht können wir Arbeit als ihre Wachen oder Boten oder so etwas finden. Kommst du mit, Merula?«

Ich hätte wieder Nein sagen können. Ich hätte ihm sagen können, er selbst solle unter allen Umständen nach Dünkirchen gehen, und mich dann zu einem der Schiffe aufmachen, die nach Afrika segelten, um Sklaven zu kaufen, und als Hilfe anheuern. Das hätte ich tun können, denn im Verlauf eines Monats würde mindestens eines aus diesem Hafen lossegeln. Aber ich wollte nicht und hatte Angst, ich war unglücklich, so allein in einem Land, wo die meisten Leute mich für eine entlaufene Sklavin halten würden und dessen Sprache ich nicht kannte. Mit Becket zu sein, verlieh mir wenigstens Würde und etwas Schutz gegen diejenigen, die mich an ein Bordell verkaufen würden. Wie kam es, dass ich so feige geworden war? In der kalten Welt, die man vorfindet, wenn der Gott verschwindet und dich verlässt, ist Feigheit nur vernünftig.

Außerdem wollte ich mit Becket zusammen sein. Mein Herz bekam Licht von seiner Berührung, auch wenn wir nur schliefen, seine prophetischen Träume nahmen mich dahin mit, wohin ich selbst einst gereist war, getragen nur von meiner eigenen Vorstellungskraft. Die Mondkönigin muss darüber gelacht haben, was für ein trauriges, empfindliches Geschöpf ich geworden war, wie ich aus dem umgedrehten Zustand herausgefallen war, gerade als ich ihn am meisten gebraucht hätte.

Also sagte ich zu Becket: »Sicher, ich gehe mit dir. Glaubst du, sie werden mich anheuern?«

»Warum nicht?«, sagt er grinsend. »Und sei es nur, um mich zufrieden zu stimmen.«

Wir spielten Karten am Abend, nur wir zwei, um tausende von Dukaten, und Becket schuldete mir schließlich zehntausend, für die ich eine Teilzahlung in Naturalien akzeptierte. Am Morgen mieteten wir Pferde und machten uns die Küstenlinie entlang nach Südwesten auf, was uns, wie Becket sagte, nach Dünkirchen bringen würde.

Buch II

Señor Josef Pasquale

Lissabon, zu Beginn des Frühjahrs 1588

Die Kirche der gesegneten Jungfrau war kühl und dämmrig; nur ein paar Kerzen waren angezündet, und keine der Seitenkapellen, die das Leben der Jungfrau zeigten, war zu sehen, weil die Schatten so schwarz waren. Im Sommer konnte man durch die hohen Fenster den Tag im leuchtenden Lapislazuli des Himmels brennen sehen, aber die Sonne konnte nicht direkt in die Kirche scheinen, nur durch den Regenbogenfilter des großen Fensters hinter dem Altar. Die Jungfrau in ihrer kunstvoll gestalteten Kapelle neben dem Hochaltar war in ihre üblichen Kleider gehüllt, die grüne Seide der Werktage, nicht in den schweren goldenen oder roten Brokat der Festtage. Seine eigene Mutter hatte diese grüne Robe mit den glorreichen Mysterien des Rosenkranzes bestickt. Sie selbst, eigenhändig, aus Dankbarkeit für seine Geburt. Das Kerzenlicht glitzerte gelegentlich auf den rosafarbenen Pausbacken der Jungfrau und auf den hochgestreckten Fingern ihres Babysohnes.

Señor Josef Pasquale kniete nieder und betete seinen üblichen Rosenkranz, bat um Kraft und Zuversicht, um sich gegen Mitleid zu stählen, um zu verstehen, dass das Heilige Amt eine lebenswichtige, wenn auch bescheidene Rolle in der Größe der katholischen Kirche zu spielen hatte. Denn es lag in der Natur der Reinheit, dass sie leicht beschädigt werden konnte; und solange im Norden die große Jauchegrube einer korrupten Doktrin gärte, bestand auch immer das Risiko, dass die spanische Halbinsel infiziert und auch vom Wundbrand der Ketzerei angesteckt werden könnte.

Er glaubte in etwa zu wissen, mit welcher Art von Übel er es bei Simon Anriques zu tun hatte. Er vermutete es. Er musste nur den richtigen Druck ausüben, und er würde es herausfinden. Alles.

Heilige Mutter, flüsterte er in der Dunkelheit, erhalte mein Herz rein, lass nicht zu, dass ich dazu verführt werde, Vergnügen an dem zu haben, was ich tue, gewähre mir nur, dass ich durch meine Sorgfalt deine Reinheit und die Reinheit der Heiligen Mutterkirche bewahre. Hilf mir, die Ketzer zu entlarven, wo immer sie auch sein mögen, und sie zu vernichten. Hilf mir, ihren sündigen Keimen zu entgehen.

Er bekam keine Antwort, wie gewöhnlich. Er stand auf, ging in die Knie, bekreuzigte sich, bereit zum Gehen. War das eine Kristallträne unter den blauen Glasaugen, die er gerade noch mit einem Blick gestreift hatte, als er sich umdrehte? Nein, nur ein Spiel des Lichts. Er war viel zu sündig, um eine Vision zu empfangen. Und außerdem, warum sollte die Jungfrau weinen, wenn er ihre Arbeit machte?

Er bekreuzigte sich mit Weihwasser. Er fühlte sich wohler, denn ihm graute immer vor Verhören. Die flehenden Bitten, die Schreie ... Es war ein schwerer Beruf. Aber zuerst in die Kirche zu gehen, gab ihm Kraft und beschützte ihn vor dem Übel und der Habgier einiger anderer im Heiligen Amt, die sich nur für die reichen Besitztümer interessierten, welche sie vielleicht beschlagnahmen konnten. Er behandelte Arme und Reiche genau gleich.

Sie brachten Anriques, den verdächtigen englischen Ketzer, aus den Zellen herauf, wo er ein paar Tage Zeit gehabt hatte, sich über seine Lage klar zu werden. Er war sehr wütend, laut und streitsüchtig und pflanzte sich auf dem gefliesten Fußboden von Pasquales Amtszimmer mit zerzausten Haaren auf, unrasiert.

»Herr, ich protestiere!«, rief er. »Ich bin, wie Ihr wisst, ein Zuckerkaufmann, und ich möchte wissen, welcher Art die Anschuldigungen gegen mich –«

»Wir finden es nicht angemessen, Eure Fragen zu beantworten«, sagte Pasquale. »Bitte beantwortet unsere. Euer Name?«

»Simon Anriques.«

»Euer Geburtsort?«

Er behauptete, in der Neuen Welt geboren zu sein, in Cartagena, was sicher der letzte Ort war, wo sein Schiff angelegt hatte. Sein Schiff war in Antwerpen registriert, wo der Priester, der ihn gemeldet hatte, an Bord genommen worden war. Dort wohnten Menschen, die Anriques hießen, ebenso in Cartagena. Es war möglich. Selbstverständlich kam es darauf an, was man unter »Menschen« verstand.

Sie gingen das ganze Geschwätz durch, dass er von der Abstammung her Portugiese sei, in der Tat portugiesischer als der König. Dass er der Sohn eines Kaufmanns sei, der jetzt tot war, dass sein Onkel ihm geholfen hatte, die Reise zu finanzieren, dass er Gewehre und Schießpulver hinunter an die Sklavenküste gebracht habe, Sklaven an Bord genommen ... Ja, er habe eine *permeso* – sie war auf seinem Schiff. Wenn er hingehen könne, um sie zu holen ...

Die Leute, die das Schiff durchsucht hatten, waren auf nichts dergleichen gestoßen, aber Señor Pasquale sagte das nicht.

Señor Pasquale machte sich sorgfältig Notizen, nahm ihn ins Kreuzverhör. Die Geschichte war solide, es war möglich, dass ein Teil der Wahrheit entsprach. Wenn es keine anderen Informationen gegeben hätte als Anriques Aussage, wenn es keine gekritzelte, mit Branntwein bekleckerte, beeidete Erklärung des Schiffskaplans gegeben hätte, wäre er vielleicht mit nicht mehr als der Beschlagnahmung seines Schiffes und der Ausweisung davongekommen.

Sie gingen es zwei Mal durch, Anriques wurde immer erregter, schwor immer wieder bei Christus und jedem Heiligen, den es gab, dass er nicht wusste, was die Inquisition von ihm wollte ...

Noch ein kleiner Hinweis. Interessant. War es möglich? Sein Portugiesisch war sehr gut, sein Spanisch ebenso.

Der Mann hielt in seinem gewundenen Sermon inne. Pasquale schaute eine Weile seine Notizen durch und nickte dann seinen drei Helfern zu. Zwei von ihnen hielten Anriques sorgsam fest, während seine Handschellen abgenommen wurden, und sie zogen ihm bis aufs Hemd die Kleider aus. Er protestierte, wie es Männer immer tun, stritt ab, wies sie zurecht ... Pasquale hielt es für übertrieben.

Anriques kämpfte immer noch, als er auf den langen Tisch mit den Abflüssen und dem kleinen Block gefesselt wurde, der unter den Rücken kam, um die Brust nach oben zu wölben. Er war dürr, überhaupt nicht gut gebaut und machte den Helfern keine große Mühe. Sogar wenn es nicht seine eigene bevorzugte Methode geben würde, hätte Pasquale bei Anriques keine Streckbank oder Wippe benutzt, aus Angst, ihn versehentlich umzubringen

Auf Pasquales Nicken hin führten sie den kleinsten Metallknebel ein, um Anriques Mund offen zu halten, und schoben den Stofftrichter hinein. Aus irgendeinem Grund verhinderte der Holzblock, der gegen die Wirbelsäule drückte, das Kotzen. Anriques Augen rollten, seine Brust hob und senkte sich, sein Hals schnürte sich zu. Einer der Helfer band seinen Kopf fester an den Tisch.

»Zwei Krüge«, sagte Pasquale und setzte sich mit dem Rücken zum Gefangenen hin.

Das Rieseln des Wassers wurde vom Geräusch des Würgens, Hustens, wieder Würgens übertönt. Es würde genug Wasser in die Speiseröhre von Anriques gedrückt werden, um seinen Magen auszudehnen und ihn auf den Block unter seiner Wirbelsäule zu pressen, und die ganze Zeit würde er langsam ertrinken, während das Wasser durch den Trichter in seinen Mund rieselte.

Im Allgemeinen hatte Pasquale festgestellt, dass selten mehr als vier Krüge nötig waren, um die Wahrheit zu erfahren.

Als die zwei Krüge verbraucht waren, schickte Pasquale die Helfer weg, um mehr Wasser zu holen – und es war immer das beste Wasser, reines Brunnenwasser, kein Schmutz drin, wie manche es gern machten –, ging hin und stellte sich neben den Kopf von Anriques, der hustete und nach Luft schnappte und sich aufbäumte. Seine Zunge war blutig von dem Knebel, der seine Zähne auseinander hielt, blutiger Speichel lief ihm die Wangen hinab.

»Bitte. Ich würde es vorziehen, Euch nicht mehr zu belästigen«, sagte Pasquale wie immer. »Ich habe an diesen Dingen keine Freude, glaubt mir. Aber ich muss einfach die Wahrheit erfahren.«

Selbstverständlich konnte Anriques mit geöffnetem Mund und dem Metallknebel, der sich gegen seine Zunge presste, nicht antworten, aber er konnte den Kopf genug bewegen, um zu nicken. Seine Augen quollen heraus, als er es tat. Gut.

»Jetzt möchte ich wissen, wo Ihr geboren seid. Und ich möchte wissen, wann und wo Ihr getauft worden seid. Und ich möchte wissen, was Ihr hier zu suchen habt.«

Sehr vorsichtig, für den Fall, dass er gebissen wurde, was schon ein- oder zweimal vorgekommen war, entfernte Pasquale den Knebel.

»Ich habe es Euch schon gesagt ... Ich wurde in Cartagena in der Neuen Welt geboren ...«

Pasquale seufzte. Er hielt die Nase des Mannes fest und drückte den Knebel wieder hinein, bevor der Gefangene seine unsterbliche Seele noch mehr gefährdete. Seine Helfer kamen mit den Krügen zurück, führten erneut den Stofftrichter ein und fingen wieder an zu schütten, ganz langsam. Man musste vorsichtig sein, denn wenn man einem Mann den Magen aufreißt, stirbt er selbstverständlich, und dann kann er nicht beichten, und seine Sünden können nicht vergeben werden. Es gehörte auch großes Geschick dazu, jemanden am Rande des Ertrinkens zu halten, damit er immer wieder das Bewusstsein verliert, ohne tatsächlich getötet zu werden. Pasquale bestimmte die Dauer gewöhnlich, indem er ein Ave Maria sprach. Nach mehr als drei Ave Marias begann der Mann zu sterben. Einmal hatten sie einen Gefangenen mit großer Mühe wiederbelebt, nur um dann festzustellen, dass er sich in einen Idioten verwandelt hatte.

Da war auch noch das Problem mit der Wirkung, die Wasser auf Menschen hatte: Manche starben einfach, weil sie zu viel Wasser tranken, so außergewöhnlich das erscheinen mag. Man musste sie gelegentlich kotzen lassen. Weshalb auch die Becken in den Tisch eingelassen waren. Pasquale hatte sie selbst entworfen, da er seine Putzleute nicht mit irgendwelchen Flecken auf den Fliesen belästigen wollte.

Es schien, als sei dieser Anriques ganz schwach, denn für längere Zeitabschnitte verlor er vollkommen das Bewusstsein. Als sie zum vierten Mal den Knebel herausnahmen, begann er, als er wieder zu sich kam, in irgendeiner germanischen Sprache zu reden, flämisch oder englisch. Das war interessant und ermutigend, deshalb nickte Pasquale, und die Helfer banden ihn los bis auf die rechte Hand, so dass er sich zur Seite drehen und seinen schwangeren Bauch leer kotzen konnte. Das tat er umgehend, hilflos, auf allen vieren, schnappte nach Luft und würgte. Seine Nase fing an zu bluten, was ein schlechtes Zeichen war. Unglücklicherweise hatte er die Selbstbeherrschung verloren, als er das letzte Mal ohnmächtig geworden war, weshalb sie ihm vorsichtig sein Hemd aufschnitten, während er weiterspuckte, und ihn mit weiterem Wasser abwuschen. Schließlich war Anriques damit fertig, seinen Magen auszuleeren, und brach halb bewusstlos auf der Seite zusammen. Und da bemerkte Pasquale endlich das Zeichen, erkannte, wen sie hier wirklich vor sich hatten. Das war nicht nur ein englischer Ketzerspion.

Das war ein Jude.

Pasquale konnte nichts dafür. Er starrte. Es hatte im heiligen und reinen Land Spanien seit der Regentschaft der katholischen Fürsten König Ferdinand und Königin Isabella offiziell keine Juden gegeben. Vor etwas weniger als hundert Jahren war allen Jesusmördern befohlen worden, zur wahren Religion überzutreten, oder sie wurden ausgewiesen. Das Heilige Amt war sogar ursprünglich eingerichtet worden, um das Gesetz durchzusetzen, das jeden Juden, der einmal zum Christentum konvertiert war, wie gewaltsam auch immer, und dann zu seinen alten Bräuchen zurückkehrte, zum Ketzer erklärte, der in der Folge vom weltlichen Arm verbrannt werden konnte. Es lag eine nette Geste in dem Gesetz, die wenige zu schätzen wussten: Die Juden wurden nie dafür verfolgt, dass sie Juden waren, sie wurden lediglich als Abschaum ausgestoßen, den keine christliche Nation tolerieren konnte. Wenn sie in ihrem Geburtsland bleiben wollten, mussten sie nur zum Katholizismus übertreten. Kehrten sie allerdings wieder zu jüdischen Bräuchen zurück, *dann* konnten sie verbrannt werden. Und wurden es, manchmal zu hunderten. Von ein paar türkischen Galeerensklaven abgesehen, gab es in Spanien keine beschnittenen Männer.

Und dieser ... dieser Mann war beschnitten.

Pasquale zog seinen Dolch, trat an den Tisch und griff die Spitze vorsichtig, um die Scheußlichkeit anzuheben. Kein Zweifel. Kein Unfall. Er war ganz ... von der Vorhaut abgesehen. Und er war kein Maure, denn die Haut war zu blass.

Pasquale schüttelte sich, steckte seinen Dolch ein.

»Jesus Christus war ebenso beschnitten wie ich.« Anriques lag in den Nachwirkungen seiner Zuckungen und blutete immer noch aus Nase und Mund. Seine Stimme war nur noch ein Röcheln – einer der Nachteile bei der Verwendung der Krüge, da Verdächtige hinterher oft nur noch flüstern konnten.

»Verzeihung?«

Die halb geschlossenen Augen dehnten sich zu einem geschundenen Lächeln. »Jesus war beschnitten. So heißt es. In der Bibel. Weil er Jude war.«

Pasquale verlor die Selbstbeherrschung. Kalte Wut sorgte dafür, dass er seine Faust hob und der dreckigen Kreatur ins Gesicht schlug. Das war unentschuldbar, sogar unter diesen Umständen.

Er legte seinen Dolch weg, wischte seine Hand mit einer Serviette ab, die an einer Stange unter dem Tisch hing und trat zurück.

Als er sicher war, dass seine Stimme nicht zitterte, sagte er: »Ihr habt englisch gesprochen, als Ihr bewusstlos wart. Ich weiß, dass Ihr ein englischer Ketzer seid, der illegalen Handel treibt.«

Der Mund des Juden blutete stark, sein Atem kam stoßweise aus seiner angeschwollenen Kehle. »Und?«

»Und Ihr seid … ein Jude.« Pasquale war immer noch erregt, er tupfte die Serviette auf seine aufgeplatzten Knöchel. Er hätte es besser wissen sollen. Die Teufelsbrut hatte scharfe Zähne.

Die Teufelsbrut stützte sich auf dem Ellbogen hoch, schaute an sich herab und spuckte einen Zahn aus. »Ja, das bin ich. Wenn Ihr schon fragt«, flüsterte sie. »Ich bin immer Jude gewesen. Ich wurde wie Christus mit acht Jahren beschnitten. Ich hatte meine Bar Mitzvah. Ihr habt gefragt …« Er hielt inne, um wieder zu husten, spuckte noch mehr Blut, » … wann und wo ich getauft worden bin. Ich wurde nicht getauft. Ich bin nie getauft worden. Ich wurde in London kurz vor dem Passahfest 1553 geboren, und in meinem ganzen Leben war ich nie Christ. Ich habe mit all meinen schwachen Kräften den jüdischen Glauben befolgt.«

An diesen neuen Schrecken hatte Pasquale nicht gedacht. Sicher bemühten sich sogar Ketzer um eine gewisse Orthodoxie?

Sicher taten sie das mit der wahren Religion. Sicherlich würden sie diesen Schmutz des Judentums nicht in England tolerieren?

»Seid Ihr überrascht, Señor?«, fragte der Jude. »Die Königin von England hat einen Dispens erteilt. Uns allen.«

Dieses Verhör war falsch gelaufen. Irgendwie hatte Pasquale die Initiative verloren, schlimmer, er hatte seine natürliche und gewohnte Vorzugsstellung gegenüber einem Judenmörder verloren. Seine Helfer, von denen einer im Gesetz ausgebildet war, starrten ihn erschrocken an. Das abscheuliche Flüstern ging weiter.

»Señor, Ihr könnt mich nicht des Judentums oder des Abfalls vom Glauben anklagen. Ich bin nie Christ gewesen, also kann ich auch nicht zu der Religion zurückgekehrt sein, die ich nie ... krrchch ... aufgegeben habe. Ich bin ein einfacher Kaufmann. Wenn Ihr mich nicht festgenommen hättet, wäre ich aus diesem Land weggegangen, in Befolgung der alten Exilsbestimmung.« Die hellbraunen Augen tränten von weiterem Husten. »Ich habe nicht gegen die hiesigen Gesetze verstoßen, und Ihr habt keine gesetzliche Gewalt über mich. Ich verlange, dass Ihr mich entlasst und mir mein Schiff zurückgebt.«

Pasquale rammte den Knebel wieder in den Mund der Kreatur und kehrte an seinen Schreibtisch zurück, um nachzudenken, während die Teufelsbrut nackt und mit untergeschlagenen Beinen auf dem Tisch saß, bequem, obwohl das rechte Handgelenk immer noch an einer Ecke angebunden war. Sie hustete krampfartig durch die runde Öffnung des Knebels und versuchte, das Wasser aus den Lungen zu bekommen. Pasquale ging zu dem Hausaltar in der Ecke und betete kurz um Beistand.

Schließlich hatte er seine Beherrschung so weit wiedererlangt, dass er ruhig zu seinen Helfern sprechen konnte. »Macht ihn sauber. Gebt ihm irgendetwas, mit dem er sich bedecken kann. Bringt ihn in die Zellen zurück.«

Er musste immer wieder die Hände waschen, bis der Krug leer war, um das Gefühl der Verseuchung wegzubekommen. Dann ging er in die nahe gelegene Kirche von St. Simeon, wo er eine Kerze anzündete und innig um Beistand betete. Denn was der Christusmörder gesagt hatte, stimmte. Er hatte absolut keine gesetzliche Gewalt über ihn.

Danach versuchte Pasquale, seinen Bericht zu schreiben, während seine Helfer den Tisch sauber schrubbten. Pasquale war in seinen Berichten immer vorsichtig. Er verwendete das Kurzschriftprotokoll, das sein Schreiber vom Dialog aufgezeichnet hatte, und achtete darauf, seine Meinung von den Fakten zu trennen, von dem, was der Beschuldigte gesagt hatte.

Es gab jedoch keine Möglichkeit, die beklagenswerte Tatsache zu verbergen, dass der Jude das Gesetz auf seiner Seite hatte. Der Buchstabe des Gesetzes war auf der Seite des Juden, aber der Geist konnte es selbstverständlich nicht sein. Pasquale ging ziemlich ins Detail, als er genau erklärte, weshalb er der Ansicht war, dass die einzig korrekte Maßnahme die sofortige Überstellung des Juden an den weltlichen Arm sei, gefolgt von einer Verbrennung beim nächsten Autodafé.

Aber er konnte sich nicht konzentrieren. Er brauchte lange zum Schreiben, war nicht so elegant im Ausdruck, wie er es sich gewünscht hätte. Schließlich überließ er seinen Entwurf dem Schreiber, der ihn bis morgen in Schönschrift kopieren sollte und vielleicht einige abschweifende Gedanken, die eingeflossen waren, klarer machen konnte. Er überflog das Ganze noch mal, um sicherzustellen, dass es keine Spuren von Sünde gab. Denn wieder schien die Sünde wie eine ansteckende Ausdünstung im Raum zu hängen, stark und durchdringend nach seinem Wutanfall gegen den Juden.

Pasquale machte sich auf, um zu Mittag zu essen. Er ging oft nach Hause, um seiner Mutter Gesellschaft zu leisten, während sie schmatzend und sabbernd die sorgfältig zerdrückten Mahlzeiten verzehrte, die ihre Bedienstete für sie zubereitet hatte, aber Pasquale war es nicht nach einseitiger Unterhaltung, nur um die Fassade aufrechtzuerhalten. Er ging stattdessen in eine Taverne, bestellte das Tagesgericht, und als es kam – ein neues Gericht mit Schweinefleisch in einer Soße aus neuspanischen Früchten –, saß er da und schaute es an, mit knurrendem Magen und lauter zersplitterten Bildern im Kopf.

So aufgewühlt war er nach einem Verhör öfter, sogar wenn alles gut gegangen war. Er war in vielerlei Hinsicht wie ein Arzt, ein Doktor des Reichs. Genau wie ein Arzt, der tapfer genug war, um Pest und Pocken zu behandeln und das Risiko einzugehen, selbst mit der Krankheit angesteckt zu werden, steckte sich Pasquale durch seine Nähe zur Sünde oft mit ihr an. Lange Zeit gelang es ihm, Sukkuben und sündige Gedanken durch Beten und Fasten in Zaum zu halten. Aber da gab es im letzten Jahr diese verdächtige Jüdin, die Frau, die kein Schweinefleisch essen wollte. Er hatte sie verhört, und nachdem sie zusammengebrochen war und alles gestanden hatte, war er so erhitzt und von ihren teuflischen Ausschwitzungen erfüllt, dass er ...

Die Erinnerung daran, was er getan hatte, brach wieder hervor. Er hatte nur versucht, die Sünde zu meiden ... Nein, wenn er ehrlich war, hatte er das nicht. Er hatte die Sünde aufgesucht, weil er in eine Stimmung geraten war, in der ihm die Todsünde der Fleischeslust weniger schlimm vorkam als die ewig drängenden Bilder in seinem Kopf, die ihn ablenkten und ihm die Konzentration raubten, den Schlaf raubten.

Brauchte er das auch dieses Mal? Musste er das kleine Haus im alten maurischen Viertel besuchen? Mit den Metallgittern und den verschleierten Frauen, die sich um ihn kümmerten? Es würde eine schwere Buße bedeuten, wenn er das beichtete, selbstverständlich, aber es wäre die Sache wert, wenn er danach wieder klar denken und handeln könnte.

Plötzlich entschied er sich, ließ Geld da für seine unberührte Mahlzeit und stürzte davon, lief rasch durch die glühende Sonne, durch beinahe leere Straßen, seine schwarze Soutane wehte hinter ihm drein, während er einen ausgesprochen verwinkelten Umweg durch die schmalen weißen Straßen nahm, die Treppe hinunter, über den winzigen Innenhof, der von dem Orangenbaum fast ausgefüllt wurde.

Die schwere Tür war wie immer verschlossen. Er klopfte an, wartete, klopfte noch mal. Sie würden aus einem der verbotenen Zimmer im Obergeschoss, hinter einem Fensterladen her, nach ihm schauen.

Er hatte die Adresse von einem seiner Helfer erfahren, eigentlich nur mitgehört, als der Mann über einen Vetter gelacht hatte, der regelmäßig dahin ging. Die Adresse hatte einen Monat lang in seinem Kopf gebrannt. Schließlich war er an den Ort gestolpert, betrunken, an einem Abend, als ein Mann beim Verhör gestorben war. Sie hatten nach einer Empfehlung gefragt, nach einem Passwort: Es war wie der Besuch eines Frauenklosters, mit Fragen und Antworten durch das Gitter in der Tür. Er hatte zwei Goldstücke durch die Drähte gepresst, und endlich ging die Tür auf. Sie hatten bei diesem ersten Mal darauf bestanden, dass er sich die Augen verbinden ließ, was irgendwie seine Hitze nur noch gesteigert hatte. Solchen Menschen zu trauen, wahrscheinlich Neuchristen, die ihr Brot auf keine andere Weise verdienen konnten, sich hilflos in ihre Hand zu begeben ... Es hatte sein Herz donnern und seine Lenden schwellen lassen, er war erregter denn je und der qualvolle Druck der Sünde hatte mehr geschmerzt als je zuvor. Und die Frauen dort hatten ihm Linderung verschafft, ihm sanfte Befehle gegeben, den furchtbaren Druck von ihm genommen, ihm die Richtigkeit seines Tuns bestätigt. Sie hatten für ihn gesungen, getan, was er wollte, und nicht gelacht, als er hilflos unter seiner Augenbinde geweint hatte.

Mit der Zeit begannen sie, ihm zu trauen, und erlaubten ihm, den langen, niedrigen, mit reich verzierten Wandschirmen geschmückten Raum ohne Augenbinde zu betreten. Er begriff eigentlich nicht, warum es nötig gewesen war, denn er sah nie eines ihrer Gesichter. Sogar wenn sie eingeölt und nackt für ihn tanzten, behielten sie einen maurischen Schleier über dem unteren Teil ihrer Gesichter, und wie sehr er auch darum bettelte, nicht eine von ihnen enthüllte sich vor ihm. Manchmal war er allein, oft aber waren andere da, taktvoll hinter Vorhängen und Wandschirmen verborgen, nur am Stöhnen und gelegentlichen scharfen Lauten hinter Wolken marokkanischen Räucherwerks zu erkennen. Es war wie das Paradies der Mauren, ein Ort der Ekstase und der Schuld. Er ging monatelang hin, sooft er es sich leisten konnte, und er fastete frohgemut, wie sein Beichtvater es befohlen hatte, um Geld zu sparen. Als dann seine erste Raserei sich beruhigt hatte, ging er, wenn es nötig war, und sie hießen ihn willkommen.

Es war seltsam, wie sehr er die Frauen brauchte, und doch hatte er nie den Wunsch gehabt zu heiraten. Selbstverständlich würde es im Moment kaum passen. Aber er hatte sich nie in eines der Mädchen verliebt, die geziert und steif bei seiner Mutter zu Hause im Garten saßen.

Die schwarze Tür ging auf, und die Frau, die öffnete, zeigte auf maurische Art nur ihre Augen unter dem Schleier. Er erkannte sie allein an den Augen, die groß und mandelförmig waren. Es war die mit den breiten, üppigen Hüften und den schweren Brüsten, weich wie Butter und etwa dieselbe Farbe. Als er sie bescheiden anlächelte, ergriff sie seine Hand und führte ihn in den langen, abgedunkelten Raum, ausgestattet mit Marmortrennwänden, Kissen, Wandteppichen und kleinen Wasserpfeifen, in denen Tabak und Räucherwerk gemischt war. Die vertrauten schweren Düfte hingen in der Luft, Jasmin und Moschus und Frauen, dieser seltsam abgerundete, in der Spitze gebrochene Geruch nach Frau. Er gab der Frau an der Tür das Geld, und nachdem sie es in die geschnitzte Schachtel gelegt hatte, kamen die beiden anderen Frauen zu ihm, ebenfalls verschleiert, summten etwas und zogen ihm die Soutane und das Wams aus. Sie führten ihn, der bereits zitterte, zu einem der Alkoven mit den Vorhängen und fesselten seine Hände mit Seidenschals an die Trennwand, verbanden ihm den Mund mit einem weiteren Schal, so dass er sich nicht durch Flehen oder Schreien Schande machen konnte. Er war vollständig in ihrer Hand, ihrer Gnade überlassen, hilflos … Und dann, als er spürte, wie sein Körper schmolz und kochte, weich und hart wurde, drängten sie ihn zart in die Verruchtheit der Unzucht, die er so verzweifelt brauchte und ersehnte.

Stets glaubte er, vor Lust sterben zu müssen, von diesem herzzerreißenden Dolch der Freude. Beim ersten Mal war er zutiefst erschrocken gewesen, weil er die Nässe für sein Blut gehalten hatte. Jetzt wusste er es besser. Aber jedes Mal war es so scharf und unerträglich wie zuvor. Wenn er nicht angebunden wäre, dürfte er es sich nicht erlauben, so wild machte es ihn.

Danach, wenn sie ihm den Schal zwischen den Zähnen entfernt hatten, lag er schwer atmend da, und sie fächelten ihm zu und wuschen ihn, banden seine Hände los und massierten ihn, wischten sein Gesicht mit Orangenblütenwasser ab. Während sein Herz sich vom Galopp in den Trab in den Schritt verlangsamte, versprach er sich immer, dass er jetzt zum letzten Mal die Sünde aufgesucht habe. Er versprach es immer, und er meinte es immer.

Er döste in der Siesta, bis ihn die Frauen tätschelten und mit ihren sanften Stimmen sagten, dass er gehen müsse. Melancholisch und voller Sehnsucht zog er seine Kleider wieder an, während eine der Frauen niederkniete und ihm die Bänder am Rücken verknüpfte. Dann führte sie ihn entschlossen zur Tür und wieder hinaus. Wie immer, wenn er die Tür zufallen und das Paradies hinter sich verschließen hörte, schien er aus tiefem Schlaf zu erwachen.

Dann ging er wie immer direkt zum Beichten, lief so schnell wie möglich, in großer Angst, er könnte plötzlich von einem Straßenräuber niedergeschlagen oder von der Pest befallen werden und zur Hölle gehen, weil er keine Zeit für Beichte und Absolution gehabt hatte.

Er wechselte für seine Beichten zwischen vier verschiedenen Kirchen, um die Priester nicht zu schockieren, und fand heraus, dass jede ihre Lieblingsbuße für Unzucht hatte: In einer ein paar Rosenkränze, eine Spende an Kirchenstiftungen in einer anderen, eine Woche lang ein härenes Hemd tragen oder nächtliche Züchtigung in einer weiteren, und die vierte empfahl normalerweise, einen Monat lang kein Fleisch zu essen, nur einmal in der Fastenzeit wurde ein einwöchiges Fasten angeordnet. Das war sehr schwierig gewesen, aber Pasquale hatte es gehorsam durchgezogen, war für das nächtliche Schwitzen und die schwindlige Schwäche tagsüber dankbar, weil er dann wenigstens nicht den Drang zur Sünde verspürt, sondern die ganze Zeit nur ans Essen gedacht hatte.

Heute war die vierte Kirche dran. Er schlüpfte in den dunklen Beichtstuhl, sah den Schatten des Priesters hinter dem Gitter und fing an, sobald der Priester sein Buch zugemacht hatte. Er brabbelte seine Gebete, er wollte dringend die Absolution erhalten, wartete gespannt.

»Mein Sohn«, sagte der Priester und seufzte, »ich habe diese Geschichte von dir schon einmal gehört. In der Tat letzten Monat. Und im Monat davor.«

Pasquale wurde rot, obwohl der Priester ihn durch das Gitter nicht sehen konnte. »Pater?«

»Diese Sünde der Unzucht geschieht regelmäßig, nicht wahr, mein Sohn?«

Pasquale hustete, stotterte. Der Priester seufzte wieder.

»Seid Ihr in Heiligen Weihen?«

»Nur niedere Weihen, Pater.«

»Nun denn, mein Sohn, habt Ihr den heiligen Stand der Ehe in Betracht gezogen?«

»Ich –«

»Überlegt es Euch. Wie der heilige Paulus sagt, ist es besser zu heiraten, als zu verbrennen. In der Zwischenzeit möchte ich, dass Ihr Euch für den Rest des Monats des Fleisches enthaltet, und wenn Ihr nicht heiraten könnt, möchte ich ein Abenteuer vorschlagen.«

»Ein ... was?«

»Ein Abenteuer. Wenn Ihr keine hinderlichen Familienbindungen habt, geht auf eine Reise, tretet in die Dienste Seiner Majestät des Königs, werdet Soldat. Etwas, das Euch von den Gelegenheiten zur Sünde wegbringt.«

Pasquale war so schockiert, dass er sich verschluckte, als er nach Gründen suchte, warum das unmöglich war. Nur war es selbstverständlich nicht unmöglich, von seiner Mutter mal abgesehen.

Also enthielt er sich des Fleisches, wusste, dass er leicht ermüden würde, wusste aber auch, dass seine Stimmungen weniger heißlaufen würden, was eine gute Sache wäre. Und der Vorschlag des Priesters in der Kirche, in die er nicht mehr ging, blieb in seinem Kopf hängen wie ein Stein im Schuh.

Nach angemessener Frist kam der Jude vor Gericht. In der Woche vor der Verhandlung arbeitete Pasquale an seinem Fall, war die ganze Nacht auf und hatte Fieber vor Nervosität. Er betete, ehe er vor den Richter trat, tat sein Bestes – und stellte fest, dass der Richter eindeutig wahnsinnig war. Nach dem Urteil war Señor Pasquale außer sich, er traute seinen Ohren nicht. Er ging noch einmal zum Richter, um seine Einwände vorzubringen, und überlegte, ob er im Cortes vorstellig werden und eine neue Verhandlung beantragen sollte. Der Richter empfing ihn in seiner Kammer und hörte sich drei Stunden lang höflich Pasquales Argumente an, dass alle Christusmörder sterben sollten und im Besonderen einer, der so unverschämt sei wie Anriques.

»Sicher, er ist unverschämt, sicher«, stimmte der Richter zu, »und wenn wir normale Zeiten hätten, würde ich mit Euch übereinstimmen, Señor. Jedoch …« Er reichte ein amtliches Blatt Papier über den Tisch, säuberlich mit Wasserzeichen versehen und vom König persönlich unterzeichnet.

Pasquale las den Appell des Königs an alle Richter, dass in sämtlichen Fällen, in denen auch nur der leiseste Zweifel bestehe, das Urteil Galeere statt Tod lauten solle. Es gebe einen dringenden Bedarf an Männern aller Körpergrößen, um die vier neuen Galeassen zu rudern, die aus Neapel für das Unternehmen England geliefert wurden.

»Nach dem, was ich erfahren habe, sind auf jeder Seite achtzehn Riemen, und weil das Schanzkleid so hoch ist, sind die Ruderstangen sehr lang und benötigen jeweils sieben Mann«, erklärte der Richter. Señor Pasquales Lippen bewegten sich, als er auszurechnen versuchte, wie viele neue Galeerensklaven man da brauchte. »Es müssen mindestens zweihundertzweiundfünfzig Sklaven auf jeder Galeasse sein, tausendundacht, alles zusammengenommen, plus fünfzig oder so als Reserve, um die Ausfälle zu ersetzen. Tatsächlich wurden wir angewiesen, zweitausend zu finden, um Verluste ausgleichen zu können.«

»Exzellenz, was ist eine Galeasse?«

»Ich glaube, das ist eine neue Erfindung Seiner Gnaden, des Admirals Santa Cruz, eine Kreuzung zwischen einer Galeone und einer Galeote. Hat drei Masten und kann eine schwere Ladung Kriegsausrüstung tragen. Das ist alles, was ich weiß. Sie ist für einen besonderen Zweck beim Heiligen Unternehmen England bestimmt, streng geheim. Nun sagt mir, Señor, was ist wichtiger? Einen Juden zu verbrennen oder zu helfen, die Seelen all der armen Ketzer zu retten, die in den Schlingen der Hexenkönigin von England verloren sind?«

Señor Pasquale verbeugte sich und zog all seine Einwände zurück.

Zusammen mit dem Vorschlag des Priesters vor ein paar Wochen brachte der Appell des Königs sein Blut in Wallung. Er betete deswegen, als er an diesem Abend ins Haus seiner Mutter zurückkehrte, teils aber auch, um einen Blick auf die vornehmen Damen zu vermeiden, die spazieren gingen.

Als er die Kammer seiner Mutter betrat, um Gute Nacht zu sagen, fand er die alte Dame wohl verwahrt unter den Decken, ihre spitzenbesetzte Nachthaube war unter dem Kinn etwas zu eng gebunden. Im Jahr zuvor hatte eine Ohnmacht schreckliche Folgen für sie gehabt, und sie konnte nur noch einen Arm etwas bewegen und kaum sprechen. Manchmal weinte sie vor Zorn, wenn sie die Perlen an ihrem Rosenkranz aufsagte, aber manchmal war sie ruhig, so wie heute. Sie war im letzten Jahr gewelkt, ihre Haut war erschlafft und faltig und bleich. Nur ihre Augen machten sie noch schön, groß, mandelförmig, feucht und braun, die schwarzen Augenbrauen wölbten sich noch immer wie Flügel darüber, und die Linien auf der Stirn stellten den Körper des Vogels dar. Das Weiße in den Augen war etwas gelb geworden, aber die Pupillen waren groß und samtig, es spielte fast keine Rolle. Viele, viele Male hatte Josef als Kind seinen Vater ehrfürchtig die Augen seiner Mutter rühmen hören. Einmal hatte er sie geneckt, hatte gesagt, dass es nur unter den Mauren und den *Marranos* solch schöne Augen gebe, und seine Mutter hatte ihren Ehemann unter ihren Brauen hinweg angeblitzt und ihn wütend beschimpft und gesagt, sie käme aus einer bedeutenden alten Christenfamilie, und er solle das nie mehr vergessen. Sie hatten sich im Bett versöhnt, während Josef den Kopf unter einem Kissen versteckt und versucht hatte, nicht zuzuhören. Seit sein Vater bei Lepanto gestorben war, hatte seine Mutter nur noch Trauerkleidung getragen, war dünner geworden und weniger kurvenreich – aber in ihren Augen hatte ihre Seele weitergelebt. Jetzt waren sie der einzige Teil von ihr, der deutlich sprechen konnte. Und ruhten sie voller Liebe auf Josef? Vielleicht. Er betete jeden Tag zur Jungfrau, dass er ihr in ihrer Not ein guter Sohn sein möge.

Er beugte sich über sie und band die Bänder unter ihrem Kinn neu, damit sie bequemer waren. Dann kniete er am Bett seiner Mutter nieder.

»Mutter, ich habe eine sehr wichtige Sache mit Euch zu besprechen. Wie fühlt Ihr Euch?«

Sie schaute ihn an und zog ihre Lippe hoch, die immer herabfiel. Er wischte mit einem sauberen Tuch etwas Spucke davon ab. »Hmm«, sagte sie.

»Mutter, Ihr habt Pater Juarez' Predigt gehört über das Heilige Unternehmen England?«

»Hmm«, sagte sie und zog beim Klang seiner Stimme die Stirn in Falten.

»Mutter, das Heilige Amt wird in London eingesetzt, sobald Parma die Stadt erobert hat. Es wird ein großes und heiliges Werk sein, die Ketzer in die Arme der Heiligen Mutterkirche zurückzubringen. Dazu werden alle besten Männer benötigt.«

Sie sagte nichts, wartete und starrte ihn wie ein kleiner Vogel an.

»Mutter«, stammelte er und wusste, wie schwer das war, worum er sie bat, »wenn ich einen angenehmen und freundlichen Konvent finden würde, in den Ihr eintreten könntet, und falls ich für würdig befunden werde, das Unternehmen zu unterstützen ... d ... darf ich ... darf ich dann gehen?«

Er hatte Angst, sie könnte wütend werden, es ihm verbieten, wie damals vor fünf Jahren, als er nach Flandern gehen wollte. Er war ihr Sohn, und er wusste, er musste ihr gehorchen, wenn sie ihn bat zu bleiben, weil sie ihn brauchte.

Die gute Hand, in der sie den Rosenkranz festhielt, ballte sich zusammen, und er drückte sie.

»Ja«, sagte sie ganz deutlich und verzog die wächsernen Falten in ihrem Gesicht zu einem halben Lächeln. »Gott ... sei ... mit ... dir ... Josef.«

Sein Herz schlug freudig, und er küsste ihre arme Hand. Sie hielt ihn fest.

»Schreibe ... an ...« Sie zog die Stirn in Falten, atmete keuchend, mit dem Ergebnis, dass sie sich erinnerte, »an ... meinen Vetter ... Juan de Acuna Vela.«

Selbstverständlich! Der Sohn ihrer Tante, jetzt der Sekretär des Königs für Kriegsschiffe. Wunderbar. Pasquale würde gleich morgen schreiben; einer seiner Helfer hatte auch schon einen angenehmen, angesehenen Konvent vorgeschlagen, wo die Nonnen sich bis zu seiner Rückkehr gut um seine Mutter kümmern würden. Er glaubte, lange genug im Heiligen Amt gearbeitet zu haben, dass sein Vetter einen Weg für ihn finden würde, wenn er den Wunsch hatte, sich dem Unternehmen anzuschließen. Sicher, wenn es Gottes Wille war, dass er ging, dann würde es auch keine ernsthaften Hindernisse geben. Der Priester, der die Fastenbußen auferlegte, hatte Recht gehabt.

Er würde wie jene berühmten Männer der Gesellschaft Jesu sein, die unter die umnachteten Heidenwilden der Neuen Welt gegangen waren und sie zu tausenden dazu brachten, sich taufen zu lassen. Er konnte sich vor St. Paul's in der Sonne stehen sehen und bei der Wiedereinweihungsprozession die Hostie betrachten, die an den jubelnden, auf die Knie fallenden Mengen frisch befreiter Engländer vorbeizog.

Diese Mission zu erfüllen, war er geboren worden.

Suleiman

Lissabon, Mai 1588

Suleiman wartete immer gespannt darauf, dass die neuen Männer ausgezogen wurden, nicht nur, weil er den Anblick mochte, sondern weil man auch einen anfänglichen Eindruck davon bekam, was sie taugten. Da sie für gewöhnlich im Gefängnis gewesen waren, schien es nicht so wichtig, wie groß ihre Muskeln waren, sondern wie sie dastanden, wie sie umherschauten, wie sie gingen.

Er war Freiwilliger, selbstverständlich war er das. Sobald er gehört hatte, dass die fantastischen Galeassen Männer suchten, hatte er sich freiwillig gemeldet, obwohl seine wahre Liebe die schlanken, tödlichen Galeoten waren mit ihren scharfen Schnäbeln, ihrer Kanone in der Mitte, alles aufs Wesentliche reduziert, anmutig und schön wie eine Katze. Er mochte Katzen. Auf einer Galeote zu rudern war keine Strafe, kein Dienst, sondern eine Ehre, wie er den Leuten auf seiner Bank immer mitteilte. Deshalb hatte er sein Leben den Galeoten gewidmet.

Aber nachdem der Engländer El Draco genau diese Galeoten von Santa Cruz in Cadiz geschlagen hatte, war es offensichtlich, dass sie vielleicht die Königinnen des Mittelmeers waren, aber mit dem Atlantik oder den Atlantikschiffen nicht mithalten konnten. Aus diesem Grund hatte Santa Cruz den Bau dieser seltsamen Mischform angeordnet, den Galeassen. Und seit er das erste Mal in einem Weinladen von ihnen hatte flüstern hören, war Suleiman heiß darauf gewesen, eine zu sehen, auf einer zu rudern.

Er war am Vortag an Bord gekommen, frisch rasiert beim teuersten Barbier der Stadt, dafür hatte er sein letztes Geld rausgeschmissen, und er trug nur seinen Dolch, seine Wasserflasche und seine Peitsche bei sich. Die Señors hatten ihn mit offenen Armen empfangen, entzückt, einen solch erfahrenen Mann zu haben, der bei Lepanto mitgerudert war. Sie hatten ihm zwei Riemen unterstellt, dreizehn Männer, weil sie so knapp an Freiwilligen waren für dieses Unternehmen.

Suleiman war sich gar nicht so sicher, wo dieses England war, und es war ihm auch ziemlich egal, weshalb eine Sorte Christentum eine andere erobern wollte. Früher hatte er fünf Mal täglich Richtung Mekka gebetet, jetzt war er stolz auf sich, wenn er ein Mal am Tag daran dachte. Niemand belästigte ihn zurzeit damit, dass er sich taufen lassen sollte; er meinte, das schon ein paar Mal mitgemacht zu haben, konnte sich aber nicht erinnern. Nur auf Fahrten war er wirklich lebendig. Die Zeiten dazwischen versanken immer in Wein und Branntwein.

Gestern hatte er einen von der Deckmannschaft überredet, ihn auf seinem neuen Schiff, der *San Lorenzo,* herumzuführen, dem Flaggschiff der vier Galeassen. Einer Galeote glich sie tatsächlich nicht so sehr, dafür lag sie zu hoch auf dem Wasser, mit drei Decks und drei Masten. Sie würde sehr schwer zu rudern sein. Sie würden auch eine Mannschaft für die Takelung mitnehmen und Kanoniere für die Kanonen – über das ganze Oberdeck verteilt gab es Kanonenstellungen, aber nicht in jeder Stellung stand eine Kanone. Feldzeug war immer noch knapp, obwohl die Galeassen bevorzugt zugreifen konnten.

Der Deckmatrose nahm ihn mit hinunter aufs Ruderdeck. Es war nicht zum Himmel hin offen, wie bei einer Galeote, sondern unter dem Oberdeck eingeschlossen, obwohl in Abständen Gitter eingelassen waren. Suleiman wischte sich mit dem Handrücken über den Schnurrbart. Achtzehn Riemen auf jeder Seite, aufgeteilt in zwei Fünfer und zwei Vierer, mit Kanonenstellungen zwischen den Gruppen. Die Riemen mussten riesig sein, um von so hoch oben das Wasser zu erreichen. Aber sie waren noch nicht eingehängt, und die Riemenlöcher mit der Lederpolsterung und den eisernen Halteringen waren leer. Die niedrigste Bank war ein paar Fuß vom Riemenloch entfernt, die zweite versetzt dazu und so weiter bis zum Mittelgang hin. Der spitze Ruderwinkel würde bei einem derart schweren Schiff ein Problem sein. Sechs Männer und der Padron auf jeder Doppelbank, wie würden sie das schaffen? Und Wasser würde auch ein Problem sein, wenn die Riemen mal drin waren, denn die Kanonen nahmen den Platz ein, der gewöhnlich für Wasserfässer gebraucht wurde. Santa Cruz mag ein großer Admiral gewesen sein, aber er hat nie eine Galeote gerudert.

»Wie viel geben sie uns?«, hatte er den Deckmatrosen gefragt und dem Ringbolzen an der nächsten Bank einen Tritt versetzt, um zu sehen, ob er fest saß.

»Etwa zweihundertsiebzig«, sagte der Mann und schaute sich neugierig um. »Reiben sich die Riemen nicht heiß in den Löchern?«

Suleiman legte die Hand auf den nächsten Schwenkzapfen mit dem großen Ring, durch den der Riemen ging. »Bilde die Männer richtig aus, und die Riemen werden die Seiten gar nicht berühren«, sagte er und zog an dem Ring, um sicher zu sein, dass er fest war. Nun, wenigstens das hatten sie anständig gemacht. Aber zweihundertsiebzig Männer würden nicht ausreichen. Wenn das Wasserproblem nicht zu lösen wäre, würden sie bei der ersten Ausfahrt durch Hitze und Durst große Verluste erleiden. Sie würden bald lossegeln, wenn die Sklaven drinnen waren und die Winde günstig standen.

Er kletterte aus dem Bankgraben auf den breiten Mittelgang, lief ihn hinunter. Sie hatten die Schutznetze noch nicht befestigt, weil die Sklaven noch nicht reingebracht waren. Und alles roch nach frischem Holz und Sägemehl. Der Boden war unnatürlich sauber, die Abflussrinnen und Gullys leer, die Bänke scharfkantig und nicht abgenutzt.

Er war sicher, dass es bei schwerer See Probleme geben würde bei einem solchen Ruderwinkel, und sie würden bestimmt die Segel brauchen, um in Gang zu kommen. Ganz anders als auf einer Galeote, nicht annähernd so schön und klug entworfen. Eine Galeote war etwas so Altbewährtes, obwohl jede für sich wegen des Holzwurms nicht älter als zwanzig oder dreißig Jahre wurde. In einer Galeote gab es nichts, was nicht hunderte von Jahren erprobt und nur übernommen worden war, weil es sich als zweckmäßig erwiesen hatte. Dieses Ding hier war neu, vieles sah nach Kompromiss aus, und er hatte noch nicht die Riemen zu Gesicht bekommen. Er würde wetten, dass ihre

Handgriffe im falschen Winkel befestigt waren und wahrscheinlich nicht gut genug hielten.

Sie brauchten dreihundert Männer pro Schiff, um Verletzungen auszugleichen. Er hatte das dem Señor der Bänke gesagt, und der Mann hatte ihn ausgelacht.

Jetzt, heute, als er die Sklaven anschaute, wie sie den Kai entlanggerasselt kamen, manche schimpfend, manche mit ausdruckslosen Gesichtern, manche deutlich entsetzt, sank Suleimans Mut. Gaston schnitt ihnen die Kleider vom Leib, manche trugen Folterspuren, manche waren entstellt, manche hatten Krankheiten. Allah, dieser da hat Lepra!

Außer sich ging Suleiman zum Señor der Bänke und beschwerte sich. Der schaute sich die Sache lange an und erbleichte. Wenigstens dem Leprosen wurden die Ketten abgenommen, und er wurde zum Verfaulen zurück ins Gefängnis geschickt.

Er ging zwischen der Menge angeketteter, verängstigter Männer herum, schätzte sie ein, fällte sein Urteil. Er wählte zwei Gruppen aus, die unwesentlich weniger nutzlos waren als die anderen, wenigstens waren in einem der Trupps zwei Schwarze und im anderen einer davon. Einer in jeder Gruppe musste immer ein Winzling sein: Man brauchte einen kleinen Mann, der hinunter zum Riemenloch ging, obwohl es auch half, wenn er stark war, um es ruhig zu halten, ein Bergmann oder ein Schmied. Das war keiner von denen. Einer war so etwas wie ein Schreiber mit den unverkennbaren roten Abschürfungen von einem härenen Hemd und … oh … War er Muselman? Nun egal, er würde wahrscheinlich sterben, wenn sie zum ersten Mal länger als eine Stunde rudern würden. Der andere war ein attraktiver Junge mit lockigen Haaren und einem Pfirsich von einem Arsch.

Suleiman schob dem Wächter seine allerletzten Münzen zu für die beiden Gruppen, dann führte er sie etwas zur Seite.

»Ich bin euer Padron«, sagte er zu ihnen und strich sich mit dem Ende seiner Peitsche über den Schnurrbart, genoss die Blicke und wie sie die Lippen leckten. »Mein Name ist Suleiman. Ihr habt Recht, wenn ihr mich fürchtet, denn ich bin der härteste Padron, denn es je gegeben hat. Aber ihr werdet die besten Ruderer der Welt sein, ob ihr wollt oder nicht, und so helfen wir dem Schiff zu leben. Denn ihr seid das Schiff. Wenn das Schiff stirbt, sterbt ihr auch. Ihr seid seine Seele, seine Geschwindigkeit. Auf einer Galeasse zu rudern ist nicht Sklaverei, es ist eine Ehre.«

Er machte eine effektvolle Pause für den Fall, dass jemand lachen oder einen Einwand erheben und ihm damit Gelegenheit geben wollte, seine Peitsche vorzuführen. Niemand rührte sich.

»Nun hört, was ich von euch verlange, dann bekommt ihr zu essen und werdet nicht geschlagen. Ihr gehorcht mir. Ihr macht das, was ich sage, egal wie dumm es euch vorkommen mag. Wenn ich sage ›aufstehen‹, dann steht ihr auf. Wenn ich sage ›setzen‹, dann setzt ihr euch. Und ihr redet nicht. Jetzt setzen.«

Er sagte es leise, um zu sehen, wer zuhörte. Etwa die Hälfte von ihnen setzte sich hin, die Erfahrenen, die anderen schauten sich verwirrt um oder machten Anstalten, sich zu setzen, oder starrten ihn an.

»Noch einmal. Aufstehen.«

Jetzt saßen manche, die seinem ersten Befehl nachgekommen waren, manche standen. Er wartete geduldig, bis alle hoch waren.

»Setzen«, sagte er schnell.

Etwa die Hälfte saß, darunter der dürre Schreiber, der wie ein Halbirrer geschaut hatte. Aber von den Männern, die noch standen, zogen manche jetzt die Stirn in Falten. Sie waren noch nicht an Bord, man merkte, was sie dachten, warum sollten sie ihm jetzt gehorchen?

Er ging auf den größten von ihnen zu, einen hässlichen, narbenbedeckten Exsoldaten mit beachtlichen Muskeln. Er musste aufschauen zu dem Mann.

»Hast du ein Problem mit dem Sitzen?«, fragte er leise. »Bist du krank? Hast du Hämorrhoiden?«

»Ich bin kein Hund«, dröhnte der Mann in seiner Dummheit.

Suleiman griff nach unten und packte den Mann beim Geschlechtsteil, klammerte sich fest und drehte. Der Exsoldat heulte auf, klappte zusammen und verdrehte die Augen.

»Du bist weniger als ein Hund«, sagte Suleiman und quetschte und zog nach unten. »Setzen, Hündchen.« Der Soldat setzte sich, stieß hohe, heulende Töne zwischen den Zähnen hervor.

Suleiman ließ ihn mit einem letzten Dreh los, stellte sich hin und trat den Mann ins Gesicht, warf ihn nach hinten und brach ihm mit einem befriedigenden Krachen die Nase.

Er strich sich über den Schnurrbart und schaute die Männer an. »Hat noch jemand Schwierigkeiten beim Sitzen?«

Niemand sagte etwas. Ausgezeichnet. Der schöne Junge weinte, so leise er konnte. Nun, der würde vielleicht noch lernen, dass Suleiman genauso freundlich wie grob sein konnte.

Er brachte sie an die Gangway, als seiner Einschätzung nach die von ihm ausgewählten Ruderer an Bord gehen sollten. Zwei Seeleute schütteten eimerweise Wasser und einige Hand voll Löschkalk über sie aus, um Ungeziefer abzutöten, und sie bekamen keine Luft mehr und husteten. Sie klirrten an Bord, der Exsoldat pflegte immer noch seine Nase und hinterließ Blutstropfen auf dem sauberen Holz.

Neue Sklaven auf ihren Bänken anzuordnen, war immer eine heikle Sache. Suleiman sah mit Genugtuung, dass ihre Fußketten einzeln und getrennt durch die Ringbolzen in der Bank gezogen wurden. Nur so sollte es gemacht werden. Wenn man versucht, nur eine Kette durch die Ringe zu führen und die Männer an der Kette festmacht, denkt man vielleicht, man hätte beim Einrichten Zeit gespart, aber wenn dann ein Sklave stirbt und man ihn rausholen muss, hat man womöglich eine Meuterei am Hals und muss die ganze Bank zu Tode peitschen, was sowohl Verschwendung als auch anstrengend wäre.

Der Lärm vom Gehämmer und Gerede im Raum unter dem Oberdeck war groß. Das würde ein lautes Schiff werden, und Suleiman hoffte inständig, dass keiner ein ausgemachter Schnarcher war. Seine zwei Trupps warteten, dann schlurften sie vorsichtig den Zugang zum Ruderdeck hinunter, wobei der kleine Schreiber beinahe ausrutschte und sich fast den Kopf aufschlug. Selbstverständlich gab es Wachen auf dem Ruderdeck, die jeden umbringen würden, der glaubte, in der Anfangsverwirrung eine Gelegenheit zur Flucht zu haben. Manchmal klappte es; für gewöhnlich aber starben die Unternehmungslustigen. Es war selbstverständlich die letzte Chance zur Flucht, bevor man an den Platz gekettet wurde, wo man für den Rest seines Lebens, wie kurz auch immer sich das gestalten sollte, essen, scheißen und arbeiten würde. Man konnte es ihnen nicht verdenken.

Suleiman schlug die Peitsche an seine Beine und stand in der Rudergrube auf der linken Seite, während seine beiden Trupps sich zwischen die neuen Bänke schoben.

»Setzen. Auf die Bank.«

Alle setzten sich bereitwillig, gut. Sie saßen da und starrten ihn an, sahen sich um. Der Schreiber schaute zum Riemenloch hinaus und dann hinauf zur hohen Decke über ihnen; sie war doppelt so hoch wie ein normaler Zwischendeckraum, weil das Ruderdeck auch die Hälfte des Laderaums einnahm. Dafür gab es einen Grund, wie der Schreiber zur rechten Zeit herausfinden würde.

Suleiman saß im Mittelgang, ließ die Beine baumeln, beobachtete die Gruppen, wartete darauf, dass der Erste reden würde. Einer von ihnen tat es, machte irgendeinen Witz. Suleiman schlug lässig mit seiner Peitsche, erwischte die Ohrenspitze des Witzbolds.

»Geredet wird nicht«, sagte er. »Aufstehen jetzt.«

Alle standen. Gut.

Der Schmied kam mit seinem Werkzeug und begann damit, die Ketten zwischen den Füßen der Männer abzunehmen. Nur die Fußeisen blieben. Suleiman schob sich zwischen ihnen hindurch. Der Schreiber war am richtigen Platz, unten am Riemenloch. Neben ihn setzte Suleiman einen der beiden Schwarzen der Truppe, dann einen gut gebauten Bauern, dann den Soldaten, dann den anderen Schwarzen, dann den größten von ihnen. Er nickte dem Schmied zu, er könne weitermachen. Bei jedem nietete der Schmied eine Stahlkette an den linken Ring ums linke Fußgelenk, führte sie durch den Ringbolzen an Deck, befestigte sie am rechten Fußgelenk und nietete sie fest. Er hatte einen kleinen Amboss und einen schmalen Hammer und er war geschickt genug, um nicht zu viele von ihnen zu verletzen. Die meisten Sklaven schauten ins Leere und taten so, als wäre es ihnen egal, und vielleicht war es das einigen auch. Der Schreiber schaute sich den Vorgang aufmerksam an, als wollte er etwas Wichtiges lernen. Als er mit den Fußketten fertig war, nahm der Schmied jedem Mann die Handschellen ab. Die meisten rieben dankbar ihre Gelenke, manche streckten die Arme aus. Der Schreiber schaute nachdenklich durch das Riemenloch. Er schaute in die Abflussrinne zwischen seinen Füßen.

»Will irgendjemand scheißen?«, fragte Suleiman gut gelaunt.

Sie schauten ihn alle an, als wäre er verrückt, und als dann die Intelligenteren unter ihnen anfingen zu denken, kamen sie darauf, was die Abflussrinne zwischen den Bänken für einen Zweck hatte, warum sie nackt, warum Galeeren für ihren Gestank berüchtigt waren.

»Keiner? Gut. Wenn ihr meinen Rat hören wollt, scheißt am Morgen oder am Abend, aber nicht tagsüber, denn es macht das Deck rutschig.«

Einigen stand vor Schreck der Mund offen. Suleiman wusste, dass die Hälfte seiner Leute bis Ende der Woche Verstopfung haben würde, und er hatte sogar einen Extravorrat Feigen angelegt, um ihnen zu helfen. Seine Bänke waren immer die gesündesten, denn er sorgte für sie, als wären sie seine Söhne. Er verlor selten einen Mann, hatte nie eine Meuterei. Sie waren die Besten, weil er der Beste war.

»Aufstehen«, sagte er. Manche blieben sitzen, starrten immer noch auf ihre Beine, der Junge weinte wieder. Der Soldat stand, der Schreiber stand. »Setzen.« Er seufzte. »Das sind keine Wörter, das sind Befehle. Es gibt nicht viele, aber ihr müsst lernen, sie zu befolgen. Oder ihr werdet sterben. Es gibt ›Packt an!‹ Wenn wir die Riemen eingehängt haben, werden wir das üben. Dann gibt es ›Runter!‹, was bedeutet, dass ihr euch unter die Bank legt und dort bleibt. Dann gibt es noch ›Aufstehen!‹ und ›Setzen!‹ Die wollen wir jetzt üben.«

Das taten sie. Er ließ sie eine Stunde lang stehen und sitzen und sitzen und stehen, bis er zufrieden war, dass alle wussten, wovon er redete, sogar die Schwarzen, die keine christliche Sprache kannten. In der Zwischenzeit hatte jegliches Gehämmer aufgehört, weil alle Sklaven an Bord waren, und das Ruderdeck fing mit all den Körpern darin an, sich aufzuheizen. Suleiman hatte gehört, dass der Norden sogar im Sommer kalt war, und er hoffte, es stimmte, denn sonst würden sie wegen der Hitze ziemliche Verluste haben, so eng eingeschlossen, wie sie waren, und mit dem Fassproblem.

Er ließ sie unter den Augen der Soldaten zurück, die für diese Bank eingeteilt waren, und machte sich auf die Suche nach Wein- und Wasserfässern und auch nach Handgelenkschonern und Handriemen. Er war entzückt, als er einige Ziegenfelle fand, die haben zu wollen niemand sonst genug Fantasie hatte und schnappte sich sechs davon. Er glaubte, er könnte sie unter dem Mittelgang aufhängen, wo Platz war. Es gab keine Handriemen und nur ein paar zerrissene Handgelenkschoner. Er hatte selbstverständlich seine eigenen verzierten Handgelenkschoner aus Leder. Er war einer der Ersten, der nach Essen verlangte, und es gelang ihm, ein großes Stück Trockenwurst aus den Vorräten des Kochs zu ergattern.

Zurück bei seinen Männern kam er zwischen die Bänke, schnitt jedem etwas von der Wurst ab.

»Streck die Hände aus, wie eine Schüssel«, sagte er zum Ersten. »So gebe ich euch das Essen. Wenn ich es nicht mache, dann deshalb, weil es nicht genug gibt oder weil ich glaube, dass ihr nicht hart genug gearbeitet habt. Oder weil ich das Gefühl habe, ihr müsstet ein wenig hungern. Ich gebe euch das beste und meiste Essen, das ich kriegen kann. Ihr werdet essen, was ich euch gebe, egal wie es aussieht und wie schlimm es riecht.«

Jeden, bei dem er vorbeikam, fragte er, was er vorher gemacht habe, ob er Krankheiten oder Verletzungen habe, ob er je im Kampf gewesen sei. Der Soldat gab an, er habe in einem Tercio gekämpft, habe eine alte Kriegsverletzung, sei im Kampf gewesen. Seine Augen wurden dunkler, und er konnte kaum sprechen, weil seine Nase so angeschwollen war. Suleiman griff zu, packte die Nase und renkte die Scheidewand wieder ein, bevor der Mann auch nur quaken konnte.

»Jetzt wird sie gerade heilen«, sagte er.

Der Schreiber war der Letzte. Sein Gesicht war leer, versteinert, und seine hellbraunen Augen blinzelten ausdruckslos an Suleiman vorbei.

»Was warst du vorher?«

»Schreiber bei einem Kaufmann, Herr.« Sein Portugiesisch war korrekt, kultiviert.

»Morisco?«, fragte Suleiman und deutete auf das Geschlechtsteil des Mannes.

»Nein, Herr. *Marrano.*«

Suleimans Augenbrauen zogen sich nach oben. »Ach? Deshalb bist du also hier?«

»Ja, Herr.«

»Du nennst mich Padron.«

»Ja, Padron.«

»Verletzungen?«

»Meine Lungen sind schwach, Padron.«

»Auf einer Galeere zu rudern wird entweder deine Lungen kurieren, oder es bringt dich um. Hast du in einer Schlacht gekämpft?«

Die hellbraunen Augen dachten über diese Frage nach, dachte Suleiman. »Nicht in einer Schlacht, nein«, sagte er schließlich. »Padron.« Er hatte das weiße Mal einer Speerwunde an der Schulter, aber Suleiman beließ es dabei.

»Pingelig mit Essen?«

»Ich esse lieber kein Schweinefleisch, Padron.«

»Schade«, sagte Suleiman. »Iss trotzdem.«

Er sah zu, wie der Schreiber die Wurst nahm, sie anschaute und dann aß. Gut. Kein Ärger hier.

Suleiman war einigermaßen zufrieden mit seinen beiden Bänken. Morgen würden sie die Riemen einpassen und »Packt an!« üben, und am Tag darauf würden sie zweifellos für Manöver in See stechen, und die ganze Hölle würde losbrechen.

Nun, der Schreiber würde sich zweifellos die Hand einklemmen und zermalmen oder sich den Kopf einschlagen oder einfach zusammenbrechen, wie so viele. Suleiman war ganz sicher, dass der es nicht aushalten würde. Sie hatten etwa zwanzig weitere Männer, die meisten Ausbrecher, die im Laderaum eingesperrt waren, um die Verluste zu ersetzen, aber das war alles, und er wusste, es würde nicht reichen. Er musste seine Hoffnungslosen so schnell wie möglich aussortieren, um sich als Erster beim Ersatz bedienen zu können.

Die Sklaven verbrachten eine ruhige Nacht, was nicht hieß, dass sie schliefen. Nachdem die Netze angebracht waren, brachte Suleiman seine Schlafmatte und schlief im Mittelgang über ihnen. Keiner der Sklaven hatte selbstverständlich Decken oder ein Lager, und sie hatten es noch nicht gelernt, sich reihenweise wie Sardinen im Fass aneinander zu drücken, um etwas Wärme vom Nebenmann zu bekommen, sie schämten sich noch. Das würden sie bald ablegen. Von allen Menschen hatten die Galeerensklaven am wenigsten Grund zu Schüchternheit und Scham. Wenn einmal die Riemen da waren, gab es sogar noch weniger Platz.

Suleiman schlief sehr gut. Für ihn war es ein Wiegenlied, die Geräusche eines Ruderdecks mit zweihundertfünfzig Männern, die schliefen, schnarchten, murmelten, furzten.

Am Morgen brachten sie die Riemen, und es war genau der Albtraum, den Suleiman erwartet hatte. Takeler schwärmten über das Schiff, fluchten, schrien, zogen. Sie mussten jeden Riemen per Kran von außen durch das Riemenloch schieben, das Verbindungsstück in das vorgebohrte Loch hämmern, den Seilzug an dem Ring am Ende festmachen, und dann musste jede Bank ihren eigenen Riemen einholen, bis er in einem bestimmten Winkel in der richtigen Stellung in seiner Schlinge hing, das Schaufelende genau beim Loch, und das Griffende mit den Handstangen fest an der Decke, die das Oberdeck über ihnen bildete, aufgeheißt. Suleiman erkannte das System wieder; es war das gleiche, das für das Unterdeck einer altmodischen Triere benutzt wurde. Ein Riemen nach dem anderen kam herein, bis eine Seite des Ruderdecks so voll mit Riemen war wie ein Hering mit Gräten, und dann mussten sie das Schiff herumdrehen und die andere Reihe einsetzen. Man konnte es von der Meerseite her nicht machen, die Riemen waren zu groß und zu schwer – jeder war aus zwei ganzen Fichtenstämmen gemacht, die zusammengebunden und von Breitäxten zu einem enormen Ruder geformt worden waren.

Das Ruderdeck füllte sich mit den Gerüchen von neuem Fichtenholz und Harz, von Schweiß und Teer. Er hatte seine Männer unter die Bank rutschen lassen, aus dem Weg. Sechsunddreißig Bäume standen kreuz und quer im Ruderdeck, immer einer unten, einer oben, und es wurde sehr eng, wenn man noch die zweihundertfünfzig Männer bedachte. Der ganze Vorgang dauerte eineinhalb Tage.

Sie konnten das Rudern selbstverständlich erst üben, wenn sie auf See waren. Sie konnten gar nicht erst die Riemen ausfahren, weil der Kai im Weg war. Suleiman ging aufs Deck hinauf, um Bericht zu erstatten, und sah, dass die Seeleute in den neuen Takelagen waren, bereit, bei günstigen Gezeiten die Segel zu setzen. Er sah ihnen eine Weile zu, wie sie in den Seilen herumturnten, und war fasziniert. Er wollte es nie selbst machen, weil er Höhenangst hatte.

Der Kapitän des Ruderdecks und der Señor der Bänke diskutierten mit einem hübschen Aristokratenjungen im Dienste von Hugo de Moncada, dem Admiral der Galeassen. Der Kapitän des Ruderdecks winkte Suleiman herüber. Er machte eine Verbeugung vor dem hübschen Jungen, der sich nicht die Mühe machte, sie zu erwidern.

»Das ist Suleiman, einer unserer erfahrensten und erfolgreichsten Padrons«, sagte der Kapitän des Oberdecks. »Er wird es Euch sagen.«

Der hübsche Junge glänzte in der Sonne in seinem gelbbraunen Satinwams und einer großen Menge Goldbrokat. Suleiman schaute ihn an und gab sich der Fantasie hin, sich den Jungen ausgezogen und an eine seiner Bänke gekettet vorzustellen.

»Wenn Männer wie Ihr das Kommando über das Ganze haben, dürfte es doch kein Problem sein, aus dem Hafen zu rudern, oder, Suleiman?«, sagte der hübsche Junge mit strahlendem, zutraulichem Lächeln.

Suleiman strich über seinen Schnurrbart und saugte an den Zähnen. »Wie viele Ersatzleute haben wir im Laderaum?«

»Zwanzig«, sagte der Kapitän, der wusste, dass er es wusste.

»Bringt mir weitere sechzig, Señor, und ich tu's.«

Der hübsche Junge lachte. »Oh sicher«, wieherte er. »Ihr erwartet doch wohl nicht, dass Ihr so viele verliert?«

»Sie sind alle neu, Señor, keiner von denen kann den Arsch vom Ellbogen unterscheiden. Es könnten auch mehr sein. Und selbstverständlich müssten wir in den Hafen zur Reparatur zurückkommen, um die Riemen zu ersetzen, die wir abbrechen. Und wir bräuchten jede Menge Platz um uns herum ...«

»Aber ich habe selbst gesehen, wie Galeeren mit voller Geschwindigkeit auf die Kaimauer zuhalten, rückwärts rudern und sanft wie ein Kuss am Kai anlegen«, sagte der Junge, der sich offenbar aus romantischen Neigungen in seinem neuen Anzug und während das Schiff alle seine Riemen ausgefahren hatte an Deck präsentieren wollte, zweifellos für jemanden am Kai, der genauso hübsch war.

»Gebt mir einen Monat, um die Männer einzuarbeiten, und wir werden es machen, Señor«, sagte Suleiman, »allerdings nicht heute. Bei allem Respekt.«

Der hübsche Junge schmollte, ging aber davon.

»Ist er der kommandierende Offizier auf diesem Schiff?«, fragte Suleiman. War ja möglich. Er hatte schon dümmer gewählte Kommandeure gesehen.

»Nein«, antwortete der Señor der Bänke. »Der gesegneten Jungfrau sei Dank, wir sind das Flaggschiff. Seine Exzellenz Hugo de Moncada wird der Kapitän dieses Schiffes sein und ebenso Admiral des Galeassengeschwaders.«

Wenigstens hatte der Kerl etwas Ahnung von dem, was er tat. Suleiman nickte. »Señor«, sagte er. »Ich muss Euch etwas fragen.«

»Ja, Suleiman?«

»Wasserfässer. Wo sind die?«

Der Señor der Bänke starrte seine Stiefel an, und der Kapitän des Ruderdecks wirkte gequält.

»Sie sind unterwegs, Padron.«

Suleiman starrte ihn unvermindert an, bis der Kapitän des Ruderdecks den Blick abwandte.

»Señor«, sagte Suleiman. »Das ist eine ernste Sache. Ohne Wasser können die Männer nicht rudern. Es muss Wasser da sein.«

Der Kapitän hatte das offenbar von den anderen Padrons schon gehört. Er nickte und zog dann die Schultern hoch.

Suleiman ging wieder zum Ruderdeck hinunter und kaute unbewusst an der Unterseite seines Schnurrbarts. Galeerensklaven konnten eine bemerkenswert lange Zeit ohne Essen rudern, viel länger, als es irgendjemand je für möglich gehalten hätte. Aber ohne Wasser wären sie nach einem Tag nicht mehr imstande zu rudern und zwei Tage später tot.

Daran war selbstverständlich der Engländer El Draco schuld. Als er die abgelagerten Fasshölzer im vergangenen Jahr verbrannt hatte, war der Vorrat der Armada um drei Jahre zurückgeworfen worden, nicht um ein Jahr. Aber der König verstand nichts von Fässern und Wasser und hatte sie weiterhin bestellt, ohne sich um das Problem zu kümmern. Suleiman suchte die anderen Padrons auf, um mit ihnen darüber zu reden.

Das Schiff lag leicht schief, als sie zu ihrem ersten Übungslauf ablegten und die Warpleinen sich anspannten. Sobald sie vom Kai weg waren, füllten sich die Segel zum Teil mit Wind und der Schiffsrumpf begann in den sanften Wellen des Hafens zu schaukeln.

Sie segelten nur ein kleines Stück, bis sie genügend Platz hatten. Im äußeren Hafenbecken drehten sie bei.

Suleiman stellte sich in den Mittelgang, nackt bis zur Hüfte, den Schnurrbart aufs Prächtigste gewichst. Von seinem Standpunkt aus konnte er die Querstange am Ende des Riemens ergreifen, wenn er ausgefahren war, denn er war der siebte Mann. Er hatte für die zweite Bank einen Juniorpadron, der hinreichend erfahren war und machte, was er gesagt bekam.

Das erste Mal die Riemen ausfahren; das ist, wie einem Jungen die Jungfernschaft nehmen. Ein verzwickter und delikater Vorgang, und einer, der einen gewissen Schneid erforderte. Der Kapitän des Ruderdecks stand am hintersten Punkt und hielt sein Sprachrohr in der Hand, neben ihm der Trommler.

»Aufstehen!«, sagte Suleiman zu seinen Bänken. Die meisten standen sofort, bückten sich unter dem massigen Riemen über ihnen. »Schreiber, weißt du, wie man eine Leine auswirft und einen Stopper reinschlägt?«

Der Schreiber nickte und rief dann: »Ja, Padron!« Der schöne Junge am anderen Riemenloch wusste es selbstverständlich nicht und musste es von Suleimans Junior gezeigt bekommen.

Das Ruderdeck lärmte wie immer. Der Kapitän des Ruderdecks brüllte um Ruhe, dann gab er den Befehl, und zweihundertfünfzig Mann versuchten, sechsunddreißig enorm große Riemen sanft durch die Riemenlöcher zu schieben und sie am genau richtigen Punkt anzuhalten. Den meisten gelang es nicht. Die Riemen wurden eingezogen, und sie versuchten es noch einmal. Und es gelang wieder nicht. Ein Riemen rutschte ganz raus, weil eine Bank losgelassen hatte. Er steckte an seiner

Querstange fest, und der Padron dieser Bank fluchte und schlug um sich. Suleiman sah regungslos zu. Seine Männer versuchten es wenigstens. Er glaubte nicht an zu viel Schläge; da verlieren Sklaven die Angst vor der Peitsche. Er stellte nur sicher, dass jeder von ihnen sie in den ersten Tagen zu schmecken bekam, damit sie wussten, wie weh es tat, und hob es sich als Drohung auf. Selbstverständlich hatten sie wenig Chancen zu überleben, wenn er jemanden richtig schlug, deshalb tat er es selten.

Sie hatten den verkeilten Riemen wieder frei gekriegt, zogen ihn ein und versuchten es noch einmal. Und noch einmal. Hugo de Moncada sah vom Lukendeckel aus zu, das Chaos schien ihm nicht viel auszumachen.

Das Ruderdeck heizte sich schon auf, als die Männer an den Seilen arbeiteten, auf und ab, auf und ab, manche von ihnen schnappten nach Luft und rutschten aus. Der Soldat war gründlich eingeschüchtert und tat sein Bestes. Die beiden Schwarzen arbeiteten anscheinend, ohne ihr Tun zu verstehen oder sich etwas daraus zu machen. Der Große am Ende rang nach Luft, obwohl sie noch nichts gemacht hatten. Bis jetzt hatte es der Schreiber zu Suleimans Überraschung geschafft, seine Hände vom Riemen zu lassen, wenn er durch das Loch donnerte, und es war ihm gelungen, das Seil darumzuwerfen oder es zu entfernen und daran zu ziehen, ohne umgehauen zu werden.

Sie gingen es zwanzig Minuten lang durch, bis der Kapitän des Ruderdecks die Riemen draußen ließ. Viele Padrons gingen nie mehr in die Rudergrube, nachdem die Netze aufgehängt waren, aber Suleiman schlüpfte um das Netz herum und ließ sich aufs Deck hinunter, ging zwischen zwei Reihen angeketteter Männer hindurch zum Riemenloch.

»Schreiber«, sagte er zu dem Mann, »du hast eine wichtige Aufgabe. Du musst den Ring anbringen.« Suleiman zog den riesigen Eisenring an seiner dicken Kette herunter, öffnete ihn, legte ihn an der verstärkten Stelle um den Riemen und klammerte ihn fest. Der Schreiber schaute kurzsichtig zu. Suleiman löste den Ring wieder. »Jetzt versuchst du es.« Der Schreiber beeilte sich, nach dem Ring zu greifen, ihn anzulegen, verklammerte ihn nicht fest genug. Suleiman zeigte es ihm noch einmal, und er probierte es noch einmal. Nicht schlecht. Er ließ den Ring, wo er war und ging weg, um dem schönen Jungen mit dem guten Arsch dasselbe zu zeigen. Das dauerte länger.

Schließlich schob sich Suleiman zum Mittelgang zurück und sprang hinauf, wohlwissend, dass ihn die anderen Padrons, die ihn nicht kannten, anstarrten. Was soll's, wenn manche Padrons keine Lust hatten, zwischen ihren Bänken herumzulaufen, weil sie Angst hatten, von einem Sklaven getötet zu werden, dem es egal war, ob er selbst starb, solange der Padron auch starb. Suleiman glaubte, wenn ein Sklave es bei ihm versuchen wollte, dann sollte er es ruhig ausprobieren. Das war nur fair. Wenn Suleiman nicht der beste Kämpfer war, sollte er auch nicht Padron sein.

Das Kommando kam: »Ringe anlegen!« Eine Menge Gefummel, Flüche von Padrons, die Befehle schrien. Suleiman strich sich über den Schnurrbart. Seine Bänke waren die einzigen mit gesicherten Riemen. Der Señor der Bänke kam den Mittelgang entlang, um sich davon zu überzeugen, dass die Ringe richtig befestigt waren, meldete es dem Kapitän des Ruderdecks. Dann kam der Befehl, der Suleiman auch nach fünfzehn Jahren im Geschäft noch erregte.

»Packt an!«

Er sprang noch einmal hinunter, zeigte seinen Männern, wie sie ihre Hände um die Stange legen sollten, die am Riemen festgeschraubt war. Der Riemen selbst war viel zu dick, um von einem Mann festgehalten zu werden. Wenn man dann angepackt hatte, war es für immer, man durfte nicht abrutschen oder loslassen, sonst würde der Riemen in den Wellen wild werden und die anderen abbrechen. Disziplin war entscheidend. Hier im Hafen mochte das nicht so ernst sein, und wenn sie ein oder zwei Riemen brachen, konnten sie für Ersatz sorgen, aber später gab es einen solchen Spielraum nicht mehr.

Er sagte es ihnen. »Wenn ihr einmal zugepackt habt, haltet ihr fest, bis ihr den Befehl ›Loslassen!‹ hört«, erklärte er. »Jeden Mann, der ohne diesen Befehl loslässt, werde ich schlagen. Wenn er es noch einmal macht, werde ich ihm persönlich die Hände an die Stange binden. Wenn ihr einmal angepackt habt, lasst ihr nicht mehr los. Niemals.«

Sie schluckten alle gleichzeitig, schauten ihre Hände am Riemen an, die meist blass und weich waren wie ungekochte Wurst. Nur der Bauer schien sich keine Sorgen zu machen.

Suleiman sagte: »Loslassen!« Die Hälfte tat es nicht. Und er seufzte. »Ebenso gilt«, sagte er zu ihnen, »wenn ihr auf Befehl nicht loslasst, kann es sein, dass euch die Hand abgerissen wird. Also lasst los!« Das taten sie.

Er befahl ihnen, wieder anzupacken, packte selbst am oberen Ende zu, wo man die größte Geschicklichkeit und die meiste Kraft brauchte, machte das Seil vom Ring am Ende des Riemens los und hängte es an den Haken am Balken neben sich, und das war's, sie hatten die Kontrolle über den enormen Riemen.

»Erinnert ihr euch, dass ich euch beigebracht habe, aufzustehen und euch hinzusetzen?«, fragte er sie. Wahrscheinlich hatten sie es vergessen. »Also, wenn ich den Befehl gebe, müsst ihr euch hinstellen oder setzen, und dabei die ganze Zeit euren Riemen festhalten. Verstanden?«

Einige nickten, andere glotzten.

»Wenn ich euch frage, ob ihr verstanden habt, sagt ihr ›Ja, Padron!‹ Genauso deutlich. Damit ich weiß, dass ihr noch am Leben und es wert seid, gefüttert zu werden.«

»Ja, Padron«, kam es ergeben im Chor.

Suleiman konnte hören, wie oben Befehle gerufen wurden, Hugo de Moncada schaute wieder den Lukengang herab. Wir gehen jetzt auf eine kleine Ruderreise, dachte er, und dabei werden wir die ersten verlieren. Sehr gut. Sieben wir sie aus.

Der Kapitän des Ruderdecks gab das Kommando: »Fertig! Zieht!«

»Aufstehen!«, brüllte Suleiman. »Setzen!«

Wenn die Ruderer aufstanden, tauchte der Riemen ins Wasser, wenn sie sich setzten, schoss er wieder in die Luft.

Das Chaos brach umgehend aus, da die vorderen Riemen das Kommando später gehört hatten als die hinteren Riemen, und einige standen, und andere saßen. Auf der Backbordseite des Schiffes war ein Krachen zu hören, als zwei Riemen zusammenstießen, und ein schriller Schrei, als sich jemand den Arm brach. Aber man konnte nicht anhalten oder Pause machen.

»Aufstehen! Setzen! Aufstehen! Setzen!«, brüllte Suleiman, als er vortrat, wenn sie standen, und zurück, wenn sie sich setzten. Er hatte die geringste Anstrengung, aber die meiste Bewegung. Der Schreiber unten am Riemenloch hatte die kürzeste Bewegung und die größte Anstrengung.

Der Soldat ließ los, um sich eine Blase anzuschauen. Suleiman unterbrach nie seine Bewegung und seine Befehlsrufe, aber er ließ die Peitsche über die breiten Schultern knallen, dass das Blut kam. Der Soldat packte wieder zu.

In den ruhigen Gewässern des äußeren Hafens von Lissabon, mit sehr wenig Wind, war es eine brutale Anstrengung, die hohen, schwerfälligen Galeassen übers Wasser zu bewegen. Die Männer sprangen von den Bänken auf, drückten ihr Gewicht gegen den Riemen, und fielen dann nach hinten wieder auf die Bänke hinunter. Und wieder. Und wieder.

Hugo de Moncada schaute erneut durch die Luke herab und maß ihre Geschwindigkeit auf dem Wasser. Die Galeassen waren von Neapel nach Lissabon gesegelt, man hatte auf hoher See mit professionellen Ruderern experimentiert, hatte Anpassungen vorgenommen und den besten Weg gesucht, die Riemen zu verstauen und handzuhaben. Dann waren sie sorgfältig gereinigt und ausgestattet worden, und es wurden Galerien angebracht, um das Ruderdeck zu erweitern und Platz für zwei zusätzliche Männer zu schaffen, daher das neue Holz in den Abflussrinnen, das schon vom Urin gelb gefärbt wurde.

Und wieder. Und wieder. Jedes Mal, wenn Suleiman dröhnte »Aufstehen!«, standen alle auf. Bald wusste er, dass das ganze Ruderdeck seinen Schlag übernehmen würde, weil er einfach das beste Ohr dafür hatte. Jede Galeere hatte ihren eigenen natürlichen Rhythmus, der leicht von dem der nächsten abwich, weil keine zwei gleich waren, genauso wenig, wie zwei Menschen sich gleichen. Bei den Galeassen würde es genauso sein, aber er hatte den richtigen Rhythmus noch nicht gefunden. Irgendwann würden die Sklaven fähig sein, ihren Einsatz vom Trommler zu nehmen, aber der Tag war noch weit weg.

Eine Stunde lang standen sie auf und setzten sich wieder, bis der Befehl kam, die Riemen zu heben, und die Segel gesetzt wurden. Suleiman holte einen Lederschlauch mit Wasser unter dem Mittelgang hervor und ging hinunter zwischen die Bänke, goss Wasser, das mit Wein gesäuert war, in die aufgerissenen

Münder der Männer. Sie atmeten alle schwer und schnappten nach Luft, den meisten zitterten die Beine, viele hatten Risse und Abschürfungen an den Ärschen und der Unterseite der Beine, einige hatten seine Peitschenstriemen auf Schultern und Rücken, weil sie losgelassen hatten. Der Atem des Schreibers rasselte in seiner Kehle, er konnte das Wasser kaum schlucken, und zwischen seinen Fingern, wo er die Stange festgehalten hatte, trat Blut hervor.

Dann ruderten sie noch eine Stunde, und die Temperatur im Ruderdeck stieg auf Dampfbadhitze. Nach und nach waren in anderen Gruppen, wo sie von den Padrons nicht mit Wasser versorgt wurden, vier Sklaven zwischen die Bänke gefallen, einer zuckte in Krämpfen, die gewöhnlich das Zeichen für Tod durch Hitzschlag waren. Noch zwei Riemen brachen deswegen. Schließlich wurde das Kommando gegeben, die Riemen wieder zu heben.

»Festmachen!« Suleiman brachte die Halteleine an dem Ring am Ende des Riemens an. »Ruderer, loslassen!«

Wie er es erwartet hatte, konnten die meisten es nicht. Suleiman ging wieder mit dem Weinschlauch über der Schulter in die Rudergrube, goss Wasser auf die Handrücken, rieb Unterarme, half ihnen, die Finger abzuheben und spülte dann das Blut und die Hautfetzen von der Handstange. Er nahm die Einholleine und gab sie ihnen. Ein Blick auf den Schreiber und den Jungen, die beide halb bewusstlos waren, ließ deutlich erkennen, dass sie die Ringklammer nicht würden lösen können, also machte er es selbst, und lief dann leichtfüßig unter dem Riemen die Bank entlang und hüpfte zurück auf den Mittelgang. Sie zogen den Riemen hoch bis zur Ruhestellung, manche husteten, manche kotzten dabei, und dann wollte Suleiman gerade wieder hinunterspringen, um die Leine festzumachen, als er sah, dass der Schreiber sich aufgerappelt und das Seil um den Querspanten gebunden und auch noch aufgerollt hatte. Gaston, sein Junior, übernahm die Aufgabe für den gut aussehenden Jungen, der wieder weinte.

»Runter«, sagte er sanft zu ihnen, und sie brachen alle, sogar der Bauer, unter der Bank zusammen und lagen schlapp herum. Wieder ging er mit seinem Wasserschlauch zwischen ihnen hindurch. Sie taten ihm ein bisschen Leid, denn er erinnerte sich sehr gut daran, wie schlimm die ersten Tage waren. Es war für ihn nicht anders gewesen, als er als junger Mann von christlichen Piraten in Malta gefangen genommen und an einen ihrer Riemen gesetzt worden war. Am ersten Tag dachte man zu sterben; am zweiten fragte man sich, weshalb man noch lebte; am dritten Tag war man nicht mehr sicher, ob man noch lebte, und am vierten Tag hörte es entweder auf, noch schlimmer zu werden, oder man starb tatsächlich.

Und noch etwas hatte er von einem alten christlichen Galeerensklaven auf seiner zweiten Reise gelernt, einen besonderen Trick. Er hatte für diesen Zweck ein eigenes Spezialfass mit billigem Branntwein und einen Metallhelm, bei dem die Polsterung entfernt worden war, um ihn als Schüssel zu benützen. Er füllte die Schüssel mit Branntwein und hüpfte wieder in die Rudergrube hinunter, und es kümmerte ihn nicht, dass einige der anderen Padrons, die ihn nicht kannten, wieder starrten. Er war der Beste, sie konnten von ihm lernen.

Der große junge Mann lag auf dem Rücken und japste immer noch wie ein Fisch. Suleiman sagte ihm, er solle sich aufsetzen, die Hände aufhalten. Offensichtlich hatte er früher mit den Händen gearbeitet, sie waren nicht so schlimm, aber Suleiman ließ sie ihn ein paar Augenblicke lang in den Branntwein halten. Der Schwarze war nicht schlimm dran, der Soldat blutete etwas an den Handflächen, der Bauer hatte überhaupt keine Probleme, der andere Schwarze blutete auch, und der arme Schreiber ... Nun, der würde nicht durchhalten, also war es wahrscheinlich egal, aber beide Hände waren mit Blasen bedeckt und bluteten, besonders quer über die Handflächen.

»Steck deine Hände in den Schnaps, Schreiber«, sagte Suleiman. Der Schreiber zögerte, schaute nicht auf, sein Gesicht war schlaff vor Erschöpfung. »Ja, es wird wie Feuer sein, aber auf längere Sicht wird es helfen.« Er war sich nicht sicher, weshalb er so sanft mit dem Schreiber umging, vielleicht weil er die Leine so schnell festgemacht hatte, obwohl er kaum stehen konnte, vielleicht weil er wahrscheinlich bald sterben würde. Der Schreiber tat, was ihm gesagt wurde, und er zitterte und ihm brach der Schweiß aus vor Schmerzen. Aber er sagte nichts, was Suleiman wider Willen beeindruckte, und er wartete, bis Suleiman sagte, er solle die Hände herausnehmen.

Sie ließen die Sklaven ausruhen, während die Galeassen mit Windkraft zurück zum Ankerplatz im Hafen von Lissabon fuhren und auf dem Wasser taumelten und rollten. Sie ist kein wirklich glückliches Tier, dachte Suleiman: Sie war sehr schwer zu rudern und, so schien es, zu segeln. Die Galeasse *San Lorenzo* war weder ein Pferd noch ein Esel, sondern ein Maultier, ein armes Geschöpf, und genauso schwierig und launisch.

Die Bewegungen des Schiffs verursachten Chaos, weil der Hälfte der Sklaven auf leeren Magen schlecht wurde. Sie spuckten und keuchten und stöhnten. Die Abflussrinnen füllten sich, und von dem Geruch mussten auch andere kotzen, also ließ der Señor der Bänke über den Kapitän des Ruderdecks auf dem Hauptdeck anfragen, ob man die Pumpen anstellen könne. Nach einer guten Weile Fummelei waren die Pumpen bereit, und das Wasser begann, durch die Luken und Gitter hereinzuströmen. Einige der Sklaven stöhnten auf, als das kalte Meerwasser sie berührte, andere versuchten, näher ans Wasser heranzurücken, um sich abzukühlen, und allmählich wurden die schmutzigen Abflussrinnen zur Galerie hinunter sauber gespült.

Suleiman hüpfte auf die Bank und ging zum Ende hinunter, wo der Schreiber jetzt unter dem Riemen saß, den Rücken an einen der Bankpfosten gelehnt, mit geschlossenen Augen.

»Aufwachen!«, sagte Suleiman und stupste ihn mit dem Fuß an. Als der Schreiber sich erschöpft auf die Füße hochrappelte, nahm Suleiman den Schrubber vom Haken, machte die Bewegungen vor, die er verlangte und gab ihn dem Schreiber.

Mit unbewegtem Gesicht fegte der Schreiber den Abfall durch die Speigatten, die in die Galerie eingelassen waren, seine Nasenflügel bebten bei der Arbeit. Interessanterweise war er der Einzige auf der Bank, dem nicht schlecht geworden war. Als er fertig war, zeigte ihm Suleiman, wo er den Schrubber verstauen sollte. Der Schreiber schaute die abgestufte Bank hinauf und sah die anderen Männer vor Erleichterung grinsen, weil sie diese Aufgabe nicht erledigen mussten, zuckte die Schultern und setzte sich wieder mit dem Rücken zur Bank. Seine Hände hatten wieder angefangen zu bluten.

Als Nächstes, nachdem die Rationen ausgegeben waren, brachte Suleiman ihnen zu essen – ein richtiges Fest: schwarzes Brot, Oliven, Würste, Manchegokäse, der nur ein paar Jahre alt war, mit Reis gefüllte Weinblätter. Die meisten schlangen alles hinunter, bis auf den Schreiber, der einen Blick auf das Essen in seinen Händen warf und wieder die Augen zumachte.

Hatte er Fieber? Suleiman ging zurück und streckte die Hand nach seinem Kopf aus. Der Schreiber zuckte zusammen. Suleiman stand auf den nackten Zehen.

»Bist du krank, Schreiber?«

Die Stimme des Schreibers hauchte und flüsterte, wie Suleiman es schon früher gehört hatte; dieser Kerl musste eine Weile in den Händen des Heiligen Amts gewesen sein.

»Nein, Padron.«

»Warum isst du nicht?«

»Ich hab keinen Hunger.«

»Musst du aber. Du hast heute gearbeitet.«

Der Schreiber schüttelte den Kopf, schloss die Augen. Der Schwarze neben ihm sah interessiert zu. Suleiman beugte sich über den Schreiber, dachte, dass er wahrscheinlich seine Zeit verschwendete, dass er aber tun musste, was er tat, weil er der Beste war.

»Hör zu, Schreiber, ich bin dein Padron, du bist wie mein eigener Sohn. Du sagst, du hast keinen Hunger. Ich sage, du musst essen. An dem Essen ist nichts schlecht, es ist nicht verschimmelt, und es gibt genug davon. Also iss.«

»Ich nehm's, Padron«, sagte einer der anderen, der Bauer, der mit seinem schon fertig war.

»Jeder, der Essen von einem anderen Mann stiehlt, bekommt meine Faust in die Zähne«, knurrte Suleiman wütend und verschloss dem Dummkopf den Mund. Später auf der Reise würden sie sicher um das Essen kämpfen, man konnte sie nicht daran hindern, aber es war nicht nötig, solange genug da war.

»Werdet Ihr mich schlagen, wenn ich nicht esse?«, fragte der Schreiber. Er klang nicht verängstigt, sondern schien sich einfach nur für die Tatsachen zu interessieren.

»Selbstverständlich werde ich das«, sagte Suleiman freundlich. »Aber erst werde ich deine Hände an die Bank fesseln und das Essen in deinen Hals stopfen. Also warum nicht essen?«

»Ja, Padron«, sagte der Schreiber unbewegt und begann, das Essen in seinen Mund zu fummeln, spuckte dann Olivenkerne aus. Suleiman brachte wieder den Wasserschlauch vorbei, und fügsam ließen sie die Horntasse herumgehen. Die meisten legten sich danach wieder hin und machten die Augen zu.

Er ließ sie schlafen, statt sie aufzuwecken, um das Ruderblatt zu fetten, weil sie das auch am Morgen tun konnten. Schließlich hatten sie den nächsten und übernächsten Tag, um wieder Rudern zu üben. Er beschloss, eine Wette abzuschließen, wer zuerst sterben würde, der große junge Mann oder der Schreiber.

An den nächsten Tagen siebten sie die Männer aus, warfen die Schwächlinge raus. Die anderen Padrons, die beim Sterben zuerst auf den großen jungen Mann gewettet hatten, strichen ihr Geld und den Tabak ein. Suleiman gewann auch Geld dabei. Leider hatte er einen der Männer auf seiner anderen Bank umbringen müssen, weil er versucht hatte, den Mann neben ihm zu verführen, der zufällig der hübsche Junge war, auf den Suleiman selbst ein Auge geworfen hatte. Dummerweise hatte der Junge in der Nacht lautstark protestiert, und das würde die Ausführung von Suleimans Plänen für den hübschen Jungen etwas erschweren, denn Don Hugo de Moncada hatte jemanden geschickt, um herauszufinden, was den Ärger verursacht hatte, und der Kapitän des Ruderdecks hatte später eine kleine Rede über Unkeuschheit und ihre Folgen gehalten. In wilder Wut entbrannt, hatte Suleiman den Schmied gerufen, um den Mann von der Bank loszumachen, hatte ihn umgekehrt an der Luke aufgehängt und totgeschlagen.

Sie brachten einen Ersatzmann aus dem Laderaum, einen mit Peitschennarben übersäten alten Galeerenarbeiter, der wegen Ketzerei zu zehn Jahren verurteilt und nie freigelassen worden war. Das war schon mal eine Verbesserung.

Wirbelnde Wolkenmuster halten dem Planeten einen Spiegel seiner eigenen Komplexität vor Augen. Draußen auf dem Atlantik bildet sich ein ausgedehntes Sturmsystem, das von keinem

Satelliten außer dem Mond beobachtet wird. Wenn wir auf einer Möwe reiten, können wir aus einem ruhigen, blauen Himmel in den Hafen von Lissabon hinuntersausen, um eine lange Prozession von Menschen zu sehen, die an dem warmen Tag schwitzen, ernste, kriegerische Musik auf Flöten und Trommeln spielen, abgestimmt auf feierlichen lateinischen Mönchsgesang. Die Menge jubelt und weint und bekreuzigt sich, als das prächtig bestickte Banner an ihnen vorbeizieht. Es wurde vom Papst für seinen Kreuzzug gegen die Ketzerei gesegnet, es ist heilig. Das Banner flattert leicht über den schwitzenden jungen Priestern, die es zum Kai hinuntertragen, wo das Flaggschiff der Unbezwinglichen, der Gesegneten Armada vor Anker liegt. Pferde klappern mit ihren Hufen, Flaggen flattern, Frauen und Kinder jubeln ihrem edlen Mannesvolk zu, das mit Helmen und Brustharnischen hinuntermarschiert, um zur großen Kreuzfahrt gegen das böse England auszufahren.

Die meisten der Tausenden von Soldaten sind bereits an Bord der Schiffe, die im inneren Hafen verstreut vor Anker liegen, verzehren gierig und in erschreckendem Umfang kostbare Vorräte. Diese Armada ist ein Unternehmen, das von Beginn an knirscht, die äußerste Anstrengung eines neureichen Landes, ein kleineres zu erdrücken und sich einzuverleiben. Ein feindliches Übernahmeangebot, das seinen Hebel in großem Umfang mit geborgtem Kapital ansetzte, könnte man sagen.

Weihrauchwolken steigen auf, weitere Gebete fliegen in den Himmel und kümmern die Möwen bei der Jagd nach Abfall überhaupt nicht. Die Zeremonie ist prächtig, wunderschön, endlos. Hier kommt der Admiral auf einem weißen Pferd, der Herzog von Medina Sidonia, erst vor ein paar Monaten dazu ernannt, die unheilige Verwaltungsmisere, die von dem verstorbenen großen Admiral Santa Cruz hinterlassen worden war, in Ordnung zu bringen. Jetzt muss er sich durch Gottes Gnade von einem fähigen und gewissenhaften Verwaltungsbeamten in einen schneidigen Anführer von Männern verwandeln. Klein, blässlich, die Stirn ständig nervös gerunzelt, hat er dennoch die unbezwingbare Würde eines wahren spanischen Granden, als er vom Pferd steigt und niederkniet und ehrerbietig die Kreuzfahrerflagge küsst.

Mit ein paar Worten, die nur für die Menschen in nächster Nähe hörbar sind, läuft er mit seinen Adjutanten die Gangway hinauf, verweilt am winzigen Schiffsheck und stellt sich hin, um den jubelnden Mengen zuzuwinken, während die Gangway eingezogen und weggeräumt und die Halteleinen losgemacht werden. Vier Beiboote, mit Berufsruderern bemannt, ziehen an, und die große Galeone *San Martin* – Tragfähigkeit tausend Tonnen, an Bord achtundvierzig Kanonen, dreihundert Soldaten und hundertsiebenundsiebzig Seeleute, Flaggschiff der gesamten Armada – bewegt sich vom Ufer weg. Kanonen feuern von der Festung, die Leute jubeln, Flaggen flattern, der Rest der Flotte folgt langsam nach.

Vom Dach des Gebäudes der Hafenmeisterei lässt ein Schreiber vier Tauben ins Blaue steigen.

Am vierten Tag hatte Suleiman gedacht, der Schreiber stirbt. Sie waren den größten Teil des Nachmittags gerudert, Richtung Norden, die Küste von Portugal hinauf, ihr erster voller Tag auf See jenseits aller Hafenanlagen. Mehrere Male hatte Suleiman ihm eins mit der Peitsche überziehen müssen, weil er losgelassen hatte. Als endlich das Kommando kam, die Riemen einzuziehen, hatte der Schreiber es anscheinend nicht gehört, und als der Padron hinunterkam, um nach dem Rechten zu sehen, hatte er mit der Leine in der Hand dagestanden und ausgesehen, als hätte er jemanden umgebracht. Seine Hände waren bis zu den Handgelenken mit Blut bedeckt. Da alle Sklaven inzwischen rohe Stellen an den Handflächen hatten, egal, aus welchem Beruf sie kamen, war das nicht überraschend.

Suleiman nahm ihm die Leine ab, zog hoch und machte fest. Es hätte den Schreiber fast seinen Kopf gekostet, als der Riemen hereindonnerte, und er schien sich nicht viel daraus zu machen. Beim Befehl »Runter!« brach er knochenlos zusammen, als wäre er eine Marionette, deren Fäden abgeschnitten wurden. Er rührte sich auch nicht, als Suleiman ihn trat. Suleiman wollte gerade den Schmied rufen, um die Fußeisen abnehmen zu lassen, damit sie den Schreiber durchs Ruderloch hinausschieben und irgendeinen Stärkeren besorgen konnten, als der Mann etwas in einer Sprache brabbelte, die Suleiman nicht kannte.

»Was war das?«, fragte er und ging in die Hocke, wobei er sich mit einer Hand an der Bank abstützte. Der Schwarze, der neben dem Schreiber saß, rückte von ihm ab, verängstigt. Der Schreiber hatte sich unter der Bank eingerollt und atmete kaum. »Was hast du gesagt?«

»Ich sagte, ich bin noch nicht tot, Padron.«

»Du hast etwas anderes gesagt.«

»Ich habe englisch gesprochen.«

»Ah?« Suleiman war interessiert. Er hatte ein paar englische Galeerensklaven gehabt zu seiner Zeit, und die waren so verrückt, wie es jeder von ihnen behauptete. Einer hatte sogar versucht, ihn umzubringen. Hat es auch fast geschafft. »Warum sprichst du englisch?«

»Ich bin in England geboren, Padron.«

»Haben sie da Galeeren?«

Es war eine merkwürdige Unterhaltung, der Schreiber lag da, wo er hingefallen war, aber was er flüsterte, machte durchaus Sinn.

Eine Pause entstand, der Schreiber blinzelte mit seinen hellbraunen Augen. »Eine oder zwei, glaube ich. Aber das Meer um England ist zu rau für Galeeren, das Wetter ist zu schlecht.« Seine raue Stimme war fast unhörbar. »Sie haben viele Segelschiffe.«

England war ihr Ziel, irgendwo vage im Norden. Suleiman interessierte es immer noch nicht so sehr.

»Wirst du heute Nacht sterben?«

Der Mann zuckte eine übel zugerichtete Schulter.

»Wenn du kannst, heh?«

Mit gewaltiger Anstrengung schob sich der Schreiber auf den Ellbogen, langte hinunter, um die aufgeriebene Stelle unter seinem Knöchelring zu kratzen. »Damit Ihr all Eure Wetten gewinnt, Padron?« fragte er. »Nein.«

Suleiman lachte. Der Schreiber legte sich wieder auf die stinkenden Planken nieder, einen Arm unter dem Kopf, die Hände nässten immer noch. Suleiman schüttete aus prinzipiellen Erwägungen Branntwein darauf und ließ ihn sich ausruhen.

In jener Nacht, als sie nordwärts segelten, erfasste sie der

Sturm wie ein wildes Tier, das aus dem Himmel springt und ließ das Schiff beim ersten Anprall fast kentern.

Suleiman war auf den Füßen, ehe er auch nur richtig wach war, brüllte jeden an, aufzuwachen und seinen Hintern in Bewegung zu setzen, und den Schläfrigen zog er mit der Peitsche eins über. Die Riemenlöcher waren nicht richtig dicht gemacht worden, und das Meer kam herein; die Riemen waren nicht fest genug verzurrt worden und schwankten gewaltig über ihren Köpfen. Der Kapitän des Ruderdecks schlief in einer der Heckkabinen, weit weg vom Gestank, der Señor des Ruderdecks hatte woanders einen Platz gefunden, Don Hugo de Moncada wurde wahrscheinlich gerade geweckt, und in der Zwischenzeit würden die Galeassen sinken, wenn nicht jemand handelte. Was schlimm wäre für die Offiziere und Seeleute, und der sichere Tod für die Sklaven.

Die anderen Padrons schauten ihn an, damit er sage, was sie tun sollten, denn selbstverständlich, er war der Beste. Suleiman sprang auf den Mittelgang hinauf, tastete nach der Trommel und schlug ein Signal.

»Herhören!«, brüllte er. »Endmänner, die Riemenlöcher schließen, dicht machen. JETZT!«

Weitere Wellen brachen herein, das Schiff legte sich auf die Seite, richtete sich wieder auf, legte sich tiefer auf die Seite und schöpfte mit jedem Rollen mehr Wasser, so dass die Rudergruben schon knietief voll waren. Einige der Sklaven stöhnten und schrien und wedelten im Wasser herum und zerrten nutzlos an den Ketten. Dumme Narren!

»RIEMENLÖCHER SCHLIESSEN!«, brüllte er noch einmal und dann noch einmal auf Türkisch, konnte ja nicht schaden. Sie hatten es nicht geübt. Suleiman versuchte, die Laterne der Wachlampe anzuzünden, und als sie aufflammte, hörte er einen Schlag. Es wurde hell und er sah, dass ihn zweihundertfünfzig glatzköpfige Männer anstarrten und einer neben seinem geschlossenen Riemenloch stand und dabei war, die Querstange anzubringen. Es war der Schreiber.

»Macht es wie der Schreiber!«, rief er. »Endmänner, Löcher schließen.« Die meisten schauten zu den schwingenden, knarrenden Riemen hinauf, andere zerrten immer noch an ihren

Ketten. Zwei von den Padrons stürzten zum Niedergang, wobei sie offensichtlich vergaßen, dass die Luke nachts verschlossen war. Suleiman ließ beide die Peitsche spüren.

»Ich renne nicht weg«, sagte er zu ihnen. »Warum rennt ihr?«

Zu den Ruderern fügte er hinzu: »Keiner verlässt den Platz. Kümmert euch nicht um die Riemen, wenn noch mehr Wasser reinkommt, sterben wir sowieso alle. Schließt die Löcher!«

Endlich taten sie es. Man hörte noch mehr Schläge. Das Schiff neigte sich wieder, diesmal kam weniger Wasser herein. Suleiman rannte über seine Bank und lief, angefangen bei der hintersten Öffnung, die Riemenlöcher entlang, prüfte, ob sie richtig mit der Querstange verschlossen waren, und half denen, die immer noch zu durcheinander waren, um es selbst zu machen. Der hübsche Arsch klemmte sich fast die Finger ein, aber nach ein paar weiteren Minuten kam kein Wasser mehr durch die Öffnungen. Das war auch gut so, denn inzwischen stand es hüfthoch, und obendrauf schwamm die Kotze und Schlimmeres von denen, die ihr Abendessen verloren hatten. Aber es begann durch die Abflussöffnungen zu fließen, während sich die *San Lorenzo* unter dem bösartigen Angriff des Winds aufbäumte und sich wieder auf die Seite legte.

Die Seeleute mussten den Bug herumkriegen, vor dem Wind fahren, es gab keine andere Möglichkeit. Suleiman schaute noch einmal nach den Riemen, dachte, die Schlingen und Leinen würden im Augenblick wohl halten, und brüllte wieder: »Runter! Alle unter die Bänke, bis das Schiff besser getrimmt ist.« Die meisten Sklaven sahen ihn verwirrt und stirnrunzelnd an. »Bis ich es sage.«

Es war wieder genug Wasser abgelaufen, so konnten sie ihr Kinn aus dem Wasser recken unter den Bänken, die sie vor den wild schwingenden Heringsgräten der Riemen schützen würden. Sie machten, was er sagte, und sahen dann Suleiman zu, der die anderen Padrons anbrüllte, sie sollten ihm mit den Riemen helfen.

Er hasste es, so hoch oben zu sein, hasste es, zwischen den Seilen und dem schwingenden Langholz herumzuklettern, aber es traute sich niemand außer ihm. Er zog den Bauch ein, knurrte und zwang sich dazu, die Leinen hochzuklettern. Zwei der jüngeren Padrons kletterten hinter ihm her und halfen, sie festzuhalten, während die stärkeren die Schlingen hochzogen und unter dem Deck festmachten, die Leinen stramm anzogen, bis die ganze Masse hin und her schwankte, aber nicht mehr so wild ausschlug.

Mittlerweile stand das Schiff mit dem Heck zum Wind, flog vor ihm her und rollte mit den kabbeligen Wellen der Biskaya. Sie hatten gerade die Riemen im Griff, und das meiste Wasser war abgeflossen, als sich eine der Kanonen auf dem Ruderdeck aus der Verankerung löste, langsam über das Deck schob und in eine Bank krachte. Zwei Männer wurden zerquetscht, schrien unter dem Gewicht, und als sich das Schiff nach hinten legte, rumpelte die Kanone unaufhaltsam zur anderen Bank, und die Männer, die zerquetscht werden würden, konnten nur wie wahnsinnig an ihren Fußringen zerren und versuchen wegzukommen. Es krachte noch einmal, ein Aufschrei, das Blut spritzte.

Das Schiff rollte wieder, und die Kanone ging mit, an Suleimans eigener Bank vorbei, auf tödlichem Zickzackkurs – nur standen alle Ruderer von Suleimans Bank bereits auf der Bank, und die Kanone rutschte harmlos vorbei.

»Auf die Bänke!«, bellte Suleiman und schnitt eines der Netze ab. Er wartete auf den Augenblick, da die Kanone vom Holz der Galerie gestoppt wurde, rannte dann mit dem Netz vor und schmiss es über sie. Er warf den Männern die Seile zu, befahl einigen zu ziehen, anderen festzuhalten.

Er und zwei andere Padrons konnten die Kanone anbinden, wo sie gelandet war, und sicherten sie an der Galerie. Dann ging Suleiman von einer Kanone zur anderen, verstärkte die Leinen, machte Dreifachknoten und zog sie fest. Die Anzahl der Kanonen war erstaunlich, sehr große Heckgeschütze hauptsächlich, Vierzig- oder Fünfzigpfünder. Zwei zwischen jeweils vier oder fünf Ruderbänken. Wozu nur?, fragte er sich kurz und schob es dann auf den eingefleischten Wahnsinn der Señors.

Er befahl den Männern, so schnell sie konnten das Wasser hinauszukehren, und sie gehorchten, fielen gelegentlich um, wenn sie das Schlingern des Schiffes ausgleichen wollten und von einer Fußkette behindert wurden.

Als alles so sicher war wie nur möglich, bedachte man, dass sie in einer hölzernen Nussschale auf dem weiten Meer der Gnade von Allahs Atem ausgeliefert waren, ging Suleiman nach den Männern sehen, die zerquetscht worden waren. Allen dreien konnte nicht mehr geholfen werden, einer war schon gestorben, einem sprudelte Blut aus dem Mund, der andere hatte graue Haut und lag ruhig und still da, war aber bei Bewusstsein.

»Du musst sie aus ihrem Elend erlösen«, sagte Suleiman leise zu ihrem Padron, der zu denen gehörte, die sich unter der hintersten Bank versteckt hatten, während er und die besseren Männer die Riemen und die Kanonen gesichert hatten. Der Padron starrte ihn an und schüttelte den Kopf. Suleiman seufzte.

»Hast du Schmerzen?«, fragte er den, der ruhig und still dalag, die Hüften und Beine eine blutige, geleeartige Masse. Als Antwort schloss der Mann die Augen. »Sie werden beide am Morgen tot sein«, sagte Suleiman zu ihrem Padron. »Warum soll man sie leiden lassen? Sei ihnen gnädig.«

Der Padron legte die Hände in den Rücken und trat beiseite. Suleiman kniete neben dem Mann nieder, der bei jedem Atemzug Blut aussprudelte.

»Mein Sohn, bist du einverstanden, dass ich dich töten muss?«, sagte er sanft, und der Mann schloss die Augen und nickte heftig. Suleiman zog wieder sein Messer, legte dem Mann die Hand über die Augen und stach ihn hinters Ohr. Der andere wartete auf die Frage und seufzte »Ja«. Er hatte Tränen in den Augen. Wieder gibt die Halsschlagader seinem Messer nach, wieder ein Blutstrahl, das Zucken des Körpers, der nicht willens ist, die Seele herauszulassen, der Geruch nach Abwasser.

Suleiman stellte sich vor, wie ihre Seelen befreit davonflogen, um Allah im Paradies zu treffen. Er ging zum Schreiber, der wieder unter seiner Bank hockte. Der Schwarze lag neben ihm, japste nach Luft und sah sogar im flackernden Licht der Laterne grau aus, die Farbe, die Schwarze annehmen, wenn ihnen schlecht ist.

Suleiman hielt zurück, was er sagen wollte, und streckte die Hand aus, um die Stirn des Schwarzen zu befühlen. Sie war brennend heiß. »Was ist los mit ihm?«

»Er ist gestern krank geworden«, sagte der Schreiber tonlos. »Das Essen hat ihm nicht zugesagt.«

Diese Reise stand unter einem schlechten Omen, entschied Suleiman. Noch nie hatte er so schnell einen Mann verloren – nun, den einen auf der anderen Bank hatte er getötet, aber das hatte ja einen guten Grund gehabt. Suleiman seufzte. »Tu für ihn, was du kannst, Schreiber.«

»Was kann ich tun, Padron? Er braucht Medizin und gute Pflege, einen warmen Platz zum Schlafen, Ruhe. Kann ich ihm das geben?«

»Nein«, sagte Suleiman. »Hast du daran gedacht, auf die Bank zu steigen, als die Kanone vorbeikam?«

Ein kleines Zögern. Der Bauer antwortete für ihn. »Er war es. Er hat daran gedacht und hat es uns befohlen, als wir nicht wussten, was wir tun sollen.«

Der Schreiber studierte das Deck, wo immer noch Wasser und Blut flossen. »Gut gemacht«, sagte Suleiman ruhig. »Du musst das Herz eines Padrons haben.«

Ein winziges Flackern in den blassen Augen des Mannes zeigte Suleiman, dass er das nicht als Kompliment auffasste.

»Oder das Herz eines Herrn«, fügte er hinzu, lächelnd, nicht beleidigt. »Du warst auch der Erste, der ein Riemenloch geschlossen hat. Noch einmal, gut gemacht.«

Der Schreiber nickte, sagte aber nichts, studierte immer noch das Deck. »Wollt Ihr ihn nicht von seinem Schmerz erlösen?«, fragte er, als Suleiman sich zum Gehen wandte, und deutete auf den Schwarzen, der so krank war.

»Nein.« Suleiman war es ernst mit der Antwort; wenn der Schreiber ein Padron werden sollte, musste er es verstehen. »Es könnte sein, dass er sich erholt, und ob er das tut oder nicht, muss Allah entscheiden. Die Männer, die zerquetscht worden sind, hätten sich nicht erholt, aber sie hätten bis zum Morgen gebraucht, um zu sterben, vielleicht auch länger. Warum sollten sie länger leiden und uns die Ohren voll stöhnen?«

Der Schreiber sah aus, als hätte er mehr zu sagen, überlegte es sich aber anders. Suleiman ging zu seiner Bettmatte zurück, stellte fest, dass sie nass war, hängte sie auf in der Hoffnung, sie würde eines Tages trocknen, ging zu seinem Juniorpadron bei den Trommeln hinüber, wo es am trockensten war, und schmiegte sich an ihn.

Der Morgen kam, und sie liefen immer noch vor dem heulenden Wind her, während der Regen herabprasselte und das Schiff von einer Welle zur nächsten rollte. Der Kapitän des Ruderdecks und der Señor der Bänke erschienen endlich mit dem Schmied, um die Verluste der Nacht zu inspizieren. Eine Leiche nach der anderen wurde aus den Fußringen gelöst und durch ein offenes Riemenloch ins Wasser geschoben. Niemand sagte irgendwelche Gebete auf, denn es waren ja nur tote Sklaven, allein der Bauer bekreuzigte sich. Der Kapitän des Ruderdecks ließ ein Riemenloch offen, damit Luft und etwas Licht hereinkamen, sagte nichts zu Suleiman wegen der Klappen, kein Lob, nichts. Zweifellos hatte er entsetzliche Angst, dass Hugo de Moncada herausfinden würde, dass sein Mangel an Sorgfalt beinahe das Schiff versenkt hätte.

Obwohl es Suleiman fast umgebracht hätte, konnte er dem Kapitän wegen seiner Nachlässigkeit nicht wirklich böse sein. Es war doch Sommer, wie sollte da jemand einen solch bösartigen Sturm, der sich in nichts angekündigt hatte, erwarten? Aber andererseits waren sie draußen auf dem grauen, feindlichen Atlantik. Sogar im klaren, blauen Mittelmeer bekam man es manchmal mit heftigen Sommerstürmen zu tun. Außer dass man dort mit einer Galeere nachts sicher im Hafen lag.

Es war dunkel im Ruderdeck, den ganzen Tag lang, und die kleine Lampe brannte, und es gab nichts zu tun, außer sich dem Kippen und Rollen und Schlingern der schwer gebeutelten Galeassen hinzugeben. Wenigstens war das Deck vom Meer gesäubert worden, das jetzt durch die Abflussöffnungen wieder hinausgeströmt war, also legten sich die Männer hin, und die meisten versuchten zu schlafen – die, die nicht immer noch kotzten. Wenn man nicht ruderte, war es kalt. Manche kuschelten sich aneinander, um es wärmer zu haben. Suleiman fand den Schreiber zusammengerollt neben dem Schwarzen, der steif und still dalag.

Der Schreiber schüttelte den Kopf, und Suleiman ging müde zur Luke, um den Offizieren zu sagen, dass ein weiterer Sklave tot war.

Nachdem der Schwarze zum Riemenloch hinausbefördert worden war, hörte man Befehle, und der Kapitän des Ruderdecks kam den Niedergang herunter, gefolgt vom Schmied und vier weiteren bewachten Sklaven. Zwei von ihnen waren schwarz, alle zeigten sie die Spuren halb verheilter Peitschenstriemen, also waren sie Männer, die versucht hatten zu entfliehen. Schon?, dachte Suleiman, wir haben schon jetzt nur noch Ausbrecher und Verrückte? Allah beschütze uns.

Was soll's, er würde dem Schreiber Ehre erweisen, der sich vielversprechend entwickelte. Er führte die angeketteten Männer zum Bankende des Schreibers.

»Schreiber«, sagte er, und der Mann stellte sich auf die Füße, lehnte mit den Beinen an der Bank. Er war ausgemergelt und erschöpft.

»Ja, Padron.«

»Welchen willst du als Ruderkameraden?«

Es war ein Privileg, wählen zu dürfen. Der Schreiber verstand das, er war deutlich ein intelligenter Mensch. Er blinzelte und schaute sich die Schwarzen genau an. Einer interessierte ihn sofort. Er streckte die Hand aus, berührte seinen rechten Oberarm. Eine prachtvolle Schlange war auf eine Weise in die schwarze Haut geschnitzt und gebrannt worden, dass sie zu atmen schien, wenn sich die Muskeln bewegten.

»Ihn«, sagte der Schreiber.

Zweifellos dachte er, die Schlange könnte ein Talisman gegen das Fieber sein, das seinen ersten Ruderkameraden umgebracht hatte. Suleiman nickte dem Schmied zu, seine Sache zu erledigen, und als das Gehämmer vorüber und der neue Ruderer sicher an seinem Platz festgemacht war, sagte er zum Schreiber: »Du magst es dir nicht wünschen, aber du kannst nichts dafür, dass du bist, was du bist, mit deinem Herzen eines Padrons oder eines Herrn. Wenn die Riemenlöcher wieder auf sind, will ich, dass du rausschaust und mir alles sagst, was du siehst. Wenn du es gut machst, bekommst du einen Lendenschurz.«

Der Schreiber schaute an sich herab und lächelte dann säuerlich. »Das kann ich nicht, Padron«, antwortete er. »Ich sehe nicht gut. Vielleicht wenn ich Augengläser hätte … aber ich kann von hier aus kaum meine Zehen sehen.«

Suleiman seufzte, klopfte dem Schreiber auf den Rücken und ließ ihn stehen. Als er ging, hörte er den Mann zu dem Schwarzen neben ihm sagen: »Kannst du mich verstehen?«

»Ein bisschen.«

Der Schreiber deutete auf die Schlangennarbe, sagte etwas über die Weltschlange.

Suleiman schaute über die Schulter zurück. Der Schwarze starrte den Schreiber an. Er sprach leise, der Schreiber antwortete, und dann umarmte der Schwarze den Schreiber wie einen Bruder. Einen Augenblick lang wollte Suleiman hinübergehen und fragen, warum er das tat, aber dann hielt er sich zurück. Das konnte er später herausfinden, im Moment musste er die Installation von drei weiteren Sklaven an den richtigen Plätzen überwachen.

Später, als er den Sklaven Erlaubnis zu reden gegeben und ihnen dabei gesagt hatte, dass sie heute nichts zu essen bekämen, weil sie nicht arbeiteten, fröstelte ihn plötzlich. Das reichte. Das war dämlich. Also ging er den Niedergang hinauf, fragte um Erlaubnis, an Deck zu kommen, ging zum Kapitän des Ruderdecks und verbeugte sich vor ihm.

»Señor«, sagte er, »wir haben bereits einen Mann wegen Seekrankheit verloren. Bald werden wir im ganzen Ruderdeck Lungenfieber haben. Es ist zu kalt für sie, wenn sie nicht arbeiten.«

»Wir haben keine Decken für sie«, sagte der Kapitän eher dümmlich. Suleiman war vollkommen klar, dass sie keine Decken für die Sklaven hatten. Wozu auch? Die Decken würden nass und dreckig werden.

»Haben wir Kohlenpfannen?« Das war eine rhetorische Frage, denn Suleiman wusste ganz genau, dass der Schmied zwei hatte.

»Ihr wollt Kohlenpfannen auf dem Ruderdeck? Und was ist mit Feuer?«

Suleiman blinzelte zum Himmel hinauf, aus dem ein ständiger, nasser Regenvorhang herabhing, den der Wind ausschlackerte und so oft gegen Holz und Seil schlug wie eine Waschfrau am Strom.

»Ich mache mir mehr Sorgen wegen des Lungenfiebers, Señor«, sagte er. »Ich habe ein Ruderdeck erlebt, auf dem die Hälfte der Männer ans Fieber verloren gingen, als sie sich erkälteten. Señor.«

Der Kapitän des Ruderdecks blieb noch eine Weile unentschlossen. Suleiman versuchte, die Balance zu halten vor ihm, achtete nicht auf den Regen in seinem Gesicht und das Rollen des Schiffes und starrte den Mann an. Er war ein durchaus fähiger Kapitän fürs Ruderdeck, aber er war schwach.

Und Suleiman wusste, wie wichtig die Galeassen waren für das große Unternehmen, dessen Schiffe um sie herum übers graue Meer verstreut waren und jetzt vor dem Sturm flohen, der ihre Formation zerstört und sie auseinander getrieben hatte. Die Galeassen waren extra dafür gebaut worden, hieß es hinter vorgehaltener Hand, der große Santa Cruz hatte sie speziell dafür bestellt, ein großes Werk zum Ruhme Gottes und ein Wunder zu vollbringen. Und wenn sie gerudert werden sollten, die missgestalteten Geschöpfe, die sie waren, dann brauchten sie Ruderer. Das Flaggschiff *San Lorenzo* im Besonderen brauchte Ruderer, oder sie würden Don Hugo de Moncada blamieren.

Die Kohlenpfannen wurden am späten Nachmittag hinuntergebracht, als die grauen Winde bliesen und der graue Regen fiel und das Geräusch klappernder Zähne das Ruderdeck erfüllte. Ein paar Luken blieben als Rauchabzug geöffnet, und dann wurde der Raum wieder warm.

Suleiman stieg den Niedergang hinauf, um noch einmal mit dem Kapitän zu reden. »Wir sollten die Männer bewegen, sonst werden sich ihre Körper verkrampfen«, sagte er ohne Einleitung.

»Was?«

»Sie werden Krämpfe bekommen und Schmerzen und morgen schwach sein. Sie müssen sich bewegen. Lasst sie die Riemenblätter fetten, dann macht Ruderdrill, bis sie warm sind. Sie werden es nicht mögen, aber es ist besser für sie.«

»Woher wisst Ihr das?«

»Señor, habt Ihr jemals auf einer Galeere gerudert?«

»Ich war Kapitän des Oberdecks, Simon –«

»Suleiman, Señor. Ich selbst war fünfzehn Jahre auf einer, entweder am Ruder oder als Padron, Señor, zwölf davon als Freiwilliger.«

Der Kapitän des Ruderdecks blinzelte, und Suleiman wusste, er hatte ihn. Sie holten das Fett hervor, das sie für die Riemen verwendeten, und Suleiman achtete darauf, dass alle Fässer aufgemacht wurden.

»Wir fetten die Riemen ein, um sie geschmeidig zu halten«, rief er, als ihn zweihundertfünfzig Augenpaare stumpf anstarrten, »und wir fetten uns selbst ein, nicht aus irgendwelchen unkeuschen Gründen, sondern um uns warm zu halten. Wenn ich ihr wäre, würde ich es nicht essen – es ist stark gesalzen.«

Die meisten wussten überhaupt nicht, wovon er sprach, also lief er zwischen ihnen herum, griff mit vollen Händen ins Fett und verrieb es an Armen und Brüsten und gab einigen knackigen Hinterbacken einen kleinen Klaps. Vorsichtig, dass es nicht zu spaßig wurde, denn einen Kapitän, der sich Sorgen um seine Unkeuschheit machte, konnte er nicht gebrauchen.

Er kam zum Schreiber, der zweifelnd seine Hand voll Fett anschaute.

»Trag es auf«, sagte er. »Es ist besser, unsauber zu sein und ein bisschen wärmer.«

»Ich glaube nicht, dass mir je einer gesagt hat, ich solle kein Schweinefett tragen«, flüsterte der Schreiber. »Es stinkt aber.«

»Selbstverständlich stinkt es. Das Schwein ist ein unreines Tier, und sie schicken uns nur das Fett, das zu nichts anderem zu gebrauchen ist.«

»Woher wisst Ihr, dass das Schwein unrein ist, Padron?«, fragte der Schreiber interessiert. Der Schwarze mit der Schlange am Arm klatschte das Zeug schon auf die Haut. Er glänzte wie eine Statue aus Obsidian.

Suleiman beugte sich nahe zum Schreiber. »Wenn du mich anschauen könntest, *Marrano,* würdest du wissen, dass ich Muselman bin. Wir beide sind hier von ungläubigen Heiden umgeben.«

Überraschenderweise lächelte der Schreiber und begann, das Schweinefett aufzutragen.

Nach einer weiteren klammen, kalten Nacht mit heulendem Wind und Regen waren zwei weitere Sklaven fieberkrank, aber endlich hatte die *San Lorenzo* den Kurs geändert und segelte zurück an die Küste. Wie viele Seeleute konnte Suleiman das Nahen von Festland unter seinen Füßen spüren. Das war nicht England, sie waren nicht einmal annähernd weit genug im Norden, aber die vom Sturm gebeutelte Flotte musste unbedingt instand gesetzt, gebrochene Spieren und geknickte Maste repariert, neue Vorräte an Bord gebracht werden.

Sie kamen an den Hafen von La Coruña, und Hugo de Moncada befahl wieder den Rudereinsatz. So führte die *San Lorenzo* die anderen drei in den Hafen, rechtwinklig zum Wind, und die Männer ruderten gut, so gut, dass sie auf den letzten paar Fuß mit den Anlegeleinen auskamen, und sie zogen die Riemen ein, als sie am Kai anlegten, sanft wie ein Kuss. Es war schade, dass der hübsche Aristokratenjunge mit dem gelbbraunen Anzug zu sehr an Seekrankheit litt, um es zu genießen.

Spieren und Riemen waren teilweise gebrochen, und sie brauchten Nachschub – Männer, Essen und Wasser, von dem einiges bereits in den rohen, grünen Fässern verfault war. Suleiman zog los, um mehr Weinschläuche zu finden, die er mit einer Mischung aus billigem Wein und Wasser für seine Männer füllen wollte. Aber die Kälte war ein größeres Problem als der Durst. Es war Sommer, aber man würde es kaum merken bei dem ständigen Regen und dem heulenden Wind. Noch zwei Sklaven bekamen das Fieber, das den Schwarzen getötet hatte, ergab insgesamt vier, und Suleiman machte sich Sorgen, denn er wusste, wie die Krankheit durch ein Ruderdeck fegen konnte. Alle Männer waren bläulich und zitterten, und als der Barbier kam, um ihnen wieder den Kopf zu scheren, protestierten einige, dass sie jedes Fitzelchen Wärme bräuchten.

Ein Teil des Problems kam daher, dass sie auf halbe Ration gesetzt waren und nicht arbeiteten, und weil es immer zu so was führt, wenn eine große Anzahl von Männern so dicht aufeinander hockt und sich langweilt, brachen Kämpfe aus, bösartige Kämpfe. Ein Mann verlor auf mysteriöse Weise ein Auge. Suleiman verband es und sagte, er könne auch vollkommen blind weiterrudern. Im Winter im Mittelmeer wurden die verbliebenen Sklaven oft von ihren Bänken losgemacht und in den Bädern untergebracht, von wo aus sie zur Arbeit in den Docks gehen konnten. Hier nicht. Während die Instandsetzung erfolgte und alle Seeleute wie die Sklaven an der Beseitigung der Sturmschäden arbeiteten, verbrachten die Galeerensklaven die Stunden mit Nichtstun.

Inzwischen hatten sich noch mehr Schiffe dem Unternehmen angeschlossen. Suleiman konnte aus dem Riemenloch schauen und sehen, wie sie aus weiter Ferne, geführt von einem Lotsenboot, den Hafen anliefen.

Eines Tages kam Suleiman nach einem furchtbar langweiligen Abend in den Weinläden von La Coruña auf die *San Lorenzo* zurück. Er ging an Bord und sah um eine Kanone herum neue Männer stehen, vertieft in ernsthafte Diskussionen.

»Padron«, rief einer der Offiziere, und Suleiman ging hinüber und verbeugte sich. Der Offizier, der ihn nicht kannte, stellte ihn einem großen, grauhaarigen, augenscheinlich verbitterten Mann mit nur einem Arm vor, neben dem ... eine Frau stand? Tatsächlich eine Frau an Bord einer Galeere? Sie war verschleiert, aber dennoch ...

Suleiman versuchte, seinen Schock zu verbergen. Dann sprach der einarmige Mann in einer gutturalen Sprache, die klang, als könnte es Deutsch sein, und die Frau übersetzte für ihn.

»Mein Ehemann ist Kanonier«, sagte sie in ausgezeichnetem Spanisch zu Suleiman. »Er will die Kanone untersuchen, die sich losgerissen hat, um sicherzustellen, dass es nicht wieder passiert.«

Suleiman verbeugte sich wieder und versuchte, seine zerstreuten Gedanken unter Kontrolle zu bringen. »Señora –«

»Mevrouw van den Berg«, sagte die Frau. »Das ist Mijnheer van den Berg.«

»Señora ... Euer Ehemann, selbstverständlich. Aber ... aber Ihr nicht, Señora. Unter keinen Umständen.«

»Wie wollt Ihr mit ihm reden?«, fragte sie kalt. »Er spricht nur holländisch.«

»Das kriegen wir schon hin. Ich erlaube keine Frau auf dem Ruderdeck, Señora, es wäre ... es wäre nicht schicklich.«

»Da ich verschleiert bin, werden sie mich nicht sehen können.«

»Ja ... aber ...« Allah hilf, wie sollte er es dem Ehemann leise erklären, ohne dass die Frau es hörte?

Er schaute die Offiziere um sich herum an und sah, dass keiner, der Kapitän des Ruderdecks eingeschlossen, der Aufgabe gewachsen war zu erklären, weshalb eine Frau unmöglich ins Ruderdeck hinuntergehen konnte.

»Es wäre ein Schock«, sagte er, »gegen alle –«

»Seid Ihr besorgt, ich könnte die Nacktheit der Männer sehen?«, fragte sie, und Suleiman sah, wie alle Offiziere bei der Frage zusammenzuckten.

»Nun ... äh ...«

»Ich bin Mutter und ich bin Ehefrau. Warum sollte ich darüber schockiert sein, was Gott allen Männern gegeben hat?«

Typisch Frau, sie wollte sich das anschauen. Wie abscheulich. Sie war ganz klein und leicht, aber deutlich überhitzt vor Wollust, wie alle Frauen. Suleiman schaute verzweifelt den Kapitän des Ruderdecks an, doch der zuckte die Schultern.

Der große, einarmige Kanonier sagte etwas zu seiner Frau, und sie nickte. »Ich bin sehr stark verschleiert, deshalb bin ich schwer zu sehen«, sagte sie, »und wenn Ihr dafür sorgt, dass die Männer unter den Bänken hocken, dann wird es ... weniger Gelegenheit zu Unsittlichkeit geben. Ich zweifle jedenfalls, dass Ihr mich schockieren könnt, da wir bereits zwei der anderen Galeassen inspiziert haben, wo sie viel schlimmere Verluste hatten.«

»Ah«, sagte Suleiman, »das haben wir meinem kleinen Schreiber zu verdanken. Ich hätte bis zu sechs Männer verloren, aber er ließ sie rechtzeitig auf die Bank springen.«

Bei aller Kälte ihres Benehmens schauderte sie. »Sollen wir die Inspektion machen?«

De Moncada hatte den Befehl gegeben, der Kapitän des Ruderdecks war zu schwach, um sich gegen ihn zu stellen, und Suleiman hatte nicht die Befehlsgewalt. Er seufzte, verbeugte sich noch einmal mit geballten Fäusten und ging voraus zum Niedergang.

Als er ins Halbdunkel des Ruderdecks hinunterkam, wo die Männer sich leise murmelnd unterhielten, brüllte er »Runter!« und knallte mit der Peitsche. Sie lernten es, alle gingen unter die Bänke und nur ein paar steckten den Kopf heraus, als sie die Röcke einer Frau hinter ihm sahen. Suleiman versetzte ihnen mit der Peitsche eins auf die Nase. Geile Bastarde, scharf auf Frauen!

Das Ruderdeck wurde unnatürlich still, alle Augen wandten sich den leichten Kurven der Mevrouw van den Berg zu, als könnten sie einfach durch die Kraft des Starrens ihren Schleier beiseite schieben, ihr das Kleid und den Rock und den Petticoat und das Mieder und das Hemd herunterreißen und sie so nackt machen, wie sie selbst es waren, und mit ihr tun, was sie wollten.

Ihr Ehemann folgte ihr und ging direkt zur Kanone, die sich losgerissen hatte, um sie zu untersuchen. Er zog die Augen im Dämmerlicht zusammen, aber dann gab es ein Kratzen und ein Geklapper, und der nützliche Schreiber stand an seinem Riemenloch, eine Hand über seinem Geschlechtsteil, die andere entfernte die Klappe und ließ das graue Licht herein.

Nun, er hatte keine Erlaubnis, das zu tun, aber Suleiman hätte es ihm befohlen, und so konnte das Vorgehen erlaubt werden. Der Schreiber wendete sich dem Kanonier und der Frau zu, ganz langsam, verbeugte sich mit lächerlicher Förmlichkeit und schlüpfte dann zurück unter sein Bankende. Suleiman dachte, der Schreiber war doch nicht so mutig, wie er ihm vorgekommen war, denn er lief rot an, vom Oberkörper bis zum Gesicht.

Die Frau, Mevrouw van den Berg, war auch nicht so stark, wie er sie eingeschätzt hatte. Sie wankte, fast als würde sie einen Knicks machen, aber das war unmöglich. Tatsächlich setzte ihr der Geruch des Orts und das verhungerte Glotzen der Sklaven zu, denn sie klammerte sich an den heilen Arm ihres Ehemanns und übersetzte in leisen, atemlosen Worten, als Suleiman erzählte, wie die Kanone drei Leben zerstört hatte, als sie sich losriss. Mijnheer van den Berg erklärte, dass die Kanone zu schwer für ihre Befestigung sei und eigentlich auf dem untersten Deck, unter dem Ruderdeck sein sollte. Vermittelt durch die gestammelten Worte seiner Frau sprach er Suleiman Anerkennung dafür aus, dass er es geschafft hatte, sie auf einem rollenden Schiff abzusichern. Es müssten Veränderungen vorgenommen werden – solch schwere Kanonen müssten auf dem Deck verschraubt werden, nicht angebunden ... und so weiter.

Sie schauten jede Kanone an, während sich die Luft im Ruderdeck langsam mit Begierde voll sog, und dann kletterten sie wieder den Niedergang hinauf. Ein vielstimmiger Seufzer folgte ihnen, als stoße jeder Mutter Sohn den Atem aus, den er die ganze Zeit mit der Frau vor Augen angehalten hatte.

Suleiman vermutete, dass man es ihnen nicht verübeln konnte, die meisten von ihnen hatten seit Monaten keine Frau mehr gesehen, und wenn dir nach Frauen der Sinn stand, dann war das nicht leicht. Er dankte Allah, dass er so war, wie er war. Jungen waren besser und viel leichter zu bekommen, wenn nur die christlichen Idioten nicht solche Angst vor dem hätten, was sie Unkeuschheit nannten. Später auf der Reise, wenn der Kapitän des Ruderdecks und der Señor der Bänke sich so gut es ging vom Gestank fern halten würden, ließe sich schon jemand finden. Und wenn es gut lief, würde er mehr Angebote haben, als er nutzen konnte, da die Sklaven hungriger wurden und erkannten, dass sie nur noch eines zu verkaufen hatten. Es gab keinen Grund, Schläge zu riskieren. Er konnte warten.

Nur begann er zu vermuten, dass er dabei war, sich zu verlieben. Nicht in den hübschen Jungen und seinen runden Hintern – der wurde schon flach und sehnig. Nein, in den Schreiber, der schon immer sehnig ausgesehen hatte, der schon dürr angekommen war und der mit kalten, hellen Augen sorgfältig an ihm vorbeischaute, wenn er mit ihm sprach.

Ein Teil von Suleiman war amüsiert und höhnisch. *Es passiert dir auf jeder Reise, Suleiman,* sagte dieser Teil zu ihm, *du findest jemanden, von dem du glaubst, er sei anders, würde herausstechen, und manchmal bekommst du, was du willst, und manchmal nicht, aber es geht immer schlecht aus. Du bist schlimmer als jede Frau mit ihrer schmutzigen Fantasie.*

Er konnte nichts dagegen machen, gab er sich die Antwort auf seinen eigenen Hohn. Es war einsam als Padron, und es war einsam, der Beste zu sein.

Es wird böse enden, sagte die höhnische Stimme, *das wird in der Tat sehr böse enden.*

In Gedanken zuckte Suleiman die Schultern. Na und?, dachte er zynisch. Er ist nur ein Sklave, und er wird zweifellos sterben. Wenn nötig, bringe ich ihn um.

Am nächsten Tag kamen die Zimmerleute, überwacht vom

einarmigen Kanonier Mijnheer van den Berg, um die schweren Kanonen auf dem Deck festzuschrauben. Mit äußerster Vorsicht wurden vier neue Kanonen, zwei Kalverinen und zwei kleinere Falkonetten ins Ruderdeck hinuntergelassen und in ihren festen Holzkuhlen bei den leeren Stellungen für die Heckgeschütze hinter den Riemen festgeschraubt. Suleiman war stark von ihren vielfältigen Verzierungen beeindruckt, dem aufwendigen Drachen. Vielleicht kamen diese Kanonen auch aus England – er hatte gehört, dass viele Kanonen der Armada in England gegossen worden waren.

Allah sei Dank, die Frau, Mevrouw van den Berg, blieb dieses Mal dem Ruderdeck fern. Sie hatte sich an einer Schlinge auf die Kanonierrampe hinuntergelassen und stand bei den Geschützstellungen und rief die richtigen Wörter hindurch, wenn Mijnheer van den Berg nicht weiterkam. Sie brachte ein merkwürdiges kleines Geschöpf mit, das wie ein Kind angezogen war, überhaupt nichts sagte, aber geschäftig auf der Rampe und in der Takelage herumtollte. Einmal spitzte sie durchs Riemenloch hinein, als Suleiman gerade hinausschaute, und er konnte sehen, dass es tatsächlich ein Zwerg war, dem Allah lebenslange Kindheit auferlegt hatte. So ein Geschöpf hatte er einmal als kleiner Junge gesehen und auch Steine danach geschmissen. Sein Hals prickelte verdächtig, aber das Geschöpf war nur an diesem Tag da, um seine Herrin zu bedienen.

Ein paar Mal dachte Suleiman, er sehe Mevrouw van den Berg an den Riemenlöchern vorbeilaufen, aber er war damit beschäftigt zu verhindern, dass keiner der Sklaven irgendwelche Zimmermannswerkzeuge stahl. Als am Ende des Tages eine Feile fehlte, ging er zwischen den Bänken hindurch, schaute in offene Münder, bis er den fand, der sie hatte. Fair wie er war, bot Suleiman ihm an zu wählen, ob er die Vorderzähne eingeschlagen bekommen oder verprügelt werden wollte, denn der Mann hatte nicht tatsächlich zu fliehen versucht, sondern nur ein Werkzeug gestohlen, das ihm dabei behilflich sein könnte, und klugerweise wählte der Mann die Prügel. Der Schmied kam, um ihm Handschellen anzulegen, da er gezeigt hatte, dass man ihm nicht trauen konnte. Als die Zimmerleute und der Kanonier mit seiner Frau weg waren, hängte Suleiman die Handschellen an einem der Riementaue ein und verbrachte eine glückliche halbe Stunde damit, Rücken und Brustkorb des Mannes gründlich zu bearbeiten.

Als er fertig war, ging er zum Abfluss neben dem Riemenloch des Schreibers, um seine Peitsche abzuwaschen. Das ganze Ruderdeck war ruhig, sogar die anderen Padrons starrten ihn furchtsam an. Was wollten sie? Eine Meuterei? Wenn man bei einem weich wird, werden die anderen aufsässig.

Als er bemerkte, dass der Schreiber ihn von unter der Bank her beobachtete, grinste Suleiman und strich sich über den Schnurrbart. »Nun?«, sagte er.

Der Schreiber deutete mit dem Kopf zur anderen Seite des Schiffs hinüber, wo der Möchtegernausbrecher lautlos in seine gefesselten Hände schluchzte. »Wie soll er schlafen, Padron?«, fragte er kühl. »Ich verstehe, dass Ihr seinen Arsch nicht geschlagen habt, weil er rudern muss, aber er muss sich doch bestimmt auch ausruhen?«

»Jedes Mal, wenn er sich umdreht und sich nicht bequem hinlegen kann, wird er daran denken, nicht zu fliehen zu versuchen«, sagte Suleiman zu ihm. »Und jedes Mal, wenn ihr anderen ihn nachts stöhnen hört, werdet ihr daran erinnert, nicht zu fliehen zu versuchen.«

»Wird er nicht vor Erschöpfung sterben, Padron?«

»Na ja, weißt du, Schreiber, ihr werdet alle wahrscheinlich bald sterben, aber nicht so schnell. Du wirst das nicht verstehen, denn du hast ein behütetes Leben mit deinen Rechnungsbüchern geführt, aber es ist erstaunlich, wie zäh Menschen sind. Ich habe selbst Sklaven gesehen, die nicht besser waren als du, und Tag und Nacht mit einem Bissen Schwarzbrot und ein paar Oliven gerudert sind, und kaum einer, der es nicht viele Tage lang durchgehalten hat. Es verblüfft mich immer, Schreiber, wie viel Arbeit nötig ist, um einen Mann umzubringen, wenn man ihn nicht präzise absticht.«

Der Schreiber nickte.

Suleiman ging wieder vom Schiff, um gegen die Langeweile anzukämpfen. Sie warteten immer noch darauf, dass weitere Vorräte eintrafen, um auszutauschen, was bereits verfault war. Er verbrachte einen unbefriedigenden Abend in einem Weinladen in La Coruña, spielte mit Würfeln. Er gewann erst und nahm einem der Spieler sogar ein Paar Augengläser ab, dann aber verlor er. Als er schließlich spät aufs Ruderdeck zurückkam, schwankend vom Wein und wütend auf sich selbst, fand er die Padrons um seine Ruderbank herumstehen, wo gerade ein weiterer seiner Sklaven starb. Es war der Soldat, der sich vornüber gebeugt zu Tode gurgelte.

Suleiman drängte sich vorbei und drehte den Mann herum. Jemand hatte ihm im Kampf den Adamsapfel lädiert, eine besonders hässliche Art zu sterben. Da konnte niemand etwas machen. Seine Knöchel waren aufgeschlagen, er hatte Striemen an den Rippen. Suleiman schaute die Sklaven in der Nähe finster an: der Schwarze, der Schlange genannt wurde, hatte eine geschwollene, blutige Nase, und der Schreiber … Sogar im düsteren Licht der Laterne konnte Suleiman sehen, dass der Schreiber ein violett anschwellendes blaues Auge hatte, Schrammen an den Rippen, und seine Knöchel waren ebenfalls aufgeschürft und angeschlagen. Er stand da und schaute unglücklich auf den keuchenden Soldaten hinunter.

Suleiman zeigte seine Zähne, richtete sich auf, packte den Schreiber am Handgelenk, drehte ihn herum und legte ihm einen Arm um die Kehle. Der Schreiber machte keinen Versuch zu kämpfen. Vielleicht war er müde.

»Du hast ihn umgebracht, Schreiber?«

»Es war ein Unfall, Padron.«

»Warum habt ihr gekämpft?« Es gab kein Essen, keinen Bissen, sie waren auf halbe Ration gesetzt, keiner konnte etwas aufbewahren.

»Er hat m … mich beleidigt.«

Suleiman gluckste leise ins Ohr des Schreibers. »Und dann hast du …?«

»Ich habe ihn geschlagen, Padron.«

»Und dann was?«

»Er hat zurückgeschlagen, aber daneben, und stattdessen Schlange umgehauen, dann hat er mich getroffen und mich gewürgt und ich habe versucht, mich loszureißen, und als mir das gelang, ist er ausgerutscht und mit dem Kinn auf die Bank geschlagen und hat sich so die Kehle gequetscht und stirbt.«

»Ist es so abgelaufen?«, fuhr Suleiman die anderen Sklaven auf der Bank an. Sie nickten alle furchtsam. »Du gibst also zu, dass du den Streit angefangen hast?«

»Nein, Padron, das hat er, indem er mich beleidigt hat.«

»Und was war das?«

»Ich will es lieber nicht wiederholen«, flüsterte der Schreiber.

Suleiman drückte seinen Unterarm fester, und der Schreiber fing leicht an zu keuchen. »Du kannst jetzt sterben, weil du wertvollen Besitz Seiner Majestät zerstört hast, oder du kannst mir sagen, was die Beleidigung war.«

»Er sagte … gggchchch … er sagte, dass Ihr, Padron, mich so anstarrt wie ich die enge kleine Fotze von Kanonierfrau angestarrt habe, und dass ich bald beim Furzen kein Geräusch mehr machen würde.« Der Schreiber sprach mit kalter, distanzierter Stimme. »Ich war beleidigt und deshalb habe ich ihn geschlagen.«

Suleiman ließ los. Er schaute die anderen Sklaven drohend an. »Stimmt das? Hat der Soldat das gesagt?«

Schlange nickte, und der Bauer zog die Brauen zusammen und sagte nervös: »So etwas Ähnliches war es, Padron. Glaube ich.«

Anscheinend hatten alle anderen geschlafen. Suleiman stand über dem jetzt stillen Leichnam des Soldaten, die Hände in die Hüften gestützt. Verdammt. Er hatte noch einen Mann von seinen zwei Bänken verloren, drei bisher. Noch nie hatte er eine so unglückselige Reise gemacht. Aber was den Schreiber betrifft … Nun, was konnte er tun? Er wollte nicht noch einen Mann verlieren. Vor allem nicht den Schreiber.

»Du weißt, dass ich dich am Morgen auspeitschen muss, Schreiber«, sagte er, und der kleine Schreiber fuhr sich mit der Zunge über die Lippen und nickte. »Genau genommen, sollte ich dich für den Mord umbringen, aber unter diesen Umständen will ich gnädig sein.«

»Ja, Padron«, flüsterte der Schreiber traurig.

Suleiman zögerte, er konnte nichts dagegen tun, egal was seine höhnische innere Stimme sagte, er war neugierig. »Welche Beleidigung hat dazu geführt, dass du ihn geschlagen hast, die gegen mich oder die gegen die Frau?«

Der Schreiber zögerte. »Beide, Padron«, sagte er schließlich. »Ich sehe keinen Grund, weshalb ich es mir anhören sollte, wenn irgendeine ehrbare Frau von irgendeinem Galeerensklaven eine enge kleine Fotze genannt wird, und Ihr habt mich schließlich nicht unfreundlich behandelt, Padron.«

Das waren sorgsam bemessene Sätze, wohlgewichtet, um nicht zu beleidigen. Es ging klarerweise um die Frau, nicht um ihn, dachte Suleiman bedauernd. Nun, der Schreiber musste noch viel lernen. Und es war durchaus bewundernswert, dass er imstande war, diesen kräftigen Soldaten anzugreifen und zu schlagen, wenn man bedachte, wie klein und dürr er war.

So war Suleiman denn am Morgen sehr vorsichtig mit der Peitsche, um den Mann nicht zu schlimm zuzurichten. Er konnte nichts dafür, aber ihm gefiel der Anblick des Schreibers, der armselig über seine Bank gebückt war, die Arme verschnürt, während er sich gegen die Schläge aufbäumte, den Kopf gesenkt, damit niemand sein Gesicht sehen konnte. Suleiman gab sich Fantasien hin, aus welch ganz anderen Gründen der Schreiber über die Bank gebeugt sein könnte. Der Kapitän des Ruderdecks brachte den Schmied und einen Ersatzmann für den Soldaten und schob den Soldaten zum Ruderloch hinaus, und Suleiman mochte das Aussehen des Ersatzmannes überhaupt nicht – dünn, hohläugig und mit widerhallendem Husten. Allah helfe ihnen, sie waren schon bei den Idioten und Verrückten angelangt. Und den Schwindsüchtigen.

Schließlich kam von Don Hugo Extraessen für die Galeerensklaven, um ihnen Mut zu machen. Wenn du aus einem Mann die letzte Anstrengung herausholen willst, erreichst du das besser mit Belohnungen, als mit Schlägen.

Am nächsten Tag setzte die Armada wieder die Segel und verließ La Coruña, frisch versorgt mit Vorräten und Wasserfässern, die angeblich in Ordnung und sauber waren, und jetzt wehte am Flaggschiff das Banner des Kreuzzugs mit den Bildern von Jesus und seiner Mutter. Prachtvoll bestickt, das musste man ihnen lassen. Und der Gesang der glatzköpfigen Mönche war wunderschön, voll und tief, erfüllt vom Klang eiserner Glocken und selbstgerechter Wut.

Es war mühselig, den Hafen zu verlassen, aber die Galeassen fuhren als die Schlachtschiffe voraus. Auch der Wind war frisch und brauchbar und kam von Südwesten, perfekt, um England zu erreichen, während er die Engländer in ihre Häfen einschloss. Sie ruderten heftig, um aus dem Hafen zu kommen und genug Platz auf dem Meer zu finden, stundenlange Anstrengung, um das schwere, unwillige Maultier von einem Schiff durch die Wellen der Bucht von Biskaya zu wuchten. Endlich entfalteten sich mit einem Ruck die Segel und übernahmen die Anstrengung, und sie konnten die Riemen einziehen. Kurz danach drehten all die schnelleren Schiffe bei und warteten dort, wo sie waren, dass die langsamen, ungeschickten Lastschiffe hinter ihnen in Stellung gingen. In dieser Formation würden sie bleiben, bis sie England erreichten; es war die einzig sichere Verteidigung gegen die englischen Schiffe. Der Admiral der Galeassen, Hugo de Moncada, hielt eine Rede, in der er sagte, die Armada sei wie eine Schafherde, und die Galeassen seien die Hunde, die dazu da waren, sie alle vor den Wölfen zu schützen.

In dieser ersten Nacht bereitete ihm der kleine Schreiber Sorgen. Am Abend, als sie den Riemen einfetteten, sah Suleiman, wie Schlange dem Schreiber etwas Fett auf dem Rücken verrieb, um ihm Linderung zu verschaffen, und Suleiman ließ es durchgehen, weil das ein vernünftiger Einfall war. Tatsächlich schlug er es auch dem Padron des Mannes vor, der zu entkommen versucht hatte und sich noch immer sehr steif bewegte.

Als er sah, wie der Schreiber sich immer wieder umdrehte, um eine bequeme Lage zu finden, und bei jeder Berührung mit Schlange, seinem Banknachbarn, zuckte, ging Suleiman hin und hockte sich neben ihn. Er hatte Lust, etwas zu plaudern, bevor er sich an seinem Lieblingsplatz bei den Trommeln hinlegte.

»Wie geht es dir, Schreiber?«

Im Licht der Lampe sah Suleiman die blassen Augen des Schreibers glitzern. »Mir ging es schon besser, mir ging es schon schlechter.«

»Wie steht's mit deinen Händen?«

Als Antwort hielt der Schreiber seine Hände hoch, so dass Suleiman die breiten Schwielen auf den Handflächen sehen konnte, die verheilt waren und hinreichend Hornhaut gebildet hatten, da waren ein paar Blasen, aber nichts Ernsthaftes.

»Ist der Rücken schlimm?«

»Nicht so schlimm wie der des Mannes, den Ihr fürs Stehlen der Feile geschlagen habt«, sagte der Schreiber, und es klang etwas scherzhaft. »Was ich gemacht habe, war ja auch nicht so schlimm wie das.«

Suleiman grinste. »Du hast wertvollen Besitz Seiner Majestät zerstört. Nun, er hat versucht, wertvollen Besitz zu stehlen, nämlich sich selbst, aber wenn er erfolgreich gewesen wäre, hätten seine beiden Banknachbarn auch sterben müssen und Seiner Majestät noch viel mehr Verlust gebracht.«

»Warum hätten seine Banknachbarn sterben müssen?«

»Weil sie ihn nicht aufgehalten haben. Du kannst vielleicht vor dem Padron Geheimnisse bewahren, aber nicht voreinander, das ist dir sicher klar. Und wenn die Männer auf beiden Seiten von ihm zugelassen hätten, dass er an seiner Kette feilt, und nichts davon gesagt hätten, dann wären sie verdientermaßen wegen Verräterei gestorben.«

»Ah.«

Der Schreiber versuchte, sich auf den Rücken zu legen, zuckte vom harten Deck zurück und drehte sich auf die Seite.

»Morgen Abend wirst du schon schlafen können«, versprach Suleiman.

»Mein Rücken bekümmert mich nicht so sehr.«

»Was dann?« Vielleicht war Suleiman zu vorsichtig gewesen mit der Geißel. Er wollte nicht, dass der Schreiber dachte, er könne jedes Mal Leute umbringen, wenn ihm danach war.

»Nun, Padron, ich habe an meine Ehefrau gedacht.«

Suleiman strich sich mit dem Handrücken über den Schnurrbart, hielt mühelos das Gleichgewicht, während das Deck schwankte und knarrte. »Schreiber«, sagte er. »Ich mag dich. Ich mag dich, weil du dein Bestes gibst und nicht stöhnst und jammerst, und du kannst denken, wenn du Angst hast und in Gefahr bist, so wie neulich, als sich die Kanone losriss und du deine Nachbarn auf die Bank gebracht hast. Und du musst ein besserer Kämpfer sein, als man es dir ansieht. Also werde ich mit dir reden, wie ich mit meinem Sohn reden würde, wenn ich einen hätte. Du hast keine Frau. Dieses ganze Leben ist gestorben, als du auf die Galeere gekommen bist, und das kann dir jetzt nur wehtun. Du warst einmal ein Mann mit dem Beruf eines Schreibers, mit einer Frau, vielleicht Kindern ...«

»Drei.«

» ... vielleicht einem Vater, Brüdern, Schwestern. Jetzt hast du niemanden von ihnen. Sie sind weit weg, sie können nicht zu dir kommen, du kannst nicht zu ihnen kommen. Alle weg. Du musst an nichts anderes denken, als an dich und deine Bank. Deine Banknachbarn sind deine Brüder. Und ich bin dein Vater. Wenn du so denkst, könntest du überleben, um zu deiner Familie zurückzukehren. Mach dir das Herz schwer und sehn dich nach deiner Frau, dann wirst du das Jahr sicher nicht überstehen.«

Stille. Der Schreiber dachte nach. »Da ist was Wahres dran an dem, was Ihr sagt.« Suleiman legte die Hand auf die knochige Schulter des Mannes, wo er keine Striemen und blauen Flecken hatte, und drückte zu. »Aber ich glaube, wahrscheinlicher ist, dass ich sowieso sterbe. Es ist ein Wettrennen darum, was mich zuerst umbringt, das Rudern, das schlechte Essen oder das schlechte Wasser, Eure Peitsche oder schlicht die Langeweile.«

Die Stimme des Schreibers war kalt und nachdenklich. Er beklagte sich nicht. Zählte nur die Tatsachen auf, wie er sie sah.

Suleiman amüsierte sich großartig. »Schau an, Schreiber, ich hatte keine Ahnung, dass du dich langweilst. Gefällt dir diese Vergnügungsreise etwa nicht?«

Wieder glitzerten die Augen des Schreibers, er lächelte schwach. »Wenn ich Euch die Wahrheit sage, fangt Ihr dann an, mich mit Eurer Peitsche zu unterhalten, Padron?«

Suleiman schüttelte den Kopf. Er mochte den Schreiber immer mehr, wegen seiner Courage, seiner Ironie. »Ich hatte geglaubt, Galeerensklaven ziehen es vor, wenig Aufregung zu haben, aber vielleicht stimmt das nicht«, sagte er und fand großes Vergnügen an der Unterhaltung. Vielleicht konnte man dem Schreiber seine Frau abgewöhnen.

»Die Wahrheit ist, dass ich jeden Tag auf die Rücken derselben Männer schaue, ich rudere denselben Riemen auf dieselbe Art, ich schaue auf dasselbe Stück Decke, dasselbe Stück

Schiffsrumpf, alles um mich herum ist dasselbe. Es gibt nichts zu lesen, und obwohl ich mit meinem Banknachbarn reden kann, hat er kein großes Interesse an den Dingen, die mich faszinieren – die Sterne, die Heiligen Namen des Allmächtigen. Der Gestank ist derselbe, außer dass es jeden Morgen schlimmer wird. Und das Essen ist dasselbe, und ich kriege jeden Tag dieselben Bauchschmerzen zur selben Zeit. Langeweile ist für mich wie Schmerz.«

»Hast du dich bei dem Kampf mit dem Soldaten nicht gut unterhalten?«

Der Schreiber blinzelte rasch. »Doch, das habe ich, Padron, und ich war von mir selbst überrascht. Ich war auch überrascht, dass ich ihn töten konnte, obwohl ich es nicht darauf abgesehen hatte, als ich ihn schlug, weil ich wütend war. Ich habe schon früher getötet ... Aber nicht so. Nicht in so einem Kampf. Und gestern Morgen habe ich mich überhaupt nicht amüsiert, trotz Eurer freundlichen Bemühungen.«

Suleiman gluckste. »Aber weißt du, Schreiber, du hast die beste Aussicht von der ganzen Bank – du könntest zum Riemenloch aufs Meer hinausschauen.«

»Ich hab's Euch doch gesagt, Padron, ich kann auf die Entfernung nicht gut sehen.«

»Vielleicht würde es dich interessieren, Ausschau zu halten, wenn du Augengläser hättest? Gestern Abend habe ich einem Narren, der nicht würfeln konnte, Augengläser abgenommen. Würdest du sie haben wollen?« Suleiman wusste, dass die zusammengekniffenen Augen des Schreibers auf seinem Gesicht ruhten, vorsichtig, nicht optimistisch. Suleiman lächelte zu ihm hinunter, genoss die Ausdruckslosigkeit und Vorsicht, fand Gefallen an der Tatsache, dass er Macht über den Schreiber hatte. »Selbstverständlich musst du sie dir verdienen.«

Er drückte die Schulter des Schreibers, damit es keine Missverständnisse gab, sah, wie der Mann die Augen schloss, sah, wie sein Adamsapfel sich bewegte. Suleiman wusste, letztlich würde er vom Schreiber bekommen, was er wollte, denn immerhin hatte er etwas, das dem Schreiber wichtiger war, als seine Jungfräulichkeit. Seine Sehkraft.

Endlich hatten sie vernünftigen Wind, der immer noch aus

Südwesten blies und das Hauptsegel füllte und sie durch die Wellen gleiten ließ. Suleiman beschloss, um sie zu kräftigen, sie trotz der Segel zweimal am Tag rudern zu lassen, sogar wenn Moncada es nicht anordnete. Er hatte den Kapitän des Ruderdecks jetzt gut unter der Fuchtel.

Suleiman ging weg und legte sich neben seinen Juniorpadron. Dem dummen christlichen Fetisch der Keuschheit hatte er es zu verdanken, dass er sich noch nichts mit dem Schreiber anzufangen traute. Das musste warten, bis sie in irgendeinen Sturm gerieten oder vielleicht sogar, bis die Engländer mit Kanonen auf sie schossen und sie zurückschossen und der Lärm und der Rauch für Ablenkung sorgen würden. Wenn der Schreiber bereits eine Liebesaffäre mit dem Schwarzen hatte, den er sich zum Rudern neben sich ausgesucht hatte, nun, dann würde Suleiman den Schwarzen umbringen und sich den Schreiber sowieso schnappen. Allah hatte den Schreiber deutlich auf Suleimans Bank gesetzt und für Suleimans Nutzen am Leben erhalten. Es war vorbestimmt, es war richtig, und Suleiman wusste, dass er sich auf die eine oder andere Art durchsetzen würde.

Die Vorfreude fuhr ihm in die Glieder. In dieser Nacht verschwendete er seinen Samen in dem Traum, dass der kleine Schreiber als Padron zu ihm kam, begehrlich flüsternd und die Peitsche in der Hand.

Señor Josef Pasquale

Lissabon, Frühsommer 1588

Pasquale schrieb zwei Briefe an seinen Cousin und bekam keine Antwort, so beschloss er, zum Feldzeugamt zu gehen und den Mann direkt aufzusuchen. Im Amt waren Schreiber an ihren Pulten beschäftigt, und im Innenhof luden Arbeiter Fässer mit faulig riechendem Pulver auf ein Fuhrwerk. Don Juan de Acuna Vela ist an den Docks, Señor, aber der Señor könne warten, er würde am Abend zurück sein.

Also eilte Pasquale zu den Docks hinunter, erkundigte sich überall und fand schließlich Don Juan de Acuna Vela, einen kurzen, hitzigen Mann mit einer schwarzen Narbe im Gesicht und buschigen Augenbrauen. Er beschimpfte einen mürrischen Mann, der an der offenen Tür eines Lagerhauses stand.

»Also kamen der Engel Gabriel und seine Seraphim mit einem echten Bestellschein vom König und nahmen die Kanonen mit, heh?«, sagte er zu dem mürrischen Mann, der die Schultern zuckte.

»Als ich das letzte Mal nachgesehen habe, waren sie noch da.«

Don Juan de Acuna Vela packte den Mann am Bart und zog seinen Kopf herum, so dass er ins Lagerhaus schauen konnte. Da waren runde Metallkugeln aufgehäuft, Kanonenkugeln, nahm Pasquale an, und einige Holzkarren, aber was Kanonen betraf ... keine einzige.

»Also, wann ist der Engel Gabriel gekommen, um die Kanonen abzuholen?«

»Ich war krank vergangene Woche, Señor«, schniefte der Mann. »Ich weiß nicht, was passiert ist.«

»Sind sie wenigstens auf ein Schiff Seiner Majestät gekommen? Bitte sagt mir das wenigstens.«

»Ich weiß das nicht, da bin ich sicher, Herr«, sagte der Mann, und Acuna Vela spuckte aus und stapfte von ihm weg zu einem dicken Pony.

»Señor, Señor Cousin«, sagte Pasquale eindringlich. »Herr, kann ich Euch sprechen?«

»Wenn Ihr mithalten könnt.« De Acuna Vela sprang auf den Rücken des dicken Ponys und drückte ihm die Fersen rein, also musste Pasquale mit wehender Soutane neben ihm hertrotten. Es war würdelos, aber was hätte er nicht getan, um dort zu sein und zu helfen, wenn die Engländer wieder zurück zu Christus gebracht werden würden? Im Gehen stammelte er etwas über seine Mutter und seinen Wunsch, beim großen Unternehmen mitzumachen.

»Ihr seid Josef vom Heiligen Amt«, sagte de Acuna Vela. »Ich weiß, letztes Jahr habt Ihr zwei hübsche Besitztümer für meine Mutter ausgesucht.«

Ihr Besitzer war auf dem Tisch plötzlich gestorben, und Josef hatte den Besitz nicht behalten wollen, weil er gut versorgt war. Gott sei Dank war ihm die Idee gekommen, die Tante seiner Mutter großzügig zu beschenken.

»Ja, Cousin.«

»Heiliges Amt … hmm. Also könnt Ihr schreiben. Sprecht Ihr portugiesisch?«

»Sowohl spanisch als auch portugiesisch fließend, etwas italienisch selbstverständlich, und ein bisschen französisch. Und lateinisch. Ich beherrsche die alte und die neue Handschrift und ich kann Rechnungen abfassen.«

»Priester?«

»Nein, Herr, nur die niederen Weihen.«

»Wunderbar. Mein Schreiber ist gestern an einer Art Typhus gestorben. Gott muss Euch gesandt haben, um mir behilflich zu sein, Kanonen und Pulver für das heilige Unternehmen des Königs zu finden. Kommt mit.«

Und fünf verwirrende Stunden lang trottete Pasquale hinter de Acuna Vela her, der eher ein Fleisch gewordener Tornado als ein Mann zu sein schien, als er so in den Docks herumritt und Männer anschrie, die ihm nicht sagen konnten, wie viele Fässer kommen würden, legte Listen an und schickte Pasquale weg, um träge Edelleute zu holen, die eigentlich die Ankunft weiterer Kanonen per Schiff überwachen sollten …

Die trägen jungen Männer waren sichtlich entsetzt von de Acuna Vela, der seine Sprache mit Ehrenbezeugungen und höflichen Ausdrücken spickte, wenn er sie anschrie, und sehr deutlich machte, wie tief er jeden von ihnen verabscheute. Sie beeilten sich, seinen Auftrag auszuführen, und das tat auch Pasquale. De Acuna Vela sagte ihm brüsk, wenn er hoffe, einen Lohn zu erhalten oder irgendwelche Anteile zu bekommen, könne er genauso gut jetzt gehen. Was de Acuna Vela tat, diene der Ehre des Königs und der Rettung Englands, das war alles. Medina Sidonia würde jede Kanone bekommen, die man zusammenkratzen oder von England selbst kaufen könne. Es sei absolut nichts übrig für irgendjemanden, der glaube, er könne mit Feldzeugverträgen Geld verdienen.

Pasquale stammelte, daran habe er nie gedacht, er habe dem Heiligen Amt für einen sehr geringen Lohn gedient, aber er habe immer noch genug, um keine materiellen Bedürfnisse zu haben, und die Ehre des Heiligen Unternehmens sei ihm ebenfalls genug.

Don Juan de Acuna Vela packte ihn am Oberarm, starrte ihm in die Augen, nickte einmal und sagte, er solle eine Stunde vor Sonnenaufgang zurück sein, damit sie die Ladung der *San Salvador* inspizieren könnten, eines der großen Munitionsfrachtschiffe.

Die Tage vergingen in einem herrlichen, aufregenden Wirbel. Der geweihte Dominikaner, für den Pasquale beim Heiligen Amt gearbeitet hatte, war voller Kummer, einen so guten Inquisitor zu verlieren, einen solch objektiven und überhaupt nicht habgierigen Menschen, und er stellte ihm ein glühendes Empfehlungsschreiben aus. Drei Tage, bevor das Unternehmen den Hafen von Lissabon verließ, saß Pasquale in der Sänfte neben seiner Mutter, die zu dem ruhigen Konvent mit den goldenen Steinen ein Stück nördlich von Lissabon getragen wurde und von Nonnen, die auf dem Kopf Schiffssegel trugen, sanft und freundlich empfangen und unter die Bettdecke gesteckt wurde. Die Frau, die seine Mutter versorgt hatte, entließ er, und sie heulte und schimpfte und, was am erstaunlichsten war, machte ihm unverblümt einen Heiratsantrag, den er kalt ablehnte. Er löste den Haushalt auf, gab den anderen Bediensteten Geld und zog auf seine Liege in der Kabine von de Acuna Vela, nahm auch nur eine Tasche und die Kleider, die er am Leib trug, mit. In seinem ganzen Leben hatte er sich noch nie so glücklich gefühlt.

Am Tag, bevor sie lossegelten, ging er mit de Acuna Vela und den anderen Schreibern, die ihm dienten, in die Kirche der Heiligen Jungfrau und hörte die Messe, wunderschön gesungen von Dominikanern, er kniete nieder und senkte den Kopf, als das Heilige Sakrament vor ihm hochgehoben wurde, ihr Kapitän und Herr, ihr Anführer im Kampf gegen die ketzerischen Engländer. Überall um ihn herum leuchtete das Licht, vom Glas gefiltert, das Rot und Gold der Messgewänder und die Gegenwart Unseres Herrn, genau dort, auf dem Altar, vor ihm erhoben, gegenwärtig, als würden wir mit ihnen allen an einem Tisch sitzen. Die Herrlichkeit brachte ihn einer Ohnmacht nahe.

Er hatte größtes Mitleid mit den kalten und nüchternen Engländern, weil ihnen von ihrer Königin Christus so grausam vorenthalten wurde. Keine Anstrengung konnte zu groß sein, wenn sie ihnen das Glück brachte, die Messe hören und in der Gegenwart Gottes knien zu dürfen.

Er schaute verstohlen zur Seite, als er mit gesenktem Kopf kniete, und sah Tränen in den Augen de Acuna Velas, und in diesem Moment spürte er, dass er in seinem Cousin einen wahren älteren Bruder gefunden hatte.

Als er die prächtige Prozession des Heiligen Banners anschaute, traten erneut Tränen in seine Augen. Die Freude spürte er noch in sich, als sie in die Bucht von Biskaya hinausfuhren und den Galeassen in die kurzen, harten Wellen folgten, die ihm nicht bekömmlich waren. Als der Sturm zuschlug, lag er bereits in seiner Koje, würgte trocken in einen Eimer, und das ständige seitliche Schlingern stülpte seine Eingeweide wieder um. Aber in Gedanken blieb er beim Heiligen Sakrament, sah es wie eine Kampfstandarte vor sich, und ein- oder zweimal, als es ihm am schlimmsten ging, schien die Mutter von Christus, die Gesegnete Jungfrau, persönlich neben ihm zu sitzen und ihm sein schweißnasses Haar aus dem Gesicht zu streichen, während sein Magen versuchte, aus seinem Mund zu entkommen.

Da er noch nie zuvor auf See gewesen war, hatte er nicht gewusst, wie schwach sein Magen war. Aber es machte nichts. De Acuna Vela kam ihn besuchen und versicherte ihm mit der selbstgefälligen Ausgelassenheit derer, die gegen Seekrankheit immun sind, dass sie wie alle sterblichen Qualen vorbeigehen würde.

Tatsächlich war sie schon weg, als sich die Flotte, weit verstreut über das graue, aufgewühlte Meer, gegen den Wind in den Hafen von La Coruña kämpfte, um sich vom Sturm zu erholen. Von der Stille, als sie sicher vertäut am Kai lagen, war er genauso irritiert wie zuvor vom Schlingern des Schiffes, was de Acuna Vela zum Brüllen komisch fand.

Er verbrachte einen Tag damit, ruhig am Kai zu sitzen und zuzusehen, wie Fässer, die bereits verfault waren, von Galeerensklaven mit Flaschenzügen aus dem Schiff entladen wurden. Er trank Wein, vermischt mit Quellwasser, und aß weiches Röstbrot dazu.

Er schloss sich wieder de Acuna Vela an, mit schlotternden Kleidern, aber klarem Verstand, und wurde sofort von der Inventarisierung und Überprüfung einer neuen Ladung Munition in Anspruch genommen. Sie war auf einem Schiff, auf das sie gewartet hatten und das sich ihnen endlich von England aus angeschlossen hatte, mit den letzten bestellten Kanonen und Kugeln und Pulverfässern direkt vom Schatzmeister der Königin. Das kleine Schiff lief frech mit wehender flämisch-habsburgischer Fahne in La Coruña ein. De Acuna Vela sagte zu Pasquale, er habe jetzt lange genug gefaulenzt und solle mal nachprüfen, um wie viel die falschen, hinterhältigen Ketzer ihn betrogen hatten.

Zwischen dem Feldzeug stand ein großer Holländer mit nur einem Arm, und noch jemand stand bei ihm … Pasquale verstand zuerst nicht, warum der Mann Röcke trug, aber dann holte sein Gehirn die Augen ein, und ihm wurde klar, dass der Holländer seine Frau mitgebracht hatte. Er hatte tatsächlich eine Frau mit beim Heiligen Unternehmen, das Gott gewidmet war und an dem überhaupt keine anderen Frauen teilnahmen, keine Matrosenschlampen, keine Soldatenhuren, keine Liebesdamen von Höflingen und keine Offiziersfrauen.

Steif vor Zorn ging Pasquale zu dem Kanonier, der dastand und zusah, wie mit dem Flaschenzug eine Kanone aus einem Laderaum gehoben wurde. »Señor«, sagte Pasquale kalt, »ich fürchte, die Anwesenheit Eurer Frau ist hier nicht gestattet.«

Der Holländer antwortete ihm auf Holländisch. Pasquale versuchte es portugiesisch, und der Kanonier antwortete auf Holländisch. Er versuchte es französisch und italienisch und kam nicht weiter, sogar lateinisch, aber nein – dieser Kanonier war ganz offensichtlich kein gebildeter Mann.

»Vielleicht kann ich helfen, Señor?«, fragte die Frau, welche die ganze Zeit geduldig bei ihrem Ehemann gestanden und die Pasquale geflissentlich nicht beachtet hatte.

Pasquale überwand sich widerwillig, sie anzuschauen, und hielt dann inne. Sie war ziemlich klein, ziemlich zartknochig und hatte die Verletzlichkeit von Vögeln, wie sie manchmal auf dem Markt in Käfigen verkauft wurden. Die kleine Haarsträhne, die unter ihrer weißen Mütze hervorsah, war dunkelbraun, ihre Haut war elfenbeinfarben, und ihr Gesicht zierten prachtvolle, braune Augen unter geschwungenen Brauen, ein kleiner rosa Mund und ein ziemlich spitzes Kinn. Er spürte eine flüchtige Vertrautheit, und dann blinzelte Pasquale und versuchte, sie nicht mehr anzustarren, weil bei ihrem Anblick die Hitze in ihm aufstieg. Selbstverständlich. Die Frau im maurischen Paradies hatte über ihrem Schleier genau solche Mandelaugen. Einen ganz anderen Körper selbstverständlich, und Pasquale spürte, wie ihm der Schweiß ausbrach, als er plötzlich an die prächtig biegsamen Hüften der verschleierten Frau dachte, die sich drehten und wogten, von Schweiß und Öl glänzten, während sie sich langsam herabließ auf seinen …

Er hustete heftig, griff verzweifelt nach dem Rosenkranz unter seinem Mantel, drückte die Perlen so fest, dass es an den Fingerknöcheln wehtat, und murmelte ein Ave Maria gegen die sinnliche Begierde.

Die Frau des Kanoniers schaute ihn immer noch ziemlich spöttisch an, und er sah aufs Deck runter und spürte, wie sein Gesicht kribbelte.

»Señora … es ist nicht gestattet … Es ist unmöglich für … Ich muss Eurem Ehemann sagen, dass …« Sie wartete, bis er seine Wörter auseinander geklaubt hatte. »Señora, Seine Gnaden der Admiral hat einen machtvollen Eid geschworen, dass das Heilige Unternehmen makellos und ohne Sünde sein soll, um Gottes Werk zu vollbringen, und deshalb … Deshalb kann es keine … keine … ähm …« Warum war sein Mund trocken, und warum konnte er das Wort »Frauen« nicht aussprechen? Es war nur ein Wort für die schwächere Hälfte der Schöpfung. Was war mit ihm los?

»Keine Frauen?«, fragte sie ihn unverfroren und legte den Kopf auf die Seite. »Sprecht Ihr holländisch, Señor?«

»Nein.« Herr im Himmel, warum sollte jemand eine solch barbarische Sprache sprechen wollen? Die war fast so hässlich wie der obskure holländische Dialekt, den die Engländer selbst sprachen.

»Habt Ihr hier jemanden, der für meinen Ehemann, Mijnheer van den Berg, übersetzen könnte?«, fragte sie.

»Nein.« Sicher gab es Flamen und Holländer in Diensten des Königs, aber die waren alle in Flandern. »Kann er seine Arbeit nicht ohne Übersetzer tun?«

»Sicher, Señor, wenn Ihr mir erklärt, wie er die korrekte Menge Pulver für die Kugeln anfordern und die Zimmerleute und die Schiffsmannschaft darin unterweisen soll, wie man die Kanonen aufstellt, und wie er den Kanonieren, die Señor de Acuna Vela unter seinen Befehl gestellt hat, mitteilen soll, wie sie seine Wünsche zu befolgen und die Kanonen einzurichten haben.«

Pasquale hatte de Acuna Vela tags zuvor beim Abendessen eine Stunde lang zugehört, wie er sich darüber beklagt hatte, dass es recht und schön sei, Kanonen von den Engländern anzukaufen, aber was er viel nötiger bräuchte, seien englische Kanoniere, um die verdammten Dinger abzuschießen. Keiner seiner spanischen Kanoniere hatte wirklich Ahnung von der Sache, und die meisten hatten vor den Kanonen viel zu große Angst, um zum Abfeuern nahe genug heranzugehen.

Trotzdem drehte er sich auf dem Absatz um und lief direkt zu de Acuna Vela, um Protest einzulegen. Der Mann hörte ihn an und schüttelte dann den Kopf. »Nun, Pasquale, es ist gut, dass du vom Heiligen Amt kommst und so viel Tugend in dir trägst. Such mir einen Übersetzer, der holländisch kann, und ich lasse den Mann seine Frau in einem ehrenwerten Kloster unterbringen, bis wir zurückkehren.«

Pasquale sagte nichts. Er hatte sich umgehört, keine Chance. De Acuna Vela nickte. »Selbstverständlich hast du Recht, mein lieber Cousin, aber obwohl das ein Heiliges Unternehmen ist, muss es mit praktischen Mitteln durchgeführt werden. Sehr zu unserem Unglück ist Mijnheer van den Berg ein versierter Kanonier, besonders im Vergleich zu unseren jämmerlichen Geschöpfen. Er hat in den Niederlanden gedient und er kann uns sogar etwas über die Kanonen der englischen Schiffe erzählen, da er offenbar mit England Handel getrieben hat. Aber er verfügt über keine andere Sprache als Holländisch. Wenn wir mit ihm reden wollen, brauchen wir einen Übersetzer, und wie er mir durch seine entzückende Frau hat erklären lassen, hat er aus Achtung vor Seiner Gnaden, dem Admiral, ein Keuschheitsgelübde abgelegt, und er und seine Frau werden für die Dauer des Unternehmens wie Bruder und Schwester sein. Sie haben sogar getrennte Kojen in verschiedenen Kabinen.«

»Oh.« Pasquale wurde verlegen. »Nun, das ändert die Sache. Ich hatte keine Ahnung, dass sie ... äh ...«

»Natürlich«, sagte de Acuna Vela. »Und sie haben es freiwillig getan, niemand musste es ihnen sagen. Ich glaube, es sind respektable Personen, und weiß Gott, wir brauchen den Rat dieses Mannes. Sie werden selbstverständlich nicht hier bei uns auf dem Flaggschiff des Herzogs sein.«

Pasquale ging aufs Schiffsdeck zurück. »Mein Herr hat mir die Sache erklärt«, sagte er und versuchte, sich darauf zu konzentrieren, den Mann anzusprechen. »Es scheint, als könnte es, um der edlen Sache zu dienen und nachdem Ihr ein Keuschheitsgelübde abgelegt habt, gestattet sein.«

Die Frau machte einen Knicks, senkte die Augen, die Lider schwer von schwarzen Wimpern, und es schien kaum möglich, dass sie wieder gehoben werden konnten. »Ich fühle mich geehrt«, sagte sie tief aus der Kehle, »dass es mir gestattet ist, ein so großartiges und wunderbares Unternehmen zu begleiten.«

Pasquale erwiderte mit einer Verbeugung, und dachte, er sei immer noch von der Seekrankheit angeschlagen, weil er so außer Atem geraten war.

Während das Heilige Unternehmen England mit verzweifelter Eile instand gesetzt wurde, um nicht noch mehr vom Sommer zu verpassen, befahl de Acuna Vela Pasquale, den holländischen Kanonier und seine Frau zu begleiten und dafür zu sorgen, dass er alles bekam, was er brauchte. Wohl oder übel verbrachte Pasquale den größten Teil des Tages mit der Frau und redete durch sie mit ihrem Ehemann. Sie betrugen sich sehr anständig, gaben sich, soweit er sehen konnte, keiner unziemlichen Sinnlichkeit hin und hatten tatsächlich getrennte Kojen in verschiedenen Kabinen. Die Frau hatte eine Dienstmagd mitgebracht, die auf den ersten Blick ein Kind zu sein schien, sich aber als Zwergin herausstellte, so wie Seine Majestät der König eine an seinem Hof hatte, und sie kletterte geschickt herum und befolgte willig die Anweisungen ihrer Herrin, erwies sich aber als stumm und so dumm wie ein Hund, als Pasquale versuchte, mit ihr zu sprechen. Alles war vollkommen respektierlich, denn Mevrouw van den Berg musste natürlich eine Frau bei sich haben, aber da ihre Dienerin keine richtige Frau war, bestand nicht die Gefahr von Anzüglichkeiten der Seeleute.

Der holländische Kanonier, Mijnheer von den Berg, hatte jede Menge ausgezeichnete Ratschläge, die Pasquale an de Acuna Vela weitergab. Er empfahl, die Kanonen gut auf den Decks zu verschrauben, so dass sie bei rauer See nicht herumrutschen konnten – es hatte tatsächlich einige Verluste bei den Galeerensklaven in den Galeassen gegeben, als während des Sturms bei ihrer ersten Ausfahrt genau das passiert war. De Acuna Vela fragte, ob die Engländer tatsächlich einen Weg gefunden hätten, den Rückstoß der Kanonen unter Kontrolle zu bringen, so dass man sie im Innern des Schiffs laden konnte, statt die Kanoniere zum Nachladen auf die Rampe hinauszustellen. Mijnheer van den Berg bestätigte, die Engländer hätten einige Experimente in der Art durchgeführt, aber das Risiko einer losgerissenen Kanone bei der Schlacht sei zu groß, und selbstverständlich erhöhe sich die Gefahr von Feuer.

Mijnheer van den Berg hielt auch unbezahlbaren Rat für Pasquale bereit, der hunderte von Fässern mit Schießpulver und hunderte von Netzen mit Kugeln transportieren musste. Was sollte er tun? Sie auf alle Schiffe der Armada verteilen oder sie vielleicht auf ein oder zwei Schiffe konzentrieren, die sorgfältig bewacht wurden?

Mijnheer van den Berg saugte an seiner langstieligen Pfeife und runzelte die Stirn. Sie hatten gebratenes Huhn mit einigen dieser seltsamen Knollen gegessen, die aus der Neuen Welt gekommen waren, kandiert in Sirup. Sehr seltsamer Geschmack, fast wie Teig, und schwer zu schlucken. Pasquale hatte bemerkt, dass van den Berg sehr wenig gegessen hatte. Seine Frau sprach ungefragt mit leiser, eindringlicher Stimme auf ihn ein, und er lächelte ihr zu. Dann redete er mit ihr, und als sie sich schließlich an Pasquale wandte, schwitzte er vor Eifersucht, dass der Holländer das Privileg haben sollte, überhaupt mit so einer schönen, kostbaren, kleinen Person zu reden.

»Señor, mein Ehemann sagt, dass beide Ideen gut sind, dass aber selbstverständlich Diebstahl erleichtert wird und es schwieriger ist, den Bestand zu überblicken, wenn das Pulver und die Kugeln auf alle Schiffe verteilt werden. Er würde vorschlagen, ein oder zwei stabile Schiffe zu Magazinen zu bestimmen und das Pulver und die Kugeln dort zu lagern. Da Ihr ja eine enge Formation beibehalten werdet, wird es für die Kapitäne ein Leichtes sein, Nachschub zu erhalten, wenn sie mit ihren Vorräten so großzügig umgehen, dass sie welchen brauchen. Und müsst Ihr nicht sehr aufpassen, genug Pulver und Kugeln übrig zu haben, wenn die Truppen in England landen?«

Pasquale nickte bei dieser vernünftigen Einstellung. Er legte die Frage de Acuna Vela vor, und der zog die Brauen zusammen, stimmte aber zu, und stellte ihm die *San Salvador* als Transportschiff zur Verfügung. In den letzten Tagen in La Coruña, während die van den Bergs die Galeassen inspizierten und Anweisungen zur sicheren Befestigung der neuen Kanonen auf ihren Decks gaben, ging ein Fass nach dem anderen in den Laderaum der *San Salvador,* ein Netz Kugeln nach dem anderen. Das würde das Feldzeug sein, mit dem die Engländer erobert werden würden, hier waren die Kriegswaffen, die das heilige Werk tun würden. Pasquale spürte bei dem Gedanken ein Kribbeln im Nacken, und schließlich ging er die Posten auf seiner Liste durch, während die kleine Mevrouw van den Berg neben ihm stand. Sie hatte ihren schweren Schleier zurückgeschlagen, damit sie, wie sie sagte, besser atmen konnte. Sie schaute abgekämpft und erschöpft aus, verständlich, wenn man gezwungen war, im fürchterlichen Gestank zwischen lüsternen Galeerensklaven auf dem Ruderdeck einer Galeasse zu stehen. Pasquale fand es von ihrem Ehemann in höchstem Maße unangebracht, dass er das erlaubte.

»Es gibt so viel Pulver und Munition«, hauchte sie ihm zu. »Wie kommt es, dass Ihr so viel braucht?«

»Eine Armee braucht Pulver und Munition«, erklärte Pasquale weise. »Und Ihr wärt entsetzt, wenn Ihr hören würdet, wie viel man für eine gewöhnliche Belagerung braucht. Dies hier ist Schießpulver, das aus allen Teilen des Heiligen Reichs gekommen ist.«

Sie schüttelte den Kopf und fügte zögernd hinzu: »Ich bin nur eine Frau, Herr, vielleicht könnt Ihr es mir sagen. Ist das Schießpulver wertvoll?«

Pasquale nickte.

»Was passiert, mal angenommen, wenn ein Mann ungehorsam ist und ein Funken ein Fass zur Explosion bringt? Werden die anderen sicher sein oder werden sie auch explodieren?«

Es war unmöglich, angesichts der Unschuld und Ernsthaftigkeit ihrer Fragen nicht zu lächeln, obwohl Pasquale sehr ähnliche Fragen gestellt hatte, als er mit der ungewohnten Arbeit eines Schreibers beim Feldzeugamt angefangen hatte.

»Sie werden von der Hitze und dem Feuer der ersten Explosion ebenfalls explodieren.«

»Oh.« Ihre Stimme war schwach und nachdenklich. »Dann sollten sie vielleicht ein bisschen verteilt werden? So wie ich Äpfel auf einem Regalbrett so hinlege, dass einer, der schlecht wird, die anderen nicht berührt und ebenfalls schlecht macht?«

Pasquale öffnete den Mund, um zu erklären, wie dumm es war, Regeln, die für Äpfel gelten, auf Fässer mit Schießpulver anzuwenden, aber dann dachte er einen Augenblick nach. Selbstverständlich, es war ganz vernünftig. Die Fässer sollten so weit wie möglich auseinander gestellt werden. Er musste etwa zehn im Heckmagazin unterbringen, damit sie den Kanonieren zur Verfügung standen, aber der Rest konnte tatsächlich im Laderaum verteilt werden, mit Kugeln und Nahrungsmitteln dazwischen. Entzückt von ihrem Hausfrauenverstand ergriff Pasquale die kleine Hand mit den Vogelknochen und beugte sich zum Kuss darüber.

»Señora, Ihr seid eine höchst weise und scharfsinnige Frau.«

Sie lief rot an und kicherte ein bisschen, schaute ihn durch den Pelzbesatz ihrer Wimpern von der Seite her an und sah dann wieder weg. Gott sei Dank beobachtete ihr Ehemann die Kräne auf der anderen Deckseite und hatte es nicht bemerkt.

Sie verließen La Coruña am zwölften Juli mit gottgesandtem Wind, der sie nach Norden und Osten drückte. Die schwerfälligen Schiffe und die Frachter fuhren zuerst raus, weil sie am langsamsten segelten, ganz am Schluss kam die *San Martin,* von vier Beibooten geschleppt, mit wehenden Fahnen und Musik auf dem Achterdeck. Jedes Schiff war mit Weihwasser gesegnet worden, jeder Mann hatte am Morgen die Messe gehört, und viele hatten aus dem feierlichen Anlass die Kommunion erhalten. Es war ein höchst glorreicher Anblick, die imposanten Galeonen mit den ausgebreiteten Segeln, die große Zahl von Schiffen auf den schwankenden Wellen, und über jedem bauschte sich das rote Kreuz des heiligen Kriegs. Pasquale weinte noch einmal, als er bescheiden inmitten von de Acuna Velas Gefolge auf dem Oberdeck der *San Martin* stand und den Herzog von Medina Sidonia beobachtete, der sich dem Meer zugewandt hatte, fast ein Lächeln im runden, ängstlichen Gesicht bei dem gesegneten Anblick.

Es muss sogar für einen so wichtigen Herzog eine große Bürde sein, Santa Cruz' großes Unternehmen gegen die Ketzerei, den Kreuzzug gegen die böse Hexenkönigin von England richtig zu führen. Auch wenn Engel kämen, um auf ihrer Seite gegen die englischen Teufel zu kämpfen, läge die Verantwortung auf Medina Sidonias schmalen Schultern.

Die Flotte hatte sich gesammelt und begann die lange, langsame Fahrt nach Norden bei klarem Himmel und günstigen Winden, und es war unmöglich, nicht zu erkennen, dass Jesus Christus selbst ihr Kapitän und die Jungfrau Maria ihre Beschützerin war.

Die Fahrt nach Norden war überraschend angenehm, und Schlachtvieh sorgte in den Anfangstagen für ganz anständiges Essen. Der Herzog speiste gewöhnlich allein, nicht zuletzt, weil ihn die Seekrankheit schlimm erwischt hatte. Pasquale litt wieder eineinhalb Tage erbärmliche Qualen, bekrabbelte sich aber rascher.

Sobald er sich erholt hatte, nahmen er und de Acuna Vela auf allen Schiffen, einem nach dem anderen, das Essen mit den Kanonieren ein. Die *San Salvador,* das Frachtschiff für das Feldzeug, war zuletzt dran, und sie aßen ein Spanferkel, das mit Zwiebackbröseln bedeckt und in der Kombüse, tief im Kielraum, irgendwie gebraten worden war. Es hatte einen etwas seltsamen Geschmack, war aber nicht schlecht. Die van den Bergs saßen einander am langen Tisch gegenüber, Mevrouw van den Berg blass und schlank, brach Zwieback auseinander und knabberte daran. Sie habe keinen Appetit auf Fleisch, sagte sie, weil ihr so schlecht gewesen sei.

»In dem Fall ist es das Beste, den Wein mit Quellwasser zu versetzen«, sagte Pasquale freundlich zu ihr. »Hier, ich bereite es Euch zu.« Er goss Wasser ein, etwas Wein hinterher, und sie nippte daran und trank, und ihre Dienerin, die kleine Zwergenfrau, sah ausdruckslos zu. De Acuna Vela grinste Pasquale an, als hätte diese vollkommen unverdächtige Höflichkeitsgeste irgendeine sündige Bedeutung, und fragte Mijnheer van den Berg, weshalb die Engländer so viele und so gute Kanoniere hätten?

Mijnheer van den Berg antwortete gewohnt bedächtig, und die Stimme seiner Frau gab seine Worte auf Spanisch wieder. »Die englischen Kanoniere werden gut bezahlt und genießen großes Ansehen. Jeder englische Pirat, der bei der indischen Flotte Beute machen will, braucht Kanoniere, und deshalb gibt es immer reichlich Nachfrage, und die englischen Gusskanonen explodieren selten, und so überleben mehr. Aber ich würde sie nicht überschätzen. Eure spanischen Kanoniere sind vom Glauben und von der Hingabe an die Sache erfüllt.«

De Acuna Vela stimmte zu und schlug eine Kanonierschule vor, wo Männer den Umgang und das Zielen mit den Kanonen üben konnten. Es war schon seltsam: Jeder wusste, dass die Kugeln geradlinig flogen, und dennoch, versuchte man auf etwas weit Entferntes zu schießen – eine Burgmauer zum Beispiel – traf man oft unterhalb des Punktes, auf den man gezielt hatte, als wäre die Kugel ein Pfeil.

Mijnheer van den Berg schniefte, als ihm die Worte übersetzt wurden. Er war immer davon ausgegangen, dass Kanonenkugeln geradlinig flogen – vielleicht wurde nicht hinreichend genau gezielt.

Pasquale hörte diesem technischen, beinahe alchemistischen Gespräch respektvoll zu, während Mevrouw van den Berg die Verbindung zwischen seinem Herrn und dem holländischen Kanonier herstellte. Sie schienen einander zu mögen und zu achten. Pasquale mochte Mijnheer van den Berg nicht besonders, der ihn kalt anzustarren schien und nicht einmal versuchte, freundlich zu sein oder tatsächlich Spanisch zu lernen. Aber seine Frau … Während sie die Bedeutungen hinter dem wechselnden Wortschleier übermittelte, konnte sie manchmal kaum an sich halten und blieb doch umsichtig. Ihre kleinen Finger ergriffen Brot, spießten mit dem Messer kleine Kräuterstücke aus dem Topf, tauchten sie in Olivenöl und waren im Allgemeinen damit beschäftigt, sie zum Mund zu führen, und doch waren sie zierlich und präzise, wie der Schnabel eines Vogels, der aus einer Pfütze trinkt. Sie wurde nie beim Kauen erwischt, wenn sie übersetzen musste. Sie machte nie eine dumme Frauenbemerkung, und es schien ihr auch nichts auszumachen, dass die Unterhaltung zwischen ihrem Ehemann und de Acuna Vela so militärisch verlief.

Pasquale gab jede Absicht auf, Bemerkungen zu machen – er wusste sowieso sehr wenig über die Kunst des Kanonenschießens, war er doch eben erst dazugekommen. Er saß da und aß und beobachtete Mevrouw van den Berg bei ihrer Arbeit und bewunderte die Zartheit ihrer Wangen und die schweren pelzigen Wimpern an ihren Augen.

In der Nacht träumte er, sie käme zu ihm als maurische Maid, als eine der Frauen des Hauses, das er besucht hatte, die untere Hälfte des Gesichts verschleiert, und er bemühte sich, sie auszuziehen und ihre Kleider abzustreifen, die anscheinend an ihr festhingen. Entsetzt, dass die Sünde ihn sogar hier beim Heiligen

Unternehmen verfolgte, obwohl in seinem Traum keine wirkliche Sünde begangen wurde, hatte er sich in seiner Koje aufgerichtet und gegen die Versuchungen der Sukkuben gebetet.

Manchmal, wenn er nicht aufpasste, ertappte er sich dabei, dass er pflichtvergessen an den Rest ihres Körpers dachte, sich fragte, wie ihre Brüste waren und ob sie breite oder schmale Hüften hatte – das konnte man unmöglich sagen, wenn Frauen Reifröcke trugen. Selbstverständlich wusste er Bescheid über die weibliche Anatomie, von den Verhören verdächtiger Jüdinnen und von den Frauen im Haus des maurischen Paradieses, aber es schockierte ihn, dass er Spekulationen über eine ehrbare, verheiratete Frau anstellte, die ein Kruzifix trug und sonntags ehrerbietig zur Messe niederkniete. Ihr Ehemann war an jenem Tag an Magenruhr erkrankt, und der Priester hatte ihn besucht, um ihm mit dem Heiligen Sakrament Linderung zu verschaffen, aber Mijnheer van den Berg hatte über seine Frau erklären lassen, dass er befürchte, ein Sakrileg zu begehen und es wieder auszukotzen.

In diesem Fall fand Pasquale die Ehrerbietung richtig.

Nach dem Essen gingen die van den Bergs zum Achterdeck und schauten zu, wie das Meer vorbeiglitt, und gelegentlich schauten sie nach Nordosten. Beinahe ohne es zu wollen, näherte sich Pasquale ihnen. Mijnheer van den Berg wandte sich nach einer Weile ärgerlich ab, sagte etwas Unverständliches auf Holländisch. Er verschwand und brummte vor sich hin, als er den Niedergang hinabkletterte.

Pasquale kam Mevrouw van den Berg immer näher. Sie schien ihn nicht zu bemerken, blinzelte in die Ferne. Und dann sah er, dass an ihren Wimpern Tränen hingen und auf ihr Gesicht fielen. Sie wischte sie nicht ab, schien sie nicht einmal zu bemerken.

»Mevrouw van den Berg ...«, flüsterte er zögernd. »Kann ich Euch in Eurem Kummer behilflich sein?«

Sie schaute ihn an und lächelte etwas. »Nein, ich glaube nicht. Diesen Ärger habe ich mir selbst zu verdanken.«

Pasquale verbeugte sich. »Ich will nicht neugierig sein –«

»Ich fürchte, Señor, das ist schon alles. Ich habe Angst, weil wir hier sind und England immer näher rückt, und bald wird dieser grimmige El Draco herauskommen, um die Armada des Königs zu bekämpfen, und die Kanonen werden feuern und ... Menschen werden getötet werden ... Vielleicht mein Ehemann, vielleicht ich. Es tut mir Leid. Ich weiß, das ist sehr dumm. Aber ich habe Angst, ich habe die ganze Zeit solche Angst.«

»Ihr hättet nie kommen sollen«, sagte Pasquale, »Euer Ehemann ist nicht besser als ein *Marrano,* Euch hierher mitzubringen. Ihr hättet in einem freundlichen Kloster bleiben sollen wie meine Mutter, bis wir England genommen haben, und ihm dann nachkommen.«

Sie lächelte ihn traurig an. »Leider, Señor, braucht mich mein Ehemann hier. Wie sonst soll Mijnheer van den Berg sich verständlich machen, wenn nicht durch mich?«

»Er könnte Spanisch lernen.«

»Nicht in der kurzen Zeit, Señor, und im Übrigen hat er sich sehr angestrengt, die spanische und die italienische Sprache zu lernen, aber er hat es nie geschafft, er hat dafür keine Begabung. Während allgemein bekannt ist, dass Frauen auf natürliche Weise Worte aufnehmen.« Sie ging und setzte sich auf eine Taurolle und sah zu ihm auf, das spitze Gesicht kummervoll wie das eines Kindes. »Kommt, Señor, unterhaltet mich und lenkt mich von meiner Angst ab. Erzählt von Euch.«

Pasquale stammelte und wurde rot. Er war es nicht gewöhnt, mit Frauen zu reden. Es hatte ein paar förmliche und gequälte Unterhaltungen mit Mädchen gegeben, die seiner Mutter als geeignete Ehefrauen erschienen waren, aber keine der Unterredungen hatte Erfolg. Und selbstverständlich hatte er nie wirklich mit den verschleierten Frauen in dem kleinen Haus geredet.

Er sprach über etwas, das für die kleine Mevrouw van den Berg verständlich sein würde, seine Mutter nämlich, über den schrecklichen Morgen, als sie aufwachte und sich nicht rühren konnte und er durch die Straßen gerannt war, um einen Doktor zu finden. Es gab wenige Ärzte in Lissabon, oder wenigstens sehr wenige ehrbare christliche Ärzte. Er hatte lange dazu gebraucht. Schließlich war der Mann gekommen. Für den Preis vieler Goldstücke hatte er erklärt, dass Señora Isabella Lopez Pasquale von einem Tropenfieber befallen war und vielleicht nie wieder würde laufen können. Und so war es auch.

Mevrouw van den Berg nahm seine Hand und drückte sie. »Das tut mir Leid. Wo ist sie jetzt?«

»Bevor wir losgesegelt sind, habe ich sie in ein schönes, angenehmes Kloster gebracht, wo sich die Nonnen um sie kümmern wie um eine Schwester.«

»Sie muss stolz sein auf Euch.«

»Sie … ich bin kein so guter Sohn, wie ich es sein sollte. Sie hat meine Arbeit beim Heiligen Amt nicht gemocht, obwohl sie sagte, es sei gut, dass ich dem katholischen König diene. Leider habe ich nie geheiratet, Señora, das hätte ihr sehr gefallen, denn ich bin ihr einziger Sohn und wurde geboren, als sie schon ziemlich alt war – Ende dreißig, glaube ich.«

Mevrouw van den Berg nickte, ihre Augen waren größer denn je. »Das Heilige Amt«, flüsterte sie. »Ist es schwer, da zu … zu arbeiten?«

»Sehr schwer, Mevrouw van den Berg«, sagte er traurig. »Es ist sehr schwer, Sünder auszufragen und zu verhören, um ihre Sünden herauszufinden und davon nicht berührt zu werden, sich von der … der Unerfreulichkeit des Ganzen fern zu halten.«

»Und wen verhört Ihr?«, fragte sie. »Verräter?«

»Selbstverständlich, Verräter an ihrer Religion, Verräter am Staat.«

»Gibt es da keinen Unterschied?«

»Da der König die katholische Kirche ist – nein, es gibt keinen. Die meisten sind Neue Christen, die rückfällig geworden sind, zu ihrer Kotze zurückgekehrt wie Hunde, und wieder beten wie Juden oder Mauren.«

»Mm. Verhört Ihr viele Juden?«

»Sicher, Neue Christen. Aber vor kurzem habe ich einen Juden verhört, der sich damit brüstete, nie getauft worden zu sein und bereits der wahren Religion zu folgen. Könnt Ihr Euch das vorstellen?«

Pasquale lachte über das blanke Entsetzen auf ihrem Gesicht. Nach einem Moment schluckte sie und lachte ebenfalls.

»Ein Christusmörder, der glaubt, seine Religion sei die wahre! Er ist in England geboren, wo sie offenbar solche Sachen erlauben. Er wollte auch keinen Priester anhören oder etwas aus der Heiligen Schrift lesen, er sagte nur, er habe sie gelesen und sei zufrieden, dass seine Religion besser sei als unsere.«

»Es muss furchtbar sein, so einen Menschen zu treffen.«

»Das war es. Er wurde unglücklicherweise auch nicht verbrannt, obwohl er so aufsässig war und an der Unvernunft festhielt. Er wurde zur Galeere verurteilt.«

»Eine so leichte Strafe?«

»Genau das habe ich dem Richter auch gesagt, Mevrouw van den Berg, aber der Richter sagte mir, dass die Verbrennung von Juden warten müsse, bis das Heilige Unternehmen Seiner Majestät Erfolg habe. Deshalb bin ich ja hier. Obwohl ich Don Juan de Acuna Vela in Angelegenheiten des Feldzeugs diene, werde ich, wenn wir London genommen haben, dabei mithelfen, einen Zweig des Heiligen Amts dort einzurichten, um den armen, verlorenen englischen Seelen zu helfen, in die Sicherheit der Mutterkirche zurückzukehren.«

Sie lächelte zu ihm auf, ihre Augen leuchteten samtig. »Eine ganz wunderbare Sache, Señor.«

Sie verstand ihn, das wahre Zentrum seines Lebens, seine Hingabe an die Heilige Jungfrau und die katholische Kirche. Er versuchte es ihr zu erklären, wie sollte er es erklären? Wie die Messe sein Herz mit Licht und Glück erfüllte, wie sie ihm die Kraft gab, all die unerfreulichen, schmutzigen Dinge zu tun, die er tun musste, um Geständnisse aus hartnäckigen Sündern zu pressen. Wie sehr er die Engländer bemitleidete, weil ihnen von ihrer bösen Königin die Messe vorenthalten wurde.

Und sie hörte ihm zu, die prachtvollen Augen auf sein Gesicht gerichtet. Als er in seinem Drang, es ihr zu erklären, ihre Hand nahm, ließ sie ihn gewähren und drückte seine.

Er erzählte ihr von seinen Plänen für das Heilige Amt in London, für die Neugründung von Klöstern für Mönche und Nonnen, um armen Engländern, die ihrer Berufung nicht folgen konnten, Plätze zu verschaffen, für die Reform der Schulen, damit sie ihren Glauben wieder lernen konnten, für das sorgfältige Ausmerzen der Ketzerei und all derer, die nicht froh zu ihrer wahren Mutterkirche zurückkehren würden.

»Es wird ein Wunder sein«, sagte Mevrouw van den Berg nachdrücklich. »Ein Wunder der Schönheit.«

Ein seltsamer Satz, selbstverständlich sehr passend, aber irgendwie klang er daneben. Wenn sie eine verdächtige Ketzerin gewesen wäre, hätte er sich auf die Worte gestürzt. Aber zweifellos wurde Mevrouw van den Berg nur von der Begeisterung ergriffen, und selbstverständlich fasste es den Kreuzzug höchst poetisch zusammen. »Selbstverständlich«, sagte er entzückt. »Ein Wunder, ein ganzes Land zur wunderbaren Anbetung Gottes zurückzuführen. Wahrlich, ein Wunder der Schönheit.«

Sie lächelte und küsste seine Wange. »Ihr seid so begeistert von der Sache, so heilig«, sagte sie. »Ich bin überrascht, dass Eure Mutter das nicht mag.«

»Sie wollte nicht, dass ich die niederen Weihen erhalte, aus Angst, dass ich weitermachen und Priester werden könnte.«

»Sie sollte froh sein.«

»Das habe ich ihr auch gesagt«, antwortete Pasquale nicht ganz wahrheitsgemäß, denn er hatte es in seinem ganzen Leben nie gewagt, sich gegen seine Mutter zu stellen. »Aber sie bat mich zu warten, bis sie gestorben und in den Himmel gekommen sein würde, und ich habe es ihr geschworen.«

Das stimmte auch nicht ganz, er hatte es im Stillen beschlossen, weil er ihren Zorn nicht herausfordern wollte.

Der Horizont verschwand in der Abenddämmerung, während sie dasaßen und sich unterhielten. Hauptsächlich redete Pasquale, und Mevrouw van den Berg hörte ernst zu. Die Worte sprudelten aus ihm heraus in ihre anmutig gespitzten Ohren. Er war etwas erstaunt über sich selbst, dass er so locker mit einer Frau reden konnte ... Seit er vor so vielen Jahren mit der schönen jungen Cousine geredet hatte, die Nonne wurde, weil ihr Vater keine Mitgift für sie aufbringen konnte, hatte er sich nicht mehr so entspannt und locker neben einer Frau gefühlt ... Sogar in dem kleinen Frauenhaus war er nie entspannt und gelassen gewesen: Anfangs waren explosive Anspannung und Hast in ihm, und danach waren seine Knochen so weich wie die einer Straßenkatze. Das waren Frauen, in die man sich versenkte und welche die Explosion der Sünde in sich aufnahmen. Hier war eine Frau, die ...

Sein Kopf schreckte bei diesem Gedanken zurück. Er sprach darüber, wie glücklich er war, eine Weile vom Heiligen Amt weg zu sein und sich dem Kampf zu stellen wie ein richtiger Mann. Er sprach noch mehr über seine Mutter, wie stolz sie war, und über ihre Hingabe an die heilige Jungfrau.

»Habt Ihr je Eure Großeltern kennen gelernt?«, fragte Mevrouw van den Berg und schaute ihn immer noch mit diesen prachtvollen, feuchten, samtigen Augen an. Sie hypnotisierten ihn.

»Nicht richtig, Mutter hat sich nicht mit ihnen vertragen. Ich erinnere mich, als ich ein Kind war, kamen sie, um eine Weile bei uns zu bleiben, während mein Vater weg war, und es war lächerlich, wirklich: Keiner von beiden aß etwas in dieser Zeit, außer wenn Großmutter kleine Mahlzeiten für sie auf einem Rechaud kochte. Eier und Fisch und so fort. Es war wegen Großvaters Magen, der war krank. Und dann gab es diesen Streit ...«

Pasquale hatte nie mit jemandem über den Streit gesprochen, weil es das einzige Mal war, dass er seine Mutter ihre Haltung und ihren Stolz verlieren und sie wie ein Fischweib schreien sah.

Es war lächerlich. Seine Großmutter hatte ihm nur am Freitagabend eine Geschichte über eine Königin Esther erzählt und dann zwei Kerzen angezündet. Und seine Mutter kam hereingestürzt und stieß die Kerzen um, kreischte auf ihre eigene Mutter ein, als wäre sie eine gefährliche Feindin und zog ihn am Arm hinaus, so dass er nie die Bonbons bekam, die seine Großmutter ihm versprochen hatte. Er hatte geweint und war dafür geschlagen worden, daran erinnerte er sich, und seine Großeltern waren am nächsten Tag nach Hause gefahren, ohne mit seiner Mutter zu reden.

Mevrouw van den Berg hörte schweigend zu, ihre Augen wurden immer größer. »Wie seltsam«, sagte sie mit sehr merkwürdiger Stimme. »Und wie traurig, dass sie nach Hause gegangen sind.«

»Es war traurig«, stimmte Pasquale zu, »denn ich habe sie nie wiedergesehen. Und meine Mutter hat nie von ihnen gesprochen.«

»Nein.« Mevrouw van den Bergs Stimme war sehr nachdenklich.

Am nächsten Tag war ihnen der Wind immer noch günstig, der Himmel war klar und blau, mit Herden weißer Wolken, die von denselben Winden gehütet wurden. Sie kamen ausgezeichnet voran, und endlich, endlich, nach all dem Kampf, endlich, Gott sei gedankt, erblickte die mächtige Armada des Königs am Freitag, dem neunzehnten Juli, nur eine Woche, nachdem sie in La Coruña Segel gesetzt hatten, den Lizard, hohe, dunkle Felsen, die den Horizont im Nordosten verdichteten. Die Flotte hatte keine englischen Schiffe gesichtet. Pasquale starrte neugierig auf die englische Küste, die von der See tief zerklüftet war und aussah wie der Saum eines zerzausten grünschwarzen Umhangs auf einer ruhelosen Spiegelfläche.

Auf der *San Martin* befahl Medina Sidonia, das Banner der Kreuzigung am Hauptmast zu hissen, die prächtige Stickerei, auf der die Passion Unseres Herrn mit der Jungfrau Maria und mit Maria Magdalena am Fuße des Kreuzes dargestellt war. Das Banner war bis nach Rom geschickt worden, damit der Heilige Vater es persönlich segnen konnte. Die Priester hielten eine Danksagungsmesse für die sichere Fahrt unter besonderer Betonung des bevorstehenden Kampfes. Pasquale kniete hinter de Acuna Vela auf dem harten Deck und glaubte, sein Herz würde vor Glück platzen, fühlte, dass Christus nah genug war, um ihn zu berühren, tatsächlich hier auf der Galeone, vom Priester über sein Haupt erhoben, während die Glocken erklangen. Sogar ein großer Sünder wie er könnte seine Sünden beim Kampf auf einem Kreuzzug auslöschen, und wenn es Gott gefiel, dass er im Kampf sterben sollte, würde er direkt in den Himmel kommen. Selbstverständlich nicht in den maurischen Märchenhimmel, diesem falschen und bösen Trugbild, das der Dämon Mohammed verbreitet hatte. Pasquale kniff die Augen zusammen und verlagerte das Gewicht auf den Knien, bemühte sich, seinen Kopf zum Messwunder zurückzubringen, dieser wahren Gegenwart des Erlösers, der jetzt im Weinkelch erhoben wurde. Wunderschöne Stimmen ertönten und trugen heilige Worte über die Wellen, vermischten sie mit den Winden, die sie hergebracht hatten. In seiner Vorstellung sah Pasquale den lateinischen Gesang in der Luft nach Norden ziehen und ihn wie geweihten Schnee auf das traurige, geschundene England fallen.

Sie sahen eine Schaluppe in der Ferne, deren Segel den Horizont spalteten. Sie beobachteten, dass sie fast schleudernd zum Halten kam, wie ein Jagdhund, der einen Bären gerochen hat, bevor sie hektisch wendete und wieder zurückfuhr. Die Priester ließen ihre Stimmen beim Te Deum wieder lauter ertönen.

Der Herzog von Medina Sidonia hielt anschließend eine Rede, seine leise, ziemlich monotone Stimme strengte sich an, um Gehör zu finden, und er erzählte ihnen, dass Gott mit ihnen sei, dass der Papst mit ihnen sei, dass der König in seinen Gedanken mit ihnen sei, und ganz Europa mit angehaltenem Atem auf die Rückkehr Englands in die Arme der Heiligen Mutterkirche warte. Gnädigerweise war es eine kurze Rede, während sie mit dem Wind im Rücken weitersegelten, den Kanal hinauf. Zu diesem Zeitpunkt stiegen an jedem hoch gelegenen Punkt der Küste weiße Rauchsäulen auf.

Sie kamen so rasch voran, dass die schnelleren Schiffe vor Plymouth lagen, bevor der lange nördliche Tag zu Ende ging. An dieser Stelle zogen die Seeleute der *San Martin* an den Leinen, so dass die Rahen im Winkel zueinander standen und die Galeassen zum Halten kamen. Hinter ihnen schloss allmählich ein Kometenschweif von Schiffen mit Kreuzsegeln auf. Der Trompeter des Herzogs schmetterte metallische Töne ins Geschrei der Möwen, am Fockmast wehte die Fahne für einen Kriegsrat. Nun begannen die Pinassen, geschäftig zwischen den stattlichen Hauptschiffen herumzuflitzen.

De Acuna Vela stapfte auf dem kleinen Flecken Deck, den er sich angeeignet hatte, auf und ab, duckte sich unter eine herabhängende Leine und kaute auf den Fingern seines Handschuhs. »Geht direkt rein, schaut sie euch an, sie sind alle im Hafen, um Gottes willen, zögert nicht, geht direkt rein!«, murmelte er.

Wenn er die Augen anstrengte, konnte Pasquale hektische Aktivität und weiße Segel im Hafen sehen. Er war zu weit entfernt, um viel mehr erkennen zu können. Bald kamen die Admirale der anderen Geschwader an. De Leyva, der Generalleutnant der Flotte, eilte die Leiter von seiner Pinasse aus hoch, sprang über die Reling und schritt in die Große Kabine, das blonde Haar unter seinem Hut wehte, der blonde Bart war borstig wie bei einem Nordländer, seine heißen, blauen Augen blitzten ungeduldig und gereizt. »El Draco sitzt hier in der Falle, das muss so sein, oder wir hätten ihn gesehen, als wir den Kanal heraufsegelten, und jetzt müssen wir ...« Pasquale konnte die arrogante, laute Stimme hören, die Sicherheit. Andere Kapitäne und Admirale kamen, die Seeleute, die ihnen die Leiter hochhalfen, murmelten respektvoll.

Der Kriegsrat dauerte eine Stunde, und es wurde viel geschrien, hauptsächlich von de Leyva. Medina Sidonia wurde nie laut. Die Zeit verging, das Treffen wurde beendet, die Admirale verließen das Schiff, die meisten verärgert und mürrisch.

Seeleute riefen, Leinen wurden eingezogen, der Wind erfasste wieder die Segel, ließ die Kreuze anschwellen, und die ganze Flotte segelte weiter, an der Hafenöffnung von Plymouth vorbei, wo man immer noch die kleinen englischen Schiffe sehen konnte, die sich abmühten, gegen den böigen Wind herauszukommen.

De Acuna Vela knurrte missbilligend vor sich hin. Pasquale schaute mit anhaltender Bewunderung zu, wie die Mannschaft der *San Martin* die Segel setzte und sich die Bewegung des Schiffs beschleunigte. Nichts ergab einen Sinn für ihn, und doch funktionierte alles – ein gutes Sinnbild für Religion, dachte er. Sie waren nicht sehr nah am Ufer, aber man konnte immer noch einige der kleineren Häfen ausmachen, die wie Tupfer an der Küste lagen. Pasquale strengte die Augen an, um sie zu sehen, stellte sich vor, wie ihnen die Messe vorenthalten wurde, mit nichts, was sie unterstützen oder mit Hoffnung erfüllen konnte, nur der kalte Protestantismus der Worte und des Verstands. Manchmal erkannte er gerade noch eine Turmspitze oder einen Kirchturm. Die Nacht fiel langsam, als sie weitersegelten, und das Land flammte an den höchsten Stellen auf, wenn die Leuchtfeuer in der Dunkelheit entzündet wurden, der Brandgeruch zog vom Land, das sie achtern zurückließen, zu ihnen herüber.

Er schlummerte gerade in seiner unbequemen, schwingenden Segeltuchkoje ein, die Hüften eines der Schreiber des Herzogs stießen an seinen Kopf, da öffnete sich die kleine Tür, ein Junge steckte seinen Kopf herein und hielt eine Laterne hoch.

»Señor Pasquale, Señor, Seine Gnaden braucht Euch, bitte kommt mit, Señor.«

Pasquale war aus der Koje gekrabbelt, sein Herz schlug heftig, er zog sich mit fliegenden Händen Wams und Hose an und kämpfte immer noch mit seinem Mantel über den Schultern, als ihn der Page in die große, von den Schatten der Kerzen erfüllte Kabine brachte, wo Medina Sidonia mit hängenden, dünnen Schultern auf und ab schritt. Sein Gesicht mit den besorgten schlaffen Augen war verkniffen auf die Fenster gerichtet, hinter denen eine schwarze Nacht begann, golden gesprenkelt von den gefallenen Sternbildern der Flottenlaternen.

Pasquale stand da, schnappte nach Luft und hielt sich wegen des Schwankens des Schiffes am Türpfosten fest, während der Page ihn gähnend ankündigte und dann, auf ein Kopfnicken des Herzogs, unter den Tisch in ein Nest aus Decken krabbelte und sich einrollte.

»Señor Pasquale«, sagte der Herzog, und Pasquale trat vor, fiel auf ein Knie und küsste seinen Ring. »Ich danke Euch, dass Ihr so spät in der Nacht zu mir gekommen seid. Ich fürchte, ich habe Arbeit für Euch.«

»Ich stehe Euer Gnaden zur Verfügung.«

»Eigentlich, Señor, ist es Eure Erfahrung beim Heiligen Amt, die ich mir zu Nutze machen möchte. Es sieht so aus, als wäre vielleicht ein englischer Spion in der Flotte ... Vielleicht auch nicht. Ich hoffe nicht. Im Augenblick ist es nur ein Verdacht. Nun, zumindest wurde er von einem der katholischen Engländer, die bei uns dienen, erkannt. Aber ich wünsche, dass Ihr hingeht und ihn überprüft, all Eure Fähigkeiten einsetzt und mir bis morgen Abend Bericht erstattet. Wir werden wahrscheinlich morgen den ganzen Tag mit den Engländern kämpfen – sie lauern immer noch in Windrichtung hinter uns – und ich bin sicher, dass ein so ehrbarer und galanter Soldat wie El Draco es nicht erwarten kann, zum Kampf zu schreiten. Ich werde auf alle Fälle nicht imstande sein, mich vor dem Abend mit dieser Sache zu befassen ...«

Ein Soldat kam herein und stand ehrerbietig hinter Pasquale, sein Kampfhelm erschien im Kerzenlicht wie frisch poliert. Zwei Schreiber traten hinter ihm ein, mit Papieren auf dem Arm. Die Worte des Herzogs verloren sich und er hielt inne.

»Euer Gnaden«, sagte Pasquale hüstelnd, »ist es mir erlaubt, zu ... Überzeugungskraft anzuwenden?«

»Wendet an, was immer Ihr braucht, Señor Pasquale, findet nur heraus, ob der Mann ein Spion ist und was er weiß. Aber ... äh ... versucht, ihn nicht sterben zu lassen.«

Pasquale neigte den Kopf, erhob sich wieder, und der Soldat geleitete ihn hinaus. Er führte ihn jedoch nicht in den Frachtraum der *San Martin,* der Soldat nahm ihn mit an die Reling und deutete ihm durch Zeichen an, dass er rüber und die Leiter hinabklettern solle, wo eine Gig mit acht Rudern wartete.

Er schluckte heftig, raffte seinen Mantel, nahm den Hut zwischen die Zähne und kletterte ganz langsam hinüber und die Leiter hinab in die Schwärze, er zitterte an allen Gliedern, und seine Hände hielten sich mit weißen Knöcheln am rutschigen Seil fest.

Zwei Seeleute fingen ihn auf, als er über dem kleinen Boot baumelte, setzten ihn hin, damit er verschnaufen konnte und zu zittern aufhörte, dann halfen sie dem Soldaten, der von seinem Schwert behindert wurde. Sie ruderten in die tintenschwarze Nacht hinaus, die Wellen warfen ihr Boot auf und ab und hin und her, bis plötzlich große, dunkle Schiffsrümpfe in der Dunkelheit aufragten und wieder verschwanden.

Pasquales verräterischer Magen ließ ihn erneut im Stich, und er beugte sich hilflos über den Bootsrand, um sein Abendessen auszuleeren. Er konnte durch die Tränen nur verschwommen sehen, dass das Boot an einer weiteren steilen Holzwand anlegte, die Seeleute stupsten ihn an, damit er die Leiter hochstieg, hinter ihm kam der Soldat und schob ihn mit der Schulter über die Reling, als er, von seiner Übelkeit und seinem Zittern gelähmt, dort anhielt.

Wenigstens lag das Schiff, egal welches es war, einigermaßen ruhig. Pasquale hielt inne, bat um eine Serviette und einen Schluck Wein, spülte seinen Mund sorgfältig aus und spuckte über Bord. Dann bat er den Anführer der Soldaten, ihn zu dem Gefangenen zu bringen.

Es waren zwei in dem dumpfigen, engen Schiffsgefängnis, beide in Eisen gelegt. Dem verdächtigen Spion hatte man die rechte Hand am Ringbolzen in einem Schiffsbalken festgekettet, und sein Komplize ...

Mevrouw van den Berg saß in der Pfütze eines schwarzen Damastrocks auf einem der Querbalken, der vor den schmutzigen Bodenbrettern schützen sollte. Die Handschellen an ihren dünnen, schmalen Gelenken schienen riesig zu sein, ein brutaler, höhnischer Schmuck. Sie saß da, starrte darauf, und sie schaute nicht hoch, als Pasquale eintrat.

Mijnheer van den Berg starrte ihn an, als er hereinkam, blickte finster und begann auf Holländisch herumzuschreien. Pasquale schaute entsetzt vom Kanonier zu seiner Frau und wieder zurück, trat dann rasch hinaus, machte die Tür zu und lehnte sich an die Holzwand. Er schloss die Augen. Es war unmöglich … Es konnte nicht sein, dass …

Die Gedanken wirbelten in die Dunkelheit hinaus. Wenn der Mann wirklich ein englischer Spion war, dann waren die Folgen für Pasquales Herrn, Don Juan de Acuna Vela, sehr gravierend, da er den Kanonier eingestellt hatte. Pasquale musste unbedingt herausfinden, was er vorhatte, damit sich nicht die Frage erhob, ob er selbst oder sein Herr Komplizen waren. Wenn van den Berg aber unschuldig war und zu Unrecht verdächtigt wurde, dann musste es irgendeine Verschwörung gegen de Acuna Vela geben.

»Señor?« Der Akzent war abscheulich, schwer, irgendwie germanisch. Pasquale machte die Augen auf und sah einen anderen Soldaten dastehen, einen stämmigen Mann mit einer dreckigen Halskrause. »Ich heiße William Probert, was ihn als Spion genannt hat – Ihr sein der Inquisitor?«

Pasquale schluckte, fasste sich. So kalt er nur konnte sagte er: »Und was ist der Grund für Eure Anschuldigung?«

»Das ist nie kein holländischer Kanonier, Herr, das ist Anthony Fant, bei Gott. Ich kenne ihn in Flushing, viele Jahre zurück, als ich bin jung, und er auch, vierhundert von uns gehen kämpfen gegen den Spanier für die Holländer. Dann ich trete bei Alvas Heer, um gegen die Ketzer kämpfen.«

Pasquale nickte, griff in die Tasche seines Mantels und zog sein Brevier hervor, hielt es vor sich. »Schwört Ihr bei Jesus Christus und Eurer Hoffnung aufs Himmelreich, dass Ihr die Wahrheit sagt?«

»Sicherlich ich schwöre.« Die vierkantige, borstige Hand

klatschte auf den Umschlag. »Ich schwöre bei Jesus Christus, seine Heilige jungfräuliche Mutter, den Heiligen Geist, den Heiligen Vater und meine Seele, dass ich weiß, dass dieser Mann Anthony Fant, ein Engländer. Gibt es eine Belohnung, dass ich ihn an Euch gezeigt habe?«

»Seine Gnaden, der Herzog von Medina Sidonia, ist als großzügiger Fürst bekannt, und wenn ich herausfinde, dass stimmt, was Ihr sagt, gibt es sicher eine Belohnung.«

Probert nickte. »Ich kann übersetzen für Euch, Señor. Habe ich schon gemacht.«

»Danke«, sagte Pasquale distanziert. »Das würde ich zu schätzen wissen. Und die Frau?«

»Nie sie gesehen, Señor. Vielleicht sie ist seine Ehefrau?«

»Hm.« Pasquale war immer noch schwindlig von seinem Schock. Er stand eine Weile schweigend da und dachte nach, versuchte, einen klaren Kopf zu bekommen, zwischen dem schockierenden Nachhall des Bildes von den Handschellen an diesen zierlichen, vogelknochigen Handgelenken und der sorgfältigen Planung seines Vorgehens. Ein Verhör hatte immer etwas mit Krieg zu tun, ein Krieg zwischen zwei Geistern, das machte es so faszinierend. Hätte er Zeit gehabt und seine Krüge und Knebel und das Streckbett, hätte er garantieren können, dass er den Mann brechen würde, aber er hatte nur einen Tag und keine Werkzeuge, außer denen, die es auf einem Schiff gab.

Ihm kam ein Gedanke. Er wandte sich an den Soldaten, der ihn begleitet hatte, und bat ihn, den Schiffszimmermann zu holen. Einfallsreichtum musste die richtige Ausrüstung ersetzen.

»Nun, William«, sagte Pasquale zu dem Engländer. »Ich will, dass Ihr mit mir da reingeht und übersetzt, aber zusätzlich müsst Ihr dem Gefangenen auf Englisch sagen, dass ich die Absicht habe, seine andere Hand abzuschneiden.«

Probert nickte.

»Ich will aber, dass Ihr das nur tut, wenn ich meine Hand hebe wie zum Segnen. Versteht Ihr mich?«

»Wenn Ihr die Hand hebt, ich sage ihm, Ihr schneidet seine Hand ab.«

»Ausgezeichnet.« Zum Soldaten sagte Pasquale: »Wenn der

Zimmermann kommt, klopft einmal an die Tür. Ich werde öffnen und ihn hereinlassen, wenn er gebraucht wird.«

»Jawohl, Herr.«

»Werdet Ihr das tun, seine Hand abschneiden?«

»Ja«, sagte Pasquale. »Sicher.«

»Armer Bastard – kann nicht mal alleine pissen.«

Pasquale zuckte die Achseln. Es war irrelevant, aber die Engländer waren, wie ihm einfiel, für ihre unvorhersehbare Sentimentalität berühmt.

Als sie eintraten, schrie van den Berg sie wieder an, seine Frau schwieg, still und ruhig, die schweren Hände immer noch im Schoß. Pasquale zwang sich wegzuschauen. Soweit er beurteilen konnte, bestand van den Berg immer noch darauf, der holländische Kanonier zu sein, aber es war sowieso fast unmöglich, Holländisch und Englisch zu unterscheiden.

Pasquale stand da und wartete, bis van den Berg zu schreien aufhörte. Er sagte zu Probert: »Fragt ihn nach seinem richtigen Namen.«

»Ich habe gesagt, Señor, ich habe gesagt, es ist –«

»Tut, was ich sage.«

Der Engländer schniefte, wandte sich an van den Berg und spie einige Worte in einer Sprache aus, von der Pasquale annahm, es sei Englisch. Van den Berg schrie weiter auf Holländisch.

»Er sagt Euch, er Kanonier von Haarlem, hat den Namen Heinrich van den Berg.«

»Sprecht Ihr auch holländisch?«

»Oh ja, und portugiesisch.«

Pasquale war nicht sicher, ob er sich ärgern sollte oder nicht. Wenn sie das gewusst hätten … Aber wenn Probert der Übersetzer gewesen wäre, hätte er Mevrouw van den Berg überhaupt nicht kennen gelernt oder mit ihr geredet. Er versuchte angestrengt, sie nicht anzusehen, aber auch wenn sie sich überhaupt nicht zu bewegen schien, zog sie seinen Blick auf sich.

»Meinen Glückwunsch. Fragt ihn auf Englisch, woher er kommt.«

Probert tat, wie ihm befohlen, und van den Berg wiederholte sich auf Holländisch.

Pasquale hängte seine Laterne an einen Haken, der in einen Balken eingelassen war, zog ein wenig daran, um zu sehen, ob er auch für etwas anderes benutzt werden konnte, aber er war nicht fest genug, um das Gewicht eines Mannes auszuhalten. Vielleicht das einer Frau …

Pasquale kämpfte heftig gegen die hässlichen Bilder, die ungebeten von dort aufstiegen, wo in seinem Herzen die Erbsünde lauerte. Es klopfte einmal an der Tür, und er nickte. Er stand da, wo er van den Berg direkt in die Augen schauen konnte, und hob die Hand zum Segen.

»Fragt ihn auf Englisch, warum er hier ist.«

Proberts Augen hingen an Pasquales Hand, er nickte und sprach wieder in dem hässlichen englischen Gestotter, dieses Mal etwas länger.

Von seinem Standpunkt aus konnte Pasquale in van den Bergs Augen ein Zucken sehen, ein Blinzeln, auch zeigte sich eine flüchtige Blässe auf van den Bergs Lippen.

Es stand außer Frage, der Mann konnte Englisch.

Pasquale seufzte. Er machte selbst die Tür auf, fand den Zimmermann vor, einen hageren Mann mit muskulösen Armen und einem vollkommen kahlen Kopf. In dem kleinen Schiffsgefängnis war kaum Platz für den Zimmermann mit seiner Werkzeugkiste, sie mussten Mevrouw van den Berg oder wer auch immer sie war bitten, ein Stück zu rutschen.

»Übersetzt genau für mich«, sagte Pasquale. »Mr Fant, ich habe Achtung vor Eurem Mut, zu kommen und gegen meinen König zu spionieren … und ich verstehe, dass Ihr glaubt, das Rechte zu tun … Aber ich appelliere an Euch, Eure Hartherzigkeit zu bereuen … und alles, was Ihr getan habt zu bekennen.«

Probert übersetzte; van den Berg schrie wieder auf Holländisch.

Pasquale seufzte wieder und bedeutete dem Zimmermann, die Werkzeugkiste aufzumachen. Wenn man jemandem die Hand abschneiden will, braucht man eine Säge. Aber wenn man ein Inquisitor mit seiner Erfahrung war, wusste man, dass es nicht darauf ankam, es sogleich zu tun. Also achtete Pasquale im Moment nicht auf die Säge. Selbstverständlich gab es keine

Daumenschrauben, keine Zangen, die klein genug waren für Fingernägel. Aber es gab einen Schlegel. Er holte ihn heraus.

»Sagt ihm auf Englisch, er solle seine Finger auf dem Balken ausspreizen.«

Bestätigung, falls Bestätigung nötig war, denn der Spion ballte seine einzige Faust fest in seiner Handschelle zusammen.

»Haltet ihn fest«, sagte Pasquale zum Zimmermann, der entschieden den Kopf schüttelte und zur Tür hinausging. Ungeduldig gab Pasquale dem Soldaten ein Zeichen, der gleichmütig hinter Fant trat und ihn in den Schwitzkasten nahm. Fant schrie auf Holländisch weiter.

»Sagt es ihm noch einmal.«

Die Faust ballte sich fester zusammen. Pasquale schlug mit seinem Schlegel zu, und Fant schrie auf. Pasquale schnappte sich den Zeigefinger, hielt ihn auf dem Balken fest und schlug ein paar Mal mit dem Schlegel darauf, während Fant brüllte und sich wand. Pasquale sehnte sich nach der fortschrittlichen Ausrüstung in seinem Büro, nach den Knebeln und Zwangsjacken und so weiter, und er nahm den schweißbedeckten zweiten Finger und ließ den zerquetschten ersten hängen.

»Sagt ihm, wenn er mit mir auf Englisch reden will und nicht lügt, werde ich seine restlichen Finger in Ruhe lassen. Solange er weiter schweigt, werde ich …«

Pasquale traf den Mittelfinger mit dem Schlegel, und Fant schrie wieder und plapperte dann heiser auf Probert ein.

»Ist das Englisch?«, fragte Pasquale.

Probert nickte. Er sah etwas blass aus. Er hörte aufmerksam zu. »Ja, Señor, er zugibt, er ist Engländer, sein Name Anthony Fant, was ich behauptet habe, er sagt, er kommt her, um Kanonen zu verkaufen, und denkt, er macht Geld …«

Pasquale schlug wieder auf den zweiten Finger. »Sagt ihm, ich will keine Lügen hören.«

An Proberts blondem, massigem Körper vorbei, erblickte Pasquale plötzlich Mevrouw van den Berg … die Frau weinte nach vorne gebeugt in ihre kleinen Hände. Er hörte auf. Es wäre besser, sie zu trennen, um ihre Geschichten miteinander zu vergleichen.

Er ging hinüber, zog die Frau an der Achsel hoch, so dass sie auf ihre Füße stolperte, und schob sie an ihrem Ehemann und dem Soldaten vorbei. Fant begann wieder auf Englisch zu brüllen, aber Pasquale beachtete den ganzen Lärm und die würdelose Hysterie nicht und schob die Frau auf den Gang hinaus.

»Passt auf sie auf«, befahl er dem Zimmermann, der an der Wand lehnte und hinauf ins Leere starrte. »Behaltet sie hier, lasst sie nicht entkommen.«

Nachdem er die Tür zugemacht hatte, konzentrierte sich Pasquale auf Fant, der immer noch auf Englisch weiterplapperte.

»Er bekennt, Señor«, sagte Probert aufgeregt. »Sagt seine Frau weiß nichts, sie kam, weil er befohlen … Er sagt, er kommt zu erfahren die Pläne des Herzogs für Invasion von England, etwas über ein Wunder der Schönheit, Herr. Das ist alles, er sagt immer wieder, er kommt, findet heraus Wunder der Schönheit, was ist es.«

Fant saß vornüber gebeugt, Tränen liefen ihm übers Gesicht, die Spucke brodelte in seinem Mund. Es war schwer, sicher zu sein. Pasquale gab dem Mittelfinger einen weiteren Schlag mit dem Schlegel, und Fant sprang auf wie ein Reh, schrie unzusammenhängendes Zeug, die Augen weit aufgerissen, am Hals traten die Sehnen hervor.

»Er sagt, was wollt Ihr noch wissen, Señor«, sagte Probert. »Nun, er sagt mehr, aber ich lasse weg.«

Pasquale sah Probert kalt und mit zusammengezogenen Brauen an. »Lasst nie etwas aus, was er sagt. Sagt es mir genau.«

»Tut mir Leid, Señor. Er sagen was willst du noch wissen, oh Bastard, der mit seiner Mutter hurt, Señor. Tut mir Leid.«

Der Soldat kicherte, bis Pasquale ihn mit Blicken zum Schweigen brachte. »Zieht ihm die Stiefel aus«, sagte er zu Probert.

»Ich, Señor?«

»Ihr.«

Es war ein Kampf, und der Soldat musste einen festeren Griff finden, weil Fant wild mit seinem Stumpf herumfuchtelte, aber schließlich stand er auf bloßen Füßen, und der Geruch seiner Socken gesellte sich zum Gestank der Angst, der das Schiffsgefängnis füllte. Pasquale beugte sich hinunter, packte Fants rechten Fuß und schlug mit seinem Schlegel auf den großen Zeh, bis er ein Beutel violetten Gelees war und Fant wie ein Hund jaulte.

»Sag ihm, er soll sich einer zivilisierten Aussprache befleißigen«, sagte Pasquale zu Probert, der nickte, offensichtlich schockiert, und die Bemerkung weitergab. Fant schien überhaupt nicht zuzuhören, hob seinen verwundeten Fuß vom Boden und schrie.

Pasquale haute den Schlegel auf den anderen Zeh und brachte Fant zum Hüpfen. »Seid still«, sagte er leise. »Warum macht Ihr so einen Krach? Ihr seid kaum angerührt worden.«

Wimmernd stand Fant still und starrte Pasquale auf eine Weise an, die seiner Erfahrung nach der Beginn von Wahrhaftigkeit war.

»Nun, fangt am Anfang an.«

Fant war von der Königin beauftragt worden, einen entscheidenden Teil von Santa Cruz' Plan für die Armada zu erkunden. Er trug den Codenamen »Wunder der Schönheit«, und niemand in England wusste, was das bedeutete, sie vermuteten nur, dass es mit den Galeassen zu tun hatte. Das war alles. Er hatte die Kanonenlieferung von Burghley und eine Frau als Übersetzerin mitgebracht und hatte sich in La Coruña der Armada angeschlossen, wie der Señor selbst wohl wusste …

Sie gingen es noch einmal durch, in einer anderen Reihenfolge, und es kam auf dasselbe heraus. Pasquale nickte, rieb sich die Augen, benutzte den Wams des Mannes, um den vorderen Teil des Schlegels abzuputzen. »Lasst ihn los.«

Der Soldat nahm seine Arme von Fants Hals, und der Spion sackte an den Balken. Pasquale nickte zustimmend – die Kette war so kurz, dass er stehen musste, das würde ihn ermüden, und der Schmerz würde ihn wach halten, für den Fall dass sie noch irgendetwas von ihm bräuchten. Aber Pasquale glaubte das nicht. Er hatte einen Instinkt für diese Dinge, und nahm an, dass Fant tatsächlich nicht viel mehr wusste. Vielleicht noch eine Information.

»Noch etwas«, sagte er. »Wer ist Euer Anführer in dieser Angelegenheit?«

Ein etwas seltsamer Ausdruck flog über Fants Gesicht, halb

lächelnd, halb schluchzend. »David Becket«, sagte er laut und bestimmt. »David Becket Anführer.«

»Hm.« Pasquale hob die Laterne und nickte dem Soldaten zu, er solle die Werkzeugkiste mitnehmen, winkte ihm und Probert und ließ die Dunkelheit hinter sich zurück. Er würde Medina Sidonia vor Sonnenaufgang Bericht erstatten, dachte er, denn das war wirklich eine wichtige Sache. Erst einmal hatte er selbstverständlich die Existenz eines Spions bestätigt und seinen Auftrag herausgefunden, aber wenn der Codename »Wunder der Schönheit« echt und, wie Fant sagte, ein Geheimnis war, dann war eine wichtige Information aus Medina Sidonias eigener Umgebung entschlüpft. Der Herzog musste so schnell wie möglich Bescheid wissen …

Pasquale erwartete, im Gang den Zimmermann zu finden, der die Frau festhielt und auf die Rückgabe seiner Werkzeugkiste wartete. Aber keiner von beiden war da, nur ein neuer Blutfleck auf dem Holz.

Einige Herzschläge lang stand er da, starrte ihn ausdruckslos an und war nicht imstande zu verstehen, was das bedeutete. Der Zimmermann … Der Mann, dem er gesagt hatte, er solle sich um Mevrouw van den Berg kümmern, muss beschlossen haben, sie irgendwohin mitzunehmen, zweifellos um die Sünde der Unzucht mit ihr zu begehen … Oder vielleicht hatte sie versucht zu entfliehen, und es hatte einen Kampf gegeben … Nein, sicher nicht. Sie war nur eine kleine, schwache Frau.

Sie musste gefunden werden. Das Herz schlug ihm bis zum Hals, als er Probert sagte, er solle dem Wachoffizier das Verschwinden der Frau melden. Er ließ den Soldaten als Wache an der Zellentür zurück. Das Schiffsgefängnis war auf dem Orlopdeck, im Heckbereich, genau unter dem Hauptmagazin. Er hielt die Laterne hoch und begann hektisch, das Schiff zu durchsuchen, sah an jedem Ort nach, wo sich seiner Meinung nach eine Frau verstecken könnte.

Die Dämmerung brach an, und er bekam zehn Soldaten, die ihm bei der Suche helfen sollten, und sie gingen methodisch das ganze Schiff vom Bug bis zum Achterdeck durch. Gelegentlich dachte er daran, dass er auf der *San Salvador* war und die ruhmreiche Armada in den Kampf gegen die Engländer zog. Abgesehen davon, dass es anscheinend nicht viel Kämpfe gab. Sicher, der englische Admiral hatte ein kleines Schiff in die Nähe der *San Martin* geschickt, um eine Kanone abzufeuern, und dann waren die anderen englischen Schiffe, die durch irgendeinen Zauber auf der Westseite der Flotte aufgetaucht waren, nahe an die Kampfschiffe an jeder Spitze der Halbmondformation herangesegelt. Aber die *San Salvador* war ein Frachtschiff und lag damit geschützt in der Mitte der Mondsichel, wo die Galeassen, auf unheimliche Weise unabhängig vom Wind, auf und ab trieben und mit ihren raupenartigen Beinen über die Wellen zogen. Einmal hörte Pasquale ein Knallen und dachte, jemand würde eine Trommel schlagen, aber die Rauchwolken aus der Richtung, wo die großen spanischen und portugiesischen Schiffe segelten, sagten ihm, dass es Kanonenfeuer war. Es war seltsam anzuschauen: ein Blitz, eine Rauchwolke, alles war still, und später kam dann der Knall. Was hielt das Geräusch der Schießpulverexplosion zurück? Pasquale hätte es gerne gewusst.

Dann fiel ihm wieder ein, was er eigentlich zu tun hatte, und machte sich erneut auf die Suche. Schließlich kam ein Soldat zu ihm, verbeugte sich und sagte, dass die Tür zur Kabine mit den Kartuschen neben dem Magazin im Heckaufbau von innen verriegelt sei und niemand auf ihr Klopfen antworte.

Pasquale ging rasch zum Niedergang und nahm fast rennend die Leiter ins Achterdeck hinunter, wo sich das Hauptmagazin befand. Ein Soldat schlug mit der Faust an die Tür der Kartuschenkabine. Pasquale gab ihm ein Zeichen, sich zurückzuziehen, und klopfte sanft an die Tür.

»Mevrouw van den Berg«, sagte er leise. »Mevrouw van den Berg?«

Ein lautes Schniefen war zu hören.

»Bitte habt keine Angst, Señora, ich habe nicht die Absicht, Euch wehzutun.«

Noch ein Schniefen.

»Wenn Ihr mich einlassen würdet …«

»Ihr werdet mich verletzen … Ihr werdet mir die Finger brechen …«

»Nein, nein, Mevrouw van den Berg. Ich verspreche es. Ich habe von Eurem Ehemann alles erfahren, was ich wissen muss, und außerdem würde ich eine gute Christenfrau, wie Ihr es seid, niemals verhören. Wenn Ihr mir nur vertrauen würdet, ich werde für Euren Schutz sorgen …«

»Er hat mich nie geliebt, er hat mich nur geheiratet, damit ich übersetze …«

»Selbstverständlich, Mevrouw van den Berg, selbstverständlich, er ist ein lasterhafter, ketzerischer Engländer, und ich weiß, dass Ihr skandalös ausgenützt wurdet. Bitte lasst mich ein.«

Es kam noch ein Schniefen, ein Schlurfen, und die Tür ging gerade weit genug auf, um ihn durchzulassen.

Dann sah er, dass sie mit beiden kleinen Händen eine Pistole hielt, eine Dag mit Radschloss, deren Mündung auf und ab schwang, weil sie zu schwer für sie war. Pasquales Herz setzte fast aus. Er wusste, dass an einem Ort, wo wahrscheinlich Schießpulver herumlag, irgendein Funke grässliche Gefahr bedeutete, er würde eine Explosion auslösen, ein Feuer, und dann … Sie befanden sich genau neben dem Magazin, es gab sogar eine Rutsche, um das Schießpulver durch die Wand zu befördern. Auf allen Seiten waren die weißen Segeltuchsäcke der Kartuschen gestapelt. Ein einziger Funken reichte …

»Mevrouw van den Berg«, sagte er, mit klopfendem Herzen, sogar noch leiser, um sie nicht zu erschrecken, »schießt nicht.« Es war unwahrscheinlich, dass sie ihn treffen würde, so wie sie die Pistole herumschwenkte, aber allein der Schuss könnte alles in die Luft jagen … »Mevrouw van den Berg, ich flehe Euch an, gebt mir die Pistole. Ihr gefährdet Euch selbst, wenn der Funken das Schießpulver entzündet …«

Sogar während er schmeichelnd auf sie einredete, überlegte ein Teil seines Verstands, wie sie an eine solch gute kleine Pistole gekommen war. Es war sicherlich die einzige Feuerwaffe, die sie überhaupt nur benutzen konnte, aber soweit ihm bekannt war, trugen sie nur Offiziere, und sie konnte nicht …

»Kommt herein«, sagte sie. »Kommt herein oder ich schieße.«

»Dann werdet Ihr bei der Explosion sterben.«

»Ich weiß. Ich würde lieber auf diese Art sterben, als mir die Finger zerquetschen zu lassen.«

Er trat ein und schloss die Tür. »Gebt mir die Pistole, gnädige

Frau, ich werde Euch unter meinen Schutz stellen. Bei der Heiligen Muttergottes schwöre ich, dass ich für Euch sorgen werde.« Sie gab sie ihm nicht. Aber sie legte sie auf einen Stapel Kartuschensäcke. Irgendwie war sie ihre Handschellen losgeworden, und er fragte sich wie, aber dann, als sich ihr Gesicht zum Weinen verzerrte, vergaß er die Frage und streckte nur die Arme nach ihr aus, drückte sie eng an seine Brust, so dass sie sich an ihn lehnen und weinen konnte. Er schwor sich, sie nach der Hinrichtung des bösen englischen Spions, der dieses zarte, zerbrechliche Wesen so ausgenützt hatte, selbst zu heiraten und den Rat des Priesters, der Fasten als Buße auferlegte, zu befolgen, er möge lieber heiraten als zu verbrennen. Er würde auch das kleine Haus der Frauen nicht mehr aufsuchen, nicht mehr darum betteln, gefesselt und geknebelt zu werden, um die aufgestaute Ekstase der Sünde freizusetzen, wonach er sich so schwächlich sehnte, er würde der zärtlichste und großmütigste Ehemann dieser zierlichen Dame sein, und sie würde …

Etwas raschelte hinter ihm. Er sah sich um. »Eine Ratte«, flüsterte Mevrouw van den Berg. »So viele Ratten.«

»Kommt mit mir hier heraus, ich werde mich um Euch kümmern … Mevrouw van den Berg, sagt mir, was ist Euer Taufname?«

Sie kuschelte ihren Kopf in seine Achselhöhle, auf der Flucht hatte sich ihre Kopfbedeckung verschoben, ihr schwarzes Haar fiel wie ein Schleier um ihr Elfenbeingesicht … Außerstande etwas dagegen zu tun, beugte er sich über ihren Mund und küsste sie, bewunderte die Zierlichkeit ihrer Knochen und die Weichheit ihrer Lippen, verlor sich in dem runden, seiner Spitze beraubten Duft der Frau, ihres Körpers, in ihrem …

Jemand schlug ihn sehr kräftig auf den Rücken, genau unter dem Brustkorb, und ein riesiger Stachel schien dabei zu sein, der ihn mit dem abscheulichsten Schmerz durchbohrte, den er je gespürt hatte, eine ausgedehnte, schauderhafte Explosion von Schmerz. Er starrte, taumelte, ließ Mevrouw van den Berg los und sah, wie ihr Gesicht eine barbarische, ja teuflische Grausamkeit annahm, als sie eine Zimmermannsklinge aus dem Ärmel zog und ihm in den Bauch stach.

Seine Hände hoben sich reflexartig, als sie weiter auf ihn einstach, der grässliche, kreischende Schmerz in seiner Niere strahlte bis in die Blase aus und bis in den Kopf, seine Knie zitterten, verloren das Gefühl, er fiel und fiel … sie trat ihm ins Gesicht mit ihrem spitzen Stiefel, schlug ihm die Zähne ein, noch einmal, brach ihm die Nase, noch einmal, und er begann, den Halt in der Welt zu verlieren, sein Körper war plötzlich eine Ansammlung von Schmerz, er wusste nicht, was er tun sollte … Sicher konnte es nicht die zierliche, die schöne, die mandeläugige Mevrouw van den Berg sein, die …

Ihre Dienstmagd, die Zwergin, trat hinter ihm hervor, ein blutiges Messer in der Hand. Eine Frau und eine Zwergin hatten ihn ermordet … aber warum? Er hatte doch nur zu helfen versucht? Er liebte sie. Er wollte sie heiraten. Warum hatte sie ihm das angetan?

Er lag zusammengekrümmt auf einem der Kartuschenstapel. Die Zwergin beugte sich über ihn, legte eine Handschelle an das eine Gelenk, führte die Kette um den nächsten Balken und ließ sie am anderen Handgelenk zuschnappen. Er konnte immer noch nicht schreien oder mehr als nach Luft schnappen, aber er versuchte es. Dann schob ihm Mevrouw van den Berg einen Klumpen Werg in den Mund, was ihn zum Würgen brachte, ihm die Luft nahm, das Blut aus seiner Nase lief ihm bei jedem Atemzug in die Kehle, erstickte ihn … Es waren furchtbare Qualen, unerträglich. Warum? Warum er?

»Ihr wollt meinen Taufnamen wissen?«, zischte Mevrouw van den Berg in sein Ohr. »Ich bin keine Christin, ich bin Jüdin, wie deine Mutter, das abtrünnige Miststück, jüdisch, wie ihre armen Eltern es gewesen sind. *Ihr habt so viel jüdisches Blut in Euch wie ich*. Und mein Name ist Rebecca Anriques, Ehefrau von Simon Anriques, den Ihr gefoltert und auf die Galeere gebracht habt, und jetzt« – diese hinreißenden Mandelaugen loderten, waren im Zorn noch schöner – »jetzt, du dreckiger Christenbastard, jetzt …«

Sie spuckte und stieß ihm den Dolch in die Genitalien, stach auf ihn ein, während er versuchte, sich wegzudrehen, sich zu schützen, kämpfte gegen den Schmerz an, gegen die Dunkelheit. Ihre Zwergenfrau legte eine Hand auf ihren Arm und sprach mit ihr auf … auf Englisch? Die Frau, Rebecca Anriques, atmete tief durch, hörte mit der Stecherei auf und antwortete dann, ebenfalls auf Englisch.

Plötzlich schoss die Erkenntnis in Pasquales Kopf: Sie war die Spionin, Fant war nur ihr unglücklicher Helfer. Das war der wahre Teufel, diese Frau hatte ihn zum Narren gehalten, damit er sie begehrte, hatte seine eigene Sünde als Waffe gegen ihn benutzt. Die Erkenntnis stand da, grinste ihn an wie der Teufel persönlich.

Sie stand jetzt aufrecht, näherte sich der Tür. Sie hatte eine Lunte zur Rutsche ins Magazin gelegt, wo die Hauptfässer mit Schießpulver lagerten. Jetzt ging sie ein grässliches Risiko ein und benützte das Radschloss, um Funken zum Anzünden zu erzeugen, und als die Lunte glühte und rauchte, ging sie rückwärts aus dem Raum, schloss die Tür und verriegelte ihn.

Pasquale sah zu, unfähig, sich zu bewegen, während er innerlich verblutete, halb erstickt von dem Seilfaserknebel in seinem Mund mit den gebrochenen Zähnen, und irgendwie sah er aus großer Höhe zu, wie die helle Glut an der Lunte entlanglief, immer näher an das verschüttete Schießpulver aus dem Magazin heran, das Schiff schwankte und knarrte unbeteiligt weiter und dann …

Er spürte die Explosion, aber er hörte sie nicht. Flammende Hitze zog ihm die Haut ab, eine Riesenhand zerbrach ihn, riss ihn empor, während Balken splitterten, nicht aber der, an den er gekettet war, und das Ende des Heckaufbaus flog in die frische Luft hinaus. Er sah hinunter und bemerkte, dass er keine Beine mehr hatte, nur die verstümmelten Überreste von jemandem, den man mit spanischen Stiefeln gefoltert hatte.

Der ganze Heckaufbau war in die Luft geflogen, er schaute jetzt hinaus, vorbei an zersplittertem Holz, Körperteilen, weißen Kartuschensäcken, die wie Blüten hinunter zum Wasser schwebten … Jemand schrie heiser, war er das? Nein, er konnte nicht schreien, aber die Schreie, die er ausstoßen wollte, schienen seinen zerstörten Körper zu füllen, anschwellen zu lassen … Warum war er nicht tot? Sicherlich konnte er eine solche Explosion nicht überlebt haben, sicher konnte es nicht wahr sein, dass er auf das Wasser hinausstarrte, zum Teil mit seinen abgehäuteten Armen an den Handschellen baumelnd, die Mevrouw van den Berg gefesselt hatten ... Die arme kleine Mevrouw van den Berg, die Explosion hat sie bestimmt geängstigt ...

Etwas an diesem Gedanken war falsch, dachte er, wusste aber nicht was. Er blinzelte Blut von den Augen, wartete, dass der Tod zu ihm kam, dass das Sonnenlicht und der Wind ihn weiter häuteten ... Noch mehr Schreie, Rufe, Flammen und Rauch – das Feuer breitete sich auf dem Schiff aus, erreichte die obere Takelage, die Segel entflammten zu kurzer Schönheit und übel riechenden Rauchwolken. Pasquale schaute hinauf und wieder zurück, aber es fiel ihm schwer, es war schwierig, den Kopf so stark zu bewegen, zu anstrengend. So schaute er zum Schiff hinaus, nach achtern, aus dem großen Fenster, das vom Schießpulver, das irgendwie versäumt hatte, ihn ganz umzubringen, herausgerissen worden war.

Irgendetwas passierte mit den großen Galeonen der prächtigen Armada: Eine war mit einer anderen zusammengestoßen, er konnte sie klar erkennen, wie Modellschiffe auf einem Ententeich. Teile der Takelage waren in einem verknäulten Durcheinander aufs Deck gefallen, und Seeleute mit blitzenden Äxten kletterten dazwischen herum.

In der Ferne konnte Pasquale gerade noch die kleinen, niedrigen, widerwärtigen englischen Schiffe sehen, die wie Schakale auf sie zustürzten, um sie anzugreifen, jetzt, nachdem sie verwundet waren. Dann kam, Gott sei es gedankt, der Admiral der *San Martin* mit seinem Geschwader, und zwei der seltsamen Galeassen bewegten sich auf Zehenspitzen über die Wellen auf sie zu. Der Admiral schob sich zwischen die *San Salvador* und die hungrigen Engländer und feuerte Geschütze ab.

Von seinem Logenplatz aus zuzuschauen, wie die Hunde und Bären des Meeres miteinander kämpften, war durchaus unterhaltsam. Irgendwie verschwand die große, schmerzliche Qual seines Körpers in der Ferne, der tapfere Anblick der Schiffe unter vollen Segeln, die glitzernden Wellen, die grauen Rauchwolken des Schießpulvers ließen die Qualen zu einem Traum werden.

Eine der Galeassen kam näher und fuhr direkt an die Seite der *San Salvador,* die nicht in Flammen stand, heran. Eine Leine flog über den Zwischenraum und wurde festgezurrt. Es war die *San Lorenzo,* das Flaggschiff der Galeassen. Die Schiffe wurden miteinander verbunden, als würde geentert ... Und das traf auch zu, denn die Soldaten der *San Lorenzo* sprangen über den Zwischenraum der Schiffe und fingen an, die Feuer zu löschen. Wie tapfer, wie edel, sein Leben zu riskieren, um ein Schwesterschiff zu retten.

Eine kleine Stimme quasselte auf ihn ein, irgendwo aus der unteren Hälfte seines Körpers, die langsam verblutete, die schrecklichen Wunden versengt vom Blitz der Explosion. Da ich sterben werde, sollte ich nicht vielleicht meine Reue bekunden? Sollte ich mich nicht für die Vergebung meiner Sünden an Gott wenden? Aber warum?, dachte der Kopfteil von Pasquale. Ich wurde von einer Frau zum Narren gehalten, aber meine Absichten waren edel. Ich bin auf einer Kreuzfahrt und ich weiß, dass ich direkt in den Himmel komme, wenn ich sterbe. Ich war der treueste Diener Christi, ich habe nicht gefehlt, seit ich meine letzte Beichte für meinen Besuch im Frauenhaus abgelegt habe, weshalb sollte ich dann meine Reue bekunden? Ich will lieber den Schiffen zuschauen.

Die Galeasse schleppte sie mit, damit sie dem Rest der Flotte folgen konnten, die Riemen blitzten wie Flügel in der Sonne, und ein Geräusch kam aus dem Schiff, als würde es singen. Ein seltsames, rhythmisches Lied, und die Riemen blitzten im Takt dazu. Pasquale konnte nicht sehr gut hören, weil eines seiner Trommelfelle bei der Explosion geplatzt war, aber er hatte schon den Eindruck, dass es Worte waren, seltsame, fremdartige Worte. »*Da wu da is kalleeh, da wu da is kalleeh*«. Wahrscheinlich irgendein Unsinn, der half, den Takt zu halten.

Er wurde gewiegt in seinem harten Bett mit der wunderbaren Aussicht, und Pasquale schaute den Galeassen und ihren schönen Riemen zu, lauschte dem Gesang der Galeerensklaven, und allmählich wurde ihm kälter. Er zitterte, aber das Zittern war ihm genauso wenig bewusst wie der Schmerz, den es auslöste. Die Sonne versank, und die Nacht fiel herab, gerade als die Schleppleinen zur Galeasse gekappt wurden. Die *San Salvador* trieb unter den leuchtenden Sternen der schwärzesten Nacht auf den Gezeiten dahin.

Als Pasquale davonschwebte, kam er an einen seltsamen, felsigen Durchgang zu einem Licht, das in seinen Augen brannte und stärkere Schmerzen verursachte als die Schießpulverexplosion, unerträgliche Schmerzen, blendend hell und freundlich. Da stand jemand, wartete auf ihn. Vielleicht ein Engel? Um ihn von dem Ort wegzuführen, der offensichtlich das Tor zur Hölle war?

Er schaute sich die Gestalt an, bemerkte, dass es ein leuchtender Mann war, nackt, von ihm abgewandt. Der Mann drehte sich um, und Pasquale blickte in das Gesicht von Christus, zerstochen von seiner Dornenkrone. Aber als Pasquale genauer hinschaute, sah er, dass Jesus beschnitten war, nicht anders als der Jude, den er gefoltert hatte. Das Entsetzen ließ ihn stehen bleiben, wo er war, das Grauen breitete seine frostkalten Finger in seinem Herzen aus.

»*Josef*«, sagte Christus traurig zu ihm, »*Josef, warum hast du mich verfolgt?*«

Simon Ames

Lissabon, im Frühjahr 1588

Es war lange her, dass Simon Ames Untersuchungsrichter gewesen war, und während er in der Gefängniszelle saß, dachte er angestrengt darüber nach, was er tun sollte. Unglücklicherweise war sein Gedächtnis zu gut, aber wenigstens stammte das meiste, was er an wichtigen Informationen hatte, aus der Zeit vor fünf Jahren, und er wusste noch nichts von dem, was er von seinem Bruder hatte erfahren wollen. Im Sommer 1587 hatte Francis Ames die Sendung geschickt, die einen Notfall anzeigen sollte – Myrtenblätter, eingenäht in einen Seidenbeutel. Nunez und er hatten bis tief in die Nacht diskutiert, wie man am besten darauf reagieren sollte, jetzt da Krieg zwischen England und Spanien herrschte. Drake hatte gerade Cadiz geplündert und eine Menge Schiffe und dazu eine große Menge Fässer verbrannt und viele spanische Gewerbe in den Ruin getrieben. In London wurde schon der gute Sherry knapp, auch wenn Nunez eine ganze Lieferung für die Zukunft gekauft hatte. Schließlich beschlossen sie, dass Simon selbst nach Lissabon fahren und direkt mit Francis Kontakt aufnehmen sollte. Es war möglich, dass Francis unauffällig aus seiner gut getarnten Stellung als Schreiber des Hafenmeisters herausgelöst werden wollte. Simon war der einzig verfügbare unter den Brüdern Ames, er hatte keine lebenswichtige Aufgabe im Dienste Walsinghams und er würde imstande sein, die Lage richtig einzuschätzen.

Es konnte nicht schaden, wenn er etwas Geld verdiente, und außerdem brauchte er eine gute Tarnung. Dr. Nunez entschied, dass er Eisen, Gewehre und Schießpulver an die Sklavenküste Afrikas bringen, dort Sklaven laden und sie in die Karibik verschiffen sollte, wo die Zuckerrohrplantagen verzweifelt Arbeitskräfte suchten. Von dort würde er mit Zucker nach Lissabon segeln und aus Lissabon die Information und möglicherweise seinen Bruder mitbringen, zusammen mit Sevilla-Orangen, Sherry, Olivenöl und Gewürzen für den Verkauf in England.

Und so hatte sich Simon in das gefährliche Unternehmen gestürzt, auf einer Brigg, die Nunez über zwei Mittelsmänner in Antwerpen gehörte. Seine Frau hatte ihn gezwungen, sie mitzunehmen, hatte dreist erklärt, sie würde weder essen noch trinken, bis er sich anders besonnen hätte, und das tat sie dann auch, zweieinhalb Tage lang, bis er nachgab. Denn das letzte Mal, dass sie ihn aus den Augen gelassen habe, sagte sie, habe dazu geführt, dass er von Hunden durch London gejagt und an der Schulter schwer verletzt worden war. Seine Kinder wusste er sicher bei ihrem Großvater, und vielleicht war es gar nicht schlecht, wenn sie vom England der Königin wegkam. Nicht dass es Elisabeths Art gewesen wäre, ihren Ärger an den Ehefrauen auszulassen, obwohl ihr Vater so ein Mann gewesen war, nur ...

Es war natürlich angenehm, seine Frau bei sich zu haben, bis dann ihre Magd krank geworden und an Roter Ruhr gestorben war und Rebecca sich mit der Krankheit angesteckt und fast selbst das Zeitliche gesegnet hatte, bis Simon die seltsame schwarze Frau mitgebracht hatte, die sich um sie kümmern sollte und irgendwie eine Hexe zu sein schien. Hatte sie tatsächlich vom Mast aus den Sturm herbeigerufen, oder war es nur Wahnsinn und Tollheit, gefolgt von einem zufälligen Sturm? Das hatte er zumindest zu dem kleinen protestierenden Trunkenbold von einem Priester gesagt, der fast mit Sicherheit derjenige war, der ihn verraten hatte.

Mit der Zuckerladung reiste er nach Lissabon, wo er nie zuvor gewesen war, wo man unmöglich sein Gesicht kennen konnte. Merula hatte Recht gehabt, etwas hatte die Bettler abgeschreckt. Man musste sie beschattet haben, sehr sorgfältig, wahrscheinlich Männer, die sich abwechselten, so dass sie all seine Kontakte festhalten konnten. Wer hatte ihn verraten? Francis nicht, glaubte er. Das war kaum vorstellbar, und abgesehen davon wussten sie ja noch gar nicht, dass Francis sein Bruder war und als Schreiber des Hafenmeisters arbeitete. Er hielt es sogar für möglich, dass Francis immer noch frei war. Aber er war verraten worden, und es wäre gut zu wissen, von wem, damit er jemanden verfluchen konnte, wenn er verbrannt wurde. Soweit er wusste, waren Flüche besonders wirksam, wenn sie mit dem letzten Atemzug ausgestoßen wurden.

Ganz bewusst schob er den Gedanken ans Verbrennen von sich. Nun denn, dachte er. Sie sagen nie genau, was sie wollen, weil man nie wusste, was kommen könnte, und deshalb werden sie ... Sie werden Druck ausüben, ohne zu fragen. Ich muss der empörte Kaufmann sein, der nur mit Zucker handelt. Wenn ich etwas zugeben muss, dann werde ich ihnen sagen, dass ich Engländer bin und mit Sklaven ohne Lizenz gehandelt habe. Wenn ich noch etwas sagen muss, gebe ich ihnen den Namen von Walsingham. Wenn ich noch etwas zugeben muss, bekommen sie den Namen von Phelippes. Als Nächstes bekommen sie dann zu hören, dass ...

Ganz am Boden seiner Erinnerungsgrube lag sein Bruder.

Er betete bewusst nicht darum, dass seine Frau entkommen möge. Fast mit Sicherheit würde sie es nicht schaffen. Sie würden Soldaten aufs Schiff schicken, sie könnten Francis inzwischen erwischt haben, trotz seiner Selbstbeherrschung, als das Heilige Amt vor seinen Augen seinen Bruder festnahm. Simon wusste, wie viel es Francis gekostet haben musste, dazustehen und Aufzeichnungen zu machen, zuzusehen, wie sein Bruder abgeführt wurde, und nichts zu tun ...

Was konnte er ihnen sonst noch geben? Unglücklicherweise wusste er überhaupt nichts über Sir Francis Drake, er hatte den Mann nicht einmal kennen gelernt, also erfand er einige interessant klingende Geschichten über geplante Hinterhalte in Cornwall, über Höllenbrenner, die speziell für El Draco gebaut wurden.

Er saß still in der Dunkelheit der Zelle, in die sie ihn gesteckt hatten und die ziemlich kultiviert war: selbstverständlich sehr, sehr dunkel, und nur eine Bank und einen Eimer fürs Wohlbefinden, aber nicht dumpfig, nicht stickig, groß genug, um zu stehen und sich hinzulegen. Viel besser als viele Zellen im Tower.

Er bemerkte, dass sich seine Fäuste wieder zusammengeballt

hatten, und bewegte sie, um die Schultermuskeln zu entkrampfen. Die Inquisition hatte die Streckbank. Sie hatten Daumenschrauben. Sie hatten die Wippe, die in ihrer gemäßigten Form als Handschellen bei David Becket mit verheerenden Folgen ihre Wirksamkeit erwiesen hatte. Sie kannten auch verschiedene Arten der Wasserfolter. Sie kannten Dunkelheit und Stille, Hunger und Durst, wenn sie die Zeit dazu hatten, denn mit ihnen brach man am wirksamsten den Willen, ohne einen plötzlichen Tod zu riskieren und das Bewusstsein vom Schmerz benebeln zu lassen. Wenn sie Zeit hatten, aber das glaubte er nicht.

Er stand auf, kletterte auf die Bank, bewegte seine Hand in dem leichten Luftzug hin und her, der aus der vergitterten Öffnung kam. Die Öffnung war kein Fenster, denn es fiel kein Licht herein. Sorgfältig prüfte er die Stäbe, fuhr überall entlang und suchte nach irgendeiner schwachen Stelle oder einem bröckelnden Stein. Er konnte es genauso gut jetzt machen, solange er noch dazu imstande war, dann wusste er, dass es getan war.

Als er die ganze Zelle durchsucht hatte, Zoll um Zoll, um irgendeine Fluchtmöglichkeit zu entdecken – wohl wissend, dass viele andere es vor ihm getan hatten –, und wie erwartet nichts fand, pisste er in den Eimer und setzte sich wieder auf die Bank.

Er schluckte schwer, blinzelte in die Dunkelheit, fragte sich wieder, was Francis ihm wohl so dringend hatte mitteilen wollen, betete unzusammenhängend um Erbarmen, hielt dann inne. Das Heilige Amt wusste lediglich, dass er Zuckerkaufmann war, mehr nicht. Durchaus möglich, dass sie ihn nur auf Grund allgemeiner Grundsätze geschnappt hatten, nur wegen des allgemeinen Misstrauens gegen Engländer, da englische Kaufleute die Dreiecksreise oft illegal machten. Vielleicht war er versehentlich statt jemand anderem denunziert worden. Möglich, dass ihm nichts Schlimmes … oder nichts sehr Schlimmes passieren würde.

Wenn sie allerdings einmal angefangen hatten, wenn sie ihn nackt auszogen, dann würden sie selbstverständlich sehen, dass er beschnitten war. Und würden ihn verbrennen.

Nach dem Gespräch mit Pasquale, als er dalag und in die Dunkelheit starrte, versuchte Simon, sich nicht mit der Zukunft zu befassen. Sein Rücken und sein Hals taten weh, sein Magen tat furchtbar weh, seine Brust tat weh, seine Kehle tat weh, und sein Mund tat weh. Oh, und seine Hand- und Fußgelenke waren aufgeschürft. Aber alles in allem hätte es sehr viel schlimmer sein können. Er fragte sich, ob er nah am Tod gewesen war, als er das letzte Mal ertrank. All der Schmerz und die Panik, in der er so verzweifelt darum gekämpft hatte, trotz der Wassermassen atmen zu können, und der Druck in seinem Bauch, alles war weit weg gewesen. Er hatte das Gefühl zu schweben. Unglücklicherweise war er sofort auf den Tisch zurückgefallen. War es das, was man beim Sterben fühlte? Es war anscheinend nicht so schlimm.

Sicher würden sie ihn töten, aber wie? Nach dem Gesetz, glaubte er, konnten sie ihn nicht wegen Ketzerei verbrennen. Er hatte ganz vergessen, wie pedantisch die Inquisition das Recht befolgte. Das spanische Recht war selbstverständlich sorgfältig darauf ausgerichtet, dem Heiligen Amt zu gestatten, was es machte, tatsächlich sogar ihm vorzuschreiben, was es machte, aber dessen ungeachtet wurde die Gesetzlichkeit gewahrt. Er erinnerte sich, wie er selbst in seinen Tagen als Untersuchungsrichter sorgfältig darauf geachtet hatte, die königliche Vollmacht für Verhöre einzuholen. Jetzt blickte er zurück auf den Mann, der er gewesen war, und konnte kaum glauben, dass er Simon Ames gewesen sein sollte, obwohl er es wusste, obwohl er wusste, dass sie ein und dieselbe Person waren, obwohl er sich daran gewöhnt hatte, dass die Leute ihn Mr Anriques nannten. Zu jener Zeit hatte er sich selbstverständlich unbehaglich gefühlt, ein Recht zu vertreten, das er nicht mochte, das aber besser war als der Tod der Königin, als Anarchie.

Aus Pasquales Bemerkung entnahm Simon, dass er nicht von ihrem Gesetz erfasst wurde, sehr zum Ärger des Heiligen Amtes. Natürlich wollten sie ihn dem säkularen Arm übergeben und ihn sofort verbrennen lassen, und alles in allem dachte er, wäre es besser, wenn sie es täten. Eine andere Möglichkeit war, dass sie ihn stillschweigend vergessen würden und er in seiner Zelle verrottete, bis er starb. Eine andere war, dass sie ihn aus allgemeinen Grundsätzen heraus weiter verhören würden, bis es ihn umbrachte. Aber die Einhaltung der Gesetze hing über allem. Simon glaubte, Pasquale zu verstehen: Solange alles rechtlich einwandfrei war, würde Pasquale kein Erbarmen haben. Wenn aber einmal ein Schatten auf die Reinheit des Rechts fiel, wäre Pasquale völlig allein auf dem Meer.

Allein auf dem Meer. Eine gute Metapher. Simon mochte das Meer und fand angenehme Entspannung in dieser Erinnerung. Es hatte ihn erstaunt, dass er nicht anfällig war für Seekrankheit, sogar in dem mächtigen Sturm, den Merula offenbar heraufbeschworen hatte. Er hatte damit überhaupt keine Erfahrung, war kein richtiger Seemann, aber er hatte den Kapitän auf dem Schiff seines Onkels gern beobachtet und ihn gefragt, was passierte, wenn man an dieser Leine zog oder dieses Segel sich entfaltete, hatte den Seeleuten bei der Arbeit zugesehen. Wie das alles zusammenpasste war schön, Winkel um Winkel, Leine um Leine. Es hatte alles seinen Sinn.

Der Kapitän hatte ihn für sein Verständnis gelobt, hatte erlaubt, dass Simon mit einem der Vorleute die Toppen hinaufsteigen durfte. Es war einer der heitersten Momente seines Lebens gewesen, obwohl es auch entsetzlich war. Auf halbem Weg beim qualvollen Aufstieg durch die Webeleinen hatte er bemerkt, dass sie vibrierten, und hatte versucht herauszufinden, woher das kam. Er hatte festgestellt, dass es seine zitternden Knie waren, die das Fallreep auf ganzer Länge zum Schwingen brachten, als wäre es eine gezupfte Lautensaite. Er hatte tief Atem geholt und versucht, sich zusammenzunehmen. Der schlimmste Teil waren die Wanten: Der Vormann der Toppen kletterte sie Hand über Hand hoch, hing nach hinten wie ein Affe, und Simon folgte ihm panisch, klebte keuchend in den Webeleinen, während die Mannschaft ihn demütigend mit einer Leine sicherte und ihm auf die Schulter klopfte.

Die Plattform der erkämpften Spitze schien sich immer im Kreis zu drehen, als Simon sich festklammerte, aber das Meer um ihn herum … der Wind … Er hatte zu Rebecca hinuntergeschaut, die weiß im Gesicht zu ihm heraufstarrte, hatte gelacht und gewunken und wurde von ihrem Entsetzen gegen jede Logik aufgeheitert. Dann war er mühsam wieder aufs Deck geklettert, damit sie ihn ausschimpfen konnte.

Er hatte sich gelobt, nicht an Rebecca zu denken, und doch tat er es ständig. Er nahm an, sie sei, der Allmächtige möge sich ihrer erbarmen, verhaftet und wahrscheinlich auch gefoltert worden. Für sie wäre es schlimmer; sie war nur eine Frau, sie wusste so viel weniger von der Welt, und obwohl sie Mutter war und einen großen Teil der Geschäfte ihres Vaters zu führen schien, kam sie ihm doch zerbrechlich vor. Es hatte ihn zutiefst erschreckt, als sie so krank war. Er war sicher gewesen, sie würde sterben wie ihre Ankleidemagd und ihn völlig allein zurücklassen ...

Er hatte viele Jahre lang vollkommen glücklich ohne Frauen gelebt, im Schlaf vom gelegentlichen Sukkubus heimgesucht, aber er hatte nie etwas vermisst. Im Gegensatz zu Becket hatte er nie das Bedürfnis verspürt, bei den Huren in den Bordellen von South Bank Gesundheit und Verstand zu riskieren. Er war nicht allzu enttäuscht gewesen, als Rebecca ihn das erste Mal zurückgewiesen hatte, als er noch der Königin und Walsingham als Untersuchungsrichter und Verfolger der katholischen Priester gedient hatte. Später war er dann sehr schockiert, als sie ihn durch seine Tante Leonora Nunez wissen ließ, dass sie jetzt, da er den Dienst bei der Königin quittiert habe, seinen Antrag noch einmal überdenken werde. Wie Tante Leonora erklärt hatte, war es Rebeccas gutes Recht, gebieterisch aufzutreten, da sie die einzige Tochter eines reichen Kaufmanns war und die Partie, käme sie irgendwie zustande, eine ausgezeichnete sein würde.

Tante Leonora hatte sich an die Arbeit gemacht, bevor er auch nur vollständig vom Lungenfieber geheilt war, eine Tatsache, die Simon gelegentlich verdächtig vorkam. Außer von zwei sehr formalen Treffen kannten sie sich überhaupt nicht, als sie unter dem Hochzeitszelt standen. In ihrer Hochzeitsnacht war er zu angespannt und zu betrunken gewesen, um mehr zu Wege zu bringen, als vorsichtig die Ehe mit einem zierlichen, rehgleichen Wesen zu vollziehen, von dem er kaum glauben konnte, dass es wirklich ihm gehörte. Erst allmählich hatten sie einander kennen gelernt.

Wann hatte er zum ersten Mal verstanden, was mit ihm los war, diese merkwürdige Krankheit, die ihn mit einem hohlen Gefühl unter den Rippen befiel, das sich weiter über den ganzen Rücken hinaufzog, wann immer er einen Tag ohne sie zubrachte? Sie hatte sich für die Geheimnisse der Sterne interessiert, was ihn faszinierte, und er hatte sie mit den neuen Ideen von Kopernikus bekannt gemacht, die Thomas Digges ins Englische übertragen hatte. Sie hatte zugehört und Fragen gestellt, und er hatte herausgefunden, dass sie lesen konnte, und war beeindruckt. Sie hatte ihn respektvoll gefragt, ob er die Kabbala kenne, und da war ihm zum ersten Mal die Idee gekommen, sie zu studieren. Aber sie war kein Blaustrumpf. Sie hatte im Stillen seine Garderobe aussortiert, in der er sich unbehaglich fühlte, und sie durch Kleidung ersetzt, die ihn auf magische Weise größer und weniger dünn erscheinen ließ. Sie fragte nach seinem Rat, wenn sie sich mit den Haushaltsbüchern befasste, und es machte ihr nie etwas aus, wenn er ihre Arithmetik korrigierte, wollte von ihm sogar die arabischen Schriftzeichen lernen, was Tante Leonora für eine Frau ganz unpassend fand.

War es an dem Morgen, als sie ihm Pfirsiche ans Bett brachte und in ihrer Bluse dakniete, einen Pfirsich aufschnitt und schälte und mit solch langsamem, verlockendem Genuss aß, bis er sie einfach zurückschob, ihr Kopf in einem dunklen Teich aus Haaren versank und er ihnen Lust verschaffte, bis sie schrien? Oder war es an dem Abend, als sie in den Wehen lag und er unten in der Küche seine Finger knetete und schreckliche Angst hatte, sie würde, um ihm einen Sohn zu schenken, sterben wie Agnes Fant? Oder als sie wegen der Amme in Wut geriet, die das Baby in nassen Windelkleidern hatte liegen lassen, und die Frau so kräftig schlug, dass sie die Treppe hinunterfiel? Das war ärgerlich, aber als Rebecca ihm die roten Hinterbacken des armen kleinen Wesens gezeigt hatte, war es ihm vorgekommen, als sei sie eigentlich viel zu sanft gewesen.

Oder verliebte er sich nach und nach an jedem Sabbat in seine Frau, wenn sie zusammen die Kerzen anzündeten und ihre Haut das Kerzenlicht aufnahm und ihr Haar plötzlich rot wurde wie glühende Holzkohle …?

Simon seufzte, drehte sich auf der Bank um, wünschte sich ein härenes Hemd, das nicht so haarig war, und eine wärmere Decke, aber dann tadelte er sich selbst und sah ein, dass sie ihn auch ganz nackt lassen könnten, wenn sie wollten, auch wenn es für sie so anstößig war.

Arme Rebecca, was würden sie …?

Sicher hätten sie ihm Rebecca inzwischen gezeigt, wenn sie hier wäre. Sicher? Vielleicht taten sie es nicht?

Er machte sich etwas vor. Sie müssen sie haben. Wer auch immer ihn verraten hat, hätte auch sie verraten. Als er mit Bedacht einen Trinker als Kaplan ausgesucht hatte, war ihm nicht in den Sinn gekommen, dass sogar Trinker manchmal nüchtern waren, und es war schwer festzustellen, wann das der Fall war.

Er dachte an seine Kinder, die bei ihrem fürsorglichen Großvater in Sicherheit waren; sicher würden sie ihn und ihre Mutter vermissen, aber sie liebten das Mädchen, das ihre erste Amme ersetzt hatte, sie liebten ihren Großvater, und die Königin würde ihren Zorn nie an Kindern auslassen. Da war er sich vollkommen sicher.

Nur schade, dass Simon über der Buchführung und dem Briefeschreiben und dem Kabbalastudium und Ähnlichem so wenig von seinen Kindern gesehen hatte.

Da war der wichtige Augenblick, als sein Sohn zum ersten Mal auf einem Pony gesessen hatte und …

Einen Augenblick lang hörte er das Klirren des Zaumzeugs und das Klappern der Hufe des dummen, kleinen Tieres, das er für seinen Sohn gekauft hatte, aber es war die Tür, die aufgesperrt wurde und sich öffnete. Simon richtete sich etwas auf, hielt wegen der Fackel die Hand über die Augen.

Sie hatten ein Büßerhemd für ihn, auf dem düstere Szenen von Kreuzigung und Märtyrertum und Hölle dargestellt waren, und das jagte ihm Angst ein. Würden sie ihn also doch verbrennen? Sie ließen es ihn anziehen, legten ihn dann in Ketten und schoben ihn eilig durch lange Gänge, dann in blendendes Sonnenlicht, das ihm nach so langer Zeit im Dunkeln die Tränen aus den Augen fließen ließ.

Er hatte keine Vorstellung, wo sie hingingen, weil er nichts sehen konnte, aber schließlich kamen sie zu einem großen, kühlen Marmorpalast. Ihm wurde befohlen, auf einer Marmorbank Platz zu nehmen, und er saß da und studierte die vielfältigen maurischen Muster im Mosaik an den Wänden, beobachtete schwarz gekleidete Priester und Mönche und ihre Bediensteten, die geschäftig hin und her liefen. Nach dem Habsburger Wappen an der Wand zu urteilen, dachte er, hatte ihn das Heilige

Amt dem säkularen Arm überstellt; dies war ein Gerichtsgebäude in ruhiger Zeit. Es war fast angenehm, dazusitzen und ihnen zuzuschauen, seinem Magen beim Knurren zuzuhören, seine Zehen zu beobachten, wie sie sich in den Sandalen bewegten, die sie ihm gegeben hatten. Wenn er ganz still saß, juckte das härene Hemd nicht so. Schließlich hörte man Befehle und das Knallen von Hellebarden. Er wurde in einen stattlichen Raum gebracht, wo ein Mann in einer Richterrobe müde hinter seinem hohen Pult saß. Señor Pasquale stand hinter einem anderen Pult, er sah erschöpft und blass aus.

Simon blieb vor dem Richter stehen, wo man ihn hingestellt hatte, seine Knie zitterten wie an den Webeleinen, und er hatte das dringende Bedürfnis, sich zu kratzen. Es war fraglos einschüchternd, von Männern umgeben zu sein, die so viel anhatten, Wämser und Hosen und Mäntel und Halskrausen und große Samthüte, während er wie ein religiöser Narr ausstaffiert war. Ihm ging durch den Kopf, dass Merula bemerkenswerte Würde bewiesen hatte, nur in ihrem langen Lederrock und dem schlecht passenden Hemd. Er versuchte, etwas aufrechter zu stehen, und unterdrückte den Drang, sich zu kratzen. Es brachte nichts, wie ein Affe auszusehen, wenn man gerade zum Tod verurteilt wurde.

Der größte Teil der Anklage war schon gehört worden, während er draußen gewartet hatte. Er war sich immer noch nicht völlig sicher, wie ihre Anklage lautete, und wessen er sich schuldig gemacht hatte. Es könnte sein, dass sie ihm nicht einmal Fragen stellten und ihr Urteil schon feststand.

Ein bisschen Höflichkeit konnte nicht schaden. Simon verbeugte sich formell vor dem Richter, der überrascht schaute und es mit einem Kopfnicken erwiderte.

»Señor Pasquale?«, sagte der Richter.

Der Inquisitor räusperte sich. »Euer Exzellenz, er gibt es ohne ein Anzeichen von Reue zu.«

Der Richter seufzte und starrte Simon lange an. Simon starrte zurück.

»Anriques, Ihr gebt zu, Jude zu sein?«, fragte der Untersuchungsrichter.

»Ich bin immer Jude gewesen, ja«, flüsterte Simon, seine

Stimme war noch nicht geheilt. Er war erleichtert und ein wenig überrascht, dass sie ihn reden ließen.

»Werdet Ihr zur wahren Religion übertreten?«

Simons Augenbrauen zogen sich zusammen. »Da ich bereits der wahren Religion angehöre, wäre es lächerlich zu wechseln«, versetzte er.

In der ganzen Runde hielt man den Atem an, der Richter warf ihm einen kalten Blick zu. Simon war überrascht, dass ihn niemand schlug. Es gab keinen Grund, sie versöhnlich zu stimmen, sie hatten die Strafe bereits gefällt.

»Er ist, wie Ihr seht, hartherzig und unbußfertig in seinem lästerlichen Irrtum«, dröhnte Señor Pasquale.

Der Richter legte seine langen, weißen Hände übereinander auf den Tisch. »Vielleicht sollten wir Euch einen Priester bringen, der mit Euch disputiert und Euch zu einem besseren Verständnis führt des –«

»Euer Exzellenz«, sagte Simon, der plötzlich des Spiels müde war, »Ihr habt die Macht, jede Anzahl von Priestern herzubringen, um sie mit mir disputieren zu lassen, aber Ihr habt nicht die Macht, mich glauben zu machen, was sie sagen. Nur der Allmächtige hat diese Macht. Warum belassen wir es nicht in seinen fähigen Händen?«

Der Richter reagierte nicht so, wie Simon es erwartet hatte. Er lächelte. »Aus vollkommen eigennützigen Gründen, fürchte ich«, sagte er, »um der Sicherheit meiner eigenen unsterblichen Seele willen, muss ich vollkommen überzeugt sein, dass jeder Versuch gemacht wurde, Euch vor der Verdammnis zu retten.«

»Dann lasst mich frei und nach Hause zurückkehren«, gab Simon zu bedenken. »Das wird mich davon überzeugen, dass es Euch um meine Interessen geht. Nach den Gesetzen solltet Ihr mich in Übereinstimmung mit dem Edikt von Ferdinand und Isabella behandeln und verbannen, und ich bin bereit, verbannt zu werden.«

»Nach den Gesetzen solltet Ihr hingerichtet werden, weil Ihr als verstockter Jude in dieses Land zurückgekehrt seid.«

»Aber ich bin nicht zurückgekehrt, Euer Exzellenz. Ich war zu Besuch mit meinem Schiff. Ich wäre inzwischen längst weg, wenn ich nicht verhaftet worden wäre.«

»Das ist widersprüchliche Logik«, sagte Señor Pasquale. »Tatsache ist, er ist hier und er ist Jude.«

»Ich würde auf keinen Fall solch eine bedrohte Seele in ein Land zurückschicken, das mit dem Ketzertum der Protestanten verseucht ist«, sagte der Richter. »Das wäre, als versuchte man, Matsch mit Pech abzuwaschen.« Er hielt inne, blätterte in den Papieren vor sich. »Anriques, seid Ihr verheiratet?«

Was war das für ein Trick? Wussten sie es nicht? War es möglich, dass sie Rebecca tatsächlich nicht hatten? Hoffnung schoss in sein Herz und ließ ihn schwindlig werden.

»Warum fragt Ihr, Euer Exzellenz?«

Señor Pasquale konnte diese Aufsässigkeit nicht ertragen. »Die Frau, die Ihr laut unserem Informanten bei Euch hattet. Wohin ist sie gegangen?«

Hoffnung war ein Wein, der einem in den Kopf stieg, wenn man sich dagegen gestählt hatte. Wenn Rebecca irgendwie entkommen war, dann war alles erträglich. Simon musste einen Augenblick innehalten, weil er zitterte, bis er sich fasste und wünschte, seine Kehle würde nicht so wehtun.

»Welche Frau?«, fragte er.

Der Richter seufzte wieder. »Ist sie, war sie Jüdin?«

»Natürlich, ich würde nicht außerhalb meiner Religion heiraten. Es ist uns nach dem Buch Esra strikt verboten, wie Ihr wisst«, sagte Simon andächtig. »Wenn ich verheiratet bin, dann muss es eine Jüdin sein.«

»Und diese Dinge sind in den Ketzerländern erlaubt?«

»Ja, Euer Exzellenz. Ihre Gnädige Majestät die Königin hat es erlaubt.«

»Wir müssen einen richtigen Ableger des Heiligen Amts gründen, sobald wir London einnehmen«, sagte der Richter und machte sich eine Notiz. »Ich werde Seiner Gnaden eine Nachricht schicken. In der Zwischenzeit appelliere ich noch einmal an Euch, Anriques: Hört den gelehrten Doktoren, die ich Euch schicke, wenigstens zu. Hört euch an, was sie sagen. Ich weiß, dass die Juden ebenfalls auf den Messias warten. Könnt Ihr nicht wenigstens die Möglichkeit in Betracht ziehen, dass Jesus Christus der Messias war?«

Simon war selbst überrascht, wie ehrlich er antwortete. »Es

wurde gesagt, ich weiß nicht von wem«, sagte er langsam, »dass sowohl die Christen als auch die Juden auf die Ankunft des Messias warten. Falls er, wenn er kommt, sagt: Meine Mitjuden, ihr habt, als ich das letzte Mal da war, Unrecht getan und wart wieder uneinsichtig – dann werden wir bereuen. Da der Höchste Erbarmen hat, wird Er uns verzeihen. Falls er, wenn er kommt, sagt: Meine Mitjuden, danke, dass ihr so lange gewartet habt ... Dann werden die Christen zweifellos versuchen, ihn zu töten.«

Entsetztes Schweigen breitete sich aus, was Simon ziemlich gefiel. Vielleicht hätte er nicht so respektlos sein sollen, aber ... Warum nicht? Was hatte er zu verlieren? Er war so glücklich, dass Rebecca entkommen war, er hätte tanzen können.

»Ihr seid in der Tat verstockt«, sagte der Richter.

»Ja, Euer Exzellenz. Es tut mir Leid um Eure unsterbliche Seele, aber meine ist in Sicherheit. Und da ich verstockt bin, was meine Religion angeht, müsst Ihr mich verurteilen, und ich zweifle nicht daran, dass Ihr schon beschlossen habt, wie Ihr entscheidet. Warum noch mehr Zeit verschwenden? Verurteilt mich und macht der Farce ein Ende.«

Wenn er verbrannt oder gehängt werden sollte, sollte sie es tun. Er wollte nicht mehr im Dunkeln warten.

»Um Eurer unsterblichen Seele willen, die, glaube ich, sogar Juden haben«, sagte der Richter traurig. »Um Euch vor der Hölle und ewigen Qualen zu retten.«

Simon schloss die Augen. Warum musste er an einen Richter mit Gewissensbissen geraten? »Ich glaube, es ist für mich wahrscheinlich zu spät«, sagte er freundlich. »Warum bringen wir es nicht hinter uns?«

Der Richter schaute auf ihn hinab. »Möge Gott Eurer Seele gnädig sein. Ich verurteile Euch hiermit im Namen Seiner Höchst Katholischen Majestät von Spanien zu harter Arbeit auf den Galeeren Seines Reiches, damit Ihr Euer Böses besser bereuen könnt. Vielleicht wird ehrliche Arbeit Euch dazu verhelfen, die Barmherzigkeit unseres Herrn Jesus Christus zu erkennen.«

Von allen Schrecken, auf die er sich vorzubereiten versucht hatte, war das der eine, an den er nicht gedacht hatte. Er? Simon Anriques? Auf den Galeeren? *Er*?

Der Richter schüttelte den Kopf über das verrückte, böse Gelächter des Christusmörders, mit dem er so sanft umgegangen war.

Zuerst passierte Simon nichts weiter, als dass er ins Gefängnis zurückgebracht und wieder in seine Zelle eingesperrt wurde. Die Wächter sagten ihm, dass sie Befehl hätten, ihm zu jeder Tages- und Nachtzeit einen Priester zu bringen, wenn er nach einem verlangte. Dann gaben sie ihm einen Teller mit Brot und Bohnen und einen Becher gut verdünnten Weinessig, nahmen ihm sein buntes Büßerhemd und die Sandalen ab und ließen ihn wieder allein im Dunkeln.

Er war froh, nicht nur, weil es das beste Essen war, das er seit langem gehabt hatte, sondern auch, weil er Zeit zum Nachdenken brauchte.

Zuerst dankte er dem Allmächtigen, dass Rebecca der Inquisition irgendwie entkommen war. Sie hatten ihre schwarze Sklavin nicht erwähnt – vielleicht hatte Merula es gedeichselt? Er würde es nie erfahren. Andererseits konnte er sich nicht vorstellen, wie es hätte klappen können, es sei denn, sein Bruder Francis hatte irgendwie die Hand im Spiel. Bitte lass sie nach Hause, nach England kommen, lass zu, dass der Zorn der Königin abgewendet wird.

Und was ihn anbelangte und die spanischen Galeeren. Das war ein Gedanke, der ihm Entsetzen einjagte. War der Richter blind? Simon war nie besonders stark gewesen, und das Gefängnis hatte ihn zusätzlich geschwächt. Man hatte ja Geschichten gehört über die Galeeren …

Simon hatte sich gegen den Tod gewappnet, und er dachte, das würde nur einen zeitlichen Unterschied machen, vielleicht ein paar Monate. Aber warum er? Von allen Leuten, die man an ein Ruder setzen würde, war er der Letzte. Er sagte seine Nachtgebete und versuchte, sich nicht zu kratzen, als er sich auf die Bank legte. Aber er konnte nicht schlafen. Er hatte Angst, und ihm war elend zumute.

Am frühen Morgen kamen die Wächter herein und führten ihn blinzelnd aus der Zelle. In einem hell erleuchteten Innenhof wartete ein hünenhafter, hässlicher Mann mit einem Rasiermesser. Simon fragte sich ernsthaft, ob er in einem Fiebertraum halluzinierte, und saß brav auf dem Hocker, während der Barbier sein Haupthaar und sein Kinn rasierte. Den Kopf geschoren zu bekommen machte nicht so einen großen Unterschied wie beim letzten Mal, als er das Lungenfieber hatte und sein Kopf auf die unansehnlichste Weise kahl geworden war, mit zwei Geheimratsecken, die sich seinen Kopf entlangzogen und hinter einem Büschel über der Stirn, das wie eine einsame Palme in der Oase stehen blieb, zusammentrafen. Sein Bart war auch nie sehr stark gewesen. Und obwohl der Wind am Hinterkopf ein komisches Gefühl war, dachte er, dass er rasiert vielleicht sogar besser aussah. Der Mann gab ihm allerdings keinen Spiegel, wie es ein richtiger Barbier getan hätte.

Danach ließen sie ihn durch einen größeren Hof gehen, und wie gewöhnlich stolperte er über die Beinketten. Da stand eine lange Schlange zusammengesunkener, übel zugerichteter Männer. Sie führten ihn ans Ende der Schlange und schlossen Handschellen um seine Gelenke, mit einer Kette daran, die um die Hüften des Vordermanns gelegt wurde. Ein paar Minuten später schlang ein Wächter eine Kette um Simon, als ein weiterer Gefangener angehängt wurde. Und so ging es weiter. Alle waren frisch geschoren, einige fuhren sich nervös mit der Zunge über die Lippen, einige warteten stoisch und mit ausdruckslosem Gesicht, vier von ihnen waren schwarz. Simon fiel auf, dass er um einige Zoll kleiner war als alle anderen und sicherlich der Schwächste, und dann dachte er, dass es dem Richter wahrscheinlich völlig egal war, was für Männer er zum Rudern auf die Galeeren schickte, solange er den königlichen Anordnungen folgte und genug schickte.

Befehle wurden gerufen, und unter Bewachung marschierten sie ab durch die Stadt. Es musste ein gewohnter Anblick gewesen sein, denn keiner der Straßenjungen warf Steine auf die vorüberziehenden Glatzköpfe. Sogar um diese Zeit am Morgen war die Sonne zu hell für ihn, und die Pflastersteine taten weh an seinen bloßen Füßen, während er sich beeilte mitzuhalten. Er dachte, sie würden die Richtung hinunter zu den Docks einschlagen. Ja, sie kamen durchs Tor, sogar an den Kai, wo er sein Schiff hatte vertäuen lassen, und wie ein Narr hielt er Ausschau, obwohl es lange weg sein musste, beschlagnahmt für den Einsatz im Unternehmen. Die Docks waren ziemlich interessant nach der Langeweile in seiner Zelle: Anscheinend herrschte hektische Aktivität, Schiffe wurden geschrubbt und wieder mit Ballast beladen, überall wurde gearbeitet, all die großen Räder für die Kräne waren mit geschickten Läufern besetzt, die wie Hunde im Schinderrad herumliefen. Manche waren kahl wie er, und Simon erinnerte sich, dass Galeerensklaven in den Docks eingesetzt wurden, wenn es keine Galeeren zu rudern gab. Vielleicht würden sie ihn zu so etwas verwenden …

Sie marschierten die Docks entlang bis zum Kai, wo vier merkwürdige Schiffe vertäut waren, die gerade ausgerüstet wurden. Was waren das für Schiffe? Drei Masten, solide gebaut, große Riemenlöcher, durch die man Bänke sehen konnte … Wie faszinierend. Das müssen die berühmten Galeassen aus Neapel sein, genau die Schiffe, über die er etwas hatte herausfinden wollen, bevor er verhaftet wurde. War das der Grund für alles? Benutzte der Allmächtige ihn für einen bestimmten Zweck?

Simon spürte einen Schauer irrationaler Erregung und Hoffnung. Vielleicht gab es tatsächlich einen Grund für das, was ihm zugestoßen war. Vielleicht hatte der Allmächtige ihn doch nicht vergessen. Er schaute sich die merkwürdigen Schiffe genauer an, zählte, betrachtete sie.

Es standen noch andere lange Schlangen mit glatzköpfigen Männern am Kai herum, einige mit Tätowierungen geschmückt. Zwischen ihnen liefen glatzköpfige Männer herum, die nicht angekettet waren, viele von ihnen mit prächtigen Schnauzbärten. Eine Gangway führte zur nächsten Galeasse, und sechs Männer standen dort hintereinander an. Die Rahen waren voller Seeleute, ein Kran auf dem Kai senkte Fässer und Munitionsnetze in den Laderaum hinab. Die ganze Zeit sahen die Wachleute sie regungslos an, die meisten hatten Hellebarden, aber manche trugen auch ein Gewehr oder eine Armbrust.

Ein weiterer schnauzbärtiger Mann lief mit einem Messer an den Reihen der Männer entlang. Simon kniff die Augen zusammen und versuchte zu erkennen, was da passierte: Zeichnete er sie? Nein, er schnitt ihre Lumpen ab, damit sie nackt waren.

Denen mit Schuhen oder Holzschuhen wurde gesagt, sie sollten sie ausziehen. Eimer voll Wasser wurden über sie geschüttet, dann einige Hand voll weißen Puders. Schließlich wurden die Männer an Bord geführt, nackt wie am Tag, da die Hebamme sie sah.

Allmächtiger hilf, dachte Simon und schauderte. Einige der anderen Männer, an die er gekettet war, starrten mit dem gleichen Entsetzen, andere sahen nur ausdruckslos zu.

Es dauerte den ganzen Morgen, um die Galeerensklaven an Bord zu bringen, weil die Schmiede, die sie mit Bolzen an die Bänke ketteten, nicht schneller arbeiten konnten.

Tatsächlich war das Letzte, woran sich Simon lange Zeit bewusst erinnerte, wie der Schmied die Nieten an seiner Fußkette festklopfte. Es schien verrückt, dass er ruhig dasitzen und zusehen sollte, wie ihn jemand mit einer Metallkette zum Teil eines Schiffes machte, und doch tat er es. Er betrachtete auch die Männer mit den Gewehren und den Armbrüsten und den Hellebarden. Sie standen herum und waren bereit, jeden zu töten, der verzweifelt genug war, einen Ausbruchsversuch zu unternehmen, während er nur dasaß und wie alle anderen neuen Sklaven mit den Händen sein Geschlechtsteil bedeckte. Er war sogar zufrieden, als endlich seine Handschellen abgemacht wurden und seine Arme sich wunderbar leicht anfühlten. Aber wirklich anwesend war er nicht. Er versteckte sich tief in seinem Inneren wie ein Tier in seinem Bau, so weit weg wie möglich von seinem Körper, der jetzt anscheinend Besitz Seiner Höchst Katholischen Majestät war. Als der Padron kam und ihnen Dinge zu tun gab, gehorchte er. Die übrige Zeit lag er zusammengerollt da, den nackten Rücken an die Bank gedrückt, und starrte, ohne etwas zu sehen.

Der Schwarze neben ihm schien in einem ähnlichen Zustand zu sein. Er hatte Narben am Hals aus der Zeit, als er gefangen genommen und mit einem gespaltenen Baumstamm um den Hals gebändigt worden war. Simon zwinkerte ihm zu, sagte nichts, und der Mann, der er einmal gewesen war und der mit Sklaven gehandelt hatte, war von ihm so weit entfernt wie der Inquisitor. Er wusste die Ironie zu schätzen, bedenkt man, dass der Allmächtige einen beißenden Sinn für Humor haben musste, aber all das war nur ein Kräuseln auf der Oberfläche eines Bewusstseins, das überhaupt nicht richtig wach war.

Der Padron jagte ihm unbeschreibliche Angst ein. Jedes Mal, wenn ihn der Padron anschaute, pochte sein Herz furchtsam wie das eines Tieres. Ein mittelgroßer Türke, dunkelhäutig und mit einer vorspringenden Nase über dem üppigen Schnauzbart, der seine Peitsche wie ein Zepter trug und gemächlich ausschlug, um jedem, der ihn gerade ärgerte, kleine Hautfetzen abzureißen.

Gegen seinen Willen und angeekelt von seiner sklavischen Unterwerfung versuchte Simon, ihn zufrieden zu stellen, seine Befehle prompt zu erfüllen. Er hatte entsetzliche Angst vor der Peitsche, die Vorstellung, geschlagen zu werden erfüllte ihn mit einem Entsetzen, das seinen Verstand ausschaltete. Er versuchte es zu verbergen, weil er sich dafür schämte, bemühte sich, gelassen und zusammenhängend zu antworten, wenn der Padron darauf bestand, mit ihm zu reden.

Gleich am Anfang hatte der Padron ihm erzählt, dass er Muselman sei und dass sie beide von Heiden umgeben seien. Von den Schwarzen abgesehen, hatten die anderen Männer gesehen, dass er Jude war und nannten ihn einfach *Marrano.* Der Padron nannte ihn »Schreiber«, was geringfügig besser war. Niemand sagte seinen Namen oder tauschte Namen aus, es waren alles Spitznamen oder Berufe oder sonst was. So hatten sie den Soldaten und den Pflüger und den großen, gertenschlanken Unglücklichen, der so schnell starb, dass keiner auch nur seinen Spitznamen kannte.

Sie waren nicht beachtet worden, man kletterte auf ihnen herum, sie wurden geschoben und getreten, während die Deckmannschaft die Riemen einbrachte. Gelegentlich wurde einem von ihnen gesagt, er solle ein Tau halten oder sich ducken, während oben etwas Kompliziertes ablief. Als sie fertig waren und die Arbeit sich im Schiff weiter nach vorn verlagerte, hatte Simon zu dem Riemen hochgeschaut, der im Düsteren in seiner Schlinge hing, und er sah gewaltiger aus, als er glauben konnte. Er hatte auch vor dem Riemen Angst, jedes Mal, wenn sie an den Leinen zogen, um ihn einzuholen, und dann wieder beim

Rausschieben, er hatte Angst, er könnte sich zufällig einen Daumen im Ring einquetschen, Angst, er könnte ihn am Kopf treffen, während er eingeholt oder hinausgeschoben wurde.

Und dann kam das erste Mal, dass er seine Funktion als Muskelkraftantrieb für die Galeasse des Königs von Spanien erfüllte. Der Padron hatte ihnen erklärt, dass sie nicht loslassen durften, bevor sie es gesagt bekamen. Der riesige Riemen hing vor seiner Nase, eine Art Handstange war daran befestigt. Es war deutlich, dass keine menschliche Hand direkt am Riemen anpacken konnte, also ergriffen sie die Stange und begannen, sich im Gleichklang hinzusetzen und aufzustehen, um ihn im Wasser hin und her zu bewegen.

Es war sehr schwierig. Sie mussten sich gemeinsam bewegen, und ein Irrtum war nicht gestattet. Das erste Mal, als der Padron mit der Peitsche nach ihm schlug, dachte Simon, ihn hätte eine Wespe gestochen.

In der ersten Stunde, bis er die Blasen an den Händen und die Abschürfungen am Hintern zu spüren begann, dachte er es zu schaffen, eingeschlossen in sich selbst, wie er es war, versteckt vor dem Padron, vor dem Riemen, vor dieser entsetzlichen, unmöglichen Welt.

Als er sich durch die zweite Stunde schwitzte, begann ihm klar zu werden, weshalb der König von Spanien Sklaven für diese Arbeit brauchte. Sie war nicht nur brutal schwer, sie war über alle Maßen langweilig. Immer wieder setzen und aufstehen, setzen und aufstehen, immer wieder von vorn, immer dasselbe, schieben und ziehen, heben und ziehen …

Es verdrehte einem den Kopf. Eine Zeit lang versuchte Simon seine Aufmerksamkeit davon abzulenken, was mit seinem Körper geschah, während seine Brust nach Luft keuchte und seine aufgescheuerte Kehle sich mit Schleim füllte und seine Arme und Beine schlotterten und brannten und seine Hände …

Seine Hände waren am schlimmsten dran. Sie verkrampften sich, weil er Angst hatte, von der Insektenpeitsche des Padrons gestochen zu werden – nicht weil es so wehtat, sondern weil es gleichgültig, unvermittelt und demütigend war. Weil der Padron es zu genießen schien? Als der Befehl kam loszulassen, gelang es ihm nicht, seine Hände gehorchten ihm nicht, und der

Padron stand plötzlich hinter ihm, ließ ihn vor Angst erschauern, schüttete Wasser darüber, rieb grob seine Unterarme mit Handflächen wie Leder, bog ihm die Finger zurück.

Am Ende des grauenvollen, unglaublichen Tages lag Simon auf den Planken und nahm sich das Versprechen ab, sich nie mehr zu rühren. Er war nicht hungrig, denn sein Magen war voller Entsetzen, er konnte seinen Armen und Beinen befehlen, sich zu bewegen, aber nichts passierte. Jedenfalls tat ihm der Bauch immer noch weh von der Behandlung durch den Inquisitor, und es war leicht, das Essen zu verweigern. Zweifellos würde der Schwarze, der neben ihm saß, oder der Soldat, dessen Nase der Padron gebrochen hatte, nehmen, was er nicht aß. Dann würde er vielleicht schneller sterben.

Der Padron schien sich an der Qual der Menschen zu erfreuen. Er bestand darauf, dass Simon grundlos seine offenen Hände in Branntwein hielt. Simon blieb stoisch und ruhig, während seine Hände in den unsichtbaren Flammen der Spirituosen brannten und sein Körper vor Schmerzen abwechselnd heiß und kalt wurde. Er hätte nie gedacht, dass er das würde tun können, aber er hatte Angst, vom Padron noch mehr Qualen zu erleiden.

Dann brachte ihm der Padron das Essen, sagte auf Spanisch mit seinem Akzent, wenn der Schreiber nicht äße, würde er, der Padron, Simon an die Bank fesseln und ihm das Essen in die Kehle stopfen. Die Drohung jagte ihm noch größeres Entsetzen ein. Seit jenem Tag, als die Inquisition ihn ... verhört hatte, konnte er es nicht ertragen, dass irgendwer irgendetwas in seinen Mund steckte oder seinen Mund berührte. Es kostete ihn viel Willenskraft, einen Flaschenhals zwischen die abgebrochenen Zähne zu schieben.

Also aß er. Es kam nicht darauf an, dachte er, noch eine Stunde rudern würde ihn bestimmt umbringen.

Aber es geschah nicht. Zu seinem Erstaunen und Ärger geschah es nicht. Seine klapprige Gestalt schien endlos einstecken zu können. Jeder Körperteil tat ihm weh, und seine Hände ... Er glaubte jetzt zu wissen, wie schlimm es für Becket gewesen war, und manchmal bekam er Magenkrämpfe vor Mitleid und Scham, wenn er an die Zeiten dachte, da er mit Daumenschrauben Geständnisse erpresst hatte.

Erschöpft wie er war, konnte er in dieser Nacht nicht schlafen, weil die Planken zu hart waren und die Nacht zu kalt und seine Hände zu sehr wehtaten und der Schwarze, der neben ihm lag, die Stunden dahinschnarchte. Am Morgen, als man Schwarzbrot, Oliven und mit Wasser verdünnten Wein brachte, war ihm so schwindlig vor Erschöpfung, dass er aß, ohne es auch nur wahrzunehmen.

Und dann, als all seine Schrammen und Kratzer hart wurden und schmerzten, seine Hände so steif waren von Blutgerinnseln, dass er sie kaum um die Stange biegen konnte, seine Arme vor Schmerz aufkreischten, sobald er zupackte, musste er wieder rudern.

Er wusste nicht, wie lange sie ruderten, denn er konzentrierte sich nur auf jeden einzelnen Augenblick, aufstehen, setzen, aufstehen, setzen. Er hörte jemanden in der Ferne leise wimmern, fragte sich, ob es der Schwarze war, und bemerkte dann, dass die jämmerlichen Laute aus seiner eigenen Kehle drangen, konnte nichts dagegen tun.

Warum bin ich nicht tot?, fragte er sich am Ende dieses Tages. Wie kommt es, dass ich noch am Leben bin? Er aß und trank, aber er wusste nicht was, wusste nicht wann. Vielleicht sterbe ich in der Nacht, dachte er, und die Schwärze breitete sich so hungrig in seinem Hinterkopf aus, dass er bewusstlos wurde, ehrlich überzeugt davon, ins Sheol zu gehen.

Es war eine furchtbare Enttäuschung, als er am Morgen aufwachte und das Stöhnen und die Beschwerden der anderen Männer auf der Bank hörte, und seine Blase und sein Darm drängten. Beschämt und angewidert leerte er sich in den Abfluss aus und roch den ganzen Tag lang seinen eigenen Gestank.

Er war nicht sicher, aber er glaubte, es war an diesem Tag, dass einer der Männer auf der anderen Bank den Jungen, der am Ende der Bank neben der Bordwand dieselben Aufgaben hatte wie Simon, zu lautstarken Protestschreien veranlasste. Es gab ein Durcheinander und eine Schlägerei. Später steckten einige Offiziere die Köpfe zusammen. Der Padron war wütend, seine Augen blitzten, und er strich sich mit dem Peitschengriff über den Schnurrbart. Der Mann, der den Ärger ausgelöst hatte, war mit Peitschenstriemen bedeckt, schmollte reuelos. Selbstverständlich hatte er versucht, den Jungen zu bekommen. Wer würde das nicht tun? So ein hübscher kleiner Arsch.

Der Padron rief den Schmied, um ihn loszumachen, dann hängte er ihn mit den Füßen am Flaschenzug auf und peitschte ihn aus, bis das Blut herunterlief und der Mann ein geschwollener Klumpen war, triefendes Fleisch mit violettem Gesicht, das stöhnte und weinte und schauderte und schließlich still und schlaff und ohne Atem dahing, in den Schiffsbewegungen mitschwang, eine Blutlache und Urinflecken auf den Planken darunter.

Das ist unmöglich, dachte Simon, unmöglich. Das passiert nicht mir, das habe nicht ich gesehen. Der Geruch von Fleischerladen erfüllte das Ruderdeck und gesellte sich dem bereits allgegenwärtigen Tiergestank von Mensch und Kot hinzu. Der Padron ging an ihm vorbei, um die Peitsche zu waschen, und Simon rührte sich nicht, atmete nicht mehr als nötig, aus Angst, dieser durchdringende Blick könnte auf ihm landen, sich irgendwie beleidigt fühlen, ihn schlagen ...

Sie ruderten fast den ganzen Nachmittag, er wusste nicht warum oder wohin oder sonst etwas, nur eines war sicher: Dass ihn jedes Mal, wenn er loszulassen und zusammenzubrechen versuchte, ein Insekt an einer schmerzhaften Stelle stach.

Kalte Schwärze in der Nacht, und am Morgen war der große, junge Mann gestorben, lag steif und kalt, wo er sich neben dem Mittelgang zusammengerollt hatte. Der Padron war überhaupt nicht böse deswegen: Er sammelte bei den anderen Padrons Geld und Kinkerlitzchen ein, und sie bewunderten ihn trübselig. Der Schmied kam wieder, beklagte sich, dass er unter dem Gestank der Sklaven zu leiden habe, entfernte den Bolzen für die Fußgelenkringe und kippte den dünnen Leichnam zum nächsten Riemenloch hinaus. Sie ruderten wieder.

Simon tat sein Bestes, nicht anwesend zu sein. Er konnte nicht verstehen, wie der große junge Mann das Glück haben konnte zu sterben, und er nicht, er beneidete den jungen Mann und sehnte sich nach einem Weg, diesen hässlichen, brennenden, jammervollen Körper loszumachen, der ans Deck gekettet war und ihn an der Flucht hinderte. Aber er konnte nicht. Er schwebte zwischen dem Riemen und der Bank, er brannte, er schwitzte, versuchte, es nicht zuzulassen, als der Padron ihm Wasser zwischen die Lippen zwang, und die ganze Zeit wartete er darauf, dass sein gequältes Gerippe zusammenkrachte, platzte, damit er frei davonfliegen konnte.

Aber er tat es nicht. Er kam zu sich, stellte fest, dass der Padron ihn trat.

»Wartet, ich bin noch nicht tot«, sagte er auf Englisch und dann noch einmal auf Spanisch, und dann bereute er es, denn wenn sie ihn zum Riemenloch hinausschieben würden, wäre ihm das Salzwasser viel gnädiger als das Ruderdeck.

Er unterhielt sich irgendwie mit dem Padron und glaubte fast, dem Padron gesagt zu haben, er würde, was ihn betraf, seine Wetten nicht so leicht gewinnen. Vielleicht wollte er den Padron anspornen, ihn umzubringen. Er dachte, dass mit dem Schwarzen neben ihm irgendetwas nicht stimmte. Sicher war es nicht normal, wenn ein Mensch so viel Hitze ausstrahlte oder sich so oft über den stinkenden Abfluss hockte, um seinen Darm auszuleeren. Wie oft? Er konnte sich nicht richtig erinnern, bis ihn der Schlaf überfiel, und er hoffte, es möge stattdessen der Tod sein.

Er erwachte zögernd aus dem Tiefschlaf, lag in einer Wasserlache, in einer Dunkelheit, die fast so schwarz war wie seine Träume, der Wind heulte, das Schiff kippte von einer Seite auf die andere, und das Einzige, was verhinderte, dass er über Deck geworfen wurde, war eine Art eiserne Verschlingung an seinen Fußgelenken. Das Schiff kippte zur Seite, er rutschte und krachte gegen die Bordwand, Wasser brach durch irgendein Loch ein ... Das Schiff sank, die Sklaven wären verloren. Wo war Rebecca? Wo war der Kapitän dieses Schiffs?

Er kämpfte sich auf die Beine, griff nach der Klappe, um das Loch zu schließen. Jemand brüllte Befehle drüben neben dem flackernden Nachtlicht, er konnte nichts verstehen, aber er wusste, er musste die Klappe schließen, wo gerade ein weiterer großer Schwall Wasser hereinbrach. Als sich das Schiff auf die andere Seite legte, stemmte er seine nackten Füße gegen die Bank, griff wieder nach der Klappe, wartete aufs Kippen, entriegelte sie und schlug sie über das Loch, fand durch Tasten die Stange und legte sie quer darüber, versuchte, zur nächsten

Klappe zu gehen, und fiel beinahe auf die Nase, als ihn seine Ketten am Fußgelenk festhielten.

Das war der Moment, in dem er sich wieder erinnerte, wo und was er war. Jemand schaffte es, eine Laterne anzuzünden und neben dem Habichtgesicht des Padrons wurde die Dunkelheit verdrängt.

»Macht es so wie der Schreiber!«, brüllte der Padron, und Simon merkte, dass er zitterte und unter den Blicken der Männer, die nicht damit beschäftigt waren, sich auf den Beinen zu halten, schwer atmete. Ein weiterer machte sich daran, die Klappe zu schließen, und dann noch einer. Der Padron rannte leichtfüßig an seiner Bank hinunter, half ihnen, die Löcher auf der einen Seite zu schließen, ein anderer Padron tat dasselbe auf der gegenüberliegenden.

Über ihren Köpfen schwangen die Riemen, ächzend und knarrend, sechsunddreißig stumpfe Damoklesschwerter. Simon blinzelte zu ihnen hoch und fragte sich, ob ihm einer auf den Kopf fallen und es beenden würde. Aber der Padron gab den Befehl, unter die Bank zu schlüpfen, und Simon kauerte da, während er den Padrons zusah, die zwischen den Riemen herumkletterten, an Leinen zogen, sie festzurrten, und ihr Padron war immer mittendrin, an den höchsten, gefährlichsten Stellen, klammerte sich mit einer enormen Faust an ein Tau, während er ein anderes Seil um das Ende eines Riemens zog, der herunterzufallen drohte, und ließ sich dann wie ein Affe an den Tauen herab.

Schließlich musste Simon fegen, das Wasser in die Abflussrinnen und hinaus durch die Speigatten, schob es bergauf, gegen die Neigung des Schiffes in dem heulenden Regensturm da oben, fegte immer weiter, bis die Planken nur noch einen Zoll unter Wasser standen und sie sich ausruhen konnten. Er verstaute den Schrubber und sank zu Boden.

Simon schlang die Arme um die Knie, während der Rest des Meerwassers langsam durch die Speigatten ablief. Er zitterte vor Kälte, jede der vielen offenen Stellen an ihm brannte vom Salzwasser, und die aufgeplatzten Schwielen an seinen Händen bluteten wieder.

Der Schwarze neben ihm saß genauso da, den Kopf auf den

Knien, sang er mit klappernden Zähnen leise vor sich hin. Nun, weshalb nicht? Ein Schuss Wahnsinn wäre eine segensreiche Erleichterung, sich nicht zu kennen, zu glauben, man wäre vielleicht ein Fürst oder irgendein Tier.

Simon hatte das seltsame Gefühl, dass der Schwarze dem Wasser Mut zusprach und den Sturm besang. Unsinn. Nur weil Merula angeblich Stürme machen konnte, hieß das nicht, dass es stimmte oder unter Schwarzen so üblich war. Simon hatte das Blut des Schwarzen gesehen, und es hatte dieselbe Farbe wie sein eigenes. Sicher roch er anders, aber er hatte an jeder Hand fünf Finger, und sein Geschlechtsteil unterschied sich nicht von dem eines Christen, auch wenn es größer war. Die Hitze, die der Mann ausstrahlte, war fast angenehm.

Ein peitschender Knall war zu hören, lautes Knarren, Gepolter und ein plötzlicher Schrei. Simon haute sich fast den Kopf ein, als er aufsprang, um zu sehen, was los war. Ein Stück das Deck hinunter auf derselben Seite sah er ein Gemenge von Armen und Beinen und Blut und in der Mitte die fetten Umrisse einer Kanone. Was machte die da?

Das Schiff legte sich wieder auf die Seite und die Kanone polterte weiter, polterte auf ihrem schweren Holzkarren über das Deck – es war auch kein Schiffsgeschütz, sondern stammte aus irgendeiner Festung. Sie hatte sich von ihren Leinen gerissen, bewegte sich frei auf dem Ruderdeck. Sie rollte unaufhaltsam hinüber zum Außenmann der nächsten Bank, der dastand und starrte, an seinen Ketten riss und hilflos aufheulte, als sie direkt auf ihn zustürzte.

»Steigt auf die Bank!«, schrie Simon und merkte dann, dass er englisch gesprochen hatte.

Die Kanone mähte den Mann um, knallte an die Schiffswand, machte sich polternd auf die Rückreise, und ihr Zickzackkurs würde sie genau zu ihrer eigenen Bank bringen.

»Hört zu«, sagte Simon auf Spanisch, »hört mir zu. Sie kommt hierher. Steigt auf die Bank. AUF DIE BANK.« Um ihnen zu zeigen, was er meinte, sprang er selbst hinauf und stellte fest, dass die Ketten wie vermutet gerade lang genug waren. Er packte den Schwarzen an der Schulter und zog ihn hoch, sagte es für alle Fälle noch einmal auf Portugiesisch.

Langsam, blinzelnd, während sie Simon immer wieder in der heiseren Stimme, die der Inquisitor ihm gelassen hatte, mahnen hörten, stiegen die anderen Männer auf die Bank, und als die Kanone auf sie zugepoltert kam, war ihr keiner von ihnen im Weg, sie standen alle über sie gebeugt, hielten sich aneinander fest, um das Gleichgewicht zu halten, und der Mann am Mittelgang griff ins Netz, um nicht herunterzukippen.

Der Padron lief hinter der Kanone her, mit angespanntem Gesicht, ein Netz in den Händen. Als die Kanone gegen die Schiffswand stieß, sprang er vor und warf das Netz darüber, schlang Taue um Querspanten und Pfosten zum Festbinden, und so konnte die Kanone gestoppt werden. Andere Padrons kamen und halfen, sie an der Stelle anzugurten, und dann ging der Padron alle anderen Kanonen überprüfen.

Simon stand vornüber gebeugt auf der Bank, bis er den Befehl bekam herunterzusteigen. Die anderen Männer von der Bank sagten etwas zu ihm, er war nicht sicher was, sie schienen ihm dankbar zu sein. Er versuchte zu lächeln, denn eigentlich wollte er lachen und weinen. Warum um alles in der Welt hatte er versucht, der Kanone zu entgehen? Als er zusah, wie der Padron die Männer umbrachte, die zerquetscht worden waren, dachte er, das wäre ein schöner Abgang. Schließlich gab es so etwas wie einen guten Tod wirklich nicht, jede Art von Tod ist mit Schmerz und Krankheit und Erschöpfung verbunden, es sei denn, du hast Glück und wirst hingerichtet oder stirbst im Kampf. Vom Padron hinters Ohr gestochen zu werden kam ihm viel besser vor, als am Leben zu bleiben und mit einem gewaltigen Stück Langholz zu ringen.

Gerade als er das dachte, kam der Padron, um sich mit ihm zu unterhalten, und er zitterte und versuchte, vernünftig zu antworten. Er versuchte sein Entsetzen zu verbergen, was sicher närrisch war, denn der Padron war kein Feigling, vielleicht sogar nicht mal ein schlechter Mensch.

Es half nichts. Der Padron fühlte kurz die Stirn des Schwarzen und schaute düster drein. »Er ist gestern krank geworden«, erklärte Simon und hatte das komische Gefühl, dass es seine Schuld war. Der Padron sagte, er solle sich um den Kranken kümmern, und Simon war außer sich, so wütend, dass er tatsächlich zurückschimpfte und eine Bestrafung riskierte, die nur der Allmächtige kannte.

Aber der Padron wurde nicht wütend. »Tu, was du tun kannst«, sagte er ganz sanft, und lobte Simon auch noch für seine Taten. Er sagte tatsächlich, Simon hätte das Herz eines Padrons, daran erinnerte sich Simon deutlich, wie es als Kompliment aus dem Mund des Padrons kam und sich in der Luft zwischen ihnen in eine Beleidigung verwandelte. Er versuchte, seine Wut nicht zu zeigen, und dachte, der Padron hätte es nicht bemerkt. Ungestüm schlug er dem Padron vor, den Schwarzen zu töten, und der schien es auch zu wollen, aber der Padron salbaderte irgendeinen heuchlerischen Unsinn, dass es in Allahs Händen liege. Er redete ganz sanft auf Simon ein, während Simon blinzelte und die Zähne zusammenbiss und versuchte, mit dem Zittern aufzuhören.

Als das Schiff vor dem Wind dahinfuhr und der Regen hereinkam und die Kälte in jeden Körperteil Simons biss und der Schwarze schlotternd dalag und neben ihm nach Luft schnappte und sich wand, ging die Nacht dahin und verschmolz mit dem Tag, der genauso dunkel war, genauso jammervoll, genauso kalt. Zunächst war Simon erleichtert, weil er nicht rudern musste, bis ihm klar wurde, dass Rudern in all seiner Brutalität wenigstens warm hielt. Er hatte im ganzen Leben noch nicht so gezittert, er dachte, seine Zähne würden ihm aus dem Kopf fliegen. Nach einer Weile hörte der Schwarze auf zu stöhnen und zu zittern. Er schnappte ein paar Mal nach Luft. Schuldbewusst sah Simon zu, tat aber nichts. Konnte sich nicht einmal dazu durchringen, seine Arme aus der Erstarrung zu befreien und nach der Schulter oder der Hand des Mannes zu greifen, damit er merkte, dass er nicht allein starb. Ihm war zu kalt, er war zu erschöpft. Schließlich lag der Schwarze ruhig da, und die Hitze in ihm kühlte sich mehr und mehr ab, als er steif wurde.

Der Schmied war gekommen, und der Schwarze war durchs kurzzeitig geöffnete Riemenloch verschwunden, dunkelgrauer Regen plätscherte herein, und der Wind kam nicht gegen all den Todesgestank um Simon herum an.

Vier andere Sklaven sollten die Plätze der gestorbenen einnehmen. Zwei von ihnen waren schwarz. Der Padron brachte sie zu Simons Platz, und als Simon sich auf die Füße stellte und sich wünschte, er würde einmal mit dem ständigen Zittern aufhören, sah er, dass einer von ihnen … einer der Schwarzen … An seinem Arm kletterte eine Schlange hoch, eingebrannt wie die von Merula, aber mit einer anderen Verzierung. Die Narbe war prachtvoll, und es sah aus, als wäre sie unter außergewöhnlichen Schmerzen erworben worden.

Kein Zweifel, der Mann war von Merulas Stamm, überhaupt kein Zweifel. Der Padron überließ ihm die Wahl, wer neben ihm sitzen sollte, und so wählte er den jungen Mann, der für ihn so aussah wie der Schwarze, der gestorben war, aber Merulas Schlange trug. Das war schon was.

Beiläufig deutete er auf die Schlange, als der Schmied wieder gegangen war. »Ist das die Weltschlange, die auf einen Baum stieg und einen Vogel fraß, der ein Ei legte?«

Der Schwarze starrte ihn an, dann nickte er langsam. »Woher du weißt?«, sagte er in hölzernem Spanisch.

Simon stammelte los, um von Merula zu erzählen, der Frau, die genau so eine Schlange auf dem linken Arm trug, die von sich sagte, dass sie umgedreht sei, die den Sturm beschworen hat, die ihren Sohn sucht, einen Prinzen, der verkauft worden war …

Der schwarze Mann stieß einen kurzen Schrei aus und auf einmal fand sich Simon in einer Umarmung wieder, schaute über die peitschennarbige Schulter eines Ausbrechers, versuchte, plötzliche, unerklärliche Tränen wegzublinzeln. Es war lächerlich. Unglaublich. Wenn auch nicht ganz unwahrscheinlich, dass ein Prinz, der Sohn von jemandem wie Merula war, zu entfliehen versuchen und als Unruhestifter auf die Galeeren verbannt werden würde … Aber trotzdem. Trotzdem.

Einst hatte Simon ganz fest geglaubt, dass ihn der Allmächtige in seiner Hand hielt. Er hatte sich umsorgt und sicher und zuversichtlich gefühlt, dass der Allmächtige ihn und seine Familie beschützte. Das war vorbei. Wie konnte er an diesem Ort an so etwas glauben? Aber jetzt, so etwas … Was sollte er davon halten? Der Allmächtige musste seine Hand im Spiel haben, aber mit welch bitterer Grausamkeit, was für ein hässlicher Streich, ihm Merulas Sohn zum Kameraden zu geben, wenn er nichts damit anfangen konnte.

Eifrig sprach ihm Merulas Sohn seinen Namen vor, aber so sehr er sich auch bemühte, Simon konnte ihn nicht aussprechen. Also kamen sie überein, dass Schlange vollkommen angemessen sei und tatsächlich eine Ehre.

Sie kauerten sich aneinander, um sich warm zu halten, und Simon wunderte sich, dass er nicht abgestoßen war und dass bei aller Dunkelheit die Haut von Schlange genauso Gänsehaut bekam wie seine. Sie passten gut zusammen, und mit Schlange hatte er wenigstens eine Körperseite, die nicht eiskalt war.

Als endlich Kohleöfen heruntergebracht wurden, war das fast noch schlimmer, denn Simon war am weitesten weg von dem Platz, an dem sie aufgestellt wurden, und spürte ihre Wärme viel schwächer als die feuchte Kälte der Schiffswand. Er bibberte, und es schüttelte ihn im Rhythmus von Schlanges Schütteln, und er hörte die Hustengeräusche von einigen anderen Mitsklaven. Sicherlich würde Lungenfieber ausbrechen.

Eine kleine Weile später wurden ein paar kleine, übel riechende Fässer auf den Mittelgang herabgelassen, und die Padrons kamen und ordneten an, die Riemenblätter in den Schlingen herunterzulassen und die Blätter mit Schweinefett einzureiben. Der Padron sagte, sie sollten sich selbst mit dem Fett einreiben – nicht wegen unkeuscher Hintergedanken, lachte er, sondern um warm zu bleiben. Simon hielt die Luft an bei dem Geruch, der eine runde, durchdringende Note von Fäulnis hatte. Er wäre ganz bestimmt nicht in Versuchung geraten, das Zeug zu essen, selbst wenn der Padron nicht davon abgeraten hätte. Zu seiner Verblüffung war ihm tatsächlich wärmer, als er so üppig mit Fett beschmiert war wie ein Vogel für den Bratspieß, und das Wasser kam ihm weniger kalt vor. Der Padron sagte etwas über Heiden – das war Besorgnis erregend. Er schien ihn zu mögen.

Der Padron kam wieder und schrie sie an, bis sie aufstanden, steif und knarrend und schmerzerfüllt, erschöpft von der Anstrengung des Zitterns. Sie sollten sich über die Bänke beugen und sich mit den Armen hochstemmen. Immer wieder. Der Padron hörte auf keine Gnadenappelle, es hatte nichts zu essen gegeben, und ihre Mägen knurrten, aber aus irgendeiner verborgenen Bosheit heraus wollte der Padron, dass sie ihre Energie damit verschwendeten, sich sinnlos auf und ab zu stemmen.

Schlange grinste ihn von der Seite an. »Das ist besser«, sagte er stockend, »wenn eine Frau ... oder?«

Simon erwiderte sein Lächeln. »Eine Frau?«, fragte er verwirrt.

»Hier.« Schlange hielt sich auf einem Arm hoch, bewegte sich in einer Wellenlinie über dem Deck und vollführte scheinbar einen Liebesakt, bis Simon ein Lachen unterdrücken musste.

Als sie mit den Liegestützen fertig waren, schnappten sie alle nach Luft und fühlten sich etwas aufgewärmt. Der Padron ließ sie immer wieder auf die Bank und herunterspringen.

Am Schluss war das Ruderdeck immer noch dunkel und feucht, aber es war etwas weniger kalt. Der Padron stand im Mittelgang und sagte, er hätte bei einem Gespräch der Señors zugehört, und sie führen jetzt nach La Coruña. Es interessierte niemanden, sie wollten nur etwas zu essen. Simon und Schlange saßen Rücken an Rücken, kauten Schwarzbrot und tranken das saure Wasser. Sie durften sich unterhalten.

»Du hast Frau?«, fragte Schlange, und Simon erzählte ihm von Rebecca, musste zugeben, dass er bisher nur eine Ehefrau hatte, erzählte von seinen Kindern und fand heraus, dass Schlange mindestens fünfzig Frauen heiraten wollte, und er würde dafür sorgen, dass sie gut genährt sind, weich und dick, damit man sich in ihnen vergraben kann. Wenn er König sein würde. Denn Schlange hatte die Absicht, König zu sein, er würde sich aus diesem kalten Nordland befreien, er würde in den Süden gehen, bis er sein Stammesland fand, und er würde den König töten, der ihn im letzten Sommer unter Drogen gesetzt und verkauft und ihm seine Frauen weggenommen hatte. Mit oder ohne Hilfe seiner umgedrehten Mutter würde er das tun. Und wenn er der König wäre, würde Simon kommen und sein Berater und weiser Mann sein. Es war deutlich, dass entweder das Schicksal und die Gunst der Weltschlange sie zusammengebracht hatte, oder vielleicht hatte Schlanges seltsame und machtvolle Mutter ein paar Götter überredet, ihr Werk zu tun. Aber wie auch immer, Schlange würde König sein. Das war ganz sicher. Die einzige Frage war, wie er der zeitweiligen Einschränkung auf der Galeasse entkommen konnte, um seine Reise nach Süden anzutreten.

Simon brachte es nicht übers Herz, Schlanges Hoffnungen ins kalte Wasser der Wirklichkeit zu schmeißen. Er fand es erwärmend, neben dem jungen Mann zu sitzen, als könnte seine Seele in Schlanges Licht leuchten.

Schlange hatte nicht die leiseste Vorstellung, wohin sie fuhren oder warum, und es war ihm egal. Als Simon stockend versuchte, ihm etwas über Katholizismus und Protestantismus zu erklären, lachte Schlange nur und schüttelte den Kopf über die Barbarei der nordischen Gespenstervölker, zu glauben, dass irgendjemand alles wissen konnte, was es über irgendeinen Gott zu wissen gab. Sicher verbarg sich ein besserer Grund hinter so viel Aufwand und Krieg? War England ein schönes Land? Waren die Frauen dort dick und schön? Waren die Männer harte Arbeiter? Simon sagte, es sei ein schönes Land, auch wenn der Ort etwas kalt und nass sei, die Frauen waren manchmal bestimmt schön, und einige von den Männern konnten hart arbeiten. Schlange nickte weise und sagte, es sei ein vollkommen vernünftiger Krieg, wenn man reiches Ackerland und starke Sklaven nehmen könne, warum nicht? Er würde es als König genauso machen, wenn sein Berater ihm sagen würde, dass er stark genug sei und genug Gewehre und Zauberpulver habe, um es zu schaffen. Und er klopfte Simon auf den Rücken und lachte.

Im Hafen von La Coruña verging die Zeit langsam, das Essen war kärglich, das Wasser besser, weil es nicht aus einem halb verfaulten Fass kam. Die Deckmannschaft oben hatte zu arbeiten, man konnte ihre Rufe und das Hämmern hören.

Und dann ... Und dann war es passiert.

Man hatte das Getrampel gehört, auf und ab, das Knarren, die Rufe, an denen man ausmachen konnte, dass mehr Menschen vom Kai an Bord kamen. Dann wurde die Luke aufgeschraubt, und der Padron kam den Mittelgang entlang, die Peitsche wie eine Schlange um die große Faust gewickelt. Hinter ihm kam zuerst ein Rock, der sich unsicher bewegte, dann ein eng anliegendes Oberteil, dann ein Schleier, der um den Kopf einer Frau geschlungen war.

Simon starrte sie atemlos an. Sie war genauso groß wie Rebecca, hatte genau Rebeccas Figur. Ihr Gesicht ... er konnte ihr

Gesicht nicht sehen. Ohne es zu merken, schnüffelte er in der Luft, er schnüffelte nach ihr wie ein Hund. Ja, dachte er, sie könnte es sein ... Hinter ihr kam ein großer, einarmiger Mann, der ihm bekannt vorkam, er wusste nicht genau woher ...

Er konnte nicht ruhig sitzen bleiben, er konnte es nicht ertragen. Er stand auf, bemerkte den völlig missbilligenden Ausdruck des Padrons und griff nach der Klappe, um sie hochzudrücken und mit dem Bolzen aufzuhalten, damit mehr Luft und Licht ins Ruderdeck kam, vielleicht diesen verfluchten Schleier durchdrang. Gerade rechtzeitig erinnerte er sich an seine Nacktheit und verbarg sie schamvoll mit der Hand.

Sie hatte eine Hand auf den guten Arm des Einarmigen gelegt. Sie war klein, feingliedrig, ein wenig gebräunt, die Nägel rund, die Ringe daran ... Einer war der ihrer Mutter. Einer war sein eigener Ring, den ihm sein Vater aus dem Erbteil seiner Mutter gegeben hatte, als sie heirateten. Er hatte ihn Rebecca unter dem Hochzeitszelt gegeben, als sie einander noch fremd waren.

Ohne es zu bemerken, verbeugte er sich förmlich, so wie er es ganz natürlich tun würde, wenn er seine Frau nach langer Trennung wiedersieht. Sie erwiderte mit einem Knicks.

Es war lächerlich. Es war schändlich. Was im Namen des Sheol tat sie hier? Wie konnte sie sich nach ihrer wundersamen Rettung in Gefahr begeben? Ihm war heiß vor Ärger und Scham. Allmächtiger hilf ihm, seine eigene Frau setzte sich absichtlich den Blicken von zweihundertzweiundfünfzig nackten Männern aus, um ihn zu finden ... Simon setzte sich wieder hin, er zitterte am ganzen Körper.

Schlange packte ihn an der Schulter und schaute von Rebecca zu ihm und wieder zurück. »Ist es ...?«, flüsterte er.

»Halt den Mund«, zischte Simon verzweifelt. »Psst!«

Sie hatten ein ernstes Gespräch über die Kanone, die sich losgerissen hatte. Der Einarmige sprach holländisch mit Akzent ... Es war ... verdammt, wer war das? Sie waren sich vor Jahren begegnet, zu der Zeit, da ein ganz anderer Simon der effektivste Untersuchungsbeamte von Foltermeister Norton war. Sie hatten aus den Mauern des Tower geschaut und über den Fall von Haarlem gesprochen ... Anthony Fant? Aber wo war Becket? Bestimmt hatte Becket Rebecca hergebracht, um ihn zu finden … Nein, so ein Narr würde Becket niemals sein. Und wo war Merula?

»Deine Mutter …«, flüsterte er. »Deine Mutter dient … ihr, dieser Frau.«

Rebecca übersetzte fließend vom Holländischen ins Spanische und wieder zurück, obwohl er sehen konnte, dass sie selbst unter der Verhüllung ihres Schleiers und den schweren Kleidern zitterte. Man konnte es am Glitzern des Edelsteins an ihrer Brust sehen, und daran, wie sie die Hände faltete und wieder losließ. Ihre Stimme war leise und etwas rau, als wären Steinchen darin.

Simon konnte nicht mehr hinschauen, er konnte es nicht ertragen, Rebecca dort zu sehen, umgeben von Galeerensklaven, von denen einige so schamlos abgestumpft waren, dass sie ihre Begierde zeigten, mit ihren hässlichen, nackten Gliedern auf sie deuteten und lüstern nach ihr schielten …

Simon wollte jeden von ihnen wegen mangelnden Respekts erdrosseln, ihm war schlecht vor Zorn, seine Hände krampften sich zusammen, und er legte den Kopf auf die Knie, um die Respektlosigkeit nicht zu sehen, diese Erscheinungsform der hässlichen Begierde. Sogar er spürte den Schock der Anwesenheit einer Frau, Rebecca, die ihn vor Begierde hilflos machen konnte, wenn sie nur an ihm vorbeiging … Er rieb sich die Augen mit den Handballen und krümmte sich.

Schlanges Stimme war in seinem Ohr. »Schau hoch«, sagte der Mann mit unbeteiligtem Gesichtsausdruck und scharfen, lebhaften Augen. »Schau. Willst du, dass Padron es erfährt?«

Sein Herz hämmerte wieder aus Angst um Rebecca, hinten im Mund hatte er den Geschmack von Metall. Simon schaute auf, versuchte, nicht da zu sein, versuchte, ein unbeteiligtes Gesicht zu machen. Sie blieben stundenlang, Äonen, und Simon starrte sie an, schaute weg, spürte, wie ihm tatsächlich Schweiß den Rücken hinabrieselte, nur wegen der Anstrengung, stillzusitzen und sich wie alle anderen Männer zu verhalten. Der Soldat murmelte seinen Banknachbarn schlüpfriges Zeug zu, und sie brachen in dummes Gelächter aus. Ich werde ihn nicht schlagen, sagte Simon zu sich. Nie in seinem Leben war er so von Zorn ergriffen worden. Ich werde ihn nicht schlagen. Dem

Allmächtigen sei Dank, nicht alle Männer waren so verzaubert von Rebecca wie er – der Padron im Besonderen sah sie mit düsterer Miene und äußerster Missbilligung an.

Schließlich gingen die beiden weg, und Simon sackte gegen Schlanges kräftigen Rücken. Der Allmächtige möge ihm helfen, er hatte Tränen in den Augen. Er starrte aufs Deck und ließ sie hinabfallen. Wenn man Tränen nicht wegreibt, werden die Augen nicht rot, und niemand würde es wissen. Die Hand von Schlange lag auf seiner Schulter und packte so fest zu, dass es wehtat.

»Gut«, sagte Schlange. »Gut.«

»Weshalb ist sie hier?«, flüsterte Simon ihm zu. »Warum so ein Risiko eingehen? Oh Gott …« Sein Magen begann wieder zu knurren. Was passiert, wenn sie entdeckt wird? Was, wenn sie verhaftet wird? Sein Kopf redete ihm unaufhörlich entsetzliche Möglichkeiten ein, immer mehr, die sich selbstverständlich alle gegenseitig ausschlossen, aber trotzdem … Es raste wie Fieber durch sein Blut, Rebecca wiederzusehen, sie tatsächlich mit eigenen Augen zu sehen, nicht nur in der Einbildung, es war, als würden Lichtstrahlen von seinen Augen, die ihm das Sehen ermöglichten, kleine Teilchen von ihrem Fleisch zu ihm zurückbringen und ihn verrückt werden lassen.

»Sie hat dich gesucht«, sagte Schlange einfach. »So wie meine Mutter nach mir sucht. Du gehst auch sie suchen? Nein? Wenn sie von Araber genommen, du sie suchen, nein?«

Simon nickte und fragte sich, ob er dazu imstande sein würde, und dachte dann: Ja, verdammt, das wäre er. Wenn Rebecca so etwas passieren würde, selbstverständlich würde er nach ihr suchen.

»All die Sklaven, die wir mitnehmen«, sagte er zu Schlange und vergaß, dass er ihm nichts von seinem Sklavenhandel gesagt hatte. »Warum kommen ihre Familien sie nicht suchen?«

Schlange lachte. »Alle tot, selbstverständlich«, sagte er.

Der nächste Tag brachte großartige Unterhaltung. Von Morgengrauen an waren die Deckmannschaft und die Zimmerleute am Werk, und nachdem das Ruderdeck am Morgen durchgespült worden war, wurde die Luke aufgemacht, und die Sklaven unten kniffen die Augen zusammen und blinzelten ins Sonnenlicht, das durch die rechteckige Öffnung fiel. Soldaten mit Gewehren standen an den Decks und husteten und schnappten bei dem Gestank demonstrativ nach Luft. Schlange jubelte beim Anblick des Sonnenlichts nach so langer Zeit, und sogar Simon war hingerissen von dem butterweichen, gelben Licht, das auf dem fleckigen Deck lag, obwohl er es nicht direkt abbekam. Den blauen Himmel und die Wolken darüber zu sehen, selbst gefiltert durch das Flechtwerk der Taue und der zusätzlichen Rahen, die angebracht wurden, und Möwen fliegen zu sehen, tat ihm im Herzen weh. Es konnte selbstverständlich auch Sodbrennen sein, denn am Morgen hatte es nichts zu essen gegeben.

Die Zimmerleute kamen, um die Kanonen mit Bolzen zu befestigen und gegen den Rückschlag zu sichern. Noch zwei schwere Geschütze wurden auf beiden Seiten eingerichtet. Anthony Fant kam den Niedergang herab, um die Sache zu überwachen, und Simon verdrehte den Hals wie alle anderen, um zu sehen, ob er seine Frau mitgebracht hatte. Nein, hatte er nicht. Dem Allmächtigen sei Dank.

Er hörte ein Zischen und schaute zur Seite durch die Ruderöffnung und sah noch ein Gesicht, das er kannte: klein, rund, wie ein Kind, aber nicht kindlich ... Thomasina!

Er war so erschrocken, sie zu sehen, dass er beinahe ihren Namen gerufen hätte. Sie starrte ihn ausdruckslos an, zwinkerte einmal und streckte dann ihre Zunge heraus, ehe sie sich zurückzog. Er zwang sich dazu, bis zwanzig zu zählen, bevor er sich unauffällig näher schob, um aus dem Ruderloch nach der Kanonierrampe zu schauen. Sie lag etwas höher als die Ruderlöcher, damit die Kanoniere ungehindert darauf herumlaufen konnten, aber wenn er seinen Hals verdrehte, konnte er gerade noch sehen ...

Nur den Saum ihres Rocks, nur die Füße in den kleinen Stiefeln, ein ganz flüchtiger Blick auf den Petticoat ... Einmal schaute sie zu ihm hinunter, einmal, über den Rand der Rampe, und der Schock, als sich ihre Blicke trafen, war wie ein Holzschlägel auf sein Brustbein. Sie sagte nichts, nur ihr Gesicht wurde wütend, als er ihr zulächelte, aus schierer Freude, sie zu sehen, und sie nickte ihm einfach zu.

Weitere Männer steckten die Köpfe so weit sie konnten durch die Riemenlöcher: Es hatte sich herumgesprochen, dass die Frau auf der Kanonierrampe war. Simon sah, wie Thomasina an einem Tau von der Rampe hin und her schwang und mit einem triefenden Putzlappen Wasser auf die stoppligen Glatzköpfe spritzte. Sie versuchten, sie zu packen, aber sie lachte kreischend und schwang sich auf die Rampe zurück und sang so laut sie konnte irgendeinen Unsinn.

Den ganzen Tag lang hämmerten und sägten die Zimmerleute und schlugen Bolzen ein. Nacheinander wurden dieKanonen ins Ruderdeck herabgelassen, zu ihren Lafetten an den Geschützstellungen geschoben, wurden mit der Hilfe von zwei Bankbesatzungen, denen befohlen wurde, an Tauen zu ziehen, auf ihren Platz gehievt und sorgfältig festgemacht. Rebecca blieb auf der Kanonierrampe, rief Übersetzungen hinein, wenn nötig, und Thomasina rannte hin und her, kletterte Webeleinen hoch und fiel ganz allgemein lästig.

Simon war froh. Die Padrons schlugen die Sklaven von den Ruderlöchern weg, wenn sie den Hals verdrehten, um sie anzuschauen. Die meiste Zeit war seine Frau vor bösen Gedanken und schlimmeren Körpern versteckt. Er glaubte nicht, dass er es ertragen würde, sie noch einmal den ganzen Tag anzusehen und sie nicht berühren zu können, nicht umarmen zu können.

Am Ende des Tages mussten sie sich alle neben die Bänke stellen, Beine auseinander, Hände zur Seite gestreckt, den Mund weit offen. Die Padrons gingen an den Reihen der Männer entlang und schauten in Münder, untersuchten auch schon mal den Schritt. Nur ein Mann war dumm genug zu glauben, er könne etwas stehlen – eine Feile, gefunden von ihrem Padron, der wölfisch grinste und den Sklaven vor die Wahl stellte, die Zähne eingeschlagen zu bekommen oder ausgepeitscht zu werden.

Ihnen wurde befohlen zuzuschauen, als der Schmied kam und dem Mann Handschellen um die Gelenke legte, und der Padron hakte die Kette hoch oben ein und schlug dem Mann die Peitsche über den Oberkörper, dass es aussah, als trage er ein Wams aus roten und blauen Striemen. Simon sah mit kranker Faszination zu, jeder Schlag ließ seine eigene Haut zucken, und das sorgfältige Zielen und die Gründlichkeit des Padrons waren so beängstigend wie sein deutliches Vergnügen daran.

Später kam der Padron, um mit ihm zu reden, und Simon war mutig genug, ihn zu fragen, warum er so sorgfältig darauf geachtet habe, dass der Mann unmöglich Schlaf finden wird. Ihm wurde erklärt, wie schwer es sei, einen Mann zu töten, und dass sein Stöhnen sie alle daran erinnern würde, keine Ausbruchsversuche zu unternehmen. Das klang für Simon vollkommen vernünftig. Er hatte selbst das Stöhnen des einen Mannes dazu benützt, ein Geständnis von einem anderen zu bekommen, aber das konnte er selbstverständlich nicht sagen oder den Padron zu seinem Blick fürs Detail beglückwünschen. Er konnte nur nicken. Der Padron verließ ihn mit einem breiten Lächeln und einem verständnisinnigen Blick, der von jedem gesehen wurde und Simon wieder Angst einjagte. Ihm wurde vor Erleichterung schlecht, als der Padron sich die Treppe hinaufbegab und sich vom Ruderdeck entfernte. Vielleicht ging er los, um an Land seinen Lohn auszugeben.

Es passierte, als er das Riemenloch zuklappte und verriegelte. Als er den Riegel drüberschob, fiel etwas herunter, klapperte in die Abflussrinne. Zuerst dachte er, es sei nur ein Stein oder ein Stück Holz von den Zimmermannsarbeiten vorher, aber als er die Augen zusammenkniff und das Ding anschaute, war es ein Rohr, nicht sehr groß, mit runden Enden …

Simon schaute unbewegt, wagte nicht einmal zu schlucken. Jedenfalls war sein Mund trocken. Es muss den ganzen Tag da gewesen sein, seit Thomasina hereingeguckt hatte … Er hockte sich über den Abfluss, drückte, als hätte er Verstopfung, nahm das Ding in die hohle Hand. Nicht in den Mund, nicht, nachdem es in dieser Abflussrinne gelegen hatte … Er ließ es einfach in seiner hohlen Hand, ihm war schlecht, er schwitzte vor Angst. Dem Allmächtigen sei Dank, dass der Padron nicht da war, nur sein Junior passte auf sie auf. Es hatte etwas Schwarzbrot und Oliven zu Mittag gegeben, es würde bis zum nächsten Mittag reichen müssen, also hatten alle Verstopfung. Keiner schaute ihn auch nur an.

Er kauerte sich neben Schlange zusammen, drehte sich zur Schiffswand, wo die Holzplanken in ihrer ganzen Eintönigkeit aufragten, jede davon war ihm vertrauter als sein eigenes Bett zu Hause. Er wartete, vibrierte vor Spannung, bis die Nacht eingebrochen und das Ruderdeck dunkel und von den üblichen Geräuschen erfüllt war, Flüstern, Furze, Schnarchen, das trockene Schluchzen des Mannes, der ausgepeitscht worden war, und sich ständig umdrehte und versuchte, eine bequeme Lage zum Schlafen zu finden, das heisere Poltern des Soldaten, der irgendeinen zotigen Streit mit dem Bauern austrug.

Als sich seine Augen angepasst hatten, hielt Simon den Metallgegenstand in der hohlen Hand vors Gesicht und stellte fest, dass man ihn aufschrauben konnte. Ein Zettel, der um das Metall gewickelt war, fiel heraus. Das Metall war ein Messer: scharf auf der einen Seite, Sägeblatt auf der anderen. Man konnte es tief in das Rohr einschrauben, dann bekam es einen Griff. Es war ein Geschenk ... unbezahlbar, der Preis war zu hoch. Was würde der Padron mit ihm anstellen, wenn man es bei ihm finden würde?

Mit zitternden Fingern rollte Simon den Zettel auseinander. Er musste seine Augen anstrengen, um die winzigen Buchstaben zu entziffern:

> Geliebter,
> ich bin auf der *San Salvador.* Die Worte, die Francis dir sagen wollte, lauten: Der dritte Teil der Armada ist das Wunder der Schönheit. Becket hatte dazu auch eine Nachricht. Niemand versteht das. Ich werde mein Bestes tun, damit die *San Lorenzo* von den Engländern eingenommen wird. Bleib am Leben. Ich liebe dich.

Sie hatte es nur mit dem Wappenzeichen ihrer Familie unterschrieben, einem Einhorn, das ein Buch aufspießt, ein in sich widersprüchliches Symbol. So schnell er konnte schob Simon die Klinge in die Röhre zurück, schraubte sie zusammen, kaute und verschluckte den Zettel ...

»Was sagst du, kleiner Schreiber?« Der Soldat lachte wieder über ihn. Er tat das öfter, machte kein Geheimnis aus seiner Meinung, dass der Padron bald seinen Willen bei Simon bekommen werde. Es wurden tatsächlich vom Soldaten, vom Bauern und von dem Schwarzen, der den dünnen jungen Mann ersetzt hatte, Wetten um einzelne Oliven abgeschlossen, wie lange es dauern würde.

Simon zwängte das kleine Messer in einen Spalt zwischen Bank und Deck und stand wieder auf. »Was?«, flüsterte er gereizt.

»Wir haben uns gefragt, wer lauter quieken würde, *Marrano?* Du oder die enge kleine Fotze von Kanoniersfrau.«

»Was?« Das Wort kam heraus wie ein Fauchen, weil ihm der Zorn die Kehle zuschnürte. Schlange hörte den Tonfall und setzte sich ebenfalls auf. Durch ihre Botschaft war Rebecca unsichtbar wiedergekehrt, zurück ins Ruderdeck. Ohne vernünftigen Grund hatte Simon das Gefühl, der Soldat würde seiner Frau die »Fotze« direkt ins Gesicht sagen.

»Wenn dir der Padron endlich seinen Schwanz reinsteckt, *Marrano,* und dir einen neuen und lautlosen Furz gibt. Wer wird dann lauter quieken, du oder die Fotze vom Kanonier?«

Eine unsichtbare Mauer zwischen ihm und der Welt schien einzustürzen, zwischen seinem gewöhnlichen vernünftigen Selbst und einem Teil, dem er nie zuvor begegnet war. Er warf sich mit fliegenden Fäusten auf den Soldaten, die Kette war nicht kurz genug, um ihn aufzuhalten. Er landete einen Schlag mit der linken Hand, bevor Schlange dazwischenging, ihn zurückdrängte, in gebrochenem Portugiesisch beruhigend auf ihn einredete, was er nicht verstehen konnte, weil sein Kopf kochte vor schwarzer Wut, dass irgendein stinkender Galeerensklave seine Frau mit diesem Wort bezeichnet hatte.

Der Soldat hatte jetzt die Fäuste oben und lachte ihn an, lud ihn ein, es noch mal zu probieren.

Simon war in der Gewalt von etwas vollkommen Neuem: Sein Kopf war kalt, es gab keine Regeln und Ängste mehr. Der Soldat musste sterben. Er stellte fest, dass er sich sehr schnell bewegen konnte, die Welt um ihn herum war langsam und unwichtig. Er brachte das Knie hoch und stieß Schlange mit dem Ellbogen beiseite, schob sich an ihm vorbei. Etwas traf ihn am Auge, er sah Funken, jemand packte ihn am Brustkorb, und er krümmte ganz ruhig die Hände und schlug sie dem Soldaten fest auf die Ohren. Als sich der Griff lockerte, setzte er wieder den Ellbogen ein und drehte sich dann um, achtete nicht auf die fliegenden Fäuste, griff nach oben, packte den kahlen Hinterkopf des Mannes und seine Nase und knallte ihn auf die Bank, stieß noch einmal zu, und beim dritten Mal bekam er schließlich, was er wollte, er zerquetschte dem Mann die Kehle an der Bankkante und hörte das verheißungsvolle Knirschen.

Der Soldat fiel aufs Deck. Schlange zog ihn wieder weg, und Simon merkte, dass er nach Luft schnappte, schwitzte, sein Gesicht wehtat. Aber jetzt versammelten sich die Padrons, ließen die Peitschen knallen, riefen einander zu, man möge Wasser bringen, es ausgießen. Das Ende einer Peitsche stach ihn in die Seite, er bemerkte es kaum, sein Atem zitterte und er starrte auf den Soldaten, der sich zusammenkrümmte und seinen Hals hielt und wie ein Fisch zappelte und im Todeskampf langsam in seinem eigenen Blut ertrank. Seine Banknachbarn starrten ihn an, murmelten miteinander, hatten jetzt Angst vor ihm. Sie hatten den Soldaten gemocht und geachtet, den Mann, der ihn *Marrano* nannte, der ihn ausgelacht hatte. Der tot war.

Ich habe ihn umgebracht, dachte Simon. Ich, ich habe ihn umgebracht, ich selbst. Absichtlich. Weil er meine Frau beleidigt hat. Wie konnte ich das tun?, fragte er sich verwirrt, denn er sah sich immer noch als den dünnen, gelehrsamen Studenten und Entschlüssler der Kabbala, nicht als den sehnigen, gefühlskalten Schreiber, den die anderen Sklaven kannten.

Immer noch halb in Trance stand er da und schaute, und als der Padron zurückkam und ihm die Luft abdrückte, damit er seine Gründe nannte, antwortete er zusammenhängend und vergaß ganz, was er unter der Bank versteckt hatte, den Gegenstand, für den der Padron ihn mit Sicherheit töten würde.

Der Padron schien sich zu amüsieren, ließ ihn, wenn auch widerwillig, seine Anerkennung spüren, dass er es geschafft hatte, den Soldaten umzubringen. Ihr versteht das nicht, dachte Simon, es ist etwas über mich gekommen, irgendein Teufel, und ich fand es leicht. Der Padron erklärte ihm wie einem Idioten, dass er ausgepeitscht werden müsse. Ich nicht, dachte Simon, ich war es nicht, es war dieser Teufel, von dem ich besessen war.

Als sie alle weg waren und den Leichnam des Soldaten zum

Stinken und Steifwerden bei ihnen liegen lassen hatten, und die anderen Sklaven sich so weit sie konnten von dem verrückten kleinen Schreiber weglegten, flüsterte Schlange ihm zu: »Du umgedreht, heh?«

»Nein«, sagte Simon zu ihm. »Noch nicht.« Schlange zuckte die Schultern, nahm seine steife, angeschwollene Hand und drückte sie um den Griff des kleinen Geheimmessers.

»Also versteck es, nicht bei der Bank lassen. Jetzt.«

»Wo?« Er deutete an, es in den Mund zu stecken, obwohl es im Abfluss gelegen hatte, und Schlange lachte ... Deutete auf Simons Arsch und machte eine obszöne Geste.

Heute dreht sich alles um Ärsche, dachte ein ziemlich verrückter Teil von Simon, als er wieder zum Abfluss hinüberklirrte, in die Hocke ging und sich abmühte und drückte und den Gegenstand an der Stelle verbarg, für die er offensichtlich entworfen worden war. Offensichtlich. Vor einigen Monaten hätte es ihn abgestoßen und beschämt, auch nur daran zu denken, dort etwas reinzustecken, jetzt machte er es einfach. Er war zu naiv fürs Leben. Wirklich, sich vorzustellen, es gehöre in den Mund.

Er legte sich wieder hin, unbequem, unruhig. Sein Arsch war das einzige Territorium, das ihm noch gehörte, das, und ein zunehmend gestörtes Land in seinem Schädel. Werde ich verrückt?, fragte er sich. Oder wird es mich zu einem Untier werden lassen, wie der Soldat eines war?

Ja, dachte er, ja, so wird es kommen. Entweder das eine oder das andere. Mit zusammengekniffenen Augen sah er in der Dunkelheit seine Hände an, vernarbt von der Ruderstange, die Knöchel und die Handflächen geschwollen von Schlägen, an die er sich kaum erinnern konnte, Hände, seine eigenen, mit denen er jetzt getötet hatte. Becket hatte gesagt, den ersten Mann zu töten, sei wie die erste Frau, hohles Zeug, was Soldaten eben so sagen. Es war überhaupt nicht so. Simons erste Frau hatte in ihm nicht den Wunsch ausgelöst zu weinen und sich zu einer Kugel zusammenzurollen und sich vor der Welt zu verstecken; seine erste Frau war Rebecca gewesen, und er war ihr erster Mann. Es war eine vollkommen ... nun, angemessene Erfahrung gewesen, im Großen und Ganzen. Tante Leonora hatte dafür gesorgt, dass er gerade betrunken genug war, um es ausführen zu können, aber nicht so betrunken, um es nicht mehr zu können, was ein Segen war. Er war so sanft, wie er konnte, so lange er konnte und dann ... hatte Rebecca geschrien und geblutet, Beweis ihrer Jungfräulichkeit. Und er hatte ihr Haar gestreichelt und ihr verwirrt gedankt, bevor er einschlief. Später hatten sie einander kennen gelernt, jeden Sabbatnachmittag, hatten gegenseitig ihre Körper erforscht, um den Allmächtigen mit dem Liebesspiel zu preisen. Nur ein Christennarr konnte die beiden Dinge vergleichen. Einen Mann zu töten, war keinesfalls ähnlich. Und am Morgen würde der Padron ihn (gerechterweise) auspeitschen.

Um sich von dieser unausweichlichen Tatsache abzulenken, versuchte er, an Dinge zu denken, die nichts mit Rebecca zu tun hatten. Er war alle zehn Sephiroth aus der Kabbala durchgegangen, hatte gebetet, hatte im Kopf mit den Zahlen herumgespielt, die ihn umgaben, der Anzahl der Planken, der Größe des Riemens, dem Winkel zum Wasser, alle möglichen Dinge, um seinen Verstand davon abzuhalten, wie ein aufgespießter Hund herumzujagen. Schließlich fand er etwas Neues, worüber er brüten konnte: Er versuchte sich vorzustellen, was das Wunder der Schönheit sein könnte.

Ursprünglich muss es die Idee von Santa Cruz gewesen sein, der geheime Schlüssel, der das ganze dämliche Unternehmen der Armada funktionieren ließ. Die Galeassen waren selbstverständlich Teil davon, obwohl sie bei jeder Flaute nützlich wären. Trotzdem waren sie schlechte Segler und brutal schwer zu rudern; es waren keine guten Schiffe. Er wusste jetzt viel mehr über sie, als er je hatte erfahren wollen, und obwohl er beschlossen hatte, dass der Allmächtige mit ihm spielte, wenn er so grausam mit ihm verfuhr, war wenigstens sein Verstand beschäftigt.

Wunder der Schönheit, Wunder der Schönheit. Was für ein dummer Name. Wie konnte ein kriegerisches Unternehmen, ein Invasionsplan, ein Wunder sein oder schön? Es war dumm, lächerlich.

Simon schlief, träumte unruhig von Statuen, die zum Leben erwachten, vom Soldaten, der ihn anschrie, von Rebecca, die ganz winzig war, aber vollkommen nackt, und aus dem kleinen Messergriff herausschaute. Normalerweise konnte er jetzt auf den Planken ganz gut schlafen, auch wenn sie nicht gerudert hatten und nicht übermüdet waren, aber jedes Mal, wenn er sich umdrehte oder aus den schlammigen Wassern eines Traums auftauchte, hörte er das Schniefen und Stöhnen des Mannes, der am Tag zuvor ausgepeitscht worden war und ihm die Nacht prophezeite, die ihm morgen bevorstand. Ihm wurde jedes Mal schlecht, wenn er daran dachte.

Und am Morgen kam der Padron zu ihm, die verknotete Peitsche in der Hand, und grinste unter seinem Schnauzbart. Mit trockenem Mund und ausdruckslosem Gesicht schaute Simon an ihm vorbei.

»Nun, Schreiber«, sagte der Padron jovial. »Muss ich dich an die Bank binden oder wirst du für mich stillhalten?«

»Ich werde stillhalten«, sagte Simon, und seine Haut prickelte im Vorgefühl der Erniedrigung, entschlossen, den anderen Männern auf der Bank seine Furcht nicht zu zeigen, nicht einmal dem Soldaten, der ihn mit erloschenem Augenlicht von unten ansah, weil der Schmied noch nicht gekommen war, um ihn loszumachen.

Er versuchte es sich vorzustellen wie eine Flussüberquerung. Bald würde er auf der anderen Seite sein. Dazwischen war es unerfreulich. Gehorsam hielt er sich am anderen Ende der Bank fest, ließ die Schultern hängen und senkte den Kopf so weit es ging, damit niemand sein Gesicht sehen konnte.

Der Padron stand auf der Bank, und die Peitsche pfiff und knallte. Einmal fing Simon einen Blick des zufrieden grinsenden Bauern auf, der sich den Bauch rieb. Der neu entdeckte Verrückte, der still in Simons Hinterkopf schnatterte, nahm sich vor, den Bauern umzubringen, sobald er den Padron getötet hatte. Sogar sein vernünftiger Teil schien wie ein Feuerstein zu zersplittern. Becket hatte ihm einmal zwischen zwei Humpen einen guten Rat gegeben. »Manche Huren sagen, es ist besser zu schreien und sich zu winden«, hatte er getönt. »Dadurch treibt es der Mann nicht so wild mit dir, weil er glaubt, du leidest schon. Manche sagen, es ist besser, gar nichts zu sagen, dann empfindet er kein Vergnügen, auch wenn er sich noch mehr verausgabt und versucht, etwas aus dir herauszuholen. Was mich betrifft, ich habe den Bastard die ganze Zeit verflucht, und das hat geholfen.«

Damals hatte Simon gedacht, so unbeteiligt könnte er gar nicht sein, aber jetzt stellte er fest, dass ein gutes Quantum Zorn, geboren aus Scham, ihn stillhalten ließ, weil es ihm die Kehle zuschnürte. Mit jedem Hieb wurden die Schmerzen größer, jedes Mal ein seltsames, unerträgliches, wachsendes Jucken unter den Rippen, jedes Mal schlimmer, als die Hiebe anfingen, kreuz und quer über vorherige Striemen zu zischen, bis der Schmerz ihm den Atem nahm. Er umklammerte die Bank fester und fester, versuchte, daran zu denken, sich nicht auf die Zunge oder die Lippe zu beißen, und versuchte, sich nicht zu bewegen, dem Padron kein Vergnügen zu bereiten. Er war nicht sicher, ob ihm das gelang, denn er hielt seine Augen fest geschlossen, weil er Angst hatte zu weinen.

Am Schluss kippte ihm der Padron Meerwasser über den Körper und sprang von der Bank auf den Mittelgang, um mit dem Schmied zu reden, der ebenfalls mit einem lüsternen Lächeln zugesehen hatte. Die zwei schoben den Leichnam des Soldaten beiseite, damit die Kette abgenommen werden konnte, dann flog der Soldat zum Riemenloch hinaus und mit ihm seine ganze Erfahrung bei Lepanto und den drei großen Tagen der Plünderung von Antwerpen und wo auch immer er sonst noch gewesen sein mag. Es änderte sich jedes Mal, wenn er seine Geschichten erzählte.

Simon war schlecht, er zitterte, er fror vom Wasser, das auf seinem Rücken brannte wie Feuer. Er setzte sich unter die Bank, rollte sich zusammen und versuchte, Luft zu kriegen. Er keuchte, als hätte er gerudert. Schlange sah sich den Schaden für ihn an.

»Ihn hat's schlimmer erwischt als dich«, erklärte Schlange schließlich und nickte zu dem Mann hinüber, der die Feile gestohlen hatte und sich immer noch wie ein alter Mann bewegte. »Es nicht schlimm.«

»Nicht schlimm«, wiederholte Simon tonlos, entspannte die Schultern und wünschte sich, er könnte mit jemandem den Körper tauschen. Ich gehöre jetzt zur Gesellschaft der Huren und Bauern und Soldaten, dachte er, und auch Priester müssen sich zur besseren Anbetung Gottes geißeln. Zu denen, die ausgepeitscht wurden. Nun, warum nicht?

Er dachte an Rebecca und was sie sagen würde, wenn sie ihn sehen könnte. Mit ziemlicher Sicherheit würde sie wütend auf ihn sein, dass er den Kampf mit dem Soldaten nur wegen ein paar Worten riskiert hatte, nur weil er sie mit einem Namen bedacht hatte, ohne wissen zu können, was sie mit Simon zu tun hatte. Selbstverständlich würde sie nie die Gelegenheit haben, weil er es ihr wahrscheinlich nie erzählen würde. Ob er sie jemals wieder neben sich im Bett spüren würde? Ob er jemals wieder seinen Kopf auf ihre Schulter legen und den kleinen, spitzen Hügel ihrer Brust würde halten können? Nein. Höchstwahrscheinlich nicht. Er hatte sie gesehen, das sollte genügen. Aber es reichte ihm nicht. Wie das Essen, das sie mittags bekamen, halbe Portionen, weil sie immer noch im Hafen lagen, war es nur genug, den Hunger anzuregen, nicht ihn zu stillen.

Er dachte an sie und zwang sich dann, damit aufzuhören. Er war nicht wie der Soldat oder der Bauer, er konnte sich von seiner Fleischeslust nicht einfach hier, auf dem Ruderdeck befreien. Es passierte sowieso nicht allzu häufig, er war die meiste Zeit zu hungrig und zu erschöpft. Indem er mögliche Kodierungen für das Wunder der Schönheit durchging, die Buchstaben in Kombinationsfolgen mit anderen vertauschte und nichts als dummes Zeug herausbekam, gelang es ihm sogar, das Feuer in seinem Rücken zu vergessen und einzuschlummern. Die anderen Männer auf der Bank beobachteten ihn aus den Augenwinkeln.

Jede Bewegung tat ihm weh an diesem Morgen, nicht nur sein Rücken, als wäre sein ganzer Körper geschlagen worden, er hatte Schmerzen wie in den ersten Rudertagen. Er sagte es Schlange, der sagte, selbstverständlich war es nicht allein sein Rücken, was dachte er denn? Und Simon erinnerte sich, dass Schlange ein Ausbrecher war und ebenfalls Mitglied der Bruderschaft der Ausgepeitschten. Schlange sagte dasselbe wie Becket, dass man sich bewegen muss, nämlich die Rückenmuskeln strecken, und so berührte er etwa einmal die Stunde bewusst seine Zehen, egal wie weh es tat oder wie schlimm der Grind aufplatzte und brannte.

Zum Mittagessen gab es mehr als sie erwartet hatten. Nicht nur Schwarzbrot und Oliven und Käse und Wurst, sondern jeder bekam auch eine Orange. Eine ganze Orange, jede eine warme Sonne aus Duft und Süße im düsteren Ruderdeck, wie ein Versprechen einer anderen Welt. Jeder auf dem Ruderdeck murmelte und misstraute dieser Großzügigkeit, was richtig war, denn der Padron stand mit seiner Peitsche im Mittelgang und sagte, die Orangen seien ein Geschenk von Don Hugo de Moncada, ein großartiges und freigebiges Geschenk, denn sie würden bald aus La Coruña auslaufen und nach Norden fahren, um gegen die Engländer zu kämpfen.

Simon hielt seine Orange in der hohlen Hand, lachte beinahe über die Helligkeit, die unfassbare Lebenskraft der Farbe, bewunderte sie wie ein Schmuckstück. Der Bauer schaute ihn gierig an. Beim letzten Mal, als sie etwas Besonderes bekommen hatten, jeder ein Stück Hähnchen, hatte der Soldat sich herübergebeugt und seines gestohlen, und Simon hatte nichts gemacht. Diesmal sah Simon den Bauern an und grinste. Der Mann schaute weg. Soll ich ihm seine Orange wegnehmen?, dachte Simon in Feierstimmung und schämte sich dann vor sich selbst.

Er aß die Orange langsam, jeden Bissen, nur die Kerne nicht – Schale und Mark und Fruchtfleisch und alles, und ihm lief das Wasser im Mund zusammen von dem intensiven Geschmack, sauer, bitter. Es war eine Sevilla-Orange. Er hatte von Dr. Nunez gehört, dass es in China seltene Orangen gibt, die keinen Zucker brauchen, aber die hier war schon fein, schmeckte gut, wärmte, als hätte er eine kleine Sonne in seinen Körper aufgenommen.

Und dann, am Nachmittag, ruderten sie wieder. Hinaus aus dem Hafen von La Coruña, hinaus auf den Atlantik, wo die Deckmannschaft die Segel setzen und den perfekten Südwestwind auffangen konnte, der sie nordöstlich nach England bringen würde. In der Ferne konnte er geistliche Musik hören, er nahm an, es würden bei dem Anlass wohl Fahnen wehen und religiöse Festzüge stattfinden. Die Spanier mochten Prozessionen, fast so sehr wie die Engländer.

Es war schwer, wieder zu rudern, aber nicht so schwer wie an den ersten Tagen. Simon vermutete, dass nichts in seinem Leben jemals wieder so schwer sein würde, und er empfand es innerlich als Wunder, dass er tatsächlich überlebt hatte. Er schaute die anderen Männer auf der Bank an und fragte sich, ob sie genauso dachten oder ob sie überhaupt dachten. Er verspürte eigentlich keine Kameradschaft, außer wenn sie zusammen den riesigen Riemen hievten und sich alle zusammen bewegen mussten. Dann gab der Bauer oft einen Rhythmus vor, ein Arbeitslied aus der Zeit, als die Bauern Steine für den Straßenbau klopften. Schlange hörte interessiert zu und stimmte dann ein eigenes Lied an, eines mit einem seltsamen Rhythmus, der sie irgendwie mitzog und mitschwingen ließ, dazu unsinnige fremde Worte, die ihnen nichts sagten, die sie rein mechanisch nachsangen. Manche Padrons erlaubten das Singen nicht, aber ihr Padron verhielt sich neutral dazu, er erlaubte es ihnen, solange sie den Rhythmus der anderen Riemen nicht verloren, und als er mitbekam, dass die anderen Bänke den Rhythmus von Schlanges Lied aufnahmen, fiel er sogar mit obszönem Spanisch ein.

Trotzdem waren sie nach der langen Ruhezeit in La Coruña alle schneller müde. Als sie endlich mit Hieven aufhören und Atem schöpfen und den Schub und das Heben des Schiffes im Wind spüren konnten, kam der Padron mit Fässern voller Fett für die Riemen, die jetzt eingezogen wurden. Schlange strich Fett auf Simons Rücken, um ihn weicher zu machen; er hatte gebrannt, als sie arbeiteten, der Schweiß hatte gestochen, und alle Striemen hatten wehgetan.

Während er am Abend zu schlafen versuchte, kam der Padron und redete ganz freundlich mit ihm, riet ihm, seine Frau zu vergessen. Simon antwortete vorsichtig und neutral, erzählte dem Padron nur von dem furchtbaren Schmerz der Langeweile in seinem Bauch, was der Padron anscheinend witzig fand.

Simon wollte nur, dass der Padron wegging, damit er versuchen konnte, ein bisschen zu schlafen, aber der Mann schien sich gern mit ihm zu unterhalten. Er sprach von Augengläsern, davon, dass Simon sich als Ausguck am Riemenloch betätigen und sich das Geschenk des Sehens verdienen könne.

Der freundliche Druck, mit dem die breite Hand des Padrons Simons Schulter bedachte, sagte ihm deutlich, wie er sich die Augengläser verdienen konnte, wie er die letzten Gebiete, die er noch besaß und wo er das kleine Messer von Rebecca aufbewahrte, in die Verhandlungen einbringen konnte, und ihm wurde schlecht, und der Schweiß brach ihm aus. Der Padron grinste auf ihn herab, seiner Macht vollkommen sicher, seines Rechts zu bekommen, was er vom Eigentum Seiner Majestät wollte.

Simon starrte in die Nacht, auf das Narbenmuster an Schlanges Rücken und versuchte, darüber nachzudenken. Versuchte, nicht darüber nachzudenken. Ja, dachte er, eine Weile könnte er sich vielleicht weigern. Aber der Padron würde ihm sicher das Leben zur Hölle machen, konnte ihm nichts mehr zu essen geben, ihn schlagen, sogar das Wasser einbehalten. Er lebte nur mit einer dünnen Grenze von Vorräten zwischen sich und dem Tod, er wusste das. Im Moment schien der Padron ihn zu mögen, und der Soldat hatte Recht gehabt, der Padron wollte ihn. Und er hatte nicht die geringste Macht, Nein zu sagen, und es durchzusetzen. Eines Tages, früher oder später, vielleicht wenn er dem Tod näher war, aber eines Tages würde der Padron … Beim Gedanken an die Sünde wurde ihm schlecht, sein Bauch zog sich zusammen wie eine verhedderte Schnur. Sein Rücken brannte, seine Muskeln taten weh, Schlange schnarchte leise, und er konnte nicht schlafen, weil er weinen wollte. Einmal schlummerte er ein und merkte, wie er sich aufsetzte, an den Ringen um seine Knöchel zerrte, wo sie Schwellungen und offene Stellen hinterlassen hatten. Was konnte er tun? Nichts. Er konnte nicht entkommen, er konnte nicht schnell genug sterben, es sei denn, er benützte Rebeccas kleines Messer, um sich die Kehle durchzuschneiden. Selbstverständlich könnte er das tun, sagte der ruhige kleine Verrückte in der hinteren Ecke seines Schädels, der Teufel, der ihn übernommen hatte, als er den Soldaten umgebracht hatte. Das würde bedeuten, Rebecca nie wiederzusehen, sich selbst ins Sheol zu befördern. Das zu tun könnte sich lohnen, statt die Herrschaft über sein letztes bisschen Territorium aufzugeben. Wenn er sich selbst einen kräftigen Stich hinter dem Ohr beibrachte, wie der Padron es getan hatte, um die zerquetschten Männer zu töten, dann würde es nicht lange dauern, bis er stürbe, und auch nicht sehr wehtun. Selbstverständlich könnte er den Padron erstechen, wenn er kam, um ihn zu nehmen, und dann würden sie ihn totschlagen.

Das war ein verlockender Gedanke.

Er konnte im gedämpften Licht des Ruderdecks nicht schlafen, das Heben und Senken vom Seegang unter dem Schiff, das ganze großartige Heilige Unternehmen, das er nicht sehen konnte, das er wahrscheinlich nie sehen würde, drehte mit brennenden Laternen bei, damit sie auf den Weiten des Ozeans in Kontakt bleiben konnten, opferte Geschwindigkeit für Zusammenhalt, wie der König es befohlen hatte. Alle anderen schliefen, schnarchten, grunzten. Ein Mann stöhnte. Ach, der.

Simon saß mit untergeschlagenen Beinen da und untersuchte die Kette, die ihn zu einem Teil des Schiffes machte. Es gab Knöchelketten zum Zuschließen, aber diese hier war mit einer Niete festgehämmert worden. Um sie zu lösen, musste man die Niete wieder heraushämmern. Was man tun konnte, wenn man die Sklaven in den Docks arbeiten ließ, während die Galeassen überwinterten, aber man brauchte Hammer und Amboss dazu. Die Kette zwischen seinen Knöcheln war aus guten Stahlgliedern mit etwa einem Zoll Durchmesser und sie lief durch den Ringbolzen am Boden. In animalischer Enttäuschung pisste er auf den Ringbolzen und sah zu, wie die Pisse durch das Loch im Deck ablief, in das der Ringbolzen eingeschlagen war. Er blinzelte, war sich nicht ganz sicher, ob er richtig sah, oder ob das, was er sah, etwas Gutes bedeutete. Simon rüttelte an dem Bolzen. Er bewegte sich, gab nach. Etwas musste das Holz beschädigt haben ... Vielleicht die Eisenräder der Geschützlafette, als sie vorbeigerollt war, so etwas. Oder das Bauholz war zu frisch, nicht genug gelagert, und fing bereits an zu verfaulen.

Simon schaute sich um, insbesondere nach dem Padron. Er kauerte neben dem Juniorpadron, kuschelte sich an den jungen Mann, als wären sie Mann und Frau, ein abstoßender Anblick. Alle schliefen. Sehr leise griff Simon nach hinten und holte das kleine Messer hervor, schraubte es zusammen, probierte das Sägeblatt.

Das Holz splitterte weg und gab seinem beharrlichen Sägen nach, er rieb die Sägespäne mit den Fingern weg. Er konnte das Loch vergrößern, in dem der Ringbolzen saß, und wenn es groß genug war, könnte er ihn rausziehen. Er würde immer noch Ketten an den Fußgelenken haben, aber er war nicht mehr mit einem Bolzen am Deck befestigt. Das war schon was.

Er dachte an Schlange. Was hatte der Padron gesagt? Wenn einer ausbrach, starben seine Banknachbarn ebenfalls, weil sie es gewusst haben mussten, man kann keine Geheimnisse wahren. Sehr gut. Er würde auf jeden Fall dafür sorgen, dass Schlange auch freikam: Er konnte Schlanges Bolzen erreichen. Nicht den des Bauern oder sonst einen, weil sie weiter die Bank hinauf und zu hoch saßen. Er war der letzte Mann am Ende, gleich neben der Schiffswand. Glück gehabt.

Simon bearbeitete sorgfältig das Holz um den Ringbolzen, rührte dann aus den Sägespänen mit noch etwas Pisse eine Art Zement an, um sein Tun zu verbergen, und steckte sein Messer wieder weg. Er hatte große Angst, dass es abbrechen oder sich abnützen würde, aber bis jetzt ging es gut.

Er schlief schlecht, hatte vor so vielen Dingen Angst, sprang auf, als der Padron ihn am Morgen fragte, wie es seinem Rücken ging. Er ließ die Schultern hängen, um sein plötzliches Zusammenzucken zu verbergen, als sich seine Haut an die Schmerzen erinnerte. Sagte, es wird schon besser, Padron. Sie sangen, als sie an diesem Tag nach Norden ruderten, so dass Hugo de Moncada an die Luke kam und zuhörte und dem Kapitän des Ruderdecks gegenüber die gute Moral seiner Sklaven lobte. Vielleicht könnten die Sklaven ein paar sakrale Hymnen singen, vielleicht Salve Regina? Nein, der Kapitän glaubte, dass sie dafür zu ungebildet seien. Egal, sagte Don Hugo, es hört sich gut an, und sie kamen hervorragend vorwärts. Simon blinzelte zu dem Mann hinauf, der wie ein Riese an der Luke stand, blickte auf das ernste, knochige Gesicht, die große Würde und Sicherheit, mit der er auf dem Deck stand, und dachte, nach dem Padron, nach dem Bauern, bist du dran, Don Hugo. Oder nicht er, der Teufel. Der kleine Teufel, der mit dem Tod des Soldaten in seinen Schädel eingedrungen war, oder vielleicht kurz davor. Er war ihm ganz dankbar, denn er hatte ihm klar gemacht, wie leicht es war, jemanden umzubringen. Nicht im physischen Sinne leicht, das stimmte, er hatte Glück gehabt, dass er dem Soldaten die Kehle an der Bank zerquetschen konnte, aber geistig gesehen leicht. Das sah er jetzt. Man tötete nur jemanden, wenn er einem im Weg war oder einen nicht respektierte oder bedrohte. Der Soldat und der Teufel hatten ihm das gemeinsam beigebracht.

Wenigstens bekamen sie jetzt, während sie arbeiteten, größere Rationen. Selbstverständlich nicht genug, nie genug. Simons Bauch schlug Falten, wo er die kleine Rundung verloren hatte, die ihm von Rebeccas Fürsorge gewachsen war. Im Innern schien sich sein Magen ständig vor Hunger zu verknoten. Als er den Bauern angegrinst hatte, war es ein archaisches Zähneblecken gewesen: Nimm meine Orange, und ich bring dich um, hatte er gedacht, und der Bauer hatte es verstanden.

Statt mittags etwas zu bekommen, wurden sie morgens und abends gefüttert. Während sie nach Norden segelten, ruderten sie, tranken das Wasser, das schon nach ein paar Tagen seltsam schmeckte, aßen sie Brot, dann Brot mit Würmern, dann Zwieback. Die Würmer schockierten Simon, als er sie zum ersten Mal in seinem Brot fand, aber Schlange zeigte ihm, dass sie essbar und ganz nahrhaft waren. Kalt, schleimig, aber essbar. Also aß er sie. Es war fast enttäuschend, als das Essen von Brot mit Würmern auf Schiffszwieback ohne Würmer umgestellt wurde. Er dachte oft an seine Orange, und er stellte sich ganze Mahlzeiten aus der Vergangenheit vor, einige erfand er, an einige erinnerte er sich. Sein Körper schwang und hievte am Riemen, sein Mund sang dünn zu Schlanges tiefem Gong von einer Stimme, und in seiner Vorstellung war er im Schlaraffenland, wo in den Brunnen Wein floss und die Tische sich bogen unter Hühnchen und Wildgeflügel und Kaninchen und Brot und mit Most gewürzten Soßen und Apfelpasteten aus französischem Weißbrot und Marzipanköstlichkeiten und Bier und Ale … In der Nacht schlief er unruhig, wachte in den Mittelwachen auf. Manchmal passierte etwas: Der Padron würfelte mit den anderen Padrons, oder es gab Streit, oder jemand schrie im Schlaf. Manchmal war alles ruhig, und dann lag er zusammengekrümmt um den Ringbolzen und sägte sachte weiter am Holz, wie ein sehr großer Holzwurm. Wenn er dazu kam, würde er auch an Schlanges

Ringbolzen sägen, der nicht von Anfang an locker war wie seiner. Er machte eine Kunst daraus, seine Arbeit zu verbergen: Nicht nur Urin und Sägemehl, auch sorgsam aufgehobene Scheiße, um das helle, abgefeilte Holz an das fleckige alte Holz anzupassen.

Der Padron brachte ihn jedes Mal an den Rand eines Herzanfalls, wenn er zum Plaudern vorbeikam. Der Padron behandelte ihn wie seinen Favoriten, gab ihm Rudertipps, brachte ihm besseres Essen, Fisch, gekochtes Pökelfleisch, Trockenfrüchte. Der Padron wollte, dass Simon ihn mochte. Wie lächerlich. Simon schaute immer sorgfältig am Padron vorbei oder aufs Deck hinunter, nur gelegentlich schaute er auf die Stelle am dicken Hals des Padrons, wo Rebeccas Messer ein Loch machen würde. Er versuchte, sich nicht zu entwinden, wenn ihm der Padron die Hände irgendwo auf den Körper legte; einmal auf die Schultern, angeblich um zu sehen, ob es seinem Rücken seit dem Auspeitschen besser ging, ein anderes Mal ein grobschwieliges Tätscheln am Hintern. Jedes Mal, wenn das passierte, juckte seine Haut und kribbelte noch stundenlang danach an den Stellen.

Schlange war mitfühlend, der Bauer machte derbe Scherze, und weiter die Bank hinauf entstand Neid, weil er bevorzugt behandelt wurde, gelegentlich fielen abfällige Bemerkungen. Sie hatten vergessen, dass er ihre wertlosen Leben gerettet hatte, als das mit der Kanone gewesen war, und er hasste sie alle.

Eines Morgens, es war noch sehr früh, brachte der Padron die Rationen, und während sie das Essen hinunterschlangen und sich zum Scheißen hinhockten, stand er auf der Bank und verkündete dem ganzen Ruderdeck, dass die Armada jetzt in Sichtweite des Lizard war, offenbar ein Teil von Südengland.

Simon wandte sich sofort zum Riemenloch, um hinauszuschauen, aber da war nichts als verschwommenes Meer. Sein Herz war einen Augenblick erleichtert, dann wurde es ihm schwerer denn je. Das einzig Gute war, dass der Padron weniger Zeit haben würde, zu ihm zu kommen und ihn unter seinem Schnauzbart anzulächeln, weniger Gelegenheit, ihm in den Arsch zu kneifen. Nur die Tatsache, dass Simon die ganze Zeit ausgehungert war, machte es ihm möglich, den Zwieback und die Oliven zu essen. Der leise brodelnde Zorn in seiner Magengrube hätte jeden gewöhnlichen Appetit ausgelöscht. Und er war in der Nähe von England. Sein Herz verkrampfte sich immer stärker. Er war nahe dran, aber nicht nah genug, die Fangarme der Inquisition hielten ihn immer noch fest, die Ketten waren immer noch an seinen wunden Knöcheln, er würde wahrscheinlich in dieser Galeasse sterben, und der Allmächtige hatte ihn so weit gebracht, so nahe heran, um sich über ihn zu belustigen. Wunder der Schönheit, Wunder der Schönheit. Was zum Teufel war das für irgendjemanden wert? Wie konnte das irgendjemand enträtseln? Und wenn es ihm gelang, was würde das nützen?

Die Bewegung des Schiffes veränderte sich, es rollte, und Simon wusste, dass es irgendwo auf der Stelle stand. Trompeten erklangen, und es klirrte, man hörte ein kleines Boot längsseits näher kommen, vermutlich, um Hugo de Moncada zum Kriegsrat zu holen.

Wieder gab es Extrarationen. Noch mehr Wurst, eingelegte Zwiebeln, ebenso Oliven und ... noch eine Orange. Simon hielt sie wie eine kandierte Grenadine in der Hand oder wie Orangeat. Die Erinnerung überfiel ihn: Vor dem Bärenzwinger in London stand eine Frau mit wunderbaren Brüsten und verkaufte Sevilla-Orangen, die mit Zuckerhutstücken gefüllt waren, und man konnte den Saft raussaugen und die Orangenschale dann auf einen Abfallhaufen werfen, damit sich die Londoner Ratten darum stritten. Das hatte er oft gemacht, tatsächlich war er mit seinem Orangeat nicht einmal fertig gewesen, als er mit Becket zu Harry Hunks rüberging ... Die Erinnerung an das Orangeat lachte ihn mit einem Zuckermund an, wie es da auf einem Abfallhaufen lag und den Ratten zugute kam, und jetzt würde er alles auf einmal essen. Sogar ohne Zucker war die Orange zwar bitter und sauer, aber köstlich. Er schälte sie mit zitternden Fingern ab, sabberte etwas, und aß alles mit wenigen Bissen, dann kaute er die Schale, die er sorgsam im Schoß aufbewahrt hatte, und pickte dann die Krümel der Schale und des Fruchtfleischs auf, die heruntergefallen waren, und aß sie.

Schlange lächelte ihn mit einem Mund voller Orange an.

»Ich habe nie so eine Frucht gesehen«, sagte er, und Simon erklärte, dass man sie noch zur Zeit seines Großvaters gar nicht gekannt hatte, dass sie dann aber aus dem fernsten Osten mit der Seide gekommen waren, kleine Bäume, die in der Hitze Spaniens wuchsen und gediehen.

»Morgen Schlacht«, sagte Schlange weise.

Der Padron sagte dasselbe von der Bank aus. Er sagte, sie seien im englischen Kanal und würden wahrscheinlich am nächsten Tag in Kriegshandlungen eintreten, denn die englischen Ungläubigen würden bestimmt angreifen, und mit Allahs Hilfe würden sie El Dracos eigenes Schiff rammen und entern, und dann würden die Soldaten, die auf den Galeassen herumklappern, zur Abwechslung endlich etwas von der Arbeit übernehmen. Das brachte Gelächter. Simon schüttelte den Kopf. Unter keinen Umständen würde Drake den Spaniern erlauben, zu entern.

Glücklicherweise sah oder bemerkte der Padron Simons Kopfschütteln nicht und setzte seine Rede fort. Sie, die Ruderer, seien Sklaven Seiner Majestät, und als Ruderer der Galeassen seien sie ihre Seele. Einige von ihnen mochten vielleicht denken, wenn die Flotten kämpften, sei das eine gute Gelegenheit für einen Fluchtversuch. Jeder, der so dächte, solle noch mal nachdenken. Während der Schlacht würde die Luke von außen verriegelt. Es gäbe nicht den kleinsten Vorteil, wenn sie versuchten, ihn oder die anderen Padrons in der Hitze des Gefechts zu überwältigen, denn die Sklaven könnten trotzdem nicht entkommen. Auf jeden Fall sei es in ihrem Interesse, sich aufs Äußerste anzustrengen und die Schiffe am Schwimmen zu halten, denn es sei schwerer, ein bewegliches Ziel zu treffen, und wenn die Galeassen sänken, würden sie alle sterben. Aber wenn sie Erfolg hätten und siegreich wären, stünden die Chancen nicht schlecht, dass alle Sklaven, die Seiner Majestät so gut gedient hatten, freigelassen würden. So war es nach Lepanto geschehen. Also konnten sie wählen zwischen Narrheit und Tod oder vernünftigem Gehorsam und, vielleicht, Inschallah, der Freiheit.

Es war eine gute Rede, dachte Simon, und vollkommen vernünftig. Und wahrscheinlich ganz richtig. Trotzdem sägte er in dieser Nacht in Dunkel und Stille am Holz um seinen Ringbolzen weiter, und an Schlanges Ringbolzen, und verbarg dann den

Schaden. Er dachte, dass nach einer weiteren Nacht Arbeit die Bolzen aus dem Holz kommen würden, und danach musste er eine Gelegenheit abwarten.

Er wachte auf, weil die Hand des Padrons seinen Arsch streichelte, der Padron hockte neben ihm, genau neben dem Ringbolzen, der von der Bearbeitung immer noch etwas staubig war. Er richtete sich mit klopfendem Herzen auf, schlug sich fast den Kopf an der Bank ein.

»Nun, Schreiber«, sagte der Padron, »heute werden wir mit den Engländern kämpfen. Wer weiß, vielleicht entern sie uns, und dann wirst du befreit werden, und ich bin der Sklave?«

»Vielleicht«, sagte Simon.

»Was machst du dann, Schreiber?«

Simon lächelte. »Ich werde am Spieß gebratenes Roastbeef essen, Wildbretpasteten, kandierte Früchte und Brot und Butter, und Wein trinken, bis mir der Bauch wehtut. Und dann werde ich meine Frau suchen und mit ins Bett nehmen.«

Der Padron legte den Kopf zur Seite und seufzte. »Was würdest du tun, wenn ich dich küsse?«

»Ich würde kämpfen«, sagte Simon und versuchte die Tatsache zu verbergen, dass sein Mund ausgetrocknet war. »Ich weiß, dass ich wahrscheinlich verlieren würde, aber ich müsste kämpfen.«

Die Augen des Padrons zogen sich zusammen. Simon bemerkte, dass ihm der Schweiß ausbrach. Er zwang sich, dem Blick standzuhalten.

»Unglücklicherweise würde der Kampflärm uns beide verraten, und weil sie bei diesem Heiligen Unternehmen so heiß sind auf Anstand, werden wir beide aufgehängt. Was mir schon recht ist, aber Euch vielleicht nicht.« Simon bemühte sich, seine Stimme unbeschwert klingen zu lassen, kalt, angstfrei, trotz des Entsetzens in seinem Innern. Ein Gedanke kam ihm. »Und ... und ... seit die Inquisition mich verhört hat, bin ich anfällig dafür, alles zu beißen, was in meinen Mund kommt.«

Simon versuchte, den Padron einzuschätzen, der in der Hocke das Schaukeln des Decks leicht auf seinen Fersen ausbalancierte. Schlange war jetzt wach, Simon wusste es und wartete schweigend.

»Ich könnte dich freilassen«, bot der Padron an.

Simon schüttelte den Kopf, wusste, dass es eine Lüge war, fragte sich, ob es sich auszahlen würde, wenn er als Erster zuschlug. »Ihr seid ein Ehrenmann, Padron«, sagte er mit unsicherer Stimme. Er hielt inne, holte tief Atem, so nah, so nah an England zu sein und dann bei einer mickrigen Rauferei zu sterben, »gibt es denn niemanden auf diesem ganzen Deck, der sich wünschen würde, Euer Lustknabe zu sein?«

Der Padron lächelte. »Viele.« Er ließ seine schwere Hand auf Simons Schulter fallen und drückte fest zu. Dann richtete er sich aus der Hocke auf und ging Essen holen, damit die Routineabläufe auf dem Ruderdeck in Gang kommen konnten.

Nachdem er zu wenig Zwieback und Oliven für seinen verkrampften Magen gegessen hatte, weil der Padron ihm als Einzigem auf der Bank nur eine halbe Ration gebracht hatte, fegte Simon pflichtbewusst den Schmutz weg, so gut er konnte, und der Gestank seiner eigenen Ausscheidungen und derjenigen der anderen Männer nebelte ihn ein wie Rauch. Oben, im Sonnenschein und an der frischen Luft sangen die Soldaten ein Kyrie Eleison, und es hörte sich wie kriegerische Engel an, wenn einem von mangelnder Nahrung und Angst der Kopf ganz benommen war. Der Tod jagte ihm überhaupt keine Angst ein; aber Schmerz, ein weiteres, schlimmeres Auspeitschen, Verhungern, vergewaltigt werden. Er hatte nur noch sich selbst. Sein Körper war die Stadt, in der seine Seele lebte, und wie bei allen Städten waren die Tore die schwachen Stellen. Der Inquisitor des Heiligen Amts hatte eines von Simons Toren mit Gewalt genommen, mit seinem Stofftrichter und dem Metallknebel und den Wasserkrügen, und dabei hatte er den Teufel reingelassen, der den Soldaten umgebracht hatte. Unter der Belagerung durch den Padron weitete sich das Bild aus. Das Heer lagerte draußen und war bereit, die Stadt auszuhungern. Wenn sein nächstes Tor gestürmt werden und fallen würde, hätte er sich wenigstens die Ehre erwiesen, Widerstand geleistet zu haben, obwohl er spürte, dass vergewaltigt zu werden ihn auf ein Nichts reduzieren würde … Aber seine Stadt kampflos zu übergeben, würde ihn zu weniger als einem Nichts machen … Allmächtiger, bitte sei mir gnädig, gib mir Kraft. Simon hatte überhaupt keinen Zweifel, dass der Padron zurückkehren würde. Er betete unzusammenhängend zum Gott Israels, von dem er nicht mehr glaubte, dass er auf seiner Seite stand. Möge der Allmächtige sich Simons erbarmen, seines Dieners, den Er gequält und vernichtet und auf die Galeeren verbannt hat, ohne Grund, es sei denn, weil er ein Untersuchungsrichter und Sklavenhändler gewesen war ... Eine lächerliche Vorstellung.

Über dem Gesang der Soldaten hörte er das Echo seiner Gedanken: Kyrie Eleison, Herr erbarme dich; Christe Eleison, Christus erbarme dich. Es war Griechisch, die Sprache des Neuen Testaments. Wie seine ganze Familie war er als Sprachgelehrter erzogen worden. Er sprach englisch, portugiesisch, spanisch. Er konnte Latein und daher auch Italienisch erraten. Er konnte, dem holländischen Rabbi seines Schwiegervaters sei Dank, etwas Hebräisch lesen und schreiben. Er kannte ein paar Wörter Griechisch ...

Es blühte wie eine Blume in ihm auf, wie eine Nachtkerze, die sich in der Abenddämmerung gelb entfaltet. Das Wort für »Schönheit« heißt im Griechischen »kalos/kalle«.

Er hauchte es immer wieder vor sich hin. Kalos. Konnte es so einfach sein? Könnte es wirklich so unglaublich einfach sein? Konnte Santa Cruz den Schlüssel zu seinem Plan für das Unternehmen England hinter einem einfachen griechischen Wortspiel versteckt haben? Das Wunder der Schönheit, das Wunder von Kalle, das Wunder von *Calais* ...

Unvermittelt bekamen sie den Befehl, die Riemen auszufahren. Simon fummelte herum, um den Besen wegzuhängen, machte das Riemenloch auf, stand bereit, den Ring anzuklemmen, während der Riemen an seiner Fangleine hinausdonnerte.

Er stellte sich an den großen Riemen, und als der Padron »Anpacken!« rief, packte er neben Schlange an, griff fest mit den Händen zu und versuchte, nicht an sie zu denken, während er den Rhythmus von Setzen und Aufstehen begann und den Riemen hin und her fegte. Sie konnten es jetzt ganz gut, sie konnten den Rhythmus verändern und das Wasser zurückdrängen und das Blatt aus den Wellen heben – das war das Schwerste, weil es keine Vorwärtsbewegung gab, nur die Anstrengung, den riesigen Doppelbaum am Ring im Gleichgewicht zu halten, während das Schiff manövrierte, die Muskeln brannten und zitterten, es brach einem den Rücken, und dann wurde endlich der Befehl gegeben, ihn wieder einzutauchen.

Er schwang sich mit einem von Schlanges Arbeitsliedern in den Rhythmus ein, und seine Lippen murmelten »Calais, Calais«.

Das ergab einen Sinn. Es war das Einzige, was einen Sinn ergab. Wenn Medina Sidonia die Armada in die Meerenge vor Dover brachte, würde Parma beim besten Willen mindestens eine Woche brauchen, vielleicht sogar zwei, um seine Truppen von Sluis aus einzuschiffen. Er konnte es nicht vorher tun, denn bevor Medina Sidonia nicht vor Ort im Kanal sein würde, wäre es Unsinn, und wann er dahin kam, hing von Unwägbarkeiten wie dem Wind, dem Wasser und den Aktivitäten der englischen Flotte ab.

Aber Medina Sidonia konnte unmöglich an einem Ort wie der Straße von Calais vor Anker gehen, wo die Querströmungen bekanntermaßen bösartig waren und das Wetter so unvorhersehbar und explosiv wie die Launen der Königin. Ein Tag wäre schon gefährlich, ganz zu schweigen von der Woche, die Parma mindestens brauchen würde. Man konnte so viel Truppen nicht in kürzerer Zeit auf Schaluppen einschiffen und auch noch zur Schelde hinunterschaffen. Und deshalb ...

Irgendwo in der Ferne, in der Welt außerhalb des Ruderdecks, hörte man donnerndes Krachen. Dann weiteres Krachen. Rufe. Trompetengeschmetter. Riesen, die ganz schlecht Trommel spielten.

Der Padron schrie, der Rhythmus verdoppelte sich, sie ruderten stärker, und der Schweiß brach ihnen aus, die Hitze baute sich auf, man musste daran denken, tief einzuatmen und nicht nach Luft zu schnappen, sonst würde man ohnmächtig. Während er die grässlich riechende Luft in die Lungen ein- und ausatmete, dachte Simon über seine Entdeckung nach.

Es war die offensichtliche Antwort auf das zeitweise unlösbare Problem der Armada. Einfach die Stadt Calais einnehmen.

Vier schwer bewaffnete und mit Soldaten bemannte Galeassen, denen der Mangel an Wind nichts ausmachte, in den Hafen von Calais schicken. Sie nahe an den Kai heranbringen und die

Zitadelle in einem verheerenden Überraschungsangriff bis zur Kapitulation zusammenschießen. Die Soldaten an Bord die Stadt stürmen lassen. Dann könnte die Armada im Tiefwasserhafen Schutz finden, könnte wieder instand gesetzt, mit neuen Vorräten versehen werden und darauf warten, dass Wind und Wetter und ständige Patrouillen die englischen und holländischen Flotten auslaugten, während Parma in See stach. Und wenn die englische Flotte dann zur Instandsetzung und zum Ergänzen der Vorräte gezwungen war ... über den Kanal hüpfen. Dazu waren, hatte man die Truppen erst einmal an Land gebracht, nur zwei Tage mit gutem Wetter nötig, wie Herzog Wilhelm aus der Normandie vor fünf Jahrhunderten bewiesen hatte.

Selbstverständlich war Calais angeblich neutral, und der Gouverneur Gourdan würde sich nicht stillschweigend zurückziehen, aber Frankreich stand im Bann des Bürgerkriegs. Für einen Preis wie England konnte Philip von Spanien sich auf die Notwendigkeit berufen und die französische Krone mit der Siegesbeute aus London abfinden.

Simon starrte geradeaus, auf die peitschennarbigen Rücken vor ihm, hievte und zog am Riemen, während seine eigenen Narben juckten und zogen, sein Magen gluckerte vor Hunger, seine Lungen und seine Arme und sein Rücken brannten und in seinem Kopf drehte sich alles vor Aufregung. Wie konnte er es irgendjemandem mitteilen? Hier war er und hatte die Antwort. Das Rätsel, weswegen ihn sein Bruder Francis nach Lissabon bestellt hatte, das Rätsel, das ihn in den Rachen der Inquisition gebracht hatte und an diesen Riemen. Aber wie konnte er es den englischen Flottenkommandeuren mitteilen? Sie waren so nah. An Land konnte er hoffen, weit zu laufen, ohne gefangen zu werden. Hier in der Galeasse ... Jedes Mal, wenn er aufstand oder sich setzte, erinnerte ihn der stechende Schmerz in seinen Knöcheln, weshalb eine Flucht unmöglich war.

Vielleicht konnte er seinen gelockerten Bolzen herauszwängen, wenn am Abend der Riemen eingezogen wurde, aus dem Riemenloch springen ... Nein, die Kette an seinen Knöcheln würde ihn hinabziehen. Deshalb wurden sie dick und schwer gemacht. Er konnte schwimmen, aber nicht so gut. Rufen?

Mach dich nicht lächerlich, das Beste, was er seit der Inquisition herausbrachte, war ein gehauchtes Krächzen. Eine Nachricht schreiben. Auf was? Womit? Wann?

Er hätte vor Enttäuschung weinen mögen. Er stieß beim Atmen englische Flüche aus, und Schlange, der vor Anstrengung neben ihm schwitzte und grunzte, sah ihn von der Seite an.

»Was?«, fragte Schlange.

Simon schüttelte den Kopf, Sprechen war strikt verboten beim Rudern, und er hatte auch keine Luft, um es zu erklären. Der Padron hatte sie jedoch entdeckt. Er schlug mit der Peitsche zu und erwischte Simon immer wieder quer über die Schultern und den Hals und im Gesicht, wobei er nie innehielt, nie den Takt verlor und Simon mit einem hässlichen Wirbel knallenden Leders eindeckte. Man musste seine Geschicklichkeit bewundern.

Simon nahm den Kopf zwischen die Arme wie eine Schildkröte und zog und hievte weiter, wartete darauf, dass der Sturm aufhörte. Der Padron war wütend auf ihn: Jede Rechtfertigung für ein Auspeitschen kam gerade recht, so lange bis Simon seine Ehre aufgab, und er konnte überhaupt nichts tun. Außer sich vom Padron drangsalieren lassen selbstverständlich.

Nach einer Weile hörte die Peitsche auf zu knallen, und er konnte seinen Kopf wieder hochnehmen und einen Blick auf die roten Striemen und Risse überall auf Schultern und Armen werfen. Sein Gesicht war genauso steif und verletzt. Er machte weiter, schwang den Riemen, fiel in Schlanges Gesang ein.

Es kam der Befehl aufzuhören, rückwärts zu rudern. Ihre Seite der Galeasse zog einen Augenblick die Riemen ein. Und da krachten die Geschütze auf dem Deck über ihnen los, ein ausgedehntes, brüllendes Dröhnen, und dann noch eins und noch eins, ein Lärm wie ein Schlag ins Gesicht, der die Ohren zum Klingen brachte. Rauch zog herunter. Auf dem Ruderdeck waren jetzt auch zwei Kanoniere. Sie gingen zwischen den Bänken hindurch, über dem Gesicht ein Tuch gegen den Gestank, und eine nach der anderen dröhnten die Fünfzigpfündergeschütze und stießen Rauch aus, der nach Eiern stank.

Wieder knallten Peitschen, der Padron schrie Befehle. Simons Körper gehorchte, bevor sein angeschlagenes Gehirn aufholte, er hustete wie alle anderen immer noch hilflos gegen den

Rauch an, aber sie ruderten rückwärts, drehten die Galeasse fast auf der Stelle, und die andere Breitseite dröhnte los, die Kanoniere feuerten wieder die Fünfzigpfünder auf dem Ruderdeck ab, und es gab noch mehr Donnerschläge, mehr Schmerzen in den Ohren, mehr grauen Rauch, der sich wie ein Sargtuch ausbreitete und sich wie heißer, grauer Flanell über Mund und Nase zu legen schien und einem den Atem nahm, wenn man Luft holte. Schlange krächzte und kotzte neben ihm, Simon keuchte hilflos, und sie hievten den Riemen vor und zurück, vor und zurück, blind, taub, mit brennenden Muskeln hielten sie das Schiff in Bewegung. Er registrierte den Peitschenknall des Padrons, aber er fühlte den Schmerz nicht, verglichen mit dem entsetzlichen Hunger nach Luft in seinen Lungen.

Der Rauch verschwand nicht: Wo sollte er hinziehen? Die Luken waren geschlossen, die beiden Gitterroste von Soldatenfüßen blockiert. Im Riemenloch war etwas Platz, wenn sich die Riemen hin und her bewegten. Wieder und wieder knallten Peitschen, als einige Männer auf den Bänken zusammenbrachen, aber die Padrons waren in dem Rauch so blind wie die Ruderer. Dann war Geklopfe zu hören, jemand hämmerte an die Luke. Endlich ging sie auf, und etwas Rauch begann abzuziehen, die Kanoniere rannten halb erstickt nach oben. Durch graue Schleier sah Simon die Beine des Padrons, der auf der Leiter stand und wütend schrie. Er ging ganz hinauf, und der Lärm eines Streits wurde zu ihnen heruntergetragen, aber es war nicht zu hören, um was es ging.

Sie ruderten weiter, husteten, schnappten nach Luft, die Augen tränten. Endlich kam der Befehl aufzuhören. Füße auf der Leiter, man sah immer zuerst die Füße, wurde gut darin, Stiefel zu erkennen. Diese gehörten dem Admiral, Hugo de Moncada. Auf seinen Riemen gelehnt, krächzend um Luft bemüht, schaute Simon auf den schwarzen Damastrücken eines echten spanischen Granden, der im Mittelgang stand und den Schaden inspizierte, welcher lediglich durch Rauch entstanden war. Bisher hatte noch keine Kanonenkugel das Schiff getroffen.

Don Hugo drückte keine Serviette auf den Mund, er atmete tief, hustete und nickte dem Padron zu, der breitbeinig dastand und die muskulösen Arme verschränkte.

Die Luke wurde nicht wieder geschlossen, aber ein Ladenetz wurde darüber gelegt. Der Padron kam mit seinem Wasserschlauch zwischen die Ruderer, und Simon erwartete, dass er nichts bekam, wenn er dran war. Nein, er durfte seine Ration weingesäuerten Wassers schlucken, wenigstens da war der Padron fair.

Sie warteten, dass die Kanoniere auf die Kanonierrampe hinausgingen und die schweren Geschütze am Ruderdeck wieder luden, die Kugeln wurden in Netzen von den Flaschenzügen herabgelassen, es wurde gestopft und geladen, ein langer, komplexer Vorgang, alles auf einem Balkon, der frei über dem Wasser hing. Die anderen Kanonen wurden ebenfalls geladen.

Aus weiter Ferne hörte man neuerliches Krachen. Simon blickte kurz am Riemen vorbei durchs Riemenloch und sah englische Schiffe die großen Galeonen der Flaggengeschwader wie Hunde belästigen. Ihre Kanonen feuerten immer wieder, und Simon grinste. Er verstand nichts vom Kanonenschießen, aber er konnte eine schnelle Schussfolge erkennen, wenn er sie hörte.

Dann war alles bereit, und sie ruderten wieder, mit doppelter Geschwindigkeit, ruderten rückwärts und drehten sich herum, ruderten wieder. Die Geschütze wurden noch einmal abgefeuert. Diesmal gab es einen Knall in der Nähe, das Krachen und Knirschen einer Kugel, die Galeasse war getroffen. Alles weit oben, kein ernster Schaden, ein Seemann kreischt, zweifellos, weil er Splitter abbekommen hat. Weiterrudern, drücken, ziehen, drücken, ziehen, die Fünfzigpfünder auf dem Ruderdeck feuern, das Ruderdeck ist voller Rauch.

Die tränenden Augen sind geschlossen, der Mund hängt offen, der Atem geht keuchend ein und aus, die Rippen brennen, Simon wusste, dass hinter ihm im Rauch etwas war. Dann gab es plötzlich nicht weit entfernt eine gewaltige Explosion, deren Echo übers Meer peitschte.

Sie ruderten weiter, Rufe von oben, prasselnde Geräusche. Jeder Ruderer war in seiner eigenen raucherfüllten kleinen Welt, der Mittelgang verschwamm im Dunst. Ein andersartiger Geruch kam zum Gestank des Schießpulvers hinzu.

»Schreiber, schau raus, was da los ist!«, schrie der Padron aufgeregt.

Simon kniff die Augen zusammen und schaute angestrengt raus. Rauch wehte vorbei, schwarzer Rauch jetzt. Sie waren in der Nähe von etwas, das brannte. Ein brennendes Schiff – wie konnte das passieren? Sicher konnte keine der Kanonen so viel Schaden anrichten? Sie passierten den Bug und er konnte den Namen durch die Rauchschwaden sehen, zum Anfassen nahe, so dass sogar er ihn erkennen konnte: *San Salvador.*

San Salvador war das Schiff, auf dem sich Rebecca befand. Es war irgendwie explodiert. Was war passiert? War sie am Leben? Allmächtiger Herr, bitte, lass sie am Leben sein.

Sie bekamen ein Tau an Bord geworfen, mehr Geschrei, das Geräusch langer Stangen, die das brennende Schiff auf Abstand hielten. Wieder kam der Befehl zum Rudern, und sie ruderten jetzt mit doppeltem Gewicht, es war doppelt so schwer voranzukommen, und jeder Muskel in Simons Körper war erschöpft, protestierte, brannte, zog das verkrüppelte Munitionsschiff *San Salvador,* damit es vom Rest der Armada beschützt werden konnte.

Er beugte den Rücken. Immer wieder. Sie ruderten und ruderten, es war härter als je zuvor, das Ruderdeck war jetzt still, abgesehen von der Trommel und dem heiseren Fauchen und Japsen der zweihundertfünfzig Männer, die bis zum Umfallen schufteten, das Knarren der Riemen, das Zischen der Flammen, wenn die Mannschaft der *San Lorenzo* die Flammen löschte. Manchmal konnten sie die Verletzten auf der *San Salvador* heulen hören. Und immer noch ruderten sie weiter. Schlange hatte die Augen geschlossen und Schaum auf den Lippen. Simon stieß ihn mit dem Ellbogen an, eine plötzliche Gewissheit erfüllte ihn. Sicherlich hatte sich der Allmächtige in seiner unergründlichen Art mit der rot glühenden Kohle der Eingebung herabgebeugt.

»Sing!«, krächzte Simon, »sing diese Worte. Das Wunder ist Calais. Das Wunder ist Calais. Das ist ein englischer Zauberspruch.«

Schlange blinzelte, wischte sich mit der Schulter die Augen, runzelte die Stirn, wiederholte Simons Satz. Simon sang mit, die einfache, rhythmische Melodie, die ihm Schlange beigebracht hatte. Der Rhythmus erleichterte die Arbeit, um die

Worte scherte sich niemand, solange sie halfen, die Melodie zu halten. Andere Ruderer nahmen sie auf, sangen, was ihnen wie Unsinnsworte vorkam, aber ihre Stimmen ließen den Klang anschwellen, bauten ihn auf, alle sangen und schwangen gemeinsam, um nicht eines, sondern zwei Schiffe durch die widerstrebenden Gewässer zu ziehen.

Einen Augenblick später versagte Simon die Stimme, er hätte weinen mögen. Er konnte es jetzt deutlich hören, alle Ruderer auf der Galeere sangen »Das Wunder ist Calais«. Wenn Rebecca noch am Leben wäre, würde sie es hören, wenn sie es erkennen könnte, wenn sie erraten könnte, wer ihnen diesen Gesang beigebracht hatte … wenn wenn wenn …

Die Töne trugen weit, er wusste das. Er nahm es wieder auf, denn die Musik half, den Schmerz zu ertragen, ließ einen vergessen, wie müde man war, wie sehr die Hände wehtaten, wie wund die Schultern waren und wie unmöglich das war, was man machte und alles Übrige. »Das Wunder ist Calais«, krächzte er, »das Wunder ist Calais.«

Sie ruderten bis tief in die Nacht hinein, schleppten immer noch das verkrüppelte Schiff, die Lampen brannten und schwangen von den Balken, damit die Padrons sie sehen konnten, ihr neues Lied ging immer noch von Bank zu Bank. Schulterreihen und Arme und Köpfe arbeiteten mechanisch wie ein Wasserrad, in benommener Erschöpfung.

Wieder Stiefel auf der Leiter, die von Don Hugo. Eine Unterredung mit dem Kapitän des Ruderdecks, der Padron steht mit verschränkten Armen und grimmig gefurchter Stirn hinter dem Kapitän. Befehle ertönen von oben, der Befehl, die Riemen auszufahren und dann weiterzurudern, und das Gewicht war leichter, nur noch halb so viel wie vorher.

Simon musste einige Schläge lang überlegen, bis er verstand, dass sie die Schleppleine gekappt hatten, sie zogen die *San Salvador* nicht mehr durchs Wasser. Die *San Salvador* schlüpfte nach achtern, ein paar Lampen brannten, ein Schiffsrumpf mit einer heulenden Ladung von verbranntem Fleisch, das schon zu stinken begann … In Gedanken verabschiedete sich Simon von seiner Frau, fragte sich, ob das, was er getan hatte, genug war, ob vollbracht war, was der Allmächtige mit seinem sarkastischen und bitteren Humor von ihm deutlich verlangt hatte.

Noch ein Befehl. Simons Körper gehorchte, während sein zerschlagener Kopf nachkam, sie zogen den Riemen ein, also musste er den Ring lösen und die Klappe schließen, sie vertäuten den Riemen, also musste er das Tau aufwickeln.

»Runter«, sagte der Padron sanft. Es war nicht der allgemeine Zusammenbruch der ersten paar Rudertage. Die Männer suchten langsam, ohne zu sprechen, ihre Schlafstellungen, wie alte Männer, die von Arthrose befallen waren. Der Padron kam an die Bank und brachte mehr Wasser, diesmal nicht so viel, sorgsam abgemessen in einem Hornbecher. Dann kam er noch einmal mit Beuteln getrockneter Feigen, Rosinen, Zwieback, kleinen, öligen Fischen. »Gut gemacht«, sagte er zu jedem Mann. »Gut gemacht, mein Sohn.«

Simon saß da, die Beine angezogen und die Arme um die Knie geschlungen, das spitzer werdende Kinn auf der Schulter. Der Türke hockte sich zu ihm.

»Nun«, sagte der Padron aufgekratzt, »wie geht es, Schreiber?«

Simon zuckte die Schultern, sein Magen war ein gieriger Wolf, der nicht erwartete, gefüttert zu werden.

Der Padron grinste. »Bist du hungrig, Schreiber?«

Simon starrte ihn an, der Zorn machte ihn kurzatmig. »Im Namen Allahs«, sagte er. »Haltet Ihr mich für einen Narren? Ich habe dieses Spiel selbst gespielt, sehr oft sogar.« Er machte den türkischen Akzent des Padrons nach. »Bist du hungrig, Schreiber? Würdest du gern essen? Du musst mir nur geben, was ich will, und der unerfreuliche Zustand wird ein Ende haben. So einfach, warum fügst du dir selbst Qualen zu, alberner Sklave?«

Zum ersten Mal, seit er mit dem Mann zu tun hatte, schaute der Padron verwirrt drein.

»Ich war seinerzeit Untersuchungsrichter«, zischte Simon und beugte sich vor. »Ich verstehe Euch sehr gut. Wenn ich so weit bin, meinen Arsch für Euer Essen zu verkaufen, werde ich es Euch sagen, Padron, ich bin es müde, Euch Widerstand zu leisten, macht, was Ihr wollt, lasst mich nur essen. Bis dahin sucht Euch jemand anderen zum Spielen.«

Demonstrativ drehte er dem Padron den Rücken zu, legte den Kopf auf seine fest verschränkten Arme, biss sich auf die Lippen, um die dummen, kindischen Tränen des Selbstmitleids und des Hungers zu stoppen. Er hatte es nie so gesehen in den Tagen, als er genau solche dummen Spiele mit dem Essen gespielt hatte wie der Padron, um Informationen von verdächtigen Verrätern zu bekommen, er hatte nie verstanden, wie unerträglich weh es tat, wie es einem im Kopf nagte und die Gedanken mit Erinnerungen an Essen und Vorstellungen vom Essen müde machte. Vielleicht war es Teil des Scherzes, den der Allmächtige trieb.

Die schwere Pfote des Padrons landete auf seiner Schulter, packte fest zu, dann spürte er eine rasche Bewegung und der Padron war weg.

»Du willst essen?«, kam Schlanges sanftes Grummeln. Simon schaute über die Schulter und sah einen kleinen Haufen mit Zwieback und ein paar Feigen auf dem Deck. Noch eine halbe Ration. War es das wert, seinen Magen dafür aufzuwühlen?

Er konnte nichts dagegen tun, seine Hände zitterten, als er den Zwieback und die getrockneten Feigen ergriff und die ersten schnell verschlang. Er zwang sich, langsamer zu essen, jede Frucht einzeln zu lutschen, um im Mund die süßen Innereien herauszudrücken, und dann die Haut zu zerkauen und die Kerne ganz zu verschlucken. Er dachte daran, eine Feige bis zum Morgen aufzuheben, aber er wusste, dass er nicht schlafen würde, aus Angst, jemand könnte sie stehlen. Einige seiner Zähne wurden locker und taten weh, was ihn kaum überraschte.

Schlange schüttelte den Kopf, nahm Simons harte, vernarbte Handfläche und legte etwas darauf, bog ihm die Finger darüber. Es war eine halbe Anchovis, ein paar Oliven, noch eine Feige. Simon blinzelte sie dumm an. »Iss«, sagte Schlange. »Ist gut. Mein Magen voll.« Er tätschelte seinen eingefallenen Bauch und grinste zufrieden über die höfliche Lüge.

Simon blinzelte, Hunger ließ seinen Blick verschwimmen, seine Augen tränten ... Nein, verdammt noch mal, er weinte. Warum? Er sollte glücklich sein. Nun, das war er auch, er kaute die Anchovis, mit den Gräten und allem, spuckte Olivenkerne aus, kaute vorsichtig die Feige, um seine schmerzenden Zähne zu schützen. Er schüttelte den Kopf, weil er so tief gesunken war, dass eine Hand voll Essen ihn in seiner Verzweiflung aufrichten konnte.

Ein furchtbarer Gedanke kam ihm. War Schlange vielleicht genauso veranlagt wie der Padron? Begehrte Schlange ihn? Er wusste es nicht, wusste nicht, wie er ihn fragen sollte. Und war Misstrauen eine angemessene Antwort auf solche Großzügigkeit? Er schüttelte den Kopf und wünschte, sein Kopf würde stillhalten, statt zu wackeln.

Dann fiel ihm ein, wenn Schlange mehr gewollt hätte, als sich einfach wegen der Wärme an ihn zu kauern, wäre er längst am perfekten Platz gewesen. Schlange war nicht groß, aber viel kräftiger gebaut als Simon, und sogar beim vollkommenen Mangel an Intimität auf dem Ruderdeck hätte er einen oder zwei geeignete Augenblicke finden können, so wie Simon für seine Sägereien. Es gab Puritaner, die vor jeder Art von Liebe Angst hatten, weil sie in allem die Unkeuschheit fürchteten. Ihr Verstand war zu klein, um zu verstehen, dass körperliches Begehren nur eine Art des großen, umfassenden Bereichs der Liebe war. War es hündisch von Simon, Schlange zu lieben, weil er sein Essen mit ihm geteilt hatte? Vielleicht. Aber es war für Männer natürlich, sich zu lieben, denn sie waren von Natur aus ähnlich, genau wie es für Männer natürlich war, Frauen zu lieben, weil sie so verschieden waren. Und zweifellos liebten Frauen auch Frauen. Agape, nicht *Eros*, verband zwei Menschen, die gleich waren, und *Eros* verband sie, wenn sie verschieden waren. Der Unterschied war bedeutend. Der Unterschied war wichtig. Schau, wie unterschiedlich er und Rebecca waren und wie gut sie zusammenpassten. Oh bitte, Gott, lass sie noch am Leben sein und nicht verletzt von der Explosion auf der *San Salvador.* Vielleicht hatte Merula sie ausgelöst oder Thomasina. Lass Rebecca unverletzt sein … Hatte sie ihr Singen gehört? Hatte sie es verstanden? Bitte, Gott, lass sie unverletzt sein.

Simons Gedanken wirbelten willenlos herum, er hatte sich wegen der Wärme an Schlanges Rücken gekauert, aber auch wegen der menschlichen Nähe, ein Teil von ihm überlegte, wie er den Padron töten könnte, und ein anderer, wie er das Messer herausholen könnte, wenn es so weit war, und ein Teil drehte sich ruhelos um das Essen, das er haben würde, wenn er frei war und in den Himmel kam. Seine Innereien krampften sich zusammen, knurrten und verkrampften sich wieder. Ein verbliebener Scherben klaren Verstands dachte weiter über das Wunder von Calais nach, und dieser Teil machte das Rückgrat seiner wirbelnden Gedanken aus, während er döste. Was könnte er noch tun, um der englischen Flotte die Botschaft zu überbringen? Es fiel ihm nichts ein, nichts. Er döste in qualvolle Träume hinüber, in denen im Mittelgang Festtafeln aufgebaut waren, gerade so weit entfernt, dass er sie mit seinen Ketten nicht erreichen konnte.

Am nächsten Tag ruderten sie nicht, und die letzten Ersatzleute wurden aus dem Laderaum geholt, um den Platz von zwei Männern einzunehmen, die im Rauch zusammengebrochen und gestorben waren. Sie hörten, wie für die Soldaten und die Seeleute oben die Messe gelesen wurde, und viele Sklaven bekreuzigten sich andächtig, als die Glocke für die Wandlung ertönte. Danach gab es etwas zu essen, Simon bekam wieder eine halbe Ration und wurde vom Padron aufmerksam beobachtet. Er machte ein ausdrucksloses Gesicht, bis der Padron wegging. Mit Schlanges Hilfe bekamen sie jeder drei Viertel einer Ration, was schlimm war, aber nicht unmöglich.

»Schreiber, warum bestraft dich der Padron?«, fragte der Bauer ängstlich. »Was hast du getan?«

»Der Padron will meinen Arsch«, sagte Simon kalt. »Ich will ihn behalten.«

Der Bauer starrte schweigend vor sich hin. Er schaute über die Schulter auf die anderen drei Männer auf der Bank, die irgendein Spiel mit den Fingern spielten. Dann schaute er Simon wieder an und streckte ihm langsam seine kleinste Feige hin.

Schlange grinste, als Simon die Gabe zögernd annahm.

»Es ist gar nicht so schlimm«, sagte der Bauer ernsthaft. »Der Padron ist sanft, und danach gibt er dir Obst, und du kannst es später dem Priester beichten, wenn du willst.«

Simon blinzelte und fragte sich, wie es ihm gelungen war, so viel von dem zu verpassen, was hier passierte. Schlange lachte.

Simon schüttelte nur den Kopf über den Bauern, als er mit Schlange die Feige teilte.

Der Bauer schüttelte auch den Kopf. Pah! »Ziegen gewöhnen sich auch daran, weißt du«, fügte er so ernsthaft hinzu, dass Simon seinen Drang zu kichern unterdrückte.

»Oh.«

Wenn er die Wahl hätte zwischen dem Padron und einer Ziege, wüsste Simon nicht, wen er wählen würde. Im Endeffekt war es ihm egal. Er fühlte sich zu erschöpft, um mehr zu tun, als dazusitzen und zu starren, gelegentlich aus dem Riemenloch zu schauen, während die sanfte Brise die gesamte Armada im Schneckentempo durch eine große Bucht schob, wahrscheinlich die Lyme Bay, wo die beiden Flotten einander belauerten. Die englischen Schiffe hielten Abstand und kamen nicht näher. Warum nicht?

Am Abend gab es weder für ihn noch für Schlange irgendwelche Rationen. Simon war wütend. Er schaute grimmig zum Padron hinüber, der mit dem Juniorpadron im langen, sanften Licht eines Sommerabends Dame spielte und so tat, als würde er ihn nicht bemerken.

Der Padron schlenderte herüber, als das Spiel zu Ende war, und ging neben Simon in die Hocke. »Nun?«

»Ich hatte immer gedacht, dass Ihr zumindest ein Ehrenmann seid, Padron«, sagte Simon so verächtlich er konnte, obwohl sein Herz wie immer angstvoll schlug. »Ich habe mich offensichtlich getäuscht.«

Der Padron zuckte die Schultern. »Warum machst du so ein Problem daraus?«

»Warum besteht ihr auf … darauf?« Simon gestikulierte heftig mit der Faust, weil sich die Worte in seinem Kopf verhedderten. »Warum reichen Euch die anderen und Euer Juniorpadron nicht? Warum ich?«

Der Padron schaute ihn von der Seite an. »Was hast du damit gemeint, dass du ein Untersuchungsrichter bist?«

Simon zögerte, beschloss dann, die Wahrheit zu sagen, denn was konnten sie am Ende tun? Ihn umbringen? Gut. Ihn auf die Galeeren schicken? Hah! »Vor vielen Jahren war ich Untersuchungsrichter in England. Dort haben sie zwar nicht das Heilige

Amt, aber sie haben große Angst vor Priestern und jagen sie, um Spione und Abtrünnige zu finden.«

Es war so lange her, dass er ein vollkommen anderer gewesen war. Damals saß in ihm kein Teufel, der zwischen den wirbelnden Schleiern der Benommenheit den Kopf hob und dem Padron die Zunge herausstreckte.

»Ich war Untersuchungsrichter für Don Francisco Walsingham.« Der Padron, der noch nie von Walsingham gehört hatte, zeigte kein Interesse. »Ich musste Menschen brechen, und ich war gut darin. Hunger ist eine sehr wirksame Methode, wenn man Zeit hat. Ich habe sie oft angewandt, weil es mir gegenüber der Folter als das kleinere Übel erschien. Und es war wirksam. Was Ihr tut, meinen Freund und mich hungern zu lassen, wird Euch im Endeffekt bringen, was Ihr wollt, wenn wir am Leben bleiben und das Schiff nicht versenkt wird.«

Der Padron hockte da, schaute ihn an, sein Gesicht war ruhig. Simon lächelte leicht, nur mit dem Mund, ohne zu wissen, wie kalt es sein Gesicht aussehen ließ. Er zögerte, war sich nicht sicher, wie er sagen sollte, was ihm am Herzen lag, gegen die Erschöpfung und die Kälte und die wachsende Hoffnungslosigkeit.

»Ich bin kein sehr fleischlicher Mensch«, sagte er und hielt die Hände offen zwischen sich und den Padron. »Ich habe Frauen nie besonders begehrt. Ich habe jemanden gekannt, der das tat, er war Soldat, aber er sagte, eine Frau zu nehmen, die nicht zu Willen ist, entehrt einen genauso wie sie, und was du ihr zu deinem Vergnügen gestohlen hast, war weniger als das, was du in dir selbst zerstört hast. Ein Mann, der eine Frau zwingt, ist nur ein halber Mann, der nur Kraft auf seiner Seite hat. Eine Frau zu gewinnen, sie zu überzeugen … das ist der wahre Preis.« Wenigstens hörte der Padron seiner gewundenen Rede zu, sein Gesicht war nicht zu deuten. Simon spürte die Leere in der Tiefe seines rebellierenden Magens und war sicher, dass er mindestens ausgepeitscht würde. Er schluckte, versuchte sich ohne Spucke die Lippen zu lecken, krächzte unbeholfen weiter. »Ich bin keine Frau, aber Ihr wollt mich wie eine behandeln, und die Wahrheit ist, ich kann gegen Euch kämpfen, aber ich kann Euch nicht aufhalten. Wenn Ihr … wenn Ihr am Ende gewinnt, was habt Ihr dann bewiesen? Dass Ihr mich wie Eure Frau behandeln könnt, wenn Ihr wollt. Dass der Padron stärker ist als sein Sklave?«

Der Padron hielt einen Moment lang seinem Blick stand, dann schaute er aufs Deck hinunter. Strich sich über den Schnauzbart. Schaute wieder auf. »Du hast die Liebe vergessen«, sagte er leichthin, stand auf, ging die Bank entlang zum Mittelgang.

Simon legte das Gesicht in die Hände und versuchte angestrengt, nicht zu schluchzen. Er wusste, dass seine Schultern zitterten. Ein Teil von ihm sagte, was macht es schon aus, er will ja nur meinen Arsch, nicht meine Seele. Ich brauche Essen. Ein anderer Teil, der Teufel, sagte, bring ihn um, sobald er wieder in die Nähe kommt, er wird es nicht erwarten, es wird leicht sein, und ein anderer Teil rang die Hände wie ein Kind und wollte wissen: Warum ich? Allmächtiger, warum ich?

Schlange tätschelte seine Schulter, machte ihm keine Vorwürfe, weil er seine Ration nicht bekommen hatte.

In der Nacht lag Simon schlaflos da, eingerollt um den Knoten in seinem Bauch, abwechselnd träumte er von Essen oder versuchte, gar nichts zu denken. Etwas bewegte sich und rasselte ein Stück weiter auf der Bank, dann die Bank entlang, abgeschirmte, heimliche Bewegung. Einen Augenblick später stützte sich Schlange auf den Ellbogen, wandte sich dann Simon zu. In seinem Gesicht leuchtete ein Lächeln.

»Schau«, sagte er und gab Simon eine Hand voll Feigen und Rosinen.

Simon stopfte sie schnell in den Mund, sein Mund schmerzte vom plötzlichen Speichelfluss. »Woher ...?«, fragte er. Schlange deutete mit dem Daumen über die Schulter, wo der Bauer und der andere Schwarze, der mit dem hohlen Husten, der Ersatz für den gertenschlanken Jungen, zu ihm herüberschauten. Simon wollte ihnen danken, ihm fiel aber nichts ein, außer sich mit den Knöcheln an die Stirn zu klopfen und sich hinzulegen, um zu kauen und zu schlucken. Es war nicht genug, es war nie genug, aber es war besser als gar nichts.

Er konnte trotzdem noch nicht schlafen. Er musste seine Pläne für die Flucht ändern. Er konnte sie nicht alle zurücklassen, wenn er und Schlange ausbrachen, sie würden umgebracht werden.

Er zerbrach sich weiter den Kopf darüber, tauchte in den Schlaf und wieder auf, einer Schwalbe gleich, die auf der Oberfläche eines Teichs nach Fliegen schnappt. Calais, das Wunder von Calais.

Am nächsten Tag ruderten sie ein bisschen, gerade genug, damit sie nicht steif wurden, wie der Padron erklärte. Es gab nur Zwieback zu essen, und nur mittags. Simon dachte, dass er und Schlange wieder nichts bekommen würden, aber der Padron kam zu ihnen und sagte zu Schlange, er solle seine Hand aufhalten. Schlange bekam dieselben zwei Hand voll Zwieback, wie die anderen auf der Bank. Simon starrte unbewegt vor sich hin, am linken Ohr des Padrons vorbei, als der sich mit seinem Beutel Zwieback vor ihn hinstellte.

»Willst du essen, Schreiber?«, fragte der Padron.

»Ja, selbstverständlich will ich das«, sagte Simon hochnäsig.

»Knie nieder.«

Simon starrte ihm ungläubig in die Augen. Der Padron nahm die Peitsche, die er wie immer unter dem Arm hatte und schüttelte sie aus. »Knie.«

Simon kniete sich hin, schob die Kette beiseite, die Beine auf beiden Seiten des Bolzens, an dem er gearbeitet hatte.

»Mach den Mund auf.«

Simon starrte zum Padron hinauf, zuckende Muskeln aus einem merkwürdigen Winkel, der Schnauzbart hing wie ein Tier an der Hakennase des Padrons.

»Keine Angst, Schreiber.« Es war unmöglich, bei diesem verächtlichen Ton keine Angst zu haben.

Simon machte den Mund auf, bereit zuzubeißen, wenn es sein musste.

Der Padron legte ein Stück Zwieback hinein, rasch, wie ein Priester, der die Kommunion austeilt. Simon kaute, schluckte, ein sehr kleiner Teil in ihm verlangte, es stolz auszuspucken, und ein viel größerer Teil von ihm bestand darauf, dass es Essen war, und weshalb sollte man es verschwenden? Der Padron gab ihm so die ganze Ration, gelegentlich neckte er ihn, indem er den Zwieback gerade ein bisschen außer Reichweite hielt, wie man einen Hund necken würde. Wie ein Hund, Simon lief der Speichel heraus, er konnte nichts dagegen tun. Die Stille, unterbrochen vom nervösen Kichern des Bauern, machte die Zeremonie noch schlimmer. Schließlich war es vorbei.

»Bist du zufrieden mit deiner Mahlzeit, Schreiber?«, fragte der Padron.

»Der Zwieback war gut«, sagte Simon nach einem Augenblick mit der Sorgfalt eines Rechtsanwalts. Der Padron schnalzte, trat zurück und knallte Simon die Peitsche übers Gesicht, und das Ruderdeck verschwand in weißer Leere.

Er merkte, dass er schon auf den Beinen stand, die Fäuste geballt, Schlanges Schulter blockte ihn ab, ließ ihn nicht auf den Padron losgehen.

»Nein«, sagte Schlange ganz leise, mit einer Stimme, die durch Simons Zorn drang. »Später.«

»Du bist zu dickköpfig, um zu leben«, sagte der Padron.

»Ruhig«, zischte Schlange und blockierte ihn immer noch, bis der Padron sich auf der Ferse umgedreht hatte und die Bank wieder hinaufgegangen war, an den anderen Sklaven vorbei, die schweigend dasaßen.

Simons Zorn verrauchte, ließ ihn schwitzend und zitternd und ausgepumpt zurück, mit einer brennenden Qual in der Brust. Der Zwieback lag ihm im Magen, stundenlang war ihm schlecht. Als der gemächliche, warme Tag verging und die Armada in der überaus leichten Brise mit der Geschwindigkeit eines überaus langsamen Kolosses auf ihrem Weg an der englischen Küste vorbeischlingerte, saß er auf der Bank oder lag zusammengerollt darunter, schwieg. Schlange untersuchte die lange Peitschenspur, die sein Gesicht diagonal durchschnitt, und schnaufte missbilligend.

»Jetzt ist keine gute Zeit, um ein Krieger zu werden«, sagte er.

Am nächsten Tag, es war noch halbdunkel, als Simon wieder aufwachte, merkte er am deutlicheren Heben und Senken des Decks unter ihm, dass Wind aufgekommen war. Nur kurze Zeit später hörte er das Knallen und Krachen des Kampfes, hob die Klappe am Riemenloch ein wenig und spähte auf die Spielzeugschiffe hinaus, die sich Rauchwolken zubliesen. Er konnte nicht gut genug sehen, um sie zu unterscheiden. Nur die Geschwindigkeit des Knallens sagte ihm, dass die Engländer kämpften.

Auf dem Deck hörte man Getrappel, die schweren Luken wurden hochgehoben, Kanoniere kamen die Leitern herab, Tücher über den Gesichtern, Ladenetze wurden über die Öffnungen gelegt, die Seeleute bemannten die Rahen, um die östliche Brise zu erwischen.

Simon schaute wieder zum Riemenloch hinaus. Noch mehr Rauch blies vom Kampf am südlichen Ende der Armadasichel herein.

Eine Trompete ertönte. Simon drehte sich um und sah, dass der Padron bereits Zwieback und einen Wasserschlauch zu seinen Ruderern brachte, und wartete, dass er dran war. Er erwartete heute Morgen auch kein Wasser, aber der Padron legte ihm zwei Hand voll Zwieback in die Hände und ließ ihn seinen Anteil von dem schalen, leicht saueren Wasser schlucken. Es war, als hätte es die letzten paar Tage nie gegeben. Simon behielt seinen kalten Gesichtsausdruck. Der Padron sagte: »Wir werden bald im Kampf sein, Don Hugo hat es angekündigt. Hier, nimm dies, schau aus dem Loch raus und sage mir, was du siehst.«

Eine Zwickerbrille wurde Simon in die Hand gedrückt, mit zitternden Händen setzte er sie auf. Sie war nicht so gut wie seine eigene, aber besser als überhaupt nichts. Er schaute wieder zum Kampf im Süden hinüber und sah die einzelnen Segel, die niedrigen, schnellen Galeonen, die um die Nachhut der Spanier herumflitzten.

»Ich sehe die Engländer, die gegen die Spanier kämpfen«, sagte er. »Die Engländer sind bessere Seeleute und schneller mit den Kanonen.«

Der Padron strich sich über den Schnauzbart. »Wir werden ein paar englische Schiffe angreifen, die in der Nähe der Landzunge da drüben festsitzen.«

Simon hatte kaum Zeit, seinen Zwieback hinunterzuschlingen, als der Befehl kam, die Ruder auszufahren und zuzupacken. Er packte zu, leicht benommen, seine Brust in Erwartung des Geschützrauches schon zugeschnürt.

Unter Einsatz von Segeln und Riemen fielen die vier Galeassen von Hugo de Moncada über die fünf englischen Schiffe her, die vor Anker lagen, um nicht in der östlichen Morgenbrise um die Bill of Portland herumfahren zu müssen. Zum ersten Mal war die Wetterlage günstig für die Armada und gegen die Engländer. Die *San Lorenzo* bildete die Vorhut, die anderen lagen achtern auf einer Linie.

Simon starrte den Riemen an, das Muster von Holz und Astlöchern, das er so genau kannte wie die Haut seiner Frau und von dem er annahm, dass er sich auf dem Totenbett noch daran erinnern würde – gesetzt, der Riemen war nicht der Ort, an dem er starb.

Schlange sang wieder neben ihm, sehr leise, ein langsamer Singsang, bei dem sich Simons Nackenhaare sträubten. Die Schlange auf seinem rechten Arm pulsierte mit seinen Muskeln, und Simon passte sich dem Rhythmus an, ließ seinen Körper eine Sache mit eigenem Willen werden. Den hatte er auch. Er war nicht anders als er selbst, egal wie abgetrennt ihm seine Gedanken vorkamen.

Simon war zu sehr aufs Rudern konzentriert, um mitzubekommen, dass die Riemenreihe auf der Backbordseite Befehl bekommen hatte zurückzurudern, sie schwangen herum. Jetzt dröhnten die vorderen Geschütze los, und dann, eines nach dem anderen, feuerten die Geschütze auf dem Oberdeck, und die Fünfzigpfünder zwischen den Ruderbänken feuerten ebenfalls. Wieder einmal war das Ruderdeck von Rauch erfüllt, wieder ruderte er mit aller Kraft in einem Nebel aus grauem Gestank und erstickender Luft, seine Muskeln verkrampften sich zu Knoten, der Schweiß tropfte ihm vom Gesicht. Sie ruderten vorwärts, rückwärts. Die Galeasse wirbelte wie eine Tänzerin um die englischen Schiffe herum. Bisher wurde das Feuer nicht erwidert.

Sie ruderten wieder, ein Schlag, zwei Schläge.

»Schreiber, was siehst du? Können wir entern?«

Simon schaute am Riemen vorbei durchs Riemenloch und sah das englische Schiff, nahe genug, um die Kanonen zu erkennen, die aus den Geschützöffnungen herausragten, die Männer in den Rahen.

»Nein, zu weit weg …«

Seine heisere Stimme verlor sich im Dröhnen der englischen

Kanonen, eine nach der anderen. Krachen war zu hören, noch einmal Krachen, Kreischen vom Heck des Schiffes her. Simon schaute über die Schulter und sah, dass ein Riemenloch von einer Kanonenkugel durchschlagen worden war, Splitter steckten in den Ruderern dort und ließen sie wie blutige Igel aussehen. Noch ein Dröhnen, weiteres Krachen, weiteres Kreischen. Simon starrte mit offenem Mund auf einen der Ruderer hinter sich, der einen Splitter im Auge hatte und weiterruderte.

»Ziehen!«, schrie der Padron, »zurückrudern.« Sie konnten noch nicht zurückfeuern, weil die Kanoniere auf die Rampe hinausmussten, um die Kanonen wieder zu laden. Zuerst mussten sie aus der Reichweite der Gewehr- und Hakenbüchsenschüsse gelangen. Über ihnen war scharfes Geknatter von Gewehrfeuer zu hören. Simon schaute direkt in die Mündung einer Kanone, fast auf gleicher Höhe. Rauch kam heraus, dem Allmächtigen sei Dank, sie hatte geschossen, ohne ihn zu verletzen ... Er beugte sich vor, um mit den anderen zurückzurudern, schaute wieder hinaus. Irgendein Gewimmel war hinter dem englischen Riemenloch zu sehen. Auf dem Schiff stand ein Name ... *Triumph*. Plötzlich eine neue Abfolge von Knallen, und dieselbe Geschützreihe spie wieder Rauch aus, es krachte. Weitere Schreie hinter ihm, eine weitere Kugel hatte den Riemen zwei Bänke hinter ihm zersplittert, ein Mann starrte dumm auf seinen Arm, der abgerissen worden war.

Simon wandte sich ab, Metallgeschmack im Mund, er beugte sich vor, um zu würgen und zu kotzen, spürte dann den Stich von der Peitsche des Padrons.

»Zieh.« Der Padron bediente den Riemen fast alleine, einhändig, er holte die Ruderer um sich herum aus ihrer vom Entsetzen ausgelösten Trance, das Schiff fuhr rückwärts, drehte sich, weitere Geschütze feuerten, die Fünfzigpfünder auf der anderen Seite feuerten, und dann ruderten sie um ihr Leben aus der Reichweite der Handfeuerwaffen, während die Kanoniere zur Treppe rannten, um auf die Rampe hinauszukommen und neu zu laden.

Simon stand da, hielt immer noch die Stange, ihm war immer noch schlecht vom Gestank des Gemetzels um ihn herum. Der Padron war plötzlich neben ihm, und sein Herz setzte wieder aus.

»Wie viele Kanonen haben die englischen Schiffe? Wie können sie die alle unterbringen?«

»Die englischen Schiffe feuern viermal, wenn wir einmal feuern«, sagte Simon zu ihm.

»Wie? Ist das Hexerei?«

»Nein ... ja, es ist Hexerei. Mit ihrem Zauber können sie die Kanonen neu laden, ohne eine Kanonierrampe zu brauchen. Schaut selbst.«

Der Padron drückte sich an ihm vorbei, spähte hinaus. Er kaute am Schnauzbart, dem Simon bald einen eigenen Namen geben zu müssen glaubte. »Hmpf! Wir müssen schneller rudern.«

Der Padron verschwand, sie hörten auf die Rufe und das Dröhnen, als die anderen Galeassen gegen die Engländer in Aktion traten, die keine besondere Eile zu haben schienen, ihre Anker zu lichten. Hinter ihm sichteten die Padrons die Ruderer, der eine ohne Arm war schon tot, aber der andere mit dem Splitter im Auge hatte ihn schreiend herausgezogen und war notdürftig bandagiert. Simon hörte, wie der Padron zu ihm sagte, man könne selbst dann rudern, wenn man beide Augen verloren habe, und er solle sich nicht so anstellen.

Dann waren die Kanonen bereit und traten wieder in Aktion, sie ruderten mit doppelter Geschwindigkeit, es ging jetzt schwerer, weil es weniger vollständige Reihen gab, und der Rauch wirbelte zwischen den Bänken, Luftsuppe aus faulen Eiern.

Es wurde ein fürchterlicher Fiebertraum, ständiges Krachen, saurer Speichel im Hals, schmerzende Arme und Beine und Bewegungen, die immer weiter und weiter gingen, unerbittlich, und weiteres Krachen und mehr Rauch und mehr Geschrei, und Simon starrte dümmlich auf eine lange Furche auf der Oberseite des Riemens, wenige Zoll von seiner Hand entfernt, die ein vorbeifliegendes Metallstück hinterlassen hatte, und er hatte keine Erinnerung, dass es passiert war, und er zählte seine Finger, schaute nach blutigen Stümpfen, aber sie waren noch da. Der Befehl kam aufzuhören, und das ganze Ruderdeck hing da, rang schluchzend nach Atem, dann der gesegnete Befehl, die Riemen einzuziehen, was sie auch taten, einige mussten ihre

Hände Finger um Finger ablösen, und Simon schloss den Ring und befestigte die Leine und rollte sie auf und fiel dann immer noch in Trance unter die Bank. Sein Kopf dröhnte so sehr von dem Geschützlärm, dass Schlange ihn anschreien musste.

Es gab Essen, dieselben zwei Hand voll Zwieback, die alle anderen bekamen, es gab Wasser, vom Padron mit unbewegtem Gesicht in Simons aufgesperrten, schaumgeränderten Mund gegossen, so dass er den salzigen Schiffszwieback essen konnte, nicht genug, es war niemals genug.

Das war aber schon eine Weile, nachdem sie zu rudern aufgehört hatten, denn am Morgen hatte sich der Wind gedreht, von östlich auf südsüdwestlich, was irgendwie die Schlacht verändert hatte, denn mehr schnell feuernde englische Schiffe waren durch Simons beschränkte Aussicht gefahren und wieder im Rauch verschwunden. Das war, nachdem den Galeassen von Hugo de Moncada persönlich befohlen worden war, sich zurückzuziehen, offenbar weil er die schreckliche Wirkung der englischen Geschütze auf die Ruderschiffe und die leichten Ziele der Riemen beobachtet hatte. Sie würden einige der Riemen durch neue aus dem Laderaum ersetzen und andere mit langen, aufgebolzten Stangen reparieren müssen. Und kurz danach hatten die fünf englischen Schiffe, die angeblich hinter der Landzunge von Portland in der Falle saßen, ihre Anker gelichtet und waren frech davongesegelt. Simon hatte gelacht.

Er aß seinen Zwieback auf, bemerkte kaum, dass ihm der Padron den Wasserschlauch wieder wegnahm, bevor er mit dem Trinken fertig war, und stürzte kopfüber in erschöpften Schlaf. Der Morgen kam, und das Schiff schleppte sich wieder voran, machte aber etwas Fahrt in der Brise. Er fühlte sich verkatert, als hätte er die ganze Nacht mit David Becket Branntwein getrunken, was ungerecht war. Ihm war schlecht vom Magen her, sein Kopf tat weh, seine Augen und sein Mund fühlten sich sandig an.

Nach dem Morgenzwieback, dieses Mal wieder mit einer halben Ration für beide, Schlange und ihn, gab ihm der Padron einen Schluck Wasser zu trinken, hörte aber auf, bevor er mehr getrunken hatte. Simon sagte nichts, verstand plötzlich, was los war. Er schaute wieder unbewegt am Hals des Padrons vorbei.

Der Padron grinste. »Du bist ein Narr, Schreiber«, sagte er.

Sie ruderten wieder, mehr Rauch, mehr Lärm. Einmal schleppten sie ein anderes Schiff, sangen in kurzen Atemzügen, wurden immer heißer. Der Schweiß floss Simon übers Gesicht, während er benommen mit dem Riemen kämpfte, bis der Befehl kam, die Riemen einzuziehen und auszuruhen.

Simon saß eine Weile auf der Bank, zitterte, sein Mund war vollkommen trocken und ihm dröhnte der Kopf. Es war grausam, ihm Salzzwieback ohne Wasser zu geben, dachte er, grausam, ohne Wasser und Essen zu verlangen, er möge rudern. Sein Kopf schmerzte so sehr, dass er kaum sehen konnte. Der Padron kam mit dem Wasserschlauch die Bank entlang, gab Schlange etwas, ließ ihn vollkommen aus, ließ ihn starren. Der Padron würde ihn mit Durst brechen, da Hungern zu lange dauerte. Durst würde klappen, sein Mund war bereits eine Wüste, und er konnte nicht geradeaus denken.

Ironischerweise musste er Wasser lassen. Er schaute dem Strom zu, der am Ringbolzen entlanglief und fragte sich, ob es so schlecht schmeckte, wie es roch. Aber seine Pisse schaute weniger wie Wasser aus, mehr wie dunkler Sherry, und sie stank fischig. Er konnte nicht. Das Meerwasser klopfte und platschte direkt neben ihm gegen das Holz auf der anderen Seite der Schiffswand und lachte ihn aus.

Wenigstens habe ich keinen Hunger, wenn ich so durstig bin, dachte er, als er sich unter der Bank zusammenkauerte und versuchte, nicht mehr zu zittern, mir ist schlecht. Sein Kopf war das Schlimmste. Er schaute sich nach dem Padron um, fragte sich, wenn er dem Padron zu Willen war, wenn er jetzt nachgab, würde er dann wenigstens zu trinken bekommen? Der Padron war nirgends zu sehen, aber der Juniorpadron sah ihn und sprang plötzlich auf, brachte den Wasserschlauch und goss Simon ganz vorsichtig Wasser in den Mund. Er würgte und schluckte und würgte, und das Wasser floss prächtig hinunter, schleimig, sauer und übel schmeckend wie es war, es verdünnte die trockene Spucke und machte seinen Kopf klar, bis sein Bauch voll davon war.

Der Juniorpadron sagte nichts, nahm ihm nur den Wasserschlauch wieder weg. Nicht durstig zu sein war wunderbar, und

Simon konnte durchs Riemenloch auf das weiche, wolkige Sonnenlicht hinausschauen, und er bemerkte, dass nur ein ganz schwacher Wind wehte, dass das Meer wieder ruhig war, und dass sie mit äußerster Langsamkeit an der englischen Küste entlangfuhren, während die englischen Schiffe hartnäckig hinter ihnen blieben. Und in diesem Augenblick war er glücklich. Er würde nichts mehr essen, damit ihn das Salz nicht so durstig machte, und er würde imstande sein, den Padron wenigstens einen weiteren Tag abzuweisen …

Er spielte friedlich Dame gegen Schlange, mit hellen und dunklen Steinen auf einem Spielbrett, das aufs Deck gekratzt war, als die anderen Männer auf der Bank unruhig und nervös wurden. Er schaute hoch, sah den Padron mit seiner Peitsche und seinen gestreiften Kniebundhosen, und neben ihm den großen, stupsnasigen, weißgerüschten, ehrwürdigen, in schwarzen Damast gekleideten Admiral der Galeassen.

Ganz langsam, als ihm klar wurde, dass der Padron sich etwas ausgedacht haben könnte, um auf höchst ausgefallene Art Rache zu nehmen, gefror ihm das Blut. Er blinzelte eine Weile dümmlich, und als der Padron am Ende seiner Peitsche herumzupfte, rappelte er sich auf die Füße.

»Ich habe Don Hugo gesagt, was du mir neulich erzählt hast«, sagte der Padron, »dass du ein Inquisitor für die Engländer warst. Er wünscht zu wissen, ob du als Spion festgesetzt wurdest.«

Jetzt dafür in die Enge getrieben zu werden, hier und als Folge seiner eigenen Sorglosigkeit. Simon schluckte schwer.

»Nein, Herr«, sagte er und deutete auf sich. »Als Jude.«

Don Hugo war von schlechten Gerüchen umgeben, aber jetzt schaute er, als ob ihm etwas noch Schlimmeres unter die Nase gekommen wäre.

»Mein Herr wünscht zu wissen, was du uns über die englische Marine erzählen kannst und über El Draco im Besonderen.«

»Nichts, Herr. Ich weiß nur sehr wenig über die englische Marine, und ich habe Sir Francis Drake niemals auch nur getroffen, obwohl ich gehört habe –«

Die Peitsche musste hochgehoben werden, um auf sein Gesicht herabzusausen, und dieses Mal hatte Simon Zeit, sich zu ducken und die Arme hochzureißen. Sie wickelte sich um seinen Arm und hinterließ einen brennenden Striemen. Jetzt kam es. Er war erledigt, und es war sein eigener dummer Fehler, weil er dem Padron gegenüber mit seinen Kenntnissen angegeben hatte.

Don Hugo hielt den Padron auf, als er wieder den Arm hob, und sagte ihm leise etwas ins Ohr. Der Padron grinste und drehte sich um und ließ die Peitsche über Schlanges Kopf und Schultern knallen.

Don Hugo holte ein Stilett hervor, reichte es dem Padron, sprach wieder leise zu ihm. Er war kein hässlicher oder böser Mann, dachte Simon, während er ihn anstarrte, und stellte sich vor, dass sich sein Herz in seiner Brust vorübergehend zur Ruhe gesetzt hatte. Er braucht einfach verzweifelt Informationen.

»Du kannst auch rudern, wenn du blind bist«, sagte der Padron. »Es ist sogar besser, wenn du blind bist, dann folgst du eher den Befehlen. Don Hugo will Informationen. Wenn du gut antwortest, lässt er dich vielleicht deine Augen behalten. Und dein schwarzer Lustknabe wird auch seine Augen behalten.«

Don Hugo schaute aus großer Höhe reinen Blutes und felsenfesten Adels auf sie herab. Er hatte dunkelbraune Augen, sehr schön, sehr intelligent. Er sollte seine Antworten bekommen.

Allmächtiger, du hast mich hierher gebracht. War es, um die Engländer zu verraten?

Die Antwort kam klar wie eine Glocke, eingebettet in das unbeschreibliche Lächeln eines gesichtslosen Gottes. *Ja, unterhalte sie.*

Simon legte das Gesicht in die Hände, seine Schultern zuckten. Aber er verbarg sein Gesicht, weil er hysterisch lachte. Weil ihm eingefallen war, was er tun konnte, um dem Land treu zu dienen, in dem er lebte, wie es allen guten Juden auferlegt war. Hysterisch war richtig, es kamen ihm sogar Tränen. Er war so verwirrt vor unterdrückter Furcht und Abscheu, dass er kaum sprechen konnte.

Er setzte sich auf die Bank und überließ sich dem Heulen, Wimmern, Weinen. Der Padron und Don Hugo starrten ihn an und schürzten die Lippen. Schlange starrte ebenfalls und schwitzte vor Angst. Blind und am Ruder, eine schlimmere Aussicht konnte es nicht geben, selbst der Tod wäre besser. Wenn Schlange auch nur ein Auge verlor, konnte er in seinem Land niemals König sein.

Die Hand des Padrons lag wieder schwer auf seiner Schulter. »Erzähl Don Hugo von den englischen Kanonen.«

»Die Engländer haben ein Wunderwerk für ihre Geschütze konstruiert. Es ist eine Seilvorrichtung«, sagte Simon atemlos. Er hatte die Rückstoßdämpfung auf seinem eigenen Schiff gesehen, »damit wird das Zurückrollen der Kanone gedämpft. Man feuert also das Geschütz ab, es ruckt auf seiner Lafette von selbst nach hinten –«

»Die englischen Kanonen werden nicht auf dem Deck festgeschraubt?«, verlangte Don Hugo zu wissen und sprach zum ersten Mal direkt mit ihm.

»Nein, Herr, sie stehen auf Gestellen mit Rädern dran. Wenn sie feuern, rucken sie ein Stück zurück, aber die Seile halten sie auf. Dann laden die Kanoniere von neuem und ziehen an den Seilen, um die Geschütze wieder in die Geschützstellungen zu bringen. Es geht sehr schnell – die Seeleute, die bei El Draco sind, können in einer Stunde viele Schüsse abgeben, glaube ich.«

Don Hugo strich sich über den Spitzbart und nickte. »Sag mir, wie die Engländer so hart am Wind segeln können.«

»Ich bin kein Seemann, Herr«, sagte Simon. »Ich glaube, sie können ihre Rahen weiter herumbewegen, aber ich weiß nicht wie.«

Der Padron hatte das Stilett in der Faust. Er stach in Richtung von Schlanges Auge, der immer noch über das Damebrett gebeugt saß, zu verängstigt, um sich zu bewegen.

»Es … es ist wahr, Herr, ich weiß es nicht. Vielleicht lassen sie ihre Rahen lose hängen, nicht fest an den Mast gezurrt. Ich weiß wirklich nicht mehr darüber. Ich bin Kaufmann, kein Seemann und –«

Don Hugo nickte wieder und bedeutete dem Padron zu warten. »Werden die Engländer Feuerschiffe einsetzen?«

»Ja, mit Sicherheit«, plapperte Simon drauflos, endlich auf einem Gebiet angelangt, wo er seiner Fantasie freien Lauf lassen konnte. »Sobald sie können oder sobald Ihr vor Calais liegt, werden sie spezielle Feuerschiffe einsetzen. Sie sind größer als gewöhnlich und mit Geschützen und Schießpulver beladen, und wenn Ihr das, was auf der *San Salvador* passiert ist, entsetzlich fandet, dann wartet, bis Ihr die englischen Höllenbrenner losgehen seht. Mein Schwiegervater verlor einen Cousin in Antwerpen, als die Höllenbrenner dort zum Einsatz kamen. Ihr werdet viele Schiffe und Mannschaften verlieren. Die Engländer sind verrückt, und El Draco ist der verrückteste von allen, sie haben Männer, die sie genau in die Mitte Eurer Linien segeln und sie dann zünden und zu entkommen versuchen, indem sie ins Meer springen ...«

»Sie haben Höllenbrenner?«, fragte Don Hugo.

Die Fantasie schien Simon mitzureißen und ihm einen Klaps zu versetzen wie einem Kätzchen. »Oh ja, Herr, es ist ihre Geheimwaffe, um Euch daran zu hindern, Calais zu betreten.«

Don Hugo stand vollkommen still, sein Gesicht war kalt wie Elfenbein.

Jetzt wurde Simon vollends klar, dass Hugo de Moncada und Medina Sidonia die einzigen Männer in der Flotte sein mussten, die in das Wunder von Calais eingeweiht waren. Tatsächlich könnte Don Hugo sogar der Einzige in der Flotte sein, von Simon abgesehen, der über Calais Bescheid wusste, da er das Vertrauen von Santa Cruz genossen hatte und bei der Bestellung der Galeassen federführend war. Medina Sidonia könnte versiegelte Befehle bekommen und sie noch nicht geöffnet haben. Die Spanier verstanden was von Sicherheit: Will man etwas geheim halten, darf man es niemandem erzählen.

»Calais?«, wiederholte Don Hugo, als hätte er Schwierigkeiten, das Wort auszusprechen. »Was ist mit Calais?«

»Ich wurde losgeschickt, um es herauszufinden«, sagte Simon leichtsinnig. »Alles über Eure Pläne, den Hafen von Calais mit den Galeassen zu besetzen und die Zitadelle zu bezwingen.«

Hugo de Moncadas vorgeschobene Lippen und sein angespanntes Gesicht waren alles, was Simon brauchte, um seine Vermutung bestätigt zu finden.

»Wer hat dich ausgesandt?«

Sie würden ihn als Spion hängen, aber was soll's?

»Die Königin von England, Walsingham, Sir Francis Drake.«

»Sie reden über Calais?«

»Selbstverständlich tun sie das, Herr«, log Simon mit so viel unterwürfigem Eifer, wie er aufbringen konnte. »Es gibt viele Verräter am spanischen Hof, und bei Parma sind auch ein paar. Sie sind wie Holzwürmer auf einem Schiff, sie kommen überall hin. Es ist am englischen Hof allgemein bekannt, dass die Spanier in Erwartung des Wunders von Calais segeln.«

Don Hugo zog den Atem durch die Zähne ein, drehte sich kurz zur Seite und starrte durch das Riemenloch, als hätte er Angst, dort einen englischen Spion vorzufinden.

Innerlich musste Simon fast über die Emotionen lachen, die auf Don Hugos Gesicht im Widerstreit lagen, über seinen eigenen Wahnsinn, über die dämliche Einfachheit des Ganzen. Nach außen war sein Gesicht weiterhin von Angst und Unterwürfigkeit verzerrt.

»Die Engländer wissen, dass wir den Plan haben, Calais einzunehmen?« Das war eigentlich keine Frage, Hugo de Moncada wiederholte nur für sich, was, wäre es wahr, all seine Anstrengungen, all die Sicherheitsvorkehrungen mit dem Passwort, all die sorgfältigen Kontrollen, wer etwas wusste, als Zeitverschwendung erscheinen ließen. Es war herzerwärmend, ihn so zu hören.

»Ja, Herr.« Simon kam es vor, als hätte Don Hugo keine Erfahrung mit Verhören. Er selbst hätte niemals jemandem so leicht eine Bestätigung gegeben.

»Was haben sie dagegen unternommen?«

»Sie haben mich losgeschickt, um mehr darüber herauszufinden, aber es ist mir nicht gelungen, bis das Heilige Amt mich gefangen genommen hat. Sie haben selbstverständlich die Höllenbrenner. Was sie sonst noch getan haben könnten, entzieht sich meiner Kenntnis, weil ich so lange Gefangener der Inquisition war.«

Don Hugo spielte mit einem Fingerring an seiner behandschuhten Hand. »Was plant El Draco?«

»Es tut mir Leid, Herr. Ich bin kein Zauberer oder Kriegsherr. Wie sollte ich wissen, was El Draco plant?« Der Padron stach mit dem Stilett in seine Richtung, und Simon zwang sich, den Padron kalt anzustarren. »Auch blind werde ich immer noch nicht mehr wissen. Ihr tätet besser daran, Euch selbst zu fragen, was El Draco plant, denn Seeleute sind einander ähnlicher als andere Menschen und damit besser imstande, sich in den Kopf des anderen zu versetzen.« Es war ein Kompliment, glatt rübergebracht, dachte Simon, den großen El Draco mit Don Hugo zu vergleichen.

Don Hugo starrte lange auf Simon hinunter. Ihm war bewusst, dass er vor dem Admiral saß, deshalb ließ sich Simon auf die Knie herab. Seine Brust brannte wieder vor verhaltener Wut, während er den Padron mit seinem Stilett ansah, diese beiläufig aufgepflanzte Bedrohung vor Schlange, der nichts getan hatte, als sein Freund zu sein.

»Herr«, sagte er schüchtern, »ich habe Euch alles gesagt, was ich weiß.«

Don Hugo blinzelte mit den Augen. Gedankenverloren hatte er Simon angestarrt, ihn aber nicht gesehen.

»Was auch immer Ihr von mir über die Engländer wissen wollt, wenn ich die Antwort weiß, werde ich es Euch sagen, aber –«

»Ja?«, fragte Don Hugo.

Simon holte tief Luft und tauchte nach vorn, umklammerte Don Hugos polierte Schuhe. »Bitte, bitte, Herr, lasst mich nicht hier, setzt mich nicht dem Hass des Padrons aus.«

Don Hugo versuchte zurückzutreten, war aber in Simons Griff um seine Knöchel gefangen.

»Der Padron hasst mich, hungert mich aus, er schlägt mich und meinen Freund, er hat Euch nur hierher gebracht, weil er gedacht hat, ich würde bestraft … Lasst mich nicht hier, wo der Padron mich umbringen kann.«

Dann kamen Peitschenhiebe, ein ganzes Hornissennest biss Simon in den Rücken. Sie hörten auf. Er spähte unter seinen Armen hoch, mit denen er seinen Kopf geschützt hatte, sah, dass der Padron verwirrt zurückgetreten war und Don Hugo den Arm gehoben hatte, um das Auspeitschen zu stoppen.

»Warum hasst dich der Padron?«, fragte Don Hugo.

Simon blickte auf, überrascht, echte Tränen in seinen Augen

zu spüren. Er musste noch verängstigter und ausgelaugter sein, als er gedacht hatte, und war wieder überrascht, dass sein Gesicht prickelte und seine Kehle zugeschnürt war. Er hatte Don Hugo erzählen wollen, dass der Padron seinen Arsch belagerte, und fühlte sich plötzlich so schamhaft und sprachlos wie ein junges Mädchen.

»Der Padron will bei ihm liegen«, kam Schlanges polternde Stimme. »Der Padron liegt bei allen weißen Männern auf seinen Bänken, hier ist der Schreiber, er sagen Nein, ist Sünde. Der Padron das nicht mag.«

Schlange sah auf einmal betroffen aus und fiel ebenfalls auf die Knie. »Der Padron tötet mich, weil ich das sagen.«

Oh, das war kunstvoll von Schlange, dachte Simon, und ein Blick ins Gesicht des Padrons wird Don Hugo überzeugen, dass unsere Anschuldigungen stimmen. Außerdem ist er ein erfahrener Galeerenkapitän, er muss wissen, was los ist. Was wird er sagen?

Simon begann wieder zu beten. Wenn ich aus dem Ruderdeck komme, wenn ich auf dem Oberdeck sein kann, bitte, Allmächtiger, wenn ich hier deinen Willen getan habe, bitte, lass mich vom Riemen wegkommen, bitte lass mich etwas Bewegungsfreiheit haben … Lass mich vom Padron wegkommen, lass mich wieder Mensch sein, nicht Teil eines Schiffes … Ich werde dir dienen, ich werde … Ich weiß nicht, was ich tun werde. Allmächtiger, hilf mir auf jeden Fall, bitte.

»Er lügt«, sagte der Padron, und sein Gesicht sagte immer noch die Wahrheit, »er ist ein sehr ungehorsamer Sklave, dafür bestrafe ich ihn …«

Don Hugo schaute auf die anderen Ruderer hinunter, die dem Drama mit de Moncada wie ein Publikum im Theater zugesehen hatten und jetzt im Chor zustimmten, sogar der Bauer ergriff das Wort: »Ja, Euer Lordschaft, er tut es, er ist schlimmer als mein Cousin …«

Don Hugo sah nicht schockiert, aber sehr wütend aus. »Eine solche Unkeuschheit darf beim Heiligen Unternehmen England keinen Platz haben«, sagte er finster zum Padron und winkte den Kapitän des Ruderdecks zu sich.

Simon kauerte weiterhin auf den Knien, während Don Hugo

kalte Befehle erteilte, und der Padron schien auf der Stelle, an der er stand, zu verwelken. Der Schmied kam mit seinem Hammer und dem kleinen Amboss die Treppe heruntergeeilt, und Simon sah nervös zu, wie seine Knöchelkette von einem der Fußeisen gelöst und aus dem lockeren Ringbolzen entfernt wurde. Der Schmied hatte einen Beutel mitgebracht, reichte ihm ein Paar Segeltuchhosen, die mit einer Schnur an der Hüfte zusammengebunden wurden, und Simon verbarg seine Blöße. Es fühlte sich höchst seltsam und sehr einengend und unbequem an. Dann wurde die Kette wieder am Fußeisen festgenietet. Dasselbe passierte mit Schlange. Don Hugo machte ein Zeichen mit dem Kopf, und Simon und Schlange sprangen auf die Füße und konnten zum ersten Mal seit Wochen mehr als zwei Schritte von der Ruderbank weggehen.

Der Schmied hatte extra Ketten mitgebracht. Der Padron musste seine Peitsche und die gestreiften Kniebundhosen abgeben und fand sich mit dem völlig ausdruckslosen Gesicht des Entsetzens am Riemen wieder, wo er vor fünfzehn Jahren an Simons Stelle begonnen hatte. Sie ließen einen Freiraum zwischen ihm und dem nächsten Mann für den Fall, dass sich jemand rächen wollte. Der Bauer grinste und rieb sich wieder den Bauch, was zeigte, dass er nicht unbedingt klar denken konnte.

Insgeheim dachte Simon, dass es eine dumme Entscheidung war, denn der natürliche Platz für einen Mann mit der Kraft und der Erfahrung des Padrons war am anderen Ende des Riemens, aber was soll's. Es mitanzusehen war Balsam für sein Herz. Das ganze Ruderdeck schaute dem Fall seines Padrons zu, seiner Abdankung auf die Bank, und einige der anderen Padrons jubelten und klatschten.

Und dann gingen er und Schlange zwischen den Reihen der Ruderer hindurch. Die meisten schauten ihn neidisch an, aber manche lächelten und klopften ihm auf den Rücken. Er fühlte sich von der Veränderung ganz benommen, diesem plötzlichen Abschied von der Bank. Außerdem glaubte er, sie würden jetzt zur sicheren Verwahrung in den Laderaum hinuntergebracht, und davor und vor der Hilflosigkeit und der Dunkelheit und dem sicheren Tod, wenn das Schiff sank, hatte er Angst. Das war allerdings schon immer so gewesen, der einzige Unterschied zwischen dem Laderaum und dem Riemen bestand darin, dass er im Laderaum vor englischem Feuer geschützt war und sich nicht beim Ringen mit einem Riemen im Schießpulverrauch die Eingeweide aus dem Leib schwitzen musste.

Es war schwierig, hinter Don Hugo die Leiter hochzuklettern, denn die Ketten waren sehr schwer, und weil er an keine anderen Bewegungen als rudern, hinsetzen und aufstehen gewöhnt war, hatten sich seine Knie versteift. Sie kamen auf das Deck hinaus, das Simon zuletzt im hellen Sonnenlicht des Hafens von Lissabon gesehen hatte, damals sauber und frisch gescheuert, jetzt deutlich verdreckt von den Stiefeln der Seeleute und vom Blut. Es raubte ihm den Atem, als er die Sonne mit ihrem Hofstaat an Wolken sah, den Himmel erblickte, den Wind auf dem Gesicht spürte, weit entfernt vom Gestank des Ruderdecks. Die Luft roch außerordentlich, als wäre sie frisch hergestellt. Er ging an den Geschützen vorbei, meist Saker und Falkonetten, alle sicher auf dem Deck verbolzt, sah, wie die Soldaten und Seeleute vor ihm und Schlange zurückwichen. Sie waren erst vor ein paar Tagen vom Barbier geschoren worden und stoppelig genug, um so hässlich auszusehen, wie sie rochen.

Sie gingen an der Reling entlang, und Simon schaute hinab auf das funkelnde Wasser, hielt Ausschau nach dem weiten Bogen spanischer Schiffe und den englischen Schiffen, die im Dunst in Wartestellung lagen.

Ihm war schwindlig, er war benommen vor Glück, er hatte sogar Rebeccas Messer sicher in seiner unteren Körperöffnung versteckt, und es machte ihm überhaupt nichts aus, wie die Soldaten und Seeleute ihn anschauten. De Moncada rief einen jungen Soldaten heran, redete mit ihm, und der junge Soldat schaute misstrauisch, winkte Simon und Schlange zu einer Pumpe, die dazu diente, das Oberdeck zu spülen. Sie standen über dem Gitterrost, und während die Seeleute pumpten, wuschen sich Simon und Schlange seit vielen Monaten zum ersten Mal, tatsächlich hatte Simon vergessen, wie lange es her war. Das kalte Salz stach und brannte in seinen verschiedenen Schnitten und Striemen und offenen Stellen und Wunden, aber als es vorbei war, hatte Simon das Gefühl, neu geboren zu sein, ein neues Geschöpf geworden zu sein. Schlange lachte in reinem Entzücken, schüttelte den Kopf wie ein Hund, dass die Tröpfchen herumflogen.

Als sie sich mit Planenfetzen abgetrocknet hatten, wurden sie nach achtern in die Große Kabine gebracht, wo ein weiterer Soldat ihnen Handschellen anlegte und ihnen barsch befahl zu warten.

»Ihr seid noch nicht begnadigt«, sagte Don Hugo, als er in die Kabine stolzierte und sich ans Pult stellte. »Aber das könnte für euch beide möglich sein, wenn ihr jetzt mitarbeitet. Du, Schwarzer, wirst zurück an den Riemen gehen, an deinen alten Platz, wenn dein Freund nicht tut, was verlangt wird. Wenn du mich irgendwie ärgerst, gehst du zurück an den Riemen.«

Genau neben den Padron, der zweifellos sehr rachsüchtig war. Schlange nickte und verneigte sich wie ein Araber.

»Was dich betrifft, Jude, wenn du tust, was man dir sagt und mir nach meinen Wünschen hilfst, könnte es möglich sein, dass du begnadigt wirst oder wenigstens die Erlaubnis bekommst, nach Konstantinopel zu gehen, da England nicht mehr verschlampt und ketzerisch genug sein wird, um dir eine Art sicheren Hafen zu bieten. Wenn du mir irgendeinen Grund gibst, an dir zu zweifeln oder mich auf irgendeine Art ärgerst, werde ich dich an den Händen in die Rahen hängen und deinen Expadron heraufholen, damit er mit dir tun kann, was er will.«

Simon nickte und verneigte sich.

»Also verstehen wir uns?«

»Ja, Herr«, flüsterte Simon.

Don Hugo kniff die Augen zusammen. »Du darfst laut sprechen.«

Simon starrte kalt zurück. »Herr, seit die Inquisition an mir die Krüge ausprobiert hat, kann ich nur noch flüstern.« Er war immer noch von der Sorglosigkeit erfüllt, die ihn überkommen hatte, als er scheinbar vor Moncada zusammengebrochen war.

Moncada legte seine Hand flach auf ein Blatt Papier, eine Feder und Tinte. »Der Padron hat dich Schreiber genannt. Kannst du schreiben?«

Simon blinzelte und hob die rechte Hand. Sie war in den vergangenen Wochen angeschwollen und steif geworden, und von den Schwielen und der tiefen Narbe quer über die Handfläche so hart, dass es ihm schwer fiel, eine Faust zu machen. »Ich konnte es einmal, Herr. Sekretärschrift oder Italisch, was Ihr wünscht.«

»Schreib auf, was du mir gesagt hast.«

Simon schwebte immer noch im Traum der Entlassung und ging hinüber zu dem Hocker, auf den Moncada gedeutet hatte, setzte sich mit dem kleinen automatischen Ruck seiner Ellbogen, der die langen, herabhängenden Ärmel seines Mantels davor bewahrte, dass er sich draufsetzte, wenn er sich in seinem Arbeitszimmer an die Arbeit machte. Er zog das Papier zu sich heran, nahm die Feder zwischen die Finger, in denen er kaum Gefühl hatte, und überprüfte die Spitze, die gut genug war. Er tauchte sie in die Tinte und begann zu schreiben, hielt dann aber inne.

»Womit soll ich anfangen?«

»Mit dem Datum.«

»Ich weiß das Datum nicht.«

Moncada sagte es ihm, allerdings nach der spanischen Zeitrechnung, nicht nach der englischen. Simon war das egal. Er schaute seinen unbeholfenen Fingern und der Spitze zu, während die Feder ihren tanzenden Pfad auf dem weißen Bogen des Papiers zurücklegte, und heraus kam ein Monat und eine Zahl, tatsächlich ganz gut geschrieben. Mittwoch, 24. Juli im englischen System, dachte er. Wieder zu schreiben. Es war fast so wunderbar, wie der Geruch von frischer Luft und der Anblick des Himmels es gewesen war. Er konnte nichts dagegen tun, er lächelte.

Er schrieb die angemessene Begrüßung an den Großadmiral der Flotte, den Herzog von Medina Sidonia, und machte dann eine Pause, um nachzudenken.

»Herr, ich möchte ungern etwas schreiben, was beleidigend sein könnte«, sagte er bescheiden. »Könnt Ihr mir einen Rat geben?«

Zwei Offiziere standen neben de Moncada, erstatteten Bericht, erhielten Befehle. Sie starrten die beiden halb nackten Galeerensklaven an. De Moncada ließ sich lange Zeit und wandte dann seine Aufmerksamkeit Simon zu.

»Schreib über die Höllenbrenner und was auch immer der

Hof der Königin über Calais weiß oder glaubt«, sagte Don Hugo.

Simon nickte und begann mit einigen blumigen Demutsbekundungen und der Bitte um Gunst, erwähnte, dass ein Monsignor Giambelli von der Königin als Berater engagiert worden war und dass man Höllenbrenner voller Schießpulver vorbereitet hatte und gegen die Armada aussenden würde. Das würde geschehen, sobald es Grund zur Annahme gebe, dass sie gegen Calais vorrücke oder irgendeinen sicheren Hafen einnehme, wo die spanische Flotte neu ausgerüstet werden und darauf warten könne, dass Parma seine Truppen einschifft. Oder zu jeder Zeit, wenn sie am richtigen Platz ankere. Er endete mit weiteren blumigen Phrasen, unterschrieb mit Simon der Schreiber und nachdem er Sand darüber gestreut und ihn abgeschüttelt hatte reichte er das Blatt de Moncada. Schlange beobachtete ihn fasziniert.

Don Hugo las und nickte. »Eine Änderung«, sagte er. »Du musst mit deinem richtigen Namen unterschreiben.«

Gehorsam setzte Simon den Namen Simon Anriques unter seine erste Unterschrift.

»Und du schwörst, dass du nur geschrieben hast, was du als wahr erachtest.«

»Ich schwöre bei Jesus Christus und jedem Heiligen im Himmel«, sagte Simon mit großer Andacht.

Es schien, dass Don Hugo nicht die Vorstellungskraft hatte, Simon bei der Tora und dem Talmud schwören zu lassen. Stattdessen begab er sich in die Ecke der Großen Kabine zu einem prächtigen silbrig goldenen Altar mit der Darstellung des heiligen Lorenz, wie er auf einem Rost verbrannt wurde, und zündete zwei Wachskerzen an. Don Hugo kniete nieder und holte eine kleine, ziselierte Silberschatulle hervor. Er stellte sie sehr andächtig auf den Tisch.

»Das ist eine heilige Reliquie, ein Zeh von San Lorenzo, dem Schutzpatron dieses Schiffes«, sagte Don Hugo. »Leg deine Hand darauf und schwöre, dass du die Wahrheit geschrieben hast.«

Simon kämpfte gegen einen sehr ungezogenen Drang zu lachen, legte seine Hand auf etwas, das zweifellos ein leicht angebratener Schweineknorpel in einer sehr kunstvollen Schachtel war, und intonierte: »Bei dieser heiligen Reliquie des heiligen Lorenz schwöre ich, dass das, was ich geschrieben habe, die Wahrheit ist.«

Don Hugo schaute erleichtert drein. Er schrieb seine eigene kurze Notiz, legte sie der von Simon bei und schickte das versiegelte Päckchen mit einem Jungoffizier weg, der an der Tür erschienen war. Einen Augenblick später meldete sich ein Soldat zur Stelle, der von fünf Männern begleitet wurde.

»Hängt sie beide«, sagte Don Hugo und deutete beiläufig auf Simon und Schlange, »wegen Unkeuschheit.«

»Herr«, rief Simon wütend. »Ich habe euch vertraut.«

Don Hugos Gesicht war verschlossen. »Der Padron sagte, dass der Schwarze dein Lustknabe ist.«

»Er hat gelogen«, sagte Simon durch die Zähne, und seine Knie knallten wieder aufs Deck. »Er hat gelogen, weil er sich keine andere Möglichkeit der Freundschaft vorstellen kann. Ich habe unkeusche Gedanken über Frauen gehabt, sicher, ich behaupte nicht, besonders tugendhaft zu sein. Aber diese Sünde habe ich niemals begangen, niemals! Oder glaubt Ihr, ich hätte es sonst riskiert, ihn zu verraten?«

»Dann hängt ihn für Verrat an der Königin von England«, sagte Don Hugo und zog leicht die Lippe hoch. »Das ist wenigstens eine faire Beschuldigung.«

Und das war sie in gewisser Weise. Simon senkte den Blick, dachte schneller, als er je in seinem Leben gedacht hatte. Das war eine Falle. Eine Prüfung, ob er glaubte, dass seine Aussage der Wahrheit entsprach: War es eine Lüge, rechnete Don Hugo damit, dass er es zugeben würde, um sein Leben zu retten. »Lasst wenigstens meinen Freund Schlange frei, Herr. Er hat nichts Falsches getan, er ist ein Fürst in seinem Land, er wurde überlistet und unter Drogen gesetzt und in die Sklaverei verkauft, und während dieser ganzen Zeit des Ruderns hat er gelitten, weil er mein Freund war. Ihr habt Recht, ich verdiene, gehängt zu werden, weil ich meine Königin verraten habe, aber er nicht, und Ihr werdet ein großes Unrecht begehen.«

Don Hugo schaute echt bestürzt aus. »Du verwendest dich für das Leben eines Schwarzen?«, fragte er.

»Ja, Herr«, flüsterte Simon. »Das tue ich.«

»Aber er ist nicht … Er trägt das Kainszeichen. Er ist Heide. Er hat keine Seele. Warum?«

Es hat keinen Sinn, mit einem spanischen Granden über Seelen zu streiten. »Um der Freundschaft willen, Herr. Als ich hungrig war, hat er mir Essen gegeben, als der Padron mich geschlagen hat, war er es, der sich um mich gekümmert hat. Auch wenn er ein Heide ist, hat er gehandelt wie ein wahrer Christ.« Was Schlange nach Simons Ansicht schändlich verleumdete, aber das war egal. »Und nur der Allmächtige, Er sei gelobt, weiß, wer eine Seele hat und wer nicht.«

Don Hugo beobachtete Simon aufmerksam. »Du sagst, du willst nicht für dein eigenes Leben eintreten, du willst den Schwarzen retten.«

»Ja, Herr.« Was machte es schon aus? Wenn de Moncada herausfand, dass die Engländer gar keine Höllenbrenner hatten und dass Giambelli eigentlich eingestellt worden ist, um London zu befestigen, wenn er mitbekam, dass weder die Königin noch irgendeiner von ihren Beratern auch nur die leiseste Ahnung hatten, was das Wunder der Schönheit bedeutete, dann würde er Simon sowieso aufhängen.

»Sehr gut. Schafft den Schwarzen in den Laderaum, er kann als Ersatz dienen, wenn wir Männer verlieren. Bringt den Juden zum Hauptmast hinaus und hängt ihn am Rahbalken.«

Schlange verstand genug Spanisch, um dem zu folgen. Er schrie und stürzte sich auf de Moncada, und alle fünf Soldaten waren nötig, um ihn zu halten und ihn, der immer noch in seiner eigenen Sprache schrie, in den Laderaum hinunterzubringen. Simon blieb auf den Knien, schaute aufs Deck, war plötzlich stark mit dem Muster der Holzmaserung und den Astlöchern darin und der Wachspolitur darauf beschäftigt. Trotz der Wäsche unter den Pumpen waren seine Knie immer noch schmutzig. Er wünschte sich ein richtiges Bad mit Seife, bevor er starb, wieder gutes Essen, mit seiner Frau schlafen …

All die Dinge, die er getan hatte, ohne sich bewusst zu sein, dass es das letzte Mal war, Dinge, die er getan hatte, ohne sie wahrzunehmen, in Gedanken ganz woanders, Dinge, an denen er herumgekrittelt hatte. Er würde sein Leben am Ende eines

Seils verlieren, und er hatte es kaum genossen, weil sein Kopf die meiste Zeit so beschäftigt gewesen war. Die letzte eindringliche Erinnerung an etwas zu essen vor der Sevilla-Orange am Riemen galt einem Ziegenkäse mit einer Paste aus Quittenmarmelade. Das hatte er in einem Weinladen in Lissabon gegessen, und er war kurze Zeit fasziniert gewesen von dem Salzigen und Scharfen und Duftenden und Süßen, die sich wie Mann und Frau vermählt hatten. Und dann hatte er sich wieder Sorgen um Rebecca, seine Brüder und die Galeassen gemacht und konnte deshalb nicht sagen, was er sonst noch gegessen oder wie der Wein geschmeckt hatte.

Zwei weitere Soldaten kamen, packten ihn unter den Achseln und führten ihn aus der Großen Kabine hinaus aufs Hauptdeck. Sie ließen ihn dort am Hauptmast niederknien, während einer von ihnen ein Gewehr an seinen Kopf hielt, was für den Zweck eine sehr schlechte Waffe war, und er überlegte, ob der Soldat ihn treffen würde, wenn er zur Bordwand rannte und hinuntersprang … und vom Gewicht der Ketten wie ein Stein auf den Meeresgrund sank. Jedenfalls fühlten sich seine Knie weich an und sein Magen so schwer, als hätte er rohen Teig gegessen, er war plötzlich vollkommen erschöpft. Wenigstens das würde den Padron freuen.

Die Sonne versank in matter Ruhe, das Wasser wurde von einer ganz schwachen Brise gekräuselt und verwandelte sich in geschmolzene Bronze mit den englischen Schiffen als schwarzen Verzierungen. Sie warteten hinter ihnen im Auge der Sonne, alle Segel waren gesetzt, um die neckischen kleinen Katzenpfoten des Winds einzufangen. Nach der beengten Unterbringung im Ruderdeck breitete hier der Allmächtige nachlässig Seinen Umhang aus, um seine Schönheit zu zeigen. Allein für Simon? Das war die Freundlichkeit eines unnennbaren, grausamen und unfassbaren Gottes.

Als er das Licht auf dem Wasser sah, kribbelten ihm Tränen in den Augen. Er sah vom Beten ab. Der Allmächtige wusste, dass er mit der gebührenden Aufmerksamkeit leben und seine Frau umarmen und seine Kinder küssen und gewürzte Lammpasteten essen wollte, statt ein wissenschaftliches Buch dabei zu lesen. Der Allmächtige wusste das und der Allmächtige wusste, was mit ihm geschehen würde, und es oblag dem Allmächtigen, seinen Diener Simon zu retten. Offen gestanden hatte Simon das Gefühl, dass es für den Allmächtigen längst zu spät war, ihn zu entschädigen, nicht umgekehrt. Aber das geschmolzene Metall des Meeres und die Schiffe im Sonnenuntergang waren eine Art Geschenk, und Simon nahm es gnädig entgegen und gestattete seinem Herzen, erbaut zu sein.

Sie hatten die Schlinge hergerichtet, ein Soldat kam mit einer Kapuze auf ihn zu. Simons Kehle schnürte sich zusammen. Nehmt mir den Himmel nicht wieder weg.

»Herr, ich habe keine Angst zu sterben, Ihr müsst nicht –«

»Das ist für uns«, sagte der Soldat freundlich. »Damit wir nicht sehen müssen, wie dein Gesicht blau wird und deine Zunge und die Augen herausquellen.«

»Ihr habt Angst, etwas Grässliches zu sehen?«

Der Soldat, der zu jung für mehr als verstreuten Bartflaum war, schaute zu Boden.

»Seid vorsichtig«, riet ihm Simon. »Was ist, wenn Seine Exzellenz Medina Sidonia mich verhören will und herausfindet, dass Ihr mich gehängt habt?«

Jetzt schaute der Junge in alle Richtungen und drehte seine kostbare Kapuze in den Händen.

»Warum fragt Ihr nicht Don Hugo deswegen?«

Simon hielt es durchaus für möglich, dass Don Hugo sowieso bluffte. Aber der Soldat verstand das nicht, er wollte den Auftrag ausführen, den er bekommen hatte.

Simon schaute aus seiner knienden Stellung zur Schlinge hinauf. Unerfreulich. Wie ein Fluss. Jetzt war er auf dieser Seite. Bald würde er auf der anderen sein. Er würde dem Allmächtigen seinen Fall direkt vortragen können.

Der Soldat tat das, was Jungen in Panik oft tun, er entschied sich fürs Handeln. Er packte Simon, zog ihm rasch die Kapuze über den Kopf und zurrte seine Handschellen mit einigen Seilwindungen an der Seite fest.

Simon rang im Innern des Segeltuchs nach Luft, war wieder vom Himmel ausgeschlossen, versuchte nicht zu schreien oder hinzufallen oder irgendetwas zu tun, außer geduldig dazustehen, und er hörte schließlich das Jammern des Priesters in der

Nähe, roch Weihrauch. Trotzig begann er zu singen, etwas, das sie wahrscheinlich noch nie gehört hatten, etwas, das er erst kürzlich von einem holländischen Rabbiner gelernt hatte. »Schema Israel ...« Höre, oh Israel, der Herr ist dein Gott, der Herr ist eins ... Sie schoben ihn vorwärts, legten die Schlinge um seinen Hals. Er stand auf dem Deck, also würden sie ihn hochziehen. Oh, das würde schlimm werden, es würde eine halbe Stunde dauern, bis er tot war. Allmächtiger, erspar mir das ... Er hörte zu singen auf, weil seine Kehle zugeschnürt war und er nicht richtig atmen konnte.

Es gab eine Pause. Eine lange Pause. Schweiß kitzelte an seiner Nase, in seinen Augen, er atmete schwer aus Mangel an Luft, ja aus Angst. In der Nähe wurde geredet, er konnte es wegen der Kapuze nicht verstehen. Verdammt. Bringt es zu Ende.

Rebecca Anriques

Auf der San Salvador, in der Nähe von Plymouth, 20. Juli 1588

Thomasina hing in der Takelage wie ein Affe, ihr Rock war zwischen den stämmigen weißen Beinen unter den Gürtel hochgezogen. Das Licht verschwand langsam, genau wie das prasselnde Geräusch des Feuers vom Schiffsheck und das Stöhnen und Wimmern der armen Geschöpfe, die in die Luft gejagt worden und verbrannt waren.

Die *San Lorenzo* zerrte immer noch an den Schlepptauen, aber sie verlor an Boden. Thomasina dachte an Mr Anriques, wie sie ihn gesehen hatte, als sie durch das Riemenloch gespäht hatte, schockierend nackt, knochig, abgezehrt, und mit seinem Glatzkopf war er hässlicher als jeder Bettler, den sie jemals gesehen hatte. Sie versuchte, nicht an ihn zu denken, wie er schwitzen mochte, um ein havariertes Schiff durchs Wasser zu schleppen. Vor ihnen bewegte sich der große Halbmond der spanischen Flotte von ihnen weg, sogar bei diesem schwachen Wind. Und was würde jetzt mit ihnen geschehen?

Thomasina fluchte, ihre Stimme kam direkt aus der Londoner Gosse. Nie wieder würde sie sich auf den Ozean begeben oder das Meer überqueren oder in irgendwelche fremden Länder reisen, nie wieder.

Rebecca Anriques, der Hauptgrund für all den Ärger, saß ruhig an der Reling, beobachtete die *San Lorenzo,* den Kopf zur Seite geneigt, als würde sie lauschen. Thomasina hörte den Gesang der Männer an den Riemen auch, sie sangen ein Arbeitslied … Die Wörter waren schwer zu verstehen, aber sie klangen vertraut, als wäre es Englisch.

Thomasina kletterte Hand um Hand zu den Rahen des vorderen Mastes hinauf, in die Nähe von Rebecca, die mit untergeschlagenen Beinen dasaß, und alles an ihr war so ordentlich wie bei einer Katze, als wäre sie nie von dem dünnen Mann mit den glühenden Augen gefangen genommen worden. Sie hatte ein paar Flecken vom Schießpulver und vom Ruß am Saum ihres dunkelroten Kleides, und ihre weiße Haube, die das dunkelbraune Haar verbarg, war bestimmt nicht so weiß, wie es sein sollte, aber davon abgesehen schaute sie ruhig und respektabel aus. Thomasina hing in den Rahen und rief zu ihr hinunter: »Geht es Euch gut, gnädige Frau?«

Es war eine Erleichterung, ganz normal englisch reden zu können, ohne Angst haben zu müssen. Sie hatte zu ihrer Zeit als Akrobatin im Paris Garden von den Männern in den Werften genug Holländisch gelernt, um Rebeccas Befehle befolgen zu können, aber das war alles. Schade, dass sie kein Spanisch konnte. Aber sie war für die meisten Männer, mit denen Rebecca zu tun gehabt hatte, nur ein schlaues Haustier, den blutigen Inquisitor eingeschlossen, von dem sie hoffte, dass er tot war oder im Sterben lag.

»Psst«, sagte Rebecca, »hör zu. Was singen sie?«

Thomasina hielt die Hand hinters Ohr und klammerte sich fest. »Da wu da is kall läh«, sagte sie schließlich.

Rebecca nickte. »Das dachte ich.« Sie lächelte und ihr Gesicht leuchtete auf. »Das dachte ich.« Sie stand auf, küsste Thomasina ganz unerwartet auf die Nase und warf der Galeasse einen Handkuss zu.

Der Gesang ging weiter, wiederholte sich, schwang dahin. Schließlich hörte er auf und die Riemen hoben sich alle zugleich, wie schafften sie das? Das Tau hing schlaff herunter und wurde gekappt. Die arme havarierte *San Salvador* schien stillzustehen, als die Flügel der Galeasse wieder eintauchten und das Schiff sich in Richtung der jetzt weit entfernten Flotte davonbewegte.

Thomasina grunzte und begann, zur Kampfspitze des vorderen Mastes hinaufzuklettern, vorwärts und mit dem Rücken nach unten hängend, um zu den Wanten zu gelangen und dann zwischen den stark geteerten Leinen und Blöcken, die den Toppmast stabilisierten, herumzukrabbeln. Es war ganz schön hoch. Über das glatte, dunkler werdende Wasser hinweg konnte sie die schlanken englischen Schiffe sehen, die sie belauerten wie ein Wolfsrudel ein verwundetes Reh. Die *San Salvador* war ein Wrack, sie trieb als Spielball von Wind und Gezeiten dahin, der größte Teil des Hauptmastes lag in einem Haufen dort, wo das Achterdeck gewesen war.

Um fair zu sein, die Spanier waren gekommen, um die Lebenden und die große Truhe mit den Goldbarren zu holen. Die Überlebenden waren meist Seeleute, da fast alle Offiziere tot waren. Sie sprachen sanft mit Mevrouw van den Berg. Sie hatten einen blutigen Fetzen vom Wams ihres Ehemanns gefunden, er war mit Sicherheit tot. Sie sollte mit ihnen kommen, in die Sicherheit der Flotte.

Rebecca hatte ausführlich auf Spanisch geantwortet. Der Offizier, der sie befragt hatte, verbeugte sich höchst überschwänglich, sprach eindringlich auf sie ein, und zuckte dann auf ihre Antwort die Schultern, verbeugte sich noch einmal und kletterte die Leiter zur wartenden Skiff hinunter.

Geistesabwesend hatte Rebecca erklärt, was er gesagt hatte: Er hatte Mevrouw van den Berg an die beängstigende Wildheit der englischen Ketzer erinnert, die außer Rand und Band gerieten, wenn sie auf Beute hofften. Aber sie hatte gesagt, dass sie bleiben und versuchen würde, ihren Ehemann zu finden.

Thomasina grinste wieder und starrte zu den wartenden englischen Ketzern hinüber, winkte. »Kommt uns holen, Jungs.«

Rebecca stand da und schaute auch zu den Engländern hinüber, versuchte das Gleichgewicht zu halten, während das Schiff auf den sanften Wellen schwankte. Wenn es auch nur den kleinsten Wellengang gegeben hätte, wäre die *San Salvador* gesunken, aber das Wetter war mit einer wunderbar ruhigen Flaute auf ihrer Seite.

Schweigend ging Rebecca über das glitschige, stinkende Schlachtfeld, das sie verursacht hatte, zwischen den Männern hindurch, die sie zu einem qualvollen Tod verdammt hatte. Sie wollte den Inquisitor in die Luft jagen, hatte beim Gedanken an solch eine Rache echte Schadenfreude empfunden, aber sie war gezwungen gewesen, den armen Anthony Fant ebenfalls in die Luft zu jagen, weil das Schiffsgefängnis direkt unter dem

Schießpulvermagazin lag. Sie bereute es nicht so, wie es eigentlich angemessen gewesen wäre, denn sie hielt den Mann genau genommen für dumm und für feige obendrein. Was hätte es schon ausgemacht, wenn der Inquisitor ihm die verbliebene Hand gebrochen hätte? Hatte er geglaubt, sie würden ihn leben lassen, wenn sie einmal wussten, dass er Engländer war?

Als der stämmige blonde Soldat ihn so seltsam angestarrt und dann auf Englisch angesprochen hatte, war sie der Meinung gewesen, dass Anthony sofort handeln müsse. Aber er wollte warten, bis sie richtig in den Kampf eingetreten sein würden. Er war sicher, dass er den Mann getäuscht hatte, wer auch immer es war. Der Raum zum Nachfüllen der Kartuschen war präpariert, er musste nur hineingehen und die Kartuschen und die Sprengladungen auffüllen, die er zum Anzünden vorbereitet hatte ... Aber es gälte den rechten Moment abzuwarten, wenn es den Spaniern den meisten Schaden zufügen würde.

Sie hatte geweint und getobt, und er hatte sie beruhigt, ihre Hand gedrückt und ihr erklärt, er habe Erfahrung mit den Gewohnheiten der Ausländer, und es bestehe noch keine Gefahr, sie solle sich ihren hübschen kleinen Kopf nicht zerbrechen, er würde schon dafür sorgen, dass sie in Sicherheit sei.

Schließlich hatte er sie niedergeschrien, hatte ihr befohlen, still zu sein, sie sei nur eine törichte Frau, die keine Ahnung habe und tun müsse, was ihr das klügere, stärkere Geschlecht, das nicht von Veränderungen im Schoß hysterisch gemacht werde, befahl. Dann war er fortgestapft und hatte sie zitternd vor Wut zurückgelassen.

Da sie die Gewohnheiten von Ausländern viel besser kannte als er, hatte sie Thomasina gesagt, sie solle auf jeden Fall hoch oben in der Takelage sein, wenn die Soldaten kamen, um sie abzuführen. Sie hatte darauf gesetzt, dass keiner an der Zwergendienerin interessiert sei, die wie ein Kind in der Takelage herumkletterte, aber nie redete. Allerdings hatte sie sich solch schreckliche Stunden niemals vorgestellt, denn die Soldaten hatten ihr schwere Metallketten an die Handgelenke gehängt, so dass sie kaum die Hände heben konnte, sie waren im dunklen, stinkenden Schiffsgefängnis eingesperrt worden, und Anthony Fant hatte ziemlich laut um Kraft gebetet. Sie hatte nichts zu ihm gesagt, keine Vorwürfe, nichts. Er war der Klügere, der Stärkere, sollte er sie doch retten.

Und Señor Pasquale war gekommen, keine zögernde Schreibergestalt mehr, sondern ein Mann voller schwarzer Zuversicht und kalter Zielstrebigkeit, der keine Zeit verschwendet und genau das getan hatte, was Anthony Fant gefürchtet hatte, und mehr, so dass sie es nicht mehr ertragen konnte, sie hatte ihre Augen zugehalten und vor Angst und Entsetzen geweint. Er hatte sie gepackt und zur Tür hinausgeschoben, wo der Schiffszimmermann die Finger in die Ohren gesteckt und inbrünstig gebetet hatte, ihr aber dennoch den Weg versperrt hatte, als sie an ihm vorbei und fliehen wollte.

Und dann hatte er plötzlich nach Luft geschnappt. Jemand war hinter ihm, hatte ihm mit einem scharfen Messer die Achillessehne durchtrennt, er war in die Knie gegangen, und ehe Rebecca etwas sagen konnte, war Thomasina mit dem Messer über ihn hergefallen. Er hatte sie abgeschüttelt, war verzweifelt rückwärts durch den Gang gekrochen und einen offenen Niedergang hinuntergefallen, wo er umgehend verstummt war.

Thomasina hatte Rebbeccas Röcke hochgezogen und sie zu der Leiter gebracht, die nach oben führte, und dann weiter nach oben, und als sie um eine enge Ecke kamen, hatte sie die Tür zum Kartuschenraum neben dem Magazin erkannt.

Eigentlich hätte ein Soldat Wache halten sollen, sie hätte abgesperrt sein müssen. Aber Rebecca erinnerte sich an Anthonys Vorbereitungen und nahm an, dass er jemanden bestochen hatte. Jedenfalls war sie offen. Sie schlüpfte hinein, sank hinter einem Stapel weißer Kartuschensäcke nieder und sah aus weiter Ferne zu, wie Thomasina mit einigen Werkzeugen herumhantierte, um ihr die Handschellen zu öffnen, die ihre Handgelenke aufschürften. Sie konnte Anthonys Erbarmen heischende Schreie und Gebete hören, deren Echo direkt aus dem Schiffsgefängnis durch das Holz heraufhallte.

An so etwas bin ich nicht gewöhnt, dachte sie plötzlich bei sich. Ich bin wirklich nicht die Art von Mensch für so etwas. Ich bin eine exzellente Hausfrau und eine gute Geschäftsfrau, alle Unternehmen meines Mannes sind unter meiner Leitung besser gelaufen, ich habe immer die besten Kindermädchen für meine

Kinder ausgesucht und habe viel meiner knappen Zeit mit ihnen verbracht … das hier ist einfach nichts für mich.

Du bist aus Lissabon geflohen, kam die innere Stimme, die sie dazu gedrängt hatte, Simon zu suchen, *du hast die Inquisition abgehängt.*

Das hat Merula gemacht, nicht ich, sagte sich Rebecca, und ich habe Merula in Flandern gelassen.

Du hast Thomasina, sagte ihr Selbst. *Schau, wie klein sie ist, und doch hat sie den Zimmermann für dich angegriffen.*

Sie werden uns finden, dachte Rebecca und zitterte unter dem Schluchzen, das aus ihrem Innern kam, sie werden uns höchstwahrscheinlich finden, und dann wird Pasquale kommen und dann …

Thomasina legte die Handschellen hinter einen Balken und fiel auf ihre Knie, starrte sie an. »Mr Fant hat mir gezeigt, wo die Zünder sind, für den Fall, dass ich das tun muss«, sagte sie mit ihrer hohen, festen Londoner Stimme. »Jetzt sind die Ringklammern ab, jetzt könnt Ihr es tun.«

Aber sie hatten kein Feuer und auch keine Möglichkeit, eins anzuzünden, hier im Kartuschenraum, wo die Männer weiche Stoffpantoffeln tragen mussten, damit die Nägel in ihren Stiefeln keine Funken schlugen.

In ihrer Seekiste war ihre kleine Pistole versteckt, die Radschlosspistole aus deutscher Herstellung, die sie auf Becket gerichtet hatte. Sie war immer noch in ihrer Kabine, nie benützt. Thomasina nickte, als sie davon sprach.

»Pasquale wird das Schiff bald genug durchsuchen, wenn er sieht, dass Ihr weg seid. Ich renne los und hole sie, aber es könnte sein, dass ich sie Euch nicht gleich bringen kann. Wollt Ihr hier bleiben und warten?«

Der Geruch des Schießpulvers drang in ihre Kehle, und die Geräusche von Anthonys Qualen drangen immer noch zu ihr herauf. Warum hatte sie auf ihn gehört? Warum hatte sie ihn gelassen … Nun, Becket war entschlossen gewesen, sie in Flandern abzuhängen, das war klar. Fant hatte sie davor gewarnt. Einmal abtrünnig, immer abtrünnig, hatte er gesagt. Und Anthony war die perfekte männliche Unterstützung für ihr Projekt, da er nicht nur willens war, sondern sogar darauf bestand, mit ihr zu kommen. Aber Anthony Fant war … war immer noch ein Dummkopf.

Auf Grund seiner Dummheit würden sie wohl beide sterben, und sie ließen Simon an die Riemen gekettet zurück, konnten nicht zu ihm. Sie hatte in La Coruña alles Menschenmögliche getan, um ihn zu befreien, hatte dem Kapitän des Ruderdecks der *San Lorenzo* seinen dreifachen Wert angeboten und wäre deshalb beinahe festgenommen worden. Sie hatten so wenig Männer zum Rudern, sie konnten ihn nicht freilassen, sicher nicht.

Sie war schockiert gewesen, als sie ihn nackt gesehen hatte, zwischen so vielen nackten Männern. Obwohl sie stark verschleiert war, hatte sie immer noch sehen können … zu viel. Ihr war schlecht geworden, unsäglich schlecht, der Tiergestank des Ruderdecks, die hungrig glotzenden Männer, die Feindseligkeit der Offiziere, die Spannung und Hässlichkeit des ganzen Ortes. Aber dann hatte Simon die Klappe aufgemacht, damit Licht hereinkommen konnte, und hatte sich umgedreht und sich höflich vor ihr verneigt. Sie konnten ihm alles nehmen, was Menschen für wertvoll halten, ihn wie einen Hund anketten, und doch konnte er seine instinktive Höflichkeit nicht ablegen. Sie hatte ihrer beider Leben aufs Spiel gesetzt, indem sie zurückgeknickst hatte, und hatte dann so getan, als sei es ein Ohnmachtsanfall gewesen. Sie war wegen der … der schrecklichen Qual in ihrer Brust stumm geworden, wegen der Sehnsucht, weil sie so nah bei Simon war und doch nichts tun konnte, um ihm zu helfen.

Sie musste ihren Kopf in die Gegenwart zurückzwingen. Sie hörte das Geräusch von Stiefeln. Sie zog die Röcke hoch, ließ die Tür des Kartuschenraums geschlossen, verbarg sich unter dem Kartuschenstapel, machte sich so klein wie möglich.

Ein Mann mit einem Kriegshelm öffnete die Tür, beugte sich herein, blinzelte herum. Er hielt eine Kerze, und ihr Bauch zog sich vor Angst zusammen. Mit dem Schießpulver in die Luft zu fliegen … Jemand brüllte ihn an, und er zog sich zurück, schloss sofort die Tür, sagte, dass niemand drin sei.

Sie kauerte sich in den Kartuschen zusammen, wechselte die Stellung, damit ihre Hand nicht einschlief und döste, beobachtete die Tür und das Gitter darüber, das tagsüber Licht zum Laden der Kartuschen einließ.

Es dämmerte, und ein dumpfes Krachen war in der Ferne zu hören. War es Donner? Schiffe, die zum Entern zusammenstießen? Vielleicht Geschützfeuer? Sie wusste es nicht, und die *San Salvador* segelte langsam weiter, weitab von möglichen Kämpfen im Zentrum der Verteidigungsformation, umgeben von Schiffen.

Und dann kam Thomasina mit der Pistole in der Schatulle zurück, flüsterte atemlos, dass Pasquale das Schiff nach ihr durchsuche. Rebecca nahm sie in die Hand, das schwere Ding hatte sie jedes Mal verletzt, wenn sie es in der Vergangenheit abgefeuert hatte, und sie folgte vorsichtig und aufmerksam der Ladeanleitung, zuerst das Pulver, dann den Ladepfropf, dann die Kugel, dann noch einmal den Pfropf, um sie hineinzuschieben, dann das Zündpulver in die Pfanne, dann überprüfen, ob der Lauf frei war, dann aufziehen und sichern. Sie hielt sie im Schoß und sagte dann zu Thomasina, dass sie verschwinden müsse.

Thomasina spuckte aufs Deck. »Wollt Ihr dieses wandelnde Stück Elend, das Mr Fant Schmerzen zugefügt hat?«, fragte sie. »Denn der führt die Suche nach Euch an und will Euch verzweifelt finden. Wenn Ihr ihn knuddelt, stelle ich mich hinter ihn.«

»Ich soll ihn was?«

»Habt Ihr das nicht gewusst? Er will Euer Fötzchen, nicht Euer Geständnis.«

Schon seltsam, solch eine Obszönität aus so einem kleinen Gesicht zu hören, und Rebecca musste den Drang unterdrücken, sie zu schelten. Thomasina war weder ein Kind noch eine Bedienstete und musste vorsichtig behandelt werden, das hatte sie mitbekommen.

Dann hatten die Männer an die Tür geschlagen, und Thomasina war in die Schießpulverrutsche geschlüpft, und nur die Spitze ihres Kopfes schaute heraus, damit sie alles beobachten konnte.

Rebecca schüttelte es, wenn sie sich daran erinnerte, was als Nächstes kam. Pasquale hatte tatsächlich ihr Fötzchen gewollt, wie Thomasina gesagt hatte, er selbst schien davon überzeugt zu sein, dass er sich in sie verliebt hatte, nach der schüchternen

Unterhaltung, in der sie entdeckt hatte, wer er war, und ihre Hände so fest aneinander klammern musste, wie sie nur konnte, um sich einen Angriff auf ihn zu verkneifen.

Es hatte sie krank gemacht, aber auch seltsam zufrieden, als sie ihre Macht über ihn gespürt hatte, seinen verzweifelten Drang, sie für unschuldig und verängstigt zu halten, sein Begehren. Sie hatte die Rolle gespielt, ja selbstverständlich, aber es war leicht für sie gewesen. Und dann, als Thomasina ihm ihr Messer in die Nieren gestochen hatte …

Die Worte, die Rebecca dann gezischt hatte, waren ihr glühend heiß aus der Seele gekommen. Nie hatte sie jemanden mit der Absicht zu verletzen getreten oder geschlagen, keinen Bediensteten, nicht einmal ein Tier. Aber sie hatte das Knirschen ihres Stiefels in seinem Mund genossen, vor Lachen keine Luft gekriegt bei der wunderbaren Ironie, ihn mit den Handschellen anzuketten, und sie hatte die Lunte mit den Funken ihrer Pistole angezündet, indem sie die Pulverpfanne weggeschoben hatte.

Als die Zündschnur dahinzischte, hatte sie ihn verlassen und sich von Thomasina geführt auf den Weg zwischen den Decks gemacht, sich an manchen Stellen fast auf halbe Größe zusammengekrümmt, hatte in Erwartung der Explosion geschwitzt, bevor sie eine Leiter hochgeklettert war und sich vorn, in der Nähe des Schiffsbugs befand, wo die Deckmannschaften ihr Quartier hatten und sie mit ironischem Jubel und einem halben Dutzend Armpaaren empfingen, die ihr hinaufhalfen. Sie waren unwissende Meerestölpel, sie wussten nichts von den Gerüchten über sie.

Das war der Augenblick, in dem das Schiff in die Luft flog. Nicht das ganze, nur der Heckteil mit dem Kapitän und den meisten Offizieren, und der Hauptmast und der Kreuzmast fingen Feuer, das Deck brach zusammen, ein gewaltiger, dröhnender Schlag, der alle beide, Thomasina und sie selbst, eine Stunde taub machte und mit Splittern übersäte, welche die Männer um sie herum verwundeten und zerstückelten, doch Thomasina hatte sie beide unter eine Segeltuchplane gezogen und sie waren in Sicherheit gewesen.

Sie hatte Pasquale umgebracht, hatte umgebracht, was auch immer von Anthony Fant übrig war, hatte ungefähr fünfzig Soldaten umgebracht, die ihr überhaupt nichts getan, sie sogar mit Respekt behandelt hatten, wenn sie mit ihnen verhandeln musste.

Sie hatte für Simon getötet, für die Königin, für sich selbst, um sich an Pasquale zu rächen, für die Politik. Sie hatte getötet wie ein Soldat, obwohl sie wirklich keiner war. Bei dem Gedanken wurde ihr schlecht, sie hatte zitternd an der Reling gesessen, während die verbliebenen Soldaten versucht hatten, das Feuer zu löschen und das zerstörte Steuerruder zu richten, und die *San Lorenzo* ein Tau an Bord geworfen hatte und die Muskeln von Simon und den Sklaven sich angestrengt hatten, den zerstörten Koloss abzuschleppen. Sie hatte dagesessen, ihr war kalt und schlecht, und sie starrte vor sich hin, als der Gesang zu ihr über das Wasser drang und mit ihm die Antwort ihres Ehemannes auf das Rätsel, das ihn überhaupt erst nach Lissabon und in den Rachen der Inquisition gebracht hatte. Mit Thomasinas Hilfe hatte sie es ihm zugetragen, und jetzt schickte er es zurück zu ihr.

Sie verstand. Als sie begriff, dass »da wu da« das Wunder hieß, wusste sie auch, dass die zweite Hälfte »ist Calais« bedeutete.

Sogar sie wusste genug über Geographie, um es zu verstehen, ihr letztes Geschenk von ihrem Ehemann. Sie erklärte es Thomasina, die von dem durchtriebenen Plan, der leicht gelingen könnte, entsetzt war. Sie wusste, dass sie auch schockiert sein sollte, aber sie war es nicht. Sie saß in einem Glaskasten, sicher abgeschirmt wie eine der Reliquien der abergläubischen Spanier. Ja, dachte sie, ich bin wie der Knochen eines Heiligen und schaue aus meinem Glaskasten hinaus auf die wilden Aktivitäten der Menschen.

Die Spanier räumten das Schiff von allen, die noch laufen konnten, von allem, das sie tragen konnten. Vier Mann stemmten die schwere Truhe mit den Goldbarren über die Bordwand in eine Gig. Der Offizier kam und beschwor sie, und sie hatte keine Ahnung, was sie zu ihm gesagt hatte. Der Abend kam, und Thomasina deckte sie zu, wo sie war, mit einem Umhang und einer Segeltuchplane.

Es kam nur darauf an zu warten, bis die gierigen Engländer

sich die *San Lorenzo* als Trophäe schnappten. Aber sie hatten Angst, es zu tun. Das wurde ihr klar, als die Nacht dahinging, als das Feuer im Heck langsam verlöschte. Sie hatten die Explosion gesehen und fürchteten sich vor einer weiteren. Sie wussten nicht, dass sie dafür gesorgt hatte, dass alle Fässer mit Schießpulver zwischen anderen Sachen verstaut wurden, damit das Feuer sie nicht erreichen konnte. Nichts ist weniger empfänglich für Feuer als ein Fass mit gepökeltem Rindfleisch oder eingelegten Heringen, auch wenn Salpeter darin ist. Sie konnte es ihnen nicht sagen, nur unbeweglich an der Reling sitzen und die englischen Schiffe anstarren, während die *San Salvador* vor sich hin schlingerte. Sie war gnädig hinter ihrer Glaswand abgeschirmt, während Thomasina ihr Becher mit verdünntem Wein brachte und ihre Hände warmrieb und mit ihrer heiseren Stimme sanft auf sie einredete und sie *ma'am* nannte und sich ganz allgemein sehr um sie besorgte, obwohl es nicht nötig war.

Es ist das Schreien, das Schreien des armen Anthony, ich muss es aus dem Kopf bekommen, wollte sie sagen, aber sie tat es nicht. Und auch Pasquales Schreien, das sich damit vermischte. Und das schwache Stöhnen und Heulen der Männer, die sie umgebracht hatte. Ihre Schuld. Alle waren Kinder von Müttern wie sie auch, alle waren ihretwegen gestorben.

Sie wollte nur, dass Simon sie festhielt, aber sie konnte ihn nicht haben, weil er auf der Galeasse von ihr wegruderte, weggerudert war, längst weg war. Tot wahrscheinlich. Nur sie und Thomasina waren noch am Leben.

Die Möwen fielen jetzt kreischend über das Heck her, wo alles zerbrochen und schwarz war und stank. Worum zankten sie sich, fragte sie sich. Eingeweide? Zerbrochene Lagerfässer? Die Augen von Anthony Fant? Wer weiß?

Schließlich konnte man das Kratzen eines Bootshakens hören, das Knarren, als Männer an der Bordwand hochkamen. Sie schoben ihre Köpfe darüber, schauten nervös um sich, dahinter ein geladenes und glimmendes Gewehr.

Sie saß still da mit Thomasina, sah ihnen zu, wie sie drüberkletterten. Sie verteilten sich über das Schiff, suchten selbstverständlich nach Beute und fanden keine, denn die Spanier hatten viel Zeit gehabt, um sogar die Tischplatte und die Kerzenhalter mitzunehmen. Sie würden auch nichts über den Schatz an Pulver und Kugeln unten wissen. Sie beobachtete sie, immer noch hinter Glas. Vielleicht sollte ihnen jemand davon erzählen. Einer von ihnen, der Anführer, kam ihr ein bisschen bekannt vor. Sie war sich nicht sicher.

»Versenkt es«, sagte der Ältere. »Es lohnt sich kaum, sie abzuschleppen.«

Thomasina stupste sie an, und als sie sich aufsetzte, immer noch hinter Glas abgeschirmt, marschierte Thomasina vor, knickste, als die Männer sie anglotzten und blinzelten, und erhob ihre Stimme.

Was sagte sie? Rebecca schüttelte den Kopf, sie war nicht mehr taub, was war mit ihrem Gehör los? Sie konnte sich kaum bewegen, war so steif, sie konnte vollkommen klare englische Wörter nicht verstehen.

Die Männer kamen und glotzten. Thomasina hielt einen Ring hoch, den sie an einer Halskette getragen hatte, einen sehr schönen Smaragdring, in den sehr aufwändig ein E eingraviert war.

»Behandelt sie sanft, meine Herren«, kam Thomasinas pfeifende Stimme, »sie ist eine höchst tapfere Dame, aber sie hat viel durchgemacht, sehr viel. Meine Herren, ihr müsst mich bitte zu meinem Lord Admiral bringen, ich habe Informationen für ihn, für die unsere Dame hier teuer bezahlt hat, und ihr Ehemann auch. Ich bin Thomasina de Paris, die engste Vertraute Ihrer Majestät in diesen Angelegenheiten.«

Was war das jetzt, fragte sich Rebecca. Etwas Interessantes? Sie zupfte an ihrem Rocksaum herum, wo er sich gelöst hatte, jemand hatte ihn schlecht verarbeitet, dachte sie, überhaupt nicht doppelt genäht, nur einfach.

Der Herr wollte, dass sie mitkamen, aber ihr war überhaupt nicht danach, sich zu bewegen, sie war sehr unglücklich. Da war etwas, das sie ihnen sagen musste, etwas sehr Wichtiges über die *San Salvador.* Was war es? Oh ja.

»Ihr müsst unbedingt das Schiff bergen, meine Herren«, murmelte sie. »Sein Laderaum ist voll mit Schießpulver und Kugeln.«

Sie hielten wieder an, als sie zur Reling geführt wurde, wechselten Blicke.

»Es stimmt«, sagte Thomasina, »sie ist ja hergekommen, um es zu holen, wisst Ihr, neben anderen Sachen. Hier, ich werde es Euch zeigen.«

Sie nahm den jüngeren der beiden Anführer an der Hand, führte ihn zu einem Niedergang, und sie verschwanden aus der Sicht, während Rebecca auf ihre Stiefelspitzen starrte und sich fragte, wie sie so abgestoßen und fleckig werden konnten.

Der jüngere Mann kam wieder die Leiter heraufgerannt. »Es stimmt, Mr Hawkins«, rief er mit leuchtendem Gesicht. »Fässer über Fässer vom besten venezianischen Pulver.«

Sie warteten, während John Hawkins nachsah, und als er zurückkam, war alles anders. Er ließ drei Männer da, die sich um die Beute kümmern sollten, und krabbelte, lachend wie ein kleiner Junge, die Bordwand hinunter zu seinem Skiff.

Rebecca sah hinunter und konnte sich nicht überwinden, es ihm nachzumachen. Sie war die Leitern zu den verschiedenen Decks hinauf- und hinuntergeklettert, aber sie war kein Affe wie Thomasina, die in der Takelage herumgerannt war. Sie war mit einer Schlinge an Bord der *San Salvador* gekommen, unbequem und würdelos, aber besser als auf einer glitschigen Holzleiter zu klettern.

Thomasina war bereits zur Skiff hinabgestiegen und starrte sie an. Ihr fiel nichts ein, was sie noch sagen konnte, schüttelte nur den Kopf und hielt sich schaudernd an der Reling fest.

»Verzeiht, Mrs Anriques«, sagte der jüngere Mann, fasste sie um die schmerzenden Hüften, drückte seine Schulter an ihren Magen und hob sie hoch. Sie jaulte und wurde steif vor Entsetzen. »Bitte seid still, gnädige Frau, und Ihr werdet sicher unten ankommen.«

Und der verrückte Junge kletterte über die Reling und die knarrenden Sprossen hinunter und in die Skiff, wo sie von ausgestreckten Händen aufgefangen wurde, als er sie von seiner Schulter gleiten ließ und sich mit selbstzufriedenem Gesicht hinsetzte.

Es war alles so rasch geschehen, ihr war schwindlig, und sie bekam keine Luft mehr.

»Wie … wie könnt Ihr es wagen …«, stotterte sie, und Thomasina stieß ihr den Ellbogen in die Seite und grinste. Sie presste die Lippen aufeinander und schaute finster auf die Wellen, während die Seeleute sie übers Meer ruderten und der jüngere Mann sich als Captain Thomas Howard und der ältere als Mr John Hawkins, Sekretär der Marine, vorstellte.

Aber als die hohe, schwarze Bordwand des englischen Flaggschiffs *Ark Royal* über ihr aufragte, schluckte sie kräftig und ergriff die Leiter, und während die jungen Männer von hinten schoben und andere Männer bereit waren, sie von oben zu ziehen, schaffte sie es, an Bord des englischen Flaggschiffs zu klettern, gefolgt von Thomasina, die frech hinterherhüpfte.

Und selbstverständlich fiel Rebecca da in Ohnmacht.

Thomasina war in einem Albtraum gefangen, obwohl sie hellwach war. Sie und Rebecca hatten den ganzen Weg nach Lissabon und wieder zurück auf sich genommen (nie wieder, hatte sie sich geschworen), hatten Tag um Tag in der erstickenden Langeweile auf dem schlingernden Koloss der *San Salvador* gelitten, Nächte mit qualvoller Seekrankheit in der winzigen, seltsam gebauten Kabine zugebracht, die vollkommen von einer einzigen Koje für sie beide zusammen ausgefüllt war, hatten die Anspannung der Angst, entdeckt zu werden, ertragen, das zunehmend stinkende Essen und das noch schlimmere Wasser, die gefährliche Dämlichkeit von Anthony Fant, alles, um den wertvollen Goldklumpen an Information zu bekommen, dass die Spanier planten, Calais einzunehmen.

Und jetzt fanden sie niemanden, der sie anhören wollte. Sie waren auf der *Ark Royal*, immerhin, und dort auch in einer der besseren Kabinen, wo Rebecca fürsorglich auf eine Koje gelegt worden war, versorgt vom Schiffsbarbier, der sie zur Ader gelassen hatte – nach Thomasinas Meinung viel zu stark. Sie waren auf demselben Schiff wie der Lord Admiral von Elisabeths Flotte, und doch konnten sie nicht zu ihm vordringen.

Er schickte einen jüngeren Offizier, der sich um sie kümmern und herausfinden sollte, wer sie waren. Thomasina sagte es ihm und fand sich von einem Jungen angestarrt und ausgelacht, der einfach berichtete, dass sie eine deutsche Frau mit Flecktyphus und eine verrückte Zwergin vor sich hätten. Niemand wollte für sie eine Nachricht überbringen.

Thomasina versuchte mit Hilfe von Elisabeths Ring an den Offizieren vorbeizukommen, die den Lord Admiral umgaben, und musste erleben, dass er von einem unverschämten Mann, der behauptete, Sekretär zu sein, gestohlen wurde. Als letztes Mittel hatte sie versucht, die Webeleinen hochzuklettern und die Takelage zu benützen, um das Achterdeck zu erreichen, wo der Admiral die spanische Halbmondformation mit einem holländischen Fernglas beobachtete. Nur um von einem der Soldaten von einer Leine gepflückt und kreischend zurück in ihre Kabine getragen zu werden, zu Rebecca, die weiß und still und wegen des Aderlasses halb ohnmächtig dalag.

Das einzig Gute war, dass die Armada eher langsam über das glänzende Meer nach Osten zog und noch nicht einmal an der Isle of Wight vorbei war. Die *San Salvador* war nach Weymouth geschleppt worden, und am nächsten Tag kamen Pinassen und Fischkutter mit Fässern voll venezianischen Schießpulvers und Kugeln, um alle englischen Schiffe, die knapp dran waren, mit Nachschub zu versorgen. Rebecca hatte den Engländern im Alleingang die Mittel für einen zusätzlichen Kampftag zur Verfügung gestellt.

Jetzt wurde wieder gekämpft. In der Ferne versammelten sich langsam die Schiffe, feuerten Geschütze ab, fuhren langsam voneinander weg, hinterließen große Rauchfedern, die sich allmählich in der stillen Luft auflösten. Der Admiral rief sie zu einem Kriegsrat zusammen, und die Kapitäne kamen aus ihren Skiffs an Bord geklettert, an der Spitze Drake höchstpersönlich, auf seinem runden Gesicht eine Mischung aus guter Laune und Frustration. An ihrer Kabine stand jetzt eine Wache, so dass Thomasina ihn nur durchs Bullauge sehen konnte.

Sie beschäftigte sich damit, Rebecca zu versorgen und wütende Briefe an die Königin zu schreiben, obwohl sie keine Hoffnung hatte, dass jemand sie überbringen würde. Als sie sich schlafen legte, bemerkte sie, dass Rebecca still und kalt war und sehr langsam atmete, und hatte entsetzliche Angst, sie könnte sterben. Sie wagte es nicht, den Idioten von Schiffsarzt zu rufen, der sie wieder zur Ader lassen würde. Ihr hatte nichts gefehlt außer Erschöpfung und übergroßer Nervenanspannung wegen der furchtbaren Folgen der Explosion. Trotzdem dachte Thomasina, ohne den Dummkopf Anthony Fant an ihrer Seite, der ihnen mit der Stimme eines Mannes Aufmerksamkeit verschaffte, würde keiner der großen Jungen, die sich an diesem harten Abenteuer ergötzten, ihnen irgendeine Beachtung schenken.

Sie trat gegen die Kabinentür und verletzte sich die Zehen, dann reagierte sie sich mit einem weiteren wütenden Brief ab und starrte durch das kleine Bullauge.

Ein Zweimaster fuhr mit vollen Segeln so nah es ging an die *Ark Royal* heran und drehte dann bei. Das Boot des Schiffes wurde zu Wasser gelassen. Als es in Sicht gerudert kam, konnte Thomasina eine bunt gekleidete Gruppe von Männern darin sitzen sehen und murmelte, jetzt kommt noch eine Gruppe dämlicher Hofgalants an Bord und wird mit ausgesuchter Höflichkeit behandelt, während man mich und meine Herrin missachtet … Und dann hörte sie eine Stimme, die sie zu kennen glaubte, und lehnte sich so weit wie möglich hinaus, um keinen anderen als Mr Robert Carey zu erblicken, den gut aussehenden Höfling, inoffiziellen Vetter der Königin und ausschweifenden jüngsten Sohn von Lord Chamberlain. Er sprang über die Lücke zwischen Boot und Bordwand der *Royal Ark* und lachte, als er beinahe hineinfiel.

»Mr Carey!«, kreischte sie. »Mr Carey, hier!«

Carey stieg weiter die Leiter hinauf, hielt dann inne. Hatte er sie gesehen? Ja, hatte er, denn er zog den Hut vor ihr, eine sehr gefährliche Sache angesichts des glitschigen Seils, an dem er sich festhielt, und sein Schwert drohte sich zwischen seinen Beinen zu verheddern. Es hatte seinen Grund, weshalb erfahrene Seeleute Kurzschwerter benutzten.

»Kommt mich besuchen!«, rief sie. »Schnell!«

Und dann konnte sie nichts tun, als auf und ab zu gehen und an den Fingernägeln zu kauen, in der Hoffnung, dass er es tun würde, aber er tat es nicht. Nichts geschah. Er muss vergessen haben, wer sie war, er würde nicht kommen, verflucht sei er. Wenn sie jemals wieder an den Hof zurückgelangten, würde sie ihm das Leben zur Qual machen. Qual? Sie würde dafür sorgen, dass er niemals mehr auch nur in die Nähe der Königin kam, der schwachsinnige, selbstgefällige, ruhmsüchtige, geldgierige …

Es klopfte an der Kabinentür. Sie rief »Herein« und erwartete den jungen Soldaten, der sie nicht herausließ und den üblichen Käse mit Zwieback bringen würde.

Carey, der sich fast auf halbe Körpergröße zusammenkrümmte, kam mit einem leicht amüsierten Gesichtsausdruck herein. Augenscheinlich starb er fast vor Neugier zu erfahren, wie die Närrin der Königin an Bord der *Royal Ark* gekommen war. Er sah, wie düster sie dreinblickte, und begann instinktiv, sie nach Höflingsart aufzuheitern, erzählte ihr, dass er es beinahe nicht hatte glauben können, als er sie gesehen hatte, bis er einen der anderen Höflinge, die das Flaggschiff verseuchten, über die Geschichte einer *Muliercula* lachen hörte, die versucht hatte, ein Seil hinabzurutschen, um zum Admiral zu gelangen, und die mit ihrer Herrin eingesperrt worden war, weil sie offensichtlich verrückt war. Es hatte ein paar Minuten und zwei Schillinge gekostet, sie zu finden.

Für Carey schien Thomasina genauso grimmig und wütend dreinzuschauen wie damals, als sie sich zum ersten Mal offiziell kennen gelernt hatten, auch wenn sie damals weniger mitgenommen ausgesehen hatte. Der Saum ihres kleinen Rocks hatte Flecken von Rauch und Meerwasser. Er küsste ihre Hand, wie er es bei jeder anderen Hofdame gemacht hätte, und musste sich eine solch unglaublich unwahrscheinliche Geschichte anhören, dass er sich nicht im Geringsten wunderte, warum die Offiziere sie vom Admiral fern hielten. Warum sollten sie zwei Frauen glauben, von denen eine offensichtlich krank und die andere eine Zwergin war?

Carey schaute zu Mrs Anriques hinüber, die schlaff und weiß in ihrer Koje lag und die Augen nur aufmachte, um etwas von dem verdünnten Wein zu trinken, den Thomasina ihr brachte. Er hatte die Königin zu dem Treffen im Marstall begleitet, aber das war alles. Er wusste sonst nichts von ihr, konnte aber wenigstens erkennen, dass sie diejenige war, als die sie sich ausgab. Thomasina dagegen kannte er gut.

»Gnädige Frau de Paris«, sagte er und hob die Hand, um ihren Redefluss zu unterbrechen. Er saß jetzt auf der Seekiste, entsetzt über das, was er hörte. »Gnädige Frau, wenn ich den Lord Admiral überreden kann, Euch anzuhören, wird das reichen?«

»Das ist alles, was ich will«, sagte Thomasina. »Ich weiß, dass er vielleicht trotzdem nicht auf mich hören wird, weil ich klein bin und Mrs Anriques nur eine Frau ist, ich weiß das. Aber zumindest habe ich ihm dann die Geschichte erzählt, und mein Gewissen ist rein.«

Carey nickte. »Ich kann nichts versprechen«, sagte er. »Ich bin nur einer von einem halben Hundert Höflingen, die dieses Schiff belästigen, und keiner von uns hat auch nur die geringste Ahnung vom Meer …«

»Warum seid Ihr dann gekommen?«, wollte Thomasina wissen.

»Um ein paar Spanier umzubringen und eine Menge Geld zu verdienen«, sagte Carey grinsend. »Was glaubt Ihr denn? Oh ja, und um für die Königin gegen die Papisten zu kämpfen selbstverständlich.«

»Ich würde euch Pack allesamt in den Laderaum stecken und als Ballast verwenden«, sagte Thomasina naserümpfend. »Wenigstens hättet ihr dann einen Wert.«

Carey fasste sich an die Brust, als sei er verwundet worden. »Grausame Dame, wie kann ich mich bei meinem Herrn für Euch einsetzen, wenn meine Augen von Euren scharfen Worten gerötet sind.«

Thomasina knurrte ihn nur an, also verneigte er sich und verließ sie.

Viel später am Abend bekam sie einen Zettel unter der Tür durchgeschoben. Darauf stand:

> An Mrs Thomasina de Paris, königliche Närrin
> Ich habe für Euch getan, was ich konnte, obwohl ich fürchte, dass es wenig genug ist. Cumberland und ich sind zu seinem Schiff unterwegs, der *Elisabeth Bonaventura,* da hier auf dem Schiff übermäßig viele Freiwillige sind. Glückliche Reise.
> Rbt Carey, Adelsmann

Worauf Thomasina wieder auf und ab lief und ihre Fingernägel kaute und verhalten fluchte. Sie schrieb noch einen Brief, der Carey ruinieren würde, und verbrannte ihn dann, weil er sicher alles getan hatte, nur konnte er, wie alle anderen, Frauen nicht ernst nehmen, am wenigsten eine, die nicht mal vier Fuß groß war.

Im ersten Morgenlicht wurden sie vom Geklapper des Beiboots geweckt, das zu Wasser gelassen wurde, und dann vom rhythmischen Rufen und Knarren, als es mit anderen Beibooten die *Ark Royal* ins Schlepptau nahm. Sie hatten die Nacht über ruhig dagelegen und waren ein bisschen von einer Seite auf die andere geschaukelt. Als Thomasina ihren Kopf so weit sie konnte zum Bullauge rausstreckte, sah sie, dass jeder Yard des Schiffes weiß von Segeln war, die verknittert wie Wäsche an der Leine hingen. Das Meer glitzerte im Sonnenlicht, und Meerestiere mit spitzen Flossen schwammen um das Schiff herum. Es war ein schöner Tag und viel zu heiß, um ihn eingeschlossen in einer Holzkabine zu verbringen.

Der Soldat bestand darauf, dass Mrs Anriques die Kabine unmöglich verlassen könne, jetzt da die Beiboote sie in den Kampf zogen und sie die Spanier daran hindern würden, auf der Isle of Wight zu landen.

Sie konnten es krachen hören und sahen andere Schiffe, die *Victory* von Hawkins und noch eines dahinter, und zwei spanische Schiffe, die Schwierigkeiten hatten und dahinschlingerten. Jenseits von ihnen hob sich, gesprenkelt mit weißen Häusern, die Landmasse der Isle of Wight aus dem Wasser.

Die Galeassen der spanischen Flotte kamen, die einzigen Schiffe, die sich ungehindert bewegen konnten. Es lief alles extrem langsam ab. Als die ersten Geschütze auf dem Schiff losgingen, sprangen sowohl Thomasina als auch Rebecca auf, dann lachte Thomasina.

Den ganzen Tag lang, während die *Ark Royal* sich dem Kampf anzuschließen versuchte, den Hawkins mit den zwei nachhinkenden Galeassen angefangen hatte, und in langsamer Abfolge die Kanonen dröhnten, hing Thomasina so weit es nur ging aus dem Bullauge und feuerte sie an. Die Galeassen versuchten, die Schiffe abzuschleppen, die Hawkins angegriffen hatte, und als sich die *Ark Royal* näherte, bellte eine Kanone nach der anderen los. Sie konnte zwischen den Rauchschwaden sehen, dass aus der Galerie der *San Lorenzo* Blut herauslief, wo Ruderer getötet und einige der Riemen zerbrochen worden waren. Irgendwann wurde sie von Rebecca weggezogen, die selbst schauen wollte und sich dann verzweifelt hinsetzte, voller Angst, dass Simon vom furchtbaren Geschützfeuer der *Ark Royal* getötet worden sein könnte. Eine leichte Brise kam auf, die eher die Spanier begünstigte, und es erschienen noch mehr spanische Schiffe. Eines war das Flaggschiff der Flotte, die *San Martin,* und die beiden großen Flaggschiffe segelten aneinander vorbei, und die spanischen Kanonen feuerten einmal, und die englischen Kanonen schafften es wie durch ein Wunder, zweimal zu feuern. Einmal setzte sich ein Metallklumpen im hell gestrichenen Holz genau über der Kabine fest, und ein andermal riss ein fliegender Holzsplitter Thomasina beinahe das Ohr ab, als sie sich umdrehte und mit Rebecca reden wollte.

Dann passierte etwas anderes, hörte man in weiter Ferne etwas platzen, und eine Weile später drehten die *San Martin* und ihre Begleitschiffe ab, um vom Eingang der Meerenge von Solent wegzusegeln.

Als der Abend anbrach, jubelten die Soldaten in den Takelagen, denn die spanischen Schiffe hatten ihre Chance, die Isle of Wight einzunehmen, inzwischen weit verpasst. Thomasina schrie zu ihnen hinauf, dass sie Narren seien, dass die Spanier nicht die Isle of Wight wollten, sondern Calais, und Rebecca sagte, sie solle den Mund halten.

Rebecca sah wie ein kleiner brauner Spatz aus, so dünn war sie geworden. Sie knabberte an einem Zwieback und schlürfte den Wein, und Thomasina fragte sich, wie sie jemals die Kraft gefunden hatte, die Königin von ihrer verrückten Mission zu überzeugen, wie sie es aushalten konnte, die ganze Zeit von Feinden umringt zu sein, sich von Anthony Fant herablassend behandeln zu lassen und dennoch in dieser Weise an ihrer Aufgabe festzuhalten.

Am Abend erzählte sie Rebecca, worum sie Carey gebeten hatte, und Rebecca nickte nur schweigend, sah alt aus, wie sie so brav dasaß, starrte zum Bullauge hinaus, wo im Westen ein unglaublicher Sonnenuntergang aufflammte und für morgen noch mehr Hitze ankündigte. Schließlich verlangte sie von dem

Jungen vor der Tür eine Kerze, Papier, Feder und Tinte und schrieb einen Brief, in dem sie berichtete, was sie gesehen und gehört und getan hatte.

Thomasina hatte das bestimmte Gefühl, es herrsche die Ruhe vor dem Sturm. Am Morgen war der Tag so still, dass sie den seltsamen Gesang der Meerjungfrauen durch den Schiffsrumpf hören konnten, während die kleinen Wellen wie Zungen an die Bordwand trappelten. Ihre winzige Kabine war schlimmer als ein Dampfbad im Bordell.

Als Thomasina den Kopf zum Bullauge hinausreckte, sah sie an den schlaff herunterhängenden Segeln, dass an diesem Tag nichts passieren würde, auch wenn es genug Pulver und Kugeln geben würde. Die Männer, die mit den Beibooten die *Ark Royal* und ihre Begleitschiffe in Schussposition gebracht hatten, um die Isle of Wight zu beschützen, mussten ausruhen, weil sie keine Galeerensklaven waren, die man zu Tode schinden konnte, sondern freie Männer.

Es war sowieso nicht nötig, da die Strömungen Medina Sidonia aufhalten würden, wenn er vorhatte zurückzukommen, um es noch einmal mit der Meerenge von Solent zu versuchen.

Und am Morgen kam der Junge mit dem flaumigen Kinn, der sich erst geweigert hatte, ihnen zuzuhören, und sagte, dass sie in einer halben Stunde seinem Herrn dem Hochadmiral ihre Aufwartung machen könnten.

»Ich bin zu krank und schwach von meiner schweren Arbeit unter den Spaniern, um zu ihm zu gehen«, sagte Rebecca geziert. »Würdet Ihr ihn bitten, so gut zu sein und hierher zu kommen? Dann würden wir auch kein Aufsehen unter seinen Seeleuten erregen.«

Das war unter anderem als Grund für ihre Festsetzung in der Kabine genannt worden. Der Junge zuckte zusammen und ging wieder. Er schaute gequält drein.

Sie mussten eine Weile warten, die Rebecca dazu nutzte, sich auf dem Bett zurechtzulegen und sich von Thomasina ein feuchtes Tuch über die Brauen breiten zu lassen.

Schließlich wurde an die Tür geklopft, der Junge öffnete, und Lord Charles Howard of Effingham zog den Kopf ein, um die Kabine zu betreten, die er vollkommen auszufüllen schien. Thomasina stand am Bett und schaute immer noch wütend drein, denn sie hatte den Lord Admiral zuletzt gesehen, als Ihre Majestät ihm eine Audienz im Besuchszimmer gewährt hatte. Offenbar hatte er sie nicht bemerkt.

»Mrs … Mrs Anriques?«, fragte der Admiral nervös. Er war ein großer, weißbärtiger Mann in den Fünfzigern, energiegeladen, ein vollendeter Diplomat und Menschenführer, erfolgreich sogar im Umgang mit dem vulkanischen Drake, der bekannt dafür war, sich wirklich schwer unterordnen zu können.

»Bitte vergebt mir, Herr Admiral«, sagte Rebecca mit schwacher Stimme, »ich bin zu erschöpft von meiner schweren Arbeit bei den Spaniern, um aufzustehen und Euch zu begrüßen.«

»Ich habe von Mr Carey eine sehr merkwürdige Geschichte gehört«, sagte der Admiral, der hoch über der Koje aufragte. »Kann es wahr sein, dass Ihr von Lissabon aus mit der spanischen Flotte gereist seid?«

»Ja, mein Herr.« Mit leiser, sanfter Stimme, die zu verstehen der Admiral sich deutlich anstrengen musste, erzählte Rebecca genauestens, was sie getan und gesehen hatte. Zahlen folgten: eine geschäftsmäßige Auflistung der Kanonen auf jedem Schiff, das sie als Anthony Fants Übersetzerin besucht hatte, eine Schätzung der Schießpulvermenge und der verfügbaren Kugeln, wie die Kanonen aufgestellt waren, wie sie geladen, wie sie zum Neuladen bedient wurden, wie lang es dauern konnte.

Zuerst traten dem Admiral die Augen aus dem Kopf, dass ihm eine Frau solche Dinge erzählte, aber nach einer Weile setzte er sich auf die Seekiste und fing an, präzise Fragen zu stellen.

»Ihr habt also die *San Salvador* in die Luft gejagt?«

»Sie hat ihr Leben dabei aufs Spiel gesetzt«, schimpfte Thomasina, die selbst etwas vom Ruhm abhaben wollte. »Nachdem ich den Mann, der die Tür bewachte, mit dem Messer niedergestochen habe und einen anderen, der versucht hat, sie zu entehren.«

Der Admiral schaute auf die Bodenplanken und schüttelte den Kopf. »Und Ihr seid in dieser Kabine eingeschlossen, seit Mr Hawkins Euch an Bord der *Ark Royal* gebracht hat?«

»Ja, mein Herr, obwohl Mr Hawkins und Euer Bruder uns mit aller Höflichkeit und Zuvorkommenheit behandelt haben, wurde mit uns umgegangen, als wären wir verrückt und unzurechnungsfähig. Ich bin nur vor Anspannung und Erschöpfung krank gewesen und leide nicht, wie man sagt, an Flecktyphus. Und auch nicht an Hysterie.«

Dem Admiral entwich ein Laut aus der Kehle, der irgendwo zwischen Husten und Lachen lag. »Und die Sache mit Calais? Es kommt mir ... dürftig vor. Wie sicher seid Ihr Euch?«

»Ich bin sicher, dass jede der Galeassen allein die Feuerkraft hat, um Calais einzunehmen. Ich bin sicher, dass mein Ehemann von der Inquisition verhaftet wurde, als er Erkundigungen darüber einholte, und dass mein Schwager sein Wissen unter Lebensgefahr erworben hat. Ich bin nur eine Frau, mein Herr, und kenne mich mit solchen Kriegsangelegenheiten nicht aus, aber es scheint mir eine höchst kluge Sache zu sein, einen Hafen wie Calais einzunehmen, wo die Spanier vor Stürmen und den Engländern sicher sind –«

»Ja, in der Tat. Ein Desaster. Gnädige Frau, meine herzlichste Entschuldigung. Würdet Ihr es vorziehen, jetzt an Land zu gehen, denn wir könnten Euch an Bord einer Pinasse gehen lassen, die ich wegschicke, um Nachschub an Pulver und Kugeln und Wasser zu besorgen.«

»Danke, mein Herr, nein. Ich bin zu diesem Unternehmen gestoßen, um meinen Ehemann zu finden, den ich auf der *San Lorenzo* habe rudern sehen. Ich bleibe, bis ich ihn befreit habe oder weiß, dass er tot ist.«

Der Lord Admiral nahm ihre Hand und küsste sie und tat das Gleiche mit Thomasina. »Zwei höchst tapfere Damen. Ich würde mich geehrt fühlen, wenn Ihr an Bord bleibt und vielleicht bei einem Rat das Wort ergreift, wenn es nötig sein sollte.«

Alles veränderte sich. Sie wurden zu einer viel besseren Kabine in der Nähe der Großen Kabine, wo der Admiral schlief, gebracht, vorbei an Hofgalants, die mit unbequemen Nischen und Spalten vorlieb nehmen mussten. Thomasina hörte, wie einer von ihnen klagte, es sei schlimmer als bei der militärischen Fortbildung, wo man Betten teilen musste, denn hier gab es nicht einmal Betten ...

Der Tag verging, und die Schiffe waren immer noch der heißen Sonne ausgesetzt. Es war, als hätten die Spanier das Wetter aus Lissabon mitgebracht. Thomasina und Rebecca lagen auf Kissen auf dem Achterdeck, und der Junge, der zuerst mit ihnen gesprochen und ihren Bericht falsch überbracht hatte, war dazu abkommandiert, ihnen mit einem Fächer kühle Luft zuzuwedeln. Der Kriegsrat fand in der Großen Kabine statt, mit dem Lord Hochadmiral, der höchst verwegen einige seiner Kapitäne zu Rittern schlug. John Hawkins ging als Mister hinein und kam als Sir John heraus. Er glühte vor Stolz. Sein ganzer qualvoller Dienst beim Seefahrtsamt, seine herkulische Schwerarbeit, um die hochnäsigen Schiffsbauer in Southampton und London davon zu überzeugen, dass ein Schiff umso besser segelt, je mehr es einem Fisch ähnelt, war in seinen glänzenden Augen allein durch den Zusatz eines Sir zu seinem Namen reichlich belohnt worden. Männer sind merkwürdige Wesen, dachte Thomasina, sehr, sehr merkwürdig.

Am nächsten Tag kamen einige Wolken und abkühlende Regenschauer mit heftigen Windstößen, die Katzenpfoten übers Wasser bliesen. Das Land kam in Bewegung, als sich die Segel ein bisschen blähten, die Schiffe gingen auf und ab und hin und her, aber vorwärts jetzt. Die Spanier segelten weiter, so langsam wie ihr langsamstes Schiff, die Engländer blieben ihnen auf den Fersen, und Kent zog an ihrer Linken vorbei, bis sie am Kap von Margate weiße Klippen sehen konnten, wo die Spanier immer noch in der Straße von Calais vor Anker gingen, nur ein paar Meilen von Calais entfernt.

Nach einem weiteren Kriegsrat schlugen sie die Trommel für den Gottesdienst. Thomasina stellte zu ihrer Überraschung fest, dass sie Tränen in den Augen hatte, als sie die erhabenen englischen Worte hörte, das englische Evangelium, die schöne Predigt, die der Kaplan hielt, und nichts von dem fremden Lateinisieren, kein Weihrauch, keine Glocken, keine kahl geschorenen Männer in aufwändigen Seidenkitteln. Einige der Jungen aus der Mannschaft piepsten einen Psalm für sie, den sie mit schrillen Stimmen seit dem Vortag geübt hatten, und mit der Begründung, dass es ein heißer Tag zum Singen sei, wurde eine Extraration Bier für sie ausgegeben.

Der Admiral sprach zu den Männern, bemäntelte nichts. Medina Sidonia auf der *San Martin* und Parma an der Rheinmündung seien nur fünfundzwanzig Meilen voneinander entfernt, zwei Armeen, die jede für sich schon groß genug sei, aber vielleicht unschlagbar, wenn sie sich vereinten. Egal. Mit den Engländern zwischen sich würden sie sich nicht vereinen. Und wenn irgendjemand dächte, die Ungleichheit von Zahl und Größe der Schiffe sei ungerecht, nun, dann sei dieser Jemand Medina Sidonia, denn jeder einzelne englische Seemann zähle so viel wie zehn Spanier, und dasselbe gelte für ihre Kanonen.

Die Soldaten jubelten und winkten mit ihren Uniformmützen, bis der nächste Schauer herunterkam und alle bis auf die Haut durchnässte.

Sie konnten die französischen Boote sehen, die mit Proviant beladen zu den spanischen Schiffen hinausfuhren, und es gab Gemurmel unter den Männern, die schon jeden zweiten Tag mit Zwieback und Käse und gepökeltem Rindfleisch vorlieb nehmen mussten. Nur die Furcht, für Lösegeld festgesetzt zu werden oder etwas von der ansehnlichen Beute zu verpassen, hielt die auf dem Mitteldeck zusammengedrängten Hofgalants davon ab, eine Skiff zu stehlen und abzuhauen, um in Calais Wein und Wildbretpasteten zu besorgen.

Der Lord Admiral war in der kleinen Ecke stehen geblieben, die Rebecca und Thomasina sich eingerichtet hatten, und sagte: »Ich habe nach den Feuerschiffen geschickt, Mrs Anriques, sie sollten morgen hier sein.«

Rebeccas schmales Gesicht zog sich zusammen. »Morgen? Aber wir sind hier, Calais ist nur ein paar Meilen entfernt. Schaut doch!«

»Wisst Ihr mehr darüber, Mrs Anriques? Ist Euch etwas anderes eingefallen?«

Rebecca starrte in den weiß gestreiften blauen Himmel. »Ich habe Don Hugo de Moncada kennen gelernt, den Admiral der Galeassen. Er ist ein kühner, aktiver Mann, ganz wie Sir Francis Drake. Aber sie werden nicht alles den Galeassen überlassen, da könnt Ihr sicher sein.«

Der Admiral nickte und ging weiter.

Ein Geschwader von vierzig Schiffen, geführt von Lord Henry Seymour, schloss sich ihnen am Nachmittag an. Und dann kam ein kleines Schiff im Zickzackkurs von der französischen

Küste herüber, glitt an den Ausläufern der spanischen Flotte vorbei und setzte sein Boot aus, ehe es langsamer geworden war. Der junge Mann darin kletterte an Bord und eilte direkt zum Admiral.

Als die Nacht anbrach, wurde ein weiterer Rat einberufen, und der Junge, der sie erst abgeschrieben hatte, wurde geschickt, um Mrs Anriques und Mrs de Paris zu holen, um dort zu sprechen.

Zuerst weigerte sich Rebecca entschieden hinzugehen. Sie hatte dem Admiral ihre Geschichte erzählt, er konnte sie seinen Kapitänen mitteilen, sie konnte unmöglich vor so einer Männerversammlung reden, so etwas hatte sie noch nie gemacht, das war nicht ihr Platz ... Und Thomasina stand auf dem Feldbett und zischte sie an, dass der Admiral wohl einen guten Grund habe, wenn er wolle, dass sie zu seinen Kapitänen spricht, und was sie denn für ein Feigling sei, nicht zu tun, was die Königin jeden Tag macht.

Die Große Kabine war von Kerzen und den orangefarbenen Streifen des Sonnenuntergangs erleuchtet, Karten von den Schifffahrtswegen vor Calais lagen auf dem Tisch. Drum herum standen die Kapitäne der englischen Flotte, murmelten und diskutierten miteinander in den breiten Dialekten von Devon, Cornwall und Norfolk.

Es wurde still, als Thomasina und Rebecca eintraten. Thomasina war entzückt von Rebecca: Sie trat in die Kabine und stand da wie eine Königin, bis der Admiral sie beide an den Tisch brachte.

»Mrs Anriques, *ma'am*, erzählt diesen Herren, was Ihr entdeckt habt und wie Ihr es entdeckt habt«, sagte der Admiral.

Thomasina kniff die Augen zusammen. Sie war mit dem Einsatz dramatischer Elemente vertraut und erkannte, dass der Admiral etwas vorhatte.

Rebecca sprach leise und scheu, erzählte von dem Codewort Wunder der Schönheit, das sie zu verstehen versucht hatte, und dass es bedeute, Calais sei in größter Gefahr.

Es war still, als sie geendet hatte, und die Männer um den Tisch herum verdauten den Gedanken, dass sie versuchen mussten, die spanische Flotte im Hafen von Calais eingeschlossen zu halten, während sie selbst mit dem Wetter in der Straße von Calais zu kämpfen haben würden.

Der Admiral räusperte sich und entfaltete einen Brief. »Der wurde mir per Schnellboot von Mr Robert Cecil gebracht, welcher sich den Friedenskommissären in Dünkirchen angeschlossen hatte, um die Spanier im Auge zu behalten.

> Mein Herr Admiral,
> ich schreibe in Eile, um Euch wissen zu lassen, dass ein englischer Renegat und eine etwa zweihundert Mann starke Truppe von Söldnern und Rebellen unterwegs nach Calais sind, in der Erwartung, die Zitadelle einzunehmen und die Geschütze daran zu hindern, den Hafen zu verteidigen. Sie werden heute Abend dort sein. Ich habe mich an die Verfolgung gemacht, kann aber nur zwanzig Mann mitnehmen.
> Euer ergebener Diener
> Rbt Cecil, Adelsmann

Das Geräusch, als Howard den Brief wieder zusammenfaltete, war wie leises Geschützfeuer vor dem blauen Klatschen des Meeres unter ihnen.

Hawkins unterbrach die Stille. »Wann werden die Feuerschiffe Walsinghams bereit sein?«

»Ich erwarte sie morgen, Montagmittag.«

Wieder Stille. Thomasina beobachtete Sir Francis Drake, der düster auf die Karte schaute. Das taten alle anderen auch. Er sprach langsam, anscheinend zu sich selbst. »Ich glaube, dass Gott uns die Nachricht von den Bösartigkeiten der Spanier auf die wunderbarste Weise durch eine Frau und eine *Muliercula* gesandt hat, um zu zeigen, dass es in Seiner Macht steht, sogar die schwächsten Werkzeuge als Seine Propheten zu benützen. Sind wir wie die Alten Jerusalems, als sie nicht auf Hesekiel hören wollten?«

Er schaute auf, die blauen Augen leuchteten sehr hell, und ein Grinsen breitete sich auf seinem runden, wettergegerbten Gesicht aus.

»Mein Herr Admiral, wir dürfen es nicht wagen zu warten.

Ich gebe Euch mein Schiff, die *Thomas,* zweihundert Tonnen Last, und meinen Kapitän John Yonge, damit er sie in Brand steckt und heute Nacht mit der Flut zu den Spaniern segelt.«

»Ich kann Euch keine Entschädigung dafür anbieten, Sir Francis«, sagte der Admiral ernst.

»Und ich will um keine bitten. Es ist ein Geschenk für Ihre Majestät, damit Ihr den unteren Bart und den Arsch des Spaniers versengen könnt. Ich bitte um Entschuldigung, *ma'am.*«

Es gab dröhnendes Gelächter, einige räusperten sich. Hawkins blickte ebenfalls finster drein, ziemlich aus der Fassung gebracht.

»Ich gebe Ihrer Majestät mein Schiff, die *Bark Bond*«, knurrte er. »Hundertfünfzig Tonnen, und Captain Prouse soll der Stellvertreter von Yonge sein.«

Der Admiral nickte und schaute die anderen Kapitäne spöttisch an. Innerhalb von zehn Minuten hatten sie acht große Schiffe und eine Menge Teer und Schießpulver und Farbe, um Feuerschiffe daraus zu machen.

Der Admiral lächelte Rebecca zu. Sie lächelte zum ersten Mal zurück und hatte vollkommen verstanden, wozu dieses Spiel gedient hatte, knickste und verließ die Kabine.

Am Abend lagen die acht Schiffe im Zentrum der versammelten englischen Flotte, und kleine Boote flitzten wütend mit allem Möglichen, das brennen würde, zwischen ihnen hin und her. Es gab sogar eine Kiste mit Feuerwerkskörpern.

Als die Nacht anbrach, arbeiteten sie bei Laternenlicht weiter, die Männer teerten die Takelage, und die ältesten Segel der Flotte wurden aufgezogen. Obwohl die Hälfte der Hofgalants auf der *Ark Royal* sich freiwillig zum Einsatz auf den Feuerschiffen gemeldet hatte, waren sie doch zum größten Teil mit breitschultrigen, bezopften Einwohnern Cornwalls bemannt, alle in den Fünfzigern und mit genügend starken Nerven, um so nah wie möglich an die Spanier heranzusegeln, bevor sie in die Boote umstiegen.

Thomasina und Rebecca blieben an der Reling an dem warmen Abend, spürten den frischen Wind auf den Gesichtern, während die hektische Arbeit weiterging. Als die vor Anker liegenden Schiffe sich schließlich mit dem Gezeitenwechsel umdrehten, hörte man Rufe, und eine wuselnde Vielzahl von Booten trug die Arbeiter von den Feuerschiffen weg. Die Männer stiegen in die Takelage der Schiffe, die sie vor den Spaniern abgeschirmt hatten, und begannen, den Weg freizumachen.

Die Schiffe segelten los, lautlos und schwarz in der Dunkelheit, und Laternen hingen von den Rahen. Sie konnten Rauch riechen, aber keine Flammen sehen, denn die Feuer waren unter Deck angezündet worden.

Zuerst fuhren sie langsam, und als sie mit dem Wind, der in ihre Segel drückte, Fahrt aufnahmen und sich der spanischen Flotte näherten, fingen die acht Schiffe an, in Flammen aufzugehen. Das Feuer leckte in die Takelage hinauf und krönte die Masten. Immer noch arbeiteten dunkle Gestalten dort und forderten einander heraus, länger an Bord zu bleiben, bedienten die Steuerruder, um die schönen, kurzlebigen Schiffe aus Gold, Rot und Orange direkt auf die spanische Flotte zuzulenken.

Jemand war hinter ihnen. Thomasina drehte sich um und sah die langen Beine des Lord Admirals, der wie sie zuschaute.

»Wunderschön«, sagte sie grimmig. »Auf dass sie viele Spanier umbringen.«

»Wenn sie nur die Formation aufbrechen, Mrs de Paris«, sagte der Admiral. »Mrs Anriques, ich bin Euch zu großem Dank verpflichtet, dass Ihr mit so großem Erfolg zu meinem Rat gesprochen habt. Wenn es irgendeinen Dienst gibt, den ich Euch erweisen kann –«

Rebecca wandte sich zu ihm um, das Gesicht seitlich von den mittlerweile weit entfernten Feuerschiffen erleuchtet. »Oh ja, Herr Admiral, Ihr könnt mir einen Dienst erweisen. Falls es eine Gelegenheit gibt, irgendeine Chance, wie klein sie auch sein mag, die Galeasse *San Lorenzo* zu entern und einzunehmen, gebt Ihr mir Euer Wort, es zu tun?«

»Ich kann nicht versprechen, dass irgendeine –«

»Das ist der einzige Dienst, um den ich Euch bitte. Dass Ihr mir helft, meinen Ehemann von der Galeerenbank zu retten. Versprecht mir das, wenn es Euch beliebt.«

Der Admiral neigte den Kopf zur Seite. »Euer Ehemann ist

ein Mann, der mit seiner Gattin und ihrer Treue großes Glück hat.«

»Werdet Ihr die *San Lorenzo* einnehmen?«

»Ja«, polterte der Lord Hochadmiral. »Ich gebe Euch mein Wort. Wenn ich die Galeasse einnehmen kann, werde ich es tun.«

Edward Dormer

Flandern, 1588

Als er zurückkam, nachdem er den Kartenzeichner getötet hatte, empfing ihn Parma persönlich, klopfte ihm persönlich auf den Rücken und schüttelte ihm die Hand. Edward strahlte und fühlte sich geehrt, erfreut über die goldgefüllte Börse, noch mehr aber entzückt von dem nach Parmas Maßstäben, aber auch nach seinen eigenen, überschwänglichen Lob. Tatsächlich hatte ihn niemals zuvor jemand so sehr gepriesen, nie hatte er etwas getan, das so uneingeschränkt auf Zustimmung gestoßen war. Seine Bemühungen um die Priesterschaft, die qualvollen Anstrengungen, seinen Körper im Dienst für Gott zu kasteien, das alles trat in den Hintergrund angesichts von etwas, das er wirklich zu tun verstand.

Er eskortierte zehn Schaluppen auf einem Kanal und vertrieb einige zerlumpte Bettlerärsche, die sie zu schnappen versuchten. Er nahm zwei kleine Festungen ein und trieb mehrere Kuhherden der Butterfresser zusammen, um die Truppen zu versorgen. Die meiste Zeit patrouillierte er am neuen Kanal, den Parma gebaut hatte, um sein Heer an die Nordsee zu bringen, wenn die Armada in der Straße von Calais war.

Er verbrachte eine wundervolle Zeit. Piers Lammett schloss sich ihm an, in Leder gekleidet und so geheimnisvoll wie immer. Sie gingen zusammen in dunkle Ale-Häuser, die wunderbar klebriges Bier aus Kirschen ausschenkten, und tranken.

»Hast du jemals herausgefunden, warum Seine Gnaden Van Groenig umbringen lassen wollte?«, fragte Lammett, als der Kellner noch ein Fass Kirschbier anzapfte.

Edward verzog angestrengt die Stirn, um sich zu erinnern, wobei ihm die vier Humpen Ale nicht viel halfen. »Wen?«

»Den Mann, wegen dem du nach England geschickt wurdest, um ihn zu töten. Lieber Gott, Ned, hast du mir damals Leid getan, ich war sicher, dass du festgenommen wirst und Walsingham dich an einer Säule baumeln und auspeitschen lässt, um deinem Gedächtnis nachzuhelfen.«

»Als ich nach England gegangen bin, wusste ich überhaupt nichts über Parma oder das Heilige Unternehmen«, sagte Edward, den das Bier wesentlich langsamer werden ließ.

»Genau. Niemand hatte erwartet, dich wiederzusehen. Als du auf der *Fortune* zurückgehüpft kamst, dachten wir zuerst, du seist umgedreht worden, aber offenbar war das nicht der Fall. Seine Gnaden waren sehr beeindruckt, und ich habe ihm gesagt, dass du ganz klar natürliches Talent besitzt.«

Edward nahm das Lob als angemessen hin. Er dachte an den grünen, unerfahrenen Jungen zurück, der er vor sechs Monaten gewesen war, und empfand freundliche Herablassung für ihn. »Weißt du schon, dass ich Becket umgebracht habe?«

»Hast du das?« Lammett lächelte und hob seinen Humpen. »Wie?«

»Genauso, wie du es mir beigebracht hast, hinter ihn treten, sein Haar packen und ihm ins Auge stechen. Hat bei beiden ausgezeichnet geklappt.«

»Oh ja. Und er hat dir keine Schwierigkeiten gemacht?«

»Nicht viel. Er versuchte zu kämpfen, aber er konnte sein Schwert nicht rechtzeitig ziehen –«

Lammett hob die Augenbrauen. »Überrascht mich, dass er das versucht hat. Er sollte doch wissen, dass ein Schwert in der Nähe wenig bringt.«

Lammett schien im Stillen zu bezweifeln, dass er Becket überhaupt umgebracht hatte – er sagte es nicht offen, er sah nur nicht völlig überzeugt aus. Edward grunzte, nahm die Beine vom Tisch und fummelte aus seinem Beutel die Segeltuchbörse heraus, die einer seiner Männer für ihn angefertigt hatte, damit er die Trophäen der von ihm persönlich umgelegten Männer aufheben konnte. Er hatte das Gefühl, es würde seiner Seele gut tun, sich daran zu erinnern, wie viele er im Dienst Gottes tatsächlich zur Hölle geschickt hatte. Etwas an der Anzahl war wichtig. Nicht dass er kindisch genug gewesen wäre zu glauben, er würde in seiner Villa im Himmel ein weiteres Zimmer für jeden Ketzer bekommen, den er vernichtet hatte, aber dennoch … Man musste dafür sorgen, dass man sie nicht durcheinander brachte, denn jeder war ein Mensch, war ein hoffnungsvolles Kind gewesen, war von den Übeln der Ketzerei verdorben und in die Irre geführt worden, und sein Leben wurde am Ende von Edwards Klinge abgewürgt. Gottes Gerechtigkeit war eine schreckliche Sache.

Lammett sah mit großem Interesse zu, als er die kleine Brieftasche aufmachte und auf die zweite Haarlocke deutete, gekräuselt, sandfarben, nicht sehr lang.

»Da. Das ist Beckets Haar.«

»Ach«, sagte Lammett und trank noch einen Schluck Bier. »Und ich habe immer gedacht, er sei dunkelhaarig.«

»Nein, er hat sich als Mr Becket vorgestellt, als er die Seeleute nach mir gefragt hat«, sagte Edward und schob bei diesem weiteren Zweifel sein Kinn ein wenig vor.

»Nun denn«, sagte Lammett und prostete Edward mit seinem Humpen zu. »Dann gibt es keinen Zweifel. Herzlichen Glückwunsch, mein Herr, ich kann mir keinen größeren Schlag für das Heilige Unternehmen Seiner Majestät vorstellen als den Tod David Beckets.«

Edward legte höflich den Kopf auf die Seite und fragte sich, weshalb er im Augenblick so empfindlich war. Es kam ihm schrecklich lange vor, darauf zu warten, bis die große Armada im Kanal war, damit sie endlich an Bord der Schaluppen gehen und übers Meer fahren konnten. Alles was er tat, war auf dieses Ziel gerichtet, aber es schien belanglos und unwirklich im Vergleich zu seiner Sehnsucht, nach Hause zurückzukehren und England für den wahren Glauben zu erobern.

»Was Van Groenig betrifft …« Bei Edward regten sich Schuldgefühle, dummerweise, denn der Mann war schließlich drauf und dran gewesen, Parma für Geld zu verraten. »Van Groenig hat auch keine Schwierigkeiten gemacht«, sagte er lächelnd und trank noch mehr Kirschbier.

Wie es so kam, als er Lammett das nächste Mal traf, warteten sie beide in Parmas Vorzimmer auf ein Gespräch mit ihm. Der Bedienstete führte sie hinein, und als sie nebeneinander knieten, winkte Parma mit der Hand, sie mögen aufstehen, und rief nach Wein.

»Ich habe einen besonderen Auftrag für Euch«, sagte er, »bei dem ihr Partner sein sollt. Es wird für die gottgefällige Befreiung Englands aus den Schlingen der Ketzerei sein.«

Alexander Farnese, Herzog von Parma, sprach selten so blumig, und Edward blinzelte ihn verblüfft an. Lammett fing seinen Blick auf und schaute angestrengt auf einen der Wandbehänge, wo eine leichte Ausbuchtung war.

Parma lächelte schwach. »Diese Mission, befohlen von Seiner Höchst Katholischen Majestät König Philip von Spanien und den Niederlanden, ist in diesen versiegelten Befehlen enthalten. Ihr sollt eine Truppe von etwa vierhundert Mann rekrutieren, alles erfahrene Soldaten, aber mit der Vorgabe, dass keiner Franzose oder Spanier ist, und dann sollt Ihr den Unterhändlern bei den Friedensverhandlungen in Dünkirchen beistehen. In dem Augenblick, da die unbezwingbare Armada des Königs im Kanal gesichtet wird, sollt Ihr die Befehle aufmachen und bis in die kleinsten Einzelheiten befolgen.«

Schiere Aufregung ließ Edwards Ohren hämmern.

»Als Vorsorge gegen Unfälle sind die Befehle in zwei Hälften geteilt, und jeder von Euch bekommt eine Hälfte, die in einem Code verfasst ist, für den jeder von Euch den halben Schlüssel bekommt. So wird, auch wenn einer von Euch unglücklicherweise einem von Sir Francis Walsinghams Männern zum Opfer fällt, wenigstens das Geheimnis bewahrt.«

»Was tun wir, wenn das geschieht?«

»Wenn die Armada kommt, müsst Ihr zu ihnen hinausrudern und Euer Problem dem Herzog von Medina Sidonia erklären, der auch seine versiegelten Befehle geöffnet haben wird. Er wird Euch sagen, was Ihr zu tun habt, und mit der Gnade Gottes werdet Ihr es schaffen und das Wunder vollbringen, mit dem die Armada die Meerenge gegen die Engländer zu halten vermag, bis ich und meine Truppen unsere Schaluppen besteigen und hinübersegeln können. Anders ist die Sache nicht möglich, was Euch, da bin ich sicher, klar sein wird.«

Lammetts Kopf war hochgeschossen, als Parma sprach. Seine Augen schienen glühende Löcher in seinem Kopf zu sein, so heftig war seine Bereitschaft, der gerechten Sache zu dienen.

»Hängt alles von uns ab, Euer Gnaden?«

»Nicht vollständig. Aber Ihr habt eine höchst wichtige Rolle zu spielen, und deshalb ist es unbedingt nötig, dass Ihr Euch in Dünkirchen bereithaltet. Ihr werdet meinen Unterhändlern als Wachmannschaft zugeteilt, aber ich erwarte, dass Eure Truppe in dem Moment handlungsbereit ist, wenn das Heilige Kreuz im Kanal auftaucht. Versteht Ihr?«

»Ja, Euer Gnaden«, sagte Lammett. »Danke.«

»Irgendwelche Fragen, Mr Dormer?«

»Haben wir Geld und Waffen für die Truppen oder müssen wir die selbst auftreiben?«

Parma lächelte Edward freundlich an. »Natürlich werden die gestellt. Das Letzte, was ich will, sind irgendwelche unabhängigen Unternehmen, um Geldmittel oder Munition einzutreiben. Bei allen Fragen des Vorgehens soll Mr Dormer die Führung übernehmen. Beim militärischen Vorgehen soll Mr Lammett beraten. Und Ihr werdet alles bekommen, was benötigt wird.«

Und so war es auch. Sie bekamen königliche Vollmachten und zwanzig Mann, um die beiden Fuhrwerke mit Goldbarren und Gewehren zu bewachen. Sie machten sich sofort auf den Weg nach Süden und hofften, in dem vom Krieg erschütterten Grenzland zwischen Flandern und Frankreich Soldaten zu finden.

Zwei Wochen später, nachdem sie gegen den wütenden Widerstand der verschiedenen Heerführer in der Gegend, die fast alle mit Parma abgemacht hatten, Truppen für die Invasion von England zu stellen, gerade mal dreihundert Mann rekrutiert und ein Drittel wegen Desertion sofort wieder verloren hatten, kamen Dormer und Lammett nach Dünkirchen. Es war ein matschiges, armseliges Fischerdorf, das auf den englischen Kanal hinausblinzelte und von Menschen überlaufen war, da die Friedensunterhändler Ihrer Majestät Königin Elisabeths und auch jene Seiner Majestät König Philips samt ihrer jeweiligen Dienerschaft und ihren Wachmannschaften dort Unterkunft genommen hatten. Nirgendwo gab es Platz, nicht mal in den

Ställen der heruntergekommensten Wirtshäuser, und so verteilten sie widerwillig und gegen besseres Wissen ihre Truppen auf Quartiere in den umliegenden verdreckten Bauernhöfen. Die meisten Bauern, die gegen die üble Invasion protestierten, waren schon an Einquartierungen gewöhnt und schauten Dormers hässliche Deutsche und Italiener und abtrünnige Engländer in etwa so abschätzig an wie Schweine, die sie auf dem Markt kauften. Ihre Töchter taten es ihnen gleich. Was den Preis für Essen anbelangte …

»Ein Fass gesalzene Fische für ein Goldstück?«, knurrte Dormer. »Sie fangen sie da draußen, salzen sie hier, wie können die auch nur –«

»Wo sollen wir denn sonst hingehen?«, bemerkte Lammett philosophisch. »Das Land ist leer gefressen, und die Friedensunterhändler bieten Spitzenpreise.«

»Bastarde«, schnaufte Dormer. »Wozu sollten wir denn Frieden wollen?«

Lammett lachte. »Es geht meist nur darum, wer zuerst blinzelt.«

Sie richteten sich ein wie alle anderen auch, stritten über Preise, versuchten von Ale-Weibern, die immer zuerst Münzen sehen wollten, Bier auf Kredit zu bekommen, und warteten wie alle anderen auch mit angehaltenem Atem darauf, dass die Schiffe im Kanal erschienen.

Die ersten drei Deserteure, die Dormer erwischte, wurden ausgepeitscht, den vierten und fünften hängte er auf. Danach nahm die Zuwachsrate etwas ab. Die Friedensunterhändler machten gute Fortschritte, was die Größe und Form des Tisches betraf, an dem sie über den Frieden verhandeln wollten, aber auch in der Frage, wer wo sitzen sollte. Der bucklige Sohn von Elisabeths Schatzmeister Robert Cecil wurde manchmal dabei gesehen, wie er am kleinen Fischerkai mit einer Gefolgschaft großer, griesgrämiger Engländer frische Luft schnappte. Jeder fühlte sich elend.

Dormer brauchte jeden Abend mehr Branntwein, um schlafen zu können. Das versiegelte Wachspapierpäckchen kam nie aus der Vorderseite seines Wamses heraus. Es schien ihn zu verbrennen, wenn es knisterte. Manchmal, wenn er betrunken war, holte er es heraus und schaute es an, aber er wusste, dass aus gutem Grund ein so dunkles Geheimnis daraus gemacht wurde, und er versuchte sein Bestes, um den Herren und dem König, die wussten, was sie taten, zu vertrauen. Er wies die vielen Huren ab, die versuchten, ihn zur Todsünde zu verführen, aber er litt auch unter den nächtlichen Angriffen von Sukkuben, woraus er schloss, dass Dünkirchen voller Hexen war. Er ging regelmäßig zur Beichte wegen seiner geschlechtlichen Sünden, lüstern nach Huren zu schauen oder lüstern an sie zu denken, aber die einzigen Alternativen waren stämmige Fischerfrauen und ihre Töchter, die nur geringfügig weniger stämmig waren und nach Fisch stanken. Es geschah auch, dass er ketzerisch darüber nachdachte, wie schlimm der heilige Petrus und die anderen Fischer unter den Aposteln gestunken haben mussten. Auch das beichtete er dem ausgelaugten Kurat von der Dünkirchener Gemeinde und musste als Buße einen weiteren Rosenkranz aufsagen.

Sie verloren noch einige Männer durch die Rote Ruhr und machten sich erschöpft daran, Ersatz zu rekrutieren. Zu dieser Zeit tauchte Lammett mit dem elendsten Paar mutmaßlich baldiger Deserteure auf, das Dormer je gesehen hatte.

Einer war ein breiter, schwarzhaariger, schwarzbärtiger, düster dreinblickender Schlägertyp mit einem Gesicht, das ihm aufreizend bekannt vorkam. Der andere war auf den ersten Blick sein Sklavenjunge, aber als er aufstand, wurde deutlich, dass es seine Sklavenfrau war.

Dormer schluckte schockiert beim Anblick der Frau, die wie ein Mann gekleidet war, da sie ja so offensichtlich eine Frau war, und er vergaß darüber nachzudenken, wo er ihren Herrn schon mal gesehen hatte.

»Neue Rekruten«, sagte Lammett triumphierend.

»Die?«

Sie waren zerlumpt und schauten hungrig aus. Beide hatten Kurzschwerter, aber keine andere Bewaffnung und keinen Harnisch oder Pferde. Sie wechselten Blicke, als er sprach, und die Frau grinste.

»Ich nehme den Mann, die Frau kann gehen und … Wäsche waschen, nehme ich an.«

Der Mann schaute höchst amüsiert drein bei diesen Worten, und die Frau blickte düster. »Ich kämpfe«, sagte sie. »Ich kämpfe gegen Euch, um zu beweisen, dass ich es kann.«

Schließlich kreuzte sie mit Lammett gekonnt die Schwerter und zeigte, dass sie auch mit einem Gewehr umgehen konnte. Lammett zuckte die Schultern und sagte, was sie bräuchten, seien frische Leute, die kämpfen konnten, egal, wer sie waren, und gegen seine Überzeugung gab Dormer nach.

Der Mann behauptete, Smith zu heißen, und sagte, er habe so viel Erfahrung, dass er unmöglich alles aufzählen könne, dass er aber bei der Belagerung von Haarlem dabei gewesen sei und auch bei der Schlacht von Zutphen, wo dem englischen Kommandeur Sir Philip Sidney seine tödliche Wunde verpasst worden war, und zwar, wie er behauptete, von ihm persönlich. Er sei ungeschickt mit dem Schwert, wegen einer alten Verletzung an Schulter und Handgelenken, aber er würde es auf sich nehmen, jede Truppe von Deserteuren und Krüppeln zu Soldaten zu machen.

Lammett schien ihn zu mögen, und so wurden sie eingetragen, der eine als David Smith, und die andere, die nur mit ihrem Zeichen unterschrieb, als Merula.

Das Warten ging weiter, belebt von gelegentlichen Regenstürmen und Tagen mit schiefergrauem Himmel. Es war ein schlechter Sommer, und wie Lammett grimmig sagte, als sie einmal im Abflussgraben der Stadt über einen Ekel erregenden Leichnam stolperten, erwarteten die Leute offensichtlich eine Hungersnot, wenn die Frauen anfingen, ihre neugeborenen Babys zu töten.

Dann drehte der Wind und wehte aus Südwesten, die Sonne kam heraus, der meiste Regen verschwand und die schlammigen Straßen von Dünkirchen wurden staubig. Schließlich einigten sich die Friedensunterhändler zur beiderseitigen Zufriedenheit auf einen runden Tisch und machten sich daran zu beschließen, wer wo sitzen sollte und in welcher Reihenfolge sie das Sitzungszimmer betreten würden.

Es war an einem Tag mit starken Schauern, als Dormer in ein kleines, dumpfiges Wirtshaus ging, das geringfügig weniger für seinen Branntwein verlangte, weil er kräftig mit Wasser verdünnt wurde. Er fragte den Kellner, ob er wüsste, wo David Smith sei, und der Mann zuckte die Schultern, holte Atem, um etwas zu sagen.

»Er wird in einer Stunde hier sein«, sagte eine undefinierbare Stimme, tief, leise, klar, schwer zu sagen, ob männlich oder weiblich. Dormer blinzelte in die Schatten am Ende des Gastraums, und nachdem er die Augen fest zusammengekniffen hatte, erkannte er die Gestalt von David Smiths Sklavin Merula, die sich in ihren Umhang gehüllt hatte, obwohl sie neben dem Feuer saß, und düster auf einen Lederbecher mit wahrhaft scheußlichem leichtem Ale starrte. Dormer hatte aus Erfahrung gelernt, dass man in diesem Etablissement besser kein leichtes Ale bestellte.

»Weißt du, wo er hingegangen ist?«, fragte er, und die Frau zuckte die Schultern, seufzte dann, setzte ihr Getränk ab und deutete auf die Bank ihr gegenüber.

»Wartet Ihr mit mir?«, fragte sie, und ihre Stimme war ein kleiner Singsang. Dormer hatte nie zuvor mit einer Afrikanerin zu tun gehabt, geschweige denn einer gegenübergesessen, obwohl er einige Leute gekannt hatte, die schwarze Sklaven für sich arbeiten ließen und sie sehr lobten, weil sie stark und zäh waren.

Dormer hatte keine Vorstellung, wie er sie behandeln sollte, was für eine Art Mensch sie war. Sie war kein Mädchen, sondern eine Frau, dennoch hatte sie ein Schwert an ihrem Gürtel. Sie war so dunkel, dass ihre Augen und Zähne durch das Licht des Feuers von alleine zu leuchten schienen. Einige ihrer Zähne waren gespitzt wie bei einem Hund, und doch sprach sie ganz sanft. War sie … schlief sie mit David Smith im selben Bett?

Allein der Gedanke ließ seine Haut kribbeln und verschlug ihm den Atem, in einem solch angespannten Zustand war er wegen der Huren. Wenn sie es mit David Smith machte … Einige Sekunden lang blinzelte er nur dümmlich auf sie hinunter, beantwortete nicht einmal ihre vollkommen zivilisierte Einladung, weil er von ihrem fremdartigen Aussehen und seinen eigenen verschlungenen Spekulationen so hypnotisiert war.

Plötzlich sah sie ihn direkt an und lächelte. »Ich habe meine

Freilassung, was Ihr vielleicht wichtig findet. Ich bin noch nicht in dem Geschäft, meine Frauengrotte an unbekannte Männer zu verkaufen. Also verschwendet bitte nicht meine Zeit, indem Ihr mir Geld oder Perlen oder Essen oder Heirat anbietet.«

Worüber redete sie da? Frauengrotte? Sie machte eine Soldatengeste, die so krass war, dass Dormer rot wurde. Oh. Wie hatte sie seine Gedanken lesen können?

Und sie lächelte wieder, geheimnisvoll, trank, deutete auf die Bank. Fast gegen seinen Willen setzte er sich und bestellte Branntwein, lud sie sogar auf ein Getränk ein, als wäre sie ein Mann.

Sie lächelte und schüttelte den Kopf. »Ich versuche, nicht so viel Schnaps zu trinken«, sagte sie.

»Warum?«, fragte Dormer, der von ketzerischen Protestanten gehört hatte, die gegen das Trinken waren, weil es zu Zügellosigkeit und Sünde führte – man denke nur, sagten sie, an die Geschichte von Lot und seinen Töchtern.

Sie schüttelte den Kopf. »Es schneidet mich von meinen Göttern ab.«

Dormer blinzelte sie wieder dümmlich an, als der Junge einen Becher Branntwein brachte. An Ketzer war er gewöhnt, er hatte von Mauren und Juden gehört, die sich der Botschaft Jesu verweigerten, aber nie zuvor hatte er einen echten Heiden getroffen.

»Götter?«, fragte er.

»Oh … ich sollte sie Engel nennen.«

»Wer bist du?«

»Ich bin die Schwester eines großen Königs in meinem Land, wo es eine anständige Sonne gibt, und was wichtiger ist, ich bin die beste umgedrehte Frau, die es jemals gegeben hat. Oder ich war es. Jetzt bin ich leider richtig herum, und ich glaube, das kommt vom Schnaps.« Sie schaute missbilligend ihren Humpen an. »Ich würde ja Wasser trinken, aber da wird mir schlecht von. Ihr habt viele Rote-Ruhr-Dämonen hier.« Sie schaute ihn scharf an.

Er war fasziniert. »Erzähl mir von deinen Göttern«, sagte er.

»Warum? Sie sind nicht Eure Götter. Ihr dient einer Art nördlichem Gott.«

Er konnte das als wahrer Sohn der Kirche nicht durchgehen lassen, obwohl er kein Priester war und nie nach Übersee befohlen werden würde, um den umnachteten Wilden der Neuen Welt die Wahrheit zu bringen. Andererseits saß ihm hier eine umnachtete Wilde gegenüber, und Gott musste einen Zweck verfolgen, dass er sie beide zusammengebracht hatte. Er schüttelte den Kopf über die Einfältigkeit der Frau.

»Ich diene nur einem Gott, dem einen, wahren Gott, der alles erschaffen hat.«

Sie blinzelte ihn an wie eine Eule. »Wirklich?«

»Ja.« Er musste unwillkürlich über die wunderbare Gelegenheit lächeln. »Es mag dir seltsam vorkommen, dass es nur einen Gott über allem gibt, jenseits von allem, unendlich und allmächtig –«

»Nein, überhaupt nicht«, unterbrach sie ihn. »Ich bin nur überrascht, dass ein ...«, sie verwendete seltsame Wörter, die er nicht verstand, »das wissen sollte.«

»Was wissen?«

»Dass es nur Einen gibt, der alles gemacht hat.«

»Wie hast du mich genannt ... diese Wörter, die du benutzt hast?«

»Oh«, hustete sie. »Seid nicht beleidigt, bitte, aber für mich seid ihr Nordmenschen alle so seltsam und so hässlichfarben, ich nenne euch ... äh ... haarige ... Gespenster, und ich habe Euch auch Einer-der-Dämonen-nachfolgt-und-sie-für-Götter-hält genannt, was unfair von mir war, weil Ihr ja von dem Einen wisst.«

Irgendwie lief ihm der Branntwein, als sie das sagte, in die falsche Kehle, und er hustete und würgte. Sie zog die Stirn in Falten und sah besorgt aus, sie streckte eine lange, harte, schwarze Hand herüber, um seinen Arm zu berühren, während er krächzte.

»Es tut mir Leid, wenn ich Euch beleidigt habe«, sagte sie. »Aber auch Mr ... Mr Smith sagt mir, ich solle mich vor den Priestern hier in Acht nehmen, wenn sie hören, dass ich einem Wahren Gott folge, und das solltet Ihr auch, denn wenn sie herausfinden, dass Ihr nicht ihrem Leidenden-Jesus-Gott folgt in diesem Land, dann werden sie Euch dafür verbrennen.«

Ein weiterer Schluck Branntwein half überhaupt nicht, tatsächlich machte es seinen Hustenanfall schlimmer. Er schaffte es zu ächzen: »Natürlich diene ich Unserem Herrn Jesus Christus.«

»Gut«, sagte die Frau, »das ist gesünder für Euch. Nun, ich habe gesagt, ich werde getauft und diene auch dem Jesus-Gott, wenn es die Priester hier zufrieden stellt, ich werde seine Lieder lernen und Opfer bringen, denn ich will nicht verbrennen. Aber wenn ich umgedreht bin, diene ich dem Einen, der alles geschaffen hat, wie meine Lady Leopard, denn das muss ich. Wenn ich richtig herum bin, werde ich selbstverständlich demjenigen Gott dienen, der für mich am besten ist.«

Er hatte sein ganzes Leben lang niemals solch ausgemachten Unsinn gehört, aber etwas in ihm hielt ihn davon ab, auf die Wilde wütend zu werden. Es war kaum ihr Fehler, sie war schließlich unschuldig und ungebildet.

»Du verstehst das nicht«, flüsterte er und wischte sich die Tränen vom Husten aus den Augen, »es gibt nur einen Gott, und Unser Herr Jesus ist Sein Sohn.«

»Ah«, nickte sie weise. »Also ein Halbgott. Ich stamme von einem ab, denn eine Frau ist auf einen Baum geklettert, als sie von der Lady Leopard gejagt wurde, und fand die Königsschlange und paarte sich mit ihr und sie gebar Kinder, die Halbgötter waren.«

»Nein, nein, nein … Nur einer, aber drei Personen … Siehst du, es ist eine Sache der heiligen Dreifaltigkeit.« Er zermarterte sich den Kopf, wie er einer Heidin so eine theologische Feinheit erklären könnte, und wünschte, er hätte ein Kleeblatt in der Nähe, wie St. Patrick. »Stell es dir vor wie einen Stängel mit drei Blättern, und dennoch nur ein Stängel, alles ein und dieselbe Pflanze. Das ist wie die heilige Dreifaltigkeit. Ein Gott, drei Personen, der Vater, der Sohn und der Heilige Geist, alle von einer Substanz …«

Sie schien nicht beeindruckt. »Nur drei? Sicherlich hat Gott einen großen Baum mit vielen Zweigen, vielen Stämmen, aber nur ein Baum. Und jeder von uns ist ein winziges Blatt.«

»Eh?«

»In meinem Land haben wir wunderbare Bäume – die Art von Baum, auf den die Schlange geklettert ist. Er fängt mit einem Samen an, wie alle Pflanzen, und wächst wie jeder Baum und schickt seine Äste aus. Und dann schicken die Zweige Wurzeln auf den Boden, und wenn die Erde gut ist, schlagen sie Wurzeln und machen einen weiteren Stamm, der mehr Äste schickt. Manche haben so viele Äste, sie sind selbst wie ein Wald. Jeder Stamm ist ein Gott. Es gibt ein Lied, das wir über die Götter haben und wo man sie jagen geht – ich könnte es für Euch singen, wenn Ihr wollt?«

Dormer starrte sie an. Sicherlich war das Ketzerei, was sie da sagte, theologischer Unsinn ... Und doch schien es Sinn zu haben, wenn es tatsächlich solche Bäume gab? Nein, sicher nicht. »Ähm. Lass mich dir über Unseren Herrn Jesus Christus erzählen.«

Sie schaute zufrieden aus. »Das wäre sehr schön. Niemand erzählt mir was über ihn, aber alle sagen, ich solle ihm dienen.«

Er gab sein Bestes, um die Geschichte für eine einfache Wilde verständlich zu machen, und doch fragte sie Dinge, die ihm Sorgen machten. Sie schien die Vorstellung, dass die Menschheit zu allererst gerettet werden musste, sehr schwer zu verstehen, und doch sträubte sie sich nicht gegen die Wiederauferstehung und die Himmelfahrt. Am Schluss nickte sie zustimmend.

»Na, das ist ja eine schöne Gotteserzählung«, sagte sie. »Ich bin sicher, es muss viele Tage dauern, um sie richtig zu singen. Würdet Ihr jetzt irgendeine von meinen Gotteserzählungen hören wollen? Ich kenne viele gute, von vielen Stämmen, viele über die Große-Mutter-von-allem.«

Dormer hatte keine Zeit für die kindischen Erzählungen von Heiden. Er musste gehen und nachschauen, ob es irgendeine Nachricht von Parma gab, er musste gehen und den Horizont nach Zeichen der Armada absuchen, die jetzt sicherlich auf dem Weg den Kanal hinauf war. Zwei Tage zuvor hatte er geglaubt, eine Art Donnern zu hören, das fernes Geschützfeuer gewesen sein könnte.

»Nein danke«, sagte er und versuchte, höflich zu sein. Schließlich war sie auch ein Kind Gottes, trotz ihrer seltsamen Haut und noch seltsameren Vorstellungen, nur wusste sie es noch nicht. »Aber du musst daran denken, dass all deine Götter Dämonen sind.«

Sie starrte ihn an. »So denkt Ihr also?«

»Es stimmt. Alle Götter sind falsch, bis auf den Allmächtigen in Seinen drei Personen.«

Und sie riss ihre Onyxaugen sehr weit auf und fing herzhaft an zu lachen und schlug sich auf die Schenkel wie ein Mann. Schließlich sagte sie: »Wie kann der Allmächtige ein Mann sein? Ihr sagt Er – hat Gott Geschlechtsteile?«

Das war offensichtlich Ketzerei, und trotzdem war schwer dagegen anzukommen. Und verlegen machte es einen auch.

Edward floh und stellte fest, dass sich ein Postschiff unter vollen Segeln, die in der schwachen Brise Falten warfen, die Küste entlangkämpfte und auf Dünkirchen zuhielt. Als es endlich mit der steigenden Flut hereinkam, summte das Dock vor Aufregung, alle Unterhändler waren da und ihre Leibwächter ebenfalls.

Ja, die Armada war im Kanal. Ja, die Schiffe des Königs hatten mit den Schiffen der Königin gekämpft. Es hatte große Schlachten bei der Bill of Portland gegeben, Medina Sidonia sei jetzt irgendwo bei der Isle of Wight.

Es war Zeit. Er rief Lammett zu sich, dann ging Dormer zurück zu seiner Unterkunft, und beide schlitzten ihre versiegelten Päckchen auf und legten die Dokumentenhälften zusammen. Dormer dekodierte mühselig, während Lammett die Tür bewachte, und als er das Ganze erfasst hatte, lachte er über den perfekten Sinn des Plans.

Im Namen Seiner Höchst Katholischen Majestät, Grüße.

Wenn das Heilige Unternehmen am Kap von Margate oder in der Straße von Calais ist, nehmt alle Eure Männer, reitet nach Westen, die Küste entlang, zum östlichsten Stadttor von Calais. In der Nacht nach dem ersten Tag, da das Unternehmen in der Straße von Calais vor Anker liegt, wird das Tor von einem Freund geöffnet, der Euch im Namen des heiligen Augustinus grüßen wird. Geht in die Stadt, reitet zur Zitadelle und nehmt sie mit der Gnade Gottes und der Kraft eurer Arme ein. Hisst dort diese meine Flagge als Zeichen für die Schiffe, dass der Ort uns gehört. Hindert die Geschütze der Zitadelle mit allen Mitteln daran, auf die vier Galeassen zu feuern, welche die Stadt für

Seine Höchst Katholische Majestät beim ersten Licht des Tages einnehmen werden. Gebt ihnen jede mögliche Unterstützung, und wenn sie den Hafen haben, vereint Euch mit Seiner Gnaden, dem Herzog von Medina Sidonia, sobald er die Schiffe in den Hafen bringt. Verbrennt diesen Brief.

Beigelegt war ein klein zusammengefaltetes Seidenbanner und die Karte, die Dormer dem Leichnam des Kartenzeichners abgenommen hatte. Sie war jetzt mit den Bezeichnungen und der Legende versehen, die sie als die französische Stadt Calais erkennbar machten.

Das Ganze war mit dem Wappen des Herzogs von Parma und seiner eigenen Unterschrift besiegelt.

Sie würden eine neutrale Stadt angreifen. Deshalb hatte die Order gelautet, dass keine Spanier dabei sein sollten, nur Engländer, Deutsche, Schotten, Holländer – jeder Hinz und Kunz, aber keine Untertanen des Königs. So konnte er sie verleugnen, wenn nötig.

»Wo gehen wir also hin?«, fragte Lammett.

Dormer lächelte und rollte das Papier zusammen. »Es ist am besten, bis zur letzten Minute nichts darüber zu wissen.« Er hob das Papier auf, für alle Fälle, und steckte es vorne in sein Wams.

Lammett nickte und verließ die kleine Taverne. Dormer bestellte Bier und ein gutes Essen, war aber nicht sicher, ob er es überhaupt hinunterbekommen würde. Er hatte eine enorme Verantwortung. Die gewaltige Last verunsicherte und beflügelte ihn gleichzeitig. Vielleicht hatten sie seine Fähigkeiten überschätzt, vielleicht würde er scheitern.

Nein. Er würde nicht scheitern. Er würde sehen, wovon er die ganze Zeit im Seminar von Reims geträumt hatte; er würde sehen, wie die Soldaten Gottes an Land sprangen, um das arme, versklavte England wieder für den Wahren Glauben einzunehmen. Bald. Sehr bald. Er würde als Held in sein Geburtsland zurückkehren, ein Retter, nicht ein Hunger leidender Priester, der von Walsinghams Ermittlern von Tür zu Tür gejagt wurde. Deshalb hatte Gott an jenem Tag in der Kapelle zu ihm gesprochen, inmitten der Ausdünstungen von Kohlsuppe, deshalb hatte Gott alle seine Handlungen seither geleitet. Er ging in die kleine

Kammer, die für so viele elende Wochen seine Unterkunft gewesen war, packte, ölte sein Schwert, reinigte seine Pistolen. Dann kniete er an seinem Hausaltar in der Ecke seiner Kammer vor der Figur der Heiligen Jungfrau und dem Jesuskind nieder und betete glücklich, sprudelte über vor Dankbarkeit, dass er endlich Gottes Werk vollbringen konnte.

Als er sich bekreuzigte und ein wenig steif aufstand, weil seine Knie nicht mehr wie früher daran gewöhnt waren, sein Gewicht zu tragen, sah er eine schattenhafte Gestalt im Gang warten. Es war offensichtlich nicht Lammett, und er zog seinen Dolch, ging darauf zu und erkannte, dass es die schwarze Frau war, Merula. Sein Messer erschreckte sie überhaupt nicht, sogar bevor er es wegsteckte, lächelte sie nur, hob die Hände mit den Handflächen nach oben, um zu zeigen, dass sie keine Waffe hatte.

»Was gibt es?«, fragte er, und Misstrauen befiel ihn.

»Ich wollte nur sagen, dass es mir Leid tut, Euch mit meinem Gerede über Götter aufgeregt zu haben. Mr Smith, der nicht mein Herr ist, sondern mein Freund, sagte, dass ich Euch mit meinem Unsinn bestimmt beleidigt habe, da Ihr Euch einmal bemüht hättet, ein Priester zu werden. Und ich, als umgedrehte Frau, war auch so etwas wie ein Priester. Ich sollte vorsichtiger sein ... Damit ich nicht verbrenne ... heh?«

Es war etwas Merkwürdiges in der Art, wie sie ihn anschaute, etwas Unscharfes, nicht ganz menschlich. Die Dunkelheit ließ sie dämonischer wirken, alles Augen und Zähne. War sie ...? Vielleicht. Vielleicht war sie besessen von den Dämonen, die sie anbetete.

Nun, es gab einen einfachen Weg, das herauszufinden, und er dachte, er sollte es tun, ehe er vor ihr her durch die Nacht nach Calais ritt. Er würde ihr gestatten müssen mitzukommen, leider, denn wieder waren Männer desertiert, obwohl Mr Smith sie übernommen hatte.

Und so zog er sie in die Kammer, die er mit Lammett geteilt hatte. Er setzte sie an den kleinen Tisch, wo er seinen Papierkram erledigte und seine Stammrolle mit der Geldschatulle abglich.

»Merula, ich bin sehr besorgt über dein Seelenheil. Ich bin

besorgt, dass deine Seele von einem Dämon besessen ist, der dich sagen lässt, was du gesagt hast.«

Merula lächelte. »Selbstverständlich reitet mich meine Lady Leopard, aber sie besitzt mich nicht. Sie führt mich dahin, wo es richtig für mich ist, wenn ich nur den Mut dazu habe. Aber ich bin jetzt nicht umgedreht, also ist meine Lady Leopard nicht hier.«

»Du weißt, du musst allen Dämonen wie deiner Lady Leopard abschwören. Aber zuerst möchte ich dich prüfen. Sprich mir diese Worte nach ... Pater noster, qui es in caelis ...«

»Aber ich weiß gar nicht, was sie bedeuten. Ist das ein Zauberspruch?«

»Nein, selbstverständlich nicht. Es ist ein Gebet, das Jesus Christus persönlich gesprochen hat, als er unter uns weilte, und es macht nichts, dass du nichts verstehst, die Dämonen werden wissen, wo es herkam, und sich fürchten.«

»Wenn meine Lady Leopard also ein Dämon und böse ist, wie Ihr sagt, wird sie von diesen Worten verjagt werden.«

»Ja.«

»Das würde ich einen sehr starken Zauberspruch nennen, wenn er so leicht Dämonen vertreiben kann. Aber ja, sicher, Mr Dormer, ich werde Euren Zauberspruch mit Euch aufsagen, weil ich weiß, dass meine Lady Leopard kein Dämon ist.«

»Dann tu es.« Arme Frau, sie war so gefangen in den Schlingen der Teufelei, sie hatte keine Ahnung, wie nah ihre Seele an der Hölle war. Wenigstens sollte er sie davor bewahren, für den Fall, dass sie sterben würde. Das Zwischenreich der Ungetauften war jedenfalls besser als die Hölle.

»Pater noster ...«

»Pater noster ...«

Sie sagten das ganze Vaterunser auf, und als sie zu den entscheidenden Wörtern kamen, »Et libera nos a malo, Amen«, konnte Edward nichts dagegen tun, dass seine Stimme lauter wurde und ein bisschen zitterte. Sie sprach die Wörter sorgfältig aus und er wartete. Nichts.

»Sollte ich irgendetwas sehen?«, fragte sie.

»Sag es noch einmal.«

»Libera nos a malo, Amen. Werdet Ihr mir die Bedeutung der Worte sagen, oder ist das geheim?«

»Nein, nur … Es bedeutet, Vater unser, der du bist im Himmel …« Sie hörte so aufmerksam und folgsam zu, wie er es sich für die von Christus gestifteten Worte erhoffen konnte. Kein Rauch kam aus ihren Ohren oder Nasenlöchern, keine Schreie, kein Ächzen aus ihrem Bauch, nichts. Es war sehr verwirrend.

»Das ist ein sehr feines und schönes Gebet. Ich bin überrascht, dass der Leidende Jesus so ein gutes Gebet gemacht haben soll.«

Jetzt schaute sie in die Ecke und lächelte über etwas, das sie dort sah. Dormer versuchte sich aus seiner Grübelei wachzurütteln und fragte sie nach dem Grund.

»Da nennt Ihr sie einen Dämon, und dann sehe ich, dass Ihr meine Lady Leopard auch anbetet.« Sie zeigte hinüber, und als Dormer dem Finger folgte, sah er die Figur der Heiligen Jungfrau, zu der er gebetet hatte.

»Heh?«

»Ich habe sie so gesehen, meine Lady Leopard hat sich mir so gezeigt, als ich in einem Eurer leeren Tempel war.«

Dormer blinzelte die Negerin ein paar Minuten an wie eine Eule, während er versuchte, den Sinn zu erfassen. Er hatte das Gefühl, das sei irgendwie sehr wichtig, fast so wichtig wie die Befehle, die mit der Einnahme von Calais zu tun hatten.

»Du hast eine Vision von Unserer Frau gesehen?«

»Ja, sie stand auf dem Mond, die Schlange zu ihren Füßen, gekrönt mit Sternen«, sagte Merula und beugte sich eifrig vor. »Das bedeutet es, umgedreht zu sein, da sieht man solche Dinge. Es war meine Lady Leopard in einer anderen Gestalt, so wie alle Götter der große Baum Gottes in anderen Gestalten sind, man kann das unendliche Licht nicht teilen, sich nur hinwenden oder abwenden. Seht Ihr? Ich habe keine Dämonen, weil ich zu Unserer Frau bete, so wie Ihr auch. Nur trägt sie für mich einen schönen goldenen Mantel mit den Fingerabdrücken Gottes darauf.«

Einen Augenblick lang spürte er, dass etwas in ihm splitterte und zerbrach, als hätte ein ständiger, gleichmäßiger Druck von innen endlich eine harte Schale durchbrochen und wäre herausgeplatzt wie ein Blatt aus einem Samen. Vielleicht war etwas dran, an dem, was sie sagte …

Nein. Es war unmöglich. Es war unmöglich, dass eine schwarze Wilde die Jungfrau Maria so verehrte wie er, es war unmöglich, dass sie ihm irgendetwas über Gott erzählte, ihm, der solange er denken konnte, für das Priesteramt studiert und sich nur dem Soldatenhandwerk zugewandt hatte, weil Gott es von ihm verlangte. Wie konnte sie es wagen und versuchen, ihn zu unterweisen. Diese Aufsässigkeit, ihre schmutzige Ignoranz und ihre wilden heidnischen Lügen …

»Wie kannst du es wagen!«, zischte er sie an. »Wie kannst du es wagen, die Jungfrau Maria mit dem Namen deiner Dämonin zu belegen. Du weißt nichts von der Wahren Religion. Hinaus mit dir!«

Sie erhob sich und schaute ihn fest an. »Seid vorsichtig. Ich bin jetzt wieder umgedreht, endlich, nach so langer Zeit«, sagte sie ruhig und nachdenklich, »ich sehe in Eurem Gottbereich, dass Ihr den Leidenden Jesus verehrt, aber auch ein Suchender seid, nach dem wahren Gott hinter ihm. Ich sehe Eure Verehrung für Unsere Frau, aber Ihr versteht ihre Natur nicht. Ich sehe, dass die Männer, die Ihr getötet habt, Euch folgen, der holländische Kartenzeichner, und … und … noch ein anderer Mann, ein Mann, den ich nur einmal gesehen habe, der mir zuzwinkert und seine Finger auf die Lippen legt und lächelt …«

Sie stand vollkommen still da, und er spürte einen Schauder in seinem Hals, als sich die Kerzen im Luftzug von der Tür her bewegten. Nur der Luftzug von der Tür, nichts anderes.

»Wir werden alle von denen verfolgt, die wir getötet haben, deshalb müssen wir vorsichtig sein, wie und warum wir es tun, und müssen es mit Achtung tun. Ihr solltet Euch vor den ersten beiden, die Ihr getötet habt, hüten.«

Sein Mund war trocken geworden, da er jetzt dem Teufel gegenüberstand in dieser Frau, der er zu helfen versucht hatte vor diesem großen Unternehmen, dem Angelpunkt seiner Anstrengung … Er begann, das Vaterunser zu wiederholen.

»Ja, das ist ein großartiges Gebet«, sagte sie, und ihre Stimme wurde zum Singsang, als ihre Dämonen sie wieder ergriffen. »Ich möchte Euch warnen, da Ihr freundlich zu mir wart und Euch um meine Seele gekümmert habt, was mehr ist, als jedes andere haarige Gespenst getan hat … Ich möchte Euch warnen, nicht nach Calais zu gehen und die Zitadelle im Namen der Spanier einzunehmen. Ich möchte Euch sagen, dass Ihr Euer Volk nicht verraten sollt, aber ich sehe, dass Ihr es sowieso tut …«

Dormer krächzte, fasziniert von diesen Onyxaugen unter den breiten, braunen Brauen. Ihr Dämon muss ihr seine Geheimnisse gesagt haben. Der Teufel stand seiner heiligen Arbeit entgegen, ein Teufel, der zweifellos von der Hexenkönigin von England beschworen und in Gestalt dieser armen Heidenfrau gegen ihn ausgesandt worden war … Seine kalten Finger zuckten nach seinem Dolch.

Sie schüttelte den Kopf, dann hielt sie plötzlich inne und drehte sich um, als hätte sie jemand gerufen. Sie schaute in die Ecke hinüber, die dem Hausaltar gegenüberlag und leer war bis auf die Schatten vom Feuerschein, und ihr Gesicht erhellte sich, sie riss Augen und Mund weit auf und streckte die Hände nach ihrem Dämon aus …

Jetzt, stoß zu, jetzt!, sagte sich Edward, zog seinen Dolch und hieb nach ihrer Brust, sie stolperte mit einem Schrei zurück, zog ihre Waffe, versuchte, sich zu verteidigen … Sie war nicht schlechter als jeder Mann es gewesen wäre, nur hatte sie einen Stich in der Brust, und als sie sich unter seinem Dolchstoß wegbückte, schlug er ihr die Faust ins Gesicht, schlug sie noch einmal, warf sie auf den Boden und hob seinen Dolch zum Stoß …

Etwas Dunkles packte ihn, er hörte ein Pfeifen, roch einen furchtbaren Tiergestank, hörte das Knarren der Holzbalken wie auf einem Schiff, ihm wurde schlecht, wie immer, wenn er auf einem Schiff war. Er wurde von etwas festgehalten. Er schlug wieder zu und wieder … Ein Schrei war zu hören, wieder verhedderte er sich in der Dunkelheit, die nicht ganz fest war, aber fester als Luft, als wäre es ein unbewegter Wind in Gestalt eines stämmigen, kräftigen Mannes, der ihn bekämpfte, und die Frau schrie, kreischte wütend … Plötzlich spürte er einen Arm um seine Kehle, hörte eine Stimme in seinem Ohr …

»Dormer, hör auf! Was zum Teufel tust du da! Hör auf, Ned!«

Es war Lammett, der ihn festhielt, ihn davon abbrachte, die Frau zu töten, auf deren Brustkorb er saß, deren Gesicht er mit seiner Faust blutig geschlagen hatte, aus deren Wunde in der Brust Blut quoll.

»Geh runter.« Ein wütendes Knurren lag in Lammetts Stimme, er war echt entsetzt. »Was ist geschehen?«

»Sie ... sie hat mich angegriffen, mit Dämonen ... Hier war ein Dämon, sie hat einen Teufel zu sich gerufen, sie ist eine Hexe ...«

Er spürte, wie er am ganzen Körper zitterte, Speichel lief ihm aus dem Mund, er konnte vor Angst und Zorn kaum sprechen.

Die schwarze Frau lag da, dann schaute sie zu Lammett auf, ein Auge lief violett an. »Er wollte mich umbringen, und ich habe gekämpft«, sagte sie mit undeutlicher Stimme. »Er hat versucht, mich mit seinem Dolch zu erstechen, aber mein Sohn ... Mein Sohn ist gekommen, um mit ihm zu kämpfen. Calais wird sein Grab sein.«

Das Auge schloss sich, die Frau fiel in Ohnmacht.

Lammett zog Edward hoch, wischte ihm den Staub ab, nahm seinen Dolch und machte ihn sauber. »Ich hole einen Doktor und sage, wir hätten sie auf der Gasse gefunden, zweifellos hätten Wegelagerer sie überfallen«, sagte er kalt.

Dormer saß einen Augenblick da, die Stimme der Frau immer noch im Ohr. Ihr Sohn? Calais sein Grab? Das Grab des Sohnes oder Dormers Grab? Wie konnte sie das wissen?

Er ging immer noch zitternd hinter Lammett her.

Der Arzt schnalzte mit der Zunge und sagte, der Stich würde sie entweder in dieser Nacht umbringen, wenn er tief genug wäre, oder er würde ohne seine Hilfe besser werden. Er verband die Wunde so gut es ging, obwohl das Blut weiterquoll und durch den Mull und den Verband drang.

Der Soldat David Smith eilte herbei, um sie zu sehen. Er roch stark nach Schnaps, wie immer, versuchte, sie aufzuwecken, es gelang ihm nicht. Lammett wiederholte auf Smiths ständige scharfe Fragen immer wieder, sie hätten sie in einer Gasse gefunden. Und es war deutlich, dass Smith ihnen nicht glaubte.

Dormer stimmte all dem zu, schweigend, immer noch zitternd, immer noch erschrocken von seiner knappen Rettung vor einer Hexe und den Dämonen, die mit ihr vertraut waren. Er wollte unbedingt in die nächstgelegene Kirche gehen, nur um festzustellen, dass es eine Kirche Unserer lieben Frau war und dass die Figur, die Merula beschrieben hatte, vom Altar auf ihn herabsah, gekrönt mit Sternen stand sie auf dem Mond und tanzte mit der Schlange … *Nein.* Sie zerquetscht die Schlange. Sie vernichtet sie unter ihrer Ferse.

Für alle Fälle zündete er eine Kerze an, kniete nieder, versuchte, das Ave Maria aufzusagen, konnte sich aber auf die Worte nicht besinnen, weil er so nervös war, und bekreuzigte sich. Seine Kerze verlöschte, ausgeblasen von einem plötzlichen Luftzug.

Sie mussten immer noch warten. Der nächste Tag, der Namenstag von St. Anna, brach heiß und atemlos an, nicht der leiseste Windhauch kräuselte die Meeresoberfläche, wo die Wellen sich wie Öl auf den Strand schoben und wieder zurückglitten und Bengel aus Dünkirchen ihre Gesundheit aufs Spiel setzten und darin herumschwammen. Es war klar, dass kein Segelschiff vorankam, insbesondere nicht die großen Frachtschiffe, die von der Armada den ganzen Weg durch den Kanal herauf umsorgt werden mussten.

Dormer besuchte die Negerin nicht, die ruhig in der Unterkunft von Smith lag, grau unter dem Ebenholz ihrer straff über das Gesicht gespannten Haut, und das Fieber wütete von der Wunde in ihrer Brust. Smith hatte eine Belohnung ausgesetzt, um den Mann zu finden, der auf sie eingestochen hatte.

Und der Samstag kam, so langsam wie die Wellen, Samstag, 28. Juli, der Tag der heiligen Märtyrer Nazarius und Celsus. Es gab ein paar Regenschauer, während Dormer durch die Stadt lief. Er schloss mit einem der Diener von Robert Cecil eine Wette ab, dass die Armada am Montag nicht vor Calais zu sehen sein würde, und eine weitere mit einem der Türwächter des spanischen Unterhändlers, dass sie am Sonntag nicht ankommen würde.

Am Sonntagmorgen kam ein Reiter in die Unterkunft des spanischen Unterhändlers geprescht. Bis Mittag wusste Dormer, dass die Armada vor Calais ankerte, und der Gouverneur Monsieur Gourdain erlaubte, dass alle nichtmilitärischen Vorräte an Bord gebracht werden durften. Drei Meilen weiter die Küste hinunter lagen die Engländer.

Es war Zeit.

Dormer schickte Lammett und Smith in aller Stille zu den verschiedenen Bauernhöfen, wo sie die Männer untergebracht hatten, zählten sie, nahmen ihre Namen auf, stellten sicher, dass sie Schwerter hatten und, wenn schon nicht nüchtern, wenigstens imstande waren, am Abend auf einem Pferd zu reiten. Dormer ging in einem Nebel aus Erregung und Angst zur Messe; er hatte am Tag zuvor gebeichtet, achtete darauf, die heilige Kommunion zu bekommen, und dennoch konnte er nicht sagen, was aus dem Evangelium gelesen wurde, er dachte nur, es könnte die Säuberung des Tempels durch Christus gewesen sein. Was er für ein gutes Omen hielt.

Er fühlte sich innerlich leer vor Angst, wissend, dass das Heilige Unternehmen England von ihm allein abhing. Es machte ihn unnatürlich empfindlich. Er wusste, dass Smith und Lammett ihn genau beobachteten, dass sie oft miteinander redeten. Einmal dachte er, gesehen zu haben, wie Lammett mit einem der Diener des englischen Unterhändlers redete, aber er war sich nicht sicher. Vielleicht vertrieb er sich nur die Zeit.

Sie mussten bis zum Abend warten. In der letzten halben Stunde, ehe die Tore geschlossen wurden, ließ er alle Männer durch die verschiedenen Ausgänge heimlich die Stadt verlassen, und sie trafen sich in einem Obstgarten unterhalb der Mauern. Einige der Männer hatten ihre Pferde verkauft, um sich etwas zu trinken zu besorgen, einer hatte ein lahmes Pferd, ein anderer kein Gewehr. Dormer ging unter ihnen herum, sorgte für Dinge, die sie nicht hatten, erleichterte sie um Sachen, die sie nicht brauchten, darunter Bettrollen und Säcke, um Beutegut davonzutragen.

»Wir werden uns nach Südwesten wenden und die Küstenstraße nehmen«, sagte er zuerst auf Englisch, dann auf Französisch, bevor er es von Lammett ins Holländische übersetzen ließ. »Wir werden die Zitadelle von Calais einnehmen und die Geschütze unbrauchbar machen. Sie dürfen nicht imstande sein, auf Schiffe zu schießen, die in den Hafen einlaufen.«

Man hörte jemanden die Luft durch die Zähne einziehen, ein Gemurmel unter den Franzosen, die sie mangels Alternativen hatten rekrutieren müssen.

Einer erhob die Stimme. »Es gibt keinen Krieg zwischen dem König von Spanien und dem König von Frankreich«, protestierte er. »Warum greift der König von Spanien Calais an?«

Die anderen suchten nach Erklärungen, aber Dormer hob die Hand, um sie zum Schweigen zu bringen. »Der König von Spanien greift den König von Frankreich nicht an. Das ist eine Unterstützung, die der Gouverneur von Calais dem König von Spanien gewährt, aber der König von Frankreich will nicht, dass die Engländer bemerken, was er tut, oder dass sie ihn beschuldigen können. Deshalb muss es so aussehen, als wäre Gewalt im Spiel.«

Der Mann schaute mürrisch drein und fügte sich. Die Erklärung war labyrinthisch genug, um an ihren Zynismus zu appellieren – Herr im Himmel, sie könnte sich sogar in der Nähe der Wahrheit bewegen. Dormer wartete auf Fragen, vielleicht Proteste von Smith und Lammett, und er war ein wenig überrascht, als keine kamen.

Stattdessen kam Smith zu ihm und sagte, Lammett habe jemanden gefunden, den er für einen englischen Spion hielt, und wolle, dass Dormer mitkam und ihn verhörte. Sie standen außerhalb des Obstgartens hinter einer Hecke, so dass die Männer sich nicht darüber entrüsten konnten. Dormer ging in die Richtung, wo Smith hingezeigt hatte, wunderte sich leicht, hörte, dass mit Smiths Stimme irgendwas nicht stimmte, war sich nicht ganz sicher.

Und stieß auf Lammett, der in einer Senke, welche die Straße nach Dünkirchen geformt hatte, auf ihn wartete. Er wandte ihm den Rücken zu. Dormers Füße knirschten auf dem Kies, Lammett drehte sich herum, und Dormer sah, dass er eine Dag-Pistole mit brennender Lunte in der Hand hielt.

Dormer starrte darauf, sah das Licht wie eine Sternschnuppe zur Pfanne hinunterbrennen, warf sich zu Boden und vorwärts, hörte das Knallen der Pistole, stieß Lammett um, den bereits gezogenen Dolch in der Hand, und stach zu, bevor sein Verstand überhaupt den Verrat erfasst hatte, schlitzte Lammetts Hals an der Vene auf, und das Blut schoss heraus. Lammett brach zusammen, trat mit den Füßen um sich, würgte, dann verdrehte er die Augen, und Dormer konnte nicht fragen, weshalb er den

Verrat begangen hatte, warum gerade jetzt ... Er hatte keine Zeit. Wenn Lammett ein englischer Spion war, dann mussten sie, bei Gott, so schnell losreiten, wie sie nur konnten.

Dormer stieg von Lammetts Körper herunter, wischte sich den Staub ab, wartete einen Augenblick, bis sein Herz wieder langsamer schlug, und rannte dann zurück, wo die Männer warteten.

»Wir hatten einen Verräter unter uns«, sagte Dormer und starrte Smith fest in die Augen, der so dicke mit Lammett getan hatte und dessen Frau eine heidnische Hexe war, »aber Jesus Christus hat mir seinen Schutz und seine Hilfe gewährt, und jetzt verantwortet sich Mr Lammett für seine Übeltat vor dem Thron Gottes.«

Smith senkte einen Augenblick lang den Kopf. Der ganze Trupp saß auf, und Dormer biss die Zähne zusammen und ritt zu Smith hinüber.

»Habt Ihr gewusst, was er geplant hat?«

»Selbstverständlich nicht«, antwortete Smith gleichmütig, »aber ich würde es wohl kaum zugeben, wenn ich es gewusst hätte, nicht wahr, Herr?« Und er lächelte mit seiner Zahnlücke.

Dormer erwiderte das Lächeln, sein ganzes Gesicht verzerrte sich vor kalter Wut. »Vergebt mir die Ungerechtigkeit, aber ich muss Eure Pistole haben«, sagte er.

Smith schaute einen Moment zu Boden, während die restlichen Männer sich um sie drängten. »Enthebt Ihr mich meines Kommandos?«

»Nein, Mr Smith«, sagte Dormer, »ich will nur Eure Pistole.«

Smith zögerte noch einmal, schien die Hufe seines Pferdes zu inspizieren. Dann schaute er auf, seine grauen Augen sahen seltsam durchsichtig aus, als sich das letzte Licht der langsam sinkenden Sommersonne in ihnen fing. Er lächelte sehr charmant. »Selbstverständlich, Captain. Hier ist sie.«

Er öffnete den Gurt vorne am Sattel, holte das Halfter hervor und überreichte es Dormer. Der gurtete es neben seiner eigenen Pistole am Sattel fest und war erstaunt, dass seine Hände trotz seiner Wut überhaupt nicht zitterten.

Sollten sie die Straße nehmen oder einen anderen Weg einschlagen? Nein, bei Gott. Jetzt kam es auf Schnelligkeit an, da er annehmen musste, dass Lammett Cecil gewarnt hatte, und er wollte keine Ketzertruppe hinter sich herdonnern haben. Immerhin hatten sie volle zwanzig Meilen zu reiten und vor Morgengrauen eine Zitadelle einzunehmen.

Er war als Soldat erfahren genug, um sich gegen Galopp zu entscheiden. Er ließ sie auf den besseren Abschnitten der Straße in der Nähe von Dünkirchen im Trab gehen, verlangsamte zum Schritttempo, wo die Tiere sich einen Weg zwischen den Schlaglöchern suchen mussten, wechselte dann wieder in Trab. Als Postreiter hätte er für die zwanzig Meilen vielleicht eine Stunde gebraucht. Ein Mann, der läuft, hätte vielleicht drei Stunden benötigt. Dormer schätzte, dass es gegen Mitternacht sein musste, als sie die Mauern von Calais vor sich aus der Dunkelheit aufragen sahen, davor lagen verstreute Häuser und Gemüsegärten, und die Straße führte klar und deutlich zum Stadttor.

Er bog ab und wandte sich zur Seite, auf eine der vielen Stellen zu, wo Durchgänge für die Bewohner die Mauer durchbrachen. War das der richtige Ort? Würde der Verräter da sein? Hinter ihm überwachte Smith das Umwickeln der Pferdehufe und des Zaumzeugs.

Dormer ging allein darauf zu, für den Fall, dass Verrat im Spiel war. Die Karte, sorgfältig gezeichnet von dem Mann, den er getötet hatte, hielt er fest in der Hand. Es war die richtige Seitentür. Er klopfte zweimal.

»Wer ist da?«

»Der heilige Augustinus.«

Er hörte das Geräusch eines Riegels, das Tor ging auf. Dormer konnte sich nicht helfen, in stillem Triumph boxte er in die Luft. Dann drehte er sich zu seinen Männern um, winkte sie weiter. Sie stiegen ab, führten ihre Pferde durch das kleine Tor, der Mann, der es geöffnet hatte, kauerte unter seinem Umhang im Schatten. Einer nach dem anderen gingen sie hindurch, Smith kam als Letzter.

Dormer, der gezählt hatte, zischte ihn an: »Uns fehlen zehn Mann.«

»Ich habe ihnen befohlen, an der Straße zu warten und jeden Boten zu töten, der aus Dünkirchen kommt.«

Vielleicht hatte er doch nicht gewusst, was Lammett vorhatte. Dormer nickte, drückte Smiths Schulter. Er ging hindurch, wartete, während das Tor wieder verriegelt und abgesperrt wurde. Der Mann, der es geöffnet hatte, wartete keinen Dank ab und schlüpfte durch eine Gasse davon. Dormer befragte wieder seine Karte.

»Folgt mir, bleibt zusammen.«

Calais war das übliche Labyrinth winziger Straßen mit ein paar Laternen und Lichtern, die nur die Schatten noch dunkler machten. Seine Augen hatten sich jetzt an die Dunkelheit gewöhnt, die Sterne waren hell genug, um Licht zu spenden, das Meer auf der anderen Seite der Stadt schnurrte sanft wie eine Katze. Dormer ließ es langsam angehen: Die Karte war gut, aber es war nur eine Karte. Jedes Mal, wenn er eine Kirche sah, prüfte er die Angaben, jedes Mal, wenn er ein großes Gasthaus sah, prüfte er auch das. Er nahm sich Zeit, obwohl ihm das Herz bis zum Hals schlug, wohin es sich anscheinend verschoben hatte, und obwohl ihm der Schweiß unterm Brustharnisch herunterlief, wenn ein Zaumzeug klirrte, ein anderer Mann nieste, ein dritter fluchte, als sein Pferd in ein Loch trat.

Sie ritten bergan, sie waren auf der Straße, die zur Zitadelle hinaufführte … Selbstverständlich würden Wachen am Tor sein, aber die würden wahrscheinlich in der warmen Nacht schlafen, wahrscheinlich keinen Ärger erwarten, obwohl die ganze Macht der spanischen Flotte nur ein Stück außerhalb des Hafens ankerte. Noch ein Stück weiter, und …

Eines der Pferde wieherte und stieß einen schrillen Schrei aus, stieg auf die Hinterhand hoch, schlug erst mit den Vorderhufen in die Luft, trat dann mit den Hinterhufen aus und warf seinen Reiter mit klappernder Rüstung in die Gosse, der Helm flog in hohem Bogen davon. Zwei weitere Pferde wieherten und stahlen sich davon, während ihre Reiter laut auf sie einfluchten und ein drittes plötzlich die Straße hinabgaloppierte.

»Ruhe!«, das war Smith, der den scheuenden Pferden Klapse versetzte und es irgendwie schaffte, dröhnend zu flüstern.

Über ihnen gingen Fensterläden auf. Rufe ertönten, dann erfasste jemand, was passierte. Geschrei brach los, eine Frau goss einen metallenen Nachttopf über dem letzten Mann aus und fing an, mit einem Kerzenleuchter dagegenzuschlagen. »*Alarme! Au secours!*«

Nun, jetzt waren die Posten wach.

»Mir nach!«, schrie Dormer, trieb sein Pferd zum Galopp, zog Smiths Pistole hervor und erschoss den Posten, der eine Armbrust auf ihn anlegte, zog seine eigene Pistole und verfehlte den anderen, packte die Pistole am Lauf und zog sie dem Mann im Vorbeireiten krachend übers Gesicht, so dass der Posten zusammenbrach. Er hörte den dumpfen Hufschlag, als einige der anderen Pferde ihm folgten, nicht alle, aber was konnte man schon erwarten, es waren nur Söldner ... Jemand versuchte, das Tor zu schließen, er drehte sein Pferd um und warf sich mit der Hinterpartie dagegen, hörte jemand nach Luft schnappen, jetzt waren Männer hinter ihm. Wo war Smith? Da, genau hinter ihm, das Kurzschwert an seiner Hand festgebunden.

Sie ritten über den kleinen Innenhof, der mit Hütten und Hühnerställen und schlüpfrigem Stroh voll gestopft war, dann katapultierte sich Dormer aus dem Sattel auf einen Mann der Garnison, der eine Hellebarde gegen ihn schwang, und der Kampf begann ernsthaft.

Es war wunderbar, nie im Leben war er glücklicher gewesen. Er fühlte sich unverwundbar, fast wie ein Engel, als er mit irgendeinem langsamen und verschlafenen Mann Hiebe und Stiche austauschte und ihm den Kopf abschnitt, er duckte sich, als er eine Armbrust auf sich gerichtet sah, und hörte das Grunzen des Mannes hinter sich, den der Bolzen erwischte, er griff den Schützen mit der Schulter an, nahm ihm die Armbrust ab und warf sie einem seiner kräftigeren deutschen Soldaten zu, der sich bedankte und die Waffe mitten im wirbelnden Chaos gelassen wieder spannte. Smith war bei ihm, aber bei aller Konfusion behielt Dormer ihn im Auge, ließ ihn nie zu nahe herankommen, sah zu, dass er immer voraus war. Es verstärkte seine Erregung, nicht zu wissen, ob Smith ihn angreifen würde, aber zu wissen, dass im Zweifelsfall Dormer siegen würde. Vielleicht wusste Smith das auch.

Sie mussten sich bis zum Haupttor des Turmes durchschlagen ... Dormer ergriff eine der Bänke im Innenhof, warf sie in die Lücke, als die Soldaten hinter ihm versuchten, die großen

Tore zu schließen, sprang hinterher und brüllte etwas, er wusste auch nicht genau, was es war, vielleicht sogar »St. Georg und England!«

Es gab ein weiteres Durcheinander von Klingen und schwitzenden Leibern, beide verschwanden, schwarzes Blut in der Dunkelheit, ein anderer rannte die Treppe hinauf, gefolgt von weiteren Männern, Smith war da, atmete heftig, er hatte seinen Helm verloren.

Dormer rannte die Treppe hinauf, zufrieden, dass der Deutsche hinter ihm war. Jemand lugte heraus, und der Deutsche sagte Jawoll. Dormer lud so schnell er konnte seine Pistole. Sie warteten, bis der Mann wieder über seine Armbrust hinwegspähte, und der Deutsche schoss ihm ins Gesicht.

Dormer rannte die Treppe hinauf, nahm die Armbrust des Garnisonssoldaten und reichte sie dem Deutschen, der nickte.

Die Wendeltreppe stieg er vorsichtiger hinauf, mit klopfendem Herzen, und trat jede Tür ein. Er fand einen Schlafsaal im ersten Stock, wartete, dass ein paar Männer nachkamen, nahm dann die Granate, die er die ganze Strecke vorsichtig an seinem Wehrgehenk transportiert hatte, zündete die kurze Lunte, warf sie in den Raum und schloss die Tür.

Es gab einen kräftigen, hohlen Knall, das ganze Gebäude wurde erschüttert, die Tür klapperte, und lautes Gekreische erhob sich.

Dormer rannte die Stufen hinauf zur Spitze der Zitadelle und überließ es dem Deutschen, die Treppe zu halten.

Eine weite Geschützplattform mit perfektem Ausblick auf den Hafeneingang öffnete sich vor ihm. Es geschah etwas da draußen unter den Sternen, etwas, das er nicht genau erkennen konnte, rote Sterne glitten übers Wasser.

Er griff nach dem Beutel mit den Eisenhaken, die er mitgebracht hatte, um sie in die Zündlöcher der großen Kanonen hier überall zu treiben, damit sie nicht mehr abgefeuert werden konnten. Er musste die Geschützplattform nur zwei Stunden halten, denn beim ersten Tageslicht würden die Galeassen die Arbeit verrichten, für die der große Admiral Santa Cruz sie entworfen hatte, sie würden in den Hafen rudern, egal wie der Wind sich verhielt, und würden mit ihrem schweren Feldzeug

Calais bis zur Kapitulation zusammenschießen und den Hafen für Gott und den König einnehmen.

Er ging zur Treppe und rief hinunter: »Hier, hier herauf!«

Nur ein paar von ihnen kamen, vielleicht zehn, darunter Smith, mit düsterem, dumpf brütendem Gesicht.

»Smith«, fauchte Dormer ihn an, »sagt den Männern, sie sollen die Verwundeten im Schlafsaal erledigen, dann die Tore der Zitadelle schließen und sich bereithalten, um sie gegen die Männer des Gouverneurs zu verteidigen. Zieht Euch dann kämpfend hierher auf die Plattform zurück, und wir halten sie, bis die Stadt uns gehört.«

Smith nickte, polterte die Stufen hinunter und rief Befehle. Er kam wieder, schloss die Tür, die zur Geschützplattform vor ihm führte, und ließ den Deutschen mit der Armbrust zur Bewachung auf der anderen Seite.

Es war eine wunderschöne Nacht. Dormer schaute über die Hafenmauer aufs Meer, weit hinaus, wo die weißen Klippen seines Landes gerade noch schimmernd zu erkennen waren. Sie bekamen früh das Sonnenlicht, nahm er an. Bald, sagte er sich, werde ich dort sein. Dies ist der Schlüssel. Ich muss nur dafür sorgen, dass die Geschütze nicht abgefeuert werden, bis die Galeassen im Hafen sind. Was auch immer da draußen passiert, die Galeassen werden zum Hafeneingang rudern, sobald sie sehen, welchen Weg sie nehmen sollen … Wenn sie einmal den Hafen und die Kaimauer haben, ist mein Part zu Ende, denn Monsieur Goudain wird sich damit abfinden oder von dem, der das Öffnen des Seitentores genehmigt hat, abgelöst werden.

Er wusste, weshalb er und Lammett für die Mission ausgewählt worden waren: Engländer, die loyal zur Wahren Kirche standen und bei der Einnahme von Calais mithalfen – das war für den französischen König politisch leichter zu schlucken, als wenn das Unternehmen von Spaniern oder Flamen angeführt würde. Es kam alles auf den Schein an.

Edward schaute hinüber, wo Smith nachdenklich über den Hafen starrte, auf das Durcheinander von Schiffen in der Straße von Calais. Sie konnten schwache Rufe hören, und die Formation schien auseinander zu brechen, wenn man die Hecklichter als Anhaltspunkt nahm. Zwei Feuerschiffe schoben sich auf die

Sandbank und brannten weiter und sorgten für eine gewisse Beleuchtung.

Er war sicher, dass der bloße Einsatz von Feuerschiffen der strengen Disziplin der spanischen Flotte nichts anhaben konnte. Sicher war es eine List, um die Ketzer zu täuschen.

Smith holte seinen Tabak und die Pfeife heraus, stopfte und entzündete sie. Er bot sie freundlich an, aber Dormer lehnte ab, weil er das amerikanische Kraut nie gemocht hatte.

»Nun?«, fragte Smith.

»Wir warten, bis die Galeassen angekommen sind und der Hafen eingenommen ist.«

Smith nickte, als würde das seine Erwartungen bestätigen. »Wir stecken Haken in die Kanonen?«

Dormer schüttelte den Kopf. »Das mache ich.« Gelassen holte er seine Pistole hervor, schaute nach, ob sie geladen war, und betätigte die Zündvorrichtung. Dann richtete er sie auf Smith.

Smith starrte ihn an und blinzelte.

»Gebt mir Euer Schwert, Mr Smith.«

»Weshalb?«

»Aus dem einfachen Grund, weil ich glaube, dass Ihr Euch mit Lammett verschworen habt, dieses Unternehmen zu sabotieren. *Nun,* Mr Smith.« Smith leckte sich die Lippen, machte seinen Gürtel auf und überreichte sein Schwert. »Und Euren Dolch.«

»Wie kann ich kämpfen, wenn die Franzosen kommen, um die Zitadelle zurückzuerobern?«

»Es ist sicher besser für Euch, wenn Ihr nicht kämpft, zieht man Eure verletzten Hände in Betracht.«

Smiths Gesicht war vollständig ausdruckslos, schwer zu durchschauen, zweifellos war er ein guter Primero-Spieler, aber unter seinem Bart zuckte ein Muskel. Vielleicht hätte er früher etwas im Schilde geführt, aber jetzt ... Jetzt machte er den Eindruck eines geschlagenen Mannes. Er nahm den Dolch am Heft und warf ihn sacht in Dormers Richtung. Dann verschränkte er die Arme, sog Rauch aus seiner Pfeife und blies einen Kringel. »Nun?«

»Ich will nicht fragen, weshalb Ihr den Waffenrock gewechselt habt«, sagte Dormer. »Ich bin sicher, Ihr hattet gute Gründe dafür. Ich werde auch nicht darüber reden, wenn wir zur spanischen Flotte gelangt sind, denn dann wird es bedeutungslos sein.«

»Nett von Euch.«

»Wie habt Ihr Lammett kennen gelernt?«

Smith lächelte wieder, ein müdes, erschöpftes Lächeln, und schüttelte den Kopf. »Wir müssen diese Unterhaltung von vorn anfangen, mein Freund«, sagte er. »Zunächst, da ihr ja plant, mich umzubringen, solltet Ihr wissen, wen Ihr umbringt. Nein? Mein Name ist David Becket. Ich bin ein Mann der Königin, und ich bin es immer gewesen, obwohl mich viele so wie Ihr für einen Rockwechsler halten. Lammett war der echte Verräter, denn er konnte es nicht ertragen, dass ein Spanier England regieren sollte. Er sagte, Ihr glaubt, dass Ihr mich sehr leicht umgebracht hättet. Es war mein Bruder, den Ihr getötet habt, Mr Dormer, mein Bruder Philip Becket, der ein Mann des Friedens war, sein ganzes Leben an seinem Geburtsort gelebt und niemals im Zorn gekämpft hat, seit er ein Mann geworden war. Ich habe sehr angestrengt nach Euch gesucht.«

Dormer starrte ihn an. Das war der große David Becket? Der das sorgfältig geplante Attentat auf die Hexenkönigin verhindert hatte, der irgendwie am Fehlschlag von Father Tom Harts Mission beteiligt war? Dieser breite, dunkle, ganz offenkundig erschöpfte schmuddelige Mann mit den ungeschickten, schwachen Händen?

Becket sah sein Erstaunen. »Glaubt Ihr, ich könnte durch Lammetts bevorzugte Methode, den Stich ins Auge, umgebracht werden, mein Junge? Es ist eine perfekte Methode, aber Ihr müsstet erst in meinen Rücken gelangen.«

»Tut mir Leid, dass ich versehentlich Euren Bruder an Eurer Stelle umgebracht habe«, sagte Dormer. »Ich hatte nicht die Absicht, irgendjemand außer Euch zu erwischen.«

Becket nickte verständnisvoll. »Und weshalb ihr auf meine Frau eingestochen habt ...«

»Sie hat mich mit ihrer Hexerei angegriffen. Auf Euren Befehl, ohne Zweifel.«

»Nein, nicht auf meinen Befehl. Vielleicht habt Ihr sie beleidigt. Sie ist ganz bestimmt eine Hexe und kann auf sich selbst aufpassen. Was die andere Angelegenheit betrifft ... Keine Entschuldigung kann den Tod meines Bruders und das Leid seiner Frau, das sehr groß ist, ausgleichen. Sie hat mich dafür verantwortlich gemacht, und in gewisser Hinsicht hat sie Recht.« Becket seufzte. »Es scheint, dass ich den Menschen um mich herum nur Leid bringe. Und jetzt sind wir hier, und Calais wird bald spanisch sein, und dann ... Dann, Mr Dormer? Die Tercios landen in Gravesend. Marschieren die Straße nach London hinauf, verbrennen alles unterwegs. Die London Bridge fliegt in die Luft, die Stadt ist ein zerstörter, brennender Koloss, die Straßen sind von Leichen übersät, die Straße nach Oxford dröhnt vom Stampfen der Tercios und dem Poltern ihrer Geschütze. Außerhalb von Oxford kommt es zur Schlacht.«

Dormer starrte ihn mit offenem Mund an.

Becket verzog das Gesicht. »Habt Ihr daran nicht gedacht? Habt Ihr geglaubt, die Engländer würden wie Hunde auf den Rücken rollen, die Pfoten in der Luft, damit die Spanier über sie herrschen können?« Er schüttelte den Kopf und lachte glucksend, ohne eine Spur von Humor. »Ihr seid so ein Unschuldslamm, Mr Dormer, wirklich. Glaubt Ihr, wir leben in einer Ritterromanze? Ich habe es alles in meinen Träumen gesehen. Seit Beginn des Frühlings bin ich von ihnen gequält worden. Es hat mit einem Traum vom Haus meines Vaters begonnen – kein großartiges Herrenhaus, aber ein schönes und gutes Haus –, verbrannt, zerstört, mein Bruder von den Truppen an den Dachbalken aufgehängt, meine Schwägerin vergewaltigt und meine Neffen und Nichten umgebracht.«

»Die Soldaten Gottes würden niemals –«

»Ihr habt offensichtlich nicht so viel vom Krieg gesehen wie ich, Mr Dormer. Glaubt Ihr, dass sich irgendwelche Soldaten zurückhalten, wenn sie eine Frau sehen, die sie leicht und folgenlos vergewaltigen können? Glaubt Ihr, sie beherrschen sich, wenn der kleine Sohn der Frau versucht, sie zu beschützen? Glaubt Ihr, der Krieg ist ein sanfter und anmutiger Sport, wo die Gerechten gewinnen und das Böse stirbt und Kanonenkugeln nur die Sündigen treffen? Glaubt Ihr das?«

»Gott lenkt –«

»Sicher tut Er das. Aber ich habe gesehen, wie die spanischen

Soldaten eine Stadt ausgehungert haben, bis alle Kinder mit geschwollenen Bäuchen gestorben sind, ich habe gesehen, wie sie die Häuser alter Leute verbrannt und zerstört haben, nur um ihren Spaß an den hoch auflodernden Flammen und dem Klirren von Glas zu haben ... Jesus Christus, ich habe es selbst gemacht ... Soldaten sind nur Menschen, ein Heer ist nur ein Mob, der irgendwie mit Disziplin zusammengehalten wird. Glaubt Ihr, die spanischen Soldaten sind Engel, weil sie sich bekreuzigen und zur Jungfrau beten?«

»Ich bin sicher, dass sie nicht schlechter sind als die Protestanten –«

»Selbstverständlich nicht. Wenn Menschen aufs Äußerste bestialisch sind, gibt es keinen großen Unterschied zwischen ihnen. Ihr wart neulich in England, Ihr habt gesehen, dass es ein fruchtbares Land ist, dass die Städte nicht befestigt sind, wie friedlich es ist. Und jetzt plant Ihr, den beschissenen Krieg dorthin zu bringen, es von den Spaniern zerstören zu lassen, steckt Philip von Spanien nach Whitehall und das Heilige Amt nach Westminster. Lammett wollte Euch stoppen – er war nicht weniger Katholik als Ihr –, aber er war kein *gottverdammter Spanier*!« Becket schrie jetzt. »Er war kein Verräter wie Ihr.«

In all seinen Fantasien und bei all seinen Plänen war Dormer nie aufgefallen, dass die Herrscher von England nicht nur Katholiken, sondern auch Ausländer sein würden.

Becket sprach wieder ganz leise, sein Blick hielt den von Dormer wie magisch fest, leuchtend und durchdringend. »Walsingham fürchtet die Katholiken. Meine Lehensherrin, die Königin, fürchtet sie nicht. Wisst Ihr weshalb? Sie weiß, dass sie nicht für Spanien kämpfen werden, weil sie wahre Engländer sind, die nie zulassen würden, dass ihr Land von den Spaniern zermalmt wird. Im Gegensatz zu Euch ... Ihr Abschaum.« Becket spuckte aus, ganz gezielt zwischen Dormers Beine.

Einen Augenblick ballte sich Dormers Faust, beinahe wäre er näher getreten. Aber dann hielt er inne, er verstand, worum es Becket ging. Er setzte sich wieder hin, legte seine Pistole an. »Ihr könnt versuchen, mich zu reizen, Mr Becket, aber mit Gottes Hilfe werde ich widerstehen. Würdet Ihr jetzt die Kanonen spicken?«

»Nein«, sagte Becket verächtlich. »Mach es selbst, Junge.«

Er hätte Becket auf der Geschützplattform sofort erschießen sollen. Aber die letzten Überreste seiner Priesterschaft hielten ihn davon ab: Da sich jetzt die Gelegenheit bot, musste er Becket belehren, dass die katholische Kirche seine einzige Hoffnung auf den Himmel war, dass Dormer Recht hatte, wenn er England vor der Hölle zu bewahren versuchte. Dann konnte er den Mann reinen Gewissens erschießen.

Also ging Dormer zur größten Kanone hinüber, hielt die Pistole immer noch auf Becket gerichtet, steckte den Eisenhaken in das Zündloch und benutzte den Schlegel mit der linken Hand, hämmerte den Haken rein. Dann ging er zum nächsten Geschütz und zum nächsten, arbeitete in konzentrierter Stille, und ließ die Mündung seiner Pistole ständig auf Beckets Brust gerichtet. Es würde ein paar Stunden dauern, neue Zündlöcher auszubohren, damit die Kanonen wieder abgefeuert werden konnten. Er musste nur aushalten, bis die Galeassen im Hafen waren.

»Mr Becket«, sagte Dormer, während er weiterarbeitete. »Ich habe Euch am Leben gelassen, damit Ihr das hier hören könnt. Die katholische Kirche ist die einzig wahre Kirche, das Wort Gottes, durch die Jahrhunderte übermittelt auf den Armen der Heiligen Mutter. Wendet Euch von der Ketzerei ab, kehrt zurück zu Gott, und Ihr werdet verstehen, warum …«

»Spart Euch Eure Predigten für jemanden, der tatsächlich ein Ketzer ist, Dormer«, sagte Becket müde. »Ich sehe da oben keinen Gott und keinen Gott in den Kirchen, nirgendwo. Nur eine große Leere voller Marionetten, welche die Menschen selbst machen, damit sie darüber streiten können.«

Dormer hörte auf zu hämmern. »Überhaupt kein Gott?«

»Ich habe nie ein Anzeichen von ihm gesehen. Oder wenn es einen gibt, ist er ein grässlicher Bastard, schlecht gelaunt und zornig, nicht die Spur von Erbarmen.«

Die Verlassenheit in seiner Stimme war jammervoll anzuhören. Dormer spürte plötzlich ein Kribbeln in den Augen, eine große Trauer über den Mann, der so allein war. »Ich werde für Euch beten, Mr Becket, beten, dass Ihr zur Wahrheit zurückkehren könnt.«

Becket zuckte die Schultern und sog an seiner Pfeife, schaute hinaus auf die Schlacht. Die Sonne ging auf, und zwei weitere Feuerschiffe waren am Ufer gestrandet. Dormer sah es und hielt den Atem an.

Ein Schiff kämpfte sich mit Hilfe der Riemen zum Hafeneingang, es hatte irgendeinen Schaden erlitten, schien schwerfällig im Wasser zu liegen. Die anderen Schiffe ... man konnte keine Halbmondformation erkennen. Die Schiffe und die Rauchwolken waren auf dem Meer verstreut. Kanonendonner rollte langsam übers Wasser.

Becket stand da, schaute, sah die Galeassen, und sein Gesicht erhellte sich, als ihm etwas klar wurde. »Hat es nicht vier Galeassen gegeben?«

»Eine Galeasse reicht.«

Die Riemen glänzten in der aufgehenden Sonne, ein Schiff, das auf dem Meer zu laufen schien.

»Wir könnten sie mit Geschützfeuer von hier aus versenken«, sagte Becket, »nur wir beide. Es sind noch zwei Kanonen übrig, die schießen können.«

Dormer packte die Pistole fester, seine Hand schwitzte plötzlich. Beckets Stimme klang schmeichelnd, nicht wütend.

»Ich weiß, wie man eine Kanone lädt und bedient, hier gibt es Pulver und Kugeln. Los, Dormer, helft mir, England vor dem Krieg zu retten.«

Etwas lief falsch ... Sicher, es sollten mehr Galeassen sein ... Egal. Wenn die Offiziere der Armada mitbekamen, dass Calais für sie gehalten wurde, würden die anderen in den Hafen kommen. Vielleicht hatten sie deshalb die Formation aufgelöst, vielleicht kamen sie in den Hafen, um Schutz zu suchen.

»Dormer.« Beckets Stimme klang rau, er war näher gekommen.

»Bleibt stehen«, rief Dormer barsch. »Legt die Hände auf den Kopf.«

Becket blieb stehen, legte die Hände auf den Kopf.

Dormer trug das heilige Banner zusammengefaltet an seiner Brust. So schnell er konnte, hämmerte er die Haken in die letzten beiden Kanonen, dann ging er zum Fahnenmast, der leer war, weil die Garnison keine Möglichkeit gehabt hatte, die Li-

lienfahne Frankreichs aufzuziehen. Er klammerte das Banner an die Schnur, zog sie hoch und sie entfaltete sich schlaff in der Brise, das Wappen des Herzogs von Parma, das Signal, dass Calais reif zur Übernahme war.

Auf der Treppe konnte man Stimmen hören, Getrampel, eine Armbrust wurde abgeschossen, jemand kreischte, der Klang einer Frauenstimme und ein plötzliches Hämmern an der Tür zur Geschützplattform.

»Ich habe Cecil gewarnt und den anderen gesagt, sie könnten gehen«, sagte Becket gelassen. »Es gab keinen Grund, sie zum Bleiben zu bewegen, damit sie umgebracht werden, wenn die Franzosen ihre Kanonen zurückhaben wollen.«

Selbstverständlich hatte er das getan. Selbstverständlich. Das Reden diente nur dazu, Zeit zu gewinnen.

Heftig wurde weitergeklopft, dann hörte man das Knirschen einer Axt im Türholz.

Becket bewegte sich wieder, seine Hände hingen locker und entspannt herab. »Edward Dormer«, sagte er leise, »Ihr könnt Eure Pistole weglegen, Euch ergeben, und vielleicht werde ich Euch leben lassen.«

Dormer wich zurück, voll dunkler Panik, seine Welt war plötzlich ohne göttliche Führung. Die Tür splitterte unter der Axt.

Merula

Dünkirchen

Nimm niemals an, dass du weißt, was ein Gott denkt.

Es war die Lady Leopard. Endlich, endlich war sie auf meine Schulter geklettert, endlich hatte sie die Pforten meines Bewusstseins geöffnet und meiner Gottsicht erlaubt, mit voller Wucht in die geschäftige Stadt meines Haarige-Gespenster-Denkens einzubrechen und sie zu zerstören. Außer dass ich das blaugrüne Englisch der haarigen Gespenster sprach, war ich wie zur Blüte meiner Macht, als ich in den Wäldern der Länder herumlief, die von der großen Löwensonne regiert werden, und in der Traumzeit Götter jagte.

Es hätte keine schlimmere Zeit dafür geben können.

Wir waren vollkommen ohne Geld in Dünkirchen angekommen, unsere Pferde waren gestohlen worden, unsere Bäuche seit zwei Tagen leer. Becket hatte ein Papier mit Zeichen darauf gesehen, darunter ein kleines Bild mit einem gehörnten Pferd, und entzückt gelacht. Also traten wir in den Dienst von Piers Lammett und Edward Dormer und erhielten unsere zehn Gulden Handgeld. Becket nannte sich David Smith, und er und Lammett lachten darüber verständnisinnig.

Warum nahmen wir kein Schiff, um mit dem Handgeld zurück nach England zu reisen, nachdem wir den Dienst angetreten hatten und ich mein Zeichen in ihr großes Namensbuch gemacht hatte? Teils aus dem Grund, dass es kein Schiff gab, weil sich alle vor den Holländern verbargen, die draußen auf die spanische Flotte warteten und berüchtigt waren als Piraten. Teils, weil Becket das Handgeld vertrank und ich ihm dabei half. Und teils, weil er in Dormers Nähe bleiben wollte. Zuerst wollte er nicht sagen warum, aber als er eines Abends betrunken war, zeigte er mir ein zerknittertes Stück Papier, das er in seiner Weste trug und das mit ihrer Schrift bedeckt war, aber auch mit einem höchst gut gemachten Bild von einem jungen Mann, der Dormer eindeutig ähnlich sah.

»Dies ist der Mann, der meinen Bruder getötet hat«, sagte Becket. »Er hat auch den Kartenzeichner getötet, der uns Parmas Plan zur Übernahme von England verkauft hätte.«

Er erklärte es mir, sprach über die drei Teile des spanischen Plans und lächelte zynisch. »Falls du je die Gelegenheit hast, Merula«, sagte er, »versuch herauszufinden, ob er irgendwo eine Karte bei sich trägt.«

Und ich saß neben ihm, als er den Branntwein hinunterschluckte, der ihn genügend betäubte, um schlafen zu können, und schaute meiner Lady Leopard zu, die in ihrer Gestalt als Hauskatze zufrieden blinzelte. Worum geht es hier, fragte ich mich, als Becket immer verdrießlicher wurde und das Trinken ihn dem Abgrund des Vergessens näher brachte, warum passiert das?

Die Götter haben ebenfalls Rivalitäten und Abneigungen, vielleicht hatte sich meine Lady Leopard gegen den Leidenden Jesus der Spanier gestellt und war mit dem Donnernden Jehova der Engländer befreundet. Oder es war nur eine Marotte.

Nimm niemals an, dass du einen Gott verstehst, sagte meine Lady Leopard und kitzelte mich am Ohr.

Einmal holte uns ein Mann ab, als Dormer nicht in Dünkirchen war, weil er weitere Männer rekrutieren wollte. Becket schaute finster drein und ging mit, lockerte schon mal sein Schwert, als ein Name fiel. Wir wurden ins Hinterzimmer eines Ale-Hauses geführt, wo die Tische mit türkischen Teppichen bedeckt waren, um die Flecken zu verbergen, und der schlechte Wein wurde in Silberbechern serviert, zu Ehren des buckligen, in schwarzen Damast gekleideten Mannes, der auf uns wartete. Becket verbeugte sich vor ihm, und ich tat es ihm nach.

»Das ist *tatsächlich* Mr Becket«, sagte Mr Robert Cecil und kniff die Augen zusammen, »der einmal Sekretär für Feldzeug war.«

»Jawohl, Herr«, sagte Becket in unbestimmtem Ton, der keine der Fragen beantwortete, die in Cecils Stimme mitschwangen.

Cecil bedeutete Becket, dass er sich setzen solle, trinken solle, weniger förmlich sein solle, und Becket setzte sich, trank und blieb förmlich. Ich stand an der Wand, wie es von mir erwartet wurde, die Hände hinterm Rücken. Dann hoffte ich, dass es nicht gerade jetzt umgedrehte Geschichten geben würde, denn dies war ein wichtiger Mann unter den haarigen Gespenstern, und ich wollte ihn nicht beleidigen. So weit war ich damals gefallen, so sehr getrennt von meiner Lady.

»Ich habe gehört ...«, sagte Cecil und lächelte umsichtig, »ich habe gehört, dass Ihr eine Schiffsladung Feldzeug für die Königin nach Den Haag gebracht habt.«

»Jawohl, Herr«, sagte Becket immer noch undurchdringlich.

»Es ist nicht so gut gelaufen, wie Ihr gehofft habt.«

»Nein, Herr.«

»Habt Ihr in letzter Zeit irgendetwas von Mr Fant gehört?«

Und Becket hielt inne und schaute Cecil an, der verbindlich lächelte, und Beckets Augen klimperten sekundenlang wie die einer Jungfrau. Er hatte ein flüchtiges Lächeln auf den Lippen.

»Ah.«

»Ah, in der Tat, Mr Becket«, sagte Cecil. »Mein Vater hat mich gewarnt, Ihr könntet hier bei mir eine Stellung suchen.«

»Hm.« Becket dachte jetzt nach, das konnte ich sehen. »Also hat Fant für meinen Herrn Burghley gearbeitet?«

»Nicht unbedingt«, schimpfte Cecil. »Nur dachte mein Vater, er sollte über Eure Tätigkeiten auf dem Laufenden gehalten werden, das war alles. Ich habe keinen Zweifel, dass er Mrs Anriques selbst kontaktiert hat.«

Becket nickte. »Hat es meinem Schatzmeister Burghley, Eurem geschätzten Vater, nicht gefallen, dass ich die Königin über seinen Kanonenhandel mit den Spaniern informiert habe?«

Cecil schaute weg, hustete. »Es war weniger finster, als es vielleicht ausgesehen hat«, sagte er. »Mein Vater mag tatsächlich mit Kanonen gehandelt haben und er mag tatsächlich Geld dabei verdient haben, aber all die Kanonen und Kugeln, die er verkauft hat, waren von geringem Gewicht, Saker und Falkonetten, keine Kalverinen oder Halbkalverinen. Die Spanier sind uns bei den Kanonen weit unterlegen und werden es immer sein.«

Becket senkte den Kopf.

»Darüber hinaus war es sehr hilfreich, um Informationen zu sammeln.«

»In der Tat.«

»Obwohl er nie restlos davon überzeugt war, dass die Spanier den Krieg wollen.«

»Ich schon.«

Cecil lehnte sich in seinem Stuhl zurück, verschob seinen Buckel etwas, nickte. »Ich auch, Mr Becket, aber mein Vater will das nicht wahrhaben. Was mich betrifft, wann auch immer ich die Spanier zu verstehen versuche, stelle ich mir Mr Walsingham als König von Spanien vor, und dann bin ich im Bilde. Ich habe nie danebengelegen.«

Becket erwiderte sein Lächeln.

»Was wollt Ihr von mir?«

»Weshalb habt Ihr Euch in den Dienst von Edward Dormer gestellt?«

Ich wartete darauf, dass Becket die Sache mit seinem Bruder erklärte, aber er tat es nicht. Er zuckte die Schultern. »Ich brauche Geld, er hat es angeboten. Weshalb sollte ich nicht?«

»Er gehört zu Parmas Leuten. Ich weiß aus guter Quelle, dass er im letzten Herbst mit dem Auftrag nach England geschickt wurde, für Parma einen Kartenzeichner umzubringen, und dass er seine Arbeit gut erledigt und darüber hinaus Euren Bruder getötet hat.«

Becket war sehr still. »Woher wisst Ihr das?«

»Ich habe ... meine Quellen.«

»Ah.«

»Ich habe mich gefragt, weshalb ein unabhängiger Captain, der über Parmas Geld verfügen kann, mit zweihundert Mann müßig in Dünkirchen herumsitzt, wo es im Umkreis eines Tagesritts ein halbes Dutzend Festungen gibt, die sich einnehmen ließen.« Cecil legte die Finger aneinander und spreizte sie. »Ich frage mich das nur, versteht Ihr, ich weiß tatsächlich nicht, was er eigentlich plant. Aber hier ist er, hier ist Parmas Gold, und ich würde es gerne wissen.«

»Und?«

»Ich würde es als großen Gefallen empfinden, Mr Becket,

wenn Ihr lange genug bleiben könntet, um herauszufinden, was er vorhat. Hm?«

Becket nickte. »Und wenn ich es herausfinde?«

Zum ersten Mal schaute Mr Cecil mich an. »Schickt mir Eure Schwarze mit einer Nachricht. Ich werde dann das Nötige veranlassen.«

Becket lächelte, sein erstes echtes Lächeln seit langer Zeit, ein ganz charmantes Lächeln für einen so großen und hässlichen Mann. »Mr Cecil, es wird mir ein Vergnügen sein.«

Und Cecil stand auf, Becket stand auf, Cecil streckte seine reichlich beringte Hand aus, um die rechte Hand zu schütteln und zu zeigen, dass es keine versteckten Waffen gab, und dann verließen wir ihn.

An diesem Abend geriet Becket in eine Schlägerei mit einem hässlichen Raufbold, der mich anglotzte und Becket Angebote unterbreitete, mich ihm abzukaufen. Der Mann lachte, als Becket sagte, ich sei frei und habe meine Freilassungsurkunde bei mir. Er sagte, niemand würde Sklaven freilassen, bevor sie nicht zu alt zum Arbeiten sind, und ich sei bei Gott knackig genug für jede Menge Arbeit. Und Becket schlug ihn mit der Faust, schlug immer wieder zu, bis Lammett und ich ihn von dem Mann weggezogen.

Lammett erkannte in dem, was der Mann gesagt hatte, keine Beleidigung, während Becket knurrte: »Ich habe nie als Zuhälter gearbeitet und ich werde auch jetzt nicht damit anfangen.«

Und dann sah er mich von der Seite an und überlegte. Am nächsten Morgen weckte er mich früh auf und sagte, er wolle eine ehrliche Frau aus mir machen. Das war eine Beleidigung, und ich sagte, ich sei immer ehrlich. Aber er brachte mich zu einem der kleineren, einfachen Tempel, die zum Gottesdienst für die Engländer bestimmt sind, und redete mit dem Priester, der nicht tun wollte, um was er bat, weil ich keine Christin war.

Becket war wütend und protestierte, und der Priester wedelte mit den Händen, als wäre Becket umgedreht und nicht ich, und sagte ihm viele Male, dass er es nicht tun könnte, bevor ich nicht Christin wäre. Er würde mich auch nicht auf der Stelle taufen, wie Becket verlangte, egal wie laut Becket auch herumschrie.

»Was hast du von ihm verlangt?«, fragte ich, als er davonstampfte.

»Ich wollte dich heiraten.«

Und ich lächelte. Männer sind merkwürdig. Er hatte mich schließlich nie gefragt. Auch meine Familie hatte er nie gefragt und auch keinen Brautpreis gezahlt. Trotzdem wurde mir warm ums Herz, und ich umarmte und küsste ihn.

»Du weißt doch, dass ich meinen letzten Ehemann umgebracht habe, weil er mich geschlagen hat?«, erzählte ich ihm. »Hast du keine Angst?«

»Vor dir, Merula?«, fragte er, dann schaute er mich durch seine Wimpern mit diesem Jungengrinsen an, das mich immer zum Schmelzen brachte. »Nein, niemals.«

An diesem Abend hielten wir uns an den Händen und hüpften dreimal über die Kerzenflammen, was, wie ein Freund ihm gesagt hatte, so gut sei wie ein Priester und sogar besser, da man die Angelegenheit mit Trinken besiegele statt mit verdammt langweiligen Sprüchen.

Wir tranken schlechten Branntwein, bis uns schwindlig wurde, und tanzten zu ihren Pfeifen und Trommeln um die Tische. Sogar ihre Musik war seltsam für meine Ohren, obwohl sie schön war, aber ohne Knochen, Musik wie die Kühe und Schafe ihres Landes, überhaupt keine Musik mit Leoparden und Elefanten darin. Sie tanzten auch nicht so, wie ich es kenne, und als ich für sie sang, fanden sie es ebenfalls seltsam, aber es gefiel ihnen, als ich ihre große Trommel schlug, wie sie es nie zuvor gehört hatten, ein Lied aus Trommelschlägen wie bei uns zu Hause.

Da saß ich also am nächsten Abend herum und dachte an den Wald, dachte an die weiten Ebenen, dachte an die runden Häuser und das geschnitzte Gehege meines Königs, dachte an die Pferde, die wir hüten, und an die Löwensonne, die Wolken jagt, um sie aufzufressen.

Und so kam es dazu, dass ich mit dem jungen Mann Edward Dormer, dessen spanisches Geld wir genommen hatten, über Götter redete. Zuerst war nur das hungrige Winden seiner Sehnsüchte in seinem Gottbereich vernehmbar. Hier war, dachte ich, ein weiteres haariges Gespenst, das darauf hoffte, meine Frauengrotte zu erkunden, um herauszufinden, ob eine schwarze Grotte vielleicht dunkler war als eine rosa Grotte. Ich fragte mich, ob er Geld oder billige Schmuckstücke anbieten würde, Essen oder Heirat, hatte ich ihm doch gezeigt, dass ich kämpfen konnte. Obwohl Becket widerwillig gesagt hatte, dass er ein guter Schwertkämpfer sei, viel besser als Becket jetzt mit seinen schlimmen Händen.

Es wäre gut, keine Zeit zu verschwenden. Ich sagte ihm, dass ich frei sei, und ich sagte ihm, dass ich keine Hure sei, was ihn schockierte. Aber er bestellte Branntwein und bot mir welchen an, und das war höflicher, als es viele andere waren.

Er war auf seine nördliche Art umgedreht und hatte studiert, um Priester des Leidenden Jesus zu werden, bevor er beschloss, ihm stattdessen mit dem Schwert zu dienen. Es war interessant, und er erzählte mir die Gottesgeschichte von seinem Leidenden Jesus, und ich war froh, sie zu hören, aber schließlich sagte ich etwas, was ihn aufregte und er rannte davon.

An diesem Tag kam die Nachricht, dass die Spanier im englischen Kanal waren, sie kämpften mit den englischen Schiffen. Becket war wütend auf mich, weil ich mit dem Mann über Götter geredet hatte, was undankbar war, denn ich hatte Dormer davon abgehalten herauszufinden, dass Becket sich wieder mit Cecil getroffen hatte. Aber Becket sagte, die Anhänger des Leidenden Jesus verbrannten jeden, der andere Götter anbetet, oder denselben Gott, nur anders, und deshalb müsse ich hingehen und mich entschuldigen, damit Dormer mich nicht verhaften oder aufhängen würde, was er nicht verhindern könne, wenn es wegen Ketzerei sei.

Als ich Dormer in seiner Unterkunft antraf, war er in einem seltsamen aufgewühlten Zustand, und die Begeisterung für seinen Leidenden-Jesus-Gott glänzte unermesslich hell in seinem Gottbereich. Ich hatte Angst, mit ihm zu reden. Und dann wollte er einen Zauberspruch aufsagen, um einen vermeintlichen Dämon auszutreiben, meine Lady Leopard nämlich. Ich ließ ihn machen, sprach die Worte, die er von mir verlangte, und selbstverständlich lächelte Lady Leopard, die nur ein Stamm am großen Gottesbaum ist, mit ihren Schnurrhaaren und legte sich hin, um sich zu strecken und zu schnurren, und wurde nicht im Mindesten vertrieben.

Da begann meine Gottsicht aufzusteigen, und ich habe einen Fehler gemacht. Ich sah das anmutig geschnitzte Ding, das er anbetete, das Götzenbild in Gestalt der Mondkönigin, die Lady-von-Allem, und ich erzählte ihm, dass ich sie im Jesustempel gesehen hatte, und ich sprach davon, dass niemand das unendliche Licht teilen könne, obwohl unsere Augen kleinere Muster daraus machen, damit wir nicht verrückt werden. Wir können nur eines tun, uns ihm zuwenden oder uns abwenden. Und einen Augenblick lang hatte ich geglaubt, ich hätte ihm geholfen, aber dann wurde alles in seinem Gottbereich schwarz, und er wurde von Zorn und Hass und Angst erfüllt.

Aber ich konnte ihn mit solch schwarzem und hungrigem Hass in seinem Gottbereich nicht verlassen. Wozu bin ich umgedreht, wenn ich nicht Sprecher der Götter zu den Menschen und der Menschen zu den Göttern sein wollte? Also habe ich mit Dormer gesprochen, habe versucht, es ihm zu erklären, aber er wurde nur noch ängstlicher und zorniger, bis er seinen Dolch packte, und ich hatte ihm ungünstigerweise den Rücken zugedreht, die Lady Leopard tanzte um mich herum, ich redete weiter und erzählte ihm, was ich von seinen geheimsten Plänen und Gedanken wusste, und verstärkte nur sein Entsetzen.

Dann war er da. Mein Sohn. Seine Geisterscheinung war gekommen, um mich zu suchen. Der kleine Junge, den ich vor so langer Zeit zurückgelassen hatte, der kleine rundliche Junge mit den dicken Fäusten, der lächelte und lachte und nach mir schrie, und ich wandte mich ihm zu, um ihn zu umarmen und dann … Dann …

Das Aufblitzen eines Messers in meinen Augenwinkeln, Dormer, der sich versteift und zielt, der wie eine Schlange losschnellt, der Stoß in meine Brust …

Feuer in meiner Brust, Finger um meinen Hals, so plötzlich, und ich, voller Kummer und Liebe für meinen Sohn, fiel um … Mein kleiner Junge schrie, und plötzlich drehte sich seine Geisterscheinung um und schwoll an und wurde ein gut aussehender Mann, der seinem Vater sehr ähnlich sah, und seine Schlange, die jetzt lebte, ringelte sich um seinen Arm. Er wurde ein Schattenkrieger, er bekam Macht von dem Fieber, das ihn umbrachte, und kämpfte mit Dormer, rang ihn aus der Traumzeit heraus, hielt Dormer lange genug fest, dass Lammett kommen und es sehen und mein Leben retten konnte.

Nur war ich halb tot. Ich hatte keine Angst. Der Schmerz war in meinem blutenden Körper am Boden. Ich stand auf, nackt bis auf meinen Lederrock, lächelte meinen hübschen Sohn an, der mir sagte, dass er zurzeit Schlange hieß. Das war wunderbar und richtig. Aber es brach mir das Herz, denn er kam wegen mir hierher, er musste dem Tod nahe sein, sehr nahe. Diejenigen, die nicht umgedreht sind, gehen kaum jemals auf Geisterpirsch in die Traumzeit, und ich hatte meinen Sohn nie zuvor in der Traumzeit getroffen, was passiert wäre, wäre er auch umgedreht. Also starb er, und ich wusste nicht, wo er war.

Und doch war es damals für mich nicht wichtig. Ich sprach mit ihm und umarmte ihn und ich zeigte ihm meine Lady Leopard, und er zeigte mir seinen Gott, den schlauen Trickster, und wir redeten miteinander wie nie zuvor. Wir gingen zusammen über die weiten Ebenen der Traumzeit, wo das Zebra und der Leopard ihr jeweiliges Spiegelbild sind. Er sagte, wenn das mein Platz zum Jagen sei, würde er verstehen, weshalb ich ihn verlassen hätte. Und ich weinte über seine Stärke und seine Freundlichkeit, meine Schwester hatte solch einen feinen Menschen aus ihm gemacht. Wir kletterten zusammen auf Berge, mein Sohn und ich, und reisten über Seen; wir jagten Wörter, die sich hastig über den Himmel zurückzogen, hüteten Lieder, die ihre Mähnen schüttelten und ihre Hörner eintauchten und die Sterne streichelten und sich freundlich herabbeugten, damit wir auf ihnen reiten konnten.

Vielleicht werdet ihr haarigen Gespenster, die ihr mit dem, was ihr tun könnt, wie Götter seid, vielleicht werdet ihr sagen, wir haben nichts von diesen Dingen getan, und es war alles ein Fiebertraum. Beides kann stimmen, wisst ihr. Ihr wollt, dass die Welt ordentlich ist, und ein Ding entweder das eine oder das andere ist, jede Antwort ein Ja oder ein Nein. Und ich sage, die Welt ist verschwenderisch in sich aufgerollt wie ein Farn, und ein Ding kann ein Ding oder ein anderes sein, sowohl ein Ja als auch ein Nein, und jedes Stäubchen kann wählen, wo es landet. Und wir haben beide Recht.

Schließlich nahm ich Abschied von meinem Liebling, meinem

Sohn, der so fein und so stark ist und sagte, dass er noch etwas tun müsse, bevor er in die Traumzeit zurückkehren könne. Vielleicht hatte die freundliche Sonne an diesem Ort ihm Kraft gegeben, um sein Fieber zu bekämpfen. Also sprang ich wieder hinunter in mein Selbst und stellte fest, dass ich krank war und brannte und meine Brust wie Feuer war. Becket war weggegangen, hatte mich verlassen, um mit Lammett und Dormer fortzureiten.

Ein Junge, ein haariges Gespenst, der nicht mein Sohn war, saß neben dem Bett und starrte mich an. Ich rieb mir die Augen und richtete mich auf, und der Schweiß rann mir unter meinem hässlichen Hemd über den Rücken, und ich streckte eine zitternde Hand nach dem Hornbecher mit verdünntem Wein aus, den Becket hingestellt hatte.

Der Junge zuckte zurück und sagte zu mir: »Du tust es.«

»Was?« Ich hatte ein bisschen Holländisch gelernt, nur weil es in gewisser Weise wie Englisch ist.

»Du … etwas, etwas … den Engländern sagen.«

Er hielt ein Paket hoch, mit schwarzen Zeichen und Wachs darauf. Ich nahm es ihm ab, und der Junge rannte zur Tür hinaus und polterte die Treppe hinunter.

Das war genug. Mein Fieber war nicht so hoch, dass ich nicht hätte denken und mich zurechtfinden können, meine Brust tat weh von der Wunde, die Verbände zwickten und brannten, und jede Bewegung ließ meinen Kopf wackeln und schmerzen. Ich schluckte all den verdünnten Wein hinunter, goss mehr davon ein und verschüttete die Hälfte auf die Binsen, trank es und zitterte. Dann zog ich mein Wams an und eine Lederweste, die ich nicht schließen konnte, weil sie nicht für jemanden mit Brüsten gemacht war, zog auch meine Kniehosen an und meinen Umhang und Stiefel und ging zur Tür.

Der Platz war fast leer, denn viele von denen, die hier ihre Unterkunft hatten, waren in Dormers Diensten. Ich wankte zu den Ställen, brauchte alle zehn Schritte eine Verschnaufpause und fand einen Jungen, der die Pferde fütterte. Zuerst fragte ich, dann schrie ich und jagte ihm Angst ein, damit ich eines nehmen konnte, dann stieg ich auf und ritt zum Tor hinaus, immer noch benommen, rutschte im Sattel herum, als wäre ich nie zuvor geritten.

Ich fragte in den Straßen von Dünkirchen nach und fand heraus, dass die Unterhändler größtenteils beim Abendessen oder zu Bett gegangen waren, und ja, viele Reiter hatten die Küstenstraße nach Südwesten eingeschlagen, die nach nur wenigen Meilen zum großen Hafen und zur Zitadelle von Calais führt.

Schließlich war es einfach, denn der Engländer an der Tür, der mich nach meinen Wünschen fragte, hörte, was ich über David Becket sagte, und führte mich direkt dorthin, wo Robert Cecil am sehr schönen Feuer seiner Unterkunft Tabakrauch inhalierte. Ich sehnte mich danach, nahe ans Feuer zu kommen, da ich zitterte und krank war und mein Kopf sich anfühlte, als würde er wie eine faule Melone platzen. Ich beugte mein Knie vor ihm, da er bei den Engländern ein wichtiger Mann war, und gab ihm das Paket und wartete und schwankte hin und her und genoss die Wärme, während er las.

Dann lächelte er mich an, legte sich Papier zurecht und begann sehr schnell zu schreiben.

»Also hat Ihre Majestät die ganze Zeit Recht gehabt. Es *ist* Calais. Wo ist Becket?«

»Er ist mit Dormer weg. Der Junge sollte es Euch in seinem Auftrag bringen, aber der wollte nicht und gab es mir.«

Cecil nickte und klingelte. Ein hoch gewachsener junger Mann kam und verneigte sich. Cecil gab ihm das Paket mit seinem Brief. »Bringt das sofort zu meinem Herrn Admiral Howard auf der *Ark Royal,* und wenn die Schiffe des Prinzen von Nassau Euch aufhalten, soll der den Brief ebenfalls lesen. Verliert keine Zeit.« Der Mann berührte seine Mütze, marschierte hinaus und ließ mich mit Cecil allein, der mich anschaute und die Brauen hochzog. »Willst du etwas Wein?«

»Danke, Herr«, sagte ich und genoss seine umsichtige Höflichkeit. Er schenkte selbst ein, und ich trank, hätte mir Wasser dafür gewünscht, aber was soll's. Mir wurde wärmer davon.

»Hast du dich jetzt von Dormers Angriff erholt?«

Ich wusste, was er vorhatte. Er hatte nur seine Schar Bediensteter, vielleicht zwanzig, wenn es hoch kam. Jeden, der eine Waffe führen konnte, würde er nehmen, sogar eine verrückte schwarze Sklavin. Und ich war verzweifelt darauf aus, Becket zu finden, der mich verlassen hatte, um mit seinem Freund

Lammett, dem Spion, fortzureiten, und mit Dormer, dem Mörder seines Bruders. Also lächelte ich und sagte: »Ein bisschen schwach, etwas benommen, aber es geht so.«

»Magst du mit mir mitkommen?« Sein Lächeln war kläglich. »Becket hat mir von deinen … deinen Fähigkeiten erzählt, und ich habe nur sehr wenige Männer.«

So kam es, dass ich etwa eine halbe Stunde später mit dem kleinen buckligen Unterhändler und allen Männern, die er in der kurzen Zeit auftreiben konnte, etwa zwanzig, ebenfalls die Straße nach Calais hinunterritt. Das war Sonntagnacht, als die Armada in der Straße von Calais vor Anker lag.

Und wir kamen rechtzeitig vor Sonnenaufgang an, aber der Mann am Tor wollte für Cecil nicht öffnen, obwohl der gut französisch sprach und viele Einzelheiten über die Dringlichkeit der Sache verriet. Nein, zuerst müsse Monsieur Gourdain gefragt werden und überhaupt müsse Monsieur Gourdain, der Gouverneur, erst geweckt werden und Zeit für sein Morgenbrot und sein Bier haben und auf dem Hocker sitzen, um von seinem Kammerdiener angezogen zu werden, bevor irgendeiner seiner Untergebenen es unternehmen könne, ihm gegenüber Engländer zu erwähnen, die ans Tor hämmerten. Es habe in der Nacht auch irgendeine Störung in der Stadt gegeben, was ihm ebenfalls berichtet werden müsse. Das kostete alles Zeit, und bis dahin musste der Sohn des englischen Thronrats unglücklicherweise seine Fersen außerhalb der Stadtmauern kühlen.

Cecil fletschte die Zähne und entspannte die krummen Schultern und murmelte im Flüsterton, wie sehr er die Franzosen hasse. Aber man konnte nichts tun als warten. Zweifellos hatte Dormer einen Helfer gehabt, der ihn eingelassen hatte.

Schließlich hörte man Rufe von innen und viele Erklärungen, die Tore schwangen auf, und da stand Monsieur Gourdain persönlich, umringt von Soldaten, gekommen, um mit dem Unterhändler Ihrer Majestät zu sprechen. Cecil stieg so schnell er konnte vom Pferd und trat mit vielen Verbeugungen und höflichen Gesten vor und erklärte die Sache. Was er dann hörte, machte ihn sehr zornig.

»Sie haben die Zitadelle genommen, und mindestens eine große Galeasse ist auf dem Weg zur Hafeneinfahrt«, sagte er zu mir und seinen Männern. »Weil sie von einem abtrünnigen Engländer geführt werden, habe ich gesagt, dass wir bei der Rückeroberung die Vorhut bilden, insbesondere weil Monsieur Gourdain die meisten seiner Männer am Kai einsetzen will, um mit den Galeassen fertig zu werden.«

Und so kam es, dass Cecil wieder aufs Pferd stieg und unsere Gruppe mit einer Eskorte durch die engen Straßen von Calais stürmte, wo viele haarige Gespenster eines anderen Stammes uns anstarrten und auf mich zeigten, bis wir zum verschlossenen Tor der Zitadelle kamen.

Gourdain und seine Männer schossen mit Armbrüsten und Gewehren, um uns Deckung zu geben, und Cecils Männer rannten mit einem Rammbock gegen das Tor an.

Sie mussten es ein paar Mal versuchen, aber keiner schoss auf uns, und am Ende gab das Tor nach, und dahinter war niemand, nur Leichen. Dann ging es die Treppe hinauf, dort lag ein sterbender Mann an einer rauchgeschwärzten und zerbrochenen Tür, aus der Dunkelheit drang Stöhnen, und weiter die Treppe hinauf, und oben saß ein Mann mit einer Armbrust und rauchte Pfeife.

Er stand auf, als wir kamen, hob seine Armbrust, und ich blieb dankbar stehen, um mich schwer atmend an die Wand zu lehnen und nach meinen Rippen zu tasten, und die Lady Leopard wirbelte um mich herum, dazu das Geplapper von denen, die ich getötet hatte, denn es kam etwas auf mich zu, das meinen Tod bedeuten konnte, und sie waren natürlich höchst interessiert und aufgeregt.

Nicht jetzt, sagte ich zu meiner Gottsicht, als sie drohte, die Mauern der Welt zu durchbrechen und mich auf Grund der Schmerzen in meiner Brust und des Fiebers in meinem Blut zu überwältigen. Cecil kam und sprach in holprigem Holländisch zu dem Mann mit der Armbrust, der lächelte und seine Waffe senkte. Einer namens Becket hatte ihm Gold gegeben, damit er auf Mr Cecil wartete und ihn durchließ.

Die Tür zur Geschützplattform war verschlossen. Cecil winkte den Mann mit der Axt nach vorne, und ich drängte mich an den anderen und an Cecil vorbei, um die Erste auf der Plattform zu sein. Ich hörte jemanden reden, hörte Beckets polternde Stimme.

Liebte ich ihn? Nun, die haarigen Gespenster haben viele Namen für das Spiel des Tiers mit den zwei Rücken, aber einer davon ist »Liebe machen«, und da steckt eine Wahrheit drin, die bei den haarigen Gespenstern selten ist. Bei jemandem zu liegen, seine Mannschlange in meiner Frauengrotte zu begrüßen, sicher ist das nicht mehr als Vergnügen und die Wärme eines anderen Körpers. Aber es kann mehr werden, und das kann direkt aus dem Spiel entstehen. Becket hatte mich ins Bett genommen, weil er neugierig war, eine schwarze Frau auszuprobieren, und wie viele Männer ließ er seiner Männerschlange ungern eine willige Grotte entkommen. Und ich war mit ihm ins Bett gegangen, weil ich einsam war und neugierig darauf, einen weißen Mann auszuprobieren. Und aus einer so einfachen war eine kompliziertere Sache gewachsen.

Und sobald die Tür ramponiert genug aussah, schob ich den Mann mit der Axt zur Seite, trat sie ein, spürte den Sprung und den Schlag, als meine Lady Leopard auf meine Schulter hüpfte, und stürmte mit dem Kurzschwert in der Hand durch die Tür, bereit, mit Dormer zu kämpfen und ihn zu töten ...

Und so kam es, dass er seine Pistole von Becket weg auf mich richtete. Und so kam es, dass Becket sich zwischen die Pistole und mich stellte. Ich sah es durch den langsamen Zorn meiner Lady, ich sah ihn absichtlich zur Seite treten, als er Dormers Knöchel am Abzug weiß werden sah, und auf so kurze Distanz wurde sein linker Arm von der Pistolenkugel abgerissen. Er warf sich mit einem Kopfstoß auf Dormer, warf ihn mit schierer Wut und seinem Gewicht um, schlug mit einer Hand auf ihn ein, sein blutbespritztes Gesicht verzog sich zu einer Grimasse, und Dormer war stark und schnell genug, um ihm mit einem Messer den Bauch aufzuschlitzen.

Becket schnappte nach Luft, rollte schlaff von Dormer herunter, der sich auf unsicheren Beinen erhob, auf ihn eintrat. Aber ich war da. Ich kam nahe heran, ich zog sanft Dormers Schulter herum, denn ich wollte, dass er mich sah, den schwarzen Dämon seines angstvollen Gottbereichs sah, und wusste, dass ich ihn an den Ort schicken würde, den er Hölle nennt.

Er drehte sich herum, sein Messer war bereit, aber er war angeschlagen und hatte die Gottsicht, und deshalb sah er mich mit meiner Lady Leopard, sah meine Wahrheit. Er zögerte nur einen Herzschlag lang, und in dieser Zeit des Auffüllens und Anschwellens und Zusammenziehens des großen Herzmuskels, der sich wie eine Faust ballte, hob ich mein Kurzschwert und stieß von der Seite her zu, trennte seine Wirbelsäule am Hals mit der schweren Klinge durch, knirschte durch den Knorpel und den Nerv, und so sackte er zusammen und fiel um.

Ich hob seinen Kopf hoch und war glücklich, dass ich ihn genommen hatte. »Du gehörst jetzt mir«, sagte ich, während seine Augen weiterblinzelten. »Dein Geist wird mir dienen, bis ich dich gehen lasse.« Und das Blinzeln wurde schneller und schneller, Motten, die aus einem toten Baum entfliehen, dann hörte es auf, und seine Augen waren nur noch totes Fleisch. Lady Leopard begrüßte seinen Geist, indem sie ihn spielerisch mit der Pfote tätschelte.

Dann wandte ich mich meinem Kerzenehemann zu. Er hatte gesehen, wie ich Dormer getötet hatte, aber er lag im Sterben, blutete aus seinem zerstörten Arm, aus seinem aufgeschlitzten Bauch. Oh jetzt, jetzt kannst du zu mir kommen, Gottsicht. Die Lady Leopard machte ihren Gestaltwechsel zur Lady-von-Allem, erfüllte mich mit dem Wissen, das ich allein in den Wäldern erhalten hatte, das Wissen, für das ich mein Kind aufgegeben hatte.

Ich streckte die Hand aus nach Davids Gesicht, schob die verschwitzten Locken beiseite, während er mit dem Schmerzensdämon kämpfte, darum kämpfte, nicht zu schreien oder zu stöhnen. Es gibt wenige Wunden, die qualvoller und blutiger sind als eine aufgerissene Leber. Ich legte Zärtlichkeit auf seine Stirn, nahm ihm Schmerzen ab. Er beruhigte sich.

»Was willst du, mein Geliebter?«, fragte ich ihn leise auf Englisch. »Den Tod, der bald kommen wird, vielleicht heute Nacht oder morgen, oder den Tod, den ich dir mit meinem Messer gebe?«

Es war schwer für ihn, genug Luft zum Sprechen zu holen. »Dein ... Messer.«

Er hob wieder die Hand und hielt meine fest. Er wusste, was passiert war. Sein Arm, davon mochte er sich wieder erholen, aber dazu noch ein Messer in Bauch und Leber ... Nein. Und es würde schwer werden, ohne Hilfe zu sterben, da seine Lungen nicht getroffen waren. Aber ich zögerte, mein eigenes Herz war unsichtbar zerrissen, und er drückte fester zu vor Schmerzen. Also zeigte ich ihm das Messer, um sicher zu sein, dass ich verstanden hatte, und als er nickte, stach ich die Klinge zwischen seine Rippen und in sein Herz. So habe ich meinen Freund getötet.

Hinauf, hinauf flog ich, vom Wind hochgetragen, der ihn in die Traumzeit brachte, hochgetragen vom Zorn und dem Leid und der Rache, vom Fieber und dem Wahnsinn meiner Lady. Und in dieser Zeit sah ich auch den Kriegergeist meines Sohnes, freigelassen, getragen von seinem Lieblingsgott. Er wusste, wo er war, und lächelte, weil er mich dort wiedersah.

Es war Zeit, die Spanier und ihren Leidenden Jesus und ihren habgierigen Plan, England zu nehmen, aufzuhalten. Es gibt keine Wahl zwischen einem Stamm der haarigen Gespenster und einem anderen, aber David Becket war ein blaugrüner Engländer gewesen, und sein Geist hatte keine Mühe zu wählen.

Also schaute ich nach Nordosten und sah den Donnernden Jehova, wie er zwischen den Felsen im Norden tanzte und grölte. So ein verrückter, charmanter, kleiner Götterjunge. Hierher, rief ich, komm zum Spielen. Er fing meinen Duft auf, der vom Schmerz stark geworden war, sah die zerbrechlichen Nussschalen des Leidenden Jesus, seines Feindes und Brudergottes, und verkündete dröhnend seine Herausforderung, rauschte auf sie herunter, seine Wolkenwagen jagten vor ihm her, und er wühlte die Wellen mit seinen Luftfäusten auf.

Es war das Werk von weniger als einem Augenblick, seitlich aus der Zeit zu treten und wieder zurückzukommen. Dann war ich wieder bei mir, war nicht willkommen, immer noch mit dem Messer in der Hand.

Als ich jedoch das Messer noch einmal hob, um mit meinem lieben, merkwürdigen Geliebten zu gehen, hielt mich die Lady auf. Und ich kniete heulend und blutbefleckt da, vom Fieber und vom Leid und vom schweren Ende des Traumwandelns geschüttelt, während Cecil die Franzosen zurück auf die Geschützplattform ließ und sie die schwere Arbeit begannen, neue Zündlöcher in die gespickten Kanonen zu bohren. Keiner wagte es, mir nahe zu kommen, denn sie sahen das blutige Messer und den Kopf, den ich genommen hatte, und fürchteten sich vor mir.

David war wieder da, ein großer, starker, junger Mann, spielte lachend mit seinem Geistschwert herum. Seine schwarzen Locken waren nicht mehr mit Silber gesprenkelt, der Bauch hing ihm nicht über den Schwertgurt, seine Hände waren nicht mehr ungeschickt und unzuverlässig, hier war er wieder, wie er zu seiner besten Zeit gewesen war. Ich hatte ihn getötet und hätte ihn fragen können, ob er bei mir bleiben und mir Gesellschaft leisten wolle, aber jemanden zu lieben heißt, ihn gehen zu lassen.

In meiner Traumsicht kam er nah heran und küsste mich, dann blinzelte er auf meinen Unterleib, schaute noch einmal hin und lachte. Was hatte er an meinem Frauenplatz gesehen? Ich erwiderte sein Lächeln, plötzlich verstand ich. Wenn sie leben würde, um geboren zu werden, wenn sie leben sollte, um ihre Frauenschlange zu bekommen, dann würde ich ihr die Geschichte ihres merkwürdigen Vaters erzählen.

Er grüßte mit dem Schwert, wie die haarigen Gespenster es tun, dann drehte er sich um. Ich sah ihn den Sonnenschein hinaufstapfen, um seinem Captain Bericht zu erstatten, dem, an den er zu glauben aufgehört hatte, den er aber nie im Stich gelassen hatte. Der stand da, wie David es erwartet hatte, mit einem roten Löwenbanner und hinter ihm war die offene Pforte zum Paradies.

Wenn wir auf die Lady-von-Allem schauen, sehen wir, was unsere Herzen wirklich erwarten. Glaubt ihr, sie ist nur ein Ding oder ein anderes? Glaubt ihr, sie ist zu klein, um uns alle aufzunehmen?

Aber schließlich habe ich nie einen Geist anderswo hinfliegen sehen, auch wenn sie einen Umweg einschlagen oder die Zeit auf der Welt in Verwirrung zubringen. Das mag für die seltsamen, heidnischen haarigen Gespenster ein Schock sein, die so ein Getue und solche Umstände darum gemacht haben, wo ihre Geister hinkommen.

Natürlich fliegen wir alle am Ende nach Hause.

Simon Ames

Auf der San Lorenzo

Sie haben eine dämlich lange Zeit gebraucht, um ihn aufzuhängen, gaben ihm Gelegenheit genug zu schreien, dass er gelogen habe. Die Wut konnte man kriegen. Wollten sie ihn zum Narren halten? Er hatte ihnen gesagt, dass er Untersuchungsrichter war …

Mögen sie verfaulen, bevor und nachdem sie zur Hölle fahren, dachte Simon, und in seinem Kinnladen schlug immer noch ein angstvoller Puls, bei all seinem Wissen und all seiner Weisheit musste er sich immer noch darauf konzentrieren, seine Körperöffnungen geschlossen zu halten, der Schweiß rannte ihm in Bächen übers Gesicht, es war zum Verrücktwerden.

Schließlich stießen sie ihn in eine andere Richtung, lösten ihm die Armfesseln, zogen ihm die Kapuze herunter, und er schnappte nach Luft und blinzelte in die Sonne. Don Hugo stand da, mit ausdruckslosem Gesicht.

»Du hast Recht, dass Seine Exzellenz dich vielleicht verhören möchte. Aus diesem Grund werde ich dich noch nicht aufhängen.«

Simon starrte einfach vor sich hin und rang nach Luft. Du Lügner, dachte er, du wolltest mich nur prüfen.

Er wurde denselben Weg wie Schlange entlanggestoßen, über zwei Leitern nach unten, durch die übel riechenden Mannschaftsquartiere, und noch eine Leiter hinunter in den Laderaum, wo sie einen Käfig aufschlossen und ihn hineinschoben. Schlange war da und eine Leiche und jede Menge Dreck. Aber Schlange kam zu ihm und umarmte ihn mit Freudentränen in den Augen, sprach in seiner eigenen Sprache, dann in holprigem Spanisch.

»Du nicht aufhängen! So ein guter Schreiber, umgedrehter Schreiber. Gut, ich bin glücklich.«

Simon lächelte matt und musste sich setzen, seine Beine waren immer noch schwach. Er konnte atmen, er hing nicht an seinem Hals und zappelte auf dem langen Weg ins Paradies mit den Beinen, aber den Himmel zu verlieren, die Luft ... Er versuchte, Dankbarkeit zu empfinden. Nein, er würde ehrlich sein beim Allmächtigen. Höre, oh Herrgott von Israel, dein Diener ist *nicht* zufrieden.

Es gab einen Wasserschlauch, den Schlange ihm brachte, das Wasser roch übel, aber eigentlich nicht giftig, und Simon trank, er war immer noch durstig. Es kam ihm seltsam aufmüpfig vor zu trinken, wann er wollte, statt warten zu müssen, bis der Padron mit Wasser kam. Als der Käfig dann abgeschlossen wurde und die Soldaten die Leiter aus dem Laderaum hinaufgeklettert waren und die Falltür geschlossen hatten, wurde das schummrige Licht zu einer dicken, schwarzen Decke.

Ist das besser, als aufgehängt zu werden?, fragte sich Simon und beschloss, dass es das war, gerade noch. Er würde sowieso aufgehängt werden oder erschossen oder möglicherweise gefoltert, wenn Medina Sidonia das wollte, um die Wahrheit herauszufinden. Der arme Schlange, der nicht besser dran war, tastete den ganzen Käfig ab, warf die Scheißhaufen in die entfernteste Ecke, rollte die Leiche in dieselbe Richtung. Es wird nur ein paar Tage dauern, bis die verpestete Luft uns beide umbringt, dachte Simon. Wenn Medina Sidonia mit mir reden will, sollte er sich lieber beeilen.

Die Zeit verging. Simon beschloss, dass er besser schon mal die Sprache lernen sollte, wenn er, nachdem Schlange in seinem Land König geworden war, sein Berater werden würde. Schlange fand das sehr komisch, aber er fing mit großem Eifer an.

Zwei Soldaten mit Lampen brachten einen Wasserschlauch und Zwieback für den Abend. Simon verlangte, dass sie die Leiche herausholten, bevor sie richtig zu verwesen anfing – der Bauch war schon aufgequollen.

Die Nacht verging bei zunehmendem Gestank, das Schiff rollte in der Flaute, die Lippen der Wellen küssten geräuschvoll den

Schiffsrumpf. Ratten kamen angetrappelt und flüsterten in der Dunkelheit, knabberten an der Leiche.

Am Morgen schrie Simon die beiden jungen Soldaten mit der nächsten Zwiebackration an, und sie holten Seile, wickelten sie um den angenagten Leichnam, den Simon und Schlange zur Käfigtür gerollt hatten und zogen ihn, der jetzt Fäulnis furzte, davon.

Wieder Dunkelheit. Und dann hörten sie etwas, das sie nie zuvor gehört hatten, eine Art rhythmisches *Swisch ank, Swisch ank,* und die Bewegung des Schiffes änderte sich. Simon überlegte angestrengt, und dann lächelte Schlanges Stimme im Dunkeln.

»Der Padron rudert jetzt für uns.«

Simon lachte. Selbstverständlich, sie hatten es nie gehört, weil sie immer mit Rudern beschäftigt waren. Das Geräusch ging eine sehr lange Zeit so weiter, und dann hörte man ringsumher das Knallen und Krachen von Kanonen. Sie hörten ein Poltern, Krachen, Knirschen, und das Schiff schlingerte; noch einmal, noch mehr Geschützdonner von den Engländern. Ein Krachen hallte wider, und das ganze Schiff vibrierte, immer wieder.

Danach kam eine Pause, und das *Swisch ank, Swisch ank* fing wieder an, langsamer, stärker, ein rollender Gesang übertrug sich durch das Holz. Schlange stand an den Gitterstäben des Käfigs und hämmerte einen komplizierten Rhythmus mit den Händen.

»Wir schleppen etwas.«

Noch ein Kanonenschlag. Einmal gab es ein splitterndes Knirschen, gefolgt von Schreien. Schlange und Simon saßen ruhig im Dreck mitten im Schiffsbauch, beschützt wie in einem Schoß. Ihre Ohren strengten sich an, durch die Holzwände bis zu den Bänken vorzudringen. Man bekam wenig genug mit von dem, was passierte, wenn man am Riemen saß – aber im Käfig, nichts. Vor Kummer begann Simon, mit dem Kopf sacht an die Stäbe zu schlagen, bis Schlanges Hand auf seiner Schulter ihn davon abbrachte.

»Nicht anfangen«, polterte Schlanges Stimme, »sonst es wird angenehm.«

Wir werden erst wissen, dass wir gleich sterben, wenn wir den Rauch riechen oder das Wasser einbrechen sehen, dachte Simon, und die Erkenntnis, dass er nichts tun konnte und eingesperrt war, ließ die Angst wie eine Ratte, die aus ihrem Käfig wollte, in seiner Brust herumrennen und beißen.

Trotzdem drang der Geruch von Schießpulver zu ihnen durch, ganze Wolken. So viel. Noch mehr Geknalle, noch mehr Krachen, noch mehr Geschrei. Überall war Getrappel und Gequietsche zu hören, und plötzlich merkte Simon, dass die Ratten doch noch zu ihnen gekommen waren, denn sie saßen an der Stelle, wo man am wenigsten Angst haben musste. Für euch mag das gelten, dachte er, als das Trappeln und Huschen in der Dunkelheit anhielt, aber für mich ist das viel schlimmer als der Riemen. Er hätte nie gedacht, dass er so etwas sagen könnte.

Die Ruderer schleppten immer noch, die Kanonen feuerten weiter, aber nicht mehr ihre eigenen, die Geräusche waren nicht nah genug und ließen das Schiff nicht so stark vibrieren. Englische Kanonen. Es muss eine gewaltige Schlacht sein, dachte Simon und wünschte sich, sein Geist wäre leicht genug, um durch ein Astloch davonzufliegen.

Nach einer Weile hörte das Krachen auf. Sie ruderten aus der Kampfzone. So wie sich der Kiel hob, glaubte Simon, dass es wenigstens etwas Wind gab, und erneutes Geschützfeuer aus einer anderen Richtung deutete darauf hin, dass die großen Segelschiffe endlich in den Kampf eingreifen konnten. Aber die *San Lorenzo* schien nicht mehr mitzumachen, was kaum überraschte, bedachte man, wie lange die Männer gerudert hatten. Simon konnte es sehen, konnte fast das Metallische im Mund schmecken, spürte seine Lippen aufplatzen, als er sich mit den anderen über den Riemen beugte und versuchte, Luft zu bekommen.

»Arme Bastarde.«

»Nicht der Padron.«

»Nein, vom Padron abgesehen. Soll er doch das Schiff alleine rudern.«

»Das gefällt ihm.«

Niemand kam, also gab es nichts zu essen, und der Wasserschlauch war bis zu einem Drittel leer, und sie beschlossen, es bis zum Morgen aufzuheben. Sie schliefen endlich ein, nicht aneinander gedrängt, da es im Käfig, der für zehn Mann gebaut worden war, genug Platz zum Ausstrecken gab. Aber sie waren einander nahe genug, um dem Atemgeräusch des anderen Mannes zu entnehmen, dass man nicht allein in einem schwarzen, geheimnisvoll bewegten Loch verloren war.

Die Falltür wurde erst gegen Mittag des nächsten schwarzen Tages geöffnet, und bis dahin war Simon von rasender Sorge um Schlange ergriffen.

»Wie lang hast du schon Kopfschmerzen?«, wollte er wissen und versuchte, im Stockdunkeln Schlanges Stirn zu fühlen, obwohl der ihn abwehrte. Seine Haut fühlte sich brennend heiß an und war glitschig vom Schweiß.

»Lange Zeit, seit wir nahe an England kommen.«

»Warum hast du nichts gesagt?«

»Warum? Wenn ich krank, zwei Wege übrig: Hinaus zur Ruderöffnung, in den Käfig. Beide schlecht. Warum sagen?«

Simon schlug die Hände vors Gesicht. Er hörte, wie Schlange sich auf den Ellbogen stützte.

»Du weißt, was es ist?«

»Noch nicht. Mein Onkel ist Arzt, ich habe etwas von ihm gelernt ... Kopfschmerzen, Fieber ...«

»Meine Nase blutet wieder.«

Simon seufzte zitternd. »Höchstwahrscheinlich ist es Typhus, es gibt zwei Arten davon, die sich sehr ähnlich sind. Hast du je Typhus gehabt?«

»Ich habe Fieber gehabt ...« Er sagte ein paar Wörter in seiner Sprache, von denen Simon annahm, dass es die Namen dafür waren. Schlange hustete und legte sich wieder hin. »Nicht Typhus.«

Habe ich Typhus gehabt?, fragte sich Simon und konnte es nicht wirklich beantworten, er wusste nur, dass er es als Junge ganz bestimmt bekommen hätte, wenn der Krankheitserreger irgendwie in seiner Nähe aufgetaucht wäre, da er jede Fieberkrankheit aufgeschnappt hatte, die es nur gab. Oder ja, vielleicht hatte er es gehabt, als er angefangen hatte, für Walsingham zu arbeiten, und nach Clink gegangen war, um jemanden zu verhören, dessen Zelle von unzähligen Ratten in ein pelziges Meer verwandelt schien. Sie hatten ihn drei Monate lang mit rasenden Kopfschmerzen und Fieber ins Bett gesteckt, bis er schließlich davon überzeugt gewesen war, er sei ein Vogel und müsse zum Fenster hinausfliegen. Vielleicht hatte er diese Art

Typhus gehabt. Nun, wenn er es noch nicht gehabt hatte, dann würde er es mit Sicherheit jetzt bekommen.

Er war wütend auf den Allmächtigen. Tatsächlich ballte sich alles zu einer großen schwarzen Wutkugel zusammen, all sein Kummer und die Angst von gestern, all seine Ängste um Schlange heute und die Dunkelheit und die Hungerkrämpfe in seinem Bauch und die totale Hoffnungslosigkeit. Ich bin nicht Hiob, der dich trotz allem ehrerbietig anbetet, sagte er zu dem Nichts über sich und um sich herum. Ich bin auch kein kleiner christlicher Gottesanbeter. Wie kannst du es wagen, mich so zu behandeln, mit all deiner Macht und dem, was du vermagst, mich wie einen Wurm zu zertreten und dann noch einmal zu treten. Wie kannst du es wagen!

Die Falltür ging auf, mürrische Soldaten ließen eine Leiter herab, kamen mit Zwieback und einem neuen Wasserschlauch, die sie durch die Luke in der Tür schoben, und gingen wieder.

Simon rief ihnen nach: »Die Schlacht gestern, wer hat gewonnen?«

Die Soldaten, beide mit Bartflaum im Gesicht, schauten einander an und zuckten die Schultern. »Viele Galeerensklaven verletzt und auch viele von uns«, sagte einer. »Wir haben die *Rata Encoronada* geschleppt, damit sie ihre Kanonen auf die Engländer abfeuern konnte. Sie hat einigen Schaden verursacht, aber ich hatte gehört, wir sollten die Weiße Insel einnehmen, und das haben wir nicht getan.«

Die Isle of Wight, dachte Simon. Sie war der bestmögliche Zufluchtsort vor der Straße von Dover. Und wir sind daran vorbei – kein Wunder, dass das Geschützfeuer heftig war. Die Engländer wissen so gut wie die Spanier, wie wichtig sie ist.

Es war kein *Swisch ank, Swisch ank* zu hören, aber sie bewegten sich, die *San Lorenzo* segelte. Gedämpft konnte er Geräusche durch die Bordwand hören, Gehämmer und Zimmermannsarbeit. Es schien genug Wind da zu sein, um ohne Riemen vorwärts zu kommen. Die Ruderer sind zweifellos erschöpft, einige von ihnen verletzt oder tot. Warum haben sie uns nicht als Ersatz herausgeholt?

Er bekam eine Gänsehaut. Was, wenn sie es täten? Was, wenn er wieder an eine Bank gekettet würde – nicht an die des

Padrons, selbstverständlich, aber irgendeine Bank würde schon ausreichen. Nun, der Allmächtige würde es zweifellos amüsant finden, weshalb es schon fast sicher war.

Schlanges Fieber stieg den Tag über immer höher, und er roch übel, obwohl er keine Rote Ruhr hatte. Am Abend murmelte er unverständlich in seiner eigenen Sprache, redete mit jemandem, schrie. Simon konnte nur Wasser aus dem fast leeren Schlauch über ihn gießen und ihn sanft mit dem Lappen abreiben, den er aus seinen gestreiften Kniehosen herausgerissen hatte.

Die Nacht war scheußlich, der nächste Tag schlimmer. Simon schlummerte nur, versuchte, Schlange, der schrie und um sich schlug und in seinem Delirium mit Dämonen kämpfte, Wasser einzuflößen, und er musste sich dagegen wehren, von Schlange, der ihn anscheinend als Todfeind ansah, gepackt und erdrosselt zu werden.

Am nächsten Morgen brannte Schlanges Haut ein bisschen weniger – die milde Hitze für eine Eiercreme, nicht mehr heiß genug, um ein Lammkotelett zu braten, dachte Simon, der inzwischen sein Denken ausschließlich auf Kummer und Essen verteilte.

Die Falltür öffnete sich, die Leiter kam herunter. Zuerst reichten sie ein paar Säcke und ein Fass nach oben. Danach kamen vier Soldaten zum Käfig und schauten rein.

»Was hat denn der Schwarze?«

»Ich glaube, er hat Typhus.«

»Und was ist mit dir?«

Simon grinste. »Mir geht's gut«, sagte er und hoffte inständig, dass es nicht stimmte. »Ich hatte schon Typhus.«

Die Soldaten schauten einander an, einer schwankte, als das Schiff mit den Wellen nach hinten kippte. Wir liegen irgendwo vor Anker, merkte Simon, und einen Augenblick war seine Aufmerksamkeit nicht auf Schlange gerichtet. Ich würde gern wissen wo.

»Komm jetzt mit.«

Schlange lag ruhig da, döste mit halb geschlossenen Augen, der Schweiß lief ihm über die Haut. Simon dachte an die Leiche und die Ratten und zog ihn an eine Stelle, wo die Ratten keinen seiner Körperteile erreichen konnten – die Stäbe waren zu eng beisammen, um sie durchzulassen, ein Segen, auch wenn die Mäuse und Kakerlaken eine ständige Plage waren. Er gab Schlange zu trinken, goss etwas auf seine Stirn, ließ den Wasserschlauch so liegen, dass Schlange ihn erreichen konnte, stand dann auf und wartete, bis die Soldaten die Tür aufgesperrt hatten.

Als er herauskam, bemerkte er, dass sie vorsichtig zu ihm traten, und grinste wie ein Wolf. Wenn er nur keine Ketten an den Händen und Füßen hätte, ein kurzer Sprung zur Seite und losrennen und er wäre im Meer und würde mit aller Kraft zu den Engländern paddeln.

Aber das war unvernünftig, und wie konnte er auch nur daran denken, Schlange zu verlassen? Er stieg sanftmütig mit ihnen die Leiter hinauf, die Speere waren auf ihn gerichtet, falls er das nicht tat, ging durchs Mannschaftsdeck, dann hinter dem Ruderdeck hoch, ohne damit in Berührung zu kommen, und hinaus aufs Achterdeck. Simon fragte sich, ob er gehängt werden würde, blinzelte auf das blendende Meer hinaus, seine Augengläser, die er an seinen Kniehosen festgehakt hatte, fielen ihm ein, er setzte sie auf und blinzelte um sich. Weiße Klippen. Also waren sie in der Straße von Calais. Fünfundzwanzig Meilen von Dover entfernt, der Ort, an dem Zeit und Gezeiten so sehr voneinander abwichen, dass Calais die einzige Antwort war. Westlich lagen die englischen Schiffe, immer noch im Windvorteil und in größerer Zahl denn je.

»Warum kämpfen wir nicht?«, fragte er die Soldaten, die darauf warteten, dass die Pumpe wieder angeschlossen wurde.

Ein Soldat bekreuzigte sich. »Wer will schon an einem Sonntag eine Schlacht anfangen?«

Simon nickte, kniff die Augen zusammen und beobachtete den Jahrmarkt kleiner Boote, die auf dem glänzenden Wasser zwischen Calais und der großen Mondsichel der Schiffe hin und her fuhren. All die Gigs und Skiffe waren mit Essen, Brot, Käse, Eiern, Schinken, Fässern, Früchten beladen, viele von ihnen von sichtlich entschlossenen Frauen gerudert, die ihre Kittel tief herabgezogen und ihre Mieder oben aufgeschnürt hatten. Simon empfand ihren Anblick als heikel: Er hatte lange nur Männerkörper angeschaut, und solche Üppigkeit und Weichheit zu sehen, ließ ihn kräftig schlucken.

Die Jungen starrten ebenfalls traurig über die Reling auf die Frauen. Einer wandte den Blick ab und seufzte, dann sah er, dass Simon auch schaute, und stieß ihm den Ellbogen in die Seite. Der andere rief den Schmied herauf, der die Nieten aus Simons Fußgelenkketten heraushämmerte, so dass seine Füße zum ersten Mal seit Monaten frei waren. Es war ein sehr seltsames Gefühl, ganz unnatürlich. Er hatte Hautabschürfungen, wo die Gelenkfesseln gewesen waren. Soldaten umringten ihn, damit er nicht ins Meer springen konnte.

»Ausziehen«, sagte der Junge.

Simon legte die Stirn in Falten. »Weshalb?«

»Damit du dich waschen und anständige Kleider anziehen kannst.«

Simon nickte, zog seine Stoffhosen aus. Die Kälte des Pumpenwassers ließ ihn hüpfen, aber er war mit ganz anderen Dingen beschäftigt. Sie würden ihm keine anständigen Kleider geben, um ihn aufzuhängen, denn die würden dreckig, also würde er nicht sofort aufgehängt werden. Das war schon etwas.

Als er noch klebrig war vom Meerwasser, gaben sie ihm ein Seemannshemd aus Segeltuch und eine Stoffhose und eine Weste, die viel zu weit war und komisch an seinen Knochen hing. Sie gaben ihm sogar ein Paar Segeltuchschuhe für seine Füße.

Simon kam sich sehr seltsam vor, und es zwickte ihn an empfindlichen Stellen. Er folgte den vier Soldaten und kletterte vorsichtig über die Bordwand des Schiffes und eine Leiter hinab in die wartende Gig, wobei er sich schmerzhaft die Fingerknöchel aufschürfte. Ein junger Soldat packte ihn, bog ihm den Arm auf den Rücken und knurrte ihm Drohungen ins Ohr. Simon entspannte sich und achtete nicht auf das Ziehen in seiner Schulter. Ruderer, die nicht angekettet waren, machten sich an ihre Arbeit, und Simon sah kritisch zu. Man musste zugeben, dass es wahrscheinlich mehr Geschick erforderte, einzelne Ruder gleichzeitig zu bewegen, als auf einem Ruderdeck mit einem Baumstamm zu ringen. Es machte Spaß, zur Abwechslung mal anderen bei der Arbeit zuzusehen.

Sie fuhren zwischen all den kleinen Ruderbooten und Skiffen

hindurch, die wie Fliegen um ein Pferd um die Armada herumsummten. Nur waren das wohltätige Fliegen, die Lebensmittel brachten. Ein Boot fuhr so nah vorbei, dass sie beinahe zusammenstießen. Vulkanisches französisches Fluchen ertönte von der blonden Frau und ließ Simons Ohren brennen.

Später dachte er, wie schlau es gewesen wäre, so zu tun, als würde er zurückfluchen, der Frau aber zu sagen, dass die Spanier ihre Stadt einnehmen wollten. Allerdings unterschied sich Spanisch nicht so stark vom Französischen, und so würden die Soldaten möglicherweise etwas erraten, oder einer von ihnen könnte ja tatsächlich französisch sprechen. Außerdem, wer würde einer Frau schon glauben?

Ja, dachte er. Sie kamen zur *San Martin,* dem Flaggschiff. Es ragte enorm hoch über den Wellen auf, man sah, dass fieberhaft Schäden von Kugeln in den Aufbauten und den Segeln repariert wurden. Simon brauchte mehrere Anläufe, um die Leiter zu fassen zu kriegen, und er musste mehrere Male innehalten, als er hinaufkrabbelte. Er stieg über die Bordwand, brach auf dem Deck zusammen und keuchte vor Erschöpfung, bis ihm der jüngste Soldat die Zehen in die Rippen stieß, und er kämpfte sich wieder auf die Beine.

Er wurde zur Heckgalerie neben der Großen Kabine gebracht. Sie gingen hindurch, und Simon labte seine Augen am türkischen Teppich auf dem Kartentisch, genau so einer, wie er mal einen hatte, vor Äonen, in einem anderen Leben, die Kissen auf dem Bett mit den Vorhängen, in der Ecke ein schöner gemalter Altar, komplett mit Tabernakel und Gemälde vom heiligen Martin, der seinen roten Soldatenumhang für den Bettler in zwei Teile reißt.

Auf der Galerie standen viele große, gut aussehende Männer, deren Hände die Schwerter elegant geneigt hielten, damit sie nicht im Weg waren, die Köpfe hochgereckt durch die perfekten Halskrausen, viele trugen polierte und ziselierte Brustharnische über ihren prachtvollen dunklen Damastwämsern. Unter ihnen war Don Hugo de Moncada. Na, wenn ich jetzt mit Schießpulver voll gestopft wäre wie ein Höllenbrenner, dachte Simon bei sich, was wäre das für eine wunderbare Hinrichtung, die ich unter dem hohen Kommando der Armada vollziehen könnte. Er musste sich mit dem Gedanken begnügen, dass er vielleicht den Typhus von Schlange mitschleppte und sie seine Krankheitserreger einatmen würden. Er hoffte es.

Die Soldaten salutierten zackig, und er wurde zwischen den Admiralen und großen Kapitänen zu einem kleinen, rundgesichtigen Mann geführt, der in einem Sessel saß. Seine Knie waren mit einem Teppich bedeckt, er saß da, grünlich im Gesicht und nach hinten gelehnt, eine dezent zugedeckte Schüssel neben sich und stark verdünnten Wein auf einem kleinen Tisch an seinem Ellbogen.

Die Kapitäne und Admiräle hörten zu diskutieren auf, wandten sich um und schauten auf ihn hinab. Simon kam sich wie ein Kind in Gegenwart feindseliger Erwachsener vor und ließ sich auf ein Knie nieder, als er den kunstvoll verarbeiteten Ring an der Hand des Mannes im Stuhl sah.

»Kennst du mich?«, fragte der Mann schwach im reinsten Kastilisch, seine grünen Wangen glänzten vor Schweiß, als der Schiffsrumpf der *San Martin* heftig in der Dünung rollte.

»Seid Ihr Seine Exzellenz, der Herzog von Medina Sidonia?«

Der Mann nickte, schluckte wieder und drehte sich zur Seite, um in die Schüssel zu kotzen. Simon starrte die polierten Planken an und dachte angestrengt nach, sein Herz klopfte laut und langsam in ihm. Was werden sie mich fragen? Werden sie zur Folter greifen?

»Du bist Simon Anriques, der Schreiber?«

»Ja, Euer Exzellenz.«

»Ihr habt dieses Geständnis geschrieben?«

»Ja, Euer Exzellenz.«

»War irgendeine Überredung nötig?«

»Nur die Angst, wieder zurück auf die Ruderbänke zu gehen, Euer Exzellenz.«

Darauf erhob sich ein Protestchor.

»Nicht gefoltert? Wie in Gottes Namen können wir dann wissen, dass es wahr ist?«

»Ein Galeerensklave? Was weiß der denn?«

Medina Sidonia winkte und brachte sie zum Schweigen und schluckte wieder. »Was ist seitdem geschehen?«

»Zuerst hat mich Don Hugo beinahe aufgehängt, und dann

wurde ich in den Käfig im Laderaum gesperrt, Euer Exzellenz.«

»Mm. Was kannst du mir über die Höllenbrenner erzählen?«

Also das hatte ihnen Sorgen gemacht. Nicht Calais. Nun, vielleicht *machte* sich Medina Sidonia Sorgen wegen Calais, konnte es aber nicht sagen, weil es angeblich so geheim war.

»Das sind Schiffe, die mit Schießpulver gefüllt sind, so wie sie gegen die Pontonbrücke in Antwerpen eingesetzt wurden. Erfunden hat sie Signor Giambelli, der –«

»Die Höllenbrenner, wie sie eure englische Königin geplant hat?«, schnauzte Don Hugo ihn an und beugte sich über ihn.

»Ah. Ich weiß nur, Euer Exzellenz, weil ich schon so lange Gefangener des Heiligen Amtes bin und England Monate zuvor verlassen hatte, ich weiß nur, als ich meinen Abschied von der Königin nahm, war sie höchst zufrieden mit sich, weil sie den besten Belagerungsingenieur Italiens, Signor Giambelli, angestellt hatte, um Höllenbrenner zu bauen.«

Die Kapitäne und Admiräle wurden unruhig und murmelten miteinander. Simon blinzelte bescheiden aufs Deck. Es war nicht nötig zu erwähnen, dass es zu diesem Zeitpunkt in ganz England nicht genug Schießpulver gab, um nur einen einzigen richtigen Höllenbrenner zu füllen.

»Was verstehst du unter einem Höllenbrenner?« Der arme Medina Sidonia musste wieder kotzen und spucken, und seine Frage wurde vorausschauend von einem seiner anderen Admiräle gestellt.

»Es sind größere Schiffe, als man gewöhnlich für Feuerschiffe benützt, sie werden gefüllt mit Schießpulver und Eisenteilen, die Kanonen doppelt geladen, angezündet und mitten in eine Flotte gesegelt oder, wie es in Antwerpen geschehen ist, an eine Pontonbrücke, um sie in die Luft zu jagen.«

»Warum erzählst du uns das alles?« Das war eine andere Stimme, weniger barsch, eher einschmeichelnd. »Ist es nicht Verrat an deiner Königin, uns ihre Pläne mitzuteilen?«

»Vielleicht ist es das, Señor«, sagte Simon nachdenklich. »Aber ich glaube, dass Ihr nicht viel tun könnt, wenn die Engländer die Höllenbrenner benützen, und Don Hugo hat mir und meinem Ruderkameraden gedroht, uns zu blenden, wenn ich ihm nicht sage, was ich weiß, und Ihr werdet mich nachher bestimmt hängen, warum sollte ich es also nicht erzählen?«

»Vielleicht ist die Geschichte von den Höllenbrennern gelogen. Vielleicht versuchst du nur, uns Angst einzujagen?«, schlug der mit der sanften Stimme vor.

Simon schaute zu dem Mann auf und dachte einen Augenblick nach. »Sicher, Ihr müsst mir nicht glauben, Señor. Aber wie könnte ein armer, jämmerlicher Galeerensklave wie ich so vielen großen Kapitänen Angst einjagen?«

Das brachte ihm einen sehr kalten Blick ein, aber die anderen Kapitäne murmelten und drängelten. Medina Sidonia nippte etwas Wein und lehnte sich erschöpft zurück. An den schwarzen Ringen um seine Augen konnte man sehen, dass er tagelang nicht geschlafen hatte. Gut, dachte Simon, ich hoffe, deine Seekrankheit wird schlimmer.

»Verlasst uns«, sagte er zu den Kapitänen, die sehr widerwillig einer nach dem anderen hinausgingen. Dann verharrte Medina einige Minuten mit dem Kopf auf dem Kissen hinter sich und blinzelte Simon an, dessen Knie zu schmerzen begann.

»Die andere Sache«, flüsterte der Admiral schließlich, »die Sache mit dem Wunder.«

»Euer Exzellenz?«

»Das ist eine Lüge.«

Simon wagte es aufzublicken und dem Admiral in die traurigen braunen Augen zu schauen. »Euer Exzellenz?«

»Ich bin ein Ehrenmann. Eine Stadt eines befreundeten Landes unangekündigt und ohne Kriegserklärung anzugreifen, mit keiner Rechtfertigung außer der Zweckdienlichkeit … Nein. Das werde ich niemals zulassen. Calais gehört dem König von Frankreich, und sie schicken uns sogar Essen und Getränke. Monsieur Gourdain, der Gouverneur, hat alle Hilfe angeboten, außer militärische. Einen hinterhältigen Angriff auf unsere Freunde unternehmen? Nein.«

»Euer Exzellenz, habt Ihr alle versiegelten Befehle geöffnet?«

»Ja, das habe ich. Alle.« Die blutunterlaufenen braunen Augen waren wie Kieselsteine. »Seine Höchst Katholische Majestät von Spanien, mein Lehnsherr Philip II. mit Namen, würde eine solche Abscheulichkeit nicht befehlen. Wenn es einen solchen Befehl gegeben hätte, wäre es selbstverständlich eine Fälschung gewesen, und ich hätte ihn verbrannt. Jedenfalls wird sich uns morgen Seine Ehren der Herzog von Parma anschließen. Eure Königin muss falsche Informationen von einem Doppelagenten bekommen haben.«

Simon senkte den Kopf, dachte, wenn Parma seine Truppen auf Schaluppen bringen und an einem Tag aus der Rheinmündung segeln konnte, dann hätte das wirklich die Bezeichnung Wunder verdient. »Schade, dass ich ihr nicht persönlich sagen kann, wie sehr sie im Irrtum ist, Euer Ehren.«

»Ich werde dafür sorgen, dass Don Hugo dich am Leben lässt, bis wir in England an Land gehen, und dann werde ich dich den Engländern übergeben, die mit dir tun können, was ihnen beliebt.«

»Euer Exzellenz sind ein fairer und ehrenwerter Fürst«, sagte Simon. »Ich bitte um keine größere Gnade.«

Noch ein kalter Blick, und dann klingelte der Admiral mit der kleinen Glocke, die er zur Hand hatte, und die Kapitäne und Admiräle kamen nacheinander wieder herein, und alle diskutierten über die beste Möglichkeit, mit Höllenbrennern fertig zu werden.

Da es sehr unpassend wäre, wenn ein einfacher Galeerensklave auf demselben Schiff reiste wie der Admiral der Galeassen, wartete Simon mit seinen zwei Bewachern an der Reling und schaute glücklich über das Meer. Der Himmel war nicht mehr ein einziges ruhiges Blau, sondern Wolken bauschten sich vor dünnen Streifen höherer Wolken auf. Die Armada lag schaukelnd in der möglicherweise ungeschütztesten und gefährlichsten Wasserstraße von Europa vor Anker, und ein paar Meilen westlich ankerten die Engländer, wo sie immer noch den Windvorteil hatten. Überall auf den Klippen zu beiden Seiten, verschwommen sichtbar als dunkler Rand an der englischen Küste, hörbar als Stimmengewirr von der französischen Seite her, standen die Menschen, die gekommen waren, um die Schiffe zu sehen, und sich eine gute Schlacht erhofften.

Das kleine Boot, das ihn trug, hatte Brot und große, runde, wachsüberzogene Käselaibe geladen, und die Gerüche stiegen um Simon auf und ließen ihn hilflos sabbern wie einen Hund. Er musste ständig schlucken, und sein Bauch knurrte und grollte, als wäre er voller Dämonen. Keine Hoffnung, etwas zu stehlen, denn der junge Soldat hatte ihm wie zuvor den Arm auf den Rücken gedreht. Die Strickleiter an der Bordwand hochzuklettern ließ ihn wieder schwindeln, und er musste innehalten, um zu Atem zu kommen.

Ziemlich geschwächt ging er in die Dunkelheit zurück, die Leitern hinab, tiefer und tiefer in das Schiff. Zum ersten Mal bemerkte er den Geruch, einen Tiergestank aus Dung und alter Pisse. Nachdem die Tür abgesperrt worden war, nahm Simon den Zwiebackbeutel, den der junge Soldat nachlässig in den Käfig geworfen hatte, und den Wasserschlauch, der nur halb gefüllt war und sich ausgesprochen schleimig anfühlte. Schlange lag ruhig da und hustete gelegentlich. Er war so still, dass Simon ihn ängstlich berührte, aber sein Fieber schien niedrig genug zu sein, um ihm eine Pause in seinem Delirium zu gönnen.

Schlange sagte etwas in seiner Sprache, und Simon verstand es nicht. Er beugte sich vor, um besser zu hören. Schlange hob schwach den Kopf, ergriff Simons Arm. Er war heiß, aber nicht im Fieberwahn.

»Bring mich hier raus«, flüsterte Schlange. »Nimm dein Messer, bring mich raus.«

Simon nickte. Wenn Schlange unter freiem Himmel sterben wollte, nun, Simon würde es für ihn einrichten. Irgendwie.

»Wie?«, fragte er.

»Töte jemanden«, flüsterte Schlange und musste husten vor Lachen.

Sich irgendwie zu bewaffnen, konnte nicht schaden, dachte Simon. Er wusste, wenn die Engländer angreifen würden oder sonst etwas vorhätten, würde es bald geschehen. Selbstverständlich wussten sie über Calais nicht Bescheid, dieser Teil seiner Aussage war eine Lüge gewesen, aber trotzdem, die Straße von Calais war eine zu gute Gelegenheit, um sie sich entgehen zu lassen.

Also strengte sich Simon an und drückte, was bei einem so leeren Darm nicht so einfach war, bis er Rebeccas Geschenk hervorgeholt hatte. Er wusch es mit Urin ab und trocknete es dann an seinen Kniehosen. Nachdem er es zusammengeschraubt hatte, lag es leicht in seiner Hand. Der Beutel, in dem der Zwieback gewesen war, erwies sich als nützlich. Er wartete und überlegte, ob die Handschellen ihm nicht hinderlich sein würden. Was machte es schon aus. Wenn der Allmächtige zu Hilfe käme, könnte es klappen, wenn der Allmächtige sich weiter fern hielt und an seiner Misere Vergnügen fand, dann eben nicht.

Und wartete.

Plötzlich erhob sich konfuses Geschrei, ein einzelner Gewehrknall, weitere Gewehre feuerten durcheinander. Das Donnern von Füßen über ihm. Mehr Geschrei. Simons leerer Magen zog sich zu einem verhutzelten Knoten zusammen. Ihm war schlecht, schwindlig vor Anspannung. Was war da los?

Das lange, rollende Gerassel, als die Riemen ausgefahren wurden, das Kommando »Packt an!« In einem Reflex ballte Simon die Fäuste. Und dann *Swisch ank, Swisch ank*. Sie ruderten wie rasend von etwas weg.

Die Falltür klapperte. Ein Soldat kam die Leiter heruntergeglitten, hielt eine Laterne. »Du!«, keuchte er. »Raus, beim Rudern helfen.«

Gehorsam stand Simon auf, zog sich in den Schatten zurück. »Ich glaube, der Schwarze ist tot.«

Der Soldat sperrte die Tür auf, kam herein und beugte sich über Schlange, der freundlicherweise sehr still lag. Eine Stiefelspitze stieß in Schlanges Rippen, und dann sprang Schlange plötzlich vor und packte den Jungen mit beiden Armen an den Beinen.

»Schnell!«, schrie Schlange.

Simon trat vor, zitternd, konnte er es tun? Er war kein David Becket …

Der Zwiebackbeutel wurde über den Kopf des Jungen gezogen, Rebeccas Messer ging in den Hals des Jungen, der Junge fiel um, erstickte am eigenen Blut.

Er hatte es getan. Simon tastete den Jungen am ganzen Körper ab; eine Dag-Pistole, geladen und gespannt, ein sehr elegantes Schwert, das Simon mit seinen Handschellen wohl kaum würde führen können, ein schöner Dolch, den er an sich nahm.

Simon rang nach Atem und half Schlange, der torkelte wie ein alter Mann, beim Aufstehen und brachte ihn aus dem Käfig, dann schlug er hinter dem immer noch blutenden Soldaten die Tür zu. Schlange ging die Leiter hoch, hustete, rutschte aus, aber er schaffte es. In den Mannschaftsquartieren war niemand, von ein paar stöhnenden Körpern unter einem Stapel Decken in der Ecke mal abgesehen. Schlange war nicht der einzige, der Typhus bekommen hatte.

Noch eine Leiter hinauf, noch eine, Simon schob Schlange von hinten, verzweifelt wollte er ins Freie. Gerade als sie sich dem Achterdeck näherten, legte sich die Galeasse plötzlich auf die Seite und warf die beiden beinahe von der Leiter, vom Heck her war ein abscheuliches Knirschen und Geschrei zu hören. Simon schob den Kopf durch die Falltür – auf dem Deck war ein unglaubliches Durcheinander ausgebrochen, die Seeleute schrien, hantierten mit Stangen und versuchten, ein anderes, kleineres Schiff wegzuschieben, das irgendwie in der Dunkelheit mit ihnen zusammengestoßen und anscheinend auf dem Steuerruder aufgespießt war. Die Riemen wurden wieder durchgezogen, das ganze Schiff schauderte. Draußen in der Dunkelheit brannte ein Feuer, ein Schiff, vom Rumpf bis zum Mast in lodernden Flammen, segelte an ihnen vorbei, majestätisch in seinem Zorn.

Simon verspürte plötzlich den albernsten Drang zu lachen. Er stieg den Rest der Leiter hinauf, zog Schlange an den Schultern von der Stelle hoch, wo er beim Zusammenstoß hängen geblieben war, schleppte ihn an die Reling. »Schau!«, jubelte Simon. »Schau sie dir an! Drakes Höllenbrenner!«

Er hatte auf Englisch geschrien, also sagte er es noch einmal auf Spanisch, für den Fall, dass ihn irgendjemand hören konnte. Schlange lächelte schwach, hielt sich an der Reling fest, schnappte nach Luft und zitterte, Simon tanzte vor Freude, die Feuerschiffe zu sehen, das schrille Geschrei zu hören, große, massige Galeassen kappten die Ankerleinen und schwangen hinaus in den südwestlichen Wind auf eine Leeküste zu ... Es folgte noch ein berstendes Krachen in der Dunkelheit, mehr Geschrei. Wunderbar! Die ganze Armada geriet in Panik, kappte Leinen und fuhr vor dem Wind her, weg vom Entsetzen, das die

Feuerschiffe verbreiteten, die prachtvolle Verteidigungsformation war zerbrochen, jedes Schiff war auf sich allein gestellt, und sie stießen laut krachend auf den harten, kurzen Wellenkämmen zusammen.

»Ha ha!«, schrie er, tanzte eine Gigue auf einer Kiste und fiel fast herunter. »Ihr habt Angst, ihr habt Angst, scheißt euch in die feinen Hosen, na los, Hurensöhne …«

Ein Seemann kam aus der Dunkelheit geschossen, schwang einen Knüppel. Simon duckte sich und vergrub den Dolch im Bauch des Mannes. Der Mann wurde von seinem eigenen Schwung über die Reling geschleudert, wobei Simon fast den Dolch verlor.

Die Riemen wurden wieder geschwungen, erst die eine Seite, dann die andere, und die Galeasse ringelte sich wie ein Aal hin und her, bis das Schiff, das sich in ihrem Ruder verfangen hatte, frei war und hinter ihnen zurückblieb. Sie mussten sich verstecken. Simon und Schlange kletterten über die Reling und auf den metallenen Schiffschnabel, genau unter dem Bugspriet, wo sie sich festklammerten, verborgen von der Biegung des Bugs. Simon band Schlange mit einem Seilende fest, denn er keuchte und schwitzte und sah aus, als würde er gleich ohnmächtig werden. Zusammen schauten sie mit zusammengekniffenen Augen in die Dunkelheit. Ein weiteres Feuerschiff zog vorbei, und es stimmte, sie waren sehr groß. Die Königin war tatsächlich von der Idee angetan gewesen und hatte Signor Giambelli aus diesem Grund eingestellt, bis Signor Giambelli ihr die Schätzungen für die benötigte Schießpulvermenge präsentiert hatte und die Königin selbst wie ein Höllenbrenner explodiert war, wegen des bloßen Einfalls schon, so viel Aufwand für ein Glücksspiel zu betreiben.

Simon hatte ausgesprochenes Vergnügen in dieser Nacht, obwohl das anfängliche Chaos nachließ, als die acht Feuerschiffe vorbeigezogen waren und am Strand von Calais auf Grund liefen und harmlos bis zur Wasserlinie verbrannten. Die Armada war gut und wirksam zerstreut worden, während die *San Lorenzo* mit ihrem zerstörten Ruder nicht richtig steuern konnte. Sie konnte es mit den Riemen etwas ausgleichen, aber nicht viel.

Zu dem Zeitpunkt, da die Morgendämmerung mit einem

prachtvollen Wandbehang aus blutigen Wolken anbrach, war die *San Lorenzo* wieder entschlossen unterwegs. Verschwommen konnte Simon auf dem Achterdeck Don Hugo sehen, der durch ein Sprechrohr dröhnende Befehle schrie. Er tat sein Bestes, die Galeasse herumgedreht zu bekommen, um Richtung Strand zu fahren ... warum? Sie waren doch nicht so schwer beschädigt?

Während die Backbordriemen zurückruderten und die Steuerbordriemen doppelt so schnell ruderten, drehte sich die Galeasse schwerfällig um. Simon und Schlange waren die Ersten, die sahen, dass da ein anderes Schiff war, tief auf dem Wasser, eine der Pinassen ... Sie hätten Warnschreie ausstoßen können, aber stattdessen klammerten sie sich fest, als sich der Bug der Galeasse seitwärts in das andere Schiff hineinfraß, weiteres Geschrei, noch ein Knirschen von zerbrochenem Holz ...

Don Hugo schaute sich über die Bordwand den Schaden an, schrie weiterhin Befehle. Was zum Teufel spielte er für ein Spiel, wie ein Verrückter auf den Strand zuzufahren?

Dann kam Simon die Erleuchtung. Don Hugo de Moncada als Admiral der Galeassen und besonderer Favorit von Santa Cruz war der einzige andere Mann in der Armada, der wusste, dass Calais der Angelpunkt des ganzen Unternehmens war. Sein Schiff war beschädigt, man konnte von ihm erwarten, dass er an Land fuhr, um das Schiff stranden zu lassen ... Aber tatsächlich fuhr er Richtung Hafen von Calais, mit seinem ganzen Feldzeug. Wenn es ein Schiff gab, das die Stadt überraschend würde nehmen können, dann wäre es Don Hugo, der den Versuch wagen würde.

Man musste die Hartnäckigkeit dieses Mannes bewundern. Ob es nun stimmte, dass Medina Sidonia die Befehle Seiner Majestät verbrannt hätte, wenn er etwas gegen seine Ehre als spanischer Edelmann hätte tun müssen, oder ob sein Kopf einfach von Seekrankheit und Erschöpfung umwölkt war, Don Hugo würde es sein, der die Armada eigenhändig zu retten versuchte.

Simon konnte nichts tun. Er musste sich am Bugspriet festhalten und zusehen, wie der Hafeneingang von Calais immer näher kam ... Eine Kette war davorgespannt, aber der Bugspriet war scharf und gezackt, und wenn das nichts half, konnten Männer mit Äxten es erledigen. Einmal im Hafen, konnte Don Hugo seine knapp zweihundertdreißig Soldaten einsetzen und den Hafen nehmen, vielleicht sogar zur Zitadelle vorstoßen. Vielleicht gäbe es auch einen Angriff vom Land her, um die Galeassen zu unterstützen und abzulenken. Und Medina Sidonia wäre gezwungen, Don Hugo zu unterstützen, wenn er Calais in Besitz genommen hatte, oder zuzusehen, wie alle seine Kapitäne meuterten.

Es war eine brillante Tat angesichts der Niederlage, würdig eines El Draco persönlich. Die Riemen gingen *Swisch ank, Swisch ank,* und zwischen den Riemengeräuschen kam das gemeinsame Keuchen und Ächzen der Männer. Dann fing jemand Schlanges Lied an, das jetzt ein unabhängiges Leben hatte, und sie sangen vom Wunder von Calais, ohne zu wissen, dass sie es gerade in Gang brachten.

Sie waren jetzt über den Untiefen in der Nähe der Sperre und peilten eine der Fahrrinnen in den Hafen an, die Riemen arbeiteten präzise.

Der Einfall schoss Simon wie eine Musketenkugel in den Kopf. Bevor er zu lange darüber nachdenken konnte, schwang er sich auf die Kanonierrampe über dem Ruderdeck. Da hingen die schweren Fünfzigpfünderkugeln in ihren Netzen und warteten darauf, hinuntergelassen zu werden, damit die Kanonen auf dem Ruderdeck nachgeladen werden konnten. Simon rannte die ganze Rampe entlang bis zum Heck, schwang das Kugelnetz aus, und während es sich hin und her bewegte, sägte er wie rasend mit seinem Dolch an den Seilen, bis die Kugeln herausfielen, auf die Rampe krachten, weiterrollten, auf die Riemen trafen, sie zum Hüpfen brachten und einen zerbrachen. Er war bereits beim nächsten Kugelnetz, sägte es durch; die Kugeln fielen, er lief zum nächsten.

Dass die fünfzig Pfund schweren Metallklumpen von der Rampe rollten und ins Meer fielen, reichte, um die Riemen zum Hüpfen zu bringen und damit den Rhythmus der Ruderer zu durchbrechen. Die Riemen auf dieser Seite ragten plötzlich in alle Richtungen, zwei stießen zusammen und brachen ab. Ohne Riemen, die dem ungebrochenen Rhythmus auf der anderen Seite etwas entgegenhielten, und ohne Steuerruder zum Korrigieren, drehte sich die Galeasse plötzlich auf die gestörte Seite und beim nächsten Schlag noch weiter herum. Simon atmete keuchend, als er weitere Kugeln aus ihrem Netz befreite, verlor fast seine Zehen, als sie herunterkrachten, am Rand der Rampe entlangrollten und zwischen den Riemen herumsprangen. Aus dem Ruderdeck erklang Geschrei und lautes Rufen. Jemand schaute heraus – Simon kannte dieses Gesicht, lachte höhnisch und winkte dem Padron zu. Vielleicht war das nicht so klug, denn zwei Soldaten waren auf die Rampe gesprungen und näherten sich ihm. Ein Musketenschuss aus der Takelage verfehlte sein Ziel.

Simon schwang ein weiteres Netz hinaus, brachte es über der Rampe in Position, und die Kugeln fielen genau zwischen ihm und seinen Verfolgern herunter. Die zwei jungen Soldaten starrten ihn über den Abstand hinweg an, über den man leicht hätte springen können – wenn man keine Angst hatte, zwischen den fleischklopfenden Riemen hindurch ins Wasser zu fallen.

Noch ein Zug von der anderen Seite, wenn die Ruderer einmal ihren Rhythmus gefunden hatten, waren sie schwer aufzuhalten …

Das knirschende Krachen, das Vibrieren, das langsame Aufbäumen des Schiffes ließen Simon nach dem nächsten Halt suchen, der Webleinenkette. Das Schiffsheck hob sich immer höher und höher … Gekreische und Geschrei vom Ruderdeck, Krachen, weil eine der Kanonen sich wieder losgerissen hatte, die ganze Galeasse kippte in einem verrückten Winkel zur Seite, und die Riemen deuteten allmählich zum Himmel, die Kanonierrampe näherte sich immer mehr dem Wasser.

Simon strampelte mit den Beinen, hielt sich fest wie ein Affe, bekam eine Zehe in eine Einkerbung, zog sich hoch und über die Reling. Jemand schlug nach ihm, er schlug zurück und schrie: »Du Depp, ich bin doch Spanier!«, und der Soldat ließ ihn vorbei. Alle Seeleute kletterten in der Takelage nach oben und versuchten, vom Deck wegzukommen. Man hörte das Krachen einer Kanone, dann das Rattern von Musketenfeuer.

In dem Chaos auf dem steil abfallenden Deck, das immer noch vibrierte, weil der Kiel an der Untiefe entlangschrammte, rannte Simon vorwärts, sah englische Schiffe, die sich in hundert Meter Entfernung sammelten und wegen der Untiefen nicht imstande waren näher zu kommen. Eines davon war die *Ark Royal*, das Schiff des englischen Admirals, und es ließ ein Beiboot voller schreiender Engländer aufs Wasser hinunter. Auch andere Schiffe ließen ihre Boote herab.

Simon duckte sich, sprang über die Reling, dorthin, wo sich Schlange immer noch am Bugspriet festklammerte und hilflos nach Luft schnappte, direkt über dem Wasser baumelnd, bis Simon das Seil aufschnürte und ihn wieder aufrichtete. Simon lugte über die Reling und sah, dass Don Hugo weiterhin auf dem Achterdeck am Heck stand, umgeben von Soldaten und Seeleuten mit Musketen und Schwertern. Sie warteten darauf, dass die Boote nah genug herankamen, damit die Seeleute Enterhaken werfen konnten, um an Bord zu gelangen. Dann begannen die spanischen Soldaten, darunter viele von den Tercios, den besten Truppen Europas, auf Don Hugos Befehl ihre Gewehre abzufeuern, ruhig und besonnen.

Ein Mann nach dem anderen zerstob in den englischen Booten in seinem Blut. Die Beiboote fuhren ein Stück weg, und die Engländer erwiderten das Feuer, die Gewehr- und Hakenbüchsenkugeln knackten und heulten durch die Luft, vergruben sich im Holz und sorgten für tödliche Splitterexplosionen, wo sie einschlugen.

Als das Wasser hereinbrach, wurde das Geheul auf dem Ruderdeck lauter und hysterischer. Simon versuchte, die Vorstellung zu verdrängen, wie die Männer sich die Fußgelenke blutig scheuerten, weil sie dem Wasser entfliehen wollten.

Ihm kam der Einfall, sich durch die Kanonenöffnung zu lehnen und auf Spanisch zu rufen: »Wir sind auf Grund gelaufen, das Schiff wird nicht sinken, wir stecken auf einer Sandbank fest.« Er wiederholte es auf Portugiesisch.

Plötzlich krachte etwas, eine schockierte Stille folgte, wieder Geschrei. Simon erkannte die dröhnende Stimme des Padrons im Durcheinander. Aus dem Heulen wurde Jubel.

Schlange schüttelte seinen Arm aus, seine Finger brannten. Simon schaute sich um. Es herrschte Stille zwischen den Engländern in den Booten und den Spaniern, die sich auf dem höchsten Punkt der Galeasse versammelt hatten. Weitere Schiffe kamen hinzu, aber sie konnten sich nicht nähern, solange die Spanier unter Don Hugo, der mittendrin immer noch Befehle rief, das Musketenfeuer fortsetzten und sorgfältig darauf achteten, mit jedem Schuss zu töten.

Schlange deutete auf die Boote, die sie umringten. »Englisch?«

»Ja, meine … meine Freunde.«

Schlange deutete in Richtung Don Hugo. »Töte den König, stopp die Schlacht.«

Wieder hatte Simon das Gefühl, als käme eine Hand vom Himmel gefegt und würde ihn hochheben. Er zog die Dag-Pistole aus dem Hosenbund, prüfte, ob sie noch geladen und gespannt war – sie war es, Glück gehabt, dass er sich nicht die Eier weggeblasen hatte, doch es war eine von der neumodischen Art mit Sicherungshebel. Er steckte sie zurück, packte Schlange am Arm. »Bleib hier, ich töte den Captain.«

Schlange lachte. »Ich auch«, sagte er. Und als Simon zögerte, weil er noch krank war, lachte Schlange nur lauter. »Mich aufhalten?«, fragte er und schüttelte den Kopf.

Sie kletterten vom Bugspriet herunter, vorsichtig über dem rot verfärbten Wasser, auf die Kanonierrampe, die jetzt im Fünfundvierziggradwinkel stand, so dass sie teilweise auf dem Schiffsrumpf laufen mussten, während die Kanonen nutzlos in den Himmel zeigten. Simon hatte immer noch Handschellen an den Handgelenken, Schlange trug immer noch sowohl Hand- als auch Fußketten, aber der Lärm der Musketen und das Geschrei auf dem Achterdeck war so laut, dass er glaubte, niemand könne sie hören, während sie sich vorwärts schoben. Er konzentrierte sich darauf, an der Krümmung der Galerie hinaufzuklettern auf das höher gebaute Achterdeck, und er klammerte sich fest und ihm wurde schwindlig, weil das Schiff sich nicht mehr bewegte, sondern auf der Sandbank festsaß. Sie waren in Reichweite der Kanonen auf der Zitadelle, warum feuerten sie nicht auf die Galeasse? Was ging vor in Calais?

Schlange zischte hinter ihm durch die Zähne. Simon schaute über die Schulter und sah den Padron, der sich aus einer der Riemenöffnungen, wo der Riemen abgebrochen war, herausstemmte … Wie war der Padron freigekommen?

Plötzlich erinnerte sich Simon daran, dass er so viele Nächte an seinem Platz auf der Bank das Holz am Bolzen bearbeitet hatte, wie er die Arbeit verborgen hatte, wie nah er dran gewesen war, als der Padron beschlossen hatte, ihn auszutrocknen und in die Knie zu zwingen ... Der Padron war auf seinen Platz gesetzt worden, und im Entsetzen über das Auflaufen und teilweise Sinken musste er den Bolzen einfach rausgerissen haben.

Der Padron kletterte auf die Kanonierrampe, grimmig und entschlossen, bespritzt mit dem Blut eines anderen. Simon holte die Pistole hervor, um den Bastard zu erschießen, das Wasser lief ihm im Mund zusammen bei dem Gedanken, eine Kugel durch die muskulöse Brust des Padrons zu schießen und Rache zu nehmen ...

Schlange hielt ihn zurück. »Nein«, sagte er eindringlich. »Töte ihn«, sagte er und zeigte dahin, wo Don Hugo immer noch das Feuer befehligte. Niemand hatte sie bisher gesehen, außer dem Padron, der zu ihnen hochkletterte. Aber irgendjemand würde sie bald sehen. Und dann würde irgendjemand mit der Muskete auf sie schießen. »Ich schnapp den Padron«, fügte Schlange hinzu, als er seine Hand ausstreckte und den Dolch hervorzog, den Simon dem jungen Soldaten abgenommen hatte, und drehte sich um.

Für den Bruchteil einer Sekunde wollte Simon erklären, dass der Padron der Mann war, den er töten wollte, nicht Don Hugo, der nur vollkommen normale Verhörmethoden bei ihm angewendet hatte, ihn nicht einmal gefoltert hatte ...

Schlange schaute über seine Schulter, sah, dass Simon zögerte. Er hob den Arm und zeigte auf Don Hugo, schrie gebieterisch. Es war seine Sprache, aber Simon verstand, was es bedeutete. Als der Padron mit einem wölfischen Grinsen auf dem Gesicht den Arm nach Schlange ausstreckte, kletterte Simon näher ans Achterdeck heran. Er wusste, wie ungenau eine Pistole ist, er wollte so nah wie möglich an Don Hugo herankommen. Er kroch die letzten paar Meter und lugte über die Reling, da stand Don Hugo, nur ein paar Fuß entfernt. Alle schauten in die andere Richtung, wo ein englisches Beiboot näher kam. Der Kopf eines Jungen in einem glitzernden, mit Goldbrokat reich verzierten, gelbbraunen Wams, das mit Meerwasserflecken und Kotze bedeckt war, tauchte auf. Er schwang sich über die Reling, bereit davonzulaufen. Er hatte sich so sehr auf die Flucht konzentriert, dass er Simon gar nicht bemerkte, bevor der zuschlug und den Jungen zurück aufs Deck warf, wo er ausgestreckt liegen blieb.

Simon zielte, hörte Beckets polternde Stimme im Ohr, als würde der Mann neben ihm stehen: »Erfass dein Ziel, konzentrier dich auf den Körper, halt den Atem an und drück ab.«

Nichts. Was war los, das war doch keine Ladehemmung? Der Junge im gelbbraunen Wams torkelte auf die Beine, versuchte noch einmal drüberzuklettern, Simon drehte die Pistole um, und zerschlug ihm mit der schweren Kugel am Griffende, die genau für diesen Zweck vorgesehen war, das hübsche Gesicht. Warum hat sie nicht gefeuert? Ach, der Sicherungshebel war umgelegt. Simon entsicherte, zielte wieder. Genau in diesem Augenblick drehte Don Hugo sich herum und schaute ihn an, starrte gebannt auf die Pistole. Die Lippen des Mannes bewegten sich, »Heiliger Jesus«. Simon hielt den Atem an, drückte ab, die Pistole schrie auf, seine Hand wurde von etwas getroffen wie von einem Stein, beinahe ließ er die Pistole fallen. Er drehte sich um.

Es war gerade rechtzeitig, um zu sehen, wie der Padron und Schlange miteinander rangen. Der Padron lag oben und knallte Schlanges Kopf auf den Boden.

Simon trat auf sie zu und flüsterte: »Padron.«

Der Padron schaute sich um und Simon schlug ihm mit dem Kugelstock der Pistole ins Gesicht, schlug noch einmal zu, hielt die Pistole wie einen Knüppel am Lauf fest, achtete nicht darauf, wie heiß er war, schlug noch einmal zu, und jetzt war das Gesicht des Padrons eine blutige Maske, seine Nase eine breiige Masse, sein Kinnladen hing herab … Der Padron ließ Schlange los, warf sich auf Simon, Simon wurde zu Boden gedrückt, die Hände des Padrons um seinen dürren Hals, er schlug schwach mit der Pistole zu, seine Augen wurden schwarz, er konnte nicht atmen …

Noch ein Knirschen, die Finger ließen los, er schnappte nach Luft, setzte sich auf und schlug wild mit den Fäusten zu, seine Faust traf. Schlange hatte den Hals des Padrons mit den Händen gepackt, der Padron würgte, seine Augen traten hervor, dann warf er sich nach hinten, brachte Schlange aus dem Gleichgewicht. Simon schaute gebannt zu, als sie schwankten, umfielen, über das Holz des Schiffsrumpfs rollten, an dem verrückten Wald verlassener Riemen vorbei, immer weiterkämpfend, bis ein doppeltes Aufklatschen zu hören war. Simon rannte den Schiffsrumpf hinunter, zwängte sich zwischen den Riemen hindurch, musste jetzt auf die anderen Sklaven achten, die anfingen, aus den Riemenlöchern zu klettern, die meisten blutüberströmt, mit den herausgerissenen Bolzen und Ketten im Schlepptau. Das Wasser brodelte, es war zu flach für eine Galeasse, aber immer noch tief genug zum Ertrinken, der Padron und Schlange kämpften in einem Mahlstrom aus Blut und Muskeln, er konnte nicht sehen, welchen er packen sollte, bis er schließlich eine schwarze Faust mit dem Schwanz einer eingeritzten Schlange erwischte und daran zog.

Es war totes Gewicht. Schlanges Kopf hing zur Seite, der Padron hatte ihm das Genick gebrochen.

Der Körper des Padrons schaukelte im flachen Wasser, das vielleicht nur acht Fuß tief war, aber er wurde von seinen Fußketten und dem Bolzen, den er aus dem Deck gezogen hatte, nach unten gezogen. Um ihn herum breitete sich das Blut wie violette Batistvorhänge im Meer aus. Er blickte sie von unten an, während er sich an die Oberfläche kämpfte, versuchte, im Wasser hochzukommen, und aus seiner Nase stiegen Blasen auf, während sein Körper nach Atem rang. Simon starrte ihn kalt an, auf diese schwielenbedeckten Hände, die wie Seeanemonen nach der silbernen Oberfläche griffen. Selbstverständlich hätte er hinuntergreifen und den Padron heraufziehen können, und er sah das verzweifelte Flehen in den Augen des Padrons. Ich glaube nicht, dachte Simon, obwohl er die Qualen des Ertrinkens kannte. Simon zog Schlanges Körper heraus, so weit er konnte, und hockte da bis zur letzten mächtigen Luftblase und dem Aufbäumen. Der Padron kämpfte lange mit dem Tod, aber dann brachen schließlich seine Augen.

Simon versuchte, Schlanges Körper mit sich zu ziehen, weiter die Bordwand des Schiffes hinauf, aber er zitterte und seine Hände taten weh. Er legte Schlange hin, nahm seinen Kopf in die Hände. Schlange würde niemals König sein, niemals würde er, gut ausgerüstet mit Gewehren und Schießpulver und von Simon bei der Herstellung beraten, seine Leute gegen die Sklavenhändler führen, gegen die Araber und die Portugiesen. Er würde niemals der reichste König seiner Länder sein, er würde niemals ein Reich regieren, niemals fünfzig dicke Frauen nehmen und allen gute Söhne und Töchter einpflanzen. Simon wollte weinen, um den Schmerz in seiner Brust zu erleichtern, aber seine Augen waren trocken, obwohl es ihn am ganzen Körper schüttelte, und er kümmerte sich nicht um das Chaos um sich herum, die Boote, die näher ruderten, den gelegentlichen Musketenschuss.

Nach einer Weile hob Simon den Kopf, kroch wieder an der Seite des Schiffes nach oben. Auf dem Achterdeck waren die Offiziere um Hugo de Moncada versammelt. Sobald Simon hinschauen konnte, sah er, dass der Admiral ein perfektes rundes Loch mitten in der Stirn hatte. An einer Pike war bereits ein weißes Taschentuch befestigt worden, und den englischen Beibooten wurde heftig damit zugewunken.

Im nächsten Moment hatten die Engländer Enterhaken geworfen und kletterten in einem entschlossenen Schwarm an Bord. Seeleute, breite Schlägertypen und Gentlemen mit Brustharnischen schauten Simon an, als sie vorbeistiegen, taten ihn als zerlumpt ab, kaum der Plünderung wert, und gingen zu den Offizieren und den Männern weiter, die immer noch auf dem Achterdeck standen. Ein paar Augenblicke später wurden den Spaniern die Hemden ausgezogen. Rufe und Entzückungsschreie der Engländer hallten übers Wasser, als sie die Große Kabine und die Wertsachen der Offiziere fanden. Ein spanischer Offizier, der zu protestieren wagte, wurde zu Boden geknüppelt.

Verschwommen sah er, dass ein weiteres Beiboot vom englischen Flaggschiff zu Wasser gelassen wurde. Noch mehr Seeleute drängten an Simon vorbei. Schließlich konnte er einen festhalten und auf Englisch zu ihm sagen: »Ich muss sofort einen englischen Offizier sprechen.«

Der Seemann schaute ihn dümmlich an. »Bist du'n Spanier?«

»Nein, Herr«, sagte Simon geduldig, »ich bin so englisch wie Ihr, ich wurde als Galeerensklave gehalten und ich –«

Der Seemann umarmte ihn, sagte »Willkommen zu Hause, Kamerad«, und eilte davon, um sich an der Plünderung zu beteiligen.

Simon erwischte einen anderen, einen dünnen Burschen. »Bringt mich zu meinem Herrn Howard of Effingham oder zu Sir Francis Drake, guter Mann, ich muss ihn umgehend sprechen.«

»Wartet, ich muss erst was von der Sache hier haben.« Und der Soldat verschwand mit seinen Freunden in den Kabinen der Galeasse, verrückt gemacht von der legendären englischen Goldgier.

Und so saß Simon friedlich auf der Seite der Galeasse, während sich die Engländer aufführten wie eine Ameisenkolonne, die einen Zuckerhut gefunden hat. Wenig später, als die Diebstahlsraserei auf dem Höhepunkt war, näherte sich ein Boot, das unter großen Anstrengungen aus dem Hafen von Calais gerudert war. Die Ruderer tauchten die Riemen rückwärts ein, und ein Gentleman erhob sich und rief auf Französisch: »Wir erklären dieses Schiff zum Bergungsgut des Königs von Frankreich.«

Die englischen Seeleute schrien und jubelten, einige zogen ihre Kniehosen herunter und zeigten den nackten Arsch. Der Gentleman wiederholte sich geduldig auf Spanisch, Italienisch und Latein. Schließlich beugte sich ein Mann von aristokratischem Äußeren vor und sagte auf Französisch mit Akzent: »Nein, Herr, unsere Beute, glaube ich.«

»Unsere«, beharrte der Franzose, richtete sich in seinem Boot auf und schoss mit einem Gewehr senkrecht in die Luft, was ihn beinahe umwarf und zu weiterem Jubel und Ausgelassenheit unter den Engländern führte.

Im nächsten Augenblick begannen die großen Geschütze auf der Zitadelle zu sprechen, gewaltige Kugeln krachten ins Wasser und durchnässten alle, erst auf der einen Seite der Sandbank, dann auf der anderen, und dann begannen die Kugeln, die Galeasse zu treffen, während andere die Beiboote, die immer noch versammelt waren, verfehlten und sie beinahe umkippten.

Eine wilde Flucht setzte ein. Alle Engländer schwärmten von der Galeasse herunter in ihre Beiboote. Simon stand da und zögerte. Und was ist mit Schlanges Körper? Aber dann siegte die

Vernunft, und er schloss sich der Menge an, die ins nächstbeste Boot krabbelte und so schnell sie konnte von den Kanonen der Festung wegruderte. Sie schwenkten Musketen und Schwerter gegen die Franzosen und riefen ihnen ausführliche Obszönitäten über die Franzosen und ihre Geschlechtskrankheiten zu.

Simon fand das alles ziemlich komisch, aber seine Fähigkeit zu lachen schien so eingefroren zu sein wie die Tränen. Er kümmerte sich auch nicht um die Kanonen, die wie Donnerschläge dröhnten, und die verbissene Seeschlacht, die draußen im Kanal zu Gange war.

Jemand stieß ihm den Ellbogen in die Rippen. »Wer seid Ihr?«

»Ich bin Engländer, ich war Galeerensklave –«

»Nun, wenn du weißt, wie man rudert, warum ruderst du dann nicht?« Der Seemann hatte eine verwundete Hand, notdürftig mit einem abgerissenen Stück Betttuch verbunden.

Simon blinzelte, nahm den Zahnstocher von Riemen, den der Seemann ihm gab, legte ihn in die Rudergabel und zog durch. Es war so seltsam, so klein, er saß verkehrt herum. In seiner Vorstellung hörte er Schlange singen, ein unheimliches, wildes Lied, und er summte es mit. Dann schüttelte er den Kopf, versuchte, klar zu denken. Schlange war tot, ins Sheol eingegangen, er konnte nicht mehr singen.

Simon blinzelte über die Schulter auf den verschwommenen, bunt bemalten hölzernen Schiffsrumpf und die flatternden Segel, denen sie sich näherten. Seine Augengläser hatte er beim Kampf mit dem Padron verloren.

»Auf was für ein Schiff gehen wir?«

»*Ark Royal.* Schaut, was ich habe.«

Es war die Reliquienkiste, die heilige Reliquie von San Lorenzo, auf die Simon geschworen hatte. Der Seemann hielt sie ans Ohr, schüttelte sie, machte sie mit den Zähnen auf. »Igitt, was ist das denn?«

Simon starrte wie eine Eule auf den versteinerten Knochen. »Ich glaube, die Spanier sagen, es ist die Zehe vom heiligen Lorenz.« Es war viele Monate her, dass er zum letzten Mal englisch gesprochen hatte, es ging ihm nur langsam und seltsam von der Zunge.

»Igitt. Stinkt.« Der Seemann warf die Zehe vom heiligen Lorenz ins Meer, schüttelte die Kiste aus und untersuchte den Inhalt erneut. »Das ist aber gut, schau, Perlen. Und Rubine. Habt Ihr was abgekriegt, Kamerad, irgendwelche Goldstücke oder Kreuze mit Juwelen?«

»Nein, aber mein Freund hat den Padron getötet, und ich … habe den Kapitän der Spanier erschossen, Hugo de Moncada.«

Es war offensichtlich, dass der Seemann ihm nicht glaubte, er nickte nur desinteressiert. Ein solch kleines Schiff zu rudern, solch kleine Riemen … Man sollte darüber lachen, wirklich. Als sie an die Seite der *Ark Royal* kamen, ergriff der Seemann, als Simon den Riemen einzog, dessen Hand und schaute die Handfläche an.

»Na, wenigstens lügst du nicht.«

»Bring mich jetzt zu meinem Herrn, dem Admiral, ich muss ihn sofort sprechen.«

Der Seemann schüttelte den Kopf. »Noch nicht, Kamerad, wenn du meinen Rat willst. Seine Lordschaft ist sehr aufgebracht, er wollte wegen einer Galeasse gar nicht hinfahren, aber die verrückte Frau hat ihn dazu veranlasst … Holla, du kannst da nicht raufgehen.«

Simon sah sich auf dem Mitteldeck um, sah Seeleute, Soldaten, Kanoniere … Eine Menge Leute, alle mit irgendetwas beschäftigt. Er schaffte es bis zum Heck, aufs Achterdeck, wo der Admiral sein würde, und sagte zu all den vielen verschwommenen Leuten, die ihn aufhalten wollten, dass er den Admiral sprechen müsse. Das Schiff setzte die Segel, wandte sich vom Leeufer ab und bewegte sich auf die verstreuten Schiffe draußen auf dem Meer zu, die alle zu wütenden, kämpfenden Gruppen verknäult waren. Die Geschütze dröhnten weiter, die Rauchwolken zogen wie Sumpfbaumwolle über die Wellen.

Als er auf das Achterdeck klettern wollte, wurde er wieder von jemandem angehalten, gerade als er an das obere Ende der Stufenleiter kam. Er konnte eine Stimme hören, höher als eine Männerstimme, auch keine Jungenstimme, er kniff die Augen zusammen, schaute noch mal hin. Die Haare in seinem Nacken und an den Armen kribbelten.

Eine kleine Frau stand dem Admiral gegenüber, die Fäuste in

die Hüften gestützt, jeder Zoll eine Herausforderung. Der Lord Howard of Effingham beugte sich über sie und brüllte; sie widersprach ihm heftig.

Wieder hob ihn etwas hoch. Er sprang zur Seite und stieß dem Mann, der ihn aufzuhalten versuchte, die Schulter in den Leib, lief zwischen zwei anderen Soldaten hindurch, als wären sie gar nicht da, kletterte noch eine Leiter hinauf, kam zu der kleinen Frau, erreichte sie, blieb stehen und bekam plötzlich entsetzliche Angst, dass sie es nicht sein könnte.

»Rebecca?«, fragte er, und sie wirbelte herum, um ihn anzusehen.

Es war lächerlich, aber jetzt blieb ihm beinahe die Luft weg, denn er hatte plötzlich Angst, sie würde ihn nicht erkennen. Sie starrte ihn an, ihr Mund öffnete sich, als wollte sie schreien, und dann rannte sie auf ihn zu.

Sie tat es. Sie erkannte ihn. Knochig, stoppelköpfig, verdreckt vom Blut und vom Rauch, stinkend, in Lumpen, die Augen ohne Augengläser zusammengekniffen, sie erkannte ihn. *Sie kannte ihn.*

Jetzt rief ihm Lord Howard etwas zu, aber er konnte sich wirklich nicht darum kümmern, ihn zu verstehen. Was machte es schon aus, was irgendjemand sagte oder tat, jetzt, nachdem er Rebecca wiedergefunden hatte? Er gab seltsame Geräusche von sich, an- und abschwellend, Wasser lief ihm übers Gesicht.

Seine Arme waren so eng um sie geschlungen, dass er sie vom Deck hob, sie schlang ihre Arme um ihn, sie drückte so fest zu, dass er nicht atmen konnte, und sein ganzes Herz schwebte als Feuerschiff aus der Nacht heraus in die Morgendämmerung und explodierte vor Glück.

Das Letzte von Gloriana

Zum ersten und einzigen Mal gibt die Königin von England eine höchst geheime Privataudienz für eine afrikanische Prinzessin, die in ihrer schlecht sitzenden Männerkleidung vor ihr steht, mit einem stark angeschwollenen Bauch, den man nicht mehr mit Bier erklären kann.

»Was kann ich Euch geben Merula, um Euch für Eure Dienste zu danken?«, fragt die Königin vorsichtig.

Merula lächelt sie an, etwas in ihrem Gesicht ist wild und nicht ganz menschlich, jedenfalls denkt das die Königin, die noch nie zuvor eine schwarze Frau richtig angesehen hat.

»Gebt mir ein Schiff, oh Königin von England, ein Schiff mit Gewehren und Schießpulver und Kugeln, und ich werde die Asche meines Sohnes nach Hause bringen. Dort werde ich ein Heer von Männern, Göttern und Geistern zusammenstellen und den Mann zum Kampf fordern und töten, der meinen Sohn verkauft hat.«

Sie sagt es ohne großen Nachdruck, aber die Königin spürt, dass all das wohl passieren könnte. Sie würde es nie zugeben, aber sie ist überhaupt nicht glücklich, so ein Wesen, das alle Arten von Engeln anrufen kann, in ihrem Reich zu haben. Schlimm genug, dass Dr. Dee mit ihnen verkehrt, auch wenn der zurzeit in Böhmen ist. Und so nimmt die Königin Papier und ordnet an, dass die schwarze Frau zur Prinzessin von Afrika ernannt wird, und gibt ihr ein kleines Schiff und Männer, die es segeln, und Geld, um sie zu bezahlen. Vielleicht fallen sie über die Frau her, wenn sie schläft, und machen sie zur Sklavin, oder vielleicht bringen sie sie an die Sklavenküste und lassen sie laufen. Wenigstens wird sie nicht in England sein.

Die schwarze Hexe nimmt das Papier und verbeugt sich vor der Königin, bevor man sie von ihr wegführt.

Thomasina ist ebenfalls nach London zurückgekehrt, aber sie war noch nicht am Hof. Sie ruht sich im Haus von Dr. Nunez aus, da Simon nach seinen Strapazen an Typhus erkrankte, und die Menschen, die mit ihm zusammen waren, warten ab, ob sie sich angesteckt haben, bevor sie der Königin gegenübertreten. Aber Thomasina hat einen höchst vollständigen Bericht diktiert, der die Königin zum Lachen brachte, bis sie weinen musste wegen der taktlosen Beschreibung dämlicher Hofgalants und seiner vernichtenden Verachtung für nichtsnutzige Männer, die sich für zu schlau halten, um von den Spaniern entdeckt zu werden.

... Es bleibt mir nur zu bestätigen, was Mrs Anriques gesagt hat, dass sie es war, die meinen Herrn Admiral Howard of Effingham überredet hat, mehrere Stunden für die Eroberung der gestrandeten Galeasse *San Lorenzo* aufzuwenden, da Mrs Anriques einerseits wusste, dass ihr Ehemann dort war, und andererseits Seine Lordschaft mit dieser Aktion jeden weiteren Angriffsversuch auf den Hafen verhindern konnte, bevor es zu spät war. Viele haben wegen dieser Angelegenheit schlecht von ihm geredet und gesagt, er sei in seiner Gier nach Beute genauso schlimm wie Sir Francis Drake, und noch schlimmere Dinge, aber er wusste, er würde die Galeasse nicht als Beute heimbringen, wenn die Franzosen erst einmal die Zitadelle wieder unter Kontrolle haben würden, und in der Tat, es gelang ihm nicht. Aber Mr Anriques konnte fliehen, und er brachte ihn nach Hause, was für Eure Majestät von großem Nutzen ist.

Wir haben Eure Mission erfüllt, Euer Majestät. Wir haben eine Sprotte benützt, um eine Makrele zu fangen, oder ein kleines Schiff, um eine große Flotte zu fangen. Eine andere Armada mag irgendwann kommen, aber ich hoffe, nie wieder eine, die so gefährlich ist.

Die Königin hob den Kopf und starrte ins Leere, stellte sich vor, den Sturmengel zu sehen, den Merula angeblich gerufen hatte und der dann die Schiffe der Spanier nach Norden gejagt hatte.

Es wäre beinahe zu einem Desaster gekommen, knapp davor, auch wenn man davon absah, was ihre *Muliercula* in dem Bericht geschrieben hatte.

Sie wusste schon, wie sie das Gedenken an den großen Sieg gestalten würde. Da würden die Stürme Gottes Erwähnung finden, die sichtbaren und die unsichtbaren, welche Männer und Schiffe an die besten Plätze gebracht hatten, um Spanien zu besiegen.

Es hätte sehr leicht anders ausgehen können, und die Traumfinger strichen ihr mit eisigen Nägeln ein letztes Mal über den Rücken, Träume, die sie den ganzen Sommer über heimgesucht hatten, in denen sie ein General mit schwarzen Brauen und breiter Statur namens David Becket war, und sie dachte an den letzten Traum, wie er in Wilder Jagd über den Himmel geritten war.

Sie würde dafür sorgen, dass sich um die Familie von Becket und auch um die Familie von Fant ehrliche Gentlemen kümmerte, die nicht versuchen, aus den Ländereien ein Vermögen herauszuziehen.

Sie legte Thomasinas Bericht in ihr ziseliertes Silberschränkchen und ging unter ehrerbietigen Verbeugungen ihrer Frauen, die sie in ihrer Geistesabwesenheit nicht beachtete, zum Bett mit den Samtvorhängen, wo sie in der Wärme des Sommers allein schlief. Als sie weggedämmert war, träumte sie zum letzten Mal von dem, was hätte sein können, von ihrem neuen Ehemann Ralegh, dem Grafen von Sherborne und Herzog von Cornwall, der sich von seinem amputierten Bein wieder erholt hatte und sie jetzt zärtlich zu einem verspäteten Hochzeitsbett im besten Zimmer von Merton College brachte. Und in ihrem Traum lehrte er sie, dass nicht alle Männer raue Bären mit Moschusgeruch an den Stiefeln waren und dass sowohl Lust als auch Schmerz von der leeren, trockenen Stelle zwischen ihren Beinen kommen konnte. Sie erwachte im Morgengrauen mit Tränen im Gesicht.

Und wir Götter werden sie ihren sterblichen Träumen überlassen, ziehen uns aus ihrer Schlafkammer zurück und fliegen durchs Fenster hinaus über den Königlichen Garten, fliegen mit einem der Aasvögel dahin über Westminster und London zum Friedhof von St. Paul. Er liegt im Schatten der großen gotischen

Kathedrale mit ihrem zwanzig Jahre alten provisorischen Dach: Der alte Turm wurde zu Beginn der Regierungszeit der Königin vom Blitz getroffen, und alle Menschen schüttelten den Kopf über das Pech, dass eine Frau Oberhaupt der Kirche von England war. Sie haben es jetzt vergessen, sogar, dass St. Paul einen Kirchturm hatte.

Hier im Hof der Kirche stehen die Papierhändler, die Buchhändler, jeder mit seinem Schild am Stand, einem Brunnen, einem schwarzen Schwan, einem griechischen Tempel, einem kleinen Schoßhund, dem Jäger mit den Sternen. Manche drucken und verkaufen kleine Streitschriften über den schrecklichen Anstieg der Straßenkriminalität in London, andere die neuesten fantastischen Romane von Rittern und Schwertern und Jungfrauen in Not und schrecklichen Riesen. Einer betreibt einen höchst einkömmlichen Handel und verkauft mit Genehmigung des Erzbischofs eine schöne Auswahl an Bibeln in der Fassung von Tyndale.

Ein schon leicht kahler junger Mann, der mit etlichen Kämpfern aus dem ländlichen Stratford-upon-Avon gekommen war, wandert umher wie ein Kind in einer königlichen Konditorei, befingert alle Bücher: Hier Poesie, ins Englische übertragen aus dem Griechischen; dort Dramen, der letzte Schrei unter all den würdelosen Unterhaltungen, angeprangert von Priestern und mit gesetzlichen Verordnungen bekämpft von Stadt- und anderen Räten. Er hat sich bereits eine Aufführung angesehen, im Bel Sauvage Inn in Ludgate. Er brachte vor Verblüffung den Mund nicht mehr zu, genauso verzückt und bezaubert, wie er es als kleiner Junge gewesen war, als er die Vorführungen für Ihre Majestät in Kenilworth gesehen hatte. Die Poesie und die Magie wirbelten ihm auch jetzt noch im Kopf herum und machten ihn fiebrig und benommen. Sie würden ihn nie wieder in Frieden lassen.

Er nimmt eine der Bibeln in die Hand, wiegt sie hin und her, überlegt, ob er sie kaufen soll, legt sie wieder hin, hinterlässt versehentlich einen schmutzigen Daumenabdruck auf der Titelseite. Schließlich wird er von einer neuen Ausgabe englischer Geschichten verführt.

Wenn die Spanier gelandet wären, wäre er in einem schlammigen Feld gestorben, den Kopf von einer Musketenkugel weggeblasen, und niemand hätte je von ihm gehört, und niemand hätte je gesagt, dass eine Rose unter jedem Namen gleich süß rieche.

Und damit ist es Zeit zu gehen. Sie müssen die Sterne nicht anschauen, die sowieso vom Sonnenlicht verborgen werden, nehmen Sie nur das Heilige Buch, das Shakespeare zurückgelegt hat. Sein Ledereinband ist schön mit Gold verziert, die Seiten knistern cremeweiß, während wir sie mit angehaltenem Atem umblättern; wir lesen den Vers bei Jesaja, wo Gott sehr deutlich sagt, dass seine Wege nicht unsere Wege sind, seine Gedanken nicht unsere Gedanken.

Die Seiten sind braun an den Rändern, ganz leicht verbrannt vom Sonnenlicht und der Luft und dem Lauf der Zeit. Und jetzt sagt uns das Geräusch von Autos und das Piepsen von Telefonen, dass wir zu Hause sind.

Historische Anmerkung

Jeder, der die Abschnitte über Merula in diesem Buch unbedingt verstehen will, sollte *Surfing Through Hyperspace* von Clifford A. Pickover lesen, aber wahrscheinlich ist es besser, wenn Sie sich einfach auf den Ritt einlassen. Ich habe versucht, diesen Teil so anzulegen, dass er mit meinen Recherchen zu dem Gebiet übereinstimmt, darüber hinaus aber habe ich mich lieber an Erfindung als an Tatsachen gehalten, denn ein Leben schien mir zu kurz zu sein, um die großen Reiche und Völker Westafrikas im 16. Jahrhundert zu erforschen, und wenn ich es richtig machen wollte, müsste ich Arabisch lernen.

Das Leben meiner Helden an Bord der Schiffe habe ich oft erraten und die Einzelheiten erfinden müssen. Die Schiffe im 18. Jahrhundert waren sehr verschieden von denen im Jahr 1588. Tatsächlich ging die Entwicklung im Schiffsbau zwischen dem 16. und dem 17. Jahrhundert so schnell voran, dass die Schiffe des Jahres 1588 ganz anders waren als die berühmte *Mary Rose* von 1547, und Schiffe aus dem 17. Jahrhundert waren fast nicht mehr vergleichbar. Stellen Sie sich vor, Sie würden Ihre Kenntnisse von einer Sopwith Camel aus dem Ersten Weltkrieg auf ein modernes Kampfflugzeug anwenden, und Sie bekommen eine Vorstellung davon, welche Schwierigkeiten ich bei den Recherchen hatte. Es kam mir oft so vor, als wären die Historiker dieser Epoche so viel auf dem Meer wie ich. Überaus hilfreich war das Wissen der Handwerker und Handwerkerinnen beim Square-Sail-Experience auf der Square-Sail-Werft von Charlestown in Cornwall, die tatsächlich Erfahrung mit dem Bau und dem Segeln von Reproduktionen getakelter Schiffe haben und sie für Filmproduktionen nutzen. Der Segelmacher Alfred

Readman gab zu bedenken, dass die englischen Rahen möglicherweise nicht am Mast festgebunden, sondern frei schwingend angebracht waren, so dass sie weiter herumgezogen werden und härter am Wind segeln konnten. Trotz alledem musste ich immer noch Dinge erfinden oder willkürlich entscheiden, ob die eine oder andere Möglichkeit wahrscheinlicher war. Als Leitfaden habe ich mich auf die prachtvollen Illustrationen von Mark Bergin verlassen, die in dem Buch von Richard Humble und Mark Bergin *A 16th Century Galleon* abgedruckt sind. Es ist 1993 bei Simon & Schuster Young Books erschienen. Anregend waren die einschlägigen Kapitel in *The Safeguard of the Sea* von N. A. M. Roger (1997). *State Papers Relating to the Defeat of the Spanish Armada*, herausgegeben von John Knox Laughton (Navy Records Society 1987), dies und *The Spanish Armadas* von Winston Graham (1987) waren meine Hauptquellen für die Bewegungen der Armada und der englischen Flotte, außer dort, wo die Geschichte einer guten Handlungsidee Platz machen musste.

Das trifft in doppeltem Ausmaß auf die Galeassen und die Galeerensklaven zu. Wieder einmal fiel es mir sehr schwer, Informationen zu bekommen, vielleicht weil ich an den falschen Orten oder in den falschen Büchern oder, höchstwahrscheinlich, in der falschen Sprache gesucht habe. Deshalb habe ich über griechische Trieren, normale mittelmeerische Galeeren und Schiffe gelesen, was ich auftreiben konnte, und den Rest erfunden.

Das zentrale Thema dieses Buchs verdankt sich der starken Irritation, die mich bei den verschiedenen Theorien über die Armada und über die eigentlichen Absichten Philips II. erfasst hatte. Ich glaube nicht, dass das Unternehmen England ein unverschämt teures Experiment im Säbelrasseln war. Ich glaube ebenso wenig, dass Philip, Santa Cruz, Medina Sidonia oder Parma dumme Männer waren.

Deswegen habe ich mich gefragt, wie die Armada zu dem Zeitpunkt, als sie die Segel setzte, erfolgreich hätte sein können – und habe meinen Roman aus der offensichtlichen Antwort auf diese Frage entwickelt. Die Tatsache, dass es *nicht* klappte, sollte man nicht als Beweis dafür sehen, dass es *nie-*

mals hätte klappen können. Viel unwahrscheinlichere Unternehmungen waren erfolgreich: die Invasion eines mächtigen, kultivierten und kriegerischen Insellandes durch einen obskuren, aufstrebenden Bastardherzog der Normandie im Jahr 1066 fällt einem ebenso ein, wie der Widerstand schlecht bewaffneter Kolonisten gegen die vorherrschende Seemacht ihrer Zeit im Jahr 1776.

Was die Datierungsprobleme betrifft, die von der englischen Vorliebe für einen überflüssigen Kalender verursacht wurden, habe ich den feigen Ausweg gewählt und sie vollkommen ignoriert. Alle Daten entsprechen dem englischen Kalender.

Und denken Sie bitte daran, dass die religiösen Überzeugungen meiner Figuren nicht unbedingt meinen Überzeugungen entsprechen, ebenso wenig wie ihre verschiedenen Vorurteile.

Danksagung

Wenn ich all den vielen Menschen danke, die mir bei meinem langen Kampf, dieses Buch zu schreiben, geholfen haben, wird dieses Vorwort so lang wie Ansprachen bei der Oscar-Verleihung.

Die *Author's Foundation* gewährte mir großzügigerweise ein Stipendium über zweitausend Pfund, damit ich laienhafte historische Forschungen betreiben konnte, bei der Gesellschaft für Segelausbildung an Bord des Segelschulschiffes *Malcolm Miller* und der zweimastigen *Phoenix of Charleston,* im Besitz der *Square Sail Shipyards,* die mir ebenfalls bei meinen Recherchen halfen. Alle Beschreibungen von Seekrankheit in diesem Buch beruhen auf persönlicher Erfahrung.

Ottokars Buchladen in Truro bot mir eine Zuflucht als inoffizielle Hausschriftstellerin an. Dort konnte ich sitzen und die zweite Fassung schreiben, ohne dass tausend häusliche Pflichten nach mir riefen. Bei Ottokar behandelten sie mich so, wie nach meiner Überzeugung Schriftsteller immer behandelt werden sollten – das heißt wie Fürsten –, und sie retteten mich auch davor, mich in einen Wal zu verwandeln, denn meine vorherige Zufluchtsstätte im Café Three Zero in Truro verkaufte viel zu viele Arten köstlicher Speisen, vom Pudding gar nicht zu reden. Die meisten Kunden bei Ottokar waren charmant und ließen mich in Ruhe auf meine Tastatur hämmern. Es gab einen ziemlich hitzigen Herrn in einem grünen, pelzgefütterten Barbour-Mantel und einer flachen Tweedmütze, der sich in aller Ruhe auf meinem (eigenen antiken Klapp-)Tisch Notizen aus Reiseführern über Irland aufschrieb, und er wurde tatsächlich sehr ungehalten, als er nett gebeten wurde, sich zu entfernen. Er kaufte auch keinen einzigen von den Führern, die er konsultierte. Aber das war ein Einzelfall.

Vielen Dank an Andrew Forster, Louise Hale, Gwyneth Hemsley, Cyd Jupe, Andrew McKenzie und selbstverständlich an James Heneage, den Gründer von Ottokar und Doktor der Medizin, der die Idee gut fand. Vielen, vielen Dank an Cyd Jupe, die die heroische und wichtige Aufgabe übernahm, den Entwurf meines Buches zu lesen, einige einfühlsame Vorschläge machte und mir ein paar peinliche Fehler ersparte. Sie hat auch meinen nachliterarischen Bammel besänftigt und gesagt, dass sie es mochte, wofür ich ihr überschwänglich dankbar war (und bin).

Eine weitere unter den tapferen Seelen, die ich meine nichtprofessionellen Leser nenne, ist Kendall Britt, die mir wegen eines anderen Buches eine E-Mail geschickt hat und zu einer Freundin wurde. Sie hat das Buch auch gelesen und überzeugende Vorschläge gemacht, die ich berücksichtigt habe.

Keith Menadue gab wertvollen Rat zur Technik und zu Sprengmitteln, mit denen man die London Bridge am besten in die Luft jagen kann, und er hat mich dazu angeregt, die Recherchen zur Herkunft all des Salpeters durchzuführen, den die Elisabethaner brauchten. Tristan Darkins sah das Manuskript freundlicherweise auf nautische Schnitzer durch.

Ich habe mich immer gut mit Bibliothekarinnen vertragen, trotz meiner teuflischen Unpünktlichkeit bei der Rückgabe der meisten Bücher, die ich ausleihe. Da ich in Cornwall wohne, habe ich die örtliche mobile Bibliothek als lebenswichtige Quelle empfunden, und Angela Spurgin, die Bibliothekarin auf meiner Strecke, war die letzte aus dieser vielfach unterschätzten Berufsgruppe. Sie hat für mich fleißig nach obskuren Bänden gesucht und sie mir ausgeliehen. Taktvoll ertrug sie meine wilden Behauptungen, ich hätte sie schon zurückgegeben. Wo wären wir ohne Bibliotheken und Bibliothekarinnen?

Natürlich habe ich, trotz all dieser Hilfe, wahrscheinlich alberne Fehler gemacht – für die bin ich ganz allein verantwortlich.

Ich möchte Clive Harrison, Tonia Cox und ganz besonders Danny Broderick danken für ihre persönliche Unterstützung zu einer Zeit, in der ich große Probleme hatte. Heather Stanton war eine wahre Freundin und hat mir mehr beigebracht, als sie vielleicht weiß.

Mein Dank geht auch an Jane Wood und meine Verleger bei Orion, die große Geduld aufbrachten, als ich damit kämpfte, dies hier zu Papier zu bringen. Als die Termine kamen und nicht eingehalten wurden und mein Privatleben in einer Supernova zerstob, legten sie neue Termine fest und haben mich nie unter Druck gesetzt.

PATRICIA FINNEY, TRURO 2002